THÉRAPIE EXISTENTIELLE

Professeur émérite de psychiatrie à Stanford, Irvin Yalom est l'auteur, entre fiction, philosophie et psychothérapie, de nombreux essais, romans ou récits, best-sellers dans le monde entier, dont *La Méthode Schopenhauer*, *Le Bourreau de l'amour*, *Le Jardin d'Épicure*, *En plein cœur de la nuit*, *Le Problème Spinoza* (lauréat du Prix des lecteurs du Livre de Poche en 2014), ou encore *Créatures d'un jour*.

Paru au Livre de Poche :

L'Art de la thérapie

Le Bourreau de l'amour

Créatures d'un jour

En plein cœur de la nuit (avec Robert Berger)

Et Nietzsche a pleuré

Le Jardin d'Épicure

La Malédiction du chat hongrois

Mensonges sur le divan

La Méthode Schopenhauer

Le Problème Spinoza

IRVIN D. YALOM

Thérapie existentielle

ESSAI TRADUIT DE L'ANGLAIS (ÉTATS-UNIS) PAR LAURENCE RICHARD

LE LIVRE DE POCHE

Titre original :
EXISTENTIAL PSYCHOTHERAPY
Publié par Basic Books, un département de Perseus Books Group,
États-Unis.

Ouvrage traduit avec le concours
du Centre national du livre

ISBN : 978-2-253-06803-7 – 1re publication LGF

À Marilyn, pour toutes les raisons

1
Introduction

Avec quelques amis, il y a quelques années de cela, nous nous étions inscrits à un cours de cuisine animé par une matrone arménienne et sa domestique âgée. Comme elles ne parlaient pas l'anglais, et nous, pas l'arménien, la communication était difficile. Elle enseignait par l'exemple ; élèves zélés, nous observions et tentions de quantifier ses recettes quand elle préparait son délicieux agneau aux aubergines. Mais nos plats n'étaient pas aussi réussis que les siens : nous avions beau nous donner du mal, nous n'arrivions pas au même résultat. « Qu'est-ce qui donne à sa cuisine cette touche spéciale ? » Cette question me taraudait et resta sans réponse jusqu'au jour où, particulièrement attentif aux préparatifs qui se déroulaient en cuisine, j'observai notre professeur, digne et résolue, préparer un plat. Elle le remit à son assistante qui, sans un mot, le porta à la cuisine et y saupoudra prestement quelques poignées d'épices et de condiments. Ces « saupoudrages » furtifs, j'en suis convaincu, faisaient toute la différence.

Ce cours de cuisine me revient souvent en mémoire quand je songe à la psychothérapie et que je m'interroge notamment sur les ingrédients essentiels d'une thérapie réussie. Les textes formels, les articles et les conférences présentent la psychothérapie comme une activité précise et méthodique, aux étapes soigneusement balisées, avec ses techniques d'intervention, le développement et la résolution méthodiques du transfert, l'analyse des relations d'objet et son lot soigneusement pesé d'interprétations « porteuses ». Pourtant, je suis persuadé que le thérapeute, « dans sa cuisine », saupoudre ces petits plus qui changent tout.

Quels sont donc ces « secrets de cuisine » thérapeutiques ? Ils existent bel et bien à la marge de la thérapie formelle et ne sont ni documentés ni enseignés. Souvent, les thérapeutes eux-mêmes n'en ont pas conscience ; pourtant, ils sont parfois bien en peine d'expliquer l'amélioration de tel ou tel patient. Ces ingrédients essentiels sont difficiles à décrire, et plus encore à définir. En effet, comment qualifier et enseigner des aptitudes telles que la compassion, la sollicitude, la capacité d'aller au-delà de soi, d'affecter le patient à des niveaux profonds ou – la plus insaisissable de toutes – la sagesse ?

L'un des premiers cas documentés de psychothérapie moderne illustre bien la façon dont les thérapeutes eux-mêmes mésestiment ces petits plus[1]. (De ce point de vue, les comptes rendus cliniques ultérieurs présentent moins d'intérêt, car la psychiatrie devint si dogmatique en matière de conduite de thérapie que les interventions qui ne cadraient pas avec la théorie cessèrent d'être mentionnées dans les études de cas cliniques.) En 1892, Sigmund Freud traita avec succès Elisabeth von R., jeune femme souffrant de troubles ambulatoires psychogènes. Freud attribua la réussite de la thérapie à la seule technique de l'abréaction, à la levée du refoulement de certains désirs et pensées nocifs. Néanmoins, l'étude de ses notes frappe par la quantité innombrable de ses autres interventions thérapeutiques. Ainsi, il encouragea Elisabeth à aller sur la tombe de sa sœur et à rendre visite à un jeune homme qu'elle trouvait séduisant. Il témoigna un « intérêt amical envers sa situation actuelle[2] » et servit de médiateur auprès de la famille pour le compte de sa patiente : il reçut la mère de celle-ci et l'« implora » de se montrer ouverte dans la communication avec la patiente, et de lui permettre, de temps à autre, de se confier à elle. Comme il tenait de la mère qu'Elisabeth ne serait pas en mesure d'épouser le mari de sa défunte sœur, il transmit cette information à sa patiente. Il contribua à desserrer l'étau financier qui étranglait la famille. À d'autres moments, Freud incita sa patiente à faire face calmement à l'incertitude intrinsèque de l'avenir. Il la réconforta sans relâche, lui assurant qu'elle n'était nullement responsable des sentiments non désirés, et lui fit prendre conscience que son niveau de culpabilité et de remords constituait une preuve indiscutable de sa haute moralité. Enfin, à l'issue de la thérapie, Freud, lorsqu'il apprit qu'Elisabeth se rendait à un bal, se procura une invitation afin de pouvoir la regarder « tourbillonner dans une danse entraînante ». On ne peut s'empêcher de se demander ce qui aida véritablement Fräulein von R. Les « petits plus » de Freud ont indéniablement constitué de puissantes interventions ; les exclure de la théorie ne peut que nous conduire dans une voie erronée.

Dans ce livre, mon objectif est de proposer et de définir une approche tant sur le plan théorique que clinique pouvant servir de cadre à ces petits plus qui constituent la thérapie. Le libellé retenu pour cette approche, « psychothérapie existentielle », défie toute définition succincte, car les fondements de l'orientation existentielle ne sont pas empiriques mais profondément intuitifs. Je commencerai par proposer une définition formelle, que j'expliciterai dans la suite de l'ouvrage : *La psychothérapie existentielle constitue une approche dynamique de la thérapie s'attachant aux enjeux se trouvant au cœur de l'existence individuelle.*

Je suis intimement persuadé que la grande majorité des thérapeutes expérimentés, quelle que soit leur école d'appartenance, recourent à nombre de ces *insights* existentiels que je me propose de décrire. Ainsi, la plupart des thérapeutes savent que la prise de conscience de la finitude peut souvent déclencher chez un patient un changement radical de perspective intérieure ; ils savent aussi que c'est la relation qui soigne, que les patients sont torturés par des choix, qu'un thérapeute doit catalyser la « volonté » d'agir d'un patient, et que la majorité des patients souffrent d'un sentiment d'absurdité face à leur propre vie.

Toutefois, l'approche existentielle représente bien plus qu'une tonalité subtile ou une perspective implicite à laquelle recourent les thérapeutes presque sans le savoir. Ces dernières années, lors de diverses conférences destinées à des psychothérapeutes, j'ai pris l'habitude de poser la question suivante : « Qui, parmi vous, pense avoir une orientation existentielle ? » Une proportion assez forte du public, généralement plus de la moitié, répondait par l'affirmative. Toutefois, lorsque ces thérapeutes étaient invités à définir cette approche, ils éprouvaient des difficultés à répondre. Le vocabulaire employé par les thérapeutes pour décrire une approche thérapeutique quelle qu'elle soit n'a jamais brillé par sa précision ou sa clarté ; néanmoins, aucune ne surpasse la terminologie existentielle sur le plan de l'imprécision et de la confusion. Les thérapeutes associent l'approche existentielle aux termes suivants, imprécis par nature et dénués de tout lien apparent : « authenticité », « rencontre », « responsabilité », « choix », « humanisme », « actualisation de soi », « centration », « sartrien » et « heideggérien ». Par ailleurs, de nombreux professionnels de la santé mentale considèrent depuis longtemps cette orientation, qui, au lieu d'être une approche, laisse le champ libre à l'improvisation et permet à des thérapeutes tout aussi « nébuleux » d'en « faire à leur sauce », comme confuse, « molle », irrationnelle et romantique. J'espère démontrer que ces positions sont injustifiées, que l'approche existentielle constitue un paradigme tout aussi valide qu'efficace, et, à ce titre, aussi rationnel, cohérent et systématique que les autres.

LA THÉRAPIE EXISTENTIELLE : UNE PSYCHOTHÉRAPIE DYNAMIQUE

La psychothérapie existentielle relève du champ de la psychothérapie dynamique. Bien que le qualificatif « dynamique » soit assez usuel dans le champ de la santé mentale – il intervient dans certains composés comme « psychodynamique » par exemple –, il convient, pour appréhender l'une des caractéristiques fondamentales de l'approche existentielle, de définir clairement ce que l'on entend par « thérapie dynamique ». Le qualificatif « dynamique » possède tout à la fois une acception générale et une acception spécialisée. Dans son sens général, dont l'étymologie grecque *dunamikos* dérivée de *dunamis* signifie « avoir une force ou un pouvoir », il évoque l'énergie et le mouvement, comme dans les expressions suivantes : « un joueur de foot dynamique », une « dynamo », la « dynamite ». Mais il ne s'agit pas là de son sens technique. Si tel était le cas, que gagnerait un thérapeute à ne pas être dynamique, c'est-à-dire à se montrer lent, apathique, inactif et inerte ? Ce terme, dans son acception technique spécifique, renvoie à la notion de « force ». La principale contribution de Freud à la compréhension de l'être humain est son modèle du fonctionnement psychique, qui postule que l'individu est animé de forces en conflit et que les pensées, les émotions et le comportement adaptatif ou psychopathologique résultent de ces forces antagonistes. En outre, et ce point est essentiel, *ces forces existent à différents niveaux de conscience*, certaines étant totalement inconscientes.

La dynamique psychique d'un individu s'articule donc autour de forces, de motivations et de peurs, conscientes et inconscientes. On regroupe sous le terme « thérapie psychodynamique » l'ensemble des thérapies fondées sur le modèle dynamique du fonctionnement psychique.

Jusque-là, tout va bien. La thérapie existentielle, comme j'aurai l'occasion de le détailler, entre bien dans la catégorie des psychothérapies dynamiques. Mais que se passe-t-il lorsqu'on tente de définir ces forces (peurs et motivations) en conflit ou le contenu de cette lutte interne consciente et inconsciente ? C'est à cet endroit charnière que la thérapie existentielle se sépare des autres thérapies dynamiques, car elle se fonde sur une vision radicalement distincte de ces forces, peurs et motivations qui interagissent chez un individu.

L'identification de ces conflits internes très profonds n'est pas tâche aisée. Le clinicien qui reçoit un patient en souffrance a rarement affaire à ces conflits originaires dans leur forme pure. Au contraire, le patient exprime un ensemble de préoccupations d'une incroyable complexité, et ces enjeux originaires se trouvent enterrés, ensevelis sous des couches et des couches de refoulement, de déni, de déplacement et de symbolisation. Le psychothérapeute-détective fait face à un réseau de fils si intriqués que le démêlage est ardu. Dès lors, pour identifier ces conflits, il devra recourir à de nombreuses voies d'accès : réflexion approfondie, rêves, cauchemars, expérience, *insights*, expressions psychotiques, analyse des enfants. J'emprunterai ultérieurement chacune de ces voies, mais il peut être utile, à ce stade, de fournir au lecteur une présentation synthétique des trois approches antagonistes du conflit intrapsychique, à savoir l'approche freudienne, néofreudienne et existentielle, afin d'illustrer en contrepoint la spécificité de l'approche psychodynamique.

La psychodynamique freudienne

Freud postule que l'enfant est gouverné par des forces pulsionnelles innées qui, à la manière des feuilles de fougère, se déploient lors du cycle de développement psychosexuel. Ces conflits se manifestent sur plusieurs fronts : des pulsions antagonistes (pulsions du moi opposées aux pulsions sexuelles ou, dans la seconde théorie freudienne, Éros contre Thanatos) se livrent bataille et se heurtent aux exigences du monde interne, c'est-à-dire le surmoi. L'enfant doit arbitrer entre la pression interne visant la gratification immédiate et le principe de réalité qui impose de retarder cette même gratification. Nous sommes donc en présence d'un individu gouverné par ses pulsions, en guerre contre un monde qui l'empêche de satisfaire ses appétits agressifs et sexuels innés.

La psychodynamique néofreudienne (interpersonnelle)

Les néofreudiens, à commencer par Harry Stack Sullivan, Karen Horney et Erich Fromm, défendent une autre approche du conflit originaire de l'individu. L'enfant n'est ni gouverné par ses pulsions ni préprogrammé ; c'est une personne qui, outre des dispositions innées neutres comme le caractère et le niveau d'activité, est entièrement modelée par son environnement culturel et interpersonnel. La sécurité (acceptation et reconnaissance interpersonnelles) constitue le besoin fondamental de l'enfant ; la qualité des échanges avec des adultes capables de lui apporter cette sécurité détermine sa structure caractérielle. L'enfant, bien que non gouverné par des pulsions, est néanmoins doté à la naissance d'énergie, de curiosité, d'une innocence du corps, d'un potentiel de croissance et du désir de possession exclusive des adultes aimés. Ces attributs ne sont pas toujours congruents avec les exigences des adultes importants pour l'enfant. En d'autres termes, le conflit de base découle de ces tendances de croissance naturelles et du besoin de sécurité et de reconnaissance de l'enfant. Si un enfant a la malchance d'avoir pour parents des adultes si prisonniers de leurs propres conflits névrotiques qu'ils ne sont pas en mesure de lui apporter la sécurité ou d'encourager sa croissance personnelle, un conflit sérieux se manifeste. Dans cette bataille, la croissance se voit toujours compromise au profit de la sécurité.

La psychodynamique existentielle

L'approche existentielle met l'accent sur un autre type de conflit fondamental, non celui relatif aux besoins pulsionnels antagonistes ni celui qui surgit avec l'entourage important, mais *un conflit qui survient lors de la confrontation de l'individu aux fondamentaux de l'existence*, à certains enjeux ultimes, certaines caractéristiques intrinsèques qui participent, sans échappatoire possible, de l'existence d'un individu dans le monde.

Comment mettre au jour la nature de ces fondamentaux ? Dans un sens, la tâche semble aisée, car une profonde réflexion personnelle suffit à leur identification. Les conditions à réunir, elles aussi, paraissent assez simples : solitude, silence, temps, recul face aux distractions quotidiennes auxquelles chacun de nous recourt pour remplir son monde expérientiel. Si nous pouvons mettre entre parenthèses ce quotidien ou nous en distancier, si nous réfléchissons intensément à notre « situation dans le monde », à notre existence, ses limitations, nos possibilités, si nous accédons au socle qui sous-tend tous les autres, alors nous nous confrontons immanquablement à ces fondamentaux de l'existence, à ces « structures profondes » que je désignerai dans la suite de cet ouvrage par l'expression « enjeux ultimes ». Parmi ces situations « limites » ou « frontières », comme on les qualifie souvent, figurent certaines expériences comme la confrontation à sa propre mort, certaines décisions irréversibles ou l'effondrement d'un schéma fondamental pourvoyeur de sens.

Cet ouvrage traite de quatre de ces « enjeux » ultimes : la mort, la liberté, l'isolement fondamental et l'absence de sens. La confrontation de l'individu à chacun de ces fondamentaux nourrit la dynamique du conflit dynamique existentiel.

La mort : il s'agit de l'enjeu le plus évident et le plus facilement appréhendable. Nous existons aujourd'hui, mais un jour nous cesserons d'être. La mort viendra, et il n'existe aucune échappatoire. Il s'agit d'une vérité terrible, et nous y répondons par une terreur mortelle. Pour citer Spinoza, « chaque chose, en tant qu'elle est en soi, cherche à persister dans son être[3] », et un conflit existentiel clé découle de cette tension entre la conscience de l'inéluctabilité de la mort et le désir de continuer à être.

La liberté : cet enjeu ultime se révèle bien moins facilement appréhendable que la mort. Généralement, nous envisageons la liberté comme un concept en tout point positif. Dans l'histoire de l'humanité, l'homme ne s'est-il pas toujours battu pour sa liberté ? Pourtant, la liberté, appréhendée dans cette perspective d'enjeu ultime, est inséparable de la terreur. Dans son acception existentielle, la liberté renvoie à l'absence de structure externe. Contrairement à notre expérience quotidienne, l'être humain ne pénètre (ni ne quitte) un univers bien structuré au dessein prédéfini. À l'opposé, l'individu est totalement responsable – en d'autres termes, est l'auteur – de son monde, de son projet de vie, de ses choix et de ses actions. Dans cette acception, la liberté prend une implication terrifiante, dans la mesure où elle signifie que le sol n'existe pas sous nos pieds, qu'il n'y a rien d'autre que du néant, un abysse. Ce conflit né de notre confrontation à cette absence de socle et notre désir de socle (et donc de structure) constitue une dynamique existentielle clé.

L'isolement fondamental : le troisième enjeu ultime est constitué par l'isolement, appréhendé non sur un plan interpersonnel ou intrapersonnel (isolement de parties de nous-mêmes), mais sur le plan fondamental comme un isolement des êtres et du monde, qui sous-tend tous les autres. Peu importe à quel point nous nous sentons proche de l'autre, il demeure un fossé ultime et infranchissable : chacun de nous arrive seul en ce monde et doit le quitter tout aussi seul. Surgit dès lors un conflit existentiel entre cet isolement absolu et notre désir de contact, de protection, d'appartenance à un tout qui nous transcende.

L'absence de sens : le quatrième enjeu ultime (ou quatrième des fondamentaux de l'existence) est constitué par l'absence de sens. Si nous devons mourir, si nous constituons notre propre monde, si chacun d'entre nous est finalement seul dans un univers indifférent, quel sens a la vie ? Pourquoi vivons-nous ? Comment vivre ? S'il n'existe aucun dessein prédéfini, chacun d'entre nous doit alors élaborer le sens de sa vie. Cependant, le sens que chacun donne à ses propres créations peut-il suffire à nous faire supporter la vie ? Ce conflit dynamique existentiel découle du dilemme auquel fait face un être avide de sens parachuté dans un univers qui en est dépourvu.

Les orientations de la psychodynamique existentielle

La « psychodynamique existentielle » renvoie donc à ces quatre fondamentaux, à ces enjeux ultimes, ainsi qu'aux peurs et aux motivations conscientes et inconscientes qu'ils engendrent. Elle reprend la structure dynamique fondamentale élaborée par Freud, en en modifiant radicalement le contenu.

Ainsi, à l'ancienne formule :

Pulsion ⇒ angoisse ⇒ mécanisme de défense[A]

se substitue l'équation :

Conscience des enjeux ultimes ⇒ angoisse ⇒ mécanisme de défense[B]

Ces deux formules supposent que l'angoisse constitue le carburant de la psychopathologie : les opérations psychiques, conscientes aussi bien qu'inconscientes, ont pour fonction de traiter cette angoisse ; ces traitements (mécanismes de défense) fondent la psychopathologie et, bien que conférant une certaine sécurité, limitent immanquablement la croissance et les nouvelles expériences. Une autre différence essentielle entre ces deux approches porte sur le point de départ, la « pulsion » pour Freud, opposée, dans le modèle existentiel, à la

A. Où l'*angoisse* constitue un signal de danger, à condition que les pulsions ne soient pas refoulées. L'organisme est en danger, car le moi risque d'être submergé et des représailles (castration, abandon) sont inévitables ; les *mécanismes* de défense limitent la gratification directe des pulsions en autorisant leur expression indirecte, à savoir sous une forme déplacée, sublimée ou symbolique.

B. Où l'*angoisse* naît de la peur de la mort, de l'absence de structure, de l'isolement et de l'absence de sens et où les *mécanismes de défense* sont de deux ordres : 1) des mécanismes de défense conventionnels, c'est-à-dire ceux décrits en détail par Freud, Anna Freud[4] et Sullivan[5], dont la fonction est de protéger l'individu contre l'angoisse quelle que soit sa source ; 2) des mécanismes de défense spécifiques, présentés dans les sections suivantes, qui se mettent au service de la fonction chargée de gérer ces angoisses existentielles originaires.

conscience et à la peur. Comme l'a démontré Otto Rank[6], le thérapeute a bien plus de latitude s'il aborde l'individu comme un être terrifié et en souffrance plutôt que comme une personne gouvernée par ses pulsions.

Ces quatre enjeux existentiels – la mort, la liberté, l'isolement fondamental et l'absence de sens – constituent le corpus de la psychothérapie existentielle. D'une importance cruciale à tous les niveaux de l'organisation psychique de l'individu, ils sont aussi d'une pertinence extrême pour le travail clinique. Ils m'offrent également un principe central d'organisation, dans la mesure où les quatre parties de cet ouvrage traiteront successivement de ces quatre enjeux ultimes, afin d'en explorer les implications philosophiques, psychopathologiques et thérapeutiques.

La psychodynamique existentielle et la notion de « profondeur »

Les principales différences entre les dynamiques existentielle et freudienne et/ou néofreudienne concernent la notion de « profondeur ». Pour Freud, l'exploration était toujours synonyme d'excavation. Avec la détermination et la patience d'un archéologue, il s'est employé à déblayer les nombreuses couches successives de la psyché jusqu'à atteindre le socle qui portait les traces psychologiques des événements *précoces* de la vie de l'individu. Car les conflits les plus profonds sont aussi, dans cette conception, les plus précoces. La psychodynamique inaugurée par Freud s'appuie sur le développement ; en conséquence, les conflits « fondamentaux » ou « principaux » doivent être appréhendés chronologiquement, dans le sens d'« originaires ». Ainsi, les détresses psychosexuelles les plus précoces, à savoir la séparation et la castration, constituent les sources « fondamentales » de l'angoisse.

La psychodynamique existentielle, en revanche, n'est pas liée au modèle développemental. En d'autres termes, elle ne se voit nullement contrainte de poser une équivalence entre « fondamental » (c'est-à-dire important, essentiel) et « premier » (dans une perspective chronologique). Dans l'approche existentielle, l'investigation profonde n'est pas synonyme d'exploration du passé ; elle implique au contraire une distanciation des préoccupations quotidiennes afin de mener une réflexion sur sa situation existentielle personnelle. Cet exercice implique de pouvoir penser en dehors du temps, de questionner la relation entre nos pieds et le sol qui nous porte, entre la conscience que nous avons et l'espace qui nous entoure, de s'interroger enfin, non sur ce qui nous a permis de devenir qui nous sommes, mais sur le fait *que* nous sommes. Le passé, ou plus exactement le souvenir que nous en avons, doit son importance au rôle qu'il joue dans notre existence actuelle et à la façon dont il nous a influencé dans ces enjeux ultimes ; mais il ne s'agit pas – j'y reviendrai ultérieurement – du terrain le plus fertile de l'exploration thérapeutique. Le futur qui s'actualise dans le présent constitue la modalité principale de la thérapie existentielle.

Cette nuance n'implique nullement que les enjeux existentiels ne puissent être explorés au moyen d'un paradigme développemental (le chapitre 3 traite de façon approfondie du concept de mort chez l'enfant) ; en revanche, elle sous-tend que les enjeux développementaux ne sont pas nécessairement à l'œuvre lorsqu'une personne se demande : « Aujourd'hui, à quelles terreurs suis-je confronté au plus profond de mon être ? » Les expériences précoces de l'individu, dont l'importance est indéniable, n'apportent aucune réponse à cette question fondamentale. Qui plus est, les vestiges de la vie précoce entraînent une posture biologisante qui ne fait que brouiller la réponse, celle-ci étant, en premier lieu, transpersonnelle, transcendant tout vécu personnel pour s'appliquer à la totalité des individus : elle participe de la « situation » de l'homme dans le monde.

Cette distinction entre, d'une part, le modèle développemental et analytique et, d'autre part, le modèle immédiat, a-historique et existentiel, ne relève pas uniquement du débat théorique : comme je le démontrerai dans les chapitres suivants, elle entraîne de profondes répercussions sur la pratique clinique du thérapeute.

L'ORIENTATION EXISTENTIELLE : UN ÉTRANGE SENTIMENT DE FAMILIARITÉ

Les idées que j'avance ici dans l'analyse de ces enjeux existentiels pourront sembler, pour une part, assez étranges au clinicien, tout en lui paraissant étonnamment familières. Étranges, car l'approche existentielle redistribue sur un mode inédit les catégories et les groupes usuels de l'observation clinique.

Par ailleurs, les différences se situent également sur le plan terminologique. Même si je m'efforce d'éviter tout jargon philosophique et de privilégier les termes courants pour désigner des concepts existentiels, ce vocabulaire reste étranger au champ de la psychologie. Quel lexique psychothérapique comprend-il les termes « choix », « responsabilité », « liberté », « isolement fondamental », « mortalité », « sens de la vie », « volonté » ? Mes recherches se soldèrent par des bips d'erreur sur les ordinateurs de la bibliothèque de médecine.

Pourtant, le clinicien n'avance pas en territoire inconnu. Le clinicien expérimenté, j'en suis convaincu, opère souvent dans un cadre existentiel implicite : c'est dans sa chair qu'il capte les angoisses de ses patients et y répond, sous la forme de ces « petits plus » que j'évoquais au début. L'un des principaux objectifs de ce livre est de faire prendre conscience au thérapeute de ces enjeux vitaux et des transactions thérapeutiques qui se déroulent à la périphérie de la théorie formelle, afin de les replacer là où elles doivent être, au centre de l'arène thérapeutique.

L'impression de familiarité provient également du fait que ces enjeux existentiels ont fait l'objet de réflexions et de débats depuis les origines de la pensée écrite ; nombre de philosophes, théologiens et poètes, s'y sont consacrés au fil des siècles, quitte à ce que notre fierté, notre sens de la modernité et notre conception du progrès s'en offusquent… Quoi qu'il en soit, il s'avère rassurant de s'engager sur un chemin balisé de tous temps par les plus grands penseurs de l'humanité.

Familières, ces terreurs existentielles le sont aussi dans le sens où elles rencontrent l'expérience du thérapeute en tant qu'individu ; elles ne sont pas l'apanage des personnes souffrant de troubles psychologiques. J'insisterai régulièrement sur le fait qu'elles participent de la condition humaine. Dès lors, comment fonder une psychopathologie sur la base de Malraux caractéristiques communes à tous les individus ? On rétorquera évidemment que chaque individu expérimente l'angoisse et le poids de la condition humaine de façon éminemment singulière. Sur ce point, le modèle existentiel ne diverge pas de manière significative des autres théories en présence. Tous les individus passent par certains stades de développement, caractérisés par des angoisses spécifiques. Tout le monde traverse le complexe d'Œdipe, les perturbations causées par l'émergence de sentiments agressifs et sexuels, l'angoisse de castration (les hommes, tout du moins), la douleur de l'individuation et de la séparation, pour ne nommer que quelques-uns des défis développementaux les plus cruciaux. Le seul modèle psychopathologique qui ne se fonde pas sur des données expérientielles universelles est celui du traumatisme aigu. Or, les névroses traumatiques sont rares. La majorité écrasante des patients souffre d'une angoisse qui, à des degrés divers, participe de l'expérience de tous les individus.

En fait, seule l'universalité de la souffrance humaine peut justifier le constat répandu selon lequel nous sommes tous des patients potentiels. André Malraux demanda un jour à un prêtre qui avait passé cinquante ans de sa vie à écouter des fidèles en confession ce qu'il avait appris de la condition humaine. « Tout d'abord, répondit le prêtre, les gens sont beaucoup plus malheureux qu'on ne le pense… et l'élément le plus important est que ce qu'on nomme "un adulte" n'existe pas[7]. » Souvent, ce sont des circonstances externes qui poussent une personne plutôt qu'une autre à consulter en thérapie : ressources financières, « offre » de psychothérapeutes, attitudes personnelles et culturelles vis-à-vis de la thérapie, ou encore le choix d'une profession, la majorité des psychothérapeutes entreprenant un travail thérapeutique. L'universalité du stress explique pour une large part la difficulté à définir et à décrire la normalité : la différence entre normalité et pathologie est d'ordre quantitatif et non qualitatif.

Cette approche s'apparente à un modèle médical contemporain qui postule que la maladie infectieuse ne résulte pas uniquement de l'infection d'un corps sans défense par un agent bactérien ou viral, mais au contraire d'un déséquilibre entre l'agent nocif et la résistance de l'organisme hôte. En d'autres termes, les agents nocifs sont présents à tout moment à l'intérieur du corps, tout comme les sources de stress, indissociables de la vie, auxquelles font face les individus. Le développement de la maladie chez l'individu dépend donc de la résistance du corps (c'est-à-dire de facteurs tels le système immunologique, l'alimentation, l'état de fatigue) à l'agent : lorsque le seuil de résistance s'abaisse, la maladie se déclare, même si la toxicité et la virulence de l'agent nocif n'ont pas varié. Dès lors, tous les êtres humains sont confrontés à un dilemme, que certains ne parviennent pas à résoudre : la psychopathologie ne relève donc pas uniquement de la présence ou de l'absence de stress, mais de l'interaction entre le stress omniprésent et les mécanismes de défense d'une personne.

L'affirmation selon laquelle les enjeux ultimes n'émergent jamais en thérapie est alimentée par l'inattention sélective du thérapeute : un thérapeute branché sur le bon canal décèlera un matériel tout aussi explicite qu'abondant. Néanmoins, un thérapeute peut choisir de ne pas travailler ces enjeux existentiels ultimes, de par l'universalité même de ces expériences qui pourrait l'amener à penser que rien de constructif ne peut être tiré de leur exploration. J'ai souvent remarqué dans le travail clinique que l'investissement énergétique du thérapeute et du patient augmentait considérablement lorsque ces enjeux existentiels étaient abordés. Bientôt pourtant, l'échange s'effiloche, comme si patient et thérapeute reconnaissaient implicitement : « C'est la vie, pas vrai ? Et si on revenait plutôt sur l'élément névrotique sur lequel on peut agir ? »

D'autres thérapeutes changent de cap à la simple évocation de ces enjeux existentiels, non parce qu'ils sont universels, mais parce que la confrontation à ces fondamentaux est terrible. Après tout, les patients névrosés (ainsi que les thérapeutes) ont assez de soucis sans que viennent s'y ajouter des problématiques aussi réjouissantes que la mort et l'absence de sens. Pour ces thérapeutes, il est préférable d'ignorer ces enjeux existentiels, dans la mesure où il n'existe que deux manières de s'y confronter : l'angoisse (suscitée par la vérité) ou le déni, deux options fort peu engageantes. Dilemme bien résumé par Cervantes qui fait dire à Don Quichotte : « Que préférez-vous, la folie du sage ou la sagesse du fou ? »

Comme je m'emploierai à le démontrer dans les chapitres suivants, le propre de la posture thérapeutique existentielle consiste à rejeter ce dilemme. La sagesse ne conduit pas à la folie, ni le déni à la santé mentale. Pour douloureuse qu'elle soit, la confrontation aux fondamentaux de l'existence se révèle être thérapeutique. Un bon travail thérapeutique s'accompagne toujours d'une épreuve de la réalité et de la recherche d'avancées personnelles ; le thérapeute qui choisit de laisser de côté certains aspects de la réalité et de la vérité s'aventure en terrain glissant. Pour citer Thomas Hardy : « Si tant est qu'il existe un chemin vers le meilleur, il faut, pour le trouver, bien regarder le pire[8]. » Ce cadre convient bien à l'approche thérapeutique que je me propose de décrire.

LE CHAMP DE LA PSYCHOTHÉRAPIE EXISTENTIELLE

La psychothérapie existentielle est comme un enfant abandonné ; elle ne s'inscrit à proprement parler nulle part. Sans domaine, sans école formelle ni institut, elle n'est généralement pas la bienvenue dans les milieux académiques élitistes. Elle ne dispose d'aucun cercle formel, d'aucune revue établie (si j'exclus les quelques tentatives infructueuses des premières années), d'aucune famille stable, d'aucun *pater familias*. En revanche, elle possède une généalogie, quelques cousins éloignés et quelques amis de la famille, certains sur le Vieux Continent, d'autres en Amérique.

La philosophie existentielle : le berceau ancestral

L'existentialisme ne se laisse pas aisément définir, si l'on en croit les articles des encyclopédies de philosophie qui lui sont consacrés[9]. Même constat pour les ouvrages de référence sur le sujet, qui ne manquent pas de souligner que deux philosophes « existentiels » peuvent s'opposer en tout point dans leur philosophie (excepté leur rejet – partagé – de cette catégorisation). La plupart des ouvrages de philosophie contournent le délicat exercice de la définition par l'énumération de thématiques existentielles – l'être, le choix, la liberté, la mort, l'isolement, l'absence de sens, par exemple – que la philosophie existentialiste s'attacherait à explorer (ce qui, j'en conviens, est l'approche que j'ai adoptée pour identifier le champ de la psychothérapie existentielle).

La philosophie possède une « tradition » existentielle et une « école » de philosophie existentielle. Il s'agit manifestement d'une tradition immémoriale. Quel grand penseur ne s'est-il pas, à un moment ou un autre de son œuvre ou de sa vie, intéressé aux enjeux de vie et de mort ? L'école formelle de philosophie existentielle, quant à elle, a une origine clairement identifiée. D'aucuns la font remonter à un dimanche après-midi de 1834, lorsqu'un jeune Danois, assis dans un café à fumer le cigare, songeait au fait qu'il allait vieillir sans avoir apporté de contribution majeure au monde. Il pensa à ses nombreux amis et à leur réussite :

> « (...) tous ces bienfaiteurs de l'époque dévoués au service de l'humanité et qui nous rendent la vie toujours plus facile, les uns grâce aux chemins de fer, d'autres grâce aux omnibus et aux bateaux à vapeur, d'autres en nous donnant le télégraphe, d'autres encore en nous apportant des vues d'ensemble d'une intelligence aisée et de brèves informations sur tout ce qui mérite d'être connu ; et tu vois enfin les vrais bienfaiteurs de notre temps ; grâce à la pensée systématique, ils rendent l'existence intellectuelle toujours plus commode[10]... »

Son cigare se consuma. Ce jeune Danois, Søren Kierkegaard, en alluma un autre et poursuivit le cours de ses pensées. Soudain, une idée lui traversa l'esprit :

> « (...) il te faut faire quelque chose ; mais puisque avec tes facultés bornées il te sera impossible de rien rendre plus facile qu'il ne l'est déjà, il te faut, avec le même zèle philanthropique que les autres, te charger de rendre quelque chose plus difficile[11]. »

Il parvint à la conclusion que, lorsque tout concourt à faciliter les choses, le risque d'un excès de facilité existe bel et bien. Il convient peut-être alors de complexifier les choses. Il se rendit compte qu'il venait de trouver sa voie : la recherche des difficultés, tel un nouveau Socrate[12]. De quelles difficultés s'agissait-il ? Elles ne manquaient pas. Il lui suffisait de partir de sa propre situation existentielle, de sa propre terreur, de ses choix, de ses possibilités et de ses limites.

Kierkegaard consacra le reste de sa courte vie à explorer sa situation existentielle, pour publier dès les années 1840 plusieurs traités majeurs. Son œuvre, longtemps non traduite, acquit une certaine influence après la Première Guerre mondiale, lorsqu'elle trouva un écho et un terrain fertile chez Martin Heidegger et Karl Jaspers.

Le rapport de la thérapie existentielle à l'école de philosophie existentielle est du même ordre que celui unissant la pharmacothérapie clinique et les recherches biochimiques. Je ferai souvent référence à des œuvres philosophiques pour expliquer, corroborer ou illustrer certaines problématiques cliniques, sans toutefois me risquer à disserter sur les œuvres de tel ou tel philosophe ou les postulats de la philosophie existentielle. Cet ouvrage est destiné aux cliniciens ; mes incursions dans la philosophie seront brèves et pragmatiques et se limiteront aux domaines offrant un éclairage utile au travail clinique. Je ne blâmerai pas le philosophe professionnel s'il se fait de moi l'image d'un envahisseur viking délaissant sur des bijoux la précieuse monture au profit des pierres.

Comme la grande majorité des psychothérapeutes ne reçoit aucune formation en philosophie, je ne prêterai à mes lecteurs aucune connaissance particulière en la matière. Lorsque je citerai des œuvres, j'essaierai de le faire de façon claire, sans jargon, tâche ardue s'il en est, dans la mesure où les philosophes existentiels surpassent les théoriciens de la psychanalyse dans l'emploi d'un vocable aussi abscons qu'alambiqué. L'œuvre incontournable de la philosophie existentielle, *Être et temps*, de Heidegger, remporte à elle seule la palme de l'hermétisme.

Pourquoi recourir à un vocabulaire aussi peu accessible ? Cette question reste pour moi sans réponse. En soi, les concepts existentiels ne présentent aucune complexité ; ils n'ont pas tant besoin d'être décodés ou analysés que dévoilés. Chaque individu, à un moment de sa vie, traverse une phase de réflexion profonde qui l'amène à se confronter aux enjeux existentiels ultimes. À ce stade, nul besoin de recourir à l'explication formelle. La tâche du philosophe, tout comme celle du thérapeute, consiste à lever le refoulement, à remettre l'individu en contact avec quelque chose qu'il a toujours su. C'est précisément la raison pour laquelle les plus grands penseurs existentialistes (Jean-Paul Sartre, Albert Camus, Miguel de Unamuno, Martin Buber) ont privilégié la présentation littéraire à l'exposé philosophique formel. Le philosophe et le thérapeute se doivent avant tout d'encourager l'individu à regarder au fond de lui et à assumer sa situation existentielle.

Les analystes existentiels : les cousins éloignés

Nombre de psychiatres européens s'opposent aux concepts clés de l'approche psychanalytique freudienne. Ils réfutent le modèle freudien du fonctionnement psychique, ses efforts visant à expliquer l'être humain au moyen d'un schéma énergétique emprunté aux sciences physiques, arguant qu'une telle approche ne pouvait que fausser la perception de l'être humain. Pour eux, l'application d'un modèle unique à l'ensemble des individus revient à ignorer l'expérience unique de la personne singulière. Ils refusent le réductionnisme de Freud (son explication de l'ensemble du comportement humain au moyen de quelques pulsions de base), ainsi que son matérialisme et son déterminisme (la croyance selon laquelle l'ensemble du fonctionnement psychique est causé par des facteurs identifiables déjà présents dans l'existence).

Ces analystes existentiels s'accordent sur un point de procédure fondamental : l'analyste doit approcher son patient sur le plan phénoménologique, c'est-à-dire qu'il doit pénétrer son monde expérientiel et écouter les phénomènes de ce monde sans les présuppositions qui en faussent la compréhension. Comme l'affirmait Ludwig Binswanger, l'un de ces analystes existentiels les plus connus, « il n'y a pas un seul espace et un seul temps, mais autant d'espaces et de temps qu'il y a de sujets[13] ».

Au-delà de leur réaction contre le modèle mécaniste et déterministe freudien et de leur postulat d'une approche phénoménologique de la thérapie, les analystes existentiels ont peu en commun et n'ont jamais véritablement formé d'école de pensée unifiée. Ces penseurs, parmi lesquels Ludwig Binswanger, Melard Boss, Eugene Minkowsky, V. E. Gebsattel, Roland Kuhn, G. Caruso, F. T. Buytendijk, G. Bally et Viktor

Frankl, sont restés quasiment inconnus de la communauté psychothérapique américaine, jusqu'à l'introduction de leur pensée aux États-Unis grâce à l'ouvrage de Rollo May, *Existence* (et surtout l'introduction à cet essai), publié en 1958[14].

Toutefois, plus de vingt ans après cette publication, il est frappant de constater le peu d'influence de ces penseurs dans la pratique psychothérapique américaine. Ils n'évoquent rien de plus que des visages d'inconnus sur des daguerréotypes jaunis de l'album de famille. Cette absence d'intérêt résulte pour une part d'un obstacle linguistique : à l'exception de quelques écrits de Binswanger, Boss et Frankl, ces philosophes ont peu été traduits. Elle découle également du caractère abscons de leurs écrits, enracinés dans une *Weltanschauung* philosophique européenne aux antipodes de la tradition américaine pragmatique de la thérapie. Dès lors, les analystes existentiels européens ne constituent, pour la plupart, que des cousins éloignés de l'approche thérapeutique existentielle que je vais présenter. Je ne les citerai que rarement, à l'exception notable de Viktor Frankl, éminent penseur pragmatique dont l'œuvre a été abondamment traduite.

Les psychologues humanistes :
les cousins américains « peu sortables »

En Europe, le courant analytique existentiel s'est fondé tout à la fois sur un désir d'appliquer des concepts philosophiques à une étude clinique de la personne humaine et en réaction au modèle freudien. Aux États-Unis, un mouvement similaire émerge à la fin des années 1950, pour éclore pleinement et s'organiser dans les années 1960, puis exploser soudain dans de multiples directions dans les années 1970.

Dans les années 1950, deux écoles idéologiques dominent le champ de la psychologie universitaire. La première, et de loin la plus influente, est représentée par le béhaviorisme scientifique positiviste ; la seconde, par la psychanalyse freudienne. Entre ces deux pôles, une voix mineure tente de se faire entendre dès la fin des années 1930 et dans les années 1940 : la psychologie avec pour objet d'étude les comportements anormaux et la psychologie sociale, qui toutefois coexiste difficilement au sein du bastion constitué par la psychologie expérimentale. Progressivement, ces théoriciens de la personnalité (parmi lesquels Gordon Allport, Henry Murray, Gardner Murphy et, plus tard, George Kelly, Abraham Maslow, Carl Rogers et Rollo May) se satisfont difficilement des limitations des deux écoles, béhavioriste et analytique, qui excluent de leur approche certaines caractéristiques majeures de la personne humaine (et qui la définissent comme telle) : le choix, les valeurs, l'amour, la créativité, la conscience de soi, le potentiel humain, pour n'en citer que quelques-unes. En 1950, ils créent de façon formelle une nouvelle école de pensée qu'ils baptisent « psychologie humaniste ». La psychologie humaniste, parfois qualifiée de « troisième force » (après le béhaviorisme et la psychanalyse freudienne), devient une organisation puissante, forte d'un nombre croissant d'adhérents et d'une convention annuelle qui rassemble des milliers de professionnels de la santé mentale. En 1961, l'American Association of Humanistic Psychology fonde le *Journal of Humanistic Psychology* qui compte dans son comité éditorial des figures célèbres comme Carl Rogers, Rollo May, Lewis Mumford, Kurt Goldstein, Charlotte Buhler, Abraham Maslow, Aldous Huxley et James Bugental.

À ses débuts, en 1962, cette organisation naissante se livre à quelques tentatives de définition formelle :

> « La psychologie humaniste s'attache principalement aux aptitudes et aux potentialités auxquelles la théorie positiviste ou béhavioriste ou encore la théorie psychanalytique ne laisse que peu, voire aucune, place : amour, créativité, soi, croissance, organisme, satisfaction des besoins élémentaires, accomplissement de soi, valeurs morales, être, devenir, spontanéité, jeu, humour, affection, naturel, chaleur, transcendance du moi, objectivité, autonomie, responsabilité, signification, principes de conduite, expérience transcendantale, santé psychique et autres concepts voisins[15]. »

En 1963, James Bugental, le président de l'association, propose cinq fondamentaux :

> « 1. *L'homme, en tant qu'homme, est plus que la somme de ses parties* (en d'autres termes, la compréhension de l'homme ne peut être obtenue par l'étude scientifique de ses parties et fonctions).

2. *L'homme acquiert son être dans un contexte humain* (en d'autres termes, la compréhension de l'homme ne peut être obtenue par l'étude scientifique de ses parties et fonctions qui ignorent l'expérience interpersonnelle).
3. *L'homme a la conscience de lui-même* (et ne peut être appréhendé par une psychologie qui ne prend pas en compte cette conscience continue multiniveau).
4. *L'homme est doté de la capacité de choisir* (l'homme n'est pas le spectateur de son existence, mais crée sa propre expérience).
5. *L'homme est intentionnel*[A] (il se tend vers l'avenir, a un but, des valeurs et un sens)[16]. »

De nombreux aspects de ces premiers manifestes – l'antidéterminisme, l'importance accordée à la liberté, le choix, l'intention, les valeurs, la responsabilité, l'orientation vers la prise en compte du monde expérientiel unique de chaque individu – jouent un rôle majeur dans le cadre de référence existentiel que je présente dans cet ouvrage. Toutefois, le champ de la psychologie humaniste américaine ne recouvre nullement la tradition existentielle européenne : les deux ont un accent radicalement différent. En Europe, la tradition existentielle a toujours accordé une place prépondérante aux limitations de l'être

A. Acception à ne pas prendre dans son sens philosophique, où l'intentionnalité désigne le phénomène selon lequel la conscience est toujours dirigée vers un objet ; en d'autres termes, la conscience est toujours conscience *de* quelque chose.

humain et aux dimensions tragiques de l'existence. Les raisons sont peut-être à trouver dans la plus grande familiarité que les Européens entretiennent avec le confinement géographique et ethnique, la guerre, la mort et l'incertitude de l'existence. Les États-Unis (et la psychologie humaniste à laquelle ils ont donné naissance) ont baigné dans un *Zeitgeist* d'expansivité, d'optimisme, d'espaces infinis et de pragmatisme, qui n'a pas été sans modeler la forme de pensée existentielle importée. Tous ces fondamentaux, en effet, possèdent un accent new-yorkais prononcé. La philosophie existentielle européenne s'attache aux limites, à la confrontation et à l'intégration sur le plan individuel de l'angoisse de l'incertitude et du non-être. Les psychologues humanistes, quant à eux, s'intéressent moins aux limites et à la contingence qu'au développement du potentiel, moins à l'acceptation qu'à l'ouverture, moins à l'angoisse qu'aux expériences paroxystiques et au sentiment de former un tout avec le monde, moins au sens qu'à l'accomplissement de soi, moins, enfin, à l'être humain comme être séparé et à l'isolement fondamental qu'au Je-Tu et à la rencontre.

Dans les années 1960, la contre-culture et ses avatars sociaux – Free Speech Movement[A], mouvement hippie, drogues, défenseurs du potentiel humain, révolution sexuelle – déferlent sur la psychologie humaniste.

A. Mouvement étudiant de protestation qui débuta en 1964-1965 sur le campus de l'université de Berkeley, en Californie, revendiquant la libre expression et le droit aux activités politiques sur le campus. *(N.d.T.)*

Bientôt, les conventions prennent des allures de grand bazar. La grande tente de la psychologie humaniste est ouverte à tous, à défaut d'autre chose, et regroupe sous son toit un nombre impressionnant d'écoles tout juste en mesure d'échanger entre elles dans un espéranto existentiel balbutiant. Gestalt-thérapie, thérapie transpersonnelle, groupes de rencontre, médecine holistique, psychosynthèse, soufisme, et bien d'autres encore, s'y bousculent. Ces nouvelles approches portent en elles des orientations qui ne sont pas sans implications majeures pour la psychothérapie. Elles cultivent ainsi l'hédonisme (« il n'y a pas de mal à se faire du bien »), l'anti-intellectualisme (qui considère toute approche cognitive comme de la « masturbation intellectuelle »), la réalisation personnelle (« faire son truc », faire l'expérience d'« états paroxystiques ») et l'accomplissement de soi. (La plupart des psychologues humanistes partagent la croyance en la perfectibilité de l'homme, à l'exception notable de Rollo May, dont la pensée s'enracine plus ouvertement dans la tradition philosophique existentielle.)

La prolifération de ces approches, au premier rang desquelles l'anti-intellectualisme, est bientôt à l'origine d'un divorce entre psychologie humaniste et milieu universitaire. Les psychologues humanistes en poste universitaire se retrouvent difficilement sur de tels partis pris et se désengagent progressivement du mouvement. Fritz Perls, loin d'être un parangon de discipline, exprime quant à lui ses plus vives préoccupations envers une approche privilégiant la recherche de sensations, la perception sensorielle pour elle-même et le « tout se vaut[17] ». Les trois principales figures qui avaient insufflé à la psychologie humaniste son contenu intellectuel – May, Rogers et Maslow – finissent par éprouver les plus fortes réserves face à ces tendances irrationnelles et retirent peu à peu au mouvement leur soutien actif.

La psychothérapie existentielle entretient donc une relation assez nébuleuse avec la psychologie humaniste. Les deux partagent certains postulats, tout comme certains psychologues humanistes possèdent une orientation existentielle, dont Maslow, Perls, Bugental, Buhler, et plus particulièrement Rollo May, que je citerai fréquemment dans cet ouvrage.

Les psychanalystes humanistes : les amis de la famille

Manque à ce portrait de famille un groupe, celui des « psychanalystes humanistes », qui s'écarte assez tôt des branches généalogiques que j'ai présentées. Bien qu'ils ne forment pas à proprement parler un groupe, ils suivent dans leur travail des voies parallèles. Les principales figures – Otto Rank, Karen Horney, Erich Fromm et Helmut Kaiser – ont tous été formés dans la tradition psychanalytique freudienne et européenne avant d'émigrer aux États-Unis ; tous, à l'exception de Rank, élaborent leurs contributions majeures en étant immergés dans la communauté intellectuelle américaine. Tous s'opposent au modèle pulsionnel freudien du comportement humain auxquels ils apportent des variations considérables. Bien que leur travail couvre de nombreux thèmes, ils s'intéressent tous à un moment ou un autre à certains aspects de la thérapie existentielle. Ainsi, Rank, dont l'apport a été brillamment enrichi par la lecture contemporaine d'Ernest Becker, souligne l'importance de la volonté et de l'angoisse de mort ; Horney, le rôle crucial de l'avenir comme facteur d'influence du comportement (l'individu est motivé par des intentions, des idéaux et des buts plus qu'il n'est modelé et déterminé par les événements du passé) ; Fromm, quant à lui, illustre de façon magistrale le rôle de l'angoisse de liberté dans le comportement ; Kaiser se consacre à la responsabilité et au sentiment d'isolement.

Outre ces branches principales constituées de philosophes, psychologues humanistes et psychanalystes d'orientation humaniste, l'arbre généalogique de la thérapie existentielle comprend une autre ramification importante, celle des grands écrivains qui, non moins profondément que les autres qui en ont fait leur métier, explorent et clarifient les enjeux existentiels. Cet ouvrage octroiera donc une place de choix à Dostoïevski, Tolstoï, Kafka, Sartre, Camus et autres maîtres de la littérature. Comme le soulignait Freud dans son analyse d'*Œdipe Roi*[18], la grande littérature survit, car le lecteur, d'une façon ou d'une autre, s'empare de la vérité qu'elle recèle. La vérité des personnages de fiction nous touche car elle nous renvoie à la nôtre. Les œuvres majeures de la littérature sont éducatives, de par leur honnêteté criante, tout comme le sont les données cliniques : le grand romancier, même s'il distille sa personnalité entre plusieurs personnages, en définitive nous révèle à nous-mêmes, comme l'écrivit un jour Thornton Wilder : « Si la reine Élisabeth, Frédéric II de Prusse ou Ernest Hemingway lisaient leur biographie, ils s'exclameraient : "Mon secret reste bien gardé !" Mais si Natacha Rostov lisait *La Guerre et la Paix*, elle s'écrierait, se cachant le visage de ses mains : "Comment a-t-il su ? Comment a-t-il su ?"[19] »

LA THÉRAPIE EXISTENTIELLE ET LA COMMUNAUTÉ UNIVERSITAIRE

Précédemment, j'ai comparé la thérapie existentielle à un enfant abandonné qui se voyait refuser l'entrée des cercles universitaires. Pour le champ de la thérapie existentielle, l'absence de soutien de disciplines universitaires établies comme la psychiatrie et la psychologie n'est pas sans implications majeures, dans la mesure où des institutions sous la férule de ces disciplines exercent un contrôle en amont : formation des cliniciens et des universitaires, financement de la recherche, autorisations d'exercer, publication d'articles.

Considérons l'espace d'un l'instant la quarantaine subie par l'approche existentielle de la part de l'*establishment* universitaire. L'enjeu se situe principalement autour de la problématique du fondement de la connaissance, ou plus simplement, « comment savons-nous ce que nous savons ? ». La psychiatrie et la psychologie universitaires, de par leur enracinement dans la tradition positiviste, privilégient la recherche empirique comme méthode de validation de la connaissance. Considérons la carrière typique d'un universitaire (et pas sur le plan théorique, puisque j'évoque ici mes vingt années de carrière universitaire) : dans le supérieur, le recrutement d'un jeune enseignant ou d'un professeur assistant est surtout légitimé par les aptitudes et la motivation dont fait preuve le candidat en matière de recherche empirique ; les résultats de ses recherches déterminent avancement et promotions ultérieurs. L'enjeu crucial de la titularisation est directement lié au volume de recherches empiriques ayant fait l'objet d'une publication dans les revues scientifiques de référence. D'autres éléments, comme la pédagogie ou la publication d'ouvrages, de chapitres ou d'essais qui ne relèvent pas du champ de la recherche empirique n'ont qu'un poids mineur.

Le chercheur désireux d'effectuer des recherches empiriques sur les problématiques existentielles aura donc énormément de mal à faire une carrière universitaire. Les postulats de la thérapie existentielle sont tels que le chercheur devra tenter de décomposer un organisme complexe en éléments suffisamment simples pour permettre la recherche empirique. De fait, ce principe fondamental nie un principe existentiel élémentaire, comme l'illustre l'anecdote suivante relatée par Viktor Frankl[20].

Un conflit acharné oppose deux voisins. Le premier affirme que le chat du second a mangé tout le beurre ; il réclame un dédommagement. Incapables de résoudre le différend, les deux compères, emmenant l'animal auteur du délit, sollicitent l'arbitrage du sage du village. Le sage demande au plaignant : « Quelle quantité de beurre le chat a-t-il mangée ? – Cinq kilos. » Le sage entreprend alors de peser le chat. Ni une, ni deux, il fait exactement cinq kilos. « *Mirabile dictu !*, s'exclame-t-il. Voici le beurre. Mais où est donc passé le chat ? »

Mais où est donc passé le chat ? Ensemble, tous les éléments ne suffisent pas à reconstruire l'être. Comme le proclame un credo humaniste fondamental, « l'homme est plus grand que la somme de ses parties ». Peu importe le degré de précision que nous avons dans notre compréhension des composantes de l'esprit humain – conscient et inconscient, par exemple, ou encore surmoi, moi et ça –, nous passons à côté du médiateur principal, à savoir la personne à qui appartient cet inconscient (ou surmoi, moi ou ça). Par ailleurs, l'approche empirique n'est jamais en mesure de nous donner des clés quant au *sens* que prend cette structure psychique pour la personne en question. Le sens n'est jamais révélé par l'étude des composantes, car il n'est jamais provoqué ; il est créé par une personne qui est superordonnée à tous ces composants.

Cependant, l'approche existentielle soumet à la recherche empirique un problème bien plus crucial encore que « Mais où est donc passé le chat ? », problème auquel Rollo May faisait référence lorsqu'il définissait l'existentialisme comme « l'entreprise visant à comprendre l'homme en dépassant le clivage entre sujet et objet, qui empoisonne la pensée et la science occidentales depuis la Renaissance[21] ». Attardons-nous quelques instants sur ce « clivage entre sujet et objet ». La posture existentielle remet en question la vision cartésienne traditionnelle d'un monde empli d'objets et de sujets qui perçoivent ces objets, qui n'est autre que le principe fondamental de la méthode scientifique : il existe des objets dotés d'un ensemble fini de propriétés qui peuvent être appréhendées via la recherche objective. La position existentielle dépasse ce clivage sujet-objet et considère la personne, non comme sujet susceptible, dans des circonstances appropriées, de percevoir la réalité externe, mais comme conscience participant à la construction de la réalité. Conception développée par Heidegger, pour qui l'être humain s'appréhende comme *Dasein. Da* (« ici »), car la personne est là, est un objet constitué (un « ego empirique »), tout en constituant simultanément le monde (en d'autres termes, est un « ego transcendantal »). Le *Dasein* renvoie à la fois au pourvoyeur de sens et au connu. Dès lors, chaque *Dasein* constitue son propre monde ; l'étude de tous les êtres humains au moyen d'instruments standard, comme s'ils peuplaient le même monde objectif, a pour conséquence d'introduire une erreur monumentale dans nos propres observations.

Il convient toutefois de garder à l'esprit que les limitations de la recherche empirique en psychothérapie ne concernent nullement la seule orientation existentielle, mais s'avèrent simplement plus manifestes avec cette approche. Avec cette expérience profondément personnelle et humaine que constitue la thérapie, l'étude empirique de la psychothérapie, toutes approches confondues, introduit des erreurs et n'offre qu'une portée limitée. Les trente ans de recherche en psychothérapie n'ont eu que peu d'impact sur la pratique de la thérapie ; personne ne peut l'ignorer. En fait, comme le déplorait Carl Rogers, le père de la recherche empirique en psychothérapie, « pas même les chercheurs en psychothérapie prennent suffisamment au sérieux leurs découvertes pour modifier leur approche de la psychothérapie[22] ».

Personne ne peut ignorer non plus le fait que la vaste majorité des cliniciens cessent tous travaux de recherche empirique après l'obtention de leur thèse ou de leur titularisation. Si la recherche empirique constituait une entreprise valide de recherche et de découverte de la vérité, pour quelle raison psychologues et psychiatres abandonneraient-ils définitivement leurs tables de calcul aléatoire une fois remplies leurs obligations universitaires ? À mesure que le clinicien gagne en maturité, il prend conscience, à mon sens, des problèmes inhérents à l'étude empirique de la psychothérapie.

Je vous livre, à titre d'exemple, une expérience personnelle. Il y a de cela plusieurs années, deux de mes confrères et moi avons conduit un vaste projet de recherche sur les processus à l'œuvre dans les groupes de rencontre, dont les conclusions furent publiées dans un ouvrage intitulé *Encounter Groups : First facts*[23], qui fut immédiatement considéré comme un travail de référence pour sa précision clinique et aussi vigoureusement attaqué par de nombreux psychologues humanistes. En fait, un numéro du *Journal of Humanistic Psychology*, précédemment cité, se livrait à une attaque en règle de ce travail. Mes deux confrères répondirent point à point à ces critiques, tandis que je m'y refusai.

Pour une part, j'étais complètement monopolisé par l'écriture du présent ouvrage, mais sur le fond, je doutais de nos recherches, non pour les raisons qui avaient déchaîné les critiques, mais par scepticisme : il m'était difficile de croire que notre approche statistique hautement technicisée et informatisée permettait de rendre compte de l'expérience des participants. Une conclusion centrale pour nos travaux me troublait particulièrement[24]. Pour évaluer les changements chez les participants du groupe de rencontre, nous avions eu recours à une énorme batterie de tests et d'instruments psychologiques chargés de mesurer les variations du point de vue (1) du participant, (2) de l'animateur du groupe, (3) des autres participants, (4) enfin, du réseau social du participant. La corrélation entre ces quatre perspectives de changement était nulle ! En d'autres termes, il existait une corrélation d'ordre zéro entre les différentes sources chargées d'évaluer le changement et ses proportions.

S'il existe certes des méthodes statistiques pour « lire » ce résultat, il n'en demeure pas moins que les conclusions sont relatives et dépendent pour une large part des informations elles-mêmes. Il s'agit d'un problème récurrent à l'évaluation des résultats en psychothérapie. Plus les méthodes d'évaluation sont nombreuses, moins le chercheur est certain de ses résultats.

Pour pallier ce problème, les chercheurs peuvent tenter de peser sur la fiabilité en réduisant le nombre de questions et en se limitant à une source unique de données. Une autre approche courante consiste à écarter les critères « mous » ou subjectifs et à ne mesurer que des critères objectifs, comme la quantité d'alcool absorbée, le nombre d'interruptions par le conjoint sur un laps de temps donné, le nombre de bouchées ingérées, la réponse psychogalvanique ou la taille de la tumescence pénienne suscitée par des diapositives présentant de jeunes personnes nues. Mais malheur au chercheur désireux de mesurer des facteurs importants comme la capacité d'aimer ou de prendre soin d'autrui, la saveur de la vie, la détermination, la générosité, l'exubérance, l'autonomie, la spontanéité, l'humour, le courage ou le niveau d'investissement dans la vie. Constamment, nous nous trouvons confrontés en recherche psychothérapique à un fait élémentaire de la vie, à savoir que la précision des résultats est directement proportionnelle à la banalité des variables étudiées. Quelle science curieuse !

Quelle serait l'alternative ? L'approche appropriée à la compréhension du monde interne d'un individu est la méthode « phénoménologique », consistant à accéder directement aux phénomènes, à rencontrer l'autre sans batterie d'instruments « standardisés » ni autres présupposés. Il convient, autant que faire se peut, de « mettre entre parenthèses » notre perspective du monde afin d'entrer dans le monde expérientiel de l'autre. Cette approche convient particulièrement à la psychothérapie, dans la mesure où tout bon thérapeute tente d'établir ainsi un lien avec son patient fondé sur ce que l'on nomme généralement empathie, présence, écoute authentique, acceptation bienveillante, ou encore « naïveté disciplinée[25] » pour reprendre l'expression heureuse de May. Les thérapeutes existentiels ont toujours préconisé une approche cherchant à appréhender le monde interne du patient plutôt qu'une démarche centrée sur la façon dont le patient a dévié des « normes ». Toutefois, cette méthode phénoménologique, par définition non empirique, ne cesse de soulever d'épineux problèmes pour le chercheur visant l'excellence scientifique.

En dépit des réserves énoncées, ma formation professionnelle me pousse à prendre en considération l'état de la recherche pour les quatre enjeux existentiels (la mort, la liberté, l'isolement fondamental et l'absence de sens). Car la recherche permet d'éclairer plusieurs aspects essentiels de ces questionnements et nous fournit des indications quant à leur prévalence chez les patients ou leur perception par des thérapeutes dans leurs séances avec leurs patients.

Pour les nombreuses thématiques existentielles qui n'ont jamais, à proprement parler, fait l'objet de recherches, j'ai eu recours à des études secondaires, comme dans le chapitre 6 pour le « locus de contrôle », dans la mesure où elles sont pertinentes à la compréhension des problématiques de responsabilité et de volonté.

D'autres thématiques, pour les raisons déjà évoquées, ne se prêtent pas à la recherche empirique. Les chercheurs en ont alors sélectionné certains aspects dont l'étude est possible selon cette approche. Comme nous le verrons, il existe ainsi de nombreuses échelles de mesure de « l'angoisse de mort », qui étudient le phénomène de la terreur, mais sous une forme tellement superficielle et normée qu'elles s'avèrent être d'un piètre secours. Comme cet homme qui, ayant perdu ses clés la nuit tombée, les cherche non dans le passage sombre où il les a laissées tomber, mais sous un lampadaire où la lumière est meilleure. Je ne citerai ces recherches qu'accompagnés des avertissements qui s'imposent.

Enfin, il existe d'autres domaines pour lesquels la connaissance se doit de rester intuitive. Certaines vérités de l'existence sont si lumineuses et indubitables que l'argumentation logique ou la corroboration par la recherche empirique semblent superflues. On prête ainsi les propos suivants au neuropsychologue Karl Lashley : « Si vous apprenez à un airedale terrier à jouer du violon, vous n'avez pas besoin d'un quatuor à cordes pour le prouver. »

J'ai souhaité rédiger ce livre dans un style suffisamment clair et dénué de jargon afin qu'il soit compréhensible par les non-spécialistes, même s'il s'adresse avant tout aux thérapeutes en formation et aux praticiens. Bien que je ne prête à mes lecteurs aucune formation formelle en philosophie, je leur suppose en revanche des connaissances cliniques. Si cet ouvrage ne se veut nullement un manuel de psychothérapie, il recourt néanmoins à des grilles d'explications cliniques conventionnelles avec lesquelles le lecteur devra être familiarisé. Lorsque je renverrai à un cadre de référence existentiel, je n'offrirai pas toujours de grilles de lecture alternatives. Ma tâche, telle que je la conçois, consiste à décrire une approche cohérente de la psychothérapie fondée sur les enjeux existentiels et qui accorde une place explicite à des techniques que la majorité des thérapeutes emploient de manière implicite.

Je ne prétends pas livrer ici *la* théorie de la psychopathologie et de la psychothérapie. En revanche, je présente un paradigme, un concept psychologique offrant au clinicien un système d'explication lui permettant d'ordonner les innombrables données cliniques dont il dispose et d'élaborer une stratégie systématique de la psychothérapie. Ce paradigme recèle un potentiel explicatif considérable, tout en étant parcimonieux (c'est-à-dire qu'il s'articule autour d'un nombre restreint de postulats) et accessible (les hypothèses reposent sur des expériences susceptibles d'être perçues de manière intuitive par tout individu se livrant à l'introspection). Paradigme humaniste, il est en accord avec la nature profondément humaine de l'entreprise thérapeutique.

Mais il s'agit d'*un* paradigme et non *du* paradigme ; utile pour certains patients mais pas pour tous, utilisable par certains thérapeutes mais non par tous. L'orientation existentielle ne constitue qu'une approche clinique parmi d'autres. Privilégiant un mode de lecture des données cliniques, elle ne peut, comme les autres paradigmes, se prévaloir d'aucune hégémonie exclusive ; par ailleurs, elle ne permet pas d'expliquer tous les comportements, la complexité et les potentialités de l'être humain étant trop nombreuses.

Liberté et incertitude forment le lot de l'existence humaine. Si les institutions culturelles et les concepts psychologiques ne servent parfois qu'à brouiller cette vérité, la confrontation de chacun de nous à sa situation existentielle nous rappelle que les paradigmes ne constituent finalement que de très minces barrières pour se prémunir contre la douleur de l'incertitude. Dans l'approche théorique existentielle comme dans toute autre, le thérapeute adulte doit pouvoir tolérer cette incertitude fondamentale.

PARTIE I

LA MORT

Les quatre chapitres suivants traitent du rôle joué par le concept de mort dans la psychologie et la psychothérapie. Je recourrai pour ce faire à quelques postulats élémentaires :

- La peur de la mort joue un rôle majeur dans notre expérience interne ; la mort nous hante et gronde sous la surface, présence sombre et troublante sur les rives de la conscience.
- L'enfant, à un âge précoce, nourrit de profondes réflexions sur la mort ; l'enjeu développemental consiste à surmonter des angoisses effroyables de destruction.
- Pour contenir ces angoisses, nous érigeons des défenses contre la conscience de la mort, fondées sur le déni, qui modèlent la structure de notre personnalité et, lorsqu'elles sont inadaptées, se traduisent par des syndromes cliniques. En d'autres termes, la psychopathologie est le résultat

de modalités inappropriées de transcendance de la mort.

- Enfin, il est possible d'élaborer une approche aussi efficace que sérieuse de la psychothérapie sur les fondements d'une prise de conscience de la mort.

Le chapitre 2 présente une vue d'ensemble du concept de mort en psychothérapie, ainsi que des données cliniques et des conclusions de recherche, avant d'explorer les raisons pour lesquelles la pensée analytique traditionnelle a soigneusement occulté la mort de la théorie et de la technique psychothérapiques.

Le chapitre 3 aborde le développement du concept de mort chez les enfants, et plus particulièrement les mécanismes de défense qui émergent pour protéger l'enfant des angoisses de mort. Le chapitre 4 propose un paradigme de psychopathologie fondé sur ces défenses de déni ; le chapitre 5, quant à lui, est consacré à la mise en œuvre, sur les plans théorique et pratique, d'une approche thérapeutique fondée sur la prise de conscience de la mort.

2

La vie, la mort et l'angoisse

« Ne vous grattez pas là où ça ne vous démange pas », recommandait le grand Adolph Meyer à toute une génération d'étudiants en psychiatrie[1]. Cet adage ne constitue-t-il pas une excellente mise en garde contre toute tentative d'investigation des attitudes d'un patient vis-à-vis de la mort ? Les patients n'ont-ils pas déjà leur lot d'angoisses et de terreurs sans que le thérapeute leur rappelle le fait le plus macabre de l'existence humaine ? Pourquoi s'attarder sur une réalité tout aussi amère qu'immuable ? Si l'objectif de la thérapie est d'insuffler de l'espoir, pourquoi, dès lors, aborder cet échec de l'espoir que constitue la mort ? Si l'objectif de la thérapie est d'aider la personne à vivre, pourquoi ne pas laisser la mort aux mourants ?

Ces arguments appellent des réponses que je développerai dans le présent chapitre. La mort « démange » à chaque instant ; nos attitudes envers la mort influencent notre façon de vivre et de grandir, tout comme nos accidents de vie et nos maladies. Je détaillerai deux propositions, aux implications majeures pour la pratique psychothérapique :

1. La vie et la mort entretiennent un lien étroit : elles existent simultanément, non de manière consécutive ; la mort bat constamment sous la membrane de la vie et influence considérablement nos expériences et notre conduite.
2. Première source d'angoisse, la mort constitue le fondement de la psychopathologie.

L'INTRICATION ENTRE VIE ET MORT

Un vénérable courant de pensée, qui remonte aux origines de la pensée écrite, insiste sur le lien étroit entre la vie et la mort. « Tout passe », nous enseigne la vie sans la moindre ambiguïté. Nous avons beau redouter cette fuite en avant, il nous faut néanmoins faire avec, vivre avec la peur qu'elle nous inspire. Pour les stoïciens, la mort constituait l'événement le plus important de la vie. Apprendre à bien vivre équivaut à apprendre à bien mourir ; inversement, apprendre à bien mourir est apprendre à bien vivre. Cicéron affirme que « philosopher ce n'est autre chose que s'apprêter à la mort[2] » ; Sénèque : « Que ne retires-tu en convive rassasié de la vie[3] ? » Conception similaire chez saint Augustin, qui implique dans ses *Confessions* que seule la mort permet à l'homme de naître véritablement à lui-même[4].

La mort ne peut être laissée aux mourants. Si la frontière biologique entre la vie et la mort est relativement précise, la frontière psychologique, en revanche, se révèle être plus floue : la vie et la mort se fondent.

Fait incontournable de la vie, la mort n'en constitue pas uniquement le dernier instant, comme quelques secondes de réflexion suffisent à nous en convaincre : « Dès notre naissance nous mourons et notre fin est la conséquence de notre commencement » (Manilius[5]). Dans son brillant essai consacré à la mort, Montaigne interrogeait : « Pourquoi crains-tu ton dernier jour ? Il ne confère non plus à ta mort que chacun des autres. Le dernier pas ne fait pas la lassitude : il la déclare[6]. »

Rien de plus simple – et de plus tentant – que d'étoffer ce florilège de citations classiques sur la mort. Tous les grands penseurs, ou presque, s'y sont intéressés (généralement assez jeunes ou vers la fin de leur vie), pour en arriver à la conclusion que la mort constituait une composante inextricable de la vie, et qu'une réflexion sur la mort enrichissait plutôt que n'appauvrissait la vie. En d'autres termes, si la réalité physique de la mort détruit l'homme, l'idée de la mort le sauve.

Ce dernier énoncé est si important qu'il mérite d'être répété : si la *réalité physique* de la mort détruit l'homme, l'*idée* de la mort le sauve. Mais que signifie-t-il exactement ? Comment l'idée de la mort peut-elle sauver l'homme ? Et qui plus est, le sauver de quoi ?

Une brève incursion dans un concept clé de la philosophie existentielle nous fournit quelques éléments de clarification. En 1926, Martin Heidegger, en s'interrogeant sur la manière dont l'idée de la mort pouvait sauver l'homme, arriva à l'intuition cruciale que la conscience de notre mort agissait comme un aiguillon nous permettant de passer à un mode d'existence supérieur. Pour Heidegger en effet, il existe deux modes fondamentaux d'existence : 1) un mode d'être authentique et 2) un mode d'être inauthentique[7].

Dans le mode d'être *inauthentique*, l'homme évolue dans le monde des choses et s'immerge dans les distractions apportées par le quotidien. L'homme se rabaisse, s'absorbe dans le on-dit, se perd dans le « on ». Il capitule devant le quotidien, tout entier préoccupé par l'*apparence* des choses.

Dans le mode d'être *authentique*, l'homme ne se soucie pas de l'*apparence* des choses, mais s'intéresse au fait même *qu'elles sont.* Ce mode implique d'être continuellement conscient de l'être. Dans ce mode, souvent dénommé « mode ontologique » (du grec *ontos* signifiant « être »), l'homme est conscient d'exister, ce qui ne signifie pas uniquement être conscient des fragilités de l'être, mais aussi (j'y reviendrai au chapitre 6) d'être conscient de sa propre responsabilité envers son être. Seul le mode ontologique permet à l'homme d'être en contact avec sa capacité d'autocréation ; seul cet espace lui permet de se saisir du pouvoir qu'il a de se changer lui-même.

En règle générale, nous évoluons dans le premier mode d'existence, celui de l'oubli de l'être, qui constitue le mode quotidien de l'existence, mode « impropre » (inauthentique) selon Heidegger, dans lequel nous ne sommes pas conscients de notre pouvoir de création sur notre vie et où nous « nous dévalons », où nous évitons les choix en étant « accaparé par le monde et la coexistence des autres dans le on »[8]. En revanche, lorsque nous accédons au second mode d'être (la conscience de l'être), nous existons sur un mode authentique (d'où l'emploi moderne du concept d'« authenticité » en psychologie). Dans ce mode, nous acquérons une pleine conscience de nous-mêmes – conscience de soi en tant que moi transcendantal (constituant) autant qu'empirique (constitué) ; nous saisissons nos possibilités autant que nos limites, nous sommes confrontés à la liberté absolue et au néant, devant lesquels nous ressentons de l'angoisse.

Et la mort dans tout cela ? Heidegger prit conscience que le passage du mode de l'oubli de l'être à celui – éclairé autant qu'angoissé – de conscience de soi ne s'effectue pas par l'exercice de la simple contemplation, par illumination soudaine ni persévérance. Il existe certaines conditions inaltérables et irrémédiables, certaines « expériences urgentes » qui nous précipitent du premier état d'oubli de soi vers le second, celui de la conscience de soi. Parmi ces expériences urgentes, que Jaspers qualifiera ultérieurement de « situations-limites » ou de « situations ultimes »[9], la mort reste sans équivalent : *la mort constitue la condition qui nous permet de vivre la vie de façon authentique.*

La conception de la mort comme contribution positive à la vie ne s'accepte pas facilement. Très souvent, nous nous représentons la mort comme le mal absolu, de sorte que nous reléguons d'emblée au rang d'absurdité toute conception contraire. Nous nous passerons très bien de la peste, merci !

L'espace d'un instant, essayons néanmoins de suspendre tout jugement et d'imaginer la vie sans l'idée de la mort. La vie perd alors quelque chose de son intensité : elle rétrécit lorsque la mort est niée. Pour

Freud qui, pour des raisons sur lesquelles je reviendrai par la suite, aborda peu la problématique de la mort, le caractère éphémère de la vie augmentait notre joie de vivre : « La limitation dans la possibilité de la jouissance en augmente le prix[A]. » Ce même Freud, qui, pendant la Grande Guerre, affirmait aussi que la guerre avait pour intérêt de ramener la mort au sein des préoccupations vitales : « La vie, certes, est redevenue intéressante, elle a retrouvé son plein contenu[10]. » Lorsque la mort est exclue, nous perdons de vue les enjeux de la vie ; notre vie s'en trouve appauvrie et devient, poursuit Freud, « aussi insipide, aussi vide de contenu que peut l'être un flirt américain dans lequel il est établi d'emblée que rien n'a le droit de se passer, à la différence d'une relation amoureuse continentale dont les graves conséquences doivent toujours rester présentes à l'esprit des deux partenaires[11] ».

De nombreux penseurs ont émis l'hypothèse que l'absence du *fait* de la mort de même que son idée aboutiraient au même émoussement de notre sensibilité à la vie. Nous en trouvons un exemple dans l'adaptation par S.N. Behrman de la pièce de Jean Giraudoux, *Amphitryon 38*, où, dans l'échange suivant, Jupiter décrit à Mercure ce qu'il ressent à l'idée de prendre apparence terrestre afin de faire l'amour à une mortelle :

> « Elle n'a de cesse qu'elle n'emploie des petites expressions qui creusent l'abysse entre nous...

A. Freud, S., *Passagèreté*, in *Œuvres complètes*, volume XIII, éd. A. Bourguignon, P. Cotet, J. Laplanche, Paris, Presses universitaires de France, 1988, p. 326. *(N.d.T.)*

> "Quand j'étais enfant" ou "quand je serai vieille" ou encore "jamais de toute ma vie". C'est comme un coup de poignard, Mercure… C'est une chose que nous ignorons, Mercure, cette intensité de l'éphémère – ce rappel à la mortalité – cette tristesse amère qui s'empare de nous lorsqu'on tente de saisir quelque chose qu'on ne peut avoir[12]. »

Montaigne, quant à lui, imagine un dialogue dans lequel Chiron, mi-dieu, mi-homme, refuse l'immortalité lorsque son père, Saturne (dieu du temps et de la durée), lui présente les implications de ce choix :

> « Imaginez de vrai combien serait une vie perdurable, moins supportable à l'homme et plus pénible, que n'est la vie que je lui ai donnée. Si vous n'aviez la mort, vous me maudiriez sans cesse de vous en avoir privé. J'y ai à escient mêlé quelque peu d'amertume pour vous empêcher, voyant la commodité de son usage, de l'embrasser trop avidement et indiscrètement. Pour vous loger en cette modération, ni de fuir la vie, ni de refuir à la mort, que je demande de vous, j'ai tempéré l'une et l'autre entre la douceur et l'aigreur[13]. »

Je ne souhaite nullement participer à un culte nécrophile ni plaider pour une morbidité négatrice de vie. Mais nous nous devons de ne pas oublier la teneur du dilemme premier qui nous anime, à savoir que chacun de nous est ange et bête ; nous sommes ces créatures mortelles qui, parce qu'elles ont conscience d'elles-mêmes, savent qu'elles sont mortelles. Le déni de la mort, à quelque niveau que ce soit, équivaut au déni de sa propre nature et entraîne une limitation toujours plus forte de notre conscience et de notre expérience. L'*idée* de la mort, une fois intégrée, nous sauve ; au lieu de nous condamner à une existence de terreur ou de pessimisme lugubre, elle fait office de catalyseur et nous enjoint à adopter un mode de vie plus authentique, tout en accroissant notre joie de vivre, comme le corroborent de nombreux témoignages d'individus confrontés à la mort.

Confrontation à la mort : un changement personnel

Des œuvres majeures de la littérature se sont employées à dépeindre les effets positifs, sur un individu, de la confrontation à la mort.

Guerre et Paix, de Tolstoï, fournit une excellente illustration de la façon dont la mort peut initier un changement personnel radical[14]. Pierre, le protagoniste, est comme anesthésié par la vie aussi vide qu'absurde qu'il mène au sein de l'aristocratie russe. Âme perdue, il erre pendant les neuf cents premières pages du roman en quête d'un but à donner à sa vie. Le tournant de l'intrigue se produit lorsque Pierre, fait prisonnier par les troupes napoléoniennes, est condamné à être passé par les armes. Sixième de la file, il assiste à l'exécution des cinq hommes devant lui et se prépare à mourir… avant d'être gracié, à la dernière minute, de façon inespérée. Métamorphosé par cette expérience, Pierre consacre les trois cents dernières pages du roman à vivre pleinement sa vie. Il peut enfin s'investir dans ses relations, acquiert une vive perception de son environnement naturel, se découvre un but dans la vie et s'y consacre entièrement[A].

La Mort d'Ivan Illitch, récit de Tolstoï, délivre un message similaire[15]. Ivan Illitch, bureaucrate à l'esprit étroit, contracte une maladie incurable, probablement un cancer du foie qui le fait souffrir atrocement, sans discontinuer. Peu de temps avant sa mort, il a une illumination : *une mort horrible l'attend parce qu'il a été mauvais toute sa vie.* Dans les jours qui lui restent, Ivan Illitch connaît une extraordinaire transformation qui peut difficilement être qualifiée autrement que de croissance personnelle. Si Ivan Illitch avait été en thérapie, nul doute que son psychothérapeute se serait enorgueilli de tels changements : il est enfin en lien avec les autres, il abandonne son amertume, son arrogance et sa mégalomanie chroniques. En d'autres termes, dans les derniers jours de sa vie il atteint un niveau d'intégration bien supérieur à celui qui avait été le sien toute sa vie durant.

Ce type de phénomène ne constitue pas un fait isolé dans le monde des cliniciens. Par exemple, des entretiens avec six des dix personnes ayant survécu à une tentative de suicide du haut du Golden Gate révèlent que ce saut dans la mort avait radicalement modifié, chez ces six personnes, leur perception de la vie[16]. Les témoignages sont assez éloquents : « Mon désir de vivre a pris le dessus… Il existe un Dieu bienveillant qui se manifeste dans toutes les choses de l'univers. » « Nous

---

A. Dans la vie réelle, c'est Dostoïevski qui fut sauvé au dernier moment du peloton d'exécution à l'âge de vingt-neuf ans, événement qui eut une influence majeure sur sa vie et son œuvre.

faisons partie du divin, de cette magnifique humanité de Dieu. » Ou encore : « J'ai maintenant un fort désir de vivre... Je me suis senti renaître à la vie... J'ai abandonné d'anciennes façons d'être... Je peux maintenant me sentir en lien avec la vie des autres. » « Désormais, je sens l'amour de Dieu et j'ai envie de faire quelque chose pour les autres. » Autre témoignage :

> « Je me suis senti rempli d'un nouvel espoir et d'un nouveau but du fait d'être en vie. Je goûte pleinement ce miracle de la vie – regarder voler un oiseau, par exemple –, tout prend un nouveau sens lorsque vous risquez de le perdre. Je me suis senti en accord avec les gens. Après cette renaissance, j'éprouve aussi de la compassion pour la souffrance de chacun. Tout est devenu limpide et lumineux. »

Les exemples cliniques abondent. Abraham Schmitt, par exemple, relate de façon approfondie le cas d'une patiente sujette à de la dépression chronique, qui survécut *in extremis* à une tentative de suicide. Il souligne la « totale discontinuité entre les deux parties de sa vie », avant et après sa tentative de suicide. Schmitt décrit sa relation professionnelle avec elle comme relevant, non de la thérapie, mais du suivi d'une transformation radicale de sa vie. Pour parler d'elle, ses amis utilisaient des qualificatifs tels que « pleine de vie », « débordante de vie et d'enthousiasme ». Le thérapeute atteste qu'après sa tentative de suicide elle était « en contact avec elle-même, sa vie et son mari. Désormais, elle vit pleinement sa vie et remplit celle de nombreux autres… Moins d'un an après sa tentative de suicide, elle tomba enceinte, première d'une série de grossesses qui se succédèrent à de courts intervalles. (Elle avait été longtemps stérile.)[17] ».

Dans son étude portant sur deux cents personnes ayant vécu des expériences de mort approchée (accidents de voiture, de montagne, noyade, etc.), Russel Noyes rapporte qu'un pourcentage significatif (23 %) de ces personnes relataient, des années après, que cette expérience leur avait conféré :

> « … un sens aigu de la brièveté de la vie et de sa valeur… un plus grand appétit de vivre, une perception et une sensibilité accrues à leur environnement immédiat… une aptitude à vivre et à savourer chaque instant… une conscience plus aiguë de la vie, de la vie et des vivants et de la nécessité d'en profiter avant qu'il soit trop tard[18]. »

Nombreux sont ceux à évoquer une « réévaluation des priorités », à manifester plus d'empathie et de sensibilité que par le passé.

Abul Hussain et Seymour Tozman, médecins intervenant dans les « couloirs de la mort », décrivent, dans une étude de cas clinique, trois hommes condamnés à mort et graciés à la dernière minute. D'après les auteurs, tous trois connurent une modification profonde de leur personnalité, ainsi qu'un « extraordinaire changement dans leur attitude », qui continua à s'exprimer lors du suivi ultérieur réalisé sur plusieurs mois[19].

Le cancer : une confrontation à la mort. Le pictogramme chinois signifiant « crise » est une combinaison des symboles « danger » et « opportunité ». Pendant mes nombreuses années de travail auprès de patients cancéreux en phase terminale, j'ai été frappé par la proportion d'entre eux qui mettaient à profit cette crise et ce danger comme opportunité de changement. Ces personnes évoquaient de réelles transformations intérieures qui relèvent d'une véritable « croissance personnelle » :

- Réévaluation des priorités de la vie : prise de distance vis-à-vis des éléments insignifiants.
- Sentiment de libération : pouvoir enfin choisir de ne pas faire des choses non désirées.
- Sensation aiguë de vivre dans le présent, sans remettre des projets à plus tard (retraite ou autre échéance de l'avenir).
- Appréciation plus vive des choses simples de la vie : les changements de saison, le vent, les feuilles mortes en automne, le dernier Noël, etc.
- Échanges plus riches avec les proches, comparé à avant la crise.
- Diminution des peurs relatives aux contacts interpersonnels ; moindre peur du rejet, plus grande aptitude à prendre des risques qu'avant la crise.

Peu de temps avant sa mort, le sénateur américain Richard Neuberger décrivait lui aussi ce type de transformations :

> « Un changement, que je crois irréversible, se produisit en moi. Soudain, tous les enjeux de prestige, de réussite politique, de statut financier, perdirent de leur importance. Au cours des premières heures qui suivirent ma prise de conscience que j'avais le cancer, jamais je ne songeai à mon siège au Sénat, à mon compte en banque, ou au destin du monde libre… Ma femme et moi n'avons plus eu de disputes conjugales depuis le diagnostic de ma maladie. Je me souviens que je m'énervais après elle sur sa façon de presser le tube de dentifrice, de faire peu de cas de mon appétit difficile, d'établir des listes d'invités sans me consulter, d'acheter trop de vêtements. Désormais, je ne fais plus attention à ces choses ; elles me paraissent insignifiantes… S'est substituée à cet état d'esprit une nouvelle appréciation des choses que je tenais autrefois pour acquises – un déjeuner avec un ami, caresser les oreilles de Muffet et l'écouter ronronner, la compagnie de ma femme, la lecture d'un livre ou d'un magazine le soir dans le doux cône de lumière de ma lampe de chevet, les expéditions vers le réfrigérateur en quête d'un verre de jus d'orange ou d'une part de gâteau. Pour la première fois, je goûte la saveur de la vie. Je prends conscience que je ne suis pas immortel. Je frémis en songeant à toutes les occasions gâchées – même lorsque ma santé ne me faisait pas défaut – par l'orgueil, les valeurs artificielles autant que les conceptions erronées[20]. »

Quelle est la prévalence de ces transformations personnelles consécutives à une confrontation à la mort ? Les sujets que j'ai étudiés constituaient un échantillon autosélectionné de patientes cancéreuses s'étant tournées vers un groupe de soutien. Pour étudier la prévalence générale de ce phénomène, mes confrères et moi avons conçu un projet de recherche portant sur l'étude de patients dans un cadre strictement médical[21]. Nous avons élaboré un questionnaire que nous avons transmis à soixante-dix patientes en consultation d'oncologie pour le traitement de cancers du sein métastasés (cancers s'étant propagés à d'autres organes du corps sans possibilité de traitement chirurgical ou médicamenteux)[A]. Pour une part, ce questionnaire se composait de dix-sept affirmations[B],

A. Cette étude portait uniquement sur des patientes en consultation externe, parmi lesquelles peu souffraient de douleurs physiques invalidantes ou de handicaps. Toutes connaissaient le diagnostic et savaient en outre que, quand bien même leur espérance de vie se comptait en mois voire en années, la maladie finirait par les emporter.

B. 1. Je communique de façon ouverte avec mon mari.
2. J'apprécie la beauté de la nature.
3. J'éprouve une impression de liberté personnelle.
4. J'essaie de communiquer de façon ouverte avec mes enfants.
5. C'est important pour moi d'être appréciée par tout le monde.
6. Ma vie m'apporte beaucoup de plaisir.
7. Je communique de façon ouverte et franche.
8. Je ne fais que les choses que j'ai vraiment envie de faire.
9. Je vis dans le présent et non dans le passé ou l'avenir.
10. Je connais des moments de profonde sérénité.
11. Je défends mes droits.
12. J'éprouve une sensation de bien-être psychologique.
13. Je communique de façon ouverte avec mes amis.
14. J'ai le sentiment d'avoir quelque chose de valeur à transmettre aux autres sur la vie.
15. Je suis en mesure de choisir ce que je veux faire.
16. Ma vie a du sens et un but.
17. Des croyances religieuses/spirituelles signifient beaucoup pour moi.

que les patientes devaient évaluer au moyen d'une échelle de cinq critères (de « quasiment jamais » à « toujours »), à deux moments : « avant » le début de leur cancer et « maintenant ». Ces résultats révélèrent que la majorité des patientes n'avaient signalé aucun changement entre « avant » et « maintenant ». Toutefois, pour celles qui avaient fait état d'une transformation, les modifications allaient presque invariablement dans le sens d'une croissance personnelle depuis le diagnostic de leur cancer. Pour quatorze des dix-sept items de la liste, les patientes signalèrent plus de changements positifs que négatifs[A]. Pour certains des items, les différences étaient significatives : ainsi, pour l'item 14 (« J'ai le sentiment d'avoir quelque chose de valeur à transmettre aux autres sur la vie »), dix-huit patientes signalaient un changement positif, trois un changement négatif ; pour l'item 11 (« Je défends mes droits »), les résultats indiquaient douze réponses positives et trois négatives, enfin, pour l'item 2 (« J'apprécie la beauté de la nature »), onze évaluations positives et deux négatives. Qui penserait que des patients en phase terminale puissent ressentir plus de moments de grande sérénité (item 10) ? Pourtant, dix-huit patients

A. Les deux seuls items qui allaient dans le sens d'une inversion étaient l'item 3 (« J'éprouve une impression de liberté personnelle »), qui à mon sens était probablement influencé par les très fortes limitations physiques subies par les patientes cancéreuses, et l'item 13 (« Je communique de façon ouverte avec mes amis »). Ces résultats s'expliquent probablement par le fait que le cercle d'amis des patientes ressentait un malaise extrême ; alors que, pour les patientes, certaines relations avaient gagné en profondeur, d'autres étaient devenues plus contraintes.

signalèrent une telle augmentation (comparé à huit qui témoignèrent d'un changement négatif).

Une autre section du questionnaire portait sur les variations d'intensité des peurs les plus courantes parmi les vingt-neuf répertoriées[A] ; les patientes devant en évaluer l'intensité (« avant » le cancer et « maintenant »). Les résultats indiquèrent les mêmes tendances, quoique dans de moindres proportions. Pour neuf de

---

A. 1. Les morts
2. Les personnes en colère
3. La séparation d'avec des amis
4. Les endroits confinés
5. Se sentir rejeté par les autres
6. Se sentir désapprouvé
7. Se sentir ignoré
8. L'obscurité
9. Les personnes souffrant de difformités
10. Faire des erreurs
11. Se ridiculiser
12. Perdre le contrôle
13. Être responsable de décisions
14. Souffrir d'une maladie mentale
15. Passer des examens écrits
16. Être affecté par les autres
17. Se sentir différent des autres
18. Être seul
19. Se trouver dans un endroit étrange
20. Parler en public
21. Faire des cauchemars
22. Échouer
23. Entrer dans une pièce dans laquelle tout le monde est déjà assis
24. Regarder en bas du haut d'un immeuble
25. Les étrangers
26. Être en colère
27. Les personnes en position d'autorité
28. Les blancs dans une conversation
29. Les insectes rampants

ces peurs, les patientes signalèrent une intensité plus forte depuis le diagnostic de leur cancer ; pour un item, la variation d'intensité s'équilibrait (nombre égal de patientes éprouvant plus de peur et moins de peur « maintenant ») ; enfin, *pour dix-neuf des vingt-neuf items répertoriés, plus de patientes indiquaient en avoir moins peur « maintenant » qu'« avant » le cancer.* Bien que ce phénomène n'ait fait l'objet d'aucune autre étude systématique[A], la plupart des thérapeutes font état de faits cliniques similaires. Ainsi, de nombreux thérapeutes ont travaillé avec des patients, qui, au cours de leur thérapie, se sont trouvés confrontés d'une façon ou d'une autre à la mort, la confrontation s'étant soldée par un bouleversement de leurs perspectives de vie et par une réévaluation de leurs priorités. Schmitt évoque notamment le cas d'une patiente qu'une insuffisance rénale avait amenée à côtoyer de très près la mort. Après une longue période sous dialyse, la patiente bénéficia d'une greffe et expérimenta une sensation physique et psychologique de renaissance. Elle décrit son expérience dans les termes suivants :

A. Certaines études[22] conduites sur des patients hospitalisés proches de la mort livrent des résultats beaucoup plus négatifs que ceux de notre étude ; toutefois, ces patients sont souvent isolés, cachectiques et en proie à d'atroces souffrances. Récemment, un patient atteint de cancer questionna les étapes définies par Kübler-Ross en soulignant que celles-ci s'appliquaient à une population de patients hospitalisés et cachectiques, et ignoraient cette « période dorée » qui survenait lorsqu'un patient avait le temps d'assimiler sa confrontation à la mort[23].

> « En fait, la seule chose que je puisse dire c'est que je ne peux pas me décrire autrement qu'en disant que j'ai eu deux vies. Je vais même jusqu'à leur donner un nom. Il y a eu la première Kathy et la seconde. La première Kathy est morte pendant la dialyse. Elle ne fit pas le poids longtemps face à la mort. Une seconde Kathy devait voir le jour, une Kathy née au cœur de la mort… La première Kathy était une gamine frivole, qui vivait dans l'instant, râlait quand la nourriture était froide à la cafétéria, s'ennuyait dans sa formation d'infirmière, se plaignait de ses parents. Son seul but dans la vie était de s'amuser le week-end… L'avenir semblait très loin et la préoccupait peu. Seules l'intéressaient des choses insignifiantes. La seconde Kathy, c'est la personne que je suis maintenant. Je suis amoureuse de la vie. Regardez la beauté du ciel ! Un bleu si lumineux ! Quand je me promène dans les jardins, je suis saisie par la beauté de chaque fleur, par leurs couleurs somptueuses… Si j'avais continué à être la première Kathy, j'aurais gâché ma vie et je n'aurais jamais connu le vrai bonheur d'être en vie. J'ai dû voir la mort en face avant de pouvoir vivre. Je devais mourir afin de pouvoir vivre[24]. »

Arthur, un patient alcoolique, doit à une confrontation inhabituelle à la mort le virage complet qui infléchit le cours de sa vie. Son état de santé se détériorait progressivement. Depuis plusieurs années, il buvait beaucoup ; ses périodes de sobriété étaient trop courtes pour permettre l'établissement d'une relation thérapeutique efficace. Inscrit à un groupe thérapeutique, il arriva un jour tellement ivre en séance qu'il s'évanouit. Il gisait, inconscient, sur le sofa, avec le groupe qui se demandait que faire, avant de finir par le transporter à l'hôpital.

Par chance, la séance avait été filmée. Le visionnage de la cassette fut pour Arthur l'occasion d'une profonde confrontation à la mort. Depuis des années, son entourage lui répétait que son alcoolisme le conduirait à la tombe, mais il n'en prit véritablement conscience qu'au moment où il visionna la cassette. Il se vit, allongé sur le sofa, avec le groupe entourant son corps et s'interrogeant sur ce qu'il convenait de faire ; la scène ressemblait de manière frappante à l'enterrement de son frère jumeau, mort des suites de son alcoolisme l'année précédente. Il se vit, assistant à sa veillée mortuaire, étendu sur une table d'autopsie, entouré de ses amis qui parlaient de lui. Profondément secoué par cette vision, Arthur connut la plus longue période de sobriété de sa vie et, pour la première fois, s'engagea dans un travail thérapeutique, qui s'avéra extrêmement bénéfique pour lui.

Pour une large part, mon intérêt pour la thérapie existentielle provient de l'impact, il y a plusieurs années, de la mort de l'une de mes patientes. Jane était une éternelle étudiante de vingt-cinq ans, dont la démarche en thérapie était motivée par une dépression, des troubles gastriques sérieux, et le sentiment d'un vide existentiel. Lors de la première séance, elle évoqua ses problèmes de façon diffuse, se plaignant constamment de « ne pas comprendre ce qu'il se passait ». J'avais du mal à saisir où elle voulait en venir, mais ce propos, noyé dans un flot constant d'attaques contre elle-même, me sortit bientôt de la tête. Sur mes conseils, Jane rejoignit un groupe thérapeutique, où elle expérimenta de nouveau la sensation de ne pas comprendre ce qu'il se passait. Elle ne comprenait pas ce qui lui arrivait, la raison pour laquelle les participants du groupe s'intéressaient autant à elle, ni pourquoi elle souffrit d'une paralysie de conversion, noua des relations de type masochiste avec les autres, s'amouracha du thérapeute. Pour une large part, sa vie lui apparaissait comme un mystère, comme quelque chose de vague qui lui arrivait « de l'extérieur », comme une pluie qui tombait sur elle.

Dans le groupe, Jane se montrait réservée et ennuyeuse. La moindre de ses affirmations était prévisible ; elle scrutait le visage des autres participants dans l'espoir d'y déceler quelque indice et modelait ses propos afin de plaire au plus grand nombre. Tout plutôt que les blesser, tout plutôt que de les faire s'éloigner d'elle (ce qui, naturellement, se produisit, non par colère mais par ennui). Jane vivait une sorte de retrait chronique de la vie. Tous, dans le groupe, essayaient de rencontrer « la vraie Jane » au travers du cocon de conformité qu'elle avait tissé autour d'elle. Tous s'évertuaient à l'encourager, l'incitaient à nouer davantage de contacts, à étudier, à rédiger le dernier devoir qui lui manquait pour son diplôme, à acheter des vêtements, à payer ses factures, à faire attention à elle, à sa coiffure, à travailler sur son CV, à rechercher un emploi…

Ces exhortations, comme il arrive le plus souvent en thérapie, restèrent vaines, de sorte que le groupe tenta une autre approche, visant à lui faire prendre conscience des bénéfices secondaires de l'échec. Qu'y gagnait-elle ? En quoi l'échec lui était-il si nécessaire ? Cette approche donna de meilleurs résultats, car ces bénéfices étaient innombrables. L'échec permettait à Jane de se sentir jeune, protégée, lui évitait d'avoir à faire des choix. L'idéalisation et la vénération du thérapeute servaient les mêmes objectifs. « Dehors », une aide était possible. Sa démarche en thérapie, telle qu'elle la concevait, consistait à s'affaiblir au point où le thérapeute ne pouvait décemment continuer à lui refuser tout secours.

Le tournant de la thérapie survint au moment où on diagnostiqua chez Jane un ganglion lymphatique axillaire. Le groupe se réunissait le mardi soir ; le mardi matin, elle avait passé une biopsie et ne devait savoir que le lendemain si l'excroissance était maligne. Ce mardi soir-là, elle était terrifiée. Jamais, à ce jour, elle n'avait envisagé sa propre mort, et cette séance fut déterminante dans la mesure où le groupe l'aida à faire face à ses peurs et à les exprimer. Au fond d'elle-même, elle ressentait une solitude terrifiante, solitude qu'elle avait toujours perçue et qui l'avait toujours paniquée. Lors de cette séance, Jane prit véritablement conscience que, quels que soient ses actes, quel que soit le degré de vulnérabilité auquel elle se plaçait, elle devrait au bout du compte faire face seule à la mort : personne ne pourrait intercéder en sa faveur, personne ne pourrait mourir à sa place.

Le jour suivant, elle apprit que le ganglion était bénin, ce qui n'amoindrit nullement les effets psychologiques de la séance de la veille. Des changements profonds se produisirent pour Jane. Elle commença à faire ses propres choix et à prendre en main sa vie. Lors d'une séance, elle déclara : « Je crois savoir ce qui se passe. » J'avais depuis longtemps oublié sa plainte initiale, qui me revint alors en mémoire et que, cette fois-ci, je compris. Il avait été essentiel pour elle de ne pas comprendre. Plus que toute autre chose, elle avait tenté d'éviter la solitude et la mort qui accompagnent la vie d'adulte. Sur le mode de la pensée magique, elle avait essayé de triompher de la mort en restant jeune, en évitant les choix et les responsabilités, en choisissant de croire au mythe qu'il y aurait toujours quelqu'un pour faire les choix à sa place, pour l'accompagner, quelqu'un qui serait là pour elle. Grandir, choisir, se séparer des autres signifiait aussi se confronter à la solitude et à la mort.

Le concept de mort, nous venons de le voir, joue un rôle crucial en psychothérapie par la place essentielle qu'il occupe dans notre expérience de la vie. La mort et la vie sont intriquées : bien que la réalité physique de la mort nous détruise, l'*idée* de la mort nous sauve. La prise de conscience de la mort confère à la vie son intensité, est l'occasion d'un changement radical de perspective, en nous enjoignant de renoncer à un mode de vie caractérisé par les divertissements, l'apaisement et les soucis banals au profit d'un mode plus authentique. Les cas de sujets connaissant une transformation radicale après leur confrontation à la mort possèdent des implications majeures pour la psychothérapie. Nous, thérapeutes, avons besoin de techniques nous permettant d'exploiter ce potentiel thérapeutique avec l'ensemble des patients, au lieu de compter sur des circonstances fortuites ou le diagnostic d'une maladie fatale. Ces techniques feront l'objet d'une présentation détaillée au chapitre 5.

LA MORT ET L'ANGOISSE

L'angoisse occupe une place si centrale en psychothérapie qu'il semble inutile de revenir davantage sur ce qui s'apparente à une évidence. Ce rôle unique de l'angoisse transparaît dans la nosologie psychiatrique traditionnelle, qui qualifie les principaux syndromes psychiatriques de « réactions » : réactions psychotiques, réactions névrotiques, réactions psychophysiologiques. Ces états sont appréhendés comme des *réactions à l'angoisse.* Des tentatives, souvent malhabiles, sont mises en œuvre pour contenir ces angoisses, au premier rang desquelles la psychopathologie, c'est-à-dire l'expression combinée de l'angoisse et des défenses contre l'angoisse. En règle générale, les thérapeutes commencent par se focaliser sur l'angoisse manifeste chez leurs patients, ses équivalents ou encore les défenses qu'ils érigent pour tenter de s'en protéger. Bien que le travail thérapeutique soit multidirectionnel, les thérapeutes continuent de se servir de l'angoisse comme d'une balise ou d'un compas : c'est vers elle qu'ils orientent leur travail, vers le dévoilement de ses sources fondamentales, avec pour objectif de les démanteler.

L'angoisse de mort : un déterminant influent de l'expérience et du comportement humain

La terreur de la mort, de par son omniprésence et son intensité, mobilise chez chacun de nous une proportion considérable d'énergie vitale utilisée dans des défenses de déni. La transcendance de la mort est un motif essentiel de l'expérience humaine, qui s'exprime tant sur le plan personnel – défenses, motivations, rêves et cauchemars – que sur les plans collectif et public – monuments, théologies, idéologies, cimetières, embaumements, exploration de l'espace –, en d'autres termes, nos modes de vie, nos activités, notre addiction aux divertissements, notre croyance inébranlable dans le mythe du progrès, notre pulsion à « aller de l'avant », notre désir de gloire éternelle.

Le groupe humain élémentaire – molécules de vie sociale – s'est formé, comme Freud en avait émis l'hypothèse, en réaction à la peur de la mort : les premiers humains se sont regroupés par peur de l'isolement et de ce qui rôdait dans l'obscurité. Nous perpétuons le groupe afin de nous perpétuer nous-mêmes, et la prise en compte de la dimension historique du groupe est une quête symbolique de l'immortalité médiatisée. Comme le formulait Hegel, l'histoire elle-même est ce que l'homme fait de la mort. Robert Jay Lifton a décrit ces modes par lesquels l'homme tente d'accéder à l'immortalité symbolique. Attardons-nous sur eux et leurs implications culturelles omniprésentes : (1) le mode biologique – continuer à vivre par sa descendance, via une chaîne infinie de liens biologiques ;

(2) le mode théologique – vivre sur un plan supérieur de l'existence ; (3) le mode créatif – via l'impact continu de sa création personnelle ou notre impact sur les autres (mode dans lequel, selon Lifton, le thérapeute puise sa subsistance personnelle, puisque, en aidant son patient, il initie une chaîne infinie) ; (4) le thème de la nature éternelle – où notre survie est assurée par le retour à ces forces vives de la nature ; (5) le mode transcendant expérientiel – en « se perdant » dans un état si intense que le temps et la mort disparaissent et que l'on vit dans le « présent continu[25] ».

Les ramifications sociales de cette peur de la mort et de la quête de l'immortalité sont si multiples qu'elles dépassent très largement le cadre de cet ouvrage. Nombreux sont les auteurs à s'être emparés de la question ; parmi eux, Norman Brown, Ernest Becker et Robert Jay Lifton ont brillamment démontré comment la peur de la mort imprègne le tissu de notre structure sociale. Dans cet ouvrage, je me limiterai aux effets de l'angoisse de mort sur la dynamique interne de l'individu. Je démontrerai que la peur de la mort constitue une source primordiale d'angoisse. Bien que ce point de vue soit simple et cohérent avec notre intuition, ses implications – tant sur le plan de la théorie que de la pratique clinique – sont, nous le verrons, innombrables.

L'angoisse de mort : définition

Commençons par examiner la signification de cette expression « angoisse de mort ». Je recourrai indifféremment à plusieurs expressions synonymes : « angoisse de mort », « peur de la mort », « terreur mortelle », « peur de la finitude ». Les philosophes quant à eux ont évoqué la perception de la « fragilité de l'être » (Jaspers), la peur du « non-être » (Kierkegaard), la « possibilité de l'impossibilité d'être » (Heidegger) ou encore l'« angoisse ontologique » (Tillich). Ces expressions possèdent des connotations diverses qui renvoient à une pluralité d'expériences. Essayons néanmoins de préciser les choses. Qu'est-ce au juste que nous craignons par cette peur de la mort ?

Pour certains chercheurs, cette peur serait un agrégat de peurs plus spécifiques. Ainsi, dans leur étude, James Diggory et Doreen Rothman ont demandé à un échantillon large de la population (563 personnes) de classer plusieurs conséquences de la mort. Voici les résultats, cités par ordre de fréquence décroissant :

- Ma mort causerait du chagrin à ma famille et à mes amis.
- La mort mettrait un point final à mes objectifs et à mes projets.
- La mort pourrait être douloureuse.
- Je ne pourrais plus vivre de nouvelles expériences.
- Je ne pourrais plus prendre soin des personnes qui dépendent de moi.
- J'ai peur de ce qui pourrait m'arriver s'il y a une vie après la mort.
- J'ai peur de ce qui pourrait arriver à mon corps après ma mort[26].

Certaines de ces peurs ne concernent pas directement l'expérience de sa propre mort. Les peurs relatives à la souffrance concernent ce côté-ci de la mort ; celles associées à une vie dans l'au-delà transforment la mort en événement non définitif ; enfin, celles liées à autrui n'appartiennent pas au registre des peurs personnelles. La peur de sa propre disparition (extinction) semble se trouver au cœur même de l'angoisse : « La mort mettrait un point final à mes objectifs et à mes projets » et « Je ne pourrai plus vivre de nouvelles expériences. »

Jacques Choron, dans une analyse des principales conceptions philosophiques de la mort, parvient à une conclusion similaire. Il distingue ainsi trois types de peurs de la mort : (1) celles relatives à ce qui survient après la mort, (2) « l'événement » lui-même de la mort et (3) le fait de cesser d'être[27]. Parmi ces peurs, les deux premières constituent, comme le souligne Robert Kastenbaum, des peurs *relatives* à la mort[28]. La troisième, « cesser d'être » (oubli, extinction, anéantissement), qui semble aussi être la plus centrale, est celle dont je traite dans ces chapitres.

Kierkegaard fut le premier à effectuer une distinction entre peur et angoisse, entre la peur qui est la peur de *quelque chose* et celle qui est la peur d'un *rien* (d'aucune chose), ou, pour le citer « (...) non un néant, notons-le bien, avec lequel l'individu n'ait rien à faire[29] ». On a peur de se perdre et de se fondre dans le néant. Cette angoisse, qui reste diffuse, « nous assaille de toutes parts simultanément[30] », comme le soulignait Rollo May. Une peur qu'il est impossible de comprendre et de situer ne peut être affrontée et en devient plus terrible encore, en générant de l'impuissance, qui invariablement intensifie l'angoisse. Pour Freud, l'angoisse constituait une forme de réaction à l'impuissance : « (...) L'angoisse est la réaction originelle au désaide dans le trauma, qui sera alors reproduite ultérieurement dans la situation de danger comme signal d'appel à l'aide[31]. »

Comment combattre cette angoisse ? *En la déplaçant du « rien » vers un « quelque chose »*, alternative proposée par Kierkegaard : « Autrement dit le néant qui était l'objet de l'angoisse devient, semble-t-il, de plus en plus quelque chose[32]. » Rollo May parvenait à la même conclusion : « L'angoisse cherche à devenir une peur[33]. » Si nous parvenons à transformer notre peur d'un rien en une peur de quelque chose, nous pouvons mettre sur pied une campagne d'autoprotection ; en d'autres termes, nous pouvons soit éviter la chose que nous redoutons, soit rechercher des alliés, développer des rituels magiques pour l'apaiser ou encore planifier une campagne systématique de détoxication.

L'angoisse de mort : manifestations cliniques

Cette angoisse cherchant à devenir une peur déroute le clinicien dans sa tentative d'en identifier la source. L'angoisse de mort se manifeste rarement sous sa forme originelle dans le travail clinique. Comme l'oxygène naissant, elle se transforme rapidement en un autre état. Pour parer l'angoisse de mort, le jeune enfant développe des mécanismes de protection (voir le chapitre suivant) qui se fondent sur le déni, se décomposent en plusieurs phases, pour finalement constituer un ensemble éminemment complexe d'opérations mentales visant à refouler cette angoisse de mort première et à l'enfouir sous des couches d'opérations défensives comme le déplacement, la sublimation et la conversion. Parfois, des accidents de vie parviennent à déchirer le rideau des défenses et à permettre à cette angoisse de mort brute d'accéder à la conscience. Très vite, cependant, le moi inconscient répare l'accroc et travestit de nouveau la nature de cette angoisse.

Voici un exemple tiré de mon expérience personnelle. Pendant la rédaction de cet ouvrage, j'eus un accident de voiture. J'étais au volant, dans une rue tranquille d'un quartier de banlieue, lorsque, soudain, une voiture surgit en face, fonçant dans ma direction. Le conducteur avait visiblement perdu le contrôle de son véhicule. Bien que l'intensité de la collision fût telle que les dommages des véhicules étaient considérables et que l'autre conducteur souffrît de sérieuses lacérations, je n'eus que des blessures légères. Deux heures plus tard, je pris l'avion afin d'animer le soir même une conférence dans une autre ville. Le choc m'avait secoué, j'étais encore « sonné » et tremblant, je ne pouvais ni manger ni dormir. Le lendemain soir, je fus assez mal inspiré d'assister dans un cinéma à la projection d'un film d'horreur (*Carrie*) qui me terrifia au point que je quittai la salle. Je rentrai chez moi au bout de deux jours, sans autre conséquence psychologique notable qu'une insomnie occasionnelle et des rêves angoissés.

Pourtant, il se passa quelque chose d'étrange. À l'époque, j'étais chargé de cours au Center for Advanced Study in the Behavioral Sciences de Palo Alto, en Californie. J'appréciais la compagnie de mes confrères et tout particulièrement nos échanges à bâtons rompus à l'heure du déjeuner. Immédiatement après l'accident, je commençai à éprouver une angoisse considérable à la perspective de ces déjeuners. Aurais-je des choses intéressantes à dire ? Quelle opinion mes confrères allaient-ils avoir de moi ? Allais-je me ridiculiser ? Au bout de quelques jours, l'angoisse devint si forte que je commençai à inventer des prétextes pour déjeuner seul ailleurs.

En tentant d'analyser cette situation qui m'était pénible, un élément m'apparut dans toute sa clarté : l'angoisse des déjeuners avait commencé à apparaître après l'accident. En outre, l'angoisse manifeste de cet accident – j'avais failli perdre la vie – avait complètement disparu au bout d'un ou deux jours. Pour moi, il était évident que cette angoisse avait réussi à se transformer en peur. Une intense angoisse de mort m'avait submergé immédiatement après l'accident, que j'avais « gérée » principalement par déplacement, c'est-à-dire en la séparant de sa source véritable et en la rivant à une situation spécifique, bien commode. Ainsi, mon angoisse de mort originelle ne fit qu'affleurer avant d'être traduite en enjeux mineurs comme l'estime de soi, la peur du rejet ou de l'humiliation.

Bien que j'eusse surmonté ou « géré » mon angoisse, je n'étais pas pour autant parvenu à l'éradiquer, de sorte qu'elle continua de se manifester par petites touches des mois après l'accident. J'avais beau avoir dépassé ma peur des déjeuners entre confrères, j'éprouvais toute une palette de peurs nouvelles, comme celle de conduire ou de me déplacer à vélo. Des mois plus tard, en vacances au ski, je me montrai si timoré, si craintif à l'idée de tout nouvel accident que mon plaisir autant que mes aptitudes à skier se trouvèrent sérieusement amoindris. Pourtant, il m'était possible de relier ces peurs dans l'espace et dans le temps et de les gérer d'une façon ou d'une autre. Bien qu'elles fussent ennuyeuses, elles n'étaient pas fondamentales et ne menaçaient pas mon être.

Outre ces peurs, je notai un autre changement : le monde entier me paraissait précaire. À mes yeux, il avait perdu sa familiarité : le danger semblait rôder partout. La réalité avait changé de nature et j'expérimentai ce que Heidegger qualifiait d'« étrangeté » (*Unheimlichkeit*), cette expérience de ne « pas être chez soi dans le monde » qu'il considérait (ce que je peux attester) comme l'une des conséquences typiques de la conscience de la mort[34].

L'angoisse de mort a en effet la caractéristique – suscitant une grande perplexité dans les écrits de santé mentale – de pouvoir s'exprimer en une pluralité de registres. Comme mentionné précédemment, elle peut ainsi concerner le fait de mourir, de souffrir lors de sa mort, de regretter tous les projets qui n'ont pu être menés à leur terme, de pleurer la fin de son expérience personnelle, ou se décliner sur le mode rationnel et détaché des épicuriens pour qui la mort n'était nullement terrifiante dans la mesure où

« la mort n'est rien pour nous. Quand nous sommes, la mort n'est pas là, et, quand la mort est là, nous ne sommes plus » (Lucrèce). Toutefois, il convient de garder à l'esprit que ces réactions constituent des réflexions conscientes et adultes ; elles ne s'apparentent en aucune façon à cette angoisse primitive de la mort qui existe dans notre inconscient, angoisse qui imprègne de manière très précoce le tissu de l'être, bien avant le développement de nos facultés complexes d'élaboration, angoisse sourde et étrange, angoisse qui existe par-delà et en dehors du langage et des représentations.

Le clinicien n'a que rarement affaire à l'angoisse de mort dans sa forme pure, celle-ci étant traitée par des mécanismes de défense conventionnels (refoulement, déplacement, rationalisation, par exemple) et spécifiques (voir le chapitre 4). Notons qu'il en va de même pour toutes les angoisses. Afin de perdre de sa toxicité, l'angoisse originelle se voit toujours transformée par le biais de nos mécanismes de défense psychologiques, dont c'est la fonction. Pour utiliser un cadre de référence freudien, il ne sera que très rarement donné à un clinicien d'observer une angoisse de castration qui se manifeste dans sa forme pure ; en revanche, ce clinicien en observera des expressions, comme la phobie des femmes, la crainte de la rivalité masculine dans certaines situations sociales ou encore la recherche de gratifications sexuelles dans des modalités autres que la relation hétérosexuelle.

Un clinicien ayant développé un cadre de référence existentiel, cependant, sera apte à reconnaître l'angoisse de mort « traitée » et s'étonnera de la fréquence comme de la diversité de ses expressions. Prenons quelques exemples cliniques. J'ai reçu dernièrement deux patientes désireuses d'entreprendre une thérapie non en raison d'une angoisse existentielle, mais afin de remédier à certaines situations douloureuses dans leurs relations.

La première de ces patientes, Joyce, était une professeure d'université de trente ans, qui vivait une situation de divorce douloureuse. Elle avait commencé à sortir avec Jack alors qu'elle avait quinze ans et l'avait épousé à l'âge de vingt et un ans. Visiblement, leur union traversait depuis des années une phase difficile qui avait abouti, par le passé, à une séparation de trois ans. Bien que Joyce entretînt une relation satisfaisante avec un autre homme, elle se sentait incapable de divorcer. En fait, au démarrage de la thérapie, elle se plaignait de pleurer de façon incontrôlée chaque fois qu'elle devait parler à Jack. Une analyse de ces pleurs mit en lumière plusieurs éléments importants.

Tout d'abord, il était essentiel pour elle que Jack continue à l'aimer. Bien qu'elle ne l'aimât ni ne le désirât plus, elle souhaitait ardemment qu'il continue de penser souvent à elle et de l'aimer comme il n'avait jamais aimé aucune autre femme. « Pourquoi ? », demandai-je. « On a tous envie que quelqu'un se souvienne de vous, répondit-elle. C'est une façon pour moi d'accéder à la postérité. » Elle me rappela le rituel juif kaddish selon lequel une personne continue à existter tant qu'elle reste dans les souvenirs de ses enfants. Quand Jack l'oublia, elle mourut un peu[A].

Les larmes de Joyce étaient également nourries par le sentiment qu'elle et Jack avaient partagé nombre d'expériences tendres et importantes. Leur mariage terminé, pensait-elle, ces événements disparaîtraient. Le passé révolu nous rappelle, telle une morsure, l'implacable fuite du temps. Bien qu'elle n'en eût pas conscience, Joyce, à mes yeux, était terrifiée à l'idée d'épuiser tout son quota d'avenir. Ainsi, elle avait pour habitude de ne jamais terminer complètement une tâche : si, par exemple, elle faisait le ménage, elle laissait toujours un coin non nettoyé. Elle redoutait d'en « avoir terminé ». Jamais elle ne commençait un livre sans qu'un autre attende son tour sur la table de chevet. On songera ici à Proust et à son œuvre majeure, *À la recherche du temps perdu*, conçue pour échapper aux « mâchoires dévorantes du temps ».

Joyce pleurait aussi par peur de l'échec. Jusque-là, la vie avait été pour elle une progression ininterrompue vers le succès. L'échec de son mariage signifiait qu'elle serait, comme elle le formulait souvent, « comme tout le monde ». Femme brillante, elle nourrissait de très hautes ambitions : la réussite internationale, voire un prix Nobel pour un programme de recherche auquel

---

A. Alan Sharp, dans *Un arbre vert en Écosse*, décrit le cimetière de Greenock : dans Iverkip Street se trouve le vieux cimetière où reposent les « vraiment morts », ceux dont les tombes ne sont plus entretenues et dont aucun être vivant ne se souvient. Dans l'autre cimetière, plus récent, sont enterrés les « morts encore reliés au monde des vivants par les chaînes du souvenir, les regrets qu'ils ont laissés derrière eux étant toujours vivaces »[35].

elle travaillait. Si elle n'y parvenait pas dans les cinq ans, elle avait prévu de consacrer toute son énergie à l'écriture d'œuvres de fiction et de publier *L'Ange exilé*[A] des années 1970, bien qu'elle n'eût jamais écrit de romans. Pourtant, elle avait des raisons de penser qu'elle était spéciale : jusqu'à présent, elle n'avait jamais échoué dans ses objectifs. L'échec de son mariage marquait une première interruption dans sa progression, premier défi à sa conception solipsiste du monde. Il menaçait la perception qu'elle avait d'elle-même comme d'un être spécial, qui compte parmi les défenses de déni les plus courantes et les plus puissantes (voir le chapitre 4).

Les difficultés de Joyce prenaient donc leurs racines dans l'angoisse de mort originaire. À mes yeux de thérapeute doté d'un cadre de référence existentiel, ces manifestations cliniques – le désir d'être aimé et rememoré éternellement, celui d'arrêter le temps, la croyance en son invulnérabilité personnelle, le désir de fusion avec autrui – avaient toutes la même fonction pour Joyce, à savoir apaiser son angoisse de mort.

À mesure que Joyce analysa chacune de ces manifestations et prit conscience de leur source commune, elle ressentit une amélioration de son état. Le plus frappant, lorsqu'elle renonça à son besoin névrotique de Jack et cessa de l'utiliser comme rempart à son angoisse de mort, fut qu'elle s'avéra en mesure de se

A. Roman de Thomas Wolfe, publié en 1937 aux États-Unis à titre posthume. Romancier qui reste méconnu en France, Thomas Wolfe a néanmoins inspiré toute une génération d'écrivains américains. *(N.d.T.)*

tourner vers lui sur un mode véritablement aimant et de restaurer son couple sur une tout autre base. Mais il s'agit là d'une autre problématique, que j'aborderai au chapitre 8.

La seconde patiente était une femme célibataire de trente et un ans, prénommée Beth, qui entreprit une thérapie en raison de son incapacité à nouer une relation satisfaisante avec un homme. En de nombreuses occasions, par le passé, elle avait « fait le mauvais choix », comme elle le formulait, avant de rompre parce qu'elle ne ressentait plus rien pour son partenaire. En thérapie, elle répéta ce même cycle : elle tomba amoureuse, passa par les souffrances de l'indécision, pour finalement être incapable de s'engager avec ce nouveau partenaire.

En travaillant sur le dilemme dans lequel elle se trouvait, il devint clair qu'elle se sentait dans l'obligation de nouer une relation durable : sa solitude lui pesait, tout comme la vie de célibataire; elle souhaitait en outre vivement avoir des enfants. La pression se trouvait intensifiée par sa peur de vieillir et de ne plus pouvoir avoir d'enfants.

Toutefois, lorsque son compagnon tentait de parler mariage, elle paniquait; plus il accentuait sa pression, plus l'angoisse la gagnait. Pour Beth, le mariage équivalait à être épinglée au mur : elle serait fixée à tout jamais, à la manière d'un spécimen biologique fixé dans le formaldéhyde. Il était essentiel pour elle de continuer à aller de l'avant, de devenir quelqu'un d'autre, autre que celle qu'elle était. Par ailleurs, elle trouvait son compagnon trop satisfait de lui et de sa vie. Peu à peu, Beth prit conscience de l'importance de ce motif dans sa vie. Jamais elle n'avait vécu dans le présent. Même lorsqu'elle mangeait ou servait le repas, elle avait toujours un plat d'avance : au plat principal, elle pensait déjà au dessert. Elle avait souvent pensé avec horreur au fait de « s'installer », qui pour elle équivalait à « se ranger ». « N'y-a-t-il rien d'autre dans la vie ? », s'interrogeait-elle souvent lorsqu'elle pensait au mariage ou à toute autre forme d'engagement.

En thérapie, alors qu'elle travaillait dans ces directions – sa compulsion à être toujours en avance sur elle-même, sa peur de vieillir, de mourir et de stagner –, Beth connut des angoisses plus intenses que jamais. Un soir suivant une séance au cours de laquelle elle avait exploré les choses de façon particulièrement fouillée, elle ressentit une terreur jusque-là inégalée. En sortant son chien, elle eut l'impression étrange d'être poursuivie par un être surnaturel. Elle regarda derrière elle, puis de tous les côtés, avant de se précipiter chez elle en courant. Plus tard, un orage éclata et elle resta éveillée toute la nuit, terrifiée à l'idée que le toit puisse s'envoler, ou que sa maison soit emportée par les pluies. Comme je le traiterai dans le chapitre 5, l'angoisse s'intensifie souvent lorsque la peur de quelque chose – en l'occurrence, pour Beth, du mariage ou de faire le mauvais choix – est appréhendée pour ce qu'elle est véritablement, à savoir la peur du néant. Pour Beth, la pression et la peur du mariage étaient pour partie des manifestations en surface d'une lutte interne plus profonde visant à contenir son angoisse de mort.

De nombreux cliniciens ont décrit l'angoisse de mort et ses modalités de transformation via l'ensemble du spectre de la psychopathologie clinique. Le chapitre 4 y est consacré, de sorte que je me limiterai ici à en dresser les grandes lignes. Dans son étude, R. Skoog signale que plus de soixante-dix pour cent des patients souffrant de névrose obsessionnelle sévère ont connu, dans les débuts de la maladie, une expérience de mort fragilisant grandement leur sentiment de sécurité. À mesure que le syndrome se développe, les patients tentent de plus en plus de contrôler leur monde et d'éviter l'inattendu ou l'imprévu. Les patients fuient le désordre ou la saleté et mettent en place des rituels destinés à les protéger du mal et du danger[36]. Erwin Strauss souligne que le dégoût exprimé par le patient obsessionnel pour la pourriture, la maladie, les germes et la saleté est intimement lié à la peur de la destruction personnelle[37]. W. Schwidder, quant à lui, observe que ces mécanismes de défense obsessionnels peinent à absorber complètement l'angoisse de mort. Ainsi, dans une étude portant sur plus de cent patients obsessionnels phobiques, il indique qu'un tiers éprouve des angoisses dans des endroits confinés ou dans le noir et qu'une proportion sensiblement plus grande de ces mêmes patients souffre d'angoisse de mort manifeste[38].

Herbert Lazarus et John Kostan, dans une étude à grande échelle du syndrome d'hyperventilation (extrêmement courant, puisqu'il concerne entre cinq à dix pour cent des patients suivis médicalement), soulignent la dynamique sous-jacente de l'angoisse de mort, capable de se transformer en un large éventail de phobies. Une incapacité à contenir suffisamment l'angoisse de mort provoque des crises d'hyperventilation[39].

D. B. Friedman décrit un patient obsessionnel dont l'angoisse de mort prenait la forme d'une pensée obsessionnelle, celle d'être oublié de tous. En outre, il avait le sentiment de passer à côté des choses excitantes de la vie : « Du nouveau ne se produit que quand je ne suis pas là, avant mon époque ou après, avant ma naissance ou après ma mort[40]. »

L'angoisse de mort peine à se dissimuler pleinement chez le patient hypocondriaque obnubilé par la sécurité et le bien-être de son corps. L'hypocondrie chez un patient se déclenche généralement après une maladie grave de ce patient ou d'une personne de son entourage proche. Comme l'observe V. Kral, tôt dans l'évolution de la maladie survient une peur de la mort directement expérimentée qui progressivement se diffuse dans plusieurs organes[41].

De nombreuses recherches cliniques ont mis en lumière le rôle central joué par l'angoisse de mort dans les syndromes de dépersonnalisation[42]. Ainsi, Martin Roth signale que la mort ou la maladie grave constitue l'événement précipitant dans plus de cinquante pour cent des cas de patients présentant un syndrome de dépersonnalisation[43].

Ces syndromes névrotiques présentent la caractéristique commune suivante : bien qu'ils limitent un patient et constituent une source d'inconfort, ils réussissent tous à le protéger d'une angoisse de mort « déclarée » et terrifiante.

L'angoisse de mort : la recherche empirique

Ces trente dernières années, un courant constant – bien que faible – de la recherche empirique en sciences sociales s'est maintenu, avec pour objet d'étude la mort. La quasi-totalité de ces articles débutent par un vibrant appel à contribution, qui s'accompagne d'une plainte ou d'une protestation indignée face au manque d'investigation rigoureuse. Après lecture de ces contributions, je ne peux que m'en faire l'écho. Il existe un contraste frappant entre les écrits spéculatifs ou impressionnistes sur la mort et la recherche méthodique. Ainsi, une bibliographie sommaire des écrits traitant de la mort jusqu'à 1972 fait état de plus de 2 600 ouvrages et articles ; pourtant moins de deux pour cent concerne la recherche empirique et seule une poignée entretient un lien direct avec la théorie et la thérapie existentielle.

Les recherches, même éloignées de ma thématique présente, s'attellent aux problématiques suivantes : incidence de l'angoisse de mort, études corrélatives du degré d'angoisse de mort en fonction de variables – démographiques (âge, sexe, statut marital, emploi, religion, diplômes, etc.), facteurs de personnalité (test du MMPI[A], angoisse générale ou niveau dépressif), expériences de vie (pertes précoces, séjour en

A. Minnesota Multiple Personality Inventory.

institutions) –, rapport entre l'angoisse de mort et la psychopathologie ou d'autres expériences psychologiques comme les fantasmes, les rêves et les cauchemars.

Jusque-là, tout va bien. Cependant, comme le font pertinemment remarquer Robert Kastenbaum et Ruth Aisenberg dans leur analyse approfondie, ces études, à quelques exceptions près, révèlent soit de sérieuses limites dans leur portée soit présentent des biais méthodologiques préoccupants[44]. De nombreuses études abordent la mort de manière imprécise, sans, par exemple, effectuer de quelconque distinction entre la peur de mourir du sujet et la peur de la mort d'autres personnes, ou encore de la peur des effets de sa propre mort sur les autres.

Autre problème, cette fois plus sérieux : ces études évaluent pour la plupart des attitudes conscientes envers la mort ou des angoisses conscientes manifestes. Par ailleurs, elles recourent à des instruments qui, à quelques exceptions près[45], sont élaborés à la va-vite, échelles « faites maison » dont ni la fiabilité ni la validité n'a été établie.

Parmi ces études, l'une d'elles, digne d'intérêt, porte sur des étudiants en médecine ; elle recourt à un outil permettant de mesurer l'angoisse de mort consciente et l'échelle « faisant autorité » (échelle F du California Personality Inventory). Elle démontre une relation négative entre l'angoisse de mort et le degré d'autorité ; en d'autres termes, plus on progresse dans l'échelle qui fait autorité, moins l'angoisse de mort est forte et vice versa. Par ailleurs, les étudiants en médecine qui avaient choisi de s'orienter vers la psychiatrie présentent une angoisse de mort plus forte que ceux ayant opté pour la chirurgie[46]. Peut-être les chirurgiens présentent-ils de meilleures défenses contre l'angoisse de mort et les psychiatres ont-ils développé une perception accrue de cette même angoisse. (Autre hypothèse : les psychiatres débutants ressentent une angoisse de mort plus forte et se destinent au champ de la santé mentale dans l'espoir d'y trouver un soulagement personnel.)

Plusieurs études concluent à l'existence d'une angoisse de mort moins marquée chez des sujets extrêmement religieux[47]. Des étudiants qui ont perdu un parent manifestent quant à eux une angoisse de mort plus forte[48]. En outre, la plupart des études font état de quelques variations relatives à l'âge[49], bien qu'il existe une corrélation positive entre les préoccupations relatives à la mort et l'approche de cette dernière[50]. Une étude portant sur les peurs les plus fréquentes réalisée sur 1 000 étudiants révèle que les peurs morbides sont considérables dans cette tranche de la population[51].

Plusieurs projets ont démontré, sans toutefois fournir d'explications, que les individus de sexe féminin présentent un niveau plus élevé d'angoisse de mort consciente que les individus de sexe masculin[A53].

A. Une étude portant sur huit cent vingt-cinq personnes ne signalait aucune différence liée au sexe, mais une analyse approfondie des données permit de mettre en lumière que les femmes se montraient plus réticentes à répondre à des items perturbants du questionnaire ; ainsi, seules soixante-dix-huit pour cent des femmes contre quatre-vingt-dix-huit pour cent des hommes avaient répondu à la question suivante : « Vous imaginez-vous clairement en train de mourir ou étant mort[52] ? »

L'étude de l'angoisse de mort consciente, bien qu'elle présente quelque intérêt, n'apporte qu'une contribution limitée à la compréhension de la structure et de la psychopathologie de la personnalité. La pierre de touche de la psychologie dynamique est précisément que l'angoisse forte *ne reste pas* consciente : elle est refoulée et « traitée », l'une des étapes principales de ce traitement consistant à séparer ou à isoler l'affect de l'objet. Dès lors, les pensées morbides ne génèrent qu'un inconfort modéré ; il est possible alors de mettre en œuvre des mécanismes de déplacement de cette angoisse avec quelques indices quant à leur source véritable. Quelques études, sur lesquelles je reviendrai dans un instant, ont pris en compte la différence entre angoisse de mort consciente et angoisse de mort inconsciente, et ont tenté d'étudier cette angoisse à ses niveaux inconscients. Elles recourraient à des instruments tels que les tests TAT (Thematic Apperception Test), les tests de Rorschach, l'analyse des rêves, les associations de mots, les fins de phrases, ainsi que la projection tachistoscopique et le test psychogalvanique.

Angoisse de mort et psychopathologie

L'angoisse de mort consciente. Quelques rares analyses tentent de corréler angoisse de mort et psychopathologie. Il existe ainsi une corrélation positive, chez les étudiants volontaires, entre l'angoisse de mort et les troubles psychiques (échelle d'Eysenck)[54]. Des prisonniers incarcérés pour un délit « mineur » (sans précision aucune quant à la nature de ces délits) présentent, comparé à la normale, des niveaux plus élevés que la moyenne d'angoisse de mort, de pensées morbides, de peurs des enterrements et des maladies, et ont plus souvent conscience d'écarter des pensées morbides[55]. L'angoisse de mort consciente présente une corrélation positive avec l'échelle de dépression du MMPI chez les patients psychiatriques âgés ; en fait, la corrélation était si forte que les chercheurs suggérèrent de prendre en compte l'intensification de l'angoisse de mort dans le syndrome dépressif de la personne âgée. La même étude ne démontra aucune corrélation entre l'angoisse de mort et la symptomatologie somatique (sur le Cornell Medical Index)[56]. Il est possible que la somatisation émerge en réponse à l'angoisse de mort et agisse comme dérivatif.

Bien que les études indiquent une absence d'angoisse de mort manifeste dans la population âgée normale[57], les personnes âgées présentant une immaturité psychologique ou des troubles psychiatriques manifestent un degré élevé d'angoisse de mort[58]. Chez les adolescents, la tendance à manifester de l'angoisse de mort est plus forte que parmi les autres tranches d'âge ; là encore, les personnes manifestant des signes de psychopathologie (définis dans cette étude comme actes de délinquance d'une importance nécessitant une incarcération) expriment plus d'angoisse de mort que les groupes de contrôle[59]. Une étude portant sur des adolescentes normales et « retardées » placées en établissements spécialisés montra que la population en institution exprimait davantage de craintes morbides manifestes[60]. À l'identique, les travaux d'un autre chercheur conclurent que les filles scolarisées en échec scolaire présentaient une peur de la mort beaucoup plus intense que les autres, « souvent si omniprésente qu'elle ne pouvait s'exprimer que de façon indirecte[61] ».

L'angoisse de mort inconsciente. Les études relatives aux angoisses de mort conscientes n'apportent toutefois qu'une aide limitée dans la compréhension du rôle de cette angoisse en psychodynamique. Quelques chercheurs s'intéressent alors aux pensées morbides inconscientes. Ainsi, Feifel et ses confrères définirent trois niveaux de préoccupation : (1) conscient (évalué à partir de la réponse à la question « Avez-vous peur de mourir ? ») ; (2) fantasmé (mesuré par codification de la positivité ou de la négativité des réponses à la directive « Quelles sont les idées ou les images suscitées par l'évocation de votre mort ? ») ; (3) perception infraconsciente (évaluée par le temps de réaction moyen à des termes du champ lexical de la mort dans les tests d'association et d'interférence couleur-mot)[62].

Les résultats montrèrent que les préoccupations morbides varient considérablement à chacun de ces niveaux. Au niveau conscient, la grande majorité (plus de soixante-dix pour cent) des personnes niait toute peur de la mort. Au niveau fantasmé, vingt-sept pour cent niaient toute angoisse de mort, soixante-deux pour cent donnèrent des réponses ambivalentes et onze pour cent manifestèrent une forte angoisse de mort. Au niveau infraconscient, la plupart des sujets témoignèrent d'une aversion considérable pour la mort. La différence principale entre sujets normaux, névrosés et psychotiques était que les individus psychotiques exprimaient une angoisse de mort générale plus forte que les autres. Aux niveaux les plus conscients, les sujets plus âgés et ceux animés de fortes croyances religieuses percevaient la mort « avec un état d'esprit plutôt positif, mais ressentaient de l'angoisse à un niveau plus primaire[63] ». Bien que ces études recourent à des instruments plutôt grossiers, elles soulignent néanmoins la nécessité d'étudier les préoccupations morbides à différents niveaux de perception.

Dans une expérience intéressante, W. W. Meissner démontra l'existence d'un niveau important d'angoisse de mort inconsciente[64]. Son étude incluait des tests de réactions psychogalvaniques de sujets normaux auxquels on présentait une série de cinquante items : trente termes neutres et vingt symboles morbides (par exemple la couleur noire, une bougie finissant de se consumer, un voyage, une personne endormie, silencieuse, la traversée d'un pont). Les symboles à connotation morbide générèrent des réactions psychogalvaniques plus fortes que les mots de contrôle.

Klass Magni recourut quant à lui à d'autres tests pour mesurer l'angoisse de mort[65]. Des scènes à connotation morbide (images d'enterrement, cadavres en décomposition et mutilés, etc.) furent projetées de manière tachistoscopique sur une durée croissante. Magni mesura le temps mis par un sujet pour identifier la scène et démontra que les étudiants en théologie envisageant de rejoindre les ordres mettaient moins de temps à identifier la scène (et ressentaient en conséquence probablement moins d'angoisse de mort inconsciente) que les étudiants envisageant des carrières dans la recherche ou l'enseignement dans lesquelles ils auraient moins à s'investir auprès des autres dans des registres personnels. Plusieurs études réalisées à partir de données d'entretien[66] ou de tests TAT[67] indiquent que les individus présentant des degrés élevés de troubles psychiques ressentent une angoisse de mort plus forte.

Des études portant sur l'angoisse de mort chez les personnes âgées, réalisées au moyen de tests TAT ou de tests de fins de phrases, indiquent que les personnes âgées vivant dans des environnements séparés similaires à leur environnement familier présentent un degré moindre d'angoisse de mort que les personnes âgées vivant en institutions traditionnelles[68]. Par ailleurs, ces personnes âgées éprouvent moins d'angoisse de mort inconsciente si elles participent à de nombreuses activités[69]. Dans les tests TAT, l'angoisse de mort parmi la population âgée est corrélée positivement avec les indicateurs névrotiques du MMPI (hypocondrie, dépendance, impulsivité et dépression)[70]. Une étude de l'angoisse de mort inconsciente (technique projective de fin de phrase) dans une population d'adultes d'âge moyen démontra que les jeunes adultes ressentaient plus d'angoisse de mort que les adultes plus âgés[71].

Si la peur de la mort constitue une source principale d'angoisse, elle devrait dès lors se manifester dans des rêves, dans lesquels les thèmes inconscients apparaissent souvent sous des formes relativement déguisées. Une étude normative à grande échelle indique qu'une angoisse de mort manifeste a été décelée dans vingt-neuf pour cent des rêves[72]. Une étude approfondie des cauchemars révéla que l'angoisse la plus répandue parmi les rêves d'adultes était l'angoisse de mourir ou d'être assassiné. Les autres thèmes fréquents possédaient également des connotations morbides : mort d'un membre de la famille ou d'une autre personne, vie du rêveur menacée par un accident ou par quelqu'un lancé à ses trousses[73]. Existe-t-il une corrélation entre le niveau d'angoisse de mort consciente et le nombre de cauchemars de mort ? Les études donnent des résultats contradictoires selon l'échelle de mesure de l'angoisse utilisée. Toutefois, un sujet ayant souffert (notamment avant dix ans) de la mort d'amis ou de membres de la famille proche est plus enclin aux cauchemars de mort[74]. Une de ces études fait état d'un résultat curieux, à savoir une relation curvilinéaire entre l'angoisse de mort et les thèmes oniriques morbides[75]. En d'autres termes, les individus manifestant un degré très élevé *ou* très faible d'angoisse de mort consciente tendent à rêver de la mort. Il est possible qu'un degré élevé d'angoisse de mort consciente reflète un niveau si élevé d'angoisse de mort inconsciente que cette angoisse ne parvient pas à être contenue et qu'elle déborde dans des rêves avortés (cauchemars) et dans la conscience. Un niveau très faible d'angoisse de mort consciente (moindre que le niveau auquel on pourrait s'attendre normalement chez l'individu moyen) peut également refléter une forte angoisse de mort inconsciente qui, à l'état de veille, est contenue par le déni et le refoulement mais qui, dans le sommeil, déborde la censure du rêve.

En résumé, les recherches sur l'angoisse de mort n'apportent qu'une aide limitée dans l'augmentation de notre compréhension du rôle de cette angoisse en psychopathologie et en psychothérapie. Ces recherches, pour la plupart, sont constituées d'études corrélatives sur l'angoisse de mort consciente (à partir d'échelles souvent grossières) et d'un ensemble de variables démographiques et psychométriques, qui démontrent des corrélations positives entre un degré élevé d'angoisse de mort et la dépression, les deuils précoces, l'absence de croyances religieuses et la profession. D'autres études s'intéressent à des niveaux plus profonds de la conscience pour conclure à la présence d'une angoisse de mort considérable en dehors du champ de la conscience, de même qu'à l'intensification de l'angoisse de mort dès lors qu'on passe du niveau conscient à celui de l'expérience inconsciente. Elles concluent également que la peur de la mort nous hante dans nos rêves, que les personnes âgées redoutent davantage la mort si elles sont psychologiquement immatures ou si elles sont peu actives ; enfin, que l'angoisse de mort, consciente comme inconsciente, présente un lien avec les troubles psychiques.

L'ÉVITEMENT DE LA MORT DANS LA THÉORIE ET LA PRATIQUE PSYCHOTHÉRAPIQUES

Tous les prismes qui viennent d'être évoqués – tradition culturelle, expérience culturelle, recherche empirique – ont des implications considérables en psychothérapie. L'intégration de la mort dans la vie enrichit cette dernière ; elle permet de se distancier des préoccupations banales, d'avoir un projet de vie et de vivre sur un mode plus authentique. La pleine conscience de la mort peut susciter des transformations personnelles radicales. Cependant, la mort n'en demeure pas moins une source d'angoisse considérable qui imprègne l'expérience intérieure et contre laquelle nous nous défendons via des stratégies personnelles. Par ailleurs (voir le chapitre 4), une angoisse de mort « mal » gérée génère toute une palette de signaux, symptômes et traits de personnalité que l'on regroupe sous l'étiquette « psychopathologie ».

Toutefois, en dépit de ces arguments imparables, l'approche psychothérapique n'inclut que très rarement le concept de mort. La mort est occultée, qui plus est de façon massive, dans la quasi-totalité du champ de la santé mentale : théorie, recherche fondamentale et clinique, études de cas cliniques, sans compter toutes les formes de pratique clinique, avec pour seule exception le champ duquel la mort ne peut être bannie, celui des soins palliatifs. Parmi les écrits de psychothérapie, les rares articles relatifs à la mort sont publiés dans des revues de second ou de troisième ordre et restent marginaux face au courant principal de la théorie et de la pratique psychothérapiques.

Études de cas cliniques

L'évitement de la peur de la mort dans les études de cas cliniques, pour ne citer que cet exemple, est si flagrant que l'on est tenté de conclure qu'une conspiration du silence est à l'œuvre. Dans les études de cas cliniques, la mort est traitée selon trois axes principaux. Le premier consiste, pour les auteurs, à ignorer purement et simplement la question et de ne faire état d'aucun matériel clinique sur le sujet. Deuxièmement, les auteurs peuvent rapporter, dans leur exposition du cas, un volume énorme de données morbides mais les exclure totalement de leur élaboration. Comme nous le verrons, cette approche était celle suivie par Freud, entre autres, dans ses études de cas. Enfin, les auteurs peuvent faire état de données cliniques relatives à la mort, mais dans l'élaboration du cas, « traduire » la mort dans un concept compatible avec leur école de pensée.

Dans une contribution abondamment citée, intitulée « The Attitudes of Psychoneurotics toward Death » et publiée dans une revue majeure, deux éminents cliniciens, Walter Bromberg et Paul Schilder, présentent plusieurs cas dans lesquels la mort joue un rôle central[76]. Ils relatent ainsi le cas d'une patiente manifestant une angoisse considérable après la mort d'une amie pour laquelle elle ressentait une attirance sexuelle. Bien que la patiente ait mentionné explicitement que sa peur de la mort s'est réveillée en accompagnant son amie mourante, les auteurs concluent que « son angoisse réactionnelle était dirigée contre l'attachement homosexuel avec lequel elle se débattait… sa propre mort signifiant la réunion avec l'être aimé qui venait de mourir… Mourir signifiait s'unir avec l'objet d'amour refusé ».

Une autre patiente, dont le père était entrepreneur de pompes funèbres, décrit l'angoisse majeure qui la saisit : « J'ai toujours eu peur de la mort. J'avais peur de me réveiller et de réaliser qu'on était en train de m'embaumer. J'éprouve des impressions étranges de mort imminente. Mon père était entrepreneur de pompes funèbres. Je n'ai jamais pensé à la mort lorsque je me trouvais avec des cadavres... mais maintenant j'ai envie de m'enfuir... J'y pense constamment... C'est comme si je m'en défendais constamment. » Les auteurs concluent que « l'angoisse de mort témoigne d'un désir refoulé d'être passive et d'être manipulée corporellement par le père-entrepreneur de pompes funèbres ». Selon eux, l'angoisse de la patiente est le produit de sa défense contre, d'une part, ses désirs dangereux et, d'autre part, son désir d'autopunition provenant de son désir incestueux. Dans le même article, les autres études de cas proposent d'autres exemples de traduction de la mort en manifestations considérées par les auteurs comme peurs plus fondamentales : « Pour ce garçon, la mort signifie la gratification sadomasochiste dans une union homosexuelle avec le père » ou encore : « La mort signifie pour lui la séparation d'avec la mère et l'expression de ses désirs libidinaux inconscients. »

À l'évidence, on ne peut que s'interroger sur cette entreprise de traduction massive. Si, par exemple, la vie d'un patient est handicapée par la peur des espaces ouverts, des chiens, des retombées radioactives ou encore si un patient est torturé par des ruminations obsessionnelles sur la propreté ou les portes qu'il convient de verrouiller, il semble pertinent de tenter de traduire ces préoccupations superficielles en significations plus fondamentales. Toutefois, *res ipsa loquitur*, une peur de la mort peut ne signifier rien d'autre qu'une peur de la mort et ne pas être traduisible en peur plus « profonde ». Le besoin du patient, comme j'y reviendrai par la suite, n'est peut-être pas tant de traduction, dans la mesure où il n'est pas coupé de la réalité, mais au contraire trop proche de la vérité de par son incapacité à ériger des défenses de déni « normales ».

La recherche clinique

L'évitement du concept de mort possède également des implications considérables pour la recherche clinique. Prenons l'exemple du champ de recherche sur le deuil. Bien que nombre de chercheurs aient étudié, dans leurs plus infimes détails, les différentes phases du deuil, ils ont, dans une belle unanimité, occulté le fait que la personne frappée par un deuil ne souffre pas uniquement d'une « perte d'objet », mais se voit aussi confrontée à la perte d'elle-même. Derrière le deuil provoqué par la perte d'un être cher se trouve le message « si ma mère (mon père, enfant, ami, conjoint) meurt, alors je mourrai aussi ». (Peu après la mort de son père, un de mes patients eut une hallucination auditive, celle d'une voix venant d'en haut qui lui affirmait : « Tu es le suivant. ») Une étude, abondamment citée, portant sur la première année de deuil chez les veufs, fait état d'un certain nombre de propos tels que « j'ai l'impression de marcher au bord d'un puits noir », ainsi que de commentaires exprimant le sentiment de danger ou d'insécurité désormais éprouvé par ces veufs, leur manque d'intérêt pour la vie ou son absence de sens, ou encore leur colère, qui n'est dirigée contre rien en particulier[77]. Il me semble que, si elles étaient explorées de façon approfondie, ces réactions livreraient des enseignements importants sur le rôle de la perte comme expérience facilitant potentiellement la confrontation à la mort de la personne frappée par ce deuil. Toutefois, dans cette étude, comme dans toutes les autres études qu'il m'a été donné de lire, le cadre de référence était autre et le chercheur s'est privé d'un terrain d'investigation fertile. Autre exemple, s'il en est, de l'appauvrissement résultant de l'occultation intuitive de certaines vérités par les sciences du comportement. Il y a quatre mille ans, dans l'une des premières œuvres jamais écrite, l'*Épopée de Gilgamesh*, le protagoniste savait pertinemment que la mort de son ami, Enkidu, présageait sa propre mort : « Maintenant, quel est le sommeil qui t'a saisi, toi, que tu te sois assombri et que tu ne m'entendes plus ? Et moi, dois-je mourir ? Mais pas comme Enkidu, alors ! L'angoisse envahit mes entrailles ; Ma crainte de la mort me fait parcourir la steppe[78]. »

Les cliniciens

Certains thérapeutes affirment que leurs patients n'évoquent tout simplement pas les enjeux de mort. À mon sens, le problème vient surtout du fait que le thérapeute n'est pas préparé à les entendre. Un thérapeute réceptif qui travaille de façon approfondie avec un patient a, dans sa pratique clinique, constamment affaire aux angoisses de mort.

Les patients, lorsqu'on les y encourage, fournissent un matériel extraordinaire sur leur angoisse de mort. Ils parlent de la mort de leurs parents ou amis, sont préoccupés par le fait de vieillir, leurs rêves sont hantés par la mort, ils assistent à des réunions d'anciens élèves et sont choqués de constater le « coup de vieux » pris par tout le monde ; ils évoquent, avec un pincement au cœur, le départ de leurs enfants, ils réalisent soudain, parfois de façon douloureuse, leur goût récent pour les passe-temps sédentaires des gens âgés. Ils prennent conscience d'une kyrielle de morts infimes : plaques de dégénérescence, taches de vieillesse sur la peau, cheveux gris, articulations raides, posture voûtée, rides qui se creusent. La retraite se profile, leurs enfants quittent la maison, ils deviennent grands-parents, leurs enfants commencent à prendre soin d'eux, le cycle de vie tout entier les absorbe. D'autres patients évoquent quant à eux des angoisses d'anéantissement, sous forme, par exemple, du fantasme très répandu du meurtrier s'introduisant chez eux, ou encore leurs réactions de crainte face à des manifestations de violence à la télévision ou au cinéma. Le travail de fin commun à toutes les thérapies suscite en écho, pour peu que le thérapeute y prête suffisamment l'oreille, des réflexions morbides sous-jacentes.

Mon expérience clinique personnelle témoigne de la prévalence de ces questionnements. Pour la rédaction de ce livre, j'ai amassé quantité impressionnante de matériel clinique jusque-là invisible. Nul doute que j'aie, dans une certaine mesure, suscité ce matériel chez les patients. Je crois profondément qu'il a toujours été là mais que, par le passé, je n'étais simplement pas branché sur le canal me permettant de le capter. Précédemment dans ce chapitre, j'ai évoqué deux patientes, Joyce et Beth, qui présentaient des troubles cliniques courants dans leurs relations interpersonnelles. Une investigation plus approfondie révéla chez elles un questionnement existentiel important que je n'aurais pas été en mesure d'identifier si je n'avais pas disposé du cadre de référence approprié.

Autre exemple de ce phénomène de « branchement », l'anecdote relatée par une psychothérapeute qui assista à l'une de mes conférences sur l'angoisse de mort. Quelques jours plus tard, elle m'écrivait dans une lettre :

> « (...) Je ne m'attendais pas à ce que cet enjeu surgisse ainsi dans mon travail : j'interviens comme thérapeute au Reed College et nos étudiants sont généralement en bonne santé physique. Lundi, mon premier rendez-vous était avec une étudiante victime de viol il y a deux mois. Depuis son agression, elle souffre d'une kyrielle de symptômes. Lors de la séance, elle reconnut, avec un rire gêné : "Si je ne meurs pas d'une chose, c'est de l'autre." C'est probablement en partie dû à la conférence ; quoi qu'il en soit, j'orientai la séance sur sa peur de mourir. Le viol et la mort étaient de ces choses

> dont elle pensait qu'elles ne pouvaient arriver qu'aux autres. Elle se sent vulnérable, est submergée d'angoisses qui par le passé étaient refoulées. Elle sembla soulagée de pouvoir aborder sa peur de mourir, même si elle ne souffre d'aucune maladie[79]. »

Des séances de psychothérapie qui suivent une confrontation fortuite à la mort apportent souvent un matériel clinique très riche. Bien évidemment, les rêves constituent des sources très fertiles. Ainsi, une femme de trente et un ans, la nuit suivant l'enterrement d'un vieil ami, fit le rêve suivant : « Je suis en train de regarder la télé. Le médecin arrive et ausculte mes poumons avec son stéthoscope. Je me mets en colère et lui demande de quel droit il agit de la sorte. Il me répond que je fumais comme un pompier. Il déclare que j'en suis au stade avancé de la maladie du "sablier". » Cette patiente ne fumait pas, mais son amie, décédée, avait une consommation de trois paquets par jour. Elle associa à la maladie du « sablier » la pensée que « le temps commençait à manquer »[80].

Mécanisme de défense aussi omniprésent que puissant, le déni joue un rôle central dans l'évitement sélectif du thérapeute face à l'enjeu de la mort en thérapie. Comme une aura, il entoure l'affect associé à la mort. (Parmi les nombreuses anecdotes compilées par Freud, l'une concerne un homme déclarant à sa femme : « Si l'un de nous meurt, j'irai m'établir à Paris[81]. ») Le déni n'épargne pas le thérapeute et, en thérapie, celui du thérapeute et celui du patient entrent en collusion.

De nombreux thérapeutes, en dépit de leur longue analyse personnelle, n'ont ni exploré ni travaillé leur terreur personnelle de la mort ; de manière phobique, ils évitent ce domaine dans leur vie personnelle et occultent tout matériel clinique qui s'y rapporte dans leur pratique de psychothérapeute.

Au déni individuel du thérapeute s'ajoute le déni collectif à l'œuvre dans le champ de la psychothérapie. Pour bien l'appréhender, il convient peut-être de s'interroger sur les raisons pour lesquelles la mort s'est retrouvée exclue des théories formelles de l'angoisse. Alors que l'angoisse joue un rôle absolument central tout à la fois dans la théorie et la pratique quotidienne de la psychothérapie dynamique, aucune place n'est accordée à la mort dans les théories dynamiques traditionnelles de l'angoisse. Si nous devions modifier la pratique thérapeutique afin de nous saisir du formidable outil clinique représenté par le concept de mort, il conviendrait de démontrer le rôle de la mort dans la genèse de l'angoisse. Rien de tel, pour y parvenir, que de commencer par retracer l'évolution des concepts psychodynamiques de l'angoisse, en tentant de comprendre les raisons de cette occultation systématique du concept de mort.

FREUD : L'ANGOISSE SANS LA MORT

L'influence des idées de Freud dans le champ psychodynamique est telle que l'évolution de la pensée dynamique recoupe peu ou prou celle de la pensée freudienne. Toutefois, en dépit de son extraordinaire prescience, Freud est resté aveugle à certains aspects, d'une évidence pourtant criante, du monde interne du sujet. Dans les pages suivantes, j'avancerai certains arguments visant à illustrer comment Freud évita la problématique de la mort, aussi bien dans ses réflexions cliniques que théoriques, avant de proposer quelques pistes d'explications.

L'évitement de la mort chez Freud

La première contribution clinique et théorique majeure de Freud figure dans les *Études sur l'hystérie*, ouvrage rédigé en 1895 en collaboration avec Josef Breuer[82]. Cette œuvre, fascinante, mérite la plus grande attention, dans la mesure où elle illustre de manière frappante cet évitement sélectif de la mort et jette les fondements de l'exclusion de la mort dans le champ entier de la thérapie dynamique dont elle marqua les débuts. Ce livre se présente comme un recueil de cinq études de cas, l'une (Anna O.) rédigée par Breuer et les quatre autres par Freud. Plusieurs autres cas, sous forme fragmentaire, sont évoqués çà et là dans des notes de bas de page et des sections d'analyse. Dans les cas présentés, les patientes manifestaient au début de la thérapie un riche éventail de symptômes, parmi lesquels la paralysie, l'anesthésie, la douleur, la fatigue, les obsessions, des sensations d'étouffement, etc. Le traitement de ces cinq patientes permit à Freud et à Breuer d'élaborer une étiologie de l'hystérie, ainsi qu'une forme systématique de thérapie fondée sur cette étiologie.

Ces cinq patientes avaient toutes souffert d'un traumatisme émotionnel majeur précédemment dans leur vie. Comme le remarque Freud, un traumatisme, même très perturbant, n'engendre la plupart du temps aucun effet durable, car les émotions suscitées par ce traumatisme se dissipent, qu'elles fassent l'objet d'une abréaction (la personne passe par une phase de catharsis dans laquelle elle parvient à exprimer ou élaborer cette émotion d'une façon ou d'une autre) ou que le souvenir de ce traumatisme « s'intègre dans le grand complexe des associations », « y [prenne] place à côté d'autres incidents », soit « grignoté » ou « modifié par une rectification des faits » ; par exemple « le souvenir d'une humiliation est modifié par une rectification des faits, par un sentiment personnel de dignité, etc. »[83].

Chez ces cinq patientes, le traumatisme ne disparut pas, mais, au contraire, hantait constamment la victime. (« C'est de réminiscences surtout que souffre l'hystérique[84]. ») Freud émit l'hypothèse que, chez ses patientes, le souvenir du traumatisme et les émotions associées furent refoulés de la pensée consciente (première formulation du concept de refoulement et de l'inconscient) et, dès lors, ne furent pas soumis aux processus normaux de traitement de l'affect. Toutefois, l'affect refoulé persista de façon vivace dans l'inconscient, jusqu'à trouver une forme d'expression consciente dans sa conversion (d'où « l'hystérie de conversion ») en symptômes physiques.

Dès lors, les implications thérapeutiques sont évidentes : il va s'agir de permettre au patient de se remémorer le traumatisme et de libérer l'expression de l'affect refoulé. Freud et Breuer recoururent à l'hypnose, puis Freud, plus tard, à l'association libre, pour aider leurs patients à ressaisir le souvenir incriminé et exprimer, verbalement et corporellement, l'affect associé.

Les hypothèses freudiennes sur la constitution et la suppression de l'affect, la formation des symptômes, puis l'élaboration d'une forme de thérapie fondée sur ces bases, eurent un impact extraordinaire et modelèrent la théorie et la pratique de ses successeurs. Dans la conception freudienne, l'élément pertinent pour le sujet et qui nous importe ici concerne la *source* du symptôme dysphorique, en d'autres termes la nature du traumatisme originaire. Alors que la théorie des symptômes et l'approche de la thérapie restent cohérentes dans l'ensemble du texte, les descriptions que donne Freud de la nature du traumatisme connaissent, entre la première et la dernière patiente, une évolution fascinante. Freud énonce ainsi, dans son introduction : « Le meilleur conseil que je puisse donner à toute personne qu'intéresse l'acheminement de la catharsis vers la psychanalyse est de commencer par les *Études sur l'hystérie* et de suivre ainsi la voie que j'ai moi-même parcourue[85]. »

Dans les premières études de cas du recueil, les traumatismes semblent banals et pourraient laisser à penser que les troubles psychiques profonds dont souffre une patiente peuvent avoir été causés par l'attaque d'un chien sauvage[86], par des coups assénés au moyen d'un bâton par un employeur, par le fait qu'une domestique faisait boire son petit chien dans un verre[87] ou encore par la crainte de subir des reproches injustifiés de la part d'un employeur envers lequel une patiente éprouve une tendre inclination[88]. Dans la suite des *Études*, les explications de Freud sur les traumatismes originaires connaissent une sophistication aussi croissante qu'étonnante : Freud émet ainsi l'hypothèse que ses patientes sont tourmentées par des enjeux archétypaux dignes d'une tragédie grecque : haine des enfants (dans la mesure où ils entravent la capacité d'une épouse à soigner son mari mourant[89], activité incestueuse avec un parent[90], expérience de la scène primitive[91], ainsi que plaisir (et culpabilité consécutive) ressenti à la mort d'une sœur dont le mari était aimé de la patiente[92]. Ces cas, les notes, ainsi que sa correspondance[93] témoignent tous de la direction inexorable suivie par la pensée de Freud quant à la source de l'angoisse : (1) progressivement, il reporte la temporalité du « vrai » traumatisme responsable de l'angoisse à une période plus précoce de la vie et (2) il postule la nature sexuelle explicite et exclusive de ce traumatisme.

Les réflexions de Freud sur les traumatismes émotionnels de ses cinq patientes évoluèrent progressivement en théorie formelle de l'angoisse. L'angoisse représentait le signal d'un danger anticipé, puisant ses racines dans un traumatisme précoce majeur : le souvenir de l'événement traumatique était refoulé et l'affect associé transformé en angoisse. Une anticipation de la récurrence de ce traumatisme ou d'un danger similaire suffisait à réveiller l'angoisse.

De quel type de traumatisme s'agit-il ? Quels événements sont-ils nocifs au point que leurs échos hantent un individu tout au long de sa vie ? La première réponse de Freud soulignait l'importance de l'affect de vulnérabilité. « L'angoisse est la réaction originelle au désaide dans le trauma, qui sera alors reproduite ultérieurement dans la situation de danger comme signal d'appel à l'aide[94]. » Il va s'agir ensuite de déterminer les situations suscitant cet affect de « désaide », c'est-à-dire de vulnérabilité teintée d'impuissance. De par le rôle central joué par l'angoisse dans la théorie psychanalytique et compte tenu de l'évolution que Freud fit subir à sa théorie au fil de son travail, on ne s'étonnera guère de trouver autant de formulations de l'angoisse, parfois opposées[95]. Sur l'origine de l'angoisse, deux sources principales survécurent au tamisage intellectuel constant de Freud : la perte de la mère (abandon et séparation) et la perte du phallus (angoisse de castration). La théorie freudienne postule d'autres sources d'angoisse majeures : le surmoi ou angoisse morale, la peur de ses tendances autodestructrices et la peur de la désintégration du moi, c'est-à-dire la peur d'être submergé par les forces obscures qui nous habitent.

Bien que Freud mentionnât d'autres sources d'angoisse, il souligna surtout l'importance de l'abandon et de la castration. Il croyait que, sous des apparences sans cesse travesties, ces deux Boule et Bill psychiques nous hantent dans nos états de veille et alimentent, dans notre sommeil, deux de nos cauchemars les plus fréquents : la chute et le fait d'être poursuivi. Infatigable archéologue en quête de structures psychiques toujours plus profondes, Freud émit l'hypothèse que la castration et la séparation possédaient un trait commun : la perte, perte d'amour, perte de la possibilité d'union à la mère. Sur le plan chronologique, la séparation intervient en premier, dans le traumatisme de la naissance, premier moment de la vie ; toutefois, pour Freud, la castration constitue la source principale de l'angoisse. La première séparation amorcerait ainsi chez l'individu l'angoisse de castration qui, lorsqu'elle se manifeste, réactive les expériences d'angoisse précoce.

L'étude des sources cliniques de Freud (les cas présentés dans *Études sur l'hystérie)* appelle un constat pour le moins étonnant, à savoir une contradiction frappante entre les cas cliniques eux-mêmes et les conclusions tirées par Freud dans sa conceptualisation de l'angoisse et du traumatisme : *la mort imprègne à un point tel ces cas cliniques que Freud ne put l'exclure de son analyse qu'au prix d'un effort suprême.* Deux des cinq cas ne font l'objet que d'une brève analyse. (L'une de ces patientes, la serveuse d'un lieu de villégiature de Freud, a été traitée en une seule séance.) Les trois autres patientes principales – Anna O., Frau Emmy von N. et Fräulein Elisabeth von R. (les premières études de cas dynamiques de la littérature psychiatrique) – sont remarquables sur le plan de la description clinique tant elles comportent de références à la mort. Par ailleurs, Freud, s'il s'était intéressé plus particulièrement à l'angoisse de mort, aurait probablement consigné un volume plus conséquent encore de données cliniques sur le sujet.

La maladie d'Anna O., par exemple, se déclencha lorsque son père tomba malade (et succomba à cette maladie dix mois plus tard). Au début, Anna O. prodigua à son père des soins constants, jusqu'à ce que la maladie dont elle souffrait et qui se manifestait par des états étranges d'altération de la conscience, de l'amnésie, de la désorganisation linguistique, de l'anorexie et des symptômes de conversion sensoriels et musculaires, lui interdise tout contact avec son père mourant. L'année suivante, son état empira sérieusement. Breuer rapporta les préoccupations morbides d'Anna O. : « Deux états de conscience alternaient (…) Malgré tout, elle semblait généralement se souvenir de la mort de son père[96]. »

Traitée sous hypnose par Breuer, Anna O. faisait état d'hallucinations terrifiantes liées à la mort de son père. Une fois, lors des soins qu'elle lui prodiguait, elle s'évanouit car elle le vit avec une tête de mort. (Lors du traitement, en regardant dans le miroir, elle vit, non son père, mais une tête de mort.) Une autre fois, elle eut l'hallucination d'un serpent noir attaquant son père. Elle tenta de le combattre, mais son bras refusait de lui obéir ; ses doigts s'étaient transformés en serpents et ses ongles en minuscules crânes. Pour Breuer, ces hallucinations émanant de sa terreur de la mort constituaient la cause principale de sa maladie : « Le dernier jour [de traitement], après avoir arrangé sa chambre comme l'avait été celle de son père (ce qui contribua à la solution), elle me fit le récit de l'angoissante hallucination que nous avons rapportée, qui avait déterminé toute la maladie[97]. »

À l'instar d'Anna O., Frau Emmy von N. tomba malade immédiatement après la mort de la personne dont elle était la plus proche – son mari. Sous hypnose, Freud sollicita chez Frau Emmy von N. des associations, pour obtenir un chapelet de souvenirs morbides : (à sept ans) sa sœur dans son cercueil, (à neuf ans) la peur éprouvée en voyant son frère déguisé en fantôme et ses frères et sœurs qui lui jetaient des animaux morts, (à quinze ans) la découverte de sa mère, gisant inconsciente, après une attaque, (à dix-neuf ans) la découverte de sa mère, morte, les soins prodigués à l'un de ses frères mourant de tuberculose, (à dix-neuf ans) le deuil de ce frère, puis la mort soudaine de son époux. Dans les huit premières pages de présentation du cas sont énumérées pas moins de onze références explicites à la mort, à des mourants ou à des cadavres. Dans toute la description clinique, il est fait état de références explicites de Frau Emmy von N. à sa terreur de la mort.

La maladie de la troisième patiente, Fräulein Elisabeth von R., incuba pendant les dix-huit mois où elle prodigua des soins à son père mourant et assista à la détérioration inexorable de sa famille : le déménagement qui l'éloigna de sa sœur, la maladie grave de sa mère, la mort de son père. Sa maladie se déclencha dans toute sa virulence à la mort d'une sœur aînée que Fräulein Elisabeth von R. aimait énormément. Lors de la thérapie, Freud, afin d'accélérer la remémoration des anciens souvenirs et affects, lui assigna la tâche de se rendre sur la tombe de sa sœur (tout comme Breuer avait modifié la disposition de son cabinet pour le faire ressembler à la chambre où était mort le père d'Anna O.).

Pour Freud, l'angoisse était suscitée par une situation évoquant un épisode oublié de terreur et d'impuissance précoce. Nul doute que les traumatismes morbides de ces patientes avaient suscité chez elles de profondes émotions de terreur et d'impuissance. Mais dans l'étude de ces cas, Freud occulte soit totalement la thématique de la mort, soit se borne à souligner l'état de stress généralisé éprouvé par ces patientes à la suite des pertes vécues. Ses conclusions insistent sur les composantes érotiques des traumatismes vécus[A]. Freud aida ensuite Fräulein Elisabeth à prendre conscience qu'au plus profond d'elle-même elle se réjouissait (et en conséquence était submergée par la culpabilité) de la mort de sa sœur, car le mari de celle-ci, qu'elle convoitait, redevenait libre et pourrait l'épouser. Il s'agissait là d'une découverte importante : l'inconscient, ce réservoir de désirs primitifs peu convenables pour être exposés en plein jour et qui hantent les sous-sols de notre esprit, émerge ponctuellement à la conscience et suscite une angoisse forte que parvient à contenir la symptomatologie de conversion.

A. Dans *The Broken Connection* (New York, Simon & Schuster, 1979), Robert Jay Lifton tire une conclusion similaire à partir d'une autre étude de cas majeure de Freud, le Petit Hans. Pour Lifton, la théorie de la libido a pour effet de « démortifier » la mort. Malheureusement, l'ouvrage de Lifton ayant été publié après la rédaction du présent ouvrage, il ne m'a pas été possible de prendre en compte cette riche contribution. Je ne saurais toutefois que trop recommander la lecture de cet ouvrage majeur.

Nul doute que Freud mit au jour des conflits majeurs chez chacune de ses patientes. Toutefois, ce qu'il laisse de côté est tout autant digne d'intérêt. La mort d'un parent, d'un conjoint ou d'un proche génère davantage qu'un stress généralisé ; il s'agit de bien plus que la perte d'un objet important : c'est un coup à la porte du déni. Si, comme le supposa Freud, Fräulein Elisabeth, à la mort de sa sœur, pensa bel et bien, ne fût-ce que l'espace infime d'un instant « maintenant son mari est de nouveau libre et je peux être sa femme », alors, sans le moindre doute, la pensée suivante l'effleura aussi : *« Si ma chère sœur meurt, alors moi aussi, je mourrai. »* Fräulein Elisabeth à la mort de sa sœur, Anna O. à celle de son père ou Frau Emmy von N. à celle de son mari : à un niveau profond et l'espace d'un instant, toutes trois ont dû entrapercevoir leur propre mort.

Dans ses analyses ultérieures sur les sources de l'angoisse, Freud, fort curieusement, continua à occulter la mort au profit de la perte, à savoir castration et abandon, c'est-à-dire la perte du pénis et la perte de l'amour. Sa posture ici ne lui ressemble pas. Où est donc passé l'archéologue intrépide ? Freud s'était toujours intéressé aux soubassements, aux origines premières : débuts de la vie, comportements des hommes primitifs, horde primitive, pulsions fondamentales. Pourtant, devant la mort il s'arrêta net. Pourquoi s'est-il interdit ce pas de plus vers le dénominateur commun de l'abandon et de la castration ? Ces deux concepts reposent sur des fondements ontologiques. L'abandon est lié de façon inextricable à la mort : toujours, le primate abandonné périt ; invariablement, l'individu banni rencontre la mort sociale, rapidement suivie de la mort physique. La castration, au sens figuré, est synonyme d'anéantissement ; au sens propre (et Freud, malheureusement, l'entendait au sens littéral), elle mène tout autant à la mort puisque l'individu castré ne peut planter sa graine ni échapper à l'extinction.

Dans *Inhibition, symptôme et angoisse*, Freud aborde brièvement le rôle de la mort dans l'étiologie des névroses, mais pour mieux repousser cette hypothèse qu'il qualifie de « superficielle » (je reviendrai ultérieurement sur le grand bric-à-brac que constituent les concepts analytiques de « profondeur » et de « superficialité »). Dans un passage abondamment cité par les théoriciens, Freud justifie son choix d'écarter la peur de la mort de sa théorisation de la source principale de l'angoisse.

> « (...) il est très vraisemblable qu'une névrose puisse se produire par le seul fait objectif de la mise en danger, sans la participation des strates inconscientes plus profondes de l'appareil animique. Mais dans l'inconscient il ne se trouve rien qui puisse donner un contenu à notre concept d'anéantissement de la vie. La castration devient pour ainsi dire représentable par l'expérience quotidienne de la séparation d'avec le contenu intestinal et par la perte du sein maternel vécue lors du sevrage ; mais quelque chose de semblable à la mort n'a jamais été vécu ou bien n'a laissé, comme l'évanouissement, aucune trace décelable. C'est pourquoi je m'en tiens fermement à la supposition que l'angoisse de mort

> doit être conçue comme analogon de l'angoisse de castration, et que la situation à laquelle le moi réagit est le fait d'être délaissé par le surmoi protecteur – les puissances du destin, par quoi prend fin l'assurance contre tous les dangers[98]. »

Ici, la logique semble considérablement mise à mal. L'argument principal de Freud est que notre absence d'expérience de la mort empêche toute représentation de cette dernière dans l'inconscient. Avons-nous eu une expérience de la castration ? Aucune expérience directe, concède Freud, qui affirme néanmoins que, sur le plan expérientiel, les autres pertes vécues lui sont équivalentes : perte quotidienne des fèces ou sevrage. Certes, le lien fèces-sevrage-castration n'est guère plus convaincant, sur le plan de la logique, que celui du concept d'une perception innée et intuitive de la mort. En fait, l'argument utilisé pour justifier la substitution de la mort par la castration comme source principale de l'angoisse est si biaisé que j'éprouve quelques scrupules à l'attaquer, comme si je m'en prenais à un adversaire handicapé. Considérons, par exemple, le contre-argument évident selon lequel les femmes, elles aussi, souffrent d'angoisse ; les acrobaties requises pour « faire coller » la théorie de la castration aux femmes constituent véritablement les plus grandes esquives de la métapsychologie analytique.

Melanie Klein critiquait ouvertement la curieuse inversion des proportions chez Freud : « (...) je dirais que la peur de la mort intervient en elle [la peur de la castration] et la renforce, sans être "analogue" à la peur de la castration. » Klein refuse aussi le postulat freudien d'inconscient ignorant la peur de la mort. Elle accepte, en revanche, le postulat de la deuxième topique freudienne et l'existence, dans les couches les plus profondes de l'inconscient, d'une pulsion de mort (Thanatos) : « (…) mes observations analytiques m'ont montré qu'il existe dans l'inconscient une peur de l'anéantissement de la vie »[99].

Malgré l'opposition de Klein, ainsi que celle, véhémente, de Rank, Adler et consorts, Freud maintint sa théorie, qui résulta, pour des générations de thérapeutes, en une sorte de culte du déni de la mort. Les ouvrages de psychanalyse majeurs reflètent et perpétuent cette tendance. Ainsi, Otto Fenichel s'interroge : « On peut se demander s'il existe une peur normale de la mort, l'idée de sa propre mort étant, en fait, quelque chose d'inconcevable. C'est pourquoi toute peur de mort couvre probablement d'autres idées inconscientes[100]. » Robert Waelder, quant à lui, ignore tout de la problématique de la mort[101], tandis que Ralph Greenson la traite brièvement sous la perspective freudienne de Thanatos, avant de l'écarter sous prétexte qu'il s'agit d'une théorie audacieuse mais instable[102]. Lentement, sous l'impulsion de chercheurs évoluant en dehors des cercles freudiens (ou qui en furent rapidement écartés), les remaniements nécessaires furent élaborés.

Pour quelles raisons Freud exclut-il la mort de la théorie psychodynamique ? Pourquoi ne considéra-t-il pas la peur de la mort comme la source principale de l'angoisse ? Bien évidemment, cette exclusion ne relève nullement de la simple omission ; ce concept n'est ni profond ni insaisissable, et Freud ne peut avoir manqué de l'envisager, pour mieux l'exclure, comme il le justifie clairement en 1923 : « Cette proposition claironnante : toute angoisse est à proprement parler angoisse de mort, c'est à peine si elle recèle un sens, en tout cas elle ne peut pas être justifiée[103]. » Il recourt au même faisceau d'arguments peu convaincants, à savoir l'impossibilité de concevoir véritablement la mort, qu'il justifie par le fait qu'une partie du moi reste toujours un spectateur vivant. Une fois de plus, Freud en arrive à la conclusion insatisfaisante que « (...) l'angoisse de mort, comme l'angoisse de conscience, peut donc être conçue comme élaboration de l'angoisse de castration[104] ».

Notons également que cette exclusion de la mort concerne la théorie formelle de l'angoisse, du refoulement et de l'inconscient, c'est-à-dire les processus internes – roues, engrenages et cellules – des mécanismes mentaux[A]. Toutes les fois où il s'octroya plus de liberté, Freud émit nombre d'hypothèses audacieuses sur la mort. Ainsi, dans un court essai rédigé à la fin de la Première Guerre mondiale intitulé *Notre rapport à la mort*, il aborde le déni de la mort et la tentative de l'homme de vaincre la mort via l'élaboration de mythes d'immortalité. Précédemment, j'ai rapporté certains

A. Dans *Au-delà du principe de plaisir*, Freud, alors âgé de soixante-quatre ans, accorde une place à la mort dans son modèle du fonctionnement psychique ; toutefois, même dans cette deuxième théorie, il ne postule pas l'existence d'une angoisse primaire de la mort, mais d'un désir de mort, Thanatos, désigné comme l'une des deux pulsions primaires[105].

de ces propos, sur la façon dont la prise en compte du caractère transitoire de la vie permettait d'en accroître l'intensité et la richesse. Freud était très conscient du rôle joué par la mort dans le modelage de la vie :

« Ne vaudrait-il pas mieux faire à la mort, dans la réalité effective et dans nos pensées, la place qui lui revient et faire un peu plus ressortir notre attitude inconsciente à l'égard de la mort, que nous avons jusqu'à présent si soigneusement réprimée ? Cela ne semble pas être une grande performance, plutôt à maints égards un pas en arrière, une régression, mais cela a l'avantage de mieux tenir compte de la véridicité et de nous rendre la vie de nouveau plus supportable. Supporter la vie reste bel et bien le premier devoir de tous les vivants. L'illusion perd toute valeur quand elle nous en empêche.

Nous nous souvenons du vieil adage : *Si vis pacem, para bellum.* Si tu veux maintenir la paix, prépare la guerre.

Il serait d'actualité de le modifier : *Si vis vitam, para mortem.* Si tu veux endurer la vie, organise-toi en vue de la mort[106]. »

« Si tu veux endurer la vie, organise-toi en vue de la mort. » Pour Freud, la tâche du thérapeute était d'aider le patient à endurer la vie ; c'était l'objectif qu'il s'était assigné dans sa fonction de thérapeute. Pourtant, au-delà de cette maxime, il resta muet sur les aspects de préparation à la mort et sur le rôle du concept de mort en psychothérapie. Pourquoi ?

Il ne nous est guère possible d'aller plus loin dans la mise en évidence des zones aveugles chez Freud sans ressentir un vague malaise. Peut-être sa théorie nous dépassait-elle ; c'était d'ailleurs le cas sur nombre de ses aspects. Peut-être cet enjeu était-il si évident que jamais il ne ressentit la nécessité de développer de façon détaillée ses positions. Pourtant, nous serions bien inspirés, il me semble, d'envisager pleinement les raisons qui motivent, dans la formulation de sa théorie, cet évitement de la mort et qui, selon moi, sont de deux ordres : le premier, un modèle théorique dépassé du comportement humain ; le second, une quête effrénée de gloire personnelle.

L'évitement de la mort chez Freud : raisons théoriques

Alors qu'il était âgé de soixante-quinze ans, on demanda à Freud quelle était la personne qui avait exercé sur lui la plus forte influence. Sans hésitation, il répondit comme il l'avait toujours fait : « Brücke ». Ernst Brücke avait été son professeur de physiologie pendant ses études de médecine et son mentor au cours de sa brève carrière de chercheur en neurophysiologie. Homme sévère, Brücke avait la volonté de fer des Prussiens et des « yeux bleus terrifiants » ; il était craint des étudiants en médecine viennois. (Pendant les examens, les étudiants devaient passer une épreuve orale. Si un étudiant répondait mal à la première question, Brücke passait le reste de l'examen oral dans le silence le plus complet, imperméable aux supplications désespérées de l'étudiant et du doyen réunis.) Brücke trouva enfin chez Freud un étudiant digne de son intérêt, et les deux travaillèrent, plusieurs années durant, en étroite collaboration dans le laboratoire de neurophysiologie.

Brücke exerçait une influence considérable sur l'école de biologie fondée par Hermann von Helmholtz, qui domina la recherche médicale et scientifique en Europe à la fin du XIXe siècle. Le postulat helmholtzien fondamental – en quelque sorte le legs de Brücke à Freud – s'exprime clairement dans les propos d'un de ses fondateurs, Emil Du Bois-Reymond :

> « Brücke et moi avions pris l'engagement solennel d'imposer cette vérité, à savoir que seules les forces physiques et chimiques, à l'exclusion de toute autre, agissent dans l'organisme. Dans les cas que ces forces ne peuvent encore expliquer, il faut s'attacher à découvrir le mode spécifique ou la forme de leur action, en utilisant la méthode physico-mathématique ou bien postuler l'existence d'autres forces équivalentes en dignité, aux forces physico-chimiques inhérentes à la matière, réductibles à la force d'attraction et de répulsion[107]. »

La position helmholtzienne s'avère donc tout à la fois déterministe et antivitaliste. L'homme est conçu comme une machine activée par des mécanismes chimico-physiques. En 1874, dans son ouvrage intitulé *Vorlesungen über Physiologie*, Brücke affirme que, bien que les organismes diffèrent des machines par leur puissance d'assimilation, ils n'en demeurent pas moins des phénomènes du monde physique, animés par des forces répondant au principe de conservation d'énergie. Le nombre de ces forces semble proportionnel au niveau d'ignorance. « *Grâce aux progrès de la science, ces forces ont été réduites à deux : l'attraction et la répulsion.* Tout cela s'applique également à l'organisme humain[108]. » (Italique ajouté par mes soins.)

Freud s'emploie à appliquer le modèle helmholtzien mécaniste de l'organisme à sa théorie du fonctionnement psychique, comme il le reconnaît à l'âge de soixante-dix ans : « Ma vie n'a eu qu'un seul but : inférer ou deviner la façon dont l'appareil psychique est construit et découvrir quelles forces jouent ou se contrarient en lui[109]. » Dès lors, on mesure mieux ce que la pensée de Freud doit à l'influence de Brücke : la théorie freudienne, souvent qualifiée d'irrationnelle, puise ses racines dans la doctrine traditionnelle biophysico-chimique. La théorie freudienne des pulsions, celle de la conservation et de la transformation de la libido, tout comme le déterminisme intransigeant de Freud, sont antérieurs à sa décision de devenir psychiatre et trouvent leur *Anlage* dans la conception bruckienne mécaniste de l'homme.

Ce cadre présent à l'esprit, il nous est possible de mieux appréhender l'absence de la mort dans les théorisations freudiennes du comportement humain. Le dualisme, c'est-à-dire l'existence de deux pulsions fondamentales inexorablement opposées, constitue le fondement de la métapsychologie freudienne. La doctrine helmholtzienne appelait le dualisme. Reprenons les postulats de Brücke : deux forces fondamentales sont actives et s'opposent dans l'organisme :

l'attraction et la répulsion. La théorie du refoulement, le point de départ de la pensée psychanalytique, appelle un système dualiste : le refoulement nécessite un conflit entre deux forces fondamentales. Tout au long de sa carrière, Freud chercha à identifier les deux pulsions fondamentales antagonistes animant l'organisme humain, avec comme premières hypothèses « la faim et l'amour », telles qu'elles s'expriment dans le conflit entre préservation de l'organisme individuel et perpétuation de l'espèce. La majeure partie de la théorie analytique repose sur cette antithèse ; le conflit entre pulsion du moi et pulsions sexuelles constituait, dans la première théorie freudienne, la cause du refoulement et la source de l'angoisse. Plus tard, pour des raisons qui sortent du cadre de cet ouvrage, Freud prit conscience que ce dualisme était indéfendable, ce qui l'incita à en formuler un autre, enraciné dans la vie elle-même, dualisme entre la vie et la mort, entre Éros et Thanatos. La métapsychologie et la psychothérapie freudiennes, toutefois, se fondent sur la première théorie des pulsions ; ni Freud ni ses successeurs (à l'exception de Norman O. Brown[110]) ne se livrèrent à une refonte de la théorie sur la base de ce dualisme vie-mort, d'autant que la plupart de ses disciples rejetèrent la seconde théorie des pulsions, en raison du pessimisme thérapeutique qu'elle impliquait. Ils s'en tinrent soit à la première théorie des pulsions – la dialectique entre pulsions sexuelles et pulsions de conservation du moi – soit dérivèrent vers un monisme pulsionnel jungien, qui contredit la théorie du refoulement.

La mort n'est pas encore là ; c'est un événement à venir, un événement situé dans l'avenir. Imaginer la mort, en éprouver de l'angoisse, requiert une activité mentale complexe, nécessitant planification et capacité à se projeter dans l'avenir. Dans le schéma déterministe freudien, les forces inconscientes en conflit, dont le vecteur détermine notre comportement, sont primitives et instinctives. La cellule d'énergie psychique n'offre aucune place à des actes mentaux complexes dans lesquels l'avenir est imaginé et redouté. La position de Freud s'apparente à celle de Nietzsche, qui considère l'examen conscient comme entièrement superflu à la production du comportement. Pour Nietzsche, le comportement est déterminé par des forces mécaniques inconscientes : la réflexion consciente *suit* le comportement plutôt qu'elle ne le précède ; notre impression de gouverner notre comportement est totalement illusoire. On imagine ainsi que notre comportement se fonde sur notre volonté de pouvoir, notre besoin de nous appréhender comme un être autonome et résolu.

Dès lors, la mort ne peut jouer aucun rôle dans la théorie dynamique formelle de Freud. Puisqu'il s'agit d'un événement à venir qui n'a jamais été expérimenté et qui ne peut être véritablement imaginé, il ne peut exister dans l'inconscient et, en conséquence, influencer le comportement. La mort n'a aucune place dans une conception du comportement réductible à l'opposition entre deux pulsions primaires en conflit. Prisonnier de son propre système déterministe, Freud ne put analyser le rôle joué par la mort dans la génération de l'angoisse, comme dans la perspective humaine de la vie, que de deux façons : hors de son système formel, c'est-à-dire dans des notes de bas de page ou des essais plus confidentiels comme *Sur la guerre et la mort*[111] et *Le Thème des trois coffrets*[112], ou dans son système à condition d'assujettir la peur de la mort à une peur antérieure (castration) ou de considérer le désir de mort comme l'une des deux pulsions fondamentales régissant tout comportement. Toutefois, accorder à la mort le rôle de pulsion fondamentale ne résout pas le problème dans la mesure où, telle quelle, la mort n'est pas appréhendée comme un événement *à venir* et que son rôle de phare, de destination, de terminus susceptible de vider la vie de son sens ou de susciter chez l'être humain une forme authentique d'être, est occulté.

L'évitement de la mort chez Freud : raisons personnelles

Pour comprendre les raisons poussant Freud à maintenir un système théorique qui, visiblement, entravait sa brillante intelligence et le contraignait à maintes contorsions intellectuelles, je me reporterai à une brève étude de Freud l'homme. Les travaux d'artistes, de mathématiciens, de généticiens ou de romanciers parlent souvent d'eux-mêmes ; dès lors, se pencher sur la vie personnelle et les motivations de ces artistes et de ces scientifiques est un luxe, néanmoins très enrichissant sur le plan intellectuel. Mais lorsque l'objet d'étude est une théorie prétendant mettre à nu les niveaux les plus profonds des motivations et du comportement humains, et que les données qui sous-tendent cette théorie proviennent, pour une large part, de l'autoanalyse d'un seul homme, ce n'est plus un luxe mais une nécessité que d'étudier cet homme de façon aussi détaillée que possible. Fort heureusement, les données ne manquent pas : on en connaît probablement plus sur la personne de Freud que sur toute autre figure historique moderne (à l'exception possible de Woody Allen).

Les données biographiques sur Freud abondent : des 1 450 pages constituées par les trois volumes de *La Vie et l'œuvre de Sigmund Freud* par Ernest Jones[113], aux biographies profanes[114], aux récits d'anciens patients[115] ou encore à des volumes entiers de la correspondance de Freud[116], il est possible, après sélection minutieuse, de soutenir les hypothèses les plus inouïes sur sa structure caractérielle. Dès lors, *caveat emptor*.

À mon sens, de nombreux faits convergent pour expliquer que l'implacable détermination de Freud était nourrie par une quête insatiable de la célébrité. Il s'agit en tout cas de la thèse défendue par Jones dans sa biographie. Freud était né coiffé (poche des eaux non rompue), événement qui, dans le folklore, a toujours été interprété comme présage de gloire future. Sa famille le pensait destiné à une réussite exemplaire, ce dont sa mère, qui l'appelait « *mein goldener Sigi* » et le préférait à ses autres enfants, ne douta jamais. Freud écrivit plus tard : « Quand on a été sans conteste l'enfant de prédilection de sa mère, on garde pour la vie ce sentiment conquérant, cette assurance du succès qui, en réalité, reste rarement sans l'amener[117]. » Cette croyance fut alimentée par maintes prophéties précoces : un jour, dans une pâtisserie, un homme âgé inconnu de la famille affirma à la mère de Freud qu'elle avait mis au monde un grand homme ; dans un parc d'attractions, un artiste des rues choisit Freud parmi d'autres enfants et lui prédit qu'un jour il deviendrait ministre. Les indéniables dons intellectuels de Freud renforcèrent également cette croyance ; au lycée, il était toujours dans les premiers, en fait, selon Jones, il avait une place si privilégiée qu'il était rarement interrogé[118].

Très vite, Freud cessa de s'interroger sur sa destinée. Pendant son adolescence, il écrivit à un camarade d'école qu'il avait obtenu une note exceptionnelle à une composition : « Tu ne savais pas que tu correspondais avec un styliste allemand. Tu ferais bien de garder soigneusement mes lettres… on ne sait jamais[119]. » À cet égard, le plus intéressant se trouve dans une lettre à sa fiancée, écrite alors qu'il était âgé de vingt-huit ans (*et qu'il n'avait pas encore débuté ses travaux en psychiatrie !) :*

> « Je viens de mener à bonne fin une décision dont se ressentira tout un groupe de gens encore à naître et dont le destin sera malchanceux. Tu ne devineras jamais de qui j'entends ainsi parler : eh bien, de mes biographes ! J'ai entièrement détruit mon journal de ces quatorze dernières années, ainsi que mes lettres, mes notes scientifiques et les manuscrits de mes ouvrages. Seules les lettres familiales ont été épargnées. Les tiennes, ma chérie, n'ont jamais été

> en danger. Toutes mes anciennes amitiés et mes relations ont défilé une dernière fois devant mes yeux et silencieusement trouvé le trépas (je pense encore à l'histoire de Russie) ; toutes mes manières de voir, tous mes sentiments sur le monde en général et sur la façon dont il m'affectait en particulier, je les ai déclarés indignes de survivre. Tout doit être repensé depuis le début. Et j'avais noté tant de choses, mais j'en étais submergé comme le sphinx l'est par les sables, et bientôt seul mon nez aurait émergé de cette masse de paperasses. Je ne puis ni m'en aller d'ici ni mourir avant d'être débarrassé de la pensée inquiétante que quelqu'un pourrait découvrir ces papiers – et qui serait-ce ? De plus, j'ai abandonné tout ce qui date d'avant le moment décisif de ma vie : notre rencontre et le choix de mon métier. Tout cela est mort depuis longtemps, mais il ne faut pas lui refuser des funérailles convenables. Que mes biographes tempêtent à leur aise ! Ne leur rendons pas la besogne trop facile. Que chacun d'entre eux croie bonne sa “conception du développement du héros” ; je me réjouis dès maintenant de penser qu'ils se tromperont tous[120]. »

Dans sa recherche du succès, Freud se mit en quête de la grande découverte. Ses premières lettres témoignent d'une vertigineuse profusion d'idées, envisagées avant d'être rejetées. Selon Jones, il manqua de peu la célébrité en ne menant pas ses premiers travaux de neurophysiologie à leur conclusion logique, l'élaboration d'une théorie des neurones. Puis il la manqua de nouveau dans ses travaux sur la cocaïne. Freud relate cet incident dans une lettre qui commence comme suit : « Je vais faire un retour en arrière en racontant que ce fut la faute de ma fiancée si je ne suis pas devenu célèbre dès mes jeunes années[121]. » Il évoque ensuite comment un jour par hasard, il avait fait état à un ami médecin, Karl Roller, de ses observations des propriétés anesthésiantes de la cocaïne, avant de quitter la ville pour quelque temps afin de rejoindre sa fiancée. Au retour de Freud, Koller avait déjà réalisé des expériences chirurgicales décisives et s'était rendu célèbre comme l'inventeur de l'anesthésie locale.

Peu d'hommes ont joui d'une capacité intellectuelle comparable à celle de Freud ; il avait une imagination sans limites, une énergie inépuisable, un courage phénoménal. Pourtant, dès le début de sa carrière professionnelle, sa progression vers le succès se trouva bloquée de façon injuste. Brücke se vit contraint d'informer Freud que l'antisémitisme qui faisait rage à Vienne compromettait sérieusement sa carrière universitaire : soutien, reconnaissance et promotion universitaires lui seraient refusés. Freud, âgé alors de vingt-sept ans, dut abandonner ses recherches et gagner sa vie comme médecin. Il étudia la psychiatrie et se destina à l'exercice libéral de la médecine. La « grande découverte » était désormais sa seule chance d'atteindre la célébrité.

L'impression qu'il avait que le temps et les opportunités lui échappaient explique probablement l'imprudence dont il fit preuve dans l'épisode de la cocaïne. Il avait lu que les populations autochtones d'Amérique du Sud mâchaient de la cocaïne pour ses effets revigorants ; il l'introduisit dans sa pratique clinique et, lors d'une intervention devant la Société médicale de Vienne, loua les effets bénéfiques de cette drogue sur la dépression et la fatigue. Il prescrivit de la cocaïne à bon nombre de ses patients et incita vivement ses amis (et sa fiancée) à en consommer. Lorsque, très vite, les premiers rapports sur la dépendance à la cocaïne apparurent, c'en fut fini de la crédibilité de Freud devant la Société médicale de Vienne. (Ce précédent joue un rôle, certes modeste, dans l'absence de réaction de la communauté universitaire viennoise dans les découvertes ultérieures de Freud.)

Freud se tourna alors entièrement vers la psychologie. Le dévoilement des structures de la psyché l'accapara autant qu'une maîtresse, comme il aimait à le répéter. Il élabora bientôt une théorie globale de la psychogenèse de l'hystérie. Ses rêves de gloire reposaient en totalité sur le succès de sa théorie ; lorsque des faits cliniques vinrent la contredire, il s'écroula. Il s'en ouvrit en 1897 dans une lettre à son ami Wilhelm Fliess : « Une célébrité éternelle, la fortune assurée, l'indépendance totale, les voyages, la certitude d'éviter aux enfants tous les graves soucis qui ont accablé ma jeunesse, voilà quel était mon bel espoir. Tout dépendait de la réussite ou de l'échec de l'hystérie[122]. »

Des observations fragmentaires n'avaient qu'une portée limitée. Freud ne visait rien de moins qu'un modèle exhaustif de la psyché humaine. En 1895, à mi-chemin encore entre une posture de neurophysiologiste et de psychiatre, il sentit enfin qu'il touchait au but. Il écrivit dans une lettre :

> « (...) les barrières se sont soudain levées, les voiles sont tombés et je pus voir clair à partir des détails de la névrose jusqu'à la condition même de l'état de conscience. Tout se trouvait à sa place, les rouages s'engrenaient, on avait l'impression de se trouver réellement devant une machine qui ne tarderait pas à fonctionner d'elle-même. Les trois systèmes de neurones, les états "libre" ou "lié" de la quantité, les processus primaire et secondaire, la tendance principale, la tendance du système nerveux aux compromis, les deux règles biologiques de l'attention et de la défense, les indices de qualité, de réalité et de pensée, la détermination sexuelle du refoulement et enfin les facteurs dont dépend l'état conscient en tant que fonction de perception, tout cela concordait et continue encore à concorder. Naturellement, je ne me sens plus de joie ! »[123]

Deux critères étaient essentiels pour que la découverte satisfasse pleinement aux exigences de Freud : (1) il devait s'agir d'un modèle psychique global compatible avec les critères scientifiques helmholtziens et (2) il devait s'agir d'une découverte originale. Le modèle freudien du fonctionnement psychique – refoulement, relation entre conscient et inconscient, support fondamental biologique de la pensée et de l'affect – constituait une synthèse créative, inédite non tant par ses composantes (qui devaient beaucoup aux travaux de Schopenhauer et de Nietzsche), que par sa description minutieuse et son application possible à de nombreuses activités humaines, du rêve au fantasme en passant par le comportement, la formation des symptômes et la psychose. (Freud écrivit sur ses prédécesseurs : « Nombreux ont fait la cour à l'inconscient, mais j'ai été le premier à l'épouser. ») La composante énergétique du modèle freudien (énergie sexuelle ou libido), c'est-à-dire la quantité constante d'énergie qui, lors de la petite enfance et de l'enfance, passe par des stades bien définis et prédéterminés, qui peut être libre ou liée, fixée à des objets, ou encore circuler, être contrainte ou encore déplacée, qui est à la source de la pensée, du comportement, de l'angoisse et des symptômes – est entièrement inédite et constitue la grande découverte de Freud, qu'il défendit avec acharnement. Pour sa théorie sexuelle, il sacrifia les liens qu'il entretenait avec ses disciples les plus prometteurs, qui prirent leurs distances parce qu'ils refusaient d'accepter l'intransigeance de Freud quant au rôle central de la pulsion sexuelle dans la motivation humaine.

Dans ce contexte, le rôle de la mort dans le comportement humain comme source d'angoisse ou comme facteur déterminant de la motivation lui paraissait secondaire. Ce concept ne répondait à aucun de ses critères : il ne s'agissait pas d'une pulsion (bien qu'en 1920 il en émît toutefois l'hypothèse) et ne s'intégrait pas à un modèle mécaniste helmholtzien. Il n'était pas non plus inédit : c'était un concept dépassé, qui remontait à l'Ancien Testament ; Freud n'ambitionnait nullement de rejoindre les cohortes de penseurs qui s'y étaient consacrés depuis la nuit des temps. « La gloire éternelle », comme il avait coutume de le dire, ne s'y trouvait pas. Elle viendrait de la découverte d'une source inédite de la motivation humaine : la libido. Nul doute que Freud mit au jour un déterminant majeur du comportement humain. On peut néanmoins parler de surinvestissement : sa défense farouche de la primauté de la libido était surdéterminée. Il conféra à un aspect de la motivation humaine une position de primauté et d'exclusivité absolues à laquelle il subordonna tous les autres aspects du comportement humain, de tous les individus et de tout temps.

Les théories opposées

Bientôt, des théories opposées se firent entendre, élaborées par les étudiants les plus brillants de Freud. Dès 1910, Carl Jung, Alfred Adler et Otto Rank avaient décidé de quitter les bonnes grâces du maître plutôt que d'accepter sa conception mécaniste et dualiste de la nature humaine. Tous s'intéressaient à d'autres déterminants de la motivation humaine : Jung défendit un monisme spirituel comme force de vie. Adler souligna l'enjeu de la survie chez l'enfant, sa vulnérabilité et son impuissance dans un monde adulte macroscopique et enveloppant. Rank insista sur l'importance de l'angoisse de mort et émit l'hypothèse que l'être humain se débattait entre deux peurs, celle de la vie (et son isolement intrinsèque) et celle de la mort. Ces conceptions, comme les contributions ultérieures de théoriciens comme Fromm, May, Tillich, Kaiser et

Becker, complètent la théorie structurelle freudienne sans toutefois se substituer à elle. La contribution majeure de Freud reste son modèle dynamique du fonctionnement psychique. Introduire la mort, la peur qu'elle suscite et la façon dont elle est perçue, dans le modèle dynamique freudien équivaut à la réintroduire : la mort a toujours été présente, sous-jacente à la castration, à la séparation et à l'abandon. Dans ce domaine, Freud et la tradition analytique dont il fut à l'origine restèrent trop en surface. Les théoriciens ultérieurs permirent d'amender la théorie et d'approfondir notre conception de l'être humain.

3

Le concept de mort chez les enfants

Notre questionnement sur la mort, de même que les modalités de gestion de notre angoisse de mort, ne constituent nullement des phénomènes de surface aisés à délimiter ou à appréhender. Pas plus qu'ils n'apparaissent *de novo* à l'âge adulte. Au contraire : ils puisent leurs racines dans notre passé et se transforment considérablement au fil d'une vie déclinée autour des enjeux de sécurité et de survie. L'étude des enfants offre une opportunité inégalée d'observer, sous sa forme première, la façon dont l'être humain est aux prises avec la mort. Ce chapitre se propose d'étudier les modalités de confrontation de l'enfant aux enjeux de mortalité, la connaissance qu'il en a, les terreurs, les évitements, les remparts qu'il érige, ainsi que les évolutions successives de cette peur de la mort.

À mon sens, il existe un décalage frappant entre l'importance de la mort chez l'enfant et sa prise en compte dans l'étude du développement de l'enfant. Le concept de mort chez l'enfant fait l'objet d'un maigre corpus, qui, comparé à l'abondante littérature consacrée à d'autres problématiques développementales, semble au mieux exister pour la forme. Les études empiriques du concept de mort chez l'enfant, notamment, sont extrêmement rares ; en de rares occasions, des cliniciens d'approche psychanalytique ont bien tenté de s'intéresser au sujet, mais, nous le verrons, avec un biais qui souvent nuit à la fiabilité de l'observation. Par ailleurs, les données d'études pertinentes, pour la plupart, se trouvent généralement dans d'anciennes publications, le plus souvent en marge des textes principaux ou du corpus psychiatrique. Nous devons beaucoup à Sylvia Anthony et à sa monographie *The Discovery of Death in Childhood and After*[1], remarquable analyse du corpus de recherche et clinique.

Ma pratique clinique tout autant que les contributions de mes confrères m'ont amené aux conclusions suivantes :

1. Lorsque des comportementalistes s'intéressent au sujet, ils découvrent immanquablement le haut degré de préoccupations morbides des enfants. Ces préoccupations sont omniprésentes et exercent une influence considérable sur leur monde expérientiel. Pour les enfants, la mort constitue l'énigme suprême, et l'une des tâches majeures du développement consiste à gérer les peurs relatives à la vulnérabilité et à l'anéantissement, alors que les problématiques sexuelles sont secondaires et font office de dérivatif[2].
2. Non seulement les enfants sont intensément préoccupés par la mort, mais ces questionnements

commencent à un âge généralement plus précoce qu'on ne le pense.

3. Les enfants passent par des stades successifs de perception de la mort et des modalités de gestion de cette peur.
4. Les stratégies des enfants se fondent systématiquement sur le déni : il semblerait que nous ne grandissions pas – ou peut-être qu'il nous est impossible de grandir – en acceptant les faits bruts de la vie et de la mort.

OMNIPRÉSENCE DU QUESTIONNEMENT MORBIDE CHEZ LES ENFANTS

Pour Freud, le questionnement sexuel silencieux, les recherches sur les origines sont omniprésentes chez les enfants et fondent le fossé entre générations. Toutefois, des preuves abondent, témoignant du questionnement intense de l'enfant sur la finitude, questionnement qui l'accompagne tout au long de sa vie : on peut s'y confronter, le redouter, l'ignorer, le refouler, mais non s'en libérer.

Rares sont les parents ou les observateurs de jeunes enfants à se montrer surpris par l'émergence, chez l'enfant, de questions aussi soudaines qu'inattendues sur la mort. Une fois, alors que mon fils de cinq ans et moi nous promenions sur la plage, il leva soudain son regard vers moi et me dit : « Tu sais, je n'ai jamais connu mes deux grands-pères. Ils sont morts avant que je naisse. » Cette phrase résonnait à mes oreilles comme une « phrase-iceberg », dont seul le sommet était émergé. J'étais persuadé qu'il y avait longuement réfléchi en silence. Je lui demandai, avec d'immenses précautions, s'il pensait souvent à la mort ; sa réponse me laissa coi : « J'y pense sans arrêt. »

Une autre fois, lors du départ de son frère pour l'université, il déclara : « Maintenant, on n'est plus que trois à la maison : toi, moi et Maman. Je me demande qui va mourir en premier. »

Une enfant de quatre ans et demi dit soudain à son père : « Tous les jours, j'ai peur de mourir ; j'aimerais ne jamais vieillir, comme ça je mourrai jamais[3]. » Une enfant de trois ans et demi demanda à ce qu'on lui mette une pierre sur la tête pour l'empêcher de grandir et de mourir[4]. Une autre enfant, de quatre ans, pleura toute une journée en apprenant que toutes les choses vivantes mouraient. Sa mère ne réussit à la calmer qu'en lui promettant qu'elle, cette petite fille, ne mourrait jamais[5]. Quelques jours après la mort de sa grand-mère paternelle, une enfant de quatre ans, entrant dans la cuisine de l'appartement familial, aperçut sur la table une dinde morte dont la tête sanguinolente pendait, sans vie, au bout de son long cou. L'enfant, qui à l'annonce de la mort de sa grand-mère n'avait eu aucune réaction particulière, parut angoissée en voyant la dinde et dit à sa mère : « Est-ce que c'est ça être mort[6] ? »

Erik Erikson relate le cas d'un enfant de quatre ans, qui, la nuit suivant la vue du cercueil de sa grand-mère, décédée, eut une attaque épileptiforme. Un mois plus tard, il découvrit une taupe morte, s'enquit de la façon dont elle était morte, et fut de nouveau saisi de convulsions. Deux mois plus tard, nouvelles convulsions après avoir accidentellement écrasé un papillon dans sa main[7].

De par leur ingénuité, les questions des enfants ont de quoi saisir les adultes. Le jeune enfant demande sans ambages : « Quand est-ce que tu vas mourir ? » « Quel âge as-tu ? » « Quel âge ont les gens quand ils meurent ? » L'enfant affirme aussi : « Je veux vivre jusqu'à l'âge de mille ans. Je veux être le plus vieil habitant de la Terre. » Ces pensées provenant d'un âge de l'innocence peuvent être suscitées par un décès – celui d'un grand-parent, d'un animal, voire le flétrissement d'une fleur ou d'une feuille – mais émergent souvent en dehors de tout stimulus externe : l'enfant formule simplement à haute voix les préoccupations, qui, dans son monde interne, suscitent de longues réflexions. Plus tard, lorsque l'enfant apprend à voir « les habits neufs de l'empereur », il arrive à se persuader que la mort ne constitue pas un véritable enjeu.

Un test qu'Anthony conduisit auprès de quatre-vingt-dix-huit enfants âgés de cinq à dix ans dans lequel ils devaient terminer une histoire nous donne une évaluation objective du questionnement morbide chez l'enfant[8]. Les histoires, à la fin ouverte, ne comportaient aucune référence explicite à la mort. (Exemple : « Lorsque le garçon alla se coucher, à quoi pensa-t-il ? » ou : « Un garçon va à l'école. Pendant la récréation, il ne joue pas avec les autres mais reste seul dans son coin. Pourquoi ? ») En racontant la suite des histoires, les enfants manifestèrent des préoccupations considérables liées à la mort ou à l'anéantissement. Dans la suite qu'ils inventèrent, environ cinquante pour cent des enfants évoquèrent la mort, des enterrements, des tueries ou des fantômes. Si l'on prend en compte les réponses données à la suite de légères inférences, la proportion s'élève à plus de soixante pour cent. Ainsi, à la question : « Lorsque le garçon alla se coucher, à quoi pensa-t-il ? », les enfants répondirent : « Que quelqu'un allait venir dans sa chambre pour le tuer », « À Blanche-Neige. Je ne l'ai jamais vue, mais je l'ai vue morte dans un livre » ou encore : « Que quelqu'un viendrait chez lui, que son père mourrait et que lui aussi mourrait. » Dans l'une de ces histoires, une fée demandait à un enfant s'il voulait grandir ou rester jeune très longtemps, peut-être pour toujours. Contrairement à la croyance répandue selon laquelle l'enfant est impatient de grandir, plus de trente-cinq pour cent des enfants exprimèrent dans la suite de leur histoire une préférence pour le fait de rester des enfants, dans la mesure où, pour eux, grandir était associé à la mort.

CONCEPT DE MORT ET STADES DE DÉVELOPPEMENT

Les préoccupations morbides des enfants étant abondamment établies, intéressons-nous à l'ontogenèse du concept de mort. Nombreux sont les chercheurs à avoir observé, chez les enfants, pensées et peurs morbides, ainsi que les stratégies mises en œuvre en fonction des stades de développement.

Les obstacles à l'évaluation des connaissances de l'enfant sur la mort

Champ de recherche faisant l'objet de nombreuses controverses, l'évaluation des connaissances du très jeune enfant sur la mort est un chemin semé d'embûches.

L'absence de langage et d'aptitude à l'abstraction. Chez le très jeune enfant, l'absence de langage constitue une barrière monumentale à la compréhension par les adultes de leur expérience interne. Dès lors, les professionnels ont recours à des hypothèses, souvent biaisées, pour tenter d'évaluer les connaissances des enfants. Par ailleurs, certains psychologues du développement, à commencer par Jean Piaget, ont démontré que les très jeunes enfants ne possédaient pas l'aptitude à la pensée abstraite. À dix ans, l'enfant est au stade des opérations mentales concrètes et commence juste à appréhender correctement ce qui est de l'ordre du « potentiel » ou du « possible »[9]. Comme la mort, sa propre mort, l'être et le non-être, la conscience, la finalité, l'éternité et l'avenir sont tous des concepts abstraits, de nombreux psychologues du développement ont conclu que les jeunes enfants ne pouvaient avoir aucun concept de la mort.

La position freudienne. Autre facteur influençant les conceptions des professionnels du développement, la position tranchée de Freud, pour qui le jeune enfant n'appréhende pas les véritables implications de la mort. Freud pensait que les premières années de vie étaient les plus décisives dans la formation du caractère, raison pour laquelle il considérait la mort comme un motif secondaire du développement psychique. Les paragraphes suivants, tirés de *L'Interprétation du rêve*, illustrent cette position :

> « (...) chez l'enfant, l'état d'"être-mort" n'a en commun avec la nôtre [représentation] que le mot, et en dehors de lui bien peu d'autres choses. L'enfant ne sait rien des horreurs de la putréfaction, du froid dans la tombe glaciale, de l'effroi du néant sans fin que l'adulte, comme en témoignent tous les mythes de l'au-delà, supporte si mal dans la représentation qu'il en a. La peur de la mort lui est étrangère, c'est pourquoi il joue avec ce mot atroce et menace ainsi un autre enfant : "Si tu fais encore cela une fois, tu mourras, comme Franz est mort." À peine âgé de huit ans, l'enfant, revenu à la maison d'une promenade au musée d'Histoire naturelle, peut ainsi dire à sa mère : "Maman, je t'aime tant ; si un jour tu meurs, je te ferai empailler et je t'installerai ici dans la pièce, pour que je puisse toujours, toujours te voir !" Tant la représentation enfantine du fait d'être mort ressemble peu à la nôtre ! De la bouche d'un garçon de dix ans, très doué, j'ai entendu avec étonnement le propos suivant, après la mort subite de son père : "Que mon père soit mort, je le comprends, mais pourquoi il ne vient pas à la maison pour le dîner, je ne puis me l'expliquer." Être mort veut dire pour l'enfant, auquel d'ailleurs on épargne bien le spectacle des scènes

> de souffrance avant la mort, la même chose qu'"être parti", ne plus déranger les survivants. Il ne différencie pas la façon dont cette absence se produit, si c'est par départ en voyage, renvoi, éloignement ou mort. L'absente ne manque pas très intensément à l'enfant, c'est ce qu'a appris plus d'une mère à sa grande douleur, lorsque revenant à la maison après un voyage estival de plusieurs semaines elle dut s'entendre dire, en réponse à ses questions : Les enfants n'ont pas une seule fois demandé leur maman. Mais lorsqu'elle est effectivement partie en voyage dans ce "pays inexploré, des confins duquel nul voyageur ne revient", les enfants semblent tout d'abord l'avoir oubliée, et commencent seulement après coup à se souvenir de la morte[10]. »

Dès lors, pour Freud, l'enfant, même âgé de huit ou neuf ans, a peu de connaissances de la mort (et donc peu de raisons de la redouter). Freud relègue la mort à un stade relativement tardif du développement et confère la primauté aux problématiques sexuelles qui se manifestent à un stade plus précoce. Ses conclusions sur le rôle de la mort dans le développement exercèrent une influence considérable, avec pour effet de fermer ce champ d'investigation pendant une génération. Au-delà des raisons, aussi personnelles que théoriques (voir le chapitre précédent), expliquant l'erreur de Freud, il existe aussi des biais méthodologiques, car Freud jamais ne travailla directement avec de jeunes enfants.

Le biais adulte. Les biais constituent une barrière considérable à l'évaluation des connaissances que les enfants ont de la mort. Qu'il s'agisse d'observations ou d'études psychométriques ou projectives, un adulte doit collecter et interpréter les données, et, chez cet adulte, l'angoisse ou le déni de la mort contaminent fréquemment les résultats. Les adultes éprouvent d'énormes réticences à parler de la mort aux enfants ; ils évitent le sujet, acceptent des réponses superficielles sans les approfondir, peu désireux d'interroger plus avant les enfants ; leur perception de l'expérience infantile est systématiquement erronée ; en outre, ils sous-évaluent toujours la perception de la mort et de son angoisse chez un enfant.

Une étude abondamment citée réalisée par Rema Lapouse et Mary Monk sur les peurs infantiles illustre bien ces biais adulte[11]. Portant sur un échantillon conséquent de quatre cent quatre-vingt-deux enfants âgés de six à douze ans, l'étude visait à déterminer la nature et l'étendue des peurs infantiles ; toutefois, comme les auteures pensaient que la conduite d'entretiens auprès de centaines d'enfants était peu réaliste, elles décidèrent de questionner les mères ! Ces dernières classèrent comme préoccupations mineures les deux items évoquant le plus directement la mort (« être malade, avoir un accident ou mourir » ou « des inquiétudes relatives à la santé ») : seuls douze pour cent des mères évaluèrent le premier item comme préoccupation importante et seize pour cent le second. (Par opposition, quarante-quatre pour cent placèrent les « serpents » parmi les inquiétudes importantes et trente-huit pour cent les « résultats scolaires ».)

Les auteures sélectionnèrent ensuite un sous-échantillon de cent quatre-vingt-douze personnes, enfants et mères, auprès desquels elles conduisirent des entretiens. Les résultats prouvèrent que les mères, en règle générale, sous-estimaient la fréquence des peurs infantiles. Les divergences étaient particulièrement nettes sur les deux items relatifs à la mort, avec seulement quarante-cinq pour cent de convergence des réponses entre mères et enfants sur ces deux items. *Quant aux divergences, quatre-vingt-dix pour cent émanaient d'une sous-évaluation maternelle des préoccupations de l'enfant sur la mort.* (Les mères sous-évaluèrent aussi, dans une même proportion, d'autres items plus inférentiels concernant la mort, comme « toute la famille tombant malade et mourant », « les microbes », « les incendies ».) Les résultats de cette étude font état, chez les mères, d'une tendance à l'ignorance de conscience du degré de préoccupation morbide chez leurs enfants.

Une autre étude portait sur les réactions à la mort de John F. Kennedy d'enfants hospitalisés[12]. Les chercheurs soulignèrent que le personnel hospitalier, hautement qualifié, se montra étonnamment peu fiable dans l'observation des réactions infantiles. Des divergences fortes existaient parmi le personnel, non seulement sur les réactions observées, mais aussi sur le niveau d'informations qu'il convenait de donner aux enfants, ainsi que sur le niveau de stress émotionnel que ces enfants pouvaient tolérer.

Pour Piaget, qui consacra sa carrière à l'étude des enfants, les tests psychologiques extrêmement sophistiqués ne renvoient le plus souvent que des données incomplètes ou trompeuses ; selon lui, le mode d'investigation le plus satisfaisant – point sur lequel la plupart des cliniciens s'accorderont – reste « l'examen général » (ou « l'entretien clinique »). Pourtant, le corpus disponible n'offre que peu de comptes rendus d'entretiens approfondis auprès d'enfants. Notre instinct maternel est sollicité à la vue des rejetons de presque toutes les espèces mammifères, qu'il s'agisse de chatons, de chiots, de poulains ou d'enfants. Tâche ardue que celle consistant à aller contre notre prédisposition biologique, de confronter un enfant à la vérité nue de la mort. Cette difficulté, j'en suis convaincu, constitue la principale raison de la pénurie d'études professionnelles. En fait, je doute sérieusement qu'un projet de recherche sur la mort incluant le questionnement explicite de jeunes enfants obtienne aujourd'hui l'agrément d'un comité de recherche ; nul doute que ce type de projet susciterait de vives oppositions parmi les parents.

Dès lors, les études sont généralement inférentielles et souvent superficielles. Il n'existe que de rares comptes rendus d'enquêtes réalisées sur la base d'entretiens directs[13], et les plus complets sont vieux de plusieurs décennies. Celles de Maria Nagy et Sylvia Anthony, par exemple, datent des années 1940. Nagy (surnommée « Tatie la mort » par les enfants d'âge scolaire qu'elle interrogeait) demanda aux enfants de faire des dessins, d'écrire des textes sur la mort et de formuler les idées qu'ils en avaient[14]. Elle sollicita des définitions pour des mots du champ lexical de la mort et leur fit terminer des histoires[15]. En 1935, Paul Schilder et David Wechsler utilisèrent auprès d'enfants des images morbides et sollicitèrent leurs réactions[16]. Bien que ces images fussent explicites, voire macabres, les auteurs firent quelques concessions à la sensibilité des enfants et se bornèrent à noter telles quelles les réactions. S'il s'était agi de sujets adultes, les chercheurs n'auraient jamais procédé de la sorte ; ils n'auraient pas manqué de questionner, de recouper et d'interpréter abondamment les résultats.

L'éducation des enfants. Notre tentative visant à évaluer ce qu'un enfant sait de la mort se heurte à un autre obstacle. En effet, les connaissances de l'enfant en la matière ne subsistent jamais longtemps sous leur forme naissante, en raison de l'angoisse intense qu'elles suscitent chez les adultes qui s'empressent alors d'en protéger les enfants. L'enfant, qui perçoit l'angoisse de l'adulte, comprend qu'il lui faut taire ces inquiétudes morbides afin de soulager le parent. De nombreux parents, en dépit de leur cheminement personnel et de leur désir authentique d'éduquer de façon intègre leurs enfants, vacillent devant la détresse d'un enfant. Anthony relate une conversation très emblématique entre un enfant de cinq ans et sa mère, professeure d'université :

> « L'enfant : Est-ce que les animaux meurent aussi ?
> La mère : Oui, les animaux eux aussi meurent. Tout ce qui vit meurt.
> L'enfant : Je ne veux pas mourir. J'aimerais vivre plus vieux que tout le monde sur Terre.
> La mère : Tu ne vas pas mourir ; tu peux vivre éternellement[17]. »

En général, les parents, pour apaiser les peurs d'un enfant, recourent à une forme ou une autre de déni, qu'il s'agisse d'un système de déni idiosyncrasique ou d'un mythe d'immortalité socialement accepté. Dès lors, les données mises au jour par le chercheur ne représentent pas le plus souvent l'inclinaison naturelle d'un enfant, mais un amalgame complexe de perceptions, d'angoisse et de déni infantiles mêlé à de l'angoisse et à des mécanismes de défense adultes. Je reviendrai ultérieurement sur la question de l'éducation, mais il nous faut comprendre avant tout nos motivations quant à nos choix éducatifs sur la question de la mort. Ces choix répondent-ils aux besoins de l'enfant ou à ceux de l'adulte ? Erma Furman, qui étudia de manière approfondie les jeunes enfants orphelins de père ou de mère, tire la conclusion suivante : « Des informations concrètes sur la mort leur ont été utiles à certains moments, mais leur tâche a été rendue plus difficile par des représentations erronées ou brouillant les faits objectifs transmises, de façon délibérée ou non, par des adultes de leur entourage[18]. »

La première prise de conscience de la mort

Quand l'enfant prend-il pour la première fois conscience de la mort ? Pour tenter de répondre à cette question, il est possible de recourir à différentes sources de données (toutes sujettes aux biais précédemment évoqués) : observations longitudinales minutieuses réalisées par des parents ou des observateurs formés, tests psychologiques portant essentiellement sur des définitions (de mots comme « mort », « vie », « vivant »), des histoires à terminer, des analyses de dessins d'enfants ou encore des tests TAT, des observations systématiques réalisées par du personnel hospitalier ou de maisons de repos, enfin, des études de cas élaborées par des thérapeutes d'enfants ou d'adultes fournissant des données rétrospectives.

La mort et le développement du langage. Les évaluations les plus objectives s'appuient sur la maîtrise du langage par l'enfant. Anthony tenta de dater la première prise de conscience de la mort chez l'enfant, en sollicitant chez quatre-vingt-trois enfants une définition de l'adjectif « mort », inséré dans un test de vocabulaire général. Les réponses de cent pour cent des enfants âgés de sept ans et plus (et des deux tiers des enfants de six ans) font état d'une compréhension de la signification du mot (bien que les définitions des enfants mentionnent souvent des phénomènes secondaires sur le plan logique ou biologique). Seuls trois des vingt-deux enfants âgés de six ans et moins ignoraient complètement la signification du mot[19].

Une autre approche objective de la question consiste à étudier chez l'enfant le développement du concept de « vivant » ou de « vie ». Les enfants semblent assez confus sur les caractéristiques des entités vivantes. En 1895, J. Sully nota que les jeunes enfants interprétaient tous les mouvements apparemment spontanés comme signe de vie et, en conséquence, considéraient comme vivants des objets tels que le feu ou la fumée[20]. Pour Piaget, l'animisme des enfants (qu'il rapprochait de l'animisme de l'homme primitif) suit quatre stades. Au départ, les objets inanimés sont généralement considérés comme étant dotés de vie et de volonté. Vers l'âge de sept ans, l'enfant commence à n'attribuer la vie qu'à des objets animés. De huit à douze ans, l'enfant attribue de la vie uniquement à des éléments susceptibles de se mouvoir par eux-mêmes ; enfin, passé l'âge de douze ans, la conception de l'enfant se rapproche de celle de l'adulte[A21].

L'enfant passe par une grande confusion en tentant de comprendre ce qui vit ou est doté de vie et ce qui est inanimé. Une étude illustre ainsi que plus d'un tiers des enfants âgés de sept à huit ans croient qu'une montre ou une rivière sont vivantes ; trois quart pensent la même

A. Pour Piaget, la mort joue un rôle essentiel dans le développement des concepts de causalité. Dans la pensée précoce de l'enfant, la motivation est considérée comme la source et l'explication de l'existence des choses ; chaque cause est associée à une motivation. Lorsque l'enfant prend conscience de la mort, ce système de pensée connaît un véritable bouleversement : les animaux et les personnes meurent, et leur mort ne peut s'expliquer comme résultat de leur motivation. Progressivement, les enfants commencent à appréhender la mort comme une loi de la nature, une loi uniforme et impersonnelle.

chose de la lune, tandis que douze pour cent pensent qu'un arbre ne vit pas[22]. La confusion de l'enfant se trouve probablement accentuée par des messages contradictoires de l'environnement. Dans ce domaine, l'éducation dispensée par les adultes manque tout à la fois de clarté et de précision. Pour l'enfant, les poupées et autres jeux mécaniques qui simulent la vie prêtent à confusion, tout comme la licence poétique dans l'usage de la langue (« nuages filant dans le ciel », « lune épiant par la fenêtre », « ruisseau dansant jusqu'à la mer »).

Les observations d'enfants. Les études du développement linguistique auxquelles je vais maintenant m'intéresser ont incité de nombreux cliniciens et psychologues du développement à dater la perception de la mort chez l'enfant à un âge plus tardif que celui suggéré par l'observation directe de l'enfant. Peut-être les chercheurs font-ils preuve d'exigences inutiles. Pourquoi l'enfant devrait-il pouvoir définir « vivant » ou, en l'occurrence, « mort » pour savoir dans sa chair que lui, à l'instar de tous les insectes, animaux ou autres êtres humains, cessera un jour d'exister ? Dans toutes leurs études auprès de très jeunes enfants, les chercheurs concluent invariablement à un questionnement morbide intense. L'objection théorique reposant sur l'incapacité d'un enfant de moins de huit ou dix ans à appréhender les concepts abstraits ne sert qu'à éluder le problème. Comme le soulignent Kastenbaum et Aisenberg, « entre les deux extrêmes que constituent l'absence de compréhension et la pensée abstraite, intégrée et explicite, il existe tout un éventail de possibilités permettant à un jeune esprit d'entrer en relation avec la mort[23] ». En dépit de sa relative imprécision, l'expression « entrer en relation avec la mort » est pertinente : le très jeune enfant pense à la mort, la redoute, se montre curieux, enregistre des perceptions qui perdureront tout sa vie et érigent, via la pensée magique, des défenses contre la mort.

Kastenbaum et Aisenberg relatent ainsi leurs observations de David, âgé de dix-huit mois, après la découverte d'un oiseau mort dans son jardin. Le jeune garçon parut abasourdi et, selon ses parents, son visage « se figea dans une expression qui évoquait en tout point le masque de la tragédie grecque[24] ». David, qui commençait à marcher, avait tendance, comme tous les enfants de cet âge, à prendre et à examiner tout ce dont il pouvait se saisir. Avec l'oiseau mort, il s'approcha très près, sans toutefois tenter de le toucher. Quelques semaines plus tard, il en découvrit un autre. Cette fois-là, il prit l'oiseau et, avec des gestes simulant le vol, exprima avec une vive insistance son désir à le voir replacé sur la branche. Lorsque ses parents obtempérèrent et que, hélas ! l'oiseau ne s'envola pas, David réitéra maintes fois sa demande par des gestes. Quelques semaines plus tard, l'attention du garçon fut accaparée par une feuille morte, et là encore, il ne ménagea pas ses efforts pour tenter de la replacer dans l'arbre. Lorsqu'il échoua à changer la destinée de la feuille, il sollicita l'aide de son père. Comme David ne parlait pas encore, il est impossible de connaître avec certitude la nature de son expérience interne, mais son comportement suggère qu'il était aux prises avec le concept de mort. Sans aucun doute possible, sa confrontation à la mort suscita chez lui un comportement aussi inhabituel qu'inédit.

Le psychologue Szandar Brant relate un incident impliquant son fils Michael alors âgé de deux ans et trois mois[25]. Michael, sevré du biberon depuis un an, commença à se réveiller plusieurs fois la nuit ; il hurlait et réclamait le biberon. En guise d'explication, il tint les propos suivants : « J'arriverai pas à démarrer », « Je vais tomber en panne d'essence », « Mon moteur s'arrêtera et alors je mourrai ». D'après son père, en deux occasions précédant de peu les réveils nocturnes de Michael, une voiture était tombée en panne d'essence et, en la présence de l'enfant, un échange très animé avait suivi sur les causes de la « mort » du moteur et de la batterie. Le père en avait conclu que Michael croyait devoir continuer à ingérer du liquide, sous peine sinon de mourir lui aussi. Les préoccupations manifestes de Michael avaient commencé plus tôt, avec la photo d'une parente décédée ; il avait alors inondé ses parents d'un flot de questions. L'histoire de Michael prouve que la mort peut être la cause d'une intense détresse chez le très jeune enfant. Par ailleurs, comme dans le cas précédent, Michael identifiait bien la mort comme un problème, peut-être, comme le suggère Kastenbaum, le premier problème vital et un stimulus majeur du développement psychique[26].

Gregory Rochlin, à partir de plusieurs séances de jeu conduites auprès d'un groupe d'enfants normaux âgés de trois à cinq ans, parvient à la conclusion identique que l'enfant, très jeune, apprend que la vie a un terme et que la mort viendra pour lui comme pour ceux qui s'occupent de lui.

> « Mes études ont montré que la connaissance de la mort, y compris l'éventualité de sa propre mort, est acquise très jeune, à un âge bien plus précoce qu'on ne le suppose généralement. À trois ans, la peur de mourir peut s'exprimer sans ambiguïté. L'âge exact d'acquisition de cette information est sujet à de nombreuses spéculations, d'autant qu'un échange direct avec un enfant plus jeune est peu envisageable et, quand bien même, serait trop fragmentaire. En revanche, l'élément important est que, chez un enfant de trois ans, la mort comme peur et éventualité a déjà commencé à produire des effets significatifs[27]. »

Selon Rochlin, le constat apparaît clairement à quiconque écoute les enfants et observe leurs jeux[28]. Partout dans le monde, les enfants jouent à des jeux de mort et de résurrection. De nombreuses occasions leur permettent de faire leur éducation : un arrêt chez le boucher en apprend à un enfant souvent bien plus que ce qu'il aimerait savoir. Aucune expérience n'est peut-être requise : comme l'affirme Max Scheler[29], chacun de nous dispose peut-être d'une connaissance intuitive de la mort. Toutefois, quelle que soit l'origine de ces connaissances, une chose demeure certaine : nous manifestons tous, même à un âge précoce, une forte tendance à nier la mort. La connaissance renonce lorsque le désir s'oppose.

Lorsque la réalité émerge en force, les défenses de déni vacillent et permettent à l'angoisse de se manifester. Rochlin relate le cas d'un enfant de trois ans et demi qui, des mois durant, a demandé à ses parents quand lui ou eux allaient mourir[30]. Il répétait aussi que lui ne mourrait pas. Puis son grand-père (qui habitait loin et que l'enfant connaissait à peine) mourut. L'enfant commença à faire de nombreux cauchemars et repoussait sans cesse le moment de se mettre au lit ; il avait apparemment établi une équivalence entre sommeil et mort. Ses jeux illustraient ses préoccupations de la maladie, de la mort, du fait de tuer et d'être tué. Même s'il nous est difficile de connaître avec certitude la signification de la mort dans le monde interne de cet enfant au stade de la pensée préopératoire, la mort semblait néanmoins susciter une angoisse considérable, celle d'être jeté dans l'égout, d'être blessé, de disparaître par les canalisations, de pourrir dans un cimetière.

Un autre enfant, âgé de quatre ans, perdit l'un de ses grands-pères lors de son troisième anniversaire. Or, le garçon répétait sans cesse que son grand-père n'était pas mort. Lorsqu'il apprit ensuite que son grand-père était décédé parce qu'il était vieux, il eut besoin d'être rassuré sur le fait que sa mère et son père n'étaient pas vieux. Il leur affirma aussi que lui ne vieillirait pas. Ci-dessous, le compte rendu partiel d'une séance de jeu indique clairement que ce garçon de quatre ans était entré « en relation avec la mort ».

> « D : Hier soir j'ai trouvé une abeille morte.
> Dr : Avait-elle l'air morte ?
> D : Elle a été tuée. Quelqu'un a marché dessus et elle est morte.
> Dr : Morte comme quand les gens meurent ?
> D : Morte mais pas comme les gens qui sont morts. Pas du tout comme les gens qui sont morts.
> Dr : Quelle est la différence ?
> D : Les gens sont morts et les abeilles sont mortes aussi. Mais on les met dans la terre et ça sert à rien. Les gens.
> Dr : Ça ne sert à rien ?
> D : Après très longtemps, elle revit (l'abeille). Mais pas les gens. Je veux pas en parler.
> Dr : Pourquoi ?
> D : Parce que j'ai deux grands-pères qui sont en vie.
> Dr : Deux ?
> D : Un seul.
> Dr : Qu'est-il arrivé à l'autre ?
> D : Il est mort il y a longtemps. Cent ans.
> Dr : Toi aussi tu vivras vieux ?
> D : Cent ans.
> Dr : Et ensuite ?
> D : Peut-être que je mourrai.
> Dr : Tous les gens meurent.
> D : Oui, c'est comme ça.
> Dr : C'est triste.
> D : Mais c'est comme ça quand même.

Dr : Tu es sûr ?

D : Sûr. Mon papa va mourir. C'est triste.

Dr : Pourquoi va-t-il mourir ?

D : C'est comme ça.

Dr : Tu ne veux pas en parler.

D : Je veux voir ma maman.

Dr : Je te conduis à elle.

D : Je sais où sont les personnes mortes. Dans les cimetières Mon vieux grand-père est mort. Il peut plus sortir.

Dr : Tu veux dire là où il est enterré.

D : Il peut pas sortir. Jamais[31]. »

Melanie Klein, à partir de son expérience de l'analyse des enfants, conclut que le très jeune enfant entretient une relation intime avec la mort, bien antérieure à sa connaissance du concept. Pour Klein, la peur de la mort participe des premières expériences de vie du jeune enfant. Elle accepte la seconde théorie freudienne de 1923, relative à la pulsion de mort inconsciente et universelle, mais affirme que, pour survivre, l'être humain doit également développer une peur opposée, une peur de perdre la vie. Pour Klein, la peur de la mort constitue la source d'angoisse originaire ; les angoisses sexuelles et celles générées par le surmoi surviennent dans un deuxième temps et constituent des phénomènes de dérivation.

« (…) mes observations analytiques m'ont montré qu'il y a dans l'inconscient une peur de

> l'anéantissement de la vie. Je penserais aussi que, si nous supposons l'existence d'une pulsion de mort, nous supposons par là même qu'il y a, aux niveaux les plus profonds du psychisme, une réponse à cette pulsion sous forme de peur de l'anéantissement de la vie. Ainsi, à mon avis, le danger provenant du travail interne de la pulsion de mort est la cause primaire de l'angoisse. (...) La peur d'être dévoré (...) est à mon avis une expression sans fard de la crainte d'anéantissement. (...) La peur de la mort intervient en elle [la peur de la castration] (...) sans être analogue à la peur de castration. Puisque l'organe génital n'est pas seulement la source de la gratification libidinale la plus intense, mais aussi le représentant d'Éros, et puisque la reproduction est le moyen essentiel de combattre la mort, la perte de l'organe génital signifierait la fin du pouvoir créateur qui préserve la vie et assure sa continuité[32]. »

À mon sens, la position de Klein selon laquelle la reproduction découle de l'angoisse de mort est remarquable ; elle interroge aussi les concepts analytiques traditionnels des éléments « primaires » de la vie psychique. Kurt Eissler, qui, très tôt dans le mouvement psychanalytique, s'interrogea sur la mort, parvint aussi à la conclusion que les préoccupations sexuelles précoces de l'enfant constituent un questionnement dérivatif, secondaire à une perception plus précoce et terrifiante de la mort.

Des recherches poussées démontreront peut-être que le questionnement infantile sur les processus génératifs (c'est-à-dire les « choses de la vie ») constitue une deuxième version d'un questionnement plus précoce et ponctuel sur la mort. Il est possible que l'enfant s'en détourne en raison de l'horreur, de l'impuissance absolue et du désespoir qu'il éprouve face à la perspective de progresser dans cette quête[33].

D'autres chercheurs, à la suite d'études approfondies sur les enfants, sont parvenus à la conclusion que le jeune enfant, qu'il soit ou non en mesure, intellectuellement, d'appréhender le concept de mort, en saisit l'essence. Anna Freud, qui travaillait auprès de jeunes enfants pendant le bombardement de Londres, écrivit : « Il est possible de dire avec certitude que tous les enfants âgés de plus de deux ans lors du bombardement de Londres comprirent qu'une maison bombardée pouvait s'écrouler et que des personnes étaient tuées ou blessées lors des bombardements[34]. » Elle relate le cas d'un garçon de quatre ans qui prend conscience de la mort de son père. Alors que la mère souhaitait que les enfants nient la mort de leur père, l'enfant persista : « Je sais tout de mon père. Il a été tué et ne reviendra jamais. »

Furman, qui étudia de nombreux enfants orphelins de père ou de mère, parvint à la conclusion que, au cours de leur deuxième année, les enfants acquièrent une compréhension élémentaire de la mort, favorisée par quelque expérience précoce qui aide l'enfant à constituer la catégorie mentale appropriée. Il relate l'exemple suivant :

> « Suzie avait à peine trois ans à la mort de sa mère. Lorsqu'on lui annonça cette triste nouvelle, Suzie demanda : "Où est Maman ?" Son père lui rappela l'oiseau mort qu'ils avaient trouvé et enterré peu de temps auparavant. Il lui expliqua que sa Maman, elle aussi, était morte et qu'elle allait être enterrée. Son père la conduirait à cet endroit-là dès qu'elle le souhaiterait. Un mois plus tard, Suzie déclara à son père : "Jimmy (le fils de six ans du voisin) m'a dit que ma Maman reviendrait bientôt ; c'est sa Maman qui lui a dit. Je lui ai répondu que c'était pas vrai parce que ma Maman est morte et quand on est mort on revient pas. C'est vrai, Papa, hein[35] ?" »

Une mère raconte l'échange suivant avec une enfant âgée de trois ans et neuf mois :

> « Jane n'avait reçu aucune éducation religieuse et, jusque-là, n'avait jamais été confrontée à la mort dans son entourage. Il y a quelques jours, elle commença à poser des questions sur la mort… La conversation démarra par une question, à savoir si les gens revenaient au printemps comme les fleurs. (Environ une semaine plus tôt, elle avait été très attristée de voir sa fleur préférée se faner ; nous l'avions consolée en lui disant qu'elle refleurirait au printemps.) Je lui répondis que les gens ne revenaient pas comme ils avaient été, mais différemment, peut-être comme des bébés. Cette réponse l'inquiéta de manière évidente – elle détestait le changement et le fait que les personnes vieillissent – car elle déclara : "Je veux

pas que la nounou soit différente, je veux pas qu'elle change et qu'elle devienne vieille." Puis : "Est-ce que ma nounou va mourir ? Et moi ? Est-ce que tout le monde meurt ?" Comme je lui répondais par l'affirmative, elle pleura à chaudes larmes sans cesser de répéter : "Mais je veux pas mourir, je peux pas mourir..." Elle s'enquit ensuite de la façon dont les gens mouraient, si cela faisait mal, si, une fois morts, ils rouvraient leurs yeux, s'ils parlaient, mangeaient et portaient des vêtements. Soudain, dans ce flot de questions entremêlé de sanglots, elle déclara : "Bon, je vais manger" et la question fut temporairement mise de côté[36]. »

Notons avec intérêt les réponses aussi incertaines que troublées de la mère, qui peu de temps auparavant avait réussi, non sans mal, à répondre aux questions de sa fille sur la naissance et la conception. Elle commente : « Ces questions m'ont prises de court. Je m'attendais certes à des questions sur la naissance et les bébés, mais pas sur la mort et, dans ce domaine, mes idées sont assez confuses. » Un enfant perçoit sans doute possible cette angoisse chez le parent parmi les explications rassurantes qu'il tente de donner.

D'autres comptes rendus témoignent de la crainte mêlée de curiosité ressentie par l'enfant :

« Dernièrement, au moment du bain, Richard (cinq ans et un mois) a commencé à pleurer et à se sentir triste à propos de la mort. Hier, alors qu'il jouait dans

> l'eau, il évoqua la possibilité de ne jamais mourir, de vivre jusqu'à l'âge de mille ans. Aujourd'hui, il affirma : "Je serai peut-être seul quand je mourrai. Tu seras avec moi ? Mais je veux pas être mort pour toujours ; je veux pas mourir." Dans les jours précédents, alors qu'il semblait effrayé à l'idée de ne pas savoir comment mourir, sa mère lui avait dit de ne pas s'inquiéter parce qu'elle mourrait en premier et qu'il saurait alors comment les choses se passent. Ces propos semblèrent le rassurer[37]. »

Dans un essai controversé, Adah Maurer formule de curieuses hypothèses sur la prise de conscience précoce de la mort chez les enfants[38]. D'après Maurer, la première tâche du jeune enfant consiste à faire la distinction entre lui et son environnement, en d'autres termes à distinguer entre être et non-être. Le va-et-vient entre conscience et inconscience, entre veille et sommeil lui permet d'appréhender ces deux états. Quelle expérience psychique l'enfant fait-il lors d'un cauchemar nocturne ? Maurer émet l'hypothèse que l'enfant expérimente la peur et celle de la perception du non-être. Allongé dans le noir, dans une chambre silencieuse, privé de la vue et de l'ouïe, l'enfant peut être paniqué par la sensation corporelle d'être à moitié là, désincarné. (Max Stern, dans son étude sur les terreurs nocturnes, parvenait à une conclusion similaire : l'enfant est terrifié par le néant[39].)

Pour quelle raison l'enfant éprouve-t-il du plaisir à jeter des jouets d'une chaise haute ? Le jeune enfant qui a la chance de trouver un partenaire suffisamment arrangeant pour lui redonner son jouet recommence en général jusqu'à ce que l'autre se lasse. Peut-être s'agit-il d'un plaisir érotique ressenti dans le mouvement musculaire ou d'une manifestation de ce que Robert White nomme la pulsion d'« effectance », c'est-à-dire le plaisir de maîtriser son environnement[40]. Maurer suggère que la fascination du jeune enfant est suscitée par la séquence de disparition-réapparition, qui, dans son esprit et son comportement, représente des symboles matériels des concepts d'être et de non-être[41]. Dans la pulsion d'effectance de White, il peut s'agir d'un dérivatif à une tentative de l'enfant de vaincre le non-être. Ces hypothèses sont étayées par un corpus conséquent en psychologie du développement, relatif à « la permanence de l'objet », sujet qui m'entraînerait trop loin. Disons simplement qu'un enfant ne peut appréhender la disparition d'un objet tant qu'il n'en a pas établi la permanence. Cette permanence ne peut prendre aucune signification sans perception du changement, de la destruction ou de la disparition, de sorte que l'enfant élabore simultanément le concept de permanence et de changement[42]. En outre, il existe une relation très étroite entre la permanence de l'objet et la perception de sa propre permanence ; la même forme de va-et-vient, de lien entre permanence (vivant, être) et disparition (non-être, mort) est essentielle au développement de l'enfant.

« Parti » constitue l'un des tout premiers mots du vocabulaire de l'enfant, ainsi qu'un grand classique des peurs infantiles. Les enfants remarquent ce qu'il advient d'un poulet lors d'un repas, ou quand on retire la bonde, la façon dont l'eau du bain s'écoule, ou encore celle dont les fèces disparaissent dans les toilettes. Quasiment tous les enfants redoutent d'être dévorés, de disparaître dans les toilettes ou les canalisations. Les textes psychanalytiques postulent l'équation inconsciente entre fèces et cadavre[43]. Peut-être le temps est-il venu pour les psychothérapeutes de repenser la dynamique de l'apprentissage de la propreté, dans la mesure où elle implique peut-être plus qu'un érotisme anal ou de la résistance butée : pour l'enfant, l'apprentissage de la propreté suscite des peurs relatives à son intégrité physique et à sa survie.

Lorsque l'enfant prend conscience que l'éternel retour des objets disparus ne se produit pas, il cherche alors d'autres stratégies visant à se protéger de la menace du non-être. L'enfant devient alors le maître, plus que la victime, du « parti ». Il retire la bonde du bain, jette des objets dans les toilettes, souffle les allumettes, se réjouit d'aider sa mère à appuyer sur la pédale de la poubelle. Plus tard, l'enfant distribue la mort, soit de manière symbolique dans des jeux de cow-boys et d'Indiens, soit de manière littérale en l'infligeant à des insectes. Pour Karen Horney, l'hostilité et la destruction chez un enfant sont directement proportionnelles à la menace qu'il ressent quant à sa survie.

Une fois qu'un enfant « sait », que devient cette connaissance ?

Ce qui est connu ne le reste pas. Dans une étude, Matilda McIntire, Carol Angle et Lorraine Struempler demandèrent à cinq cent quatre-vingt-dix-huit enfants si un animal familier mort savait qu'il manquait à son propriétaire. Elles découvrirent que les enfants de sept ans étaient plus enclins que les enfants de onze ou douze ans à accepter la finalité et l'irréversibilité de la mort[44]. Conclusion similaire à celle tirée par Irving Alexander et Arthur Adlerstein à partir de tests psychogalvaniques[A] réalisés sur un large échantillon d'enfants âgés de cinq à seize ans, auxquels on faisait entendre une série de mots du champ lexical de la mort distribuée dans une série de termes neutres[45]. Ces chercheurs répartirent les enfants en trois groupes d'âge : enfance (enfants entre cinq et huit ans), préadolescence et latence (enfants de neuf à douze ans), adolescence (enfants de treize à seize ans). D'après les résultats, *les jeunes enfants (tout comme les adolescents) manifestent une réponse émotionnelle bien plus forte que celles des sujets en phase de latence aux mots du champ lexical de la mort.* Les auteurs en conclurent que la phase de latence constitue une période salutaire, « l'âge d'or » de l'enfance. « À cet âge, les enfants semblent trop impliqués dans leur quotidien et les plaisirs qu'ils y trouvent pour se questionner sur le concept de mort. »

A Tests physiologiques de mesure de l'angoisse.

Ces résultats, toutefois, pourraient être interprétés sur un mode moins optimiste, à savoir que l'enfant, à un âge précoce, se voit confronté aux « faits bruts de la vie », et que ses recherches solitaires l'amènent à la découverte de la mort. Il est alors submergé par cette découverte qui le met en contact avec une angoisse primaire. Bien qu'il cherche à se rassurer, il doit néanmoins gérer cette découverte. Quelle que soit la stratégie mise en œuvre – panique, déni, personnification, mépris, refoulement, déplacement –, il doit néanmoins « faire avec ». Pendant la période de latence, l'enfant apprend (ou on lui apprend) à nier la réalité ; progressivement, à mesure qu'il élabore des formes aussi efficaces que sophistiquées de déni, la conscience de la mort repasse dans l'inconscient, la peur explicite de la mort s'atténue. Les jours insouciants de la préadolescence – « l'âge d'or » de la période de latence – ne diminuent donc pas l'angoisse de mort, mais en sont une conséquence directe. Pendant la période de latence, alors qu'il acquiert de nombreuses connaissances générales, l'enfant régresse dans sa connaissance des faits de la vie. La perception de la mort, comme celle de la sexualité infantile, devient « latente ». À l'adolescence, le système de déni infantile n'est plus efficace. Les tendances introspectives de l'adolescent, comme les ressources dont il dispose désormais, lui permettent de se confronter de nouveau à l'inévitabilité de la mort, de supporter l'angoisse résultante et de chercher un autre mode d'acceptation des faits de la vie.

Les étapes de la connaissance

Un modèle valide du développement du concept de mort chez l'enfant pose inévitablement la question de l'acquisition de cette connaissance. Soit l'acquisition de cette connaissance est progressive, soit – et cette option a ma faveur – l'enfant se trouve pris dans un processus aussi imprévisible qu'irrégulier dans lequel cette acquisition s'effectue trop tôt, trop brutalement, de sorte qu'il se voit contraint de refouler cette connaissance, jusqu'à ce que, progressivement, il soit prêt à accepter ce qu'il savait à l'origine. Il n'existe aucune certitude en la matière, tout comme il n'existe aucune preuve de l'une ou l'autre de ces hypothèses.

À mon sens, les étapes qui suivent, chez l'enfant, l'acquisition de la connaissance de la mort se fondent sur le déni. L'existence d'une connaissance acquise est inhérente au concept de déni : seul ce qui est connu peut faire l'objet d'un déni. Si, comme lecteur, vous n'adhérez pas aux arguments que j'avance en faveur d'une connaissance précédemment acquise, il vous suffit de remplacer « déni » par « connaissance approximative ».

Le déni : caractère temporaire de la mort, mort envisagée comme diminution, suspension ou sommeil. De nombreux enfants, assez âgés pour posséder le langage, expliquent que pour eux la mort est réversible et constitue une diminution et non une cessation de l'état de conscience. Cette conception se voit considérablement renforcée par les dessins animés télévisés où des personnages explosent, sont aplatis, écrasés ou mutilés de multiples façons mais retrouvent miraculeusement leur intégrité physique. Nagy relate des entretiens très instructifs :

> S. C. (quatre ans, huit mois) : « Il peut pas bouger parce qu'il est dans le cercueil.
> – S'il n'était pas dans le cercueil, pourrait-il bouger ?
> – Il peut manger et boire. »

> S. J. (cinq ans, dix mois) : « Ses yeux étaient fermés, il était là, tellement mort. On peut tout lui faire, il dit rien du tout.
> – Dans dix ans, sera-t-il tel que lorsqu'on l'a enterré ?
> – Il sera plus vieux, de plus en plus vieux. Quand il aura cent ans, il sera pareil à un morceau de bois.
> – C'est comment, être comme un morceau de bois ?
> – Je sais pas. Ma petite sœur aurait cinq ans maintenant. J'étais pas encore né quand elle est morte. Elle doit être tellement grande maintenant. Son cercueil est tout petit, mais elle peut tenir dedans.
> – Que crois-tu qu'elle fasse maintenant ?
> – Elle est allongée. C'est tout ce qu'elle fait. Elle est encore très petite, elle peut pas être comme un morceau de bois. C'est que les gens très vieux.
> – Que se passe-t-il sous la terre ? »

> B. I. (quatre ans, onze mois) : « Il pleure parce qu'il est mort.
> – Mais pourquoi ?

– Parce qu'il a peur. »

T. P. (quatre ans, dix mois) : « Un mort, c'est comme quelqu'un qui est endormi. Qui dort dans la terre, aussi.
– Qui dort comme toi tu dors la nuit ?
– Heu… Il ferme les yeux. Il dort comme les gens la nuit. Il dort comme ça, juste comme ça.
– Comment sais-tu pour savoir si quelqu'un dort ou est mort ?
– Je le sais s'il va se coucher et qu'il garde les yeux fermés. Si quelqu'un va se coucher et se lève pas, c'est qu'il est mort ou malade.
– Est-ce qu'il se réveillera un jour ?
– Non, jamais. Un mort sait seulement si quelqu'un va sur sa tombe ou un truc comme ça. Il sent qu'il y a quelqu'un ou que quelqu'un parle. Il sait si on met des fleurs sur la tombe. L'eau coule dans le sable. Lentement, lentement, il entend tout. Tata, est-ce que le mort sent si elle coule dans la terre ? (l'eau).
– À ton avis, est-ce qu'il n'aimerait pas sortir de là ?
– Il aimerait bien, mais le cercueil est cloué.
– S'il n'était pas dans le cercueil, est-ce qu'il pourrait revenir ?
– Il pourrait pas enlever tout le sable. »

H. G. (huit ans, cinq mois) : « Les gens croient que les morts peuvent sentir des choses.
– Et ce n'est pas vrai ?
– Non, ils peuvent pas sentir, comme quand on dort. Quand je dors, je sens rien, sauf quand je rêve.

– Est-ce qu'on rêve quand on est mort ?
– Je crois pas. On rêve jamais quand on est mort. Des fois, on a des images, mais pas comme dans les rêves. »

L. B. (cinq ans, six mois) : « Il avait les yeux fermés.
– Pourquoi ?
– Parce qu'il est mort.
– Quelle est la différence entre dormir et mourir ?
– Ils le mettent dans un cercueil. Ils mettent les mains comme ça quand quelqu'un est mort.
– Que lui arrive-t-il dans le cercueil ?
– Les vers le mangent. Ils font des trous dans le cercueil.
– Pourquoi les laisse-t-il le manger ?
– Il peut plus se lever, parce qu'il a du sable sur lui. Il peut pas sortir du cercueil.
– S'il n'avait pas de sable sur lui, pourrait-il se lever ?
– Oui, s'il avait pas été poignardé. Il creuserait le sable avec ses mains. Ça montre qu'il veut toujours vivre. »

T. D. (six ans, neuf mois) : « Le parrain de ma sœur est mort et j'ai tenu sa main. Elle était très froide. Elle était verte et bleue. Son visage avait plein de rides. Il peut pas bouger. Il peut pas serrer ses mains, parce qu'il est mort. Et il peut pas respirer.
– Et son visage ?
– Il a la chair de poule parce qu'il a froid. Il a froid parce qu'il est mort et il a froid partout.

– Est-ce qu'il sent le froid ou est-ce seulement sa peau qui était comme ça ?
– S'il est mort, il sent quand même. S'il est mort, il sent un petit peu. Quand il est vraiment mort, il ne sent plus rien. »

G. P. (six ans) : « Il étend ses bras et reste allongé. On peut pas replier ses bras. Il peut pas parler. Il peut pas bouger. Il peut pas voir, ni ouvrir ses yeux. Il reste là quatre jours.
– Pourquoi quatre jours ?
– Parce que les anges savent pas encore où il est. Les anges l'emmènent avec lui. Ils lui mettent des ailes et ils s'envolent. »[46]

Ces échanges recèlent une mine d'informations. On ne peut qu'être frappé par les contradictions internes, par les différents niveaux de connaissances qui transparaissent même dans ces courts extraits. Les morts peuvent ressentir des choses, tout en n'éprouvant rien. Ils vieillissent tout en gardant plus ou moins le même âge et en pouvant tenir dans le même cercueil. Un enfant enterre un chien mais laisse de la nourriture sur la tombe au cas où l'animal aurait un peu faim[47]. L'enfant semble croire que la mort se déroule en plusieurs stades. Les morts peuvent « sentir un tout petit peu les choses » (ou avoir de courtes images comme dans les rêves), mais quelqu'un « vraiment mort (...) ne sent plus rien ». (Notons que ces échanges sont cités par Nagy comme argument de la conception selon laquelle un enfant considère la mort comme un état temporaire ou la nie en la comparant au départ ou au sommeil. Là encore, le biais de l'observateur semble évident : à mon sens, ces extraits prouvent l'étendue des connaissances des enfants. Il n'y a rien de temporaire ni d'incomplet au fait d'être mangé par les vers, de rester à tout jamais sous la terre, à être « vraiment mort » et à « ne plus rien sentir ».)

L'équivalence posée par les enfants entre le sommeil et la mort est très connue. Pour l'enfant, l'état de sommeil est l'expérience la plus proche de l'état de non-conscience et la seule indication dont il dispose quant à l'effet de la mort. (Dans la mythologie grecque, la mort – Thanatos – et le sommeil – Hypnos – sont frères jumeaux.) Cette association n'est pas sans implications en matière de troubles du sommeil ; de nombreux cliniciens ont émis l'hypothèse que la peur de la mort constitue un facteur important de l'insomnie, chez les adultes comme chez les enfants. Pour de nombreux enfants angoissés, le sommeil est dangereux. Souvenons-nous de cette prière enfantine :

> « Alors que je me prépare au sommeil,
> Que le Seigneur sur mon âme veille,
> Si je meure avant mon réveil,
> Que le Seigneur mon âme prenne[A]. »

Les propos collectés par Nagy démontrent très clairement que les enfants, en dépit de leur connaissance imparfaite, redoutent la mort et sont terrifiés

---

A. Traduction personnelle. *(N.d.T.)*

par elle. Terrifiante, en effet, l'idée d'être enfermé dans un cercueil cloué, d'appeler à l'aide sous la terre, d'être enterré pendant une centaine d'années et de se transformer en bois, d'être rongé par les vers, transi de froid, de bleuir et de verdir, ou encore de ne plus pouvoir respirer[A].

Ces conceptions infantiles de la mort sont apaisantes, surtout pour les parents et les éducateurs qui préfèrent tout ignorer du sujet. « Ce qu'on ignore ne peut nuire », telle est la logique sous-tendant le silence officiellement approuvé. Or, ce que les enfants ignorent, ils l'inventent, et comme le démontrent ces exemples, les fruits de leur imagination s'avèrent souvent plus horribles que la vérité. Je reviendrai ultérieurement sur l'éducation ; je me bornerai à souligner ici simplement à quel point les croyances des enfants sont terrifiantes, ce qui explique les stratégies mises en œuvre par ces mêmes enfants pour trouver un peu d'apaisement.

Le déni : les deux principaux remparts contre la mort. Contre la terreur que lui inspire la mort, l'enfant peut mobiliser deux mécanismes de défense qui datent des

---

A. Ces conceptions précoces de la mort perdurent avec une vivacité étonnante dans l'inconscient. Elliot Jacques décrit ainsi le rêve d'une de ses patientes adulte claustrophobe : « Elle était dans un cercueil. Elle avait été découpée en morceaux et était morte. Mais chaque morceau possédait encore un nerf, mince comme un fil de toile d'araignée, connecté au cerveau, de sorte qu'elle pouvait tout sentir. Elle savait qu'elle était morte. Elle ne pouvait ni bouger ni émettre un son. Elle pouvait seulement rester allongée dans l'obscurité et le silence claustrophobes du cercueil[48]. »

tout premiers moments de la vie : le premier est la croyance, fortement enracinée, en sa propre inviolabilité ; le second, celle d'un sauveur ultime qui veille sur lui. Bien que ces croyances soient nourries par l'éducation parentale et religieuse renvoyant à différents mythes d'une vie après la mort, à l'existence d'un dieu protecteur et à l'efficacité de la prière, elles s'enracinent aussi très profondément dans l'expérience précoce de l'enfant.

« Je suis quelqu'un de spécial. » Chacun de nous, comme enfant puis comme adulte, s'accroche à la croyance irrationnelle qu'il est quelqu'un de spécial et de particulier. Les limitations, la vieillesse, la mort concernent peut-être les *autres*, mais pas soi, pas *moi*. À un niveau profond, chacun est persuadé de sa propre invulnérabilité et de son impérissabilité. Les racines de cette croyance primitive (ou « défense originaire » comme la qualifie Jules Masserman[49]) remontent à l'aube de notre vie. Pour chacun de nous, les débuts de la vie sont marqués par une intense égocentricité. On est l'univers : il n'existe aucune limite entre soi et les autres objets ou êtres. Le moindre de nos désirs est satisfait sans nécessiter de notre part le moindre effort : nos pensées se traduisent par de l'agi. On grandit avec l'impression d'être quelqu'un de particulier et on brandit cette croyance comme un bouclier contre l'angoisse de mort.

Le sauveur ultime. Parallèlement à cette illusion anthropocentrique – et je n'emploie pas ici le terme

« illusion » dans un sens péjoratif, dans la mesure où il s'agit d'une illusion largement partagée, voire universelle – existe la croyance en un sauveur ultime. Là encore, cette croyance remonte aux débuts de la vie, à l'époque des figures de l'ombre, les parents, ces merveilleux appendices de l'enfant, acteurs puissants tout autant que serviteurs éternels. La croyance en un sauveur externe est alimentée par la vigilance bienveillante dont font preuve les parents pendant la petite enfance et l'enfance. Bien sûr, l'enfant s'aventure trop loin, se heurte aux cruels piquets de la réalité, avant d'être sauvé par les immenses ailes maternelles qui l'emportent dans la chaleur de son corps.

Ces deux croyances – en la particularité et en un sauveur ultime – sont utiles au développement de l'enfant : elles constituent les fondements indispensables de la structure défensive que l'individu érige contre la terreur de la mort. Sur ces fondements s'élèvent ensuite d'autres défenses secondaires qui, chez le patient adulte, brouillent souvent les « défenses originaires » tout autant que la nature de cette angoisse primitive. Ces deux mécanismes de défense élémentaires sont profondément enracinés (comme le prouve leur persistance, sous la forme de mythes d'immortalité et la croyance en un dieu personnel, dans la quasi-totalité des principaux systèmes religieux[A])

A. Il est important de souligner que la valeur ou la signification psychodynamique de la religion ne s'oppose pas pour autant à la vérité intrinsèque des croyances religieuses. Ou, pour citer Viktor Frankl : « Pour satisfaire notre curiosité sexuelle précoce, nous inventons le mythe de la cigogne. Mais cela ne signifie pas pour autant que les cigognes n'existent pas[50] ! »

et perdurent jusqu'à l'âge adulte où ils continuent d'exercer une influence considérable (voir le chapitre suivant), sur la structure de la personnalité et la formation des symptômes.

Le déni : la croyance dans l'immunité des enfants face à la mort. Parmi les consolations courantes que les enfants élaborent aux stades précoces de leur vie figure la croyance en leur immunité face à la mort. Les enfants ne meurent pas ; la mort survient chez les personnes âgées, et la vieillesse est tellement, tellement loin. Quelques illustrations :

> S. (cinq ans, deux mois) : « Où est ta maman ?
> La mère : Au ciel. Elle est morte il y a longtemps déjà. Elle devait avoir soixante-dix ans.
> S. : Elle avait pas quatre-vingts ou quatre-vingt-dix ans ?
> La mère : Non, seulement soixante-dix.
> S. : Mais les gens vivent jusqu'à quatre-vingt-dix-neuf ans. Et toi, quand est-ce que tu vas mourir ?
> La mère : Je ne sais pas. Quand j'aurai soixante-dix, quatre-vingts ou quatre-vingt-dix ans.
> S. : Ah (pause), quand je serai grand, je me raserai pas. Comme ça, j'aurai une barbe, hein ? » [Dans une conversation précédente, S. avait dit qu'il savait que les hommes se laissaient pousser la barbe lorsqu'ils devenaient très, très vieux. Plus tard, il devint clair qu'il souhaitait s'abstenir de se raser afin de repousser indéfiniment la mort[51] !] »

> Ruth (quatre ans, sept mois) : « Est-ce que tu vas mourir, Papa ?
> Le père : Oui, mais pas avant que je ne sois vieux.
> Ruth : Et tu vas vieillir ?
> Le père : Oui.
> Ruth : Moi aussi, je vais vieillir ?
> Le père : Oui.
> Ruth : Tous les jours, j'ai peur de mourir. Si seulement je pouvais jamais vieillir comme ça je mourrais jamais[52]. »

> Enquêteur : « Est-ce qu'un enfant peut mourir ?
> G. M. (six ans) : Non, les garçons meurent pas sauf s'ils se font renverser. S'ils vont à l'hôpital, ils en sortent vivants. »
> E. G. (cinq ans) : « Je mourrai pas. Quand on est vieux on meurt. Je mourrai jamais. Lorsque les gens deviennent vieux, ils meurent. » [Plus tard, il déclara qu'il mourrait quand il serait très vieux[53].]

Dans des tests où ils doivent terminer une histoire, la plupart des enfants préfèrent rester enfant longtemps plutôt que de grandir rapidement. Un garçon de neuf ans et demi déclara qu'il voulait arrêter de grandir afin de rester enfant, parce que « quand quelqu'un devient vieux, il y a moins de vie en lui[54] ».

La mort d'un enfant, bien évidemment, questionne profondément les enfants, qui tentent souvent de résoudre le problème au moyen d'une distinction entre mourir et être tué. Un garçon affirma ainsi : « Les garçons meurent pas sauf s'ils sont poignardés ou renversés par une voiture. » Un autre déclara : « À dix ans, je vois pas comment on peut mourir, sauf si quelqu'un nous tue[55]. » Un autre (âgé de six ans) dit quant à lui : « Je mourrai pas, mais quand on sort dehors et qu'il pleut, on peut mourir[56]. » Toutes ces affirmations visent à apaiser l'angoisse en rassurant l'enfant sur le fait que la mort n'est pas un problème immédiat, ou, tout du moins, inévitable. Soit la mort est repoussée à la vieillesse – période que l'enfant est bien en peine d'imaginer – soit une mort accidentelle peut survenir, mais seulement si l'on est « très très » imprudent.

Le déni : la personnification de la mort. La plupart des enfants âgés de cinq à neuf ans passent par une période d'anthropomorphisme, au cours de laquelle ils confèrent à la mort forme et volonté : père Fouettard, croque-mitaine, Faucheuse, squelette, fantôme, ombre, quand ils ne l'associent pas tout simplement aux morts. De nombreux témoignages le confirment :

> B. G. (quatre ans, neuf mois) : « La mort fait du mal.
> – Comment ça ?
> – Elle donne des coups de couteau et on meurt.
> – Qu'est-ce que la mort ?
> – Un homme.
> – Quelle sorte d'homme ?
> – Un homme mort.
> – Comment le sais-tu ?
> – Je l'ai vu.
> – Où ça ?
> – Dans l'herbe. Je ramassais des fleurs. »

B. M. (six ans, sept mois) : « La mort emporte les méchants enfants. Elle les prend et les emmène.

– À quoi elle ressemble ?

– Elle est aussi blanche que la neige. Blanche partout. Elle est mauvaise. Elle aime pas les enfants.

– Pourquoi ?

– Parce qu'elle est mauvaise. Elle prend aussi les hommes et les femmes.

– Pourquoi ?

– Parce qu'elle les aime pas, on dirait.

– Qu'est-ce qu'elle a de blanc ?

– Le squelette. Le squelette des os.

– Mais dans la réalité, est-ce que c'est vraiment comme ça, ou est-ce simplement une histoire que l'on raconte ?

– Non, c'est vrai. Une fois, j'ai parlé de ça et la nuit, la vraie mort est venue. Elle a une clé pour entrer partout et elle peut ouvrir les portes. Elle est entrée, elle est allée partout. Elle s'est approchée du lit et a commencé à tirer les couvertures. Je m'étais bien caché dessous. Elle n'a pas réussi à les enlever. Après elle est partie. »

P. G. (huit ans, six mois) : « La mort vient quand quelqu'un meurt ; elle vient avec une faux, elle le tue et l'emporte. Quand la mort part, elle laisse des empreintes derrière elle. Lorsque les empreintes ont disparu, elle revient et prend d'autres gens. Après, on a essayé de l'attraper mais elle avait disparu. »

B. T. (neuf ans, onze mois) : « La mort, c'est un squelette. Elle est si forte qu'elle peut renverser un navire. On peut pas la voir. Elle vit dans un endroit caché. Elle se cache sur une île. »

V. P. (neuf ans, onze mois) : « La mort, c'est très dangereux. On peut jamais savoir quand elle va venir nous emporter. La mort est invisible, personne dans le monde entier l'a jamais vue. Mais la nuit, elle vient chez tout le monde et emporte les gens. La mort, c'est comme un squelette. Toutes les parties sont en os. Mais quand il commence à faire jour, quand c'est le matin, il n'y a plus aucune trace d'elle. Elle est très très dangereuse. »

M. I. (neuf ans et neuf mois) : « On montre toujours la mort avec un squelette et une cape noire. En vrai, on peut pas la voir. En vrai, c'est juste une sorte d'esprit. Elle vient et emporte les gens ; elle se fiche de savoir si c'est un clochard ou un roi. Si elle veut, elle les fait mourir. »[57]

En dépit du caractère effrayant de ces récits, la personnification de la mort sert à apaiser l'angoisse. La vision, ô combien macabre, d'un squelette faucheur surgissant la nuit de l'humus d'un cimetière se révèle être rassurante, comparée à la vérité. Tant qu'un enfant croit que la mort est apportée par quelque force ou figure externe, il est protégé de la terrible vérité, à savoir que la mort *n'est pas* externe, que dès le début de la vie, chacun porte à l'intérieur de lui les spores de sa propre mort. Par ailleurs, si la mort est un être doué de sensation, si – comme les propos ci-dessus le laissent entendre – la situation devient telle que « *si la mort le veut*, elle les fait mourir », alors il peut être possible de la persuader du contraire. Comme avec le Fondeur de boutons d'Ibsen – la métaphore de la mort dans *Peer Gynt* –, la mort peut être repoussée, apaisée ou, qui sait ?, trompée ou battue. Avec la personnification de la mort, l'enfant reproduit l'évolution culturelle : toutes les cultures primitives, par le biais de l'anthropomorphisme, tentent de maîtriser les forces obscures de la nature et leur propre destinée[A].

Cette peur anthropomorphique de la mort subsiste en chacun de nous tout au long de la vie. Rares sont les individus qui, à certains niveaux de conscience, ne continuent pas de nourrir une peur de l'obscurité, des démons, des fantômes ou de toute autre représentation du surnaturel. Même un film médiocre mettant en scène des fantômes ou des phénomènes surnaturels, les cinéastes le savent bien, résonne intensément chez les spectateurs.

A. En 1974, l'étude de Koocher sur les attitudes vis-à-vis de la mort des enfants américains[58] ne corrobore pas les découvertes de Nagy (auprès d'enfants hongrois) sur la personnification de la mort. Il s'agit peut-être de différences culturelles marquées ; quoi qu'il en soit, les différentes approches méthodologiques retenues dans les deux études rendent toute comparaison malaisée : dans l'étude portant sur les enfants américains, les entretiens étaient énormément structurés avec peu d'interrogations sur l'interaction entre sujet et enquêteur, tandis que dans l'étude hongroise, les entretiens étaient à la fois plus ouverts, approfondis et personnels.

Le déni : l'ironie morbide. Plus âgé, l'enfant tente d'apaiser sa peur de la mort en affirmant le fait qu'il est en vie. Entre neuf et dix ans, les enfants souvent raillent la mort et se moquent de leur vieil ennemi. Une étude sur le langage des écoliers démontre que l'humour noir remporte un franc succès dans cette tranche d'âge[59].

Une forte proportion d'enfants, surtout de garçons, développe un goût pour l'intrépidité. (Certains comportements délinquants, chez les adolescents, témoignent peut-être de la persistance de cette défense contre l'angoisse de mort.) Ce type de comportement est plus rare chez les filles, soit en raison de la répartition des rôles sociaux, soit, comme le suggère Maurer[60], de la moindre prévalence de l'angoisse de mort chez les filles du fait de l'anticipation de leur rôle biologique de futures mères, et donc de créatrices.

Le déni de la conscience de la mort dans le corpus de psychiatrie de l'enfant. En dépit de la kyrielle de faits convaincants prouvant la découverte de la mort par les enfants à un âge précoce, les théories psychodynamiques du développement de la personnalité ou la psychopathologie ne traitent nullement de l'angoisse de mort. Comment expliquer ce décalage entre l'observation clinique et la théorie dynamique ? Pour y répondre, il convient de s'interroger sur le « comment » et le « pourquoi ».

Comment ? La mort se trouve exclue de la théorie psychodynamique par le biais d'un simple mécanisme, sa traduction en concept de « séparation », qui se substitue à la mort dans la théorie dynamique. John Bowlby, dans son œuvre monumentale sur la séparation[61], avance des preuves éthologiques, expérimentales et cliniques, trop nombreuses pour être présentées ici, qui suggèrent que la séparation de la mère constitue un événement catastrophique pour le nourrisson et que l'angoisse de séparation s'exprime de façon très évidente chez les nourrissons âgés de six à trente mois. Bowlby en conclut – conclusion largement partagée par les cliniciens – que la séparation constitue l'expérience primaire dans la genèse de l'angoisse : l'angoisse de séparation est l'angoisse fondamentale ; les autres sources d'angoisse, parmi lesquelles l'angoisse de mort, acquièrent une signification émotionnelle de par leur équivalence avec l'angoisse de séparation. En d'autres termes, la mort est source d'angoisse dans la mesure où elle réactive l'angoisse de séparation.

Le travail de Bowlby, pour sa plus grande part, est brillamment argumenté. Pourtant, dans ses réflexions sur l'angoisse de mort, il témoigne d'un curieux manque d'imagination. Par exemple, il cite l'étude réalisée par Jersild sur les peurs enfantines auprès de quatre cents enfants[62], qui révèle l'absence de peurs comme celle de tomber malade ou de mourir, mentionnées par aucun des deux cents enfants de moins de neuf ans et par seulement six des deux cents enfants âgés de neuf à douze ans. Sur la base de ces données, Bowlby en conclut que la peur de la mort est inexistante chez les enfants de moins de dix ans, qu'il s'agit d'une peur acquise ultérieurement, et que son importance est liée au fait de son équivalence avec la séparation[63]. L'étude de Jersild montre que les enfants ont peur des animaux, de l'obscurité, du vide, ou d'être attaqués la nuit par des créatures telles que des fantômes ou des kidnappeurs. Toutefois, jamais la signification pour les enfants de cette peur de l'obscurité, des fantômes, des animaux féroces ou des kidnappeurs n'est évoquée ; en d'autres termes, jamais la question du *sens* n'est posée, c'est-à-dire la question de la représentation mentale sous-jacente à ces peurs.

Rollo May, dans son ouvrage lucide sur l'angoisse, affirme que l'étude de Jersild se limite simplement à démontrer la transformation de l'angoisse en peur[64]. Chez les enfants, les peurs s'avèrent souvent imprévisibles, mouvantes et sans rapport avec la réalité (l'enfant aura plutôt tendance, par exemple, à redouter les animaux qui ne se trouvent pas dans son environnement, comme les gorilles ou les lions, que les animaux familiers). Comme le souligne May, ce qui semble imprévisible à un niveau superficiel se révèle assez cohérent à un niveau plus profond : les peurs infantiles constituent des « formes objectivées de l'angoisse sous-jacente ». May poursuit : « Lors d'une conversation personnelle, Jersild m'a fait remarquer que ces peurs (infantiles) exprimaient véritablement de l'angoisse. Il était assez surpris de ne pas l'avoir réalisé plus tôt. Je crois que l'occultation de cet aspect chez Jersild montre bien à quel point il est ardu pour chacun de penser en dehors de ses propres schémas de pensée »[65].

La recherche comportementale a identifié de nombreuses situations suscitant de la peur chez les enfants. Ces données expérimentales soulèvent les mêmes interrogations. Pourquoi les enfants ont-ils peur des étrangers, d'une « falaise visuelle » (une table en verre avec ce qui semble être un gouffre en dessous), d'un objet approchant ou du noir ? Visiblement, chacune de ces situations – tout comme les animaux, les fantômes et la séparation – constitue pour lui une menace quant à sa propre survie. À l'exception notable de Melanie Klein et de D. W. Winnicott, qui soulignèrent que l'angoisse primaire est une angoisse d'anéantissement, de dissolution du moi ou de dévoration[66], rares sont les auteurs à s'interroger sur les peurs infantiles. Les psychologues du développement ou les psychanalystes d'enfants n'hésitent pas à formuler des inférences sur le monde interne de l'enfant en matière de relations d'objet ou de sexualité infantile ; en revanche, les conceptions infantiles de la mort, leur intuition et leur imagination restent au point mort.

L'existence de l'angoisse de séparation se fonde sur de solides observations comportementales. Chez tous les mammifères, un enfant séparé de sa mère manifeste des signes de détresse – signaux externes moteurs et signaux physiologiques internes. Nul doute aussi, comme le démontre Bowlby, que l'angoisse de séparation se manifeste très tôt chez l'enfant, et que les enjeux de la séparation constituent un motif majeur du monde interne des adultes.

Toutefois, la recherche comportementale ne peut rien nous apprendre de la nature de l'expérience interne du jeune enfant, ni, pour citer Anna Freud, de la « représentation mentale » qui sous-tend la réaction comportementale[67]. Il est possible de connaître ce qui suscite l'appréhension, mais non la nature de cette appréhension. Des recherches empiriques démontrent que l'enfant est angoissé lorsqu'il vit la séparation, mais ne permettent nullement de prouver que l'angoisse de séparation constitue l'angoisse primaire dont l'angoisse de mort dérive. À un niveau infrapsychique et infralangagier, l'enfant expérimente peut-être le non-être ; cette angoisse, chez l'enfant comme chez l'adulte, cherche à s'exprimer en peur : elle est, dans la seule « langue » disponible à l'enfant plus âgé, liée et transformée en angoisse de séparation. Les psychologues du développement s'opposent à l'idée qu'un nourrisson – disons avant trente mois – puisse expérimenter de l'angoisse de mort, parce que l'enfant n'a pas acquis suffisamment la notion d'un soi distinct des objets qui l'entourent. Mais le même argument pourrait s'appliquer à l'angoisse de séparation. Quelle est la nature de l'expérience du nourrisson ? Certainement pas la séparation, car sans conception du soi, l'enfant n'est pas en mesure de concevoir la séparation. Après tout, qu'est-ce qui est séparé de quoi ?

Notre connaissance de l'expérience interne a ses limites, et je m'expose peut-être ici au risque d'« adultiser » la pensée de l'enfant. Il convient de garder à l'esprit que le terme « angoisse de séparation » est une convention, un terme généralement accepté qui se fonde sur la recherche empirique et qui renvoie à un état intérieur ineffable d'appréhension. Mais pour l'adulte, il ne fait aucun sens de traduire l'angoisse de mort en angoisse de séparation (ou en « peur de la perte de l'objet ») ni de prétendre que l'angoisse de mort dérive d'une angoisse « plus fondamentale » constituée par l'angoisse de séparation. Comme mentionné dans le chapitre précédent, il convient de distinguer les deux acceptions de « fondamental » : « élémentaire » et « premier sur le plan chronologique ». Même si nous acceptions l'hypothèse selon laquelle l'angoisse de séparation est la première sur le plan chronologique, il n'en découle nullement que l'angoisse de mort équivaut à cette peur de la perte de l'objet. L'angoisse la plus fondamentale (élémentaire) dérive de la menace de la perte du soi, et si la perte de l'objet est redoutée, ce n'est que parce qu'elle constitue une menace (ou symbolise une menace) à sa propre survie.

Pourquoi ? Visiblement, l'absence de la mort dans la théorie dynamique n'est pas due à un oubli. Tout comme, nous l'avons vu, il n'existe aucune raison justifiant la traduction de cette peur en d'autres concepts. D'après moi, nous avons affaire ici à un processus massif de refoulement, qui découle de la tentative de l'humanité (à laquelle appartiennent les chercheurs et les théoriciens du comportement) de nier la mort, dans leur vie personnelle comme dans leur travail. Des chercheurs comme Anthony s'étant intéressés à la peur de la mort parviennent à une conclusion similaire :

> « L'illogisme et l'insensibilité patents (des chercheurs en psychologie du développement) face au phénomène humain de peur de la mort, dont l'anthropologie et l'histoire ont prouvé qu'il constituait,

> chez l'homme, l'une des motivations les plus courantes et les plus puissantes, peuvent uniquement être attribués au refoulement conventionnel (c'est-à-dire induit par la culture) de cette peur par les auteurs eux-mêmes et ceux dont ils transmettent les recherches[68]. »

Dans le même ordre d'idée, Charles Wahl affirme :

> « Fait surprenant et significatif s'il en est, la peur de la mort, ou son angoisse (dénommée thanatophobie), en dépit de sa prévalence clinique, n'est que très rarement traitée dans les textes psychiatriques ou psychanalytiques. Elle brille par son absence. Pourrait-on, dès lors, émettre l'hypothèse que les psychiatres, pas moins mortels que les autres, sont réticents à envisager ou étudier un problème qui évoque de façon si personnelle et si proche la contingence de la situation humaine ? Eux, tout comme leurs patients, semblent confirmer la maxime de La Rochefoucauld : "Le soleil ni la mort ne se peuvent regarder fixement."[69] »

L'ANGOISSE DE MORT ET LE DÉVELOPPEMENT PSYCHOPATHOLOGIQUE

Si l'angoisse de mort constitue un facteur essentiel dans le développement psychopathologique, et si l'intégration du concept de mort représente un enjeu développemental crucial de l'enfant, pourquoi certains individus développent-ils des troubles psychiques invalidants, tandis que d'autres atteignent l'âge adulte avec une intégration psychique relativement satisfaisante ? Pour répondre à cette question, la recherche empirique ne nous est d'aucun secours et je ne peux, en l'instant, émettre que de simples hypothèses. Nul doute que les facteurs à l'œuvre sont aussi nombreux que complexes. Il existe peut-être une sorte d'échéance ou de séquence développementale idéale : l'enfant se confronte à ces enjeux à un rythme compatible avec ses ressources intérieures. Nul doute que « trop et trop vite » constituent des facteurs de déséquilibre. Un enfant confronté trop brusquement à la mort avant d'avoir développé des défenses appropriées s'expose à des troubles sérieux. Un stress important, désagréable chez tout le monde quel que soit le moment de la vie où il survient, a pour le jeune enfant des implications majeures. Freud, par exemple, évoque l'étendue des dommages, aussi sérieux que durables, infligés au moi par les traumatismes massifs précoces ; à titre d'exemple, il cite cette expérience en biologie qui démontra les effets catastrophiques, sur un organisme adulte, d'une pointe d'aiguille piquée dans l'embryon au tout début de son développement[70].

De quel type de traumatisme s'agit-il ? Plusieurs possibilités évidentes s'envisagent d'elles-mêmes. La confrontation à la mort, dans l'environnement d'un enfant, constitue un événement important ; certains types de contact avec la mort – à une dose appropriée et dans le cas d'un moi doté de ressources existantes, de facteurs constitutionnels sains et d'adultes soutenants en mesure de gérer de façon adaptative leur propre angoisse – produisent une forme d'inoculation, tandis que d'autres formes d'exposition peuvent déborder les capacités de l'enfant à se protéger lui-même. Tous les enfants sont confrontés à la mort, dans leurs contacts avec leur environnement naturel – insectes, fleurs, animaux domestiques et autres petits animaux –, morts susceptibles de susciter questionnement et angoisse, de même que des échanges avec leurs parents. En revanche, pour un enfant confronté à la mort d'un être humain, le risque de traumatisme est bien plus élevé.

Comme mentionné précédemment, la mort d'un autre enfant peut s'avérer particulièrement terrifiante, parce qu'elle vient miner la croyance réconfortante que seules les très vieilles personnes meurent. La mort d'un jumeau constitue notamment un traumatisme majeur, auquel l'enfant peut réagir de façon très complexe, dans la mesure où plusieurs enjeux sont concomitants : culpabilité résultant de rivalité avec son jumeau ou sa jumelle (et plaisir à être désormais l'objet d'une plus grande attention parentale), activation de sa peur de mourir. Les chercheurs se sont surtout intéressés au premier enjeu, la culpabilité, accessoirement au second, mais jamais au troisième. Ainsi, dans leur étude sur des patients schizophrènes, comparés à la population normale, à un échantillon maniaco-dépressif et à un échantillon général parétique, Rosenzweig et Bray montrent qu'il existe une plus grande incidence d'un jumeau mort avant la sixième année du patient[71].

Rosenzweig procède à une interprétation analytique standard de ces résultats, à savoir que la culpabilité écrasante résultant de l'hostilité entre jumeaux et les sentiments incestueux jouent un rôle déterminant dans le développement de schèmes de comportement schizophrènes. Il justifie sa conclusion au moyen de trois études de cas succinctes (un paragraphe chacune). En dépit de leur brièveté et de leur orientation (choix opéré parmi un volume conséquent de données), ces vignettes cliniques démontrent une angoisse de mort manifeste chez deux des trois patients présentés. L'un d'eux, qui avait perdu sa mère et deux jumeaux alors qu'il était très jeune, réagit de manière très forte à la mort d'un de ses cousins : « Il était si perturbé qu'il en tomba malade et dut rester alité : il redoutait une mort imminente. Les médecins formulèrent un diagnostic de dépression nerveuse. Puis le patient commença à manifester des comportements étranges de type schizophrène[72]. » Un autre patient avait perdu trois frères, le premier alors qu'il n'avait que six ans. Il déclara une psychose à l'âge de dix-sept ans, peu après la mort de son troisième frère. Les seuls propos rapportés du patient suggèrent que sa réaction à cette mort dépassait de loin la simple culpabilité : « Il m'est arrivé d'entendre sa voix. C'est comme si j'étais lui par moments. Je ne sais pas, on dirait qu'il y a comme un gouffre… Comment puis-je surmonter un gouffre comme sa mort ? Mon frère est mort et moi, moi, je suis vivant, mais je ne sais pas[73]… » Cette forme d'exposition de cas cliniques ne prouve rien. Je n'y recours que pour mieux illustrer la problématique d'interprétation des recherches. Chercheurs et cliniciens ont parfois des ornières et semblent peu disposés à envisager d'autres hypothèses, en dépit de l'existence, comme dans cette recherche, d'une autre explication totalement plausible et cohérente avec les données.

Lorsqu'on s'intéresse aux résultats relatifs à la perte d'un parent autant qu'à la perte d'un jumeau, l'étude de Rosenzweig révèle que *plus de soixante pour cent* des patients schizophrènes ont été confrontés à de la perte à un âge précoce. Peut-être les patients schizophrènes ont-ils été confrontés à « trop, trop tôt ». Non seulement ils ont été trop confrontés à la mort mais, en raison du degré de pathologie de l'environnement familial, les familles et les patients se sont avérés incapables de gérer leur angoisse de mort. (Comme j'y reviendrai dans le chapitre 4, Harold Searles arriva aux mêmes conclusions à partir du travail psychothérapique qu'il conduisit auprès de patients schizophrènes adultes[74].)

La mort d'un parent constitue, pour l'enfant, un événement catastrophique. Les réactions de l'enfant dépendent d'un certain nombre de facteurs : qualité de sa relation au parent, circonstances de la mort du parent (l'enfant, par exemple, a-t-il été témoin d'une mort naturelle ou violente ?), attitude du parent lors de la maladie, présence d'un parent survivant et existence d'un réseau communautaire ou familial étoffé[75]. L'enfant souffre d'une perte immense et, par ailleurs, est assailli par l'idée que son comportement ou ses fantasmes agressifs à l'égard du parent ont pu jouer un rôle dans la mort de ce dernier. Le rôle de la perte et de la culpabilité est bien connu et a fait l'objet d'analyses brillantes par certains auteurs[76]. Toutefois, les ouvrages relatifs au deuil ne traitent pas de l'impact de la mort d'un parent sur la conscience qu'a l'enfant de sa propre mort. Comme mentionné précédemment, l'anéantissement représente l'angoisse primaire de l'individu et alimente une grande partie de l'angoisse ressentie à la perte d'un être cher, comme le souligne de façon claire Maurer : « Sur un certain plan en deçà de la connaissance véritable, l'enfant, par narcissisme authentique, "sait" que la perte de ses parents représente la perte de son lien à la vie… Une terreur indicible face à la perte de sa vie, plus que la possessivité jalouse vis-à-vis d'un objet d'amour perdu, constitue l'étiologie de la détresse ressentie lors de l'angoisse de séparation[77]. »

Il n'est guère difficile de démontrer que les patients psychiatriques, névrosés comme psychotiques, ont souffert de la perte d'un parent dans une prévalence bien plus forte que la population générale[78]. Toutefois, les implications pour l'enfant de la mort d'un parent sont si vastes que la recherche n'est pas en mesure de démêler et de pondérer les différentes composantes de l'expérience. L'expérimentation animale nous enseigne que les jeunes, lorsqu'ils sont séparés de leur mère, souffrent de névrose expérimentale et se montrent plus affectés par le stress que ceux qui restent avec leur mère. Chez les humains, la présence immédiate d'une figure maternelle a pour effet d'apaiser l'angoisse provoquée par des événements non familiers. En conséquence, un enfant qui a perdu sa mère s'avère être bien plus vulnérable à tous les facteurs de stress auquel il est confronté. Outre l'angoisse découlant de la prise de conscience de la mort, l'enfant souffre également dans une très forte proportion d'autres facteurs de stress (interpersonnel, sexuel, scolaire). Dès lors, l'enfant manifestera probablement une symptomatologie et des mécanismes de défense névrotiques qui s'ajouteront les uns aux autres à mesure qu'il avancera dans la vie. La peur de mourir peut exister aux niveaux psychiques les plus profonds, n'émergeant de façon explicite qu'en de très rares occasions, par le biais de cauchemars ou d'autres manifestations de l'inconscient.

Josephine Hilgard et Martha Newman, dans leur étude portant sur des patients psychiatriques qui avaient perdu un parent à un âge précoce, parvinrent à une conclusion curieuse (qu'elles dénommèrent « réaction d'anniversaire »), à savoir l'établissement d'une corrélation significative entre l'âge d'un patient au moment de son hospitalisation et l'âge qu'avait le parent à sa mort[79]. En d'autres termes, lorsqu'un patient est hospitalisé, il existe de fortes probabilités qu'il ait le même âge que son parent lors de la mort de celui-ci. Par exemple, si la mère d'un patient est morte à l'âge de trente ans, le patient court un « risque » à l'âge de trente ans. Par ailleurs, l'aîné des enfants du patient se trouvera probablement dans la même tranche d'âge que le patient à la mort de son parent. Par exemple, un patient âgé de six ans à la mort de sa mère est considéré comme patient « à risque » sur le plan psychiatrique lorsque sa fille aînée a six ans. Bien que ces chercheurs ne se soient pas intéressés à l'angoisse de mort, il semble plausible que la mort de la mère confronte violemment l'enfant – le patient ultérieur – à la problématique de la contingence : la mort de la mère fait comprendre à l'enfant que lui aussi mourra. L'enfant refoule cette conclusion et l'angoisse associée, qui reste inconsciente jusqu'à ce qu'elle soit déclenchée par l'anniversaire, c'est-à-dire lorsque le patient atteint l'âge qu'avait son parent lorsqu'il est mort.

Le degré de traumatisme dépend pour une large part du niveau d'angoisse de mort existant dans la famille. Dans de nombreuses cultures, les enfants prennent part à des rites mortuaires, voire tiennent un rôle lors de cérémonies funéraires. Chez les Foré de Nouvelle-Guinée, par exemple, les enfants participent à la dévoration rituelle d'un parent. Très probablement, cette expérience n'est pas catastrophique pour l'enfant dans la mesure où les adultes y prennent part sans trop d'angoisse manifeste ; elle fait partie du courant naturel de la vie. Toutefois, comme il arrive fréquemment de nos jours dans la culture occidentale, si un parent ressent une angoisse forte face à l'enjeu de la mort, l'enfant reçoit le message que cet événement est à redouter. Cette communication parentale jouera un rôle d'autant plus fort que les enfants souffrent d'une maladie physique grave. Comme le formulent Marian Breckenridge et E. Lee Vincent, « les enfants ressentent l'angoisse de leurs parents quant à l'éventualité de leur mort, et dès lors tendent à expérimenter un malaise vague que les enfants en bonne santé ne ressentent pas[80] ».

L'ÉDUCATION DES ENFANTS À LA MORT

De nombreux parents, tous, peut-être, dans notre culture, cherchent à fuir la réalité en matière d'éducation à la mort. Les jeunes enfants sont protégés de la mort ; ils font l'objet d'une désinformation délibérée. Ainsi, le déni s'enracine à un âge précoce par le biais de récits évoquant le ciel, le retour des morts ou l'immunité des enfants face à la mort. Plus tard, lorsque l'enfant est prêt à « avaler la pilule », le parent augmente progressivement la dose de réalité. De temps à autre, des parents éclairés s'opposent résolument à ces approches et se refusent à enseigner à leurs enfants à nier la réalité. Toutefois, il leur est difficile, face aux terreurs ou aux angoisses de leurs enfants, de s'interdire de les réconforter via des propos qui nieraient la réalité, qu'il s'agisse d'une forme pure et simple de déni de la mort ou d'un mythe évoquant quelque « long voyage ».

Elisabeth Kübler-Ross désapprouve fortement ces « contes de fées » mobilisant le ciel, Dieu et les anges que les religions traditionnelles enseignent aux enfants. Pourtant, lorsqu'elle décrit son travail auprès d'enfants confrontés à la mort – la leur ou celle de leurs parents –, elle aussi, de toute évidence, recourt à ces formes de consolation opérant sur la base du déni. Elle raconte ainsi aux enfants qu'au moment de la mort la personne est transformée ou libérée « comme un papillon » et vole vers un merveilleux avenir[81]. Bien que Kübler-Ross insiste sur le fait qu'il ne s'agisse nullement de déni mais de réalité fondée sur la recherche objective des expériences de vie après la mort, la preuve empirique continue de faire défaut. La position actuelle de ce remarquable thérapeute qui, par le passé, se confronta à la mort stoïquement, démontre à quel point il est difficile de faire face à la mort sans se mentir à soi-même. Pour autant que je puisse en juger, les « données objectives » de Kübler-Ross ne se différencient en aucun point de la « connaissance » religieuse constituée par la foi.

Notre culture occidentale offre des repères éducatifs clairs en matière de développement physique, acquisition de l'information, compétences sociales et développement psychologique ; en revanche, en matière d'éducation à la mort, les enfants se retrouvent assez seuls. D'autres cultures proposent des mythes socialement approuvés sur la mort qui, sans ambivalence ni angoisse aucune, sont transmis aux enfants. Notre culture, quant à elle, ne donne aux parents aucun repère identifiable ; en dépit de l'universalité de l'enjeu et son importance cruciale dans le développement de l'enfant, chaque famille doit déterminer au petit bonheur la chance ce qu'elle va enseigner à ses enfants. Souvent, l'enfant reçoit des informations confuses, imprégnées d'angoisse parentale, et qui très souvent contredisent d'autres sources d'informations accessibles dans l'environnement.

Par ailleurs, des désaccords profonds quant à l'éducation sur la mort existent dans les rangs des professionnels de l'éducation. Ainsi, Anthony recommande aux parents de nier la réalité à l'enfant. Elle cite Sándor Ferenczi qui déclara que « la négation de la réalité constitue une phase de transition entre l'ignorance et l'acceptation de la réalité » et suggère que l'incapacité des parents à soutenir le déni de l'enfant peut résulter « en une névrose dans laquelle les associations sur la mort jouent un rôle »[82]. Elle poursuit :

> « Les arguments en faveur d'une acceptation de la réalité sont forts. Néanmoins, dans ce domaine, cette approche est dangereuse. Pour les parents, la tâche se verra peut-être facilitée s'ils comprennent que le déni aide à l'acceptation. Ils disposent ainsi d'éléments face à des critiques de manque de sérieux, de mensonge, susceptibles d'être émises une fois le besoin de déni de l'enfant passé. S'ils étaient accusés ouvertement, ils pourraient ainsi rétorquer : "À ce moment-là, tu n'étais pas prêt à l'entendre."[83] »

D'autres professionnels de l'éducation suivent la position de Jerome Bruner pour qui « tout sujet peut être abordé de façon efficace sous une forme intellectuellement honnête avec chaque enfant à tout stade de son développement[84] », afin de l'accompagner dans une compréhension progressive et réaliste du concept de mort. Les euphémismes (« s'endormir pour toujours », « monter au ciel », « être avec les anges ») forment « de bien minces barricades contre les angoisses de mort et ne contribuent qu'à dérouter l'enfant[85] ». Ignorer ces résultats ne sert qu'à entretenir un jeu de dupes entre parents et enfants : les enfants n'ignorent nullement l'enjeu, et comme pour la sexualité, trouvent d'autres sources d'informations qui manquent souvent de fiabilité ou se révèlent être plus terrifiantes ou étranges que la réalité.

Comme nous l'avons vu, il existe tout un faisceau de preuves convaincantes indiquant que les enfants découvrent la mort à un âge précoce, qu'ils appréhendent le fait que la vie finira par cesser, qu'ils appliquent cette connaissance à eux-mêmes et que cette découverte suscite en eux une angoisse intense. La gestion de cette angoisse constitue une tâche développementale majeure, et l'enfant s'y emploie de deux manières : en modifiant la réalité objective et intolérable de la mort et en transformant son expérience interne subjective. L'enfant nie l'inévitabilité et la permanence de la mort. Il élabore des mythes d'immortalité ou accepte de bon cœur ceux proposés par les adultes. Il nie également sa propre impuissance face à la mort en modifiant sa réalité intérieure : l'enfant croit qu'il est quelqu'un de spécial, croit en son omnipotence, son invulnérabilité et dans l'existence d'une force ou d'un être extérieur qui le délivrera du destin qui attend tous les autres.

« Le plus remarquable, comme le souligne Rochlin, n'est pas tant que les enfants parviennent à élaborer des conceptions adultes sur la fin de la vie, mais plutôt que les adultes, au cours de leur vie, s'accrochent avec une telle ténacité à des croyances infantiles et qu'ils soient disposés aussi vite à les embrasser de nouveau[86]. » Dès lors, les morts ne sont pas morts : ils se reposent, ils sommeillent dans les cimetières au son d'une douce musique, ils sont réunis dans une vie après la mort avec les êtres qui leur sont chers. Quel que soit le sort qui attend les autres, chacun, enfant comme adulte, nie la mort pour lui-même. Les mécanismes de déni font partie intégrante de notre vie et de la structure de notre personnalité. Le fardeau de chacun, adulte comme enfant, consiste à se confronter à sa propre finitude. L'étude de la psychopathologie, qui fait l'objet du chapitre suivant, n'est autre que l'étude de l'échec d'une transcendance de la mort.

4

Mort et psychopathologie

Le champ de la psychopathologie – c'est-à-dire le tableau clinique présenté par les patients – est si vaste que les cliniciens recourent à des principes d'organisation afin de regrouper certains symptômes, comportements et styles de personnalité en catégories signifiantes. Le recours à un paradigme psychopathologique structurant les soulage en outre de l'angoisse née de la confrontation à une situation incertaine. Les cliniciens développent une aptitude à lire, reconnaître et décoder les tableaux cliniques, qui suscite chez les patients un sentiment de sécurité et de confiance, prérequis à toute véritable relation thérapeutique.

À l'instar de la plupart des paradigmes psychopathologiques, le paradigme que je me propose de présenter dans ce chapitre postule que la psychopathologie constitue une modalité inefficace de réponse à l'angoisse. Le paradigme existentiel se fonde sur l'hypothèse que l'angoisse émerge lorsqu'un sujet se confronte aux enjeux ultimes de l'existence. Dans ce chapitre, je proposerai un modèle psychopathologique articulé autour de la lutte que livre une personne face à l'angoisse de mort ; dans les chapitres suivants, je présenterai des modèles applicables aux sujets dont l'angoisse relève davantage d'autres enjeux ultimes : liberté, isolement et absence de sens. Bien que, pour des raisons didactiques, je doive les exposer séparément, ces enjeux tissent à eux quatre le fil de l'existence humaine et, en définitive, se doivent d'être intégrés au sein d'un modèle psychopathologique existentiel unifié.

Tout le monde est confronté à l'angoisse de mort ; la plupart des gens mettent en œuvre des systèmes de défense adaptatifs fondés sur des stratégies de déni, qu'il s'agisse de négation, de refoulement, de déplacement, de la croyance en une omnipotence (toute-puissance) personnelle, de croyances religieuses socialement acceptées visant à « détoxiquer » la mort ou reposant sur des stratégies visant l'immortalité symbolique.

En cas de stress majeur ou d'inadéquation des stratégies défensives disponibles, la personne qui acquiert le statut de « patient » n'a pu se satisfaire des modalités universelles de gestion de l'angoisse de mort et a mis en œuvre des modalités de défense extrêmes. Ces manœuvres défensives et souvent peu efficaces dès lors qu'il s'agit de gérer la terreur constituent le tableau clinique présenté au thérapeute.

Par définition, la psychopathologie (dans tous les modèles) constitue un mode de défense inefficace. En effet, même les stratégies de défense qui parviennent à parer une angoisse intense asphyxient la croissance, limitent l'existence et la rendent peu satisfaisante. De nombreux théoriciens existentiels ont évoqué le coût élevé de la lutte contre l'angoisse de mort. Ainsi, pour Kierkegaard, l'homme s'autolimite afin d'éviter de contacter « la terreur, la perdition et l'annihilation tapies près de tout un chacun[1] ». Otto Rank, quant à lui, décrit le névrosé comme celui qui « refuse le prêt (la vie) afin d'échapper au paiement de la dette (la mort)[2] ». Selon Paul Tillich, « la névrose est le moyen d'éviter le non-être en évitant l'être[3] ». Ernest Becker avance un point de vue analogue : « L'ironie de la condition humaine réside dans le fait que le besoin le plus profond de l'homme est d'être libéré de l'angoisse de mort et de l'anéantissement ; mais c'est la vie elle-même qui la réveille, de sorte qu'il nous faut nous restreindre à ne pas être pleinement vivants[4]. » Robert Jay Lifton emploie le terme d'« engourdissement psychique » pour décrire la façon dont le névrosé tente de se protéger de l'angoisse de mort[5].

Dans le paradigme de psychopathologie que j'expose, l'angoisse de mort à l'état brut est, bien évidemment, peu présente. Quel que soit le système théorique, en effet, l'angoisse de mort primaire ne se manifeste que très rarement dans sa forme originelle. Les structures défensives assument justement cette fonction de « camouflage » interne : la nature du conflit dynamique central est masquée par le refoulement et les autres stratégies de réduction de la dysphorie. Le conflit originaire est ainsi profondément enfoui et peut être inféré, quoique jamais totalement dévoilé, au prix toutefois d'une analyse laborieuse de ces stratégies.

Prenons un exemple : un sujet peut se protéger de l'angoisse de mort inhérente à l'individuation en maintenant un lien symbiotique à la mère. Cette stratégie défensive peut s'avérer fructueuse un certain temps, mais à mesure que le temps passe, elle devient une cause d'angoisse secondaire. Ainsi, la réticence à se séparer de la mère peut avoir des conséquences sur les résultats scolaires ou le développement d'aptitudes sociales ; des carences dans ce domaine ont de fortes probabilités d'entraîner certaines formes d'angoisses sociales et de mépris de soi, qui à leur tour pourront conduire à la mise en œuvre de nouvelles défenses visant à modérer la dysphorie, mais qui retarderont la croissance et créeront à leur tour des couches supplémentaires d'angoisse et de défenses. Bientôt, le conflit principal se retrouve masqué par ces épiphénomènes, de sorte que la mise au jour de l'angoisse principale s'avère extrêmement ardue. L'angoisse de mort n'est pas immédiatement perceptible pour le clinicien, mais se décèle par un travail sur les rêves, les fantasmes, les éventuels épisodes psychotiques ou encore l'analyse minutieuse du déclenchement de symptômes névrotiques. Lewis Loesser et Thea Bry[6] soulignent par exemple qu'une analyse rigoureuse des premières attaques phobiques renvoie systématiquement au dévoilement d'une angoisse de mort. La compréhension des attaques ultérieures est entravée par les divers phénomènes d'élaboration, de substitution et de déplacement.

Les formes secondaires et dérivées de l'angoisse n'en demeurent pas moins de « véritables » angoisses. Chez un sujet, la dépression peut être causée par de l'angoisse sociale ou par un mépris de soi omniprésent ; en règle générale, comme nous le verrons dans le chapitre suivant, les efforts thérapeutiques visent plutôt l'angoisse dérivée que l'angoisse primaire. Le psychothérapeute, quel que soit son système de croyances relatif à la source d'angoisse primaire et la genèse de la psychopathologie, démarre la thérapie à l'endroit du questionnement de son patient. Il peut ainsi adopter une posture de soutien, étayer les défenses adaptatives de son patient ou l'amener à travailler ses modes d'interaction interpersonnelle destructifs. Dès lors, un paradigme psychopathologique existentiel ne requiert pas du thérapeute qu'il se démarque radicalement, dans son travail thérapeutique auprès de nombreux patients, des stratégies ou des techniques traditionnelles.

L'ANGOISSE DE MORT COMME PARADIGME PSYCHOPATHOLOGIQUE

Le chapitre précédent esquisse un paradigme clinique, qui, à mon sens, se révèle d'une grande portée pratique aussi bien qu'heuristique. La modalité employée par l'enfant pour faire face à l'angoisse de mort se fonde sur le déni ; par ailleurs, les deux principaux remparts à ce système de déni sont constitués par les croyances archaïques en une inviolabilité personnelle et/ou en la protection éternelle d'un sauveur ultime. Il s'agit de croyances particulièrement puissantes, qui se voient renforcées tout à la fois par les conditions de vie précoce et les mythes culturels généralement acceptés renvoyant à divers systèmes d'immortalité et à l'existence d'une divinité personnelle.

L'expression clinique de ces deux défenses fondamentales m'apparut de façon lumineuse un jour, après deux séances consécutives avec des patients que j'appellerai Mike et Sam. Leur cas permet une étude approfondie de deux modes de déni de la mort. Le contraste entre les deux est frappant : chacun, en illustrant le mécanisme de défense opposé, éclaire la dynamique de l'autre.

Mike, alors âgé de vingt-cinq ans, m'avait été adressé par un oncologue. Il avait un lymphome malin et bien qu'une nouvelle forme de chimiothérapie constituât sa seule chance de survie, il refusait le traitement. Je ne vis Mike qu'une seule fois (et encore il se présenta avec un quart d'heure de retard au rendez-vous), mais très vite, il m'apparut que la trame principale de sa vie s'articulait autour de l'individuation. Très tôt, Mike s'était opposé à toute forme de contrôle et avait développé une remarquable aptitude à l'autosuffisance. À douze ans, il gagnait sa vie ; à quinze ans, il avait quitté le domicile parental. Après le collège, il travailla dans la construction et maîtrisa bientôt tous les aspects du travail : menuiserie, électricité, plomberie, maçonnerie. Il construisit plusieurs maisons, les vendit en en tirant un profit substantiel, fit l'acquisition d'un bateau, se maria et navigua avec sa femme autour du monde. Attiré par le mode de vie individualiste et autosuffisant d'un pays en voie de développement, il se préparait à y émigrer lorsque, quatre mois avant notre rencontre, son cancer fut diagnostiqué.

L'attitude irrationnelle de Mike face à la chimiothérapie constituait l'élément le plus frappant de l'entretien. Oui, il s'agissait d'un traitement désagréable, entraînant nausées et vomissements, mais la peur qu'il suscitait chez Mike paraissait disproportionnée. Mike souffrait d'insomnie la nuit précédant les séances de chimiothérapie, il se sentait extrêmement angoissé et recherchait de façon obsessionnelle des moyens d'éviter le traitement. Quels étaient pour Mike les aspects plus terrifiants ? Il ne savait le dire précisément, à ceci près qu'il était question d'immobilité et d'impuissance. Mike ne supportait pas l'attente induite par la préparation par l'oncologue de la solution injectable (solution qui ne pouvait être préparée à l'avance, dans la mesure où le dosage dépendait de la numération sanguine, testée avant chaque administration). Pire encore, l'intraveineuse : il avait en horreur l'aiguille qui lui transperçait la peau, la perfusion, les gouttes qui pénétraient son corps. Il détestait se voir ainsi impuissant et entravé, d'avoir à rester allongé et à garder son bras immobile. Bien que Mike ne redoutât pas consciemment la mort, sa peur du traitement constituait un déplacement manifeste de son angoisse de mort. Mike redoutait surtout d'être dépendant et statique. L'immobilité, qui déclenchait chez lui de la terreur, symbolisait la mort ; il avait réussi à la combattre jusque-là dans sa vie par une autosuffisance avérée. Mike croyait profondément en sa particularité et en son invulnérabilité et, jusqu'à son cancer, il s'était créé une vie qui renforçait cette croyance.

Je ne pouvais pas faire grand-chose pour Mike, si ce n'est suggérer à son oncologue d'apprendre à Mike à préparer lui-même le traitement et de l'autoriser à contrôler et à régler lui-même l'intraveineuse. Ces recommandations permirent à Mike de suivre son traitement jusqu'au bout. Il ne vint pas au rendez-vous suivant avec moi, mais appela pour me demander une cassette audio de relaxation. Il choisit de ne pas rester dans la région pour le suivi oncologique et maintint sa décision d'émigrer. Sa femme désapprouva tellement ses projets qu'elle refusa de l'accompagner, de sorte que Mike partit seul.

Sam avait à peu près le même âge que Mike, mais là s'arrête toute ressemblance. Sam vint me voir en dernier recours, à la suite de la décision de sa femme de le quitter. Bien qu'à la différence de Mike il ne fût pas confronté à la mort dans un sens littéral, il l'était sur un plan symbolique. Son comportement donnait à penser qu'une menace extrême pesait sur sa survie : son angoisse frisait la panique, il pleurait des heures durant, ne mangeait plus, souffrait d'insomnie, recherchait désespérément la moindre forme d'apaisement et songeait sérieusement au suicide. Au fil des semaines, la sensation de catastrophe interne qu'éprouvait Sam disparut, mais son malaise persista. Il ne cessait de songer à sa femme. Il « n'était pas dans la vie », comme il le formulait lui-même, mais flottait en dehors. Pour lui, « passer le temps » n'était pas une figure rhétorique, mais une expérience vécue au sens propre. Les mots croisés, la télévision, les journaux, les magazines étaient appréhendés pour ce qu'ils étaient véritablement, à savoir des moyens de remplir le vide, de passer le temps de la manière la moins douloureuse possible.

La structure de personnalité de Sam peut être envisagée sous l'angle de la « fusion », aux antipodes de l'« individuation » incarnée par Mike. Pendant la Seconde Guerre mondiale – Sam était alors un tout jeune enfant –, sa famille avait dû déménager très souvent, afin de fuir le danger. Sam avait souffert de nombreuses pertes, dont, à l'adolescence, le décès de son père et celui de sa mère quelques années plus tard. Il gérait cette situation en tentant de nouer des liens aussi étroits qu'intenses : avec sa mère tout d'abord, puis avec certains membres de sa famille ou de sa famille adoptive. Il était l'éternel homme à tout faire, toujours prêt à donner un coup de main et à garder les enfants. Il offrait sans cesse des cadeaux, distribuait avec largesse son argent et son temps à un nombre incalculable de personnes. Rien ne semblait plus important pour Sam que d'être aimé et chéri. En fait, après le départ de sa femme, il prit conscience qu'il n'avait la sensation d'exister que s'il était aimé. Confronté à de l'isolement, il se gelait, comme un animal terrifié, dans un état de suspension, ni en vie ni mort. Une fois, alors que nous échangions sur le chagrin causé par la séparation, il déclara : « Lorsque je suis seul chez moi, le plus dur est de penser que personne vraiment ne sait que je suis en vie. » Lorsqu'il était seul, c'est à peine s'il mangeait ou s'il songeait à satisfaire ses besoins les plus élémentaires. Il ne faisait pas le ménage, ne se lavait pas, ne lisait pas ; il ne peignait pas non plus, bien qu'il fût un artiste talentueux. Comme il l'exprimait lui-même, « il n'y a aucun sens à dépenser de l'énergie sauf si je sais qu'elle va m'être renvoyée par quelqu'un ». Il n'existait pas si personne n'était là pour valider son existence. Seul, Sam se métamorphosait en spore inanimée, attendant la venue de quelqu'un susceptible de lui conférer de l'énergie vitale.

Dans ce moment de fragilité, Sam rechercha de l'aide auprès de membres plus âgés de sa famille : il traversait le pays pour passer ne serait-ce que quelques heures dans sa famille adoptive, se sentit soutenu par le simple fait de se rendre dans la maison où sa mère et lui avaient vécu pendant quatre ans, eut des factures de téléphone astronomiques à force de solliciter de l'aide et du réconfort, reçut énormément d'aide de sa belle-famille, qui, en raison du dévouement que Sam avait manifesté à son égard, prit parti pour lui plutôt que pour sa fille. Bien que considérables, les efforts déployés par Sam pour se sortir de cette crise restaient monothématiques : il multipliait les moyens de renforcer sa croyance en une figure protectrice, bienveillante et aimante.

Sam ne cherchait nullement à soulager la solitude extrême dans laquelle il se trouvait. Je lui fis nombre de suggestions pratiques sur la façon de se faire de nouveaux amis : soirées entre célibataires, activités sociales à l'église, activités associatives, cours du soir, etc. À ma grande surprise, il ne tint pas compte de mes conseils. Petit à petit, je finis par comprendre : en dépit de sa solitude, Sam ne cherchait pas tant à être avec d'autres que de confirmer sa croyance en un sauveur ultime. Il se montrait explicite dans sa réticence à sortir de chez lui pour faire des rencontres : il avait peur de rater un appel, un appel de « là-bas », bien plus précieux que toutes les activités sociales auxquelles il pourrait participer. Plus que tout, Sam voulait être « trouvé », protégé, sauvé *sans* avoir à demander de l'aide ni être acteur de son propre sauvetage. En fait, à un niveau profond, Sam vivait *mal* les conséquences positives de ses efforts à assumer une responsabilité quelconque dans la sortie de cet état de crise. J'ai suivi Sam pendant quatre mois. À mesure qu'il allait mieux (par mon soutien et la « fusion » avec une autre femme), il perdit toute motivation pour un travail psychothérapique et nous décidâmes d'un commun accord d'arrêter la thérapie.

Deux défenses fondamentales contre la mort

Que nous apprennent les cas de Mike et de Sam ? Nous avons affaire à deux modalités radicalement différentes de gestion de l'angoisse fondamentale. Mike croyait intimement en sa particularité et son inviolabilité ; Sam, quant à lui, avait foi en l'existence d'un sauveur ultime. Mike possédait un sens hypertrophié de l'autosuffisance, alors que Sam, seul, n'existait pas et cherchait principalement à fusionner avec l'autre. Radicalement opposées sans s'exclure pour autant mutuellement, ces deux modalités constituent une dialectique utile permettant au clinicien de comprendre une grande diversité de situations cliniques.

Nous faisons la connaissance de Mike et de Sam à des moments douloureux de leur existence. La crise qu'ils traversent ne met nullement au jour de nouvelles défenses, mais souligne surtout la nature et les limitations de leur mode d'être. Un mode d'individuation ou de fusion extrême entraîne une rigidité caractérielle qui, à l'évidence, n'autorise pas l'adaptation. La structure de personnalité de Mike et de Sam augmente le stress, empêche l'adaptation et retarde la croissance. Mike refusa un traitement susceptible de lui sauver la vie, puis un suivi médical. Le désir intense qu'avait Sam d'être le destinataire exclusif de l'attention de sa femme conduisit cette dernière à le quitter ; sa passion pour la fusion rendit plus aiguë encore la douleur de la solitude et le plaça dans une incapacité à trouver les ressources nécessaires pour affronter sa nouvelle situation. Pour Mike comme pour Sam, l'épreuve traversée ne se transforma pas en opportunité de croissance. Par définition, un comportement inadapté et rigide qui empêche toute croissance personnelle peut être qualifié de comportement névrotique.

Ces deux systèmes de défense, dans leur organisation brute et schématique, forment une dialectique, c'est-à-dire deux modalités diamétralement opposées de faire face à une situation humaine. L'être humain est soit fusionné soit séparé, se fond ou émerge. Il affirme son autonomie en « émergeant de la nature » (comme le formule Rank[7]) ou recherche la sécurité en fusionnant avec une autre force. Il devient soit son propre père ou reste l'éternel fils. C'est probablement ce que Fromm avait en tête lorsqu'il décrivait l'homme comme « désirant la soumission ou étant avide de pouvoir[8] ».

Cette dialectique existentielle offre un paradigme permettant au clinicien de « se saisir » de la situation. Il est possible également de recourir à d'autres paradigmes à valeur explicative : Mike et Sam souffrent de troubles du comportement, respectivement schizoïde et de dépendance passive. Le cas de Mike peut être appréhendé sous l'angle de la révolte continue au parent ou de la panique homosexuelle ; celui de Sam, « saisi » du point de vue de l'identification à la mère et du deuil non résolu ou encore de l'angoisse de castration, ou encore dans une dynamique familiale dans lequel le clinicien se centre sur les interactions de Sam avec sa femme.

Dès lors, l'approche existentielle ne constitue qu'un paradigme parmi d'autres, dont la raison d'être repose sur l'utilité clinique. La dialectique existentielle permet au thérapeute de prendre en compte des données qui souvent sont laissées de côté dans le travail clinique. Le thérapeute peut ainsi comprendre, par exemple, l'intensité du comportement de Mike et de Sam dans la situation de crise ou les réticences de Sam à l'idée d'« améliorer » sa situation en se prenant en charge. Grâce à cette dialectique, le thérapeute est en mesure d'intervenir au niveau le plus profond, cette dialectique se fondant sur une compréhension de l'angoisse primaire qui existe dans le présent immédiat : le thérapeute appréhende les symptômes de son patient en tant que réaction à l'angoisse de mort activée et présente, et non en tant que réponse à l'évocation d'un traumatisme passé. Dès lors, cette approche privilégie la prise de conscience, l'immédiateté et le choix, axes qui améliorent l'action du thérapeute.

Dans la suite de ce chapitre, je décrirai deux formes élémentaires du déni de la mort, ainsi que les modes psychopathologiques associés. (Bien que nombre des syndromes cliniques familiers puissent être appréhendés et compris sous l'angle de ces deux formes de déni, je ne prétends nullement établir un système de classification exhaustif, qui impliquerait un niveau de précision et d'exhaustivité supérieur à celui proposé ici.) Ces deux croyances, en la particularité et en un sauveur ultime, peuvent se révéler hautement adaptatives. Les deux, toutefois, peuvent être surinvesties et étirées au point où elles perdent leur caractère adaptatif et laissent passer l'angoisse, le sujet étant alors contraint de recourir à des mesures extrêmes pour se protéger, qui entraînent des manifestations psychopathologiques se traduisant par une rupture ou une surenchère de ces défenses.

Pour des raisons de clarté, je traiterai de ces deux défenses séparément. Il conviendra ensuite de les recombiner, dans la mesure où elles s'avèrent extrêmement interdépendantes : des traits de ces deux systèmes de défense se retrouvent dans toutes les structures de personnalité.

LE SENTIMENT DE PARTICULARITÉ (ÊTRE « SPÉCIAL »)

Personne n'a décrit la profonde croyance irrationnelle en notre particularité de façon aussi brillante et poignante que Tolstoï, dans les propos qu'il prête à Ivan Illitch :

> « Ivan Illitch voyait qu'il se mourait et se trouvait dans un état de désespoir perpétuel.
> Il savait qu'il allait passer, mais ne pouvait se faire à cette idée, l'admettre, la comprendre.
> La *Logique* de Kiesemetter lui avait appris ce syllogisme : "Caius est un homme, tous les hommes sont mortels, donc Caius est mortel." Mais il n'avait jamais voulu le prendre à son compte, jugeant que ce raisonnement, applicable à Caius, ne valait rien pour lui-même.
> Caius était un homme, un homme en général, et le syllogisme se révélait impeccable. Seulement, Ivan Illitch n'était point Caius, ni un homme en général : durant toute sa vie, il s'était considéré comme un être exceptionnel, différent de tous les autres. Lui, il était Vania, entouré de maman, de papa, de Mitia, de Volodia, de ses jouets, du cocher, d'une nourrice, puis de Katia, de toutes les joies, les déceptions et les ravissements de l'enfance, de l'adolescence et de la jeunesse !... Cette bonne odeur de cuir de la balle multicolore qu'aimait tant Vania, Caius la connaissait-il ?... Avait-il baisé la main de sa mère et perçu le chuchotement soyeux de sa robe ?... S'était-il révolté, à l'école de droit, pour des gâteaux ?... Avait-il aimé ?... Savait-il présider une séance avec un tact aussi parfait ?... "En effet, Caius est mortel. Il faut qu'il meure. C'est la loi. Mais moi, moi, Vania, moi, Ivan Illitch, avec toutes

> mes pensées, toutes mes sensations, n'est-ce pas autre chose ? Il est impossible que je doive mourir. Ce serait trop affreux !"[9] »

En ce qui concerne les limites fondamentales de l'existence, nous savons tous que nous ne sommes pas différents des autres. Personne, à un niveau conscient, ne le nie. Pourtant, au plus profond de nous-mêmes, nous, comme Ivan Illitch, croyons que la loi de la mortalité s'applique aux autres mais pas à nous. De temps à autre, nous sommes troublés lorsque cette croyance émerge à la conscience et nous nous étonnons de notre irrationalité. Récemment, par exemple, lors d'un rendez-vous chez mon ophtalmologiste, je me plaignais que mes lunettes ne me corrigeaient plus aussi bien qu'avant. Le médecin examina mes yeux et me demanda mon âge. « Quarante-huit ans », dis-je, ce à quoi il répondit : « Pile-poil comme prévu. » Du plus profond de moi, une pensée gronda et émergea : « Qu'est-ce qui est prévu ? Qui est programmé ? Vous, les autres, peut-être, mais certainement pas moi. »

Lorsqu'une personne apprend qu'elle souffre d'une maladie grave, un cancer par exemple, sa première réaction consiste généralement en une forme de déni. Le déni constitue une tentative pour gérer l'angoisse associée à la menace, tout autant que l'expression d'une croyance profonde en sa propre inviolabilité. Un travail psychologique approfondi est nécessaire pour restructurer notre monde interne et nos croyances. Lorsque le système de défenses est véritablement ébranlé, lorsqu'une personne comprend réellement « Mon Dieu, je vais vraiment mourir » et prend conscience que la vie réclamera à elle aussi son dû, elle se sent perdue et, assez curieusement, trahie.

Dans mon travail auprès de patients cancéreux en phase terminale, j'ai pu observer d'énormes différences dans le désir des patients d'être informés de leur mort. Pendant un certain temps, certains patients n'entendent pas leur médecin leur énoncer le pronostic fatal. Un travail de restructuration interne conséquent doit être réalisé pour permettre à cette connaissance de s'installer. Certains patients prennent conscience de leur mort et se confrontent à l'angoisse de mort sur un mode staccato – dans une séquence alternant prise de conscience, terreur, déni, traitement interne, puis préparation à d'autres informations. Pour d'autres, cette prise de conscience (et l'angoisse qui y est associée) les submerge littéralement, avec une terrible précipitation.

L'une de mes patientes, Pam, une femme de vingt-huit ans atteinte de cancer cervical, vit s'effondrer de manière saisissante la croyance en sa particularité. Après une laparotomie exploratoire, le chirurgien lors de sa visite l'informa de la gravité de son état et lui annonça que son espérance de vie avoisinait les six mois. Une heure plus tard, Pam reçut la visite de radiothérapeutes qui, manifestement, ne s'étaient pas entretenus avec le chirurgien et qui l'informèrent du traitement qu'ils avaient envisagé pour la soigner. Elle décida de croire les seconds, mais malheureusement son chirurgien, sans qu'elle le sache, avait informé ses parents dans la salle d'attente de l'issue fatale et leur avait annoncé qu'il ne restait à Pam que six mois à vivre.

Pam passa les quelques mois suivants en convalescence chez ses parents dans un environnement des plus irréels. Ses parents la traitaient comme si elle allait mourir dans six mois. Ils s'isolèrent et isolèrent leur fille, filtrèrent ses appels pour éviter les communications dérangeantes, en bref, firent tout pour qu'elle soit bien installée. Finalement, Pam affronta ses parents et exigea de savoir ce qui se passait. Ses parents relatèrent la conversation avec le chirurgien ; Pam leur parla des radiothérapeutes et le malentendu fut rapidement dissipé.

Toutefois, cette expérience avait fortement ébranlé Pam. La confrontation avec ses parents lui avait fait prendre conscience, sur un mode que la sentence de mort prononcée par le chirurgien n'avait pas produit, qu'elle se dirigeait inexorablement vers la mort. Ses propos à ce moment-là de sa vie sont très révélateurs :

> « Il me semblait vraiment que j'allais mieux et que je me sentais mieux, mais ils commencèrent à agir avec moi comme si j'étais condamnée. Je me heurtai à cette idée terrible *qu'ils avaient déjà accepté ma mort.* En raison d'une erreur et d'un malentendu, j'étais déjà morte pour ma famille. Alors j'ai commencé à être morte et il m'était extrêmement difficile de dire que j'étais en vie. Ce fut pire ensuite quand j'allais mieux comparé au moment où j'étais très malade, parce que ma famille prit conscience de l'amélioration de mon état. Ils s'éloignèrent et retournèrent à

> leur vie en me laissant avec cette impression d'être morte que je ne parvenais pas bien à gérer. Je suis encore terrifiée et j'essaie de franchir cette ligne qui semble y avoir devant moi, la limite entre suis-je morte ou suis-je en vie ? »

Le fait est que Pam comprit véritablement ce que signifiait mourir, non à partir du diagnostic posé par son médecin, mais par le choc produit par la prise de conscience que ses parents continueraient à vivre sans elle, que le monde serait comme avant, que « les bons moments continueraient sans elle », pour reprendre ses termes.

Une autre patiente atteinte de cancer métastasé généralisé en était arrivée au même stade lorsqu'elle écrivit à ses enfants une lettre dans laquelle elle laissait ses instructions pour le partage des biens personnels auxquels elle attachait une valeur sentimentale. Elle avait effectué de façon plutôt mécanique les autres tâches administratives relatives à son décès – rédaction d'un testament, acquisition d'une sépulture, nomination d'un exécuteur testamentaire – mais c'est la lettre à ses enfants qui conféra à la mort une certaine réalité. Il s'opéra alors chez elle la prise de conscience, simple mais terrible, qu'elle n'existerait plus lorsque ses enfants liraient cette lettre : elle ne serait plus là pour leur répondre, observer leurs réactions ni les guider. Eux seraient là, mais elle ne serait rien du tout.

Une autre patiente, après des mois de procrastination, prit la douloureuse décision d'annoncer à ses fils adolescents qu'elle souffrait d'un cancer à un stade avancé et qu'il ne lui restait plus longtemps à vivre. Bien évidemment, la nouvelle attrista ses fils, mais ils réagirent avec courage et firent preuve d'autonomie. Un peu trop de courage et d'autonomie au goût de leur mère : quelque part dans sa tête, elle se sentait fière d'avoir fait ce que tout bon parent se devait de faire, fière de ses fils qui allaient structurer leur vie selon les orientations qu'elle avait esquissées pour eux – mais ils accueillaient trop bien la nouvelle de sa mort imminente et, bien qu'elle se détestât de se montrer aussi irrationnelle, elle était perturbée par le fait qu'ils continueraient et s'épanouiraient désormais sans elle.

Une autre patiente, Jan, souffrait d'un cancer du sein qui s'était propagé au cerveau. Les médecins l'avaient avertie de la paralysie qui, bientôt, l'atteindrait. Elle avait entendu leurs propos ; pourtant, à un niveau profond, elle se sentait immunisée. Lorsque l'inexorable paralysie survint, Jan prit soudain conscience que sa « particularité » était un mythe. Il n'y avait pas de « clause échappatoire ». Elle tint ces propos lors d'une séance de groupe et ajouta qu'elle avait compris une vérité profonde la semaine précédente et qu'elle avait senti la terre se dérober sous elle. Alors qu'elle songeait à son espérance de vie souhaitée – idéalement soixante-dix ans, quatre-vingts ans étant peut-être un âge trop avancé –, elle prit soudain conscience qu'« en ce qui concerne la vieillesse et la mort, *ce que je souhaite n'entre absolument pas en ligne de compte* ».

Ces illustrations cliniques contribuent peut-être à faire sentir la différence entre savoir de façon intellectuelle et savoir véritablement, entre une connaissance vague, dans l'absolu, de la mort et la confrontation de chacun à sa propre mort. L'acceptation de sa propre mort implique de se confronter à d'autres vérités pénibles, qui toutes possèdent leur propre champ de force d'angoisses : nous sommes des êtres finis ; la vie de chacun atteint un jour réellement son terme ; le monde continuera sans nous ; nous ne sommes qu'un parmi d'autres, ni plus ni moins ; l'univers ne nous reconnaît pas de particularité ; les dés sont pipés et, en définitive, certaines dimensions immuables de l'existence sont au-delà de notre influence. En fait, ce que nous souhaitons « n'entre absolument pas en ligne de compte ».

Lorsqu'une personne découvre que la particularité est un mythe, elle éprouve de la colère et se sent trahie par la vie. Ce sentiment de trahison est peut-être analogue à ce que Robert Frost ressentait lorsqu'il écrivait : « Pardonne-moi, Seigneur, mes petites plaisanteries à Ton égard/Et je pardonnerai la grande que Tu as faite à mes dépens[10]. »

Beaucoup pensent alors que s'ils avaient su, véritablement su, un peu plus tôt, ils auraient vécu différemment. Ils sont en colère, mais il s'agit de rage impuissante, car elle n'est dirigée contre aucun objet rationnel. (Le médecin constitue d'ailleurs souvent la cible de cette colère déplacée, chez de nombreux patients en phase terminale, notamment.)

Cette croyance en la particularité personnelle possède un caractère hautement adaptatif ; elle nous permet d'émerger de la nature et de tolérer la dysphorie qui en découle, c'est-à-dire l'isolement, la conscience de notre petitesse face à l'immensité du monde et la peur que ce dernier suscite, les insuffisances parentales, notre condition humaine, les fonctions corporelles qui nous enchaînent à la nature et, surtout, la connaissance de la mort tapie aux confins de la conscience. Cette croyance en notre immunité face aux lois naturelles détermine de nombreux aspects de notre comportement. Elle nourrit notre courage, dans la mesure où elle nous permet de faire face au danger sans être submergé par la menace de notre extinction personnelle, comme l'évoque le Psaume 91 : « Que mille tombent à ton côté, et dix mille à ta droite, tu ne seras pas atteint. » Le courage engendre ce que d'aucuns qualifient de soif « naturelle » de compétences, d'efficacité, de pouvoir et de contrôle de l'être humain. Les niveaux de pouvoir atteints apaisent la peur de la mort et renforcent plus encore cette croyance en notre particularité. Aller de l'avant, réussir, accumuler les richesses matérielles, créer des œuvres pour la postérité comme autant de monuments impérissables s'érigent en mode de vie qui dissimule efficacement les angoisses morbides qui grondent sous la surface.

L'héroïsme compulsif

Pour nombre d'entre nous, l'individuation héroïque constitue la meilleure option à la lumière de la situation existentielle. Zorba, personnage créé par le grand écrivain grec Nikos Kazantzakis, incarne la quintessence de cet homme autonome. (Dans son autobiographie, Kazantzakis cite les dernières paroles de l'homme dont il s'inspira pour imaginer Zorba le Grec : « Et s'il arrive un curé pour me confesser et me donner la communion, dis-lui de déguerpir en vitesse. Et de me donner plutôt sa malédiction ! J'en ai fait des choses dans ma vie, et pourtant je n'ai presque rien fait. Des hommes comme moi, il faudrait qu'ils vivent mille ans[11]. » Ailleurs, dans la bouche d'Ulysse, Kazantzakis nous encourage à vivre pleinement notre vie pour ne laisser à la mort qu'un « château brûlé[12] ». Sa sépulture, sur les remparts d'Héraklion, porte l'épitaphe suivante : « Je n'espère rien, je ne crains rien, je suis libre. »

Poussé un peu loin pourtant, ce type de défense contamine tous les domaines de la vie : la posture héroïque s'effondre sur elle-même, le héros devient un héros compulsif qui, comme Mike, ce jeune homme atteint de cancer, affronte le danger afin d'échapper à un danger plus menaçant encore à l'intérieur de lui. Ernest Hemingway, prototype même du héros compulsif, a cherché toute sa vie à affronter et à vaincre le danger, manière caricaturale de prouver que le danger n'existait pas. La mère d'Hemingway raconte que l'une des premières phrases de son fils fut « Z'ai peur de rien[13] ». Façon ironique d'exprimer justement que lui, comme nous tous, avait peur du rien. Le héros hemingwayen incarne donc une posture extrême de la solution individualiste. Ce héros ne choisit pas : ses actions sont déterminées et fixées ; les nouvelles expériences ne sont source d'aucun apprentissage. Même l'approche de la mort ne l'incite pas au retour sur soi ni ne le rend plus sage. Le code hemingwayen ne laisse aucune place au vieillissement et au déclin, par trop ordinaires. Dans *Le Vieil Homme et la mer*, Santiago fait face à la mort sur le même mode stéréotypé, c'est-à-dire de la même manière avec laquelle il a toujours affronté les dangers de la vie, en partant en mer chercher le grand poisson[14].

Hemingway lui-même ne parvint pas à surmonter l'anéantissement du mythe de son invulnérabilité personnelle. Confronté au déclin de sa santé et de ses capacités physiques, tout comme à l'évidence de son « ordinarité » (dans le sens où il devait faire face, au même titre que les autres, à la situation humaine), il s'en trouva profondément abattu et déprimé. La maladie qui finit par l'emporter, une psychose paranoïaque avec hallucinations persécutoires et idées de référence, étaya chez lui le mythe de la particularité. (Toutes ces tendances persécutoires et ces idées de référence découlent d'une structure de personnalité articulée autour de la grandiosité personnelle ; après tout, seule une personne très spéciale mériterait autant d'attention, quand bien même malveillante, de son environnement.) La défense paranoïaque finit par s'effondrer ; sans défense face à l'angoisse de mort, Hemingway se suicida. Il peut sembler paradoxal qu'une personne soit conduite au suicide par l'angoisse de mort ; toutefois, il ne s'agit nullement d'un cas isolé. De nombreuses personnes ont déclaré en effet que « la crainte de la mort est si forte que je me sens attiré vers le suicide », l'idée du suicide pouvant offrir un sursis à la terreur. Le suicide constitue un acte actif, permettant au sujet de contrôler ce qui contrôle tout un chacun. Par ailleurs, comme l'a souligné Charles Wahl, de nombreux suicidés ont une vision magique de la mort et la considèrent comme temporaire et réversible[15]. La personne qui se suicide pour exprimer son hostilité ou générer de la culpabilité chez les autres peut ainsi tout à fait croire en l'existence continue de la conscience, grâce à laquelle elle pourra savourer les fruits de sa mort.

Le bourreau de travail

Le sujet héroïque compulsif offre un exemple clair, mais peu courant sur le plan clinique, de la défense de la particularité qui ne s'avère pas assez efficace pour protéger le sujet de l'angoisse et qui s'emballe dans un schéma de surenchère. Plus courant en revanche, le « bourreau de travail », l'individu dévoré par son travail. L'un des traits les plus frappants du bourreau de travail est la croyance implicite qu'il « avance » et « progresse ». Le temps constitue un ennemi, non seulement parce qu'il s'apparente à la finitude, mais aussi parce qu'il menace l'un des fondements de l'illusion de la particularité : la croyance dans le fait d'avancer éternellement. Le bourreau de travail doit devenir sourd aux messages du temps, à savoir que le passé grossit aux dépens d'un avenir aux allures de peau de chagrin.

Le mode de vie du bourreau de travail est compulsif et dysfonctionnel : le bourreau de travail s'applique, non parce qu'il le veut, mais parce qu'il le *doit.* Il n'est pas rare qu'il se pousse sans pitié et sans considération des limites humaines. Le temps de loisir est assimilé au temps de l'angoisse, qui souvent est rempli de manière frénétique au moyen de tout ce qui peut donner l'illusion de l'accomplissement. Vivre équivaut donc à « devenir » ou « faire » ; le temps qui n'est pas consacré à ce devenir n'est pas de la vie, mais une attente du commencement de cette vie.

Bien évidemment, la culture joue un rôle important dans la formation des valeurs individuelles. En matière d'« activité », Florence Kluckholm suggère une classification anthropologique des valeurs selon trois catégories : « être » ; « être-en-devenir » et « faire »[16]. L'orientation « être » privilégie l'activité plutôt que l'objectif et s'appuie sur l'expression naturelle et spontanée de « l'étant » de la personnalité. « L'être-en-devenir » partage avec l'orientation « être » une importance accordée à ce que la personne est, plus qu'à ce qu'elle est en mesure d'accomplir, et met l'accent sur le concept de « développement ». Cette orientation encourage donc une certaine forme d'activité, ayant pour objectif le développement de tous les aspects du *self*. L'orientation « faire », enfin, privilégie les réalisations mesurables au moyen de normes extérieures à l'individu. La culture contemporaine américaine conservatrice, avec les priorités qu'elle accorde à la sphère professionnelle et à l'activité, constitue un exemple type de cette culture du « faire » poussée à l'extrême.

Néanmoins, chaque culture offre en la matière une infinité de variations individuelles. Chez le sujet bourreau de travail, un élément intérieur interagit avec la norme culturelle qui induit une internalisation hypertrophiée et rigide du système de valeurs. Les sujets ont alors beaucoup de difficultés à prendre du recul par rapport aux valeurs culturelles et à considérer leur système de valeurs comme une possibilité parmi de nombreuses autres. L'un de mes patients bourreau de travail, qui s'accordait exceptionnellement de temps à autre une promenade à l'heure du déjeuner (à titre de récompense pour une réalisation particulièrement importante), était abasourdi par le nombre de personnes qu'il voyait dehors à prendre le soleil. « Que diable *font-elles* de leur journée ? » s'étonnait-il. Une lutte acharnée contre la montre peut traduire une angoisse de mort puissante. Le rapport au temps des bourreaux de travail s'apparente à celui de sujets menacés d'une mort imminente qui s'efforceraient d'en faire le plus possible avant l'échéance fatale.

En purs produits de notre culture, nous acceptons de manière tacite le bien-fondé et la pertinence de cette injonction à aller de l'avant. Dernièrement, j'étais en vacances seul, dans une station balnéaire des Caraïbes. Un soir que je lisais, je levais de temps à autre les yeux de mon livre pour observer le barman ne faire rien d'autre que regarder la mer, comme un lézard au soleil. La comparaison entre nous deux généra chez moi un sentiment d'autosatisfaction très agréable. Le barman restait là à ne rien faire, à perdre son temps. Quant à moi, j'étais occupé à quelque chose d'utile : lire, me cultiver. En d'autres termes, j'allais de l'avant. Tout était pour le mieux, jusqu'à ce qu'un petit diable à l'intérieur de moi pose la terrible question : aller de l'avant par rapport à quoi ? Comment ? Et (pire !) pourquoi ? Ces questions furent – et sont toujours – profondément troublantes. Je pris alors conscience avec une intensité inhabituelle de la manière dont je me dupais moi-même et de cette défense contre la mort qui consistait à me projeter continuellement dans l'avenir. Je n'existe pas comme existe un lézard : je prépare, je deviens, je suis en transit, ou pour citer John Maynard Keynes : « L'homme "intentionnel" cherche toujours à donner à ses actes une immortalité fausse et illusoire en projetant dans le temps l'intérêt qu'il leur porte. Il n'aime pas son chat, mais les petits de son chat – même pas les petits, en réalité, mais les petits qu'auront à leur tour ces chatons, et ainsi de suite, à jamais, jusqu'à la fin du monde des chats[17]. »

Tolstoï, dans *Anna Karenine*, décrit l'effondrement de ce système de croyances « en spirale ascendante » chez Alexis Alexandrovitch, le mari d'Anna, homme à qui tout avait toujours réussi : carrière exceptionnelle, mariage brillant. Lorsque Anna le quitte, cet événement équivaut pour lui à bien plus que la perte de l'être cher : c'est l'effondrement de sa *Weltanschauung* personnelle.

> « (…) il se sentait en face d'une situation illogique, absurde, et ne s'avait qu'entreprendre. Cette situation n'était pas autre chose que la vie réelle, et s'il la jugeait illogique et stupide, c'est qu'il ne l'avait jamais connue qu'à travers l'écran déformateur de ses obligations professionnelles. L'impression qu'il éprouvait maintenant était celle d'un homme qui passe tranquillement sur un pont au-dessus d'un précipice et s'aperçoit tout à coup que le pont est

> démonté et l'abîme béant. Ce gouffre était pour lui la vie réelle et le pont l'existence artificielle qu'il avait seule connue jusqu'alors[18]. »

« Ce gouffre était pour lui la vie réelle et le pont l'existence artificielle… » Personne ne l'a jamais exprimé avec une telle clarté. Cette défense, lorsqu'elle fonctionne, protège le sujet de la conscience de ce gouffre. Lorsque le pont est rompu, la défense échoue, nous exposant à une vérité et une terreur auxquelles une personne en milieu de vie, après des dizaines d'années d'aveuglement, est peu préparée à affronter.

Le narcissisme

La personne qui gère son angoisse fondamentale au moyen d'une croyance prépotente en sa particularité rencontre souvent des difficultés majeures dans ses relations interpersonnelles. Si cette croyance en l'inviolabilité personnelle se couple, comme il arrive fréquemment, à une reconnaissance proportionnellement réduite des droits et de la particularité de l'autre, nous sommes en présence d'une personnalité narcissique pleinement développée. On attribue à Fromm la description de la personnalité narcissique qu'il illustra par l'échange entre un patient et son médecin. Le patient demandait un rendez-vous pour le jour même. Le médecin répondit que c'était impossible, son planning étant complet. Le patient s'exclama : « Mais, docteur, j'habite seulement à quelques minutes de votre cabinet. »

La structure de personnalité narcissique se remarque davantage en thérapie de groupe qu'en thérapie individuelle. En thérapie individuelle, le moindre mot exprimé par le patient est écouté, le moindre de ses rêves, de ses fantasmes, de ses sentiments est examiné. Tout est donné au patient et peu de réciproque attendue ; il peut se passer des mois avant que des traits de personnalité narcissiques soient décelés. En thérapie de groupe, en revanche, on attend du patient qu'il donne de son temps, qu'il comprenne et éprouve de l'empathie pour les autres, qu'il noue des liens et se sente affecté par les sentiments des autres.

La structure de personnalité narcissique se décline dans une grande diversité de formes : certains patients pensent pouvoir offenser les autres mais être préservés de toute critique personnelle ; ils croient naturellement que la personne dont ils tomberont amoureux éprouvera des sentiments réciproques ; ils attendent des cadeaux, des surprises et de la sollicitude, qu'ils se montrent incapables de donner aux autres ; ils s'attendent à être aimés et admirés du fait de leur présence. Dans le groupe thérapeutique, ils pensent mériter du groupe le maximum d'attention, qui doit se manifester à leur égard sans aucun effort de leur part ; ils s'attendent à être rejoints sans, là encore, chercher à rejoindre l'autre. Sans relâche, le thérapeute doit chercher à faire comprendre à ces patients que ces attentes ne sont légitimes que dans les premiers mois de la vie, lorsqu'un nourrisson peut exiger de la mère un amour inconditionnel sans qu'il soit question de réciprocité. Hal, patient dans un groupe de thérapie, possède nombre de ces traits de personnalité. Physicien extrêmement brillant, il divertit le groupe des mois durant par des récits, aux accents faulknériens, de son enfance dans le Sud (accaparant, ce faisant, près de quarante pour cent du temps alloué à un groupe de huit personnes). Il avait aussi la dent dure, mais ses sarcasmes étaient si brillants et hauts en couleur que les membres du groupe ne s'en offusquaient pas et se laissaient divertir par lui. Peu à peu pourtant, les participants eurent de plus en plus de mal à tolérer son besoin constant d'attention et son hostilité. Ils commencèrent à montrer de l'agacement pendant ses prises de parole, à s'intéresser aux autres, puis, en définitive, à le traiter ouvertement de « crampon ». La colère de Hal s'intensifia, pour finalement déborder de ses limites caustiques habituelles et se déverser dans un flot d'amertume continu et chronique. Sa vie personnelle et professionnelle commença à se détériorer : sa femme menaça de le quitter et le responsable de son département le sermonna sur les mauvaises relations qu'il entretenait avec les étudiants. Le groupe l'incita fortement à travailler sa colère. À de nombreuses reprises, les participants lui demandèrent : « Qu'est-ce qui te met en colère ? » Lorsqu'il abordait des événements concrets, ils l'incitaient à creuser davantage. Au niveau le plus profond, les choses se posaient comme suit pour Hal : « Je suis en colère, car je suis meilleur que tout le monde ici et personne ne le reconnaît. Je suis plus intelligent, plus brillant, je suis meilleur, bon sang, et personne ne m'apprécie. Je devrais être riche, riche comme un roi du pétrole, je devrais être reconnu comme un homme de la Renaissance, mais on me traite comme si j'étais n'importe qui. »

Le groupe fut utile à Hal sur différents aspects. Il lui permit tout d'abord de prendre conscience de ses sentiments. Progressivement, les participants aidèrent Hal à reconnaître qu'eux aussi étaient des êtres doués de sensations, qu'eux aussi se sentaient spéciaux, qu'eux aussi avaient besoin de soutien, d'attention et d'être au centre. Les autres, comme l'apprit Hal, ne constituaient pas simplement des sources d'appréciation et d'étonnement auxquelles il pouvait éternellement s'abreuver pour son propre solipsisme. L'« empathie » s'avéra un concept clé pour Hal, que le groupe l'aida à contacter en l'invitant, ponctuellement, à essayer de sentir ce que chaque membre du groupe éprouvait. Au départ, les interventions de Hal portaient systématiquement sur ce qu'il imaginait que les autres pensaient de lui ; mais petit à petit, il commença à ressentir ce que les autres éprouvaient, qu'ils avaient besoin qu'on leur accorde du temps, par exemple, ou qu'ils étaient en colère, déçus ou blessés.

Le narcissisme est une pathologie si entière qu'il est difficile parfois pour un patient de ménager une « brèche » dans son sentiment de particularité, brèche lui permettant de commencer à s'observer lui-même. Un autre patient présentant de nombreux traits de similitude avec Hal prit conscience de son égocentrisme d'une façon assez curieuse. Participant d'un groupe de thérapie depuis deux ans, il avait fait d'énormes progrès dans sa capacité à aimer les autres et à s'engager envers eux. Je le revis lors d'une séance de suivi six mois après la fin de sa thérapie et je lui demandai s'il se souvenait d'un élément particulièrement marquant lors du processus thérapeutique. Il cita une séance au cours de laquelle le groupe visionna une vidéo du regroupement précédent : il fut abasourdi de se rendre compte qu'il se souvenait seulement des portions de la séance où il était question de lui ; il regarda certains passages enregistrés comme s'il les découvrait véritablement. Les autres participants l'avaient déjà critiqué à maintes reprises pour son égocentrisme, mais il n'en prit vraiment conscience (comme il en va de toutes les vérités importantes) que lorsqu'il le découvrit par lui-même.

Agression et contrôle

La particularité comme mode principal de transcendance de la mort se décline dans toute une palette de formes inadaptées, dont la soif de pouvoir, qui, par l'élargissement de soi et de sa sphère de contrôle, permet d'éviter la peur et la perception de ses propres limites. Un certain nombre de facteurs tendent à prouver que le choix d'une profession impliquant, à un niveau ou un autre, un contact avec la mort (militaires, médecins, prêtres et entrepreneurs de pompes funèbres) est en partie motivé par le besoin de contrôler l'angoisse de mort. Herman Feifel a ainsi démontré que, bien que les médecins présentent moins d'angoisses morbides que des groupes de contrôle de patients ou de la population générale, ils éprouvent, à des niveaux plus profonds, une angoisse de mort plus forte[19].

En d'autres termes, les angoisses de mort conscientes se voient apaisées par la prise de pouvoir, tandis que les angoisses plus profondes, qui motivent pour partie le choix professionnel, sont toujours actives. Lorsque la terreur est particulièrement forte, la pulsion agressive n'est pas contenue par la sublimation pacifique et s'intensifie, pour se traduire le plus fréquemment par de l'arrogance et de l'agressivité. Rank écrit que « la crainte de la mort du moi se trouve apaisée par le meurtre et le sacrifice de l'autre ; par la mort de l'autre, on se rachète de la peine de mourir et d'être tué[20] ». Naturellement, Rank n'évoque pas ici le meurtre au sens littéral : d'autres formes d'agressivité plus subtiles – domination, exploitation ou « assassinat de l'âme[21] », pour citer Ibsen – répondent aux mêmes objectifs. Toutefois, ce mode adaptatif décompense souvent dans une défense de type surenchère. Le pouvoir absolu, comme nous le savons, corrompt, parce qu'il échoue en partie. La réalité finit toujours par s'insinuer, cette réalité de l'impuissance et de la mortalité humaine, qui nous rappelle qu'en dépit de notre désir d'atteindre les étoiles, nous sommes condamnés à un destin humain.

La défense de particularité : entre vacillement et angoisse

Précédemment, dans les sections relatives à la gestion de l'angoisse de mort via une défense articulée autour du sentiment de particularité, je me suis principalement intéressé aux formes inadaptées que constitue la solution individualiste ou médiatisée : individualisme héroïque de surenchère (allant de pair avec la crainte de tout signe de fragilité humaine), posture du bourreau de travail, dépression consécutive à l'interruption de l'éternelle spirale ascendante, trouble narcissique sévère de la personnalité accompagné de ses inévitables ramifications interpersonnelles et de ses attitudes de vie inadaptées caractérisées par l'agressivité et le besoin de contrôle. Il existe toutefois une autre limitation, plus profonde, à ce mode de défense. De nombreux observateurs ont ainsi souligné que, bien qu'un sentiment puissant d'exaltation puisse accompagner pendant un certain temps l'expression et les réalisations individualistes, à un moment donné, l'angoisse émerge. La personne qui « émerge de l'imbrication » ou « se distingue de la nature » doit payer le prix de son succès. Le processus d'individuation, qui implique de se séparer du nombre pour vivre sa vie en tant qu'être isolé, de surpasser ses pairs et ses parents, a quelque chose d'effrayant en soi.

De nombreux cliniciens ont étudié la « névrose de réussite », curieux trouble affectant des personnes sur le point de récolter les fruits de leurs efforts et qui, en lieu et place de l'euphorie attendue, manifestent une dysphorie handicapante qui souvent garantit… leur échec. Freud le qualifiait de syndrome de « ceux qui tombent malades du fait du succès[22] », Rank « de peur de la vie[23] », soit la peur d'affronter la vie comme un être séparé. Maslow souligne que nous reculons devant la pleine réalisation de notre potentiel, processus qu'il nomme « complexe de Jonas », puisque Jonas, comme chacun d'entre nous, ne put supporter sa grandeur personnelle et chercha à éviter son destin[24].

Comment expliquer cette curieuse tendance à la négation chez l'être humain ? Il s'agit peut-être d'une conséquence de l'enchevêtrement entre réussite et agressivité. Certaines personnes utilisent ainsi la réussite comme un moyen de surpasser les autres par vengeance ; ils craignent que les autres percent à jour leurs motivations et, en cas de réussite par trop éclatante, se vengent. Freud l'appréhendait comme une manifestation de l'angoisse inhérente au fait de surpasser son père et par là même de s'exposer à la menace de la castration. Becker éclaire notre compréhension en suggérant que le plus terrible dans le fait de surpasser son père n'est pas la castration, mais la perspective effrayante de devenir son propre père[25]. Devenir son propre père signifie renoncer au confortable étayage parental face à la souffrance inhérente à la conscience de sa propre finitude.

Dès lors, la personne qui plonge dans la vie est condamnée à l'angoisse. Émerger de la nature, devenir son propre père ou, comme le formule Spinoza, « son propre dieu », équivaut à un isolement absolu et implique de se tenir debout tout seul, sans recourir au mythe du sauveur et sans le réconfort du cocon humain. Un tel degré d'exposition à l'isolement inhérent à l'individuation se révèle insupportable pour la plupart d'entre nous. Lorsque la croyance en notre particularité et notre inviolabilité ne suffit plus à procurer un sursis face à la douleur qui nous assaille, nous recherchons un soulagement via l'autre principal système de déni : la croyance en un sauveur ultime personnel.

LE SAUVEUR ULTIME

L'ontogenèse récapitule la phylogenèse. Le développement de l'espèce se reflète dans le développement, physique comme social, de l'individu. Dans aucun autre attribut social ce mécanisme ne s'exprime aussi clairement que dans la croyance humaine en un intercesseur personnel omnipotent, force ou être qui nous observe, nous aime et nous protège éternellement. Bien que cette force ou cet être nous laisse peut-être nous aventurer parfois jusqu'au bord de l'abîme, il ou elle est là pour nous secourir. Fromm qualifie cette figure mystique de « soutien magique[26] » et Masserman de « serviteur omnipotent[27] ». Le chapitre 3 traite du développement de ce système de croyance dans l'enfance ; comme la croyance en la particularité personnelle, il s'enracine dans les événements de la vie précoce, à un moment de l'histoire développementale où les parents semblaient toujours attentionnés et disposés à satisfaire nos besoins. L'humanité, depuis les origines de l'histoire écrite, s'est accrochée à la croyance en un dieu personnel, figure pouvant tour à tour dispenser de l'amour, se montrer effrayante, inconstante, dure, apaisante, colérique, mais quoi qu'il en soit, une figure qui est toujours *là*. Aucune culture primitive ne s'est jamais pensée seule face à un monde indifférent.

Certaines personnes trouvent leur sauveur non dans une figure surnaturelle, mais dans leur environnement terrestre, sous la forme d'un leader ou d'une cause qu'ils embrassent. Depuis des millénaires, les êtres humains ont ainsi surmonté leur terreur de la mort et ont choisi de consacrer leur liberté, voire leur vie, à un être plus élevé ou à une cause personnifiée. Tolstoï, notamment, a bien analysé ce besoin humain d'ériger une figure déifiée et de se laisser ensuite bercer par l'illusion de sécurité découlant de cette création. L'extrait suivant tiré de *La Guerre et la Paix*, où Rostov, sur le champ de bataille, exulte à l'idée de la proximité du tsar, est particulièrement éloquent :

> « Complètement submergé par la vague de bonheur que soulevait en lui l'approche du souverain, il ne pouvait plus penser à lui-même. Cette seule approche suffisait à le dédommager de sa journée perdue. Il était heureux comme un amant qui obtient le rendez-vous tant désiré. N'osant se retourner dans les rangs et ne se retournant pas, il sentait *son* approche dans une sorte d'extase. Il la sentait non seulement au bruit toujours plus distinct des sabots des chevaux, mais parce qu'à mesure que les cavaliers avançaient tout autour de lui, devenait plus clair, plus joyeux, acquérait un nouveau sens, prenait un air de fête. Il se rapproche de Rostov, ce soleil qui répand une lumière splendide. Et voilà que Rostov se sent plongé dans son rayonnement, il entend déjà sa voix, cette voix si douce, si calme, si majestueuse et simple à la fois. (...) Et Rostov se leva et alla errer parmi les feux de camp, rêvant au bonheur de mourir non pas pour le salut de

> l'empereur (de cela il n'osait pas rêver), mais simplement de mourir sous ses yeux. Il était en effet amoureux du tsar, et de la gloire des armes russes, et exalté par l'espoir du triomphe prochain. Et il n'était pas le seul à éprouver de tels sentiments dans les jours mémorables qui précédèrent la bataille d'Austerlitz : les neuf dixièmes de l'armée russe, en ce temps-là, étaient amoureux, bien qu'avec moins de ferveur, et de leur empereur, et de la gloire des armées russes[28]. »

« … devenait plus clair, plus joyeux, acquérait un nouveau sens, prenait un air de fête. Il se rapproche de Rostov, ce soleil qui répand une lumière splendide ». Tolstoï illustre magnifiquement l'extase défensive interne, celle du soldat russe, mais au-delà, celle de ces régiments de gens ordinaires que les thérapeutes reçoivent tous les jours dans leur cabinet.

La défense du sauveur et la restriction de la personnalité

D'une manière générale, la défense du sauveur ultime se révèle *moins* efficace que la croyance en la particularité personnelle, d'une part parce qu'elle est susceptible de s'effondrer et, d'autre part, parce qu'elle s'avère, de manière intrinsèque, limitante pour la personne. Je citerai ultérieurement certains résultats de recherches empiriques qui démontrent son inefficacité ; cette intuition, toutefois, était déjà celle de Kierkegaard il y a plus de cent ans, dans une réflexion

« comparative » assez curieuse sur les dangers liés au fait de s'aventurer (émergence, individuation, particularité) et de ne pas s'aventurer (fusion, intrication, croyance en un sauveur ultime) :

> « Il est ainsi aux yeux du monde dangereux de risquer, et pourquoi ? Parce que l'on peut perdre. Il est donc sage de s'abstenir. Et pourtant, en omettant de risquer, on peut perdre avec une telle facilité ce qu'on perdrait difficilement si on risquait, même au prix de graves dommages et en tout cas, jamais avec autant de facilité, en le tenant pour quantité entièrement négligeable : on court le danger de perdre son moi. Si je me trompe en risquant, tant pis ; la vie m'apporte le correctif du châtiment. Mais si j'omets complètement de risquer, qui me prêtera secours ? Et si par surcroît, laissant entièrement de risquer au sens le plus noble du mot (et risquer ainsi, c'est justement devenir plus attentif à soi), j'acquiers lâchement tous les avantages terrestres et me perds moi-même : n'est-ce pas terrible[29] ! »

Resté imbriqué dans l'autre, « ne pas s'aventurer », nous soumet au plus grand des périls, la perte de soi, l'échec de l'exploration ou du développement des multiples potentiels qui sont en nous.

Une défense du sauveur par trop mise à mal entraîne un mode de vie extrêmement circonscrit, comme chez cette patiente prénommée Lena, trente ans, en thérapie de groupe. Lena était profondément déprimée, submergée par des idées suicidaires, sombrant parfois des jours durant dans des stupeurs dépressives qui lui faisaient garder le lit. Elle menait une existence isolée, passant le plus clair de son temps, seule, dans sa chambre meublée de bric et de broc. Son allure était frappante : dans tous ses aspects – longs cheveux blonds lâchés, jeans « customisés », veste de treillis, attitude et ingénuité de la jeunesse – elle ressemblait à une adolescente. Elle avait perdu sa mère à l'âge de cinq ans et son père à l'âge de douze ans ; elle s'était extrêmement attachée à ses grands-parents et à d'autres substituts parentaux. Lorsque ses grands-parents vieillirent et devinrent infirmes, elle prit le téléphone en horreur – moyen par lequel elle avait été informée de la mort de son père –, refusait d'y répondre de peur qu'il lui apporte la nouvelle de la mort de ses grands-parents.

Lena était manifestement terrifiée par la mort et évitait toute thématique morbide. Elle tentait de gérer sa terreur sur un mode magique, mais inefficace, que j'ai vu à l'œuvre chez nombre de mes patients : elle essayait d'esquiver la mort en refusant de vivre. À la manière d'Oskar dans *Le Tambour* de Günter Grass, elle s'évertuait à conquérir le temps, à le fixer de manière permanente en restant éternellement une enfant. Elle mettait tout en œuvre pour éviter l'individuation et recherchait la sécurité en tentant de se fondre dans un protecteur. Un des axiomes de la thérapie de groupe postule que les participants déploient, dans l'ici et maintenant du groupe, leurs défenses internes dans leurs interactions avec les autres. La posture défensive de Lena s'exprima de façon de plus en plus manifeste à mesure que le groupe avançait. Une fois, elle démarra la séance en déclarant qu'elle avait eu un grave accident de voiture le week-end précédent. Alors qu'elle se rendait chez un ami à deux cent cinquante kilomètres de chez elle, elle était sortie de la route ; la voiture s'était retournée et Lena avait failli mourir. Lena ajouta qu'il aurait été si facile et agréable de ne jamais reprendre conscience.

Les participants du groupe réagirent, exprimant de la sollicitude envers Lena et leur peur rétrospective. C'était à qui se montrait le plus prévenant. Le thérapeute réagit à l'identique, jusqu'à ce qu'il commence à analyser, silencieusement, le processus qui se déroulait sous ses yeux. Toujours, Lena mettait sa vie en danger, toujours elle effrayait le groupe, mobilisant chez les autres participants une sollicitude massive. En fait, pendant les premiers mois de la présence de Lena dans le groupe, les participants assumèrent la tâche de la maintenir en vie, de veiller à ce qu'elle s'alimente, de l'empêcher de se suicider. Le thérapeute s'interrogeait : « Quelque chose de bien arrive-t-il jamais à Lena ? »

L'accident était survenu alors que Lena se rendait chez un ami. Soudain, le thérapeute se demanda : « Quel ami ? » Lena, en effet, s'était constamment présentée dans le groupe comme une personne seule, sans amis, parents, ni même connaissances. Voilà que maintenant elle évoquait un trajet de deux cent cinquante kilomètres réalisé dans le but de rendre visite à un ami. Lorsque le thérapeute posa la question, il apprit non seulement que Lena avait un petit ami, mais aussi qu'elle avait passé tous ses week-ends avec lui le mois précédent, et qu'il souhaitait l'épouser.

Pourtant, elle avait préféré taire cette information au groupe. Ses raisons étaient évidentes : Lena recherchait non la croissance, mais la survie, qui ne semblait possible que par le soutien et l'aide sollicités auprès des participants du groupe et du thérapeute. Le maintien de cette protection représentait l'enjeu le plus important pour Lena : elle ne devait donner aucune preuve de croissance ni de changement, au risque sinon que les membres du groupe et le thérapeute en concluent qu'elle allait suffisamment bien pour mettre un terme à sa thérapie.

Lors de la thérapie de groupe, Lena se trouva fortement menacée par des événements qui mirent à mal son principal système défensif, à savoir la croyance que de l'aide était disponible « là dehors » et que seule la présence continue d'un sauveur garantissait sa sécurité. Le besoin de fusion de Lena avec le thérapeute entraîna de nombreuses manifestations de transfert qui nécessitaient une attention constante pendant la thérapie. Lena se montrait ainsi extrêmement sensible à tout signe de rejet de la part du thérapeute et réagissait de manière intense à toute preuve de mortalité, de faillibilité ou d'indisponibilité. Elle, plus que les autres participants, éprouvait de la détresse (et de la colère) lorsqu'il prenait des vacances, tombait malade ou se trompait ou hésitait pendant les séances. Une grande part du travail thérapeutique auprès de patients manifestant le besoin hypertrophié d'un sauveur ultime se concentre, comme je le montrerai dans le chapitre suivant, sur l'analyse du transfert.

L'effondrement du sauveur

Pendant une partie de la vie, la croyance en un sauveur ultime apporte un réconfort considérable et fonctionne bien et de manière invisible. La plupart des gens ne prennent conscience de la structure de leur système de croyances que lorsque ce dernier ne parvient plus à accomplir sa fonction ou que, pour citer Heidegger, un « endommagement de l'outil[30] » se produit. Il existe de nombreuses formes d'« endommagement », associeés à autant de pathologies liées à l'effondrement du système défensif.

Maladies incurables. Il s'agit peut-être de l'épreuve la plus rude à laquelle ce système de défense est soumis. De nombreuses personnes atteintes d'une maladie incurable mobilisent beaucoup d'énergie pour maintenir la croyance en l'existence et le pouvoir d'un protecteur. Le médecin constitue le candidat tout désigné pour ce rôle de sauveur, de sorte que la relation patient-médecin devient chargée et complexe. Pour partie, cet habit de sauveur est imposé au médecin par le désir de croire du patient ; pour partie aussi, il est revêtu délibérément par le médecin, jouer à Dieu lui permettant de conforter sa croyance en sa propre particularité. Le résultat est identique : le médecin devient plus grand que nature et le comportement du patient à son égard frise parfois l'obéissance irrationnelle. Très souvent, les patients atteints d'une maladie incurable redoutent de mettre en colère ou de décevoir leur médecin ; ils s'excusent d'accaparer son temps et se montrent si nerveux en sa présence qu'ils en oublient de poser toutes les questions pressantes pourtant dûment préparées. (Certains patients tentent de parer au problème en rédigeant les questions à poser.)

Pour les patients, il est si crucial que les médecins gardent leur pouvoir que jamais ils ne se risquent à les remettre en question ou à émettre le moindre doute. De nombreux patients, en fait, par le mode de pensée magique, permettent aux médecins de conserver ce rôle de guérisseur effectif en lui cachant des informations importantes sur leur détresse psychologique et même physique. Souvent, le médecin est le dernier à apprendre l'étendue du désespoir d'un patient. Un patient pourtant capable de parler ouvertement aux infirmières ou aux travailleurs sociaux de ses angoisses fera ainsi bonne figure devant le médecin, qui conclura alors que le patient gère la situation aussi bien que possible. (Ce mécanisme explique aussi la réticence notoire des médecins à conseiller un suivi psychologique aux malades en phase terminale.)

La ténacité du déni varie selon les personnes, mais ce déni finit par s'effondrer sous le poids de la réalité. Kübler-Ross, par exemple, raconte n'avoir vu, dans sa longue expérience, qu'une poignée d'individus maintenir ce déni jusqu'au moment de leur mort. La réaction d'un patient apprenant qu'aucun traitement médical ni chirurgical n'est possible est catastrophique. Il éprouve de la colère, se sent trompé et trahi. Mais contre qui diriger cette colère ? L'univers ? Le destin ? De nombreux patients en veulent au médecin d'échouer, non sur le plan médical, mais dans l'incarnation de leur mythe personnel du sauveur ultime.

Dépression. Dans son étude sur les patients psychotiques déprimés, Silvano Arieti met au jour une thématique centrale, une idéologie de vie qui précède et « prépare le terrain » de la dépression[31]. Ses patients menaient une sorte d'existence médiatisée ; ils ne vivaient non pour eux, mais pour « l'autre dominant » ou « l'objectif dominant ». Bien que la terminologie diffère, la description que donne Arieti de ces deux idéologies présente de fortes similitudes avec les deux systèmes de défense contre l'angoisse de mort que j'ai décrits. Les personnes qui vivent en fonction d'un « objectif dominant » articulent leur vie autour d'une croyance en leur particularité et leur inviolabilité. Comme mentionné précédemment, la dépression survient souvent lorsque s'effondre la croyance en une éternelle spirale ascendante (« objectif dominant »).

Une vie articulée autour de « l'autre dominant » se conçoit comme une tentative de fusionner avec l'autre appréhendé comme source de protection et pourvoyeur de sens de la vie. Cet autre dominant peut être le conjoint, la mère, le père, l'amant, le thérapeute ou la représentation anthropomorphique d'une activité professionnelle ou d'une institution sociale. L'effondrement de cette idéologie peut avoir plusieurs causes : l'autre dominant peut mourir, partir, cesser de dispenser son amour et son attention ou se montrer trop faillible dans cette tâche.

Lorsque des patients mesurent l'échec de leur idéologie, ils sont souvent submergés, sentiment qui s'accompagne parfois de l'impression d'avoir sacrifié leur vie dans un marché de dupes. Pourtant, ils n'ont pas d'autre stratégie pour faire face. Arieti le formule comme suit à propos d'un patient :

> « Le patient a atteint un point critique qui requiert un réalignement des forces psychodynamiques et un nouveau schéma de relations interpersonnelles, qu'il n'est toutefois pas en mesure d'engager. Cette délicate situation dans laquelle il se trouve génère de l'impuissance. Soit il n'est pas en mesure de se représenter d'autres structures cognitives qui lui permettraient d'engager des étapes régénératrices ou, s'il est en mesure de se les représenter, elles lui paraissent insurmontables. À d'autres moments, ces alternatives ne paraissent pas tant irréalisables que vaines, dans la mesure où le patient a appris à investir tout son intérêt et ses désirs dans la relation qui a échoué[32]. »

Le patient peut alors tenter de renouer la relation ou de la remplacer par une autre. Si ces tentatives échouent, le patient est démuni, sans énergie et se montre très critique envers lui-même. La restructuration d'une idéologie de vie n'est pas appréhendable ; de nombreux patients, au lieu de questionner leur système de croyances, en concluent qu'ils n'ont pas assez de valeur ou sont trop mauvais pour mériter l'amour et la protection du sauveur ultime. Leur dépression se voit en outre alimentée par le fait que, inconsciemment, la souffrance et le sacrifice de soi agissent comme une dernière imploration désespérée d'amour. En conséquence, ils sont désespérés d'avoir perdu l'amour et le restent afin de le reconquérir.

Masochisme. J'ai décrit une palette de comportements associés à la croyance hypertrophiée en un sauveur ultime : autoeffacement, peur du retrait d'amour, passivité, dépendance, sacrifice de soi, refus d'accepter l'état adulte et dépression lors de l'effondrement du système de croyances. Lorsqu'ils sont accentués, ces comportements peuvent produire un syndrome clinique caractéristique. Lorsque le sacrifice de soi domine, le patient est considéré comme « masochiste ».

Karen, une patiente de quarante ans que j'ai suivie pendant deux ans, m'apprit beaucoup sur la dynamique sous-jacente au besoin de s'auto-infliger de la douleur. La motivation de Karen à entreprendre une thérapie était multifactorielle : dispositions sexuelles masochistes, incapacité à atteindre le plaisir sexuel avec son compagnon régulier, dépression, inertie omniprésente, cauchemars terrifiants et expériences hypnagogiques. Lors de la thérapie, un transfert massif positif se mit en œuvre. Elle se consacra au projet de susciter de ma part sollicitude et préoccupations. Dans ses fantasmes masturbatoires, elle tombait gravement malade (affection physique comme la tuberculose ou décompensation psychotique) et je la nourrissais et prenais soin d'elle. Elle repoussait le moment de quitter mon cabinet afin de grappiller quelques minutes de plus avec moi ; pour avoir ma signature, elle garda les chèques annulés avec lesquels elle me réglait ; elle tenta d'assister à mes cours afin de m'apercevoir. Rien ne semblait davantage la satisfaire que lorsque je me montrais sévère avec elle ; en fait, si j'exprimais de l'agacement, elle éprouvait une excitation sexuelle dans mon cabinet. Elle me plaça à une position magnifiée et ignora délibérément toutes mes failles manifestes. Elle lut un livre que j'avais écrit avec une patiente, dans lequel je dévoilais nombre de mes angoisses et de mes limites[33]. Mais au lieu de prendre la mesure de ces limites, sa réaction fut de m'admirer davantage encore pour le courage dont j'avais fait preuve en publiant ce livre.

Elle réagit de manière similaire vis-à-vis de signes de faiblesse ou de limites chez d'autres figures importantes et puissantes de sa vie. Si son ami tombait malade ou démontrait des signes de faiblesse, de confusion ou d'indécision, elle éprouvait des angoisses intenses. Elle ne pouvait supporter de le voir vaciller. Une fois, alors qu'il avait été sérieusement blessé dans un accident de voiture, elle devint phobique à l'idée de lui rendre visite à l'hôpital. Elle réagissait à l'identique avec ses parents et se sentait fortement menacée par leur vieillissement et leur fragilité accrue. Lorsqu'elle était enfant, la maladie lui permettait d'être en lien avec eux. « Tomber malade a été le mensonge de ma vie », déclara Karen. Elle recherchait la douleur pour obtenir un soulagement. À plusieurs reprises, enfant, elle avait passé des semaines au lit, atteinte d'une maladie fictive. Pendant l'adolescence, elle devint anorexique, trop heureuse d'échanger contre la faim l'attention et la sollicitude suscitées dans son entourage par ce comportement.

Sa sexualité s'exprima sur le même mode de recherche de sécurité et de délivrance : la force, la contrainte, la puissance l'excitaient, tandis que la faiblesse, la passivité, voire la tendresse la dégoûtaient. Être punie équivalait pour elle à être protégée ; être attachée, confinée ou limitée était merveilleux : des limites avaient été posées, qui plus est par une figure puissante. Son masochisme était surdéterminé : elle recherchait la survie non par la soumission uniquement, mais aussi par la valeur symbolique et magique de la souffrance. Après tout, une petite mort est encore meilleure que « la vraie ».

Le traitement réussit à apaiser la dépression aiguë, les cauchemars, les pensées suicidaires ; mais il vint un temps où il sembla entraver toute croissance ultérieure dans la mesure où, pour éviter de me perdre, Karen continuait à s'infliger des souffrances. En conséquence, je définis une date de fin à une échéance de six mois et lui annonçai qu'au-delà de cette date je cesserais de la recevoir. Les semaines suivantes, nous essuyâmes la tempête provoquée par une recrudescence de tous ses symptômes. Non seulement les cauchemars et l'angoisse intense réapparurent, mais elle traversa également des expériences hallucinatoires terrifiantes, dans lesquelles des chauves-souris géantes l'attaquaient lorsqu'elle était seule.

Ce fut une période de peur et de désespoir intenses pour Karen. Son illusion d'un sauveur ultime l'avait toujours protégée de la peur de la mort ; la fin de cette illusion la confrontait à de la terreur, que de magnifiques poèmes qu'elle écrivit dans son journal (postés à mon attention après la fin de la thérapie) illustrent bien.

> « Je m'adresse à toi la mort dans la bouche
> Des vers me dévorent le cœur.
> Dans une cacophonie de cloches
> Mes protestations se perdent.
> La mort est déception,
> Un pain amer.
> Que tu m'as enfoncé dans la gorge
> Pour étouffer mes cris. »

La croyance profondément ancrée chez Karen que, en fusionnant avec moi, elle pourrait échapper à la mort s'exprime ouvertement dans le poème suivant :

> « Je pourrais prendre la Mort pour maître,
> Qualifier son fouet de douce main,
> Et chevaucher avec elle dans ces cavernes
> Où elle habite ;
> Abandonner sans réticence le parfum mûr de l'été
> Les bourgeons pleins d'une vie bouillonnante,
> Pour siéger avec elle sur des trônes de glace,
> Et ressentir son amour. »

À mesure que la date de fin approchait, tous les signaux d'alarme se mirent en branle chez Karen. Elle menaça de se suicider si je cessais le traitement, menace qu'elle exprime dans le poème suivant :

« La mort n'est pas un faux-semblant.
Elle est aussi douloureuse que la réalité,
Présence aussi entière que la vie elle-même,
L'autre choix ultime.
J'erre parmi les ombres,
Vêtue de toiles d'araignée,
Me cachant de la réalité que tu m'as assénée.
Je veux lever ma cape noire, la mort,
Et te menacer avec.

Comprends-tu ?
Je m'y draperai si tu persistes. »

Bien que je fusse effrayé par les menaces de Karen et que je tentasse de lui apporter le plus de soutien possible, je décidai de maintenir ma décision et réaffirmai qu'à l'issue de ces six mois je cesserais de la voir quel que soit son état. La fin du traitement était définitive et irrévocable ; aucun état de détresse chez elle ne pourrait rien y changer. Petit à petit, ses tentatives de fusion avec moi diminuèrent et elle se consacra à la tâche qui l'attendait : utiliser nos dernières séances de manière aussi constructive que possible. Ce n'est qu'à ce moment-là, alors qu'elle avait renoncé à tout espoir de ma présence continue et éternelle, qu'elle put travailler véritablement efficacement en thérapie. Elle s'autorisa à reconnaître et à montrer ses forces et sa croissance. Elle obtint rapidement un poste à temps complet en adéquation avec ses aptitudes et ses compétences (ce qu'elle avait repoussé depuis quatre ans).

Elle changea radicalement d'apparence, d'orpheline affligée à femme mature et séduisante.

Deux ans après la fin de la thérapie, elle redemanda à me voir en raison de la mort d'un ami. J'acceptai de la voir pour une séance unique, au cours de laquelle j'appris que non seulement ses changements s'étaient maintenus, mais aussi qu'elle avait progressé de manière considérable. Les patients doivent réaliser que, bien que les thérapeutes puissent être utiles, il existe un point au-delà duquel ils n'ont plus rien offrir. Dans la thérapie comme dans la vie, il existe un substrat inévitable de travail et d'existence solitaires.

La défense du sauveur et les difficultés interpersonnelles. L'évitement de la peur de la mort par la croyance en l'existence d'un sauveur ultime offre au clinicien un cadre de référence utile en matière de duos interpersonnels déroutants. Les exemples suivants illustrent une situation clinique courante : un patient empêtré dans une relation manifestement peu gratifiante, voire destructrice, de laquelle il ne parvient toutefois pas à se libérer.

Bonnie, âgée de quarante-huit ans, souffrait d'un trouble circulatoire aigu (maladie de Buerger) ; sans enfants, elle avait été mariée vingt ans et était séparée depuis dix ans. Son mari, qui prisait les activités d'extérieur, semblait être un autocrate insensible qui finit par quitter Bonnie lorsque celle-ci, de par sa santé fragile, ne fut plus en mesure de l'accompagner lors de ses expéditions de chasse et de pêche. Il ne lui avait fourni aucune aide financière depuis les dix ans que durait leur séparation, avait eu de nombreuses liaisons (qu'il n'avait pas manqué de relater à Bonnie) et lui rendait visite toutes les deux ou trois semaines pour utiliser la machine à laver, relever les messages du téléphone professionnel qu'il avait conservé chez elle et, une à deux fois l'an, avoir des relations sexuelles avec elle. Bonnie, en raison de ses hautes valeurs morales, refusait de sortir avec d'autres hommes alors qu'elle était encore mariée. Elle continua de nourrir une obsession à l'égard de son mari, éprouvant à son encontre tantôt de la rage, tantôt de l'amour. Sa vie se restreignit à mesure que son état de santé empira, qu'elle se sentit seule et fut tourmentée par ses visites hebdomadaires pour le linge. Pourtant, elle ne parvenait pas à demander le divorce, à résilier l'abonnement téléphonique ni à mettre un terme à ses privilèges de pressing.

Delores avait connu une longue série de relations non satisfaisantes avec des hommes, avant de finir par épouser, à l'âge de trente-cinq ans, un homme extraordinairement compulsif et totalement dépourvu de sensibilité psychologique. Avant son mariage, elle avait entrepris une thérapie en raison d'une angoisse chronique et d'un ulcère duodénal. Après son mariage, la ponctualité maladive de son mari lui fit bientôt regretter, en comparaison, son angoisse prénuptiale. Il préparait l'emploi du temps de Delores pour le week-end (9 h – 10 h 15 jardinage, 10 h 30 – midi courses, etc.) et contrôlait scrupuleusement ses dépenses ; il surveillait tous ses appels téléphoniques et la sermonnait dès qu'elle passait du temps avec quelqu'un d'autre que lui. Bientôt, Delores était percluse d'angoisse et de rage continue, pourtant, elle était terrorisée à l'idée d'une séparation ou d'un divorce.

Martha, trente et un ans, souhaitait désespérément se marier et avoir une famille. Elle avait entretenu pendant plusieurs années une relation avec un homme appartenant à une secte religieuse qui enseignait que moins une personne s'engageait sur un plan personnel, plus elle était libre. Dès lors, bien qu'il appréciât Martha, il refusait toute vie commune, ainsi que tout engagement à long terme. Il était effaré par le besoin qu'elle avait de lui et, plus elle s'accrochait, moins il était disposé à s'engager. Martha était obnubilée par l'idée d'être en lien avec lui et souffrait le martyre par son manque d'engagement. Pourtant, elle se faisait l'impression d'une droguée mais s'avérait dans l'impossibilité de se dégager. Toutes les fois qu'elle rompait, elle traversait un état de claustration douloureux, pour finir, déprimée ou en proie à la panique, par saisir le téléphone. Lui vivait ces séparations avec une exaspérante tranquillité ; il avait des sentiments pour elle mais vivait bien sans elle. Martha était trop obnubilée par lui pour chercher efficacement à nouer d'autres relations : son principal projet de vie visait à obtenir de lui un engagement, de la pérennité duquel la raison et l'expérience amenaient à douter fortement.

Chacune de ces trois patientes vivait une relation qui était pour elle une source d'angoisse considérable ; les trois savaient que la poursuite de ces relations était autodestructrice. Chacune, enfin, tentait vainement de s'en dégager. En fait, ces tentatives futiles constituaient le thème central de la thérapie de ces femmes.

Qu'est-ce qui rendait le désengagement si difficile ? Quel était l'élément qui les liait si étroitement à leur partenaire ? Le même fil rouge relie les histoires de ces trois patientes ; il apparut bientôt lorsque je demandai à chacune d'entre elles ce qui leur venait à l'esprit à l'idée de se séparer de leur compagnon.

Bonnie avait été mariée pendant vingt ans à un homme qui prenait toutes les décisions à sa place. C'était un homme qui pouvait tout faire et qui « prenait soin » d'elle. Naturellement, comme elle l'apprit lors de la séparation, ce « soin » limitait sa croissance et son autonomie. Mais l'idée de savoir que quelqu'un était toujours là pour la protéger et la secourir était si réconfortante. Bonnie souffrait d'une maladie grave et continuait de croire obstinément, même au bout de dix ans de séparation, que son mari était « là dehors » à prendre soin d'elle. Toutes les fois où je l'incitais à réfléchir sur sa vie sans lui (et je parle ici de présence symbolique, mis à part la machine à laver et quelques coïts mécaniques, il n'y eut, pendant des années, aucune présence physique significative), elle éprouvait une angoisse profonde. Que ferait-elle en cas d'urgence ? Qui appellerait-elle ? La vie serait d'une solitude insupportable sans lui. Manifestement, il était pour elle un symbole qui la protégeait de la dure réalité qu'il n'y a personne « là dehors », que « l'urgence » est inévitable et que personne, figure symbolique ou réelle, n'a le pouvoir de l'empêcher.

Delores, comme Bonnie, était terrifiée à l'idée d'être seule. Bien que son mari fût incroyablement contraignant, elle préférait la prison du mariage à, selon ses propres termes, la liberté des rues. Elle ne serait rien, disait-elle, qu'une marginale, une parmi ces cohortes de femmes inadaptées à la recherche du célibataire mâle errant. Le simple fait de l'interroger en thérapie sur la perspective d'une séparation suffisait à provoquer chez elle une crise d'hyperventilation anxieuse.

Martha autorisait sa vie à être gouvernée par l'avenir. Toutes les fois que je l'encourageais à réfléchir à la possibilité de renoncer à la relation avec son ami qui refusait tout engagement, elle répondait invariablement que tout ce qui lui venait à l'esprit était qu'elle devrait « dîner seule à trente-six ans ». Lorsque je lui demandai la définition du mot « engagement », elle répondit « l'assurance de ne pas vivre ni mourir seule ». La pensée de dîner seule ou d'aller seule au cinéma l'emplissait de honte et de terreur. Qu'attendait-elle véritablement d'une relation ? « Être en mesure d'être aidée sans avoir à le demander », répondait-elle.

Martha était tyrannisée par la peur, toujours présente et désespérée, d'être seule dans l'avenir. Comme de nombreux patients névrosés, elle ne vivait pas réellement dans le passé, mais tentait de trouver le passé (c'est-à-dire la relation réconfortante à la mère) dans le futur. La peur et le besoin de Martha étaient si grands qu'ils l'empêchaient de nouer toute relation gratifiante avec un homme. Elle était trop terrifiée par la solitude pour renoncer à sa relation insatisfaisante actuelle et son besoin était si tangible qu'il effrayait tout partenaire potentiel.

Pour chacune de ces femmes, donc, la force d'attachement n'était pas la relation *per se* mais la terreur d'être seule ; ce qui rendait particulièrement terrifiante la solitude était l'absence de cet autre magique et puissant au-dessus de nous, qui nous observe, anticipe nos besoins, offre à chacun de nous un bouclier contre notre destin, la mort.

La croyance en un sauveur ultime et les limitations des relations interpersonnelles qu'elle engendre est illustrée de manière particulièrement claire dans les relations entre certains adultes et leurs parents âgés. Irene, quarante ans, entretenait un lien intense et particulièrement ambivalent à sa mère, une personne hostile, exigeante, en proie à de la dépression chronique. Irene ressentait essentiellement envers sa mère de la haine et une rage profonde. Pourtant, lorsque sa mère se plaignit de ses conditions de vie, Irene l'invita à déménager et à traverser le pays pour venir s'installer avec elle. Bien qu'Irene fût en thérapie à ce moment-là, elle ne parla de cette proposition qu'après l'avoir faite. Il semblait qu'elle fût tout à fait consciente de la nature autodestructrice de son comportement, mais se sentait contrainte à agir de la sorte et ne souhaitait pas que quiconque tentât de l'en dissuader. Peu après l'arrivée de sa mère, Irene décompensa : elle fut en proie à des crises d'angoisse profondes, à une insomnie intraitable et à une crise d'asthme aiguë. Nous ne fîmes aucun progrès en thérapie tant que le travail se concentra sur les manœuvres culpabilisantes de la mère, son intrusion et ses dispositions véhémentes. Les progrès commencèrent dès que nous nous attelâmes à une autre problématique, cruciale pour la compréhension de tant de relations torturées entre des adultes et leurs parents : *pourquoi la mère avait-elle autant d'importance pour Irene ?* Pourquoi était-ce la responsabilité et la tâche d'Irene d'assurer le bonheur de sa mère ? Pourquoi ne parvenait-elle pas à se séparer de sa mère ?

Lorsque j'invitai Irene à réfléchir sur la nature de sa vie sans sa mère, sa première association fut intéressante : « Sans ma mère, personne ne se soucierait de savoir si je mange ! » La mère était quelque part là, à l'observer par-dessus son épaule, à surveiller son alimentation. À un niveau conscient, la présence de sa mère avait toujours rendu Irene furieuse, mais maintenant qu'elle s'interrogeait de manière approfondie sur son lien à elle, elle prenait conscience que cette présence était rassurante. Si sa mère surveillait ce qu'elle mangeait, elle ferait également en sorte de s'assurer du bien-être de sa fille. Irene avait besoin d'une mère, non seulement en vie, mais vigoureuse ; des signes d'infirmité, d'apathie ou de dépression étaient terriblement angoissants pour Irene à un niveau profond.

POUR UNE VISION INTÉGRÉE DE LA PSYCHOPATHOLOGIE

Pour des raisons didactiques, j'ai décidé de traiter séparément de deux principaux modes de gestion de l'angoisse de mort et présenté des vignettes cliniques de patients présentant des formes extrêmes de l'une de ces deux défenses de base, mais il est temps maintenant de les intégrer. Bien évidemment, la plupart des patients ne présentent pas de tableau clinique clair et monothématique. En règle générale, une personne ne construit pas une seule défense massive mais recourt à plusieurs défenses qui interagissent dans le but de barrer le chemin à l'angoisse. La plupart des gens se défendent de l'angoisse de mort simultanément via la croyance illusoire en leur inviolabilité *et* une croyance en l'existence d'un sauveur ultime. Bien que j'aie, jusque-là, présenté ces deux défenses de façon dialectique, elles sont interdépendantes. *Parce qu'il* existe un être ou une force omnipotente au-dessus de nous qui se soucie de notre bien-être, nous sommes des êtres uniques et immortels et nous avons le courage d'émerger de la non-différenciation. *Parce que* nous sommes des êtres uniques et spéciaux, des forces spéciales dans l'univers se soucient de nous. Bien que notre sauveur ultime soit omnipotent, il est aussi simultanément notre sauveur éternel.

Dans un ouvrage intitulé *Volonté et psychothérapie*, Otto Rank propose une dynamique fondamentale éclairant la relation entre ces deux défenses[34] . Rank postule ainsi qu'il existe chez toute personne une peur primaire qui parfois se manifeste tantôt par une peur de la vie, tantôt par une peur de la mort. Par « peur de la vie », Rank désignait l'angoisse découlant d'une « perte de connexion avec un tout plus grand ». La peur de la vie renvoie à la peur de mener sa vie en tant qu'être isolé, à la peur de l'individuation, à « aller de l'avant », à « émerger de la nature ». Pour Rank, la naissance, comme traumatisme et séparation originaires, constituait le prototype de cette peur de vivre. Quant à la « peur de mourir », elle désignait pour lui la peur de l'extinction, de la perte d'individualité, de la dissolution dans le tout.

Rank soulignait que « l'individu est ballotté toute sa vie entre ces deux pôles d'angoisse… » La personne tente de se séparer, de s'individuer, d'affirmer son autonomie, d'avancer, d'accomplir son potentiel. Pourtant il arrive un moment où elle est confrontée à de la peur devant la vie. L'individuation, l'émergence ou, comme je l'ai qualifié dans ce chapitre, l'affirmation de la singularité personnelle, ne sont pas sans contrepartie, mais entraînent un sentiment terrifiant de vulnérabilité et de solitude, sentiment que la personne tente d'apaiser en faisant marche arrière, en renonçant à son individuation, en cherchant à fusionner, à se dissoudre, à s'en remettre à un autre. Pourtant, ce réconfort est instable, car il suscite lui aussi de l'angoisse, l'angoisse de mort : renonciation, stagnation et, finalement, inorganicité. La personne avance dans la vie entre ces deux pôles de peur, la *peur de vivre* et la *peur de mourir*.

Bien que le paradigme que je propose ici d'un système dual de défense articulé autour du sentiment de particularité et de l'existence en un sauveur ultime ne soit pas identique à la dialectique peur de vivre-peur de mourir de Rank, les deux se recoupent manifestement. Les pôles de peur définis par Rank présentent de très fortes similitudes avec les limitations des défenses que j'ai décrites. La « peur de vivre » découle de la défense de la particularité : c'est le prix à payer pour se tenir debout, sans protection. La « peur de mourir » est le dû de la fusion : lorsqu'une personne renonce à son autonomie, elle se perd et éprouve une forme de mort.

Nous oscillons entre ces deux pôles, allant dans une direction jusqu'à ce que l'angoisse prime sur le soulagement apporté par la défense, ce qui nous pousse alors dans l'autre direction.

Cette oscillation s'exprime dans certains cas cliniques exposés jusque-là, dans celui de Lena, par exemple qui, pour éviter l'angoisse, choisit de rester gelée dans son adolescence. Elle cherchait continuellement à fusionner avec un sauveur. Pourtant, sa situation la terrifiait souvent : elle s'accrochait aux autres tout en se rebellant obstinément contre eux. Elle désirait ardemment l'intimité, mais prenait la fuite lorsque celle-ci était à portée de main. Elle semblait consacrer une grande part de son énergie à éviter la « peur de vivre », ses changements et sa croissance inhérentes. Elle recherchait la paix, le confort et la sécurité ; pourtant, lorsqu'elle les obtenait, elle était submergée par l'angoisse de mort : elle avait en horreur le sommeil ou toute forme d'immobilité et, pour les éviter, se livrait à une dépense d'énergie considérable ; ainsi, il lui arrivait souvent de conduire sans but toute la nuit.

Karen, quant à elle, était masochiste et avait choisi de se sacrifier, si nécessaire, en échange d'une étreinte. Mais elle aussi était terrifiée par son objectif. La fusion avec l'autre signifiait certes le confort et la sécurité, mais aussi la perte d'elle-même. L'un de ses poèmes illustre clairement ce dilemme :

> « Je veux m'ébrouer comme un chien sortant de l'eau
> Pour me libérer de ton influence.

J'étais trop libre avec toi,
Et t'ai laissé trop approcher de mon cœur
Et m'y suis collée comme de la chair sur du métal gelé.
Réchauffe-moi et laisse-moi partir.
Pour me libérer, je dois déchirer la chair
Et m'infliger des blessures qui ne guériront pas.

Est-ce ce que tu veux de moi ? »

L'oscillation entre émergence et fusion s'exprime généralement de façon claire dans les séances de thérapie familiales, autour des enjeux liés aux adolescents se préparant à quitter le domicile familial. Dans l'une des familles que je suivais, Don, le patient identifié de dix-neuf ans, ne supportait manifestement plus le contrôle que ses parents exerçaient sur sa vie. Parmi ses efforts spasmodiques d'être son propre maître, il insistait pour que ses parents n'intervinssent pas dans son choix d'université ni dans les démarches d'admission. Toutefois, il repoussa trop longtemps ces dernières et décida alors de rester chez ses parents et de s'inscrire à une université de la région.

La présence continue de Don au foyer familial fut la cause d'une vie familiale chaotique. Don était très ambivalent quant à la liberté. Bien que réagissant de façon extrême aux actions de ses parents qui auraient pu suggérer la moindre limitation de sa liberté, il ne cessait de demander, subrepticement mais néanmoins indubitablement, cette limitation : il écoutait de la musique, extrêmement fort, tard le soir, empruntait la voiture familiale mais ne pouvait résister à faire vrombir le moteur, crisser les pneus dans l'allée et rentrait le réservoir vide, ce qui ne laissait que peu de chances à son père de parvenir ne serait-ce qu'à la plus proche station-service le lendemain matin. Il demanda de l'argent pour sortir avec une fille mais laissa « par mégarde » des préservatifs sur sa commode, afin que ses parents, des mormons stricts, les trouvent.

Don exigeait la liberté mais ne pouvait la prendre. Plusieurs fois, il partit en colère de la maison pour chercher refuge quelques jours chez un ami, mais n'envisagea jamais sérieusement de prendre un appartement. Ses parents étaient aisés, mais Don refusait qu'ils paient son loyer, qu'il n'était pas en mesure lui-même d'assumer. (Il avait suffisamment d'argent, gagné lors d'emplois d'été, mais refusait de le dépenser, désireux de le garder pour le jour où il en aurait « réellement » besoin !) Bien que Don désirât ardemment la liberté et luttât pour l'obtenir, il déclarait aussi à ses parents « je suis immature, irresponsable, prenez soin de moi, mais faites comme si je ne vous l'avais pas demandé ».

Dans cette intrigue, les parents de Don n'étaient nullement des figurants désintéressés. Don était l'aîné ; son départ de la maison marquait une étape dans la vie de ses parents. Le père de Don, un bourreau de travail à l'esprit de compétition très développé, redoutait particulièrement cette étape, qui mettait à mal la nature illusoire de sa défense de particularité, signifiait une diminution personnelle, le début d'une nouvelle étape de vie, moins vitale, moins utile, un déclassement et un déclin et, pour finir, la mort. La mère de Don, qui avait construit son identité autour de son rôle de mère et de femme au foyer, se sentait également menacée par le départ de Don. Elle redoutait la solitude et une perte de sens à sa vie. Dès lors, les parents de Don entravaient de manière subtile le départ de leur fils ; ils l'avaient préparé à être un adulte autonome (n'est-ce pas l'objectif de tout parent ?), pourtant *sotto voce* imploraient « ne grandis pas, ne nous quitte pas, reste jeune pour toujours et nous le pourrons aussi[A] ».

Autre cas de patient oscillant entre l'émergence et la fusion, Rob était un cadre de trente ans à la carrière brillante, qui me consulta pour travestisme. Il se travestissait, toujours en privé, depuis l'adolescence ; jusqu'à présent, le schéma avait toujours été égosyntonique : en d'autres termes, la pulsion semblait toujours partir de lui – le travestisme lui procurait un plaisir intense et correspondait à son désir. Récemment toutefois, ce schéma commença à se modifier. Rob ressentait souvent de l'angoisse et était conscient qu'il lui *fallait* se travestir afin d'obtenir un soulagement. Le symptôme exigeait davantage : il lui commandait de se montrer en public habillé en femme, qu'il se rase sur tout le corps (ce que Rob fit) et, pour finir, qu'il se coupe le pénis et devienne une femme. L'angoisse le submergeait quoi qu'il fît : s'il ne se travestissait pas et s'il le faisait.

A. Des dynamiques similaires sont généralement à l'œuvre dans des familles dont les enfants manifestent des phobies scolaires. W. Tietz présente plusieurs cas d'angoisse de mort chez un patient entraînant une phobie de l'école : un enfant tente de se défendre de l'angoisse de mort en refusant de se séparer de sa famille ; la famille, en raison de l'ambivalence éprouvée face à l'autonomie croissante de l'enfant, adhère au symptôme[35].

Généralement, les psychothérapeutes, face à des patients travestis, font l'hypothèse que la perversion sexuelle constitue une tentative pour soulager l'angoisse de castration. Le symptôme du travestisme répond à deux fonctions : il s'agit d'une castration symbolique (en d'autres termes, si la personne est déjà castrée, elle n'a plus rien à redouter), qui permet en outre d'accéder à une certaine forme de satisfaction génitale. Ce paradigme permit une certaine compréhension du comportement de Rob : il expliquait ainsi pourquoi Rob ne pouvait se masturber que s'il était habillé en femme et se fantasmait comme femme. Pourtant, beaucoup de choses restaient inexpliquées. Un paradigme existentiel offrit une compréhension plus large du comportement de Rob.

Les fantasmes de Rob ne possédaient que très rarement un contenu sexuel explicite. En règle générale, Rob s'imaginait comme une femme accueillie et admirée par un groupe de femmes qui l'acceptaient dans leur cercle, sur son apparence ou pour lui-même, sans rien exiger de lui. Il souhaitait se fondre dans ce groupe, être des leurs, être infirmière, femme au foyer ou secrétaire. Il insistait sur le fait que le point le plus important était qu'il n'avait rien à faire : il était las de la pression inhérente au fait d'être un homme, las de la compétition, de la lutte, de la pression d'avoir à prouver.

Le travestisme dissimulait beaucoup d'angoisse de mort. La mère de Rob était morte d'un cancer après une longue agonie alors que Rob était adolescent ; pendant plus de quatorze ans, il avait continué à rêver d'elle. Le travestisme équivalait à une fusion symbolique avec sa mère et avec toutes les femmes ; pendant la plus grande partie de sa vie, cet acte avait caché l'angoisse inhérente à l'individuation. Rob, de par son parcours brillant, avait depuis longtemps surpassé son père mais, ce faisant, se retrouvait confronté à ce que Rank appelait la « peur de vivre ». Rob avait toujours réagi à cette angoisse d'individuation par une vie fantasmée dont la fusion, via le mécanisme de travestisme, constituait le thème dominant. Toutefois, la défense du travestisme n'était plus efficace ; elle suscitait trop d'« angoisse de mort » et Rob était terrifié à l'idée que ses fantasmes prennent le dessus et qu'il se perde dans cette fusion.

La tentative d'apaiser l'angoisse d'individuation par la fusion sexuelle se révèle courante. L'homme qui se voue à une recherche absolue du pouvoir, qui cherche à avancer, à sortir du lot, à se faire un nom est confronté à un moment donné à la vulnérabilité inhérente à l'individuation. Souvent, ce point est atteint lors de déplacements professionnels. Lorsqu'un homme qui déploie beaucoup d'efforts ne parvient plus à canaliser son énergie et son attention dans son travail, lorsqu'il est contraint de ralentir dans un cadre non familier, il expérimente souvent une solitude extrême et une frénésie intense. Il cherche alors chez une femme du sexe, non une étreinte aimante (qui déclencherait en lui l'angoisse de se perdre) : une union sexuelle qui lui permette de continuer à contrôler la vie et à limiter la prise de conscience et qui fasse office de cataplasme pour l'isolement et l'angoisse de mort sous-jacente.

La relation, bien évidemment, n'est qu'une parodie de relation ; à un niveau profond, la personne n'est pas dupe de son mode inauthentique de rencontre de l'autre. La culpabilité résultante se mêle à l'angoisse pour générer un isolement et une frénésie accrus, ainsi que le besoin d'être avec une autre femme, parfois quelques minutes seulement après avoir quitté la première.

L'activité sexuelle comme moyen d'apaiser l'angoisse de mort s'observe souvent en clinique. Patricia McElveen-Hoehn a ainsi répertorié un certain nombre de ces comportements : la femme plutôt conservatrice sur le plan sexuel qui retourne chez elle pour l'enterrement d'un parent ou d'un ami proche, emporte avec elle son diaphragme et a une relation sexuelle avec un étranger ou une connaissance ; ou encore l'homme qui vient d'avoir une attaque cardiaque et qui, sur le chemin de l'hôpital, caresse les seins de sa femme et la presse d'avoir une relation sexuelle ; l'homme, enfin, qui, avec un fils mourant de leucémie, se montre extraordinairement paillard[36].

Autre exemple clinique, Tim, un patient dont la femme mourait de leucémie. Tim entreprit une thérapie non en raison du chagrin qu'il éprouvait mais d'un niveau alarmant de préoccupation et de compulsion sexuelles. Avant la maladie de son épouse, il avait toujours été monogame, mais à mesure que la mort de sa femme approchait, il commença à regarder des films pornographiques et à fréquenter les bars de célibataires (en courant le risque d'être reconnu) et se masturbait plusieurs fois par jour, souvent dans le lit aux côtés de sa femme mourante. La nuit suivant les funérailles de son épouse, il alla voir une prostituée. Le chagrin de Tim et la peur de sa propre mort se discernaient facilement derrière le comportement sexuel compulsif. Ses rêves, que je relaterai dans le chapitre suivant, exprimaient clairement ses angoisses.

Un exemple frappant du lien entre sexualité et mort me fut apporté par une patiente lorsqu'on lui diagnostiqua un cancer de l'utérus. En dépit de la douleur et de la cachexie, elle ne manquait pas de prétendants, plus, disait-elle, que pendant sa jeunesse. Ses partenaires géraient les angoisses de mort sur un mode contrephobique. Ils ressentaient une sorte d'exaltation à se trouver si près du centre de la vie ou, pour citer l'un d'eux, des « tripes de la terre ». Ils éprouvaient, je crois, une sorte de transcendance à s'approcher si près de la mort, à lui cracher au visage et à ressortir, chaque fois, intacts et indemnes. Pour la patiente, la motivation était autre : en dépit d'une douleur pelvienne intense, elle éprouvait un désir intense de relations sexuelles. Elle était si proche de la mort et si terrifiée par la solitude inhérente à cette mort qu'elle était submergée par le besoin de fusionner avec quelqu'un d'autre. Ellen Greenbergef étudia des patientes cancéreuses en phase terminale et, sur la base de tests TAT, releva une forte prévalence de thèmes sexuels sous-jacents[37].

La tâche visant à satisfaire deux besoins – séparation et autonomie d'une part et protection et fusion d'autre part – et la confrontation aux angoisses correspondantes constitue une dialectique à laquelle nous sommes confrontés toute notre vie et qui gouverne notre monde intérieur. Cette tâche commence dès les premiers mois de la vie, lorsque le nourrisson, qui ne fait encore qu'un sur le plan symbiotique avec la mère (et dont la dépendance émotionnelle à son égard ne cesse de décroître par la suite), doit, afin de développer un sentiment d'identité, d'intégrité et de séparation, se désengager et se différencier de la mère, tâche dénommée « séparation-individuation » par Margaret Mahler[38].

Le coût de l'adaptation névrotique

La tentative d'échapper à l'angoisse de mort se trouve au cœur du conflit névrotique. Un comportement devient « névrotique » lorsqu'il est extrême et rigide ; comme nous l'avons vu, l'hypertrophie du système de défense contre la mort entraîne une certaine forme d'adaptation névrotique. Le mode de vie névrosé est instauré par une peur de la mort, mais dans la mesure où elle limite la capacité de la personne à vivre de manière spontanée et créative, la défense contre la mort constitue elle-même en soi une mort partielle. Conception similaire à celle de Rank qui disait que le névrosé refuse l'emprunt de la vie pour échapper à la dette de la mort : il se libère de la peur de la mort via une autodestruction quotidienne partielle[39].

Toutefois, le coût de l'adaptation névrotique ne se borne pas à l'autolimitation. En raison de la culpabilité, la personne névrosée ne peut s'en tirer à si bon compte, même en menant une parodie de vie. Généralement, la culpabilité se définit comme le sentiment résultant d'une transgression réelle ou fantasmée envers un autre. Kierkegaard[40], puis Rank et Tillich[41] ont souligné une autre source de culpabilité, la transgression envers soi-même, l'échec à mener la vie qui nous est impartie. Comme l'écrit Rank, « quand nous nous protégeons… contre une envie de mener une vie trop intense ou trop rapide ou d'en finir avec la vie, nous nous sentons coupables à cause de la vie non utilisée, de ce que nous portons en nous de non vécu[42] ». Le refoulement agit donc comme une épée à double tranchant, procurant sécurité et apaisement de l'angoisse, tout en générant simultanément une limitation de la vie et une forme de culpabilité, dénommée « culpabilité existentielle » dans la suite de cet ouvrage. Je reviendrai de manière approfondie sur cette forme de culpabilité dans le chapitre 6.

Jusque-là, j'ai abordé des formes bien délimitées d'adaptation névrotiques à l'angoisse de mort. Considérons maintenant des formes de défense plus archaïques et fragmentaires contre l'angoisse de mort, telles qu'on les rencontre dans la schizophrénie.

SCHIZOPHRÉNIE ET ANGOISSE DE MORT

Bien qu'un nombre croissant de facteurs tende à prouver que de nombreuses formes de schizophrénie possèdent une composante biochimique centrale, il n'en demeure pas moins que la schizophrénie constitue une expérience humaine tragique, qui peut être appréhendée tout à la fois dans une perspective longitudinale (historique) et transversale (phénoménologique). Des traumatismes développementaux aigus ont contribué au développement de la vision du monde du patient schizophrène, qui évolue dans un monde expérientiel terrifiant et chaotique.

Harold Searles, qui a suivi pendant de nombreuses années des patients atteints de psychoses sévères dans la célèbre institution de Chestnut Lodge à Rockville, dans le Maryland, est probablement le thérapeute contemporain ayant consacré le plus d'efforts à la compréhension et à l'explication du monde des patients schizophrènes. En 1958, il rédige une contribution majeure, mais ayant suscité peu d'intérêt, intitulée « Schizophrenia and the Inevitability of Death », dans laquelle il présente ses conceptions de la dynamique psychique à l'œuvre chez le patient schizophrène. L'extrait suivant résume bien les thèses de Searles :

> « Le fait, on ne peut plus prosaïque, de l'inévitabilité de la mort constitue en réalité l'une des plus puissantes sources de l'angoisse humaine ; par ailleurs, les réponses émotionnelles vis-à-vis de cet aspect de la réalité comptent parmi les plus intenses et les plus complexes qu'il nous soit donné d'expérimenter. Les mécanismes de défense constitués par la maladie psychiatrique, y compris les défenses aux formes "exotiques" qui se manifestent dans la schizophrénie, sont conçus pour exclure de la conscience – outre d'autres aspects anxiogènes de la réalité intérieure et extérieure – le simple fait de la finitude humaine[43]. »

Searles postule que la dynamique psychique du patient schizophrène, tout comme celle du patient névrosé, ne peut être totalement comprise que dans la perspective d'une réaction de ce patient face à l'inévitabilité de sa mort. Les défenses du patient schizophrène sont certes plus exotiques, plus extrêmes et plus handicapantes que celles du patient névrosé. Par ailleurs, la vie précoce du patient schizophrène s'est avérée bien plus destructrice que celle du patient névrosé. Mais la réalité humaine, dans son aspect existentiel, fait de nous tous des frères et sœurs. Bien que l'intensité de la menace ou les réactions diffèrent, c'est la finitude humaine qui assaille le schizophrène tout autant que le névrosé. Searles l'énonce de façon brillante :

> « Nul doute que la schizophrénie puisse être considérée comme la *résultante* d'expériences exotiques et perverties anciennes, généralement dans la vie précoce ou la petite enfance. Néanmoins, elle peut tout aussi bien, et avec une plus grande utilité clinique d'après l'auteur, être considérée comme la résultante de l'utilisation de certains mécanismes de défense, instaurés à un âge très précoce, afin de gérer les sources d'angoisse *actuelles*. Parmi ces angoisses, aucune n'est plus intense que la contrainte existentielle de la finitude de la vie. Dans son essence, donc, l'hypothèse formulée ici est que la schizophrénie peut être appréhendée, entre autres, comme un effort intense pour se prémunir ou nier cet aspect de la situation humaine.

> L'auteur souhaite affirmer clairement que, dans son expérience, le fait de l'inévitabilité de la mort entretient bien plus qu'une relation purement secondaire à la schizophrénie. En d'autres termes, ce n'est pas tant que le patient soit en mesure, lorsqu'il se libère de la schizophrénie, de canaliser son attention vers cette contrainte majeure de la vie qu'est l'inévitabilité de la mort, contrainte qui existait précédemment à la périphérie, voire totalement au-delà, de son savoir. Au contraire, le travail clinique de l'auteur indique que cette relation occupe une place bien plus centrale : il s'agit plutôt du fait que le patient soit devenu et soit resté, souvent longtemps, schizophrène (naturellement, nous faisons référence ici à des fins largement voire totalement *inconscientes) afin d'éviter de se confronter*, outre à d'autres aspects de la réalité intérieure et extérieure, à la finitude de la vie[44]. »

Généralement, les histoires de cas de patients schizophrènes soulignent toujours la vie précoce perturbée et conflictuelle de ces patients et les pathologies graves de leur environnement familial. Mais si l'on écrivait la *véritable* histoire de cas de ces patients, leur histoire de cas existentielle ? L'examen psychiatrique inclut pour partie une enquête relative à l'état mental, dans laquelle l'enquêteur tente de déterminer le niveau d'orientation du patient dans le temps, l'espace et vis-à-vis de lui-même. Searles imagine ce qu'un patient répondrait s'il était véritablement « orienté » :

« Je m'appelle Charles Brennan, je suis un homme qui, à ce jour, c'est-à-dire le 15 avril 1953, est âgé de cinquante et un ans, réside ici à Chestnut Lodge, hôpital psychiatrique situé à Rockville, Maryland ; j'ai séjourné dans plusieurs hôpitaux psychiatriques depuis huit ans maintenant, je suis gravement malade depuis plus de vingt-cinq ans, et je souffre d'une maladie mentale qui m'a volé toute perspective réaliste, considérant mon âge actuel, de jamais pouvoir me marier et d'avoir des enfants et qui, vraisemblablement, nécessitera mon hospitalisation pour le restant de mes jours. Je suis un homme qui était autrefois membre d'une famille composée de deux parents et de sept enfants mais qui, au fil des années, a assisté à une suite de tragédies frappant sa famille : ma mère mourut il y a très longtemps, à un stade avancé de maladie mentale, l'un de mes frères souffrit, lorsqu'il était jeune homme, de maladie mentale nécessitant une longue hospitalisation ; un autre de mes frères se suicida, un autre encore mourut au combat pendant la Seconde Guerre mondiale, un troisième fut assassiné dernièrement, au summum de sa carrière de juriste, par un client malade mental. Le parent qui me reste, mon père, est aujourd'hui âgé, il n'est plus que l'ombre de l'homme fort qu'il a été, et la mort n'est plus très loin pour lui[45]. »

Cette histoire de cas ainsi relatée est tout à la fois crue et choquante, mais il est peut-être plus choquant encore de savoir qu'une histoire de cas tout aussi tragique – histoire qui souligne non le développement précoce, l'éducation, le service militaire, les relations d'objet, les pratiques sexuelles, mais les faits existentiels de la vie – peut être écrite pour chaque patient (et effectivement, pour chaque thérapeute).

Searles relate le déroulement de la thérapie d'une patiente psychotique qu'il suivit sur plusieurs années. Au début, la patiente montra « une profusion de manifestations d'un système délirant étonnamment riche et complexe, rigoureusement défendu, dans lequel abondaient des représentations horribles, de la sauvagerie brutale à la sorcellerie et aux machinations alambiquées de la science-fiction ». Bien qu'évoluant dans un monde expérientiel terrifiant, la patiente, comme Searles le nota, n'exprimait que peu de préoccupations relatives aux faits de l'existence humaine, comme la maladie, le vieillissement, la mort inévitable. Elle gérait ses enjeux par un déni de la mort tout aussi explicite que manifeste : « Personne n'a de raison aujourd'hui d'être malheureux ou triste ; on a des remèdes pour tout… les gens ne meurent pas en fait, mais sont simplement "remplacés", déplacés d'un endroit à un autre, ou deviennent les sujets involontaires de films. »

Au bout de trois ans et demi de psychothérapie, la patiente commença à développer une vision de la vie fondée sur la réalité et à accepter la finitude de la vie, y compris de la vie humaine. Les mois précédant cette prise de conscience, ses défenses délirantes s'étaient intensifiées, ultime combat contre la reconnaissance de l'inévitabilité de la mort.

« (...) Elle en arriva à consacrer le plus clair de son temps à ramasser des feuilles mortes et les quelques oiseaux et petits animaux morts qu'elle découvrait après des heures de recherche, et à acheter toutes sortes d'objets dans les magasins de la petite ville voisine, puis, à l'aide de procédés pseudo-ésotériques, à tenter de leur donner une forme de vie quelconque. Il devint clair (ce que par ailleurs elle confirma) qu'elle se prenait pour Dieu, choisissant parmi les feuilles et les différents objets ceux qui seraient ramenés à la vie. Souvent, les séances se déroulaient dehors, le thérapeute s'asseyait sur un banc, tandis qu'elle poursuivait son examen minutieux incessant de la pelouse.
Mais au fil des mois, vers la fin de cette période de déni de la mort, elle commença à exprimer de plus en plus ouvertement un sentiment de désespoir quant à cette activité. Puis il y eut cette séance, un jour d'automne. Patient et thérapeute étaient assis sur des bancs proches et regardaient ensemble la pelouse jonchée de feuilles. Elle avait exprimé, principalement sur un mode non verbal, qu'elle éprouvait tout à la fois de la douceur, de la tendresse et du chagrin. Les larmes aux yeux, elle déclara, comme résignée face à un fait qui doit être accepté : “Je ne peux pas transformer ces feuilles en moutons, par exemple.” Le thérapeute répondit : “Je suppose que peut-être vous prenez conscience qu'il en va ainsi aussi de la vie humaine ; que, comme pour les feuilles, la vie humaine se termine par la mort.” Elle acquiesça et répondit “Oui”. »

Cette prise de conscience marqua le début d'un progrès thérapeutique massif. Peu à peu, la patiente renonça à sa principale défense contre la mort : la croyance en son omnipotence et sa vulnérabilité. Elle prit ainsi conscience :

> « (…) qu'elle n'était pas Dieu… et que nous, êtres humains, sommes mortels. Ceci démontrait que le fondement même de sa schizophrénie paranoïaque commençait à s'effondrer, maladie qui avait ainsi impliqué pendant des années la conviction, par exemple, que ces deux parents décédés étaient encore en vie[46]. »

Bien que les défenses de cette femme, tout comme celles d'autres patients schizophrènes décrits par Searles, soient extrêmement rudimentaires, elles n'en sont pas moins similaires aux schémas défensifs des patients névrosés. Le patient paranoïaque par exemple manifeste ainsi, dans ses délires de grandeur et d'omnipotence, l'un des principaux modes de fuite de la mort, c'est-à-dire la croyance en sa particularité et son immortalité.

Nombre de patients schizophrènes, si ce n'est tous, sont incapables de s'éprouver comme totalement vivants. Nul doute que cet engourdissement constitue un effet du système de refoulement global de tous les affects à l'œuvre chez un patient schizophrène ; toutefois, comme Searles le suggère, il peut répondre à un objectif défensif supplémentaire : en étant « mort », le patient peut peut-être se protéger de la mort. Une mort limitée est préférable à la mort réelle. En outre, si nous sommes déjà morts, la peur n'a plus de raison d'être.

Tous, nous devons nous confronter à la mort. Si, chez le patient schizophrène, la peur de la mort constitue une dynamique centrale, pour quelle raison son omniprésence le terrasse-t-elle ? Searles propose plusieurs pistes pour répondre à cette énigme.

Tout d'abord, l'angoisse de la confrontation à la mort s'avère plus forte chez ceux qui sont dépourvus de l'étayage personnel apporté par un sentiment d'intégrité personnelle et de participation entière à la vie. « Une personne, écrit Searles, ne peut supporter de se confronter à le perspective de la mort inévitable tant qu'elle n'a pas fait l'expérience de vivre pleinement ; le schizophrène n'a pas encore vécu pleinement[47]. » Dans son livre extraordinaire intitulé *Life Against Death*, Norman Brown tient des propos similaires : « Seul celui qui peut affirmer la vie peut affirmer la mort ... L'horreur de la mort est l'horreur de mourir, nos corps emplis de ces vies non vécues[48]. » (Cette thèse selon laquelle l'angoisse de mort est accrue par les échecs de vie présente des implications considérables pour la thérapie, que j'aborderai dans le chapitre suivant.)

Une autre raison expliquant l'envahissement de l'angoisse de mort chez le patient schizophrène est que ce dernier n'a pas été en mesure d'intégrer les pertes énormes subies à des stades très précoces de son développement. En raison de l'immaturité de son moi, le patient réagit aux pertes sur un mode pathologique, en règle générale par un renforcement de la toute-puissance infantile, mobilisée alors pour nier la perte (on ne souffre pas de perte lorsqu'on est le tout). En conséquence, comme il n'a pas été capable d'intégrer les pertes antérieures, le patient n'est pas en mesure d'intégrer la perspective de la plus grande de ces pertes, la perte de soi et de tous ceux qu'il connaît. Le principal bouclier contre la mort, chez le patient, est constitué par un sentiment de toute-puissance, élément central de toute pathologie schizophrène.

Une troisième source d'angoisse de mort intense découle de la nature de la relation précoce à la mère, union symbiotique de laquelle le patient schizophrène n'a jamais émergé, mais dans laquelle il continue d'osciller entre une position de fusion psychologique et un état de totale absence de lien. L'expérience pour le patient du lien à la mère n'est pas sans présenter des similitudes avec les mécanismes d'un champ magnétique : trop près, il est aspiré, trop loin, il disparaît dans le néant. Pour être conservée, la relation symbiotique nécessite qu'aucune des deux parties ne fasse l'expérience qu'elle est un entier indépendant : chacune a besoin de l'autre pour le compléter. En conséquence, jamais le patient ne peut développer le sentiment d'intégrité nécessaire pour vivre pleinement.

Par ailleurs, le patient schizophrène perçoit que la relation symbiotique est indispensable à sa survie : le patient a besoin d'être protégé contre les menaces dirigées contre la relation, parmi lesquelles la plus dangereuse est l'intense ambivalence (la sienne et celle de sa mère). L'enfant éprouve une vulnérabilité extrême face aux sentiments de haine intense qu'il ressent envers la personne qu'il aime le plus. Par ailleurs, l'enfant est tout autant désarmé du fait de savoir que cette même personne l'aime et le hait avec une grande intensité. Cette vulnérabilité nécessite un maintien constant du fantasme de toute-puissance, normal seulement à un stade précoce. Rien ne viendrait autant détruire ce sentiment d'omnipotence personnelle que l'acceptation de l'inévitabilité de la mort, de sorte que le patient schizophrène s'accroche au déni de la mort de toute la force de son désespoir.

PARADIGME EXISTENTIEL EN PSYCHOPATHOLOGIE : LA RECHERCHE

Le postulat de ce chapitre est que, bien que le déni de la mort soit omniprésent et que les formes spécifiques du déni de la mort varient, il en existe deux modalités principales : la croyance en la particularité personnelle et celle en un sauveur ultime. Ces défenses s'enracinent dans la vie précoce et influent grandement sur la structure de la personnalité. Une personne croyant fortement en un sauveur ultime (et désirant la fonte, la fusion ou l'imbrication) sera portée à rechercher de la force à l'extérieur, prendra une posture dépendante et suppliante vis-à-vis des autres, refoulera l'agressivité, montrera des tendances masochistes et pourra traverser une dépression profonde lors de la perte de l'autre dominant. La personne ayant développé des défenses articulées autour de la particularité et l'inviolabilité (désirant l'émergence, l'individuation, l'autonomie ou la séparation) pourra être narcissique, fonceur, dirigera probablement l'agressivité vers l'extérieur, se montrera autonome au point de rejeter toute aide pertinente et nécessaire, éprouvera d'énormes difficultés à accepter ses failles et ses limites personnelles et manifestera des tendances à l'exubérance voire à la grandiosité.

Il n'existe aucune preuve empirique directe de l'existence de cette dialectique émergence-imbrication, tout comme il n'en existe aucune non plus pour d'autres paradigmes de psychopathologie clinique élaborés par Freud, Sullivan, Horney, Fromm ou Jung : les paradigmes cliniques émergent toujours de manière intuitive et sont justifiés et validés par leur utilité clinique. Des concepts similaires relatifs à la personnalité ont néanmoins été formulés et étudiés de manière rigoureuse selon deux grands axes : une recherche en laboratoire sur les styles cognitifs et des recherches personnelles sur le locus de contrôle.

Les styles cognitifs

En 1949, Herman Witkin identifia deux modes perceptifs principaux – dépendance du champ et indépendance du champ – qui présentent des similitudes avec les structures de personnalité organisées autour des défenses du sauveur ultime et de la particularité[49]. Dans le mode de « dépendance du champ » (similaire à la défense du sauveur ultime), la perception de la personne est fortement dominée par l'organisation globale du champ. Dans le mode d'« indépendance du champ » (similaire à la défense de la particularité), des parties du champ sont expérimentées comme distinctes de l'arrière-plan. De nombreuses recherches ont démontré qu'une tendance à l'un ou l'autre de ces modes de perception constitue un trait cohérent et omniprésent du fonctionnement d'un individu. Dans une large palette de tâches perceptuelles[A], l'individu dépendant du champ est incapable de dissocier le premier plan de son contexte environnemental, tandis que l'individu indépendant du champ y parvient sans peine. Les tests démontrent donc chez les sujets une tendance qui n'est pas limitée à la perception mais

---

A. De nombreux tests perceptuels peuvent être utilisés pour démontrer ce phénomène. Ainsi, dans un test d'ajustement corporel, un sujet est assis sur une chaise pouvant être inclinée vers la droite où la gauche, elle-même placée dans une pièce pouvant elle aussi être inclinée dans les deux directions. Le sujet doit maintenir son corps droit en tenant compte de la gravité alors que la pièce dans laquelle il se trouve est inclinée. Les sujets dépendants du champ sont incapables de se dissocier de la position de la pièce dans laquelle ils se trouvent. En d'autres termes, lorsque la pièce est inclinée, ils se penchent dans les mêmes proportions et déclarent être droits alors que leur corps peut présenter une inclinaison pouvant aller jusqu'à quarante-cinq degrés. Les sujets indépendants du champ se révèlent capables de maintenir leur corps proche de la verticale, quelle que soit l'inclinaison de la pièce. Les dépendants du champ semblent opérer une fusion entre le corps et le champ, tandis que les indépendants du champ paraissent disposer d'une capacité immédiate permettant de dissocier leur corps de l'arrière-plan.

Dans un test analogue, on montre au sujet un bâton et un cadre lumineux (seuls objets visibles dans une pièce sombre) et on lui demande de placer le bâton à la verticale quelle que soit l'inclinaison du cadre. Dans le test des figures encastrées, le sujet doit examiner des compositions complexes dans lesquelles sont encastrées des figures particulièrement simples. Les individus dépendants du champ ne parviennent pas à percevoir la figure simple, tandis que pour les indépendants du champ, les figures sont évidentes et « ressortent » naturellement de la composition.

témoigne d'un style cognitif omniprésent, manifeste dans les activités intellectuelles de la personne, son schéma corporel et le sentiment d'une identité distincte.

Activités intellectuelles. L'individu dépendant du champ réalise de moins bonnes performances que l'indépendant du champ dans la résolution de problèmes nécessitant l'isolation de son contexte d'un élément central. Ces tendances sont dénommées « styles cognitifs », dont les extrêmes sont constitués, d'une part, par une expérience globale et diffuse et, d'autre part, par une expérience délimitée et structurée, dénommées respectivement « style global » et « style articulé » par Witkin. Toutefois, il convient de souligner que le monde n'est pas peuplé par deux sortes d'individus seulement : les résultats des tests portant sur les styles cognitifs montrent une distribution continue plutôt que bipolaire.

Image corporelle. Outre la perception extérieure, le style cognitif influence également l'expérience intérieure. Des tests portant sur l'image corporelle (tests consistant à dessiner une personne) suggèrent fortement que la façon dont une personne perçoit son corps est directement liée à ses performances lors des tests perceptuels et cognitifs. Les personnes dépendantes du champ (style *global)* réalisent des représentations peu détaillées et irréalistes des proportions et des parties du corps, de même que peu de représentation du rôle sexuel, tandis que les personnes indépendantes du champ réalisent des représentations claires des proportions et des différences des sexes.

Identité. Les personnes au style cognitif dépendant du champ disposent d'un sentiment développé d'identité distincte. En d'autres termes, elles ont conscience de besoins, de sentiments et d'attributs qu'elles reconnaissent comme les leurs et qu'elles identifient comme étant distincts de ceux des autres. En revanche, les personnes au style cognitif dépendant du champ se fondent énormément sur des sources externes pour la définition de leurs attitudes, de leurs jugements, de leurs sentiments et de la vision qu'elles ont d'elles-mêmes[A]. Ainsi, des études ont démontré que les personnes dépendantes du champ regardent plus fréquemment le visage de l'enquêteur adulte que les personnes indépendantes du champ. Par ailleurs, les individus dépendants du champ réussissent mieux à reconnaître des visages précédemment aperçus et ont des rêves plus fréquents sur leur relation personnelle à l'enquêteur.

Style cognitif et déni de la mort. L'individu dépendant du champ, tel que le définit la psychologie expérimentale, présente de grandes similitudes avec la

---

A. Un sujet dépendant du champ placé dans une situation autocinétique change son évaluation du mouvement d'un point lumineux pour l'accorder à celle d'un complice. (Le test autocinétique consiste, pour le sujet, à évaluer le déplacement d'un point lumineux fixe dans une pièce obscure. La lumière ne bouge pas mais le sujet peut être plus ou moins influencé par les évaluations d'autres sujets expérimentaux ou de complices passés avant lui.)

structure clinique de la personnalité orientée vers l'existence d'un sauveur ultime ; l'individu indépendant du champ, avec une structure de personnalité articulée autour de la croyance en la particularité. La dialectique dépendance du champ-indépendance du champ découle intégralement d'études empiriques portant sur les fonctions perceptuelles et cognitives, mais est dépourvue de contenu subjectif. Je formulerais l'hypothèse que la dialectique existentielle décrite ici entretient avec la dialectique empirique le même type de relation que celle unissant la « terreur » à la réponse psychogalvanique : la dialectique existentielle apporte la signification personnelle, prend en compte l'expérience phénoménologique de la personne catégorisée dans l'un ou l'autre de ces styles cognitifs. Je pousserais plus avant l'analogie et comparerais ainsi la relation empirique entre style cognitif et psychopathologie aux observations formulées précédemment dans ce chapitre sur la psychopathologie associée aux deux principales défenses contre l'angoisse de mort.

Psychopathologie et styles cognitifs. Le style cognitif d'une personne entretient un lien étroit avec le « choix » de la défense psychologique et la forme de psychopathologie. La dépendance et l'indépendance du champ forment un continuum, aux extrêmes duquel se trouvent les formes psychopathologiques, qui par ailleurs varient grandement à ces deux pôles.

Une personne dépendante du champ manifestant des troubles de la personnalité souffrira probablement de sérieux problèmes identitaires, avec des symptômes évoquant fortement de forts enjeux de dépendance, de passivité et de vulnérabilité. Plusieurs études indiquent que ce type de patients manifeste des symptômes relatifs à un développement insuffisant d'un « sentiment d'identité distinct », tels qu'alcoolisme, obésité, inadaptation, dépression et réactions psychophysiologiques (comme l'asthme). Un patient psychotique dépendant du champ aura probablement des hallucinations, comparé à un patient psychotique indépendant du champ qui produira plutôt des délires[50].

Une personne dépendante du champ qui développe une pathologie manifestera probablement une agressivité dirigée vers l'extérieur, des délires, des idées exubérantes et euphoriques de grandeur, des symptômes paranoïaques et une structure de personnalité dépressive compulsive.

Des observations intéressantes ont également été réalisées sur les différences entre des personnes dépendantes et indépendantes du champ entreprenant une psychothérapie. La différence principale concerne le transfert. Logiquement, une personnalité dépendante du champ tend à développer un transfert rapide et hautement positif envers le thérapeute et à se sentir mieux plus rapidement qu'un patient indépendant du champ. Un patient dépendant du champ tend à « fusionner » avec le thérapeute, tandis qu'un patient indépendant du champ se montrera vraisemblablement plus prudent dans le développement d'une relation avec le thérapeute. Un patient indépendant du champ arrive lors du premier entretien avec un discours et des idées structurées sur ces problèmes, tandis que le patient dépendant du champ se montre plus évasif. Ce dernier par ailleurs est tout disposé à accepter les suggestions du thérapeute ; il demande du soutien et tente de prolonger les séances par des ressentis d'angoisse en fin d'entretien.

Le style cognitif du psychothérapeute constitue un déterminant important du contexte psychothérapique. Les psychothérapeutes qui sont eux-mêmes indépendants du champ ont tendance à favoriser une approche observationnelle, directive ou passive, du patient, tandis que les thérapeutes dépendants du champ favorisent les relations personnelles et mutuelles avec leurs patients.

Les similitudes sont évidentes : d'une part, une dépendance du champ ou une orientation vers un sauveur ultime extrême produit une pathologie caractérisée par la passivité, la dépendance, l'oralité, le manque de fonctionnement autonome, l'inadaptation ; d'autre part, une indépendance de champ ou une défense de particularité extrême peut entraîner des syndromes paranoïaques, de l'agressivité ou de la compulsion pathologiques. Ces observations sont corroborées par un autre axe de recherche, articulé autour du locus de contrôle, paradigme empirique de la personnalité présentant également des similitudes avec le paradigme clinique de la particularité et du sauveur ultime.

Le locus de contrôle

De nombreux chercheurs, à commencer par Joseph Rotter[51] et E. Jerry Phares[52], se sont intéressés à un paradigme de la personnalité visant à déterminer la nature du locus de contrôle – interne ou externe – chez les individus. Une personne a-t-elle l'impression de contrôler les événements de sa vie ou que ces événements se produisent indépendamment de ses actions ? La plupart de ces recherches se fondent sur l'échelle I-E[A] élaborée par Rotter en 1966 et utilisée depuis dans plusieurs centaines d'études.

Les « internes » disposent d'un locus de contrôle interne et ont le sentiment de contrôler leur destinée personnelle ; pour les « externes », en revanche, le contrôle n'est pas de leur ressort et ces personnes

A. L'échelle I-E (interne-externe) est un questionnaire comprenant vingt-trois items d'autoévaluation, parmi lesquels :

a. Les gens se sentent seuls parce qu'ils n'essaient pas de se montrer amicaux.

b. Cela ne sert pas à grand-chose d'essayer de trop satisfaire les gens ; s'ils vous apprécient, ils vous apprécient.

a. Ce qui m'arrive est le produit de mes propres actions.

b. J'ai parfois l'impression de ne pas avoir suffisamment de contrôle sur la direction que prend ma vie[53].

Il en existe également une version pour les enfants préscolarisés, incluant des items comme :

a. Lorsque tu fais un trou dans ton pantalon, est-ce parce :
a) tu l'as déchiré, ou
b) parce qu'il est usé.

b. Si tu as une toute nouvelle pièce que tu perds, est-ce :
a) parce que tu l'as fait tomber ou
b) parce qu'il y avait un trou dans ta poche[54] ?

recherchent à l'extérieur des réponses, du soutien et des conseils.

Les personnes possédant un locus de contrôle interne présentent de nombreuses différences avec celles au locus externe. Les premières ont tendance à être plus indépendantes, plus fonceuses, plus actives politiquement et disposent d'un sens plus aigu de leur force personnelle. Elles recherchent davantage le pouvoir et dirigent leurs efforts vers la maîtrise de leur environnement. Les patients « internes » hospitalisés pour tuberculose sont plus informés sur leur maladie, posent davantage de questions et signalent qu'ils ne sont pas satisfaits du nombre d'informations obtenues des médecins et des infirmières[56]. Face à des cartes TAT, lorsqu'ils sont sollicités de manière subtile par l'enquêteur, les internes sont moins ouverts à la suggestion et à l'influence que les externes[57].

En règle générale, les internes obtiennent plus d'informations et réussissent mieux à les retenir et à les utiliser pour contrôler leur environnement. Les internes sont moins influençables, plus indépendants et se fondent davantage sur leur propre jugement. À la différence des externes, ils évaluent les informations sur la base de leur valeur plutôt qu'ils n'y réagissent sur la base du prestige ou de l'expertise de la source de l'information. Les internes ont plus de probabilités d'accomplir des choses et de différer la gratification afin d'obtenir ultérieurement des récompenses plus fortes. Les externes sont plus influençables, ont plus tendance à fumer ou à avoir des comportements à risques comme le jeu, accomplissent moins de choses, se montrent moins dominants et endurants et sont plus demandeurs de soutien extérieur et témoignent d'une plus forte tendance à l'autohumiliation[58].

De fortes similitudes existent entre ces traits et les précédents relatifs aux indépendants du champ (ceux montrant une croyance en la particularité) et les dépendants du champ (ceux croyant en un sauveur ultime). Pour intégrer ces découvertes, il est possible d'imaginer un continuum sur lequel figurerait, à une extrémité, dépendance du champ, locus de contrôle externe et tendance à la croyance en un sauveur ultime, et, à l'autre, indépendance du champ, locus de contrôle interne et tendance à la croyance en la particularité personnelle. Des résultats renvoyant aux deux extrêmes de ce continuum présentent un fort niveau de corrélation avec une psychopathologie clinique manifeste. Toutefois, de nombreuses recherches concluent qu'à l'un de ces pôles du continuum correspond une structure de personnalité moins efficace et plus susceptible de produire des expressions psychopathologiques. Les personnes se situant sur le pôle *dépendance* du champ et locus de contrôle *externe* risquent davantage de présenter des troubles psychopathologiques que les personnes situées sur le pôle *indépendance* du champ et locus de contrôle interne[59]. Les personnes présentant des résultats élevés en matière de locus de contrôle externe risquent davantage de se sentir inadaptées[60], de se montrer plus angoissées, hostiles, épuisées, troublées et déprimées[61], d'avoir moins de résistance et de résilience[62]. Des patients présentant de graves troubles psychiatriques ont plus de risques d'appartenir à cette catégorie[63], tout comme les schizophrènes[64]. De nombreuses recherches démontrent un lien étroit entre locus de contrôle externe et dépression[65].

Ces résultats corroborent l'expérience clinique. Plus de personnes entreprennent une thérapie à la suite de l'échec de la défense du sauveur ultime (besoins de dépendance, faible estime de soi, mépris de soi, vulnérabilité, tendance masochiste, dépression à la suite de la perte ou de la menace de la perte de l'autre dominant) qu'en raison d'un effondrement de la défense de la particularité personnelle. Une équipe de chercheurs découvrit une corrélation positive entre locus de contrôle externe et angoisse de mort[66]. En d'autres termes, le mode externe semble constituer un bouclier moins efficace contre l'angoisse de mort que le mode interne. (Toutefois, une autre expérience réalisée au moyen d'autres instruments de mesure de l'angoisse de mort ne permit pas de corroborer ces résultats[67].)

La défense constituée par la croyance en un sauveur ultime paraît intrinsèquement limitée. Non seulement elle ne permet pas de contenir totalement l'angoisse primaire, mais de par sa nature même, engendre d'autres pathologies : la croyance que sa vie est contrôlée par des forces externes est ainsi associée à un sentiment de vulnérabilité, d'inefficacité et de faible estime de soi. La personne qui ne s'appuie par sur elle ou qui ne croit pas en elle restreint sa capacité à acquérir de nouvelles informations et compétences, et risque de fonder ses relations aux autres sur des comportements mielleux. Il apparaît rapidement qu'une faible estime de soi, une tendance à l'autohumiliation, peu de compétences sur lesquelles construire le sentiment de sa propre valeur, de même que des relations interpersonnelles insatisfaisantes préparent conjointement le terrain de la psychopathologie.

5

Mort et psychothérapie

Le saut entre théorie et pratique s'avère délicat. Dans ce chapitre, il va s'agir de quitter le plan métaphysique, d'entrer dans le cabinet du psychothérapeute et de trier, parmi ces enjeux, ceux qui se révèlent pertinents pour une pratique quotidienne de la psychothérapie.

La réalité de la mort joue un rôle important en psychothérapie, qui s'exprime principalement sous deux formes : d'une part, la conscience de la mort peut faire office de « situation limite » et entraîner une modification radicale de la perspective de vie ; d'autre part, la mort constitue une source primaire d'angoisse. Je traiterai tour à tour de ces deux aspects dans leur implication pour la technique psychothérapique.

LA MORT COMME SITUATION LIMITE

Est qualifié de « situation limite » un événement, une expérience présentant un caractère d'urgence entraînant pour la personne une confrontation à sa « situation » existentielle dans le monde. La confrontation à sa propre mort (« ma mort ») constitue la situation limite par excellence ; elle est susceptible d'entraîner une transformation radicale dans le mode d'être au monde de l'individu. « Si la réalité physique de la mort détruit l'homme, l'idée de la mort peut le sauver. » La mort fait office de catalyseur pouvant faire accéder une personne à un état d'être supérieur, et la faire passer d'un état caractérisé par une interrogation sur la nature des choses à un état d'émerveillement face à l'existence même de ces choses. La conscience de la mort nous détourne des préoccupations ordinaires et confère à la vie profondeur, intensité, ainsi qu'une tout autre perspective.

Précédemment, j'ai cité un certain nombre d'exemples issus de la littérature et de la clinique dans lesquels des personnes, après une confrontation à la mort, ont expérimenté une transformation personnelle radicale. Pierre, le protagoniste de *La Guerre et la Paix* de Tolstoï, ainsi qu'Ivan Illitch dans *La Mort d'Ivan Illitch* représentent des exemples littéraires édifiants de « changement de personnalité » ou de « croissance personnelle ». Autre exemple frappant de héros miraculeusement transformé : Ebenezer Scrooge, le protagoniste du conte de Dickens intitulé *Un chant de Noël* Nombre de lecteurs oublient que la transformation de Scrooge n'est pas due uniquement au miracle de Noël parvenant à toucher son cœur de pierre : la transformation de Scrooge est la conséquence de la confrontation de ce personnage à sa propre mort. Le fantôme du Noël futur imaginé par Dickens recourt à une forme puissante de thérapie de choc existentielle : il permet à Scrooge d'assister à sa propre mort, d'entendre les propos échangés par son entourage, de voir leur peu d'affliction, d'observer des étrangers se disputer ses biens matériels, y compris ses draps de lit et son linge de nuit. Scrooge assiste ensuite à son propre enterrement et, finalement, dans la scène précédant sa transformation, voit au cimetière son nom inscrit sur sa pierre tombale.

Confrontation à la mort et changement personnel : mécanisme d'action

Comment la conscience de la mort suscite-t-elle un changement personnel ? Quelle est l'expérience interne de la personne subissant cette transformation ? Le chapitre 2 présente des données permettant d'estimer le type et le degré de changement positif expérimentés par certains patients atteints de cancer en phase terminale. Des entretiens avec ces patients fournissent quelques clés de compréhension relatives aux mécanismes à l'œuvre.

Le cancer guérit la névrose. Une patiente manifestait des phobies interpersonnelles handicapantes qui disparurent presque de façon miraculeuse, une fois son cancer diagnostiqué. Interrogée sur ce changement, elle déclara : « Le cancer guérit la névrose. » Ses propos, lancés sur le ton de la boutade, portent en eux une vérité saisissante : non la triste vérité que la mort supprime la vie et toutes les souffrances, mais la vérité optimiste que l'anticipation de la mort fournit une perspective enrichissante permettant de repenser les enjeux existentiels. Invitée à décrire sa transformation, elle déclara qu'il s'agissait d'un processus simple : s'étant confrontée à sa peur de la mort et l'ayant surmontée – peur qui avait pris le pas sur toutes ses autres peurs –, elle éprouvait un sentiment intense de maîtrise personnelle.

On ne peut surseoir à l'existence. Eva, quarante-cinq ans, en dépression profonde, avait un cancer avancé des ovaires et était profondément tiraillée quant à l'idée d'entreprendre un dernier voyage. Dans le cours du travail thérapeutique, elle relata le rêve suivant :

> « Il y avait une foule. Un peu comme dans un film de Cecil B. DeMille. J'y vois ma mère. Tous scandaient : "Tu ne peux pas partir, tu as un cancer, tu es malade." Les voix ne cessaient de psalmodier. Puis j'entendis mon père décédé, une voix calme et rassurante, qui me dit : "Je sais que tu as un cancer du poumon comme moi, mais ne reste pas chez toi à boire du bouillon de poule, en attendant de mourir comme moi. Pars en Afrique. Vis." »

Le père d'Eva était décédé depuis fort longtemps d'un cancer généralisé. Elle l'avait vu plusieurs mois avant sa mort et avait été énormément peinée, non seulement par la perte de cet être cher, mais par la manière dont il était mort. Aucun membre de la famille n'avait osé parler avec lui de son cancer. Cette vision symbolique de lui confiné chez lui, s'alimentant au bouillon de poule était appropriée : la fin de sa vie et sa mort avaient été pauvres et limitées. Le rêve s'avéra éminemment porteur : Eva en suivit les conseils et changea radicalement sa vie. Elle fit face à son médecin et exigea d'être tenue informée de sa maladie et d'être consultée pour les décisions relatives à son traitement. Elle renoua d'anciennes amitiés, partagea avec d'autres ses peurs et les aida à exprimer leur chagrin. Elle entreprit son dernier voyage en Afrique, qui, bien qu'il dût être écourté en raison de la maladie, lui laissa la satisfaction d'avoir bu la vie jusqu'à la dernière goutte.

Le sujet peut se résumer simplement : « L'existence ne peut être ajournée. » De nombreux patients atteints de cancers déclarent vivre plus pleinement dans le présent. Ils ne repoussent pas la vie à un moment indéterminé de l'avenir. Ils prennent conscience qu'ils ne peuvent vivre véritablement que dans le présent ; en fait, il est impossible de vivre au-delà du présent, il est toujours avec nous. Même dans les moments de prise de recul sur sa propre vie – même au dernier moment – nous sommes toujours là, à en faire l'expérience, à vivre. Le présent, et non le futur, constitue le temps de l'éternité.

Je me souviens d'une patiente de trente ans, obsédée par la vision d'elle-même âgée, seule pour les fêtes de Noël. Hantée par cette vision, elle vouait une grande part de sa vie adulte à la quête effrénée d'un compagnon, quête si désespérée qu'elle faisait fuir tous les prétendants potentiels. Elle repoussait le présent et consacrait son énergie à retrouver la sécurité de la petite enfance. Le névrosé occulte le présent en tentant de retrouver le passé dans l'avenir. Ce mécanisme, bien sûr, est paradoxal (j'y reviendrai ultérieurement), dans la mesure où la personne qui ne veut pas « vivre » est aussi celle qui est la plus terrifiée à l'idée de mourir. « Pourquoi ne pas, comme le suggère Kazantzakis, à la manière d'un convive repu, quitter le festin de la vie[1] ? »

À la suite d'un cancer, un professeur d'université décida de conjuguer l'avenir au présent immédiat. Il découvrit avec étonnement qu'il pouvait choisir de ne pas faire les choses dont il n'avait pas envie. Lorsqu'il fut rétabli de son opération et retourna travailler, il modifia radicalement son comportement : il s'affranchit de lourdes tâches administratives, se consacra aux aspects les plus intéressants de sa recherche (qui lui valurent une reconnaissance nationale) et – et que cela nous serve d'exemple à tous – n'assista plus jamais à une seule réunion de conseil d'université.

Fran souffrait de dépression chronique. Très angoissée, elle était enfermée depuis quinze ans dans un mariage très insatisfaisant qu'elle ne pouvait se résoudre à rompre. L'obstacle majeur à la séparation était l'énorme aquarium de son mari ! Elle voulait rester au foyer pour que ses enfants puissent garder leurs amis et n'aient pas à changer d'école ; pourtant, elle ne pouvait pas consacrer les deux heures quotidiennes requises par l'entretien de l'énorme aquarium, qui ne pouvait par ailleurs être déménagé qu'à un coût prohibitif. Le problème paraissait insoluble. (Des vies sont sacrifiées pour des détails aussi infimes.)

On avait diagnostiqué chez Fran une forme maligne de cancer des os qui lui permit de prendre conscience qu'elle n'avait qu'une vie. Elle déclara avoir soudain réalisé que l'horloge du temps poursuivait sa course et qu'il n'y aurait pas de prolongations. Bien qu'en raison de sa maladie elle eût grandement besoin du soutien physique et économique de son mari, elle fut néanmoins capable de prendre la courageuse décision de se séparer, décision à laquelle elle avait sursis depuis dix ans.

La mort nous rappelle que l'existence ne peut être ajournée. Et qu'il existe toujours du temps pour vivre. Si nous avons la chance de nous confronter à notre mort et d'expérimenter la vie comme la « possibilité de la possibilité[2] » (Kierkegaard) et de considérer la mort comme « la possibilité indépassable[3] » (Heidegger), alors nous pouvons prendre conscience que, tant que nous sommes en vie, cette possibilité est la nôtre : nous pouvons changer notre vie *jusqu'au dernier moment*, mais uniquement jusque-là. Si, toutefois, nous mourons cette nuit, toutes les intentions et les promesses du lendemain seront mort-nées. C'est la leçon qu'apprend Ebenezer Scrooge. En fait, pour lui, la transformation prend la forme d'une inversion systématique des fautes commises le jour précédent : ainsi, il donne un pourboire au conducteur de fiacre qu'il a insulté, fait un don aux membres de l'association de bienfaisance qu'il a dédaignés, serre dans ses bras son neveu qu'il a méprisé, donne du charbon, de la nourriture et de l'argent à Cratchit qu'il a tyrannisé.

Réjouissez-vous de ce que vous avez. Le mécanisme de changement entraîné par la confrontation à la mort est bien illustré chez cette autre patiente, souffrant d'un cancer de l'œsophage. Pour elle, la déglutition devint difficile ; progressivement, elle passa aux aliments tendres, puis aux purées, enfin aux liquides. Un jour dans une cafeteria, après avoir été incapable d'avaler même un bouillon, elle regarda les autres personnes présentes dans la salle et se demanda : « Se rendent-ils compte de la chance qu'ils ont de pouvoir avaler ? Leur arrive-t-il même d'y penser ? » Elle appliqua alors ce principe à elle-même et commença à prendre conscience de ce qu'elle *pouvait* faire et les expériences qu'elle *pouvait* vivre : les faits élémentaires de l'existence, les changements de saison, la beauté de son environnement naturel, voir, écouter, toucher et aimer. Ce principe est magnifiquement exprimé par Nietzsche dans le passage suivant :

« On revient régénéré de tels abîmes, d'une aussi dure consomption, de la consomption du lourd soupçon, en ayant fait peau neuve, plus chatouilleux, plus méchant, avec un goût plus fin de la joie, avec une langue plus délicate pour toutes les bonnes choses, avec des sens plus joyeux, avec une seconde et plus dangereuse innocence dans la joie, à la fois plus enfant et cent fois plus raffiné qu'on ne l'a jamais été auparavant[4]. »

Réjouissez-vous de ce que vous avez ! Combien de fois y songeons-nous véritablement ? Généralement, nous ne prenons plus la mesure de ce que nous *avons* ni de ce que nous *pouvons* faire, obnubilés que nous sommes par nos manques ou nos incapacités, ou encore par des préoccupations ou des menaces futiles touchant à notre prestige ou notre fierté. En gardant présente l'idée de la mort, nous accédons à un autre état, celui de gratitude et d'appréciation des innombrables faits de l'existence. Cette conception était celle des stoïciens, qui appliquaient le principe suivant : « Qui apprendroit les hommes à mourir leur apprendroit à vivre[5]. » Il ne s'agit pas de préoccupation morbide, mais d'une incitation à se recentrer afin de prendre conscience que nous existons, et de goûter la vie dans toute sa plénitude, comme l'exprime Santayana : « Le fond sombre de la mort fait ressortir les tendres couleurs de la vie dans toute leur pureté[6]. »

Désidentification. Dans son travail clinique, le psychothérapeute rencontre des personnes fortement angoissées par des événements qui ne semblent pas justifier un tel niveau d'angoisse. L'angoisse constitue un signal indiquant qu'une personne se sent menacée quant à la poursuite de son existence. Le problème est que le sentiment de sécurité de la personne névrosée est si provisoire que cette dernière étend très loin son périmètre de sécurité. En d'autres termes, la personne névrosée ne protège pas uniquement son intégrité, mais défend aussi d'autres attributs (travail, prestige, rôle, performances sexuelles ou athlétiques) avec la même intensité. De nombreuses personnes expérimentent des états de stress extrême lorsque, par exemple, leur carrière ou d'autres attributs sont menacés. Elles « sont » leur carrière ou l'attirance sexuelle qu'elles suscitent. Le thérapeute souhaiterait leur dire : « Non, vous n'êtes pas votre carrière, vous n'êtes pas votre corps magnifique, vous n'êtes pas une mère ou un père ou encore un homme sage ni une infirmière. Vous êtes votre *self*, le noyau de votre essence. Dessinez une ligne autour : le reste, les choses qui se trouvent en dehors, ne sont pas vous ; elles peuvent disparaître, mais vous continuerez d'exister. »

Malheureusement, des exhortations présentant ce degré d'évidence, comme toutes les exhortations de ce type, ne sont que très rarement efficaces comme moteur de changement. Les psychothérapeutes recherchent alors des techniques susceptibles d'accroître le pouvoir de ces exhortations. Parmi les méthodes que j'ai utilisées, auprès de groupes de patients cancéreux comme dans des groupes de formation, figure un exercice structuré de désidentification[A]. Il s'agit d'un exercice simple, qui se déroule en trente à quarante-cinq minutes. Je choisis un cadre tranquille et je demande aux participants d'écrire, sur différents morceaux de papier, huit réponses importantes à la question : « Qui suis-je ? » Je les invite ensuite à relire leurs réponses et à les classer par ordre d'importance et de centricité, les réponses les plus proches de leur noyau en bas, les plus périphériques en haut. Puis je leur demande de travailler sur le papier en haut de la pile et d'imaginer ce qu'ils ressentiraient s'ils abandonnaient cet attribut. Au bout de deux à trois minutes, je les invite (par un signal sonore peu perturbant) à passer au morceau de papier suivant et ainsi de suite jusqu'à être dépourvus des huit attributs. Il est conseillé ensuite de favoriser la réintégration en recommençant la procédure en sens inverse.

A. Cet exercice m'a été suggéré par James Bugental.

Cet exercice simple déclenche des émotions puissantes. Je l'ai réalisé une fois avec trois cents personnes lors d'un séminaire et, des années après, des anciens participants continuaient de me dire à quel point il avait été important pour eux. La désidentification constitue un élément central du système de psychosynthèse élaboré par Roberto Assogioli, visant à permettre l'accès au « noyau pur de la conscience du soi ». Il s'agit d'inviter les personnes à imaginer qu'elles se dépouillent successivement de leur corps, de leurs émotions, de leurs désirs et finalement de leur mental[7].

Une personne souffrant d'une maladie chronique et qui vit relativement bien sa situation procède souvent spontanément à cette désidentification. Une patiente dont je me souviens, par exemple, s'était toujours identifiée à son énergie physique et à ses activités. Son cancer l'avait affaiblie au point qu'elle ne pouvait plus camper, partir en randonnées, ni skier, et ces pertes l'affligèrent longtemps. La palette des activités physiques à sa portée se réduisait comme peau de chagrin, mais finalement elle fut capable de transcender ses pertes. Après des mois de travail en psychothérapie, elle fut capable d'accepter ses limites, de dire « Je ne peux pas le faire », sans éprouver de sentiment de dévalorisation ni d'inutilité. Elle utilisa ensuite son énergie à d'autres formes d'expressions qui étaient dans ses capacités. Elle se définit des projets réalistes : terminer certaines activités personnelles et professionnelles, exprimer des sentiments tus jusque-là à d'autres patients, amis, médecins et à ses enfants. Plus tard, elle fut capable de réaliser un autre progrès majeur, parvenir à se désidentifier de son énergie et de son influence et de prendre conscience qu'elle existait en dehors d'elles, qu'elle existait bel et bien en dehors de toute autre qualité.

Mécanisme de changement indéniable et ancien – la transcendance des biens matériels et de la reconnaissance sociale a toujours constitué une composante importante des traditions ascétiques –, la désidentification n'est pas aisément mobilisable en clinique. La conscience de la mort, en revanche, incite à un changement de perspective et permet à une personne de distinguer l'essentiel de l'accessoire, d'investir dans l'un et de renoncer à l'autre.

La conscience de la mort dans la pratique psychothérapique

Si nous, psychothérapeutes, acceptons l'idée que la conscience de la mort peut faire office de catalyseur dans un processus de changement personnel, notre tâche consiste alors à faciliter cette prise de conscience chez nos patients. Mais comment ? De nombreux exemples que j'ai cités concernent des personnes traversant des situations extrêmes ou extraordinaires. Qu'en est-il alors du patient « standard » reçu en psychothérapie, le patient qui ne souffre pas de cancer en stade terminal, qui ne va pas au combat ou qui n'a pas échappé de justesse à un accident mortel ?

C'est la question que me posèrent plusieurs de mes patients cancéreux. Lorsqu'ils évoquaient leur transformation et ce qu'ils avaient appris de cette confrontation à la mort, leurs propos étaient empreints de regrets : « Quelle tragédie qu'il nous ait fallu attendre jusqu'à maintenant, jusqu'à ce que nos corps soient atteints par le cancer, pour apprendre ces vérités ! »

Il existe un certain nombres d'exercices structurés que le thérapeute peut utiliser pour simuler cette confrontation à la mort. J'en décrirai quelques-uns, particulièrement intéressants. Mais le point le plus important que j'aimerais souligner est que le thérapeute n'a pas à *fournir* l'expérience, mais simplement à aider le patient à *reconnaître* ce qui est là, partout, autour de lui. Généralement, nous nions ou laissons de côté ce qui nous rappelle notre situation existentielle. La tâche du thérapeute est d'inverser ce processus, de se saisir de tous ces rappels, qui ne sont pas, comme j'ai tenté de le démontrer, des ennemis mais des alliés puissants dans notre dynamique d'intégration et de maturité.

Considérons le cas suivant. Une mère de quarante-six ans conduit le plus jeune de ses quatre enfants à l'aéroport. Elle a consacré les vingt-six dernières années de sa vie à élever ses enfants et à attendre ce jour. Finis les contraintes, les soucis constants pour sa famille, les repas à préparer, les vêtements à ramasser, autant d'efforts dont la futilité lui était sans cesse rappelée par des piles, toujours reconstituées, de vaisselle sale et des chambres de nouveau en désordre. Désormais, elle est libre.

Pourtant, à l'heure des au revoir, elle éclate en sanglots. Sur le chemin du retour, un tressaillement profond parcourt tout son corps. « C'est normal », pense-t-elle. Tristesse d'avoir à se séparer d'un être qu'elle chérit ? Il s'agit en fait de bien plus. Le tressaillement persiste et bientôt se transforme en véritable angoisse. De quoi peut-il bien s'agir ? Elle consulte un thérapeute. Qui la réconforte : il s'agit là, somme toute, d'une situation courante, le syndrome du « nid vide ». Pendant de nombreuses années, elle a fondé son estime de soi sur ses performances de mère et de femme au foyer. Soudain, elle n'a plus rien pour valider son existence. Son angoisse est naturelle : son quotidien, la structure de sa vie se sont transformés et elle se voit privée de la source principale qui la définissait et lui procurait de l'estime de soi. Petit à petit, aidée par du Valium, une psychothérapie de soutien, un groupe de parole féminin, plusieurs cours du soir, un amant ou deux et un emploi de bénévole à temps complet, le tressaillement se réduit à un frisson, pour finir par disparaître. Elle retourne à son niveau « prémorbide » de confort et d'adaptation.

Cette patiente, suivie par un interne en psychiatrie il y a quelques années, était l'un des sujets d'un projet de recherche. Les résultats de son suivi ne pouvaient qu'être qualifiés d'excellents : quel que soit l'instrument de mesure utilisé – listes de symptômes, évaluation de la source de problème, estime de soi –, elle avait réalisé des progrès remarquables. Même aujourd'hui, *a posteriori*, le psychothérapeute semble avoir rempli son rôle. Pourtant, je ne peux m'empêcher de considérer ce suivi comme une « rencontre qui ne s'est pas faite », comme une opportunité thérapeutique manquée.

Je comparerai ce cas avec celui d'une patiente que j'ai suivie dernièrement et qui se trouvait dans une situation de vie similaire. Lors du suivi, j'ai tenté de soutenir le tressaillement plutôt que de l'anesthésier. La patiente traversait ce que Kierkegaard nomme une « angoisse créative », et son angoisse nous conduisit dans des zones importantes. Effectivement, elle présentait des problèmes d'estime de soi, elle souffrait effectivement du syndrome du « nid vide » et elle était profondément perturbée par la forte ambivalence qu'elle ressentait envers son enfant : elle l'aimait, mais elle lui en voulait et était envieuse des chances qu'elle n'avait jamais eues dans la vie (et, naturellement, ces sentiments « ignobles » généraient de la culpabilité).

Nous avons suivi son tressaillement, qui nous conduisit dans des zones importantes et souleva des questions fondamentales. Naturellement, elle pouvait trouver des façons d'occuper son temps, mais que *signifiait* cette peur du nid vide ? Elle avait toujours aspiré à la liberté, mais maintenant, alors qu'elle l'avait, elle en était terrifiée. Pourquoi ?

Un rêve permit d'éclairer la signification de ce tressaillement. Son fils qui venait de quitter la maison pour l'université avait été acrobate et jongleur au lycée. Dans son rêve, elle tenait simplement une diapositive trente-cinq millimètres de son fils en train de jongler. La diapositive toutefois avait ceci de particulier qu'elle était en mouvement : elle montrait son fils tout à la fois en train de jongler et, gesticulant, de perdre l'équilibre. Ses associations tournaient autour de la notion de temps. La diapositive capturait et fixait le temps et le mouvement. Tout était maintenu en vie, mais aussi figé. La diapositive gelait la vie. « La roue tourne, dit-elle, et je ne peux l'empêcher. Je ne voulais pas que John grandisse. J'ai véritablement chéri toutes ces années où il était avec nous. Pourtant, que cela me plaise ou non, la roue tourne. Elle tourne pour John, mais aussi pour moi. C'est terrible de comprendre cela, de le comprendre véritablement. »

Ce rêve révélait sa propre finitude, et plutôt que de chercher précipitamment à occuper son temps, elle apprit à apprécier le temps et la vie plus pleinement qu'elle l'avait fait jusque-là. Elle accéda à l'espace que Heidegger décrit comme celui de l'être authentique : elle s'émerveillait non de la manière dont les choses étaient, mais simplement qu'elles soient. À mon sens, la thérapie aida davantage la seconde patiente que la première. Il serait impossible d'évaluer les résultats au moyen d'instruments de mesure standardisés ; en fait, la seconde patiente continua probablement à éprouver plus d'angoisse que la première. Mais l'angoisse fait partie de l'existence, et aucune personne qui continue à croître et à créer ne pourra jamais s'en affranchir. Néanmoins, ce jugement de valeur suscite de nombreuses questions quant au rôle du thérapeute. Le thérapeute n'endosse-t-il pas un rôle plus grand que lui ? Le patient le consulte-t-il pour un accompagnement de nature existentielle ? Ou alors les patients ne disent-ils pas plutôt : « Je vais mal ; aidez-moi à me sentir mieux » ? Si tel est le cas, pourquoi dès lors ne pas utiliser les moyens les plus efficaces à notre disposition, comme la sédation médicamenteuse ou des modifications comportementales ? Ces questions, qui concernent toutes les formes de suivi fondées sur la conscience de soi, ne peuvent être éludées et ne cesseront de se poser dans cet ouvrage.

Dans le suivi de chaque patient, des situations de vie émergent qui, si elles sont soulignées avec subtilité par le thérapeute, augmenteront la conscience qu'a le patient des dimensions existentielles de ses problématiques. Parmi ces situations, les plus évidentes sont celles représentées par des rappels explicites à la finitude et l'irréversibilité du temps. La mort d'un être proche conduit toujours, si le thérapeute persévère, à une conscience plus aiguë de la mort. Le chagrin est multifacette – la perte effective, l'ambivalence, la culpabilité, les changements imposés à un projet de vie – et toutes ces facettes doivent être prises en compte. Néanmoins, comme je l'évoquais précédemment, la mort d'un proche nous rapproche de la confrontation à notre propre mort : pourtant, cette partie du travail de deuil est généralement omise. Certains psychothérapeutes pensent peut-être que le patient est déjà suffisamment aux prises avec son deuil pour assumer la tâche supplémentaire représentée par un travail sur sa propre finitude. À mon sens, toutefois, cette conception se révèle souvent erronée : certaines personnes peuvent croître énormément à la suite d'une tragédie personnelle.

La mort d'un proche et la prise de conscience existentielle. Pour beaucoup, la mort d'un être proche constitue le cas de figure offrant la plus étroite proximité que l'on puisse avoir avec sa propre mort. Paul Landsburg écrit à propos de la mort d'un être cher :

> « Nous avons constitué un "nous" avec le mourant. Et c'est dans ce "nous", c'est par la force de ce nouvel être d'ordre personnel, que nous sommes amenés à la connaissance vécue de notre propre devoir mourir… Ma communauté avec cette personne semble rompue ; mais cette communauté étant moi-même dans une certaine mesure, j'éprouve la mort à l'intérieur de ma propre existence[8]. »

John Donne tient des propos similaires dans son célèbre sermon : « Aussi n'envoie jamais demander pour qui sonne le glas : c'est pour toi qu'il sonne[9]. »

La perte d'un parent nous confronte à notre propre vulnérabilité : si nos parents n'ont pas réussi à se sauver eux-mêmes, qui nous sauvera ? Une fois les parents disparus, plus rien n'existe entre nous et la tombe. Au contraire, nous devenons nous-mêmes la barrière entre nos enfants et la mort. L'expérience traversée par un collègue à la mort de son père illustre bien ce phénomène. Il s'attendait depuis longtemps à cette mort et accueillit la nouvelle avec sérénité. Pourtant, lorsqu'il prit l'avion pour se rendre aux funérailles, il paniqua. Bien qu'il eût l'habitude de prendre l'avion, il se mit à douter de la capacité de l'avion à décoller et à atterrir sans encombre, comme si son bouclier contre la précarité des choses avait disparu.

La mort d'un conjoint réactive souvent l'enjeu de l'isolement fondamental, la perte de l'autre cher (qui est parfois aussi l'autre dominant) augmentant notre conscience que, quels que soient nos efforts pour cheminer à deux dans le monde, il n'en existe pas moins un isolement fondamental que nous devons supporter. Personne ne meurt de sa propre mort à deux ou pour quelqu'un d'autre.

Un thérapeute prêtant une véritable attention aux associations et aux rêves d'un patient traversant un deuil découvre de nombreuses expressions des préoccupations morbides de ce patient concernant sa propre mort. Un patient, par exemple, me relata le rêve suivant, effectué la nuit où il apprit que sa femme était atteinte d'un cancer inopérable :

> « J'étais dans la vieille maison de ______. (Cette maison appartenait à la famille depuis trois générations.) Un monstre à la Frankenstein me poursuivait dans toute la maison. J'étais terrifié. La maison tombait en ruine. Les tuiles tombaient et le toit fuyait. De l'eau coulait sur tout le corps de ma mère. (Sa mère était morte six mois auparavant.) Je me battais avec le monstre et j'avais le choix des armes. L'une avait une lame incurvée et une poignée, à la manière d'une faux. Je le frappai et le jetai du toit. Il s'écrasa au sol. Puis il se releva et recommença à me poursuivre dans toute la maison. »

La première association du patient fut la suivante : « Je sais que j'ai déjà beaucoup d'heures de vol. »

La symbolique de ce rêve semblait claire. La mort imminente de sa femme venait lui rappeler que sa vie, comme sa maison, se détériorait ; la mort le poursuivait inexorablement, personnifiée comme dans son enfance par un monstre que rien ne parvenait à arrêter.

Un autre patient, Tim, dont la femme était atteinte d'un cancer en phase terminale, fit le rêve suivant la nuit où, près de mourir, elle avait dû être hospitalisée en raison de troubles respiratoires sérieux :

> « Je rentrais d'un voyage quelconque. On me poussa dans une sorte de pièce sombre. Quelqu'un venait de me faire la peau. La pièce était remplie de vieux meubles poussiéreux, en contreplaqué. Tout était recouvert d'une clôture de poulailler. Il n'y avait pas de sortie. Ça me rappelait la pièce de théâtre de Sartre. J'étais oppressé. Je n'arrivais pas à respirer, quelque chose pesait sur moi. Je ramassai une caisse ou un cageot en contreplaqué, assemblée de manière grossière. Elle était tombée par terre et l'un de ses coins était abîmé. Je ne voyais plus que ce coin abîmé. On aurait dit qu'il brûlait. Je décidai de dire deux mots au grand patron. J'irais me plaindre tout en haut. Je demanderais à voir le vice-président. Je montai alors un très bel escalier aux marches de marbre et à la rampe en acajou. J'étais en colère. J'avais été mis au placard. Ils avaient osé me faire ça. Puis je ne sus plus auprès de qui aller me plaindre. »

Les associations de Tim indiquaient clairement que la mort imminente de sa femme le confrontait violemment à sa propre mort. L'image marquante du rêve, le coin abîmé en flammes de la caisse, lui rappela l'habitacle de sa voiture après un sérieux accident qui avait failli lui coûter la vie. La caisse en bois évoqua aussi le cercueil qu'il aurait à commander pour sa femme (conformément au rite funéraire juif). Dans son rêve, c'est lui qui se trouve dans la situation de sa femme. Lui qui ne peut plus respirer. Lui, toujours, qui se voit mis de côté, emprisonné, écrasé sous un poids qui lui pèse. L'affect principal du rêve était la colère et la perplexité. Il était en colère de ce qui lui arrivait, pourtant auprès de qui pouvait-il se plaindre ? Il s'éveilla profondément troublé quant à la personne, en haut, auprès de qui il conviendrait de se plaindre.

Dans le travail de thérapie, ce rêve ouvrit de nombreuses perspectives. Il permit ainsi au patient, qui précédemment traversait des états de panique, de mettre de l'ordre dans ses sentiments et de travailler sur chacun d'eux de façon plus signifiante. Il avait été submergé par l'angoisse de mort, qu'il avait tenté de gérer en évitant tout contact physique avec sa femme et par une sexualité compulsive. Ainsi, il se masturbait plusieurs fois par jour au lit aux côtés de sa femme (j'ai présenté brièvement le cas de ce patient au chapitre 4). Le travail réalisé sur sa propre peur de mourir lui permit de rester aux côtés de sa femme, de la réconforter en la tenant dans ses bras et d'éviter ensuite la culpabilité considérable que sa mort aurait provoquée.

Après la mort de sa femme, la thérapie se centra sur la perte de sa femme et sur sa situation existentielle dont le décès de son épouse lui avait permis de prendre conscience plus clairement. Ainsi, alors qu'il avait toujours énormément travaillé, il commença à s'interroger : « Pour qui est-ce que je travaille autant ? » « Qui le verra ? » Lentement, Tim commença à apercevoir ce que les encouragements constants de sa femme et sa propre obsession sexuelle avaient obscurci chez lui : son isolement et sa propre finitude. Après la mort de sa femme, il fut très porté sur le sexe, mais petit à petit commença à se lasser de cette chasse sexuelle et à s'approprier la question de ce qu'il désirait véritablement faire de sa vie. Une période énormément fertile débuta en thérapie, au cours de laquelle Tim se transforma profondément.

La perte d'un enfant est souvent la plus grande perte qui puisse nous être infligée et nous portons simultanément le deuil de notre enfant et le nôtre. La vie semble nous frapper de toutes parts dans ces moments-là. Les parents s'insurgent contre l'injustice de l'univers pour bientôt comprendre que ce qui s'apparente à de l'injustice est en fait de l'indifférence cosmique. Ce deuil leur rappelle aussi les limites de leur pouvoir : il s'agit probablement du moment de leur vie où ils sont le plus désireux d'agir et pourtant ils sont impuissants ; ils ne sont pas en mesure de protéger un enfant sans défense. Tout comme la nuit succède au jour, vient l'amère leçon que nous, non plus, ne serons pas protégés.

La littérature psychiatrique consacrée au deuil ne souligne généralement pas cette dynamique et privilégie la culpabilité (pensée devant être associée à l'hostilité inconsciente) expérimentée par les parents à la mort d'un enfant. Dans une étude empirique portant sur le deuil parental, Richard Gardner[10] conduisit des entretiens et des tests sur de larges échantillons de parents dont les enfants étaient atteints de maladies incurables. Bien que les résultats vinssent confirmer une culpabilité massive chez de nombreux parents, ils indiquèrent également que cette culpabilité, loin d'émaner d'une « hostilité inconsciente », constituait dans quatre fois plus de cas une tentative du parent d'apaiser sa propre angoisse existentielle, de « contrôler l'incontrôlable ». Après tout, la culpabilité de ne pas avoir fait quelque chose que nous devions faire implique nécessairement *que quelque chose aurait pu être fait*, cas de figure plus satisfaisant que la dure réalité existentielle de la vie.

La perte d'un enfant possède une autre implication majeure pour les parents, dans la mesure où elle traduit l'échec de leur principal projet d'immortalité : ils seront oubliés, leur graine ne prendra pas racine dans l'avenir.

Jalons. Tout ce qui contribue à remettre en question la vision permanente qu'un patient a du monde peut faire office de point d'appui pour le thérapeute désireux d'assouplir les défenses du patient et de lui donner accès aux entrailles existentielles de la vie. Comme le souligne Heidegger, nous ne prenons conscience du fonctionnement d'une machine qu'en cas de panne[11]. Ce n'est qu'après la levée des défenses contre l'angoisse de mort que nous prenons pleinement conscience de ce dont elles servaient à nous protéger. En d'autres termes, le psychothérapeute attentif dénichera l'angoisse existentielle derrière tout événement de vie majeur, généralement à caractère irréversible, au premier rang desquels les séparations et les divorces. Parce que ces expériences sont douloureuses, les thérapeutes privilégient souvent – à tort – l'apaisement de la souffrance et laissent passer l'opportunité de conduire un travail thérapeutique plus approfondi.

Pour certains patients, l'engagement dans une relation, plus que sa fin, fait office de situation limite. L'engagement possède une connotation de finalité ; nombre de personnes s'avèrent incapables de s'engager dans une relation permanente, en raison de son caractère définitif : c'en est fini des autres options et des rêves glorieux d'ascension continue. Dans le chapitre 7, je traiterai de la façon dont les décisions irrévocables suscitent de l'angoisse existentielle par le fait même qu'elles excluent les autres possibilités et confrontent le sujet à « la possibilité indépassable ».

L'entrée dans la vie adulte constitue souvent une période particulièrement difficile. Autour de la vingtaine, les sujets éprouvent souvent de profondes angoisses morbides. Il peut s'agir du syndrome clinique dénommé « terreur de la vie », qui se manifeste par une hypocondrie et des préoccupations considérables relatives au vieillissement du corps, le passage rapide du temps et l'inévitabilité de la mort[12].

À titre d'exemple, les thérapeutes qui suivent des internes en médecine constatent souvent, autour de la trentaine, de profondes angoisses existentielles chez de jeunes adultes qui terminent leur parcours de formation et doivent, pour la première fois, renoncer à leur identité d'étudiant et faire face au monde en tant qu'adulte. J'ai ainsi maintes fois observé que des internes en médecine, à mesure que s'approchait la fin de leurs études, traversaient une période de tourmente intérieure majeure, dont les racines s'étendaient bien au-delà des inquiétudes immédiates relatives à l'argent, le choix d'un cabinet et la constitution de réseaux leur permettant de démarrer une pratique libérale.

Jaques, dans sa formidable contribution intitulée « Death and the Mid-Life Crisis », souligne que le sujet en milieu de vie est particulièrement tourmenté par la pensée de la mort[13]. À ce moment de la vie, en effet, les individus commencent à être aux prises, souvent sur un plan inconscient, avec la pensée qu'ils ont « terminé de grandir et qu'ils commencent à vieillir ». Ayant consacré la première moitié de leur vie à « l'obtention de leur autonomie d'adulte », ces personnes, en milieu de vie (vers la quarantaine, que Jung qualifie de « midi de la vie[14] »), réalisent qu'au-delà se trouve la mort. Pour citer l'un de mes patients, âgé de trente-six ans, à qui le travail d'analyse avait permis de prendre conscience de la mort : « Jusqu'à présent, la vie semblait être une éternelle pente ascendante, avec pour seule perspective l'horizon lointain. Maintenant, j'ai soudain l'impression d'avoir atteint le sommet de la colline et que s'étend devant moi la pente descendante et le bout de la route – encore éloigné, certes, mais avec, à son terme, la mort. » Jaques, réfléchissant sur la difficulté à pénétrer les différentes couches de déni de la mort, cite comme exemple le travail réalisé auprès d'un patient qui prit conscience de la mort en analysant son incapacité à faire le deuil de ses amis.

Une menace sur sa carrière professionnelle ou la retraite (notamment chez les personnes qui se représentaient la vie comme une éternelle spirale ascendante) peut constituer un catalyseur très puissant pour l'accroissement de la conscience de la mort. Une étude récente sur les personnes changeant radicalement de profession en milieu de vie suggère que la plupart ont pris la décision de « décrocher » ou de simplifier leur vie à la suite d'une confrontation à leur situation existentielle[15].

Des jalons simples, comme les anniversaires, peuvent constituer des leviers utiles pour le thérapeute. La souffrance provoquée par ces signes du passage du temps possède des racines profondes (raison pour laquelle elle suscite généralement des formations réactionnelles, comme des célébrations joyeuses). Parfois, des rappels banals de l'âge peuvent offrir l'occasion d'accroître la conscience existentielle. Même une observation approfondie dans le miroir peut ouvrir une brèche. Une patiente me raconta qu'elle se disait : « Je ne suis qu'un petit gnome. Je suis toujours la petite Isabelle à l'intérieur, mais à l'extérieur je suis une vieille femme. J'ai seize ans et je vais sur mes soixante ans. Je sais que c'est normal pour les autres de vieillir, mais d'une certaine façon, je n'avais jamais pensé que cela m'arriverait. » Les caractères de l'âge, comme la perte de l'endurance, l'apparition des taches de vieillesse sur la peau, la raideur dans les articulations, les rides, la chute des cheveux, voire la prise de conscience du plaisir éprouvé à des distractions de gens âgés comme la marche, les moments de tranquillité, peuvent agir comme autant d'éperons en matière de sensibilisation à la mort. Tout comme le fait de regarder des photos de soi et de mesurer à quel point on ressemble à ses parents à l'âge où on les considérait comme âgés ou revoir des amis après une longue séparation et noter à quel point ils ont vieilli. Le thérapeute attentif est en mesure d'utiliser tous ces événements du quotidien ou d'amener de façon subtile ces différents thèmes de réflexion. Freud, comme je l'évoquais au chapitre 1, n'avait aucun scrupule à demander à Elisabeth von R. de méditer devant la tombe de sa sœur.

Un suivi attentionné des rêves et des fantasmes fournit immanquablement le matériel nécessaire à une sensibilisation accrue à la mort. Tout rêve angoissé est un rêve de mort ; des fantasmes effrayants mettant en scène des agresseurs inconnus pénétrant dans une maison révèlent toujours, lorsqu'on les explore, une peur de la mort. Des échanges sur des films ou des émissions de télévision ou encore des livres perturbants peuvent, à l'identique, susciter un matériel extrêmement utile.

Une maladie grave constitue un tel catalyseur qu'aucun thérapeute ne devrait laisser passer cette opportunité. Noyes, dans son étude portant sur deux cents patients ayant vécu des expériences de mort imminente lors d'une maladie soudaine ou d'un accident, rapporte qu'un pourcentage significatif (vingt-cinq pour cent) des sujets avait à cette occasion acquis un sentiment tout aussi nouveau que puissant de l'omniprésence et de la proximité de la mort. L'un de ces sujets fait le commentaire suivant : « Auparavant, je pensais que la mort ne surviendrait jamais ou alors pas avant mes quatre-vingts ans. Je me rends compte maintenant qu'elle peut arriver à tout moment, dans tout lieu, quelle que soit la façon dont on mène sa vie. Une personne n'a qu'une perception très limitée de la mort jusqu'à ce qu'elle y soit confrontée. » Un autre décrit comme suit la conscience, nouvellement acquise, de la mort : « J'ai vu la mort dans le motif que dessine la vie, et je l'ai affirmée de manière consciente. Je n'ai pas peur de vivre, car je sens que la mort joue un rôle dans le processus par lequel je suis en vie. » Bien que, dans cette étude conduite par Noyes, quelques sujets indiquent que l'expérience à laquelle ils ont été confrontés leur a conféré une terreur accrue de la mort et un sens plus aigu de leur vulnérabilité, la grande majorité conclut que cette conscience accrue de la mort constitue une expérience positive qui a entraîné pour eux une perception plus aiguë du caractère précieux de la vie et une réévaluation constructive de leurs priorités de vie[18].

Méthodes artificielles permettant d'accroître la conscience de la mort. Bien que les rappels naturels de la présence de la mort soient nombreux, ils ne s'avèrent souvent pas assez puissants pour combattre le déni, toujours vigilant, du patient. Nombre de thérapeutes ont alors réfléchi à des techniques leur permettant de susciter, chez leurs patients, une confrontation au fait de la mort. Autrefois, les rappels, qu'ils soient ou non intentionnels, étaient bien plus courants qu'aujourd'hui. Ainsi, au Moyen Âge, la présence d'un crâne dans les cellules monacales avait pour objectif de rappeler le caractère transitoire de la vie. John Donne, poète et prêtre britannique du XVIIe siècle, s'enveloppait dans un linceul et se présentait ainsi devant ses fidèles, lorsque ses prêches avait pour thème l'éternité ; Montaigne, dans son magnifique essai « Que philosopher c'est apprendre à mourir », s'était lui aussi intéressé aux rappels intentionnels de notre finitude :

> « Tout ainsi qu'on a planté nos cimetières joignant les Églises, et aux lieux les plus fréquentez de la ville, pour accoustumer, disoit Lycurgus, le bas populaire, les femmes et les enfants à ne s'effaroucher point de voir un homme mort : et affin que ce continuel spectacle d'ossemens, de tombeaux, et de convois nous advertisse de nostre condition... Bien plus, c'était autrefois la coutume d'amuser les festins par un meurtre et de mêler aux banquets les spectacles cruels de combattants, qui souvent frappés par le glaive tombaient sur les coupes mêmes, répandant copieusement leur sang sur les tables. Et comme les Égyptiens après leurs festins, faisoient présenter aux assistants une grand image de la mort, par un qui leur crioit : Boy, et t'esjouy, car mort tu seras tel : Aussi ay-je pris en coustume, d'avoir non seulement en l'imagination, mais continuellement la mort en la bouche. Et n'est rien dequoi je m'informe si volontiers, que de la mort des hommes : quelle parole, quel visage, quelle contenance ils y ont eu : ny endroit des histoires, que je remarque si attentivement. Il y paroist, à la farcissure de mes exemples :

> et que j'ay en particulière affection cette matière. Si j'estoy faiseur de livres, je feroy un registre commenté des morts diverses. Qui apprendroit les hommes à mourir leur apprendroit à vivre[17]. »

Certains thérapeutes ayant recouru au LSD comme aide à la thérapie émettent l'hypothèse que cette drogue hallucinogène suscite chez les patients une confrontation intense à la mort[18]. D'autres thérapeutes suggèrent qu'une thérapie de choc (associant choc électrique, Metrazol et insuline) entraîne une expérience comparable à celle de mort-renaissance[19].

Dans certains groupes de rencontre, les animateurs ont eu recours à une forme existentielle de thérapie de choc consistant à demander aux participants d'écrire leur épitaphe ou oraison funèbre. Des séminaires pour cadres d'entreprise débutent souvent par l'exercice structuré suivant :

> « Dessinez une ligne droite sur une feuille blanche. Une extrémité de cette ligne représente votre naissance, l'autre, votre mort. Faites une croix à l'endroit où vous trouvez maintenant. Méditez sur ce dessin pendant cinq minutes. »

Cet exercice simple et court suscite presque inévitablement des réactions aussi profondes que puissantes.

« L'appel » est un exercice[A] utilisé dans les grands groupes pour accroître la conscience de la finitude.

A Exercice proposé par James Bugental.

Les membres sont répartis en triades et échangent. Les noms des participants sont écrits sur des morceaux de papier, puis tirés au sort et appelés. La personne dont le nom est appelé arrête l'échange et tourne le dos aux autres. De nombreux participants font état, à l'issue de cet exercice, d'une conscience accrue de l'arbitraire et de la fragilité de la vie.

L'exercice suivant est également utilisé par des thérapeutes et des animateurs de groupes de rencontre pour accroître la conscience de la mort. Les participants sont invités à imaginer leur mort : « Où se produit-elle ? », « Quand ? », « Comment ? » « Donnez-en une représentation détaillée. » « Imaginez votre enterrement. » Un professeur de philosophie décrit les nombreux exercices qu'il utilise dans sa classe pour accroître la sensibilisation à la mort. Il invite ainsi ses étudiants à rédiger leur oraison funèbre (leur oraison « réelle » et « idéale »), de noter leurs réactions émotionnelles à l'histoire tragique de la mort d'un orphelin de six ans et d'écrire le scénario de leur propre mort[20].

Dans leur séminaire de groupe « cycle de vie », proposé dans le cadre du programme d'été du National Training Laboratory de Bethel, dans le Maine, Elliot Aronson et Ann Dreyfus proposaient aux participants de s'intéresser aux principaux enjeux de chaque étape de vie. Dans le temps consacré à la vieillesse et à la mort, les participants vécurent des jours durant comme des personnes âgées. On leur avait demandé de marcher comme des personnes âgées, de poudrer leurs cheveux pour ressembler à des personnes âgées qu'ils avaient connues. Ils se rendirent dans un cimetière. Ils marchèrent seuls en forêt, imaginèrent perdre connaissance, mourir, être découverts par des amis et enterrés[21].

Des séminaires avec pour thématique la sensibilisation à la mort recourent à des exercices structurés pour travailler sur la confrontation à la mort[22]. W. M. Whelan décrit ainsi un séminaire unique de huit heures à huit participants, structuré comme suit : (1) Les participants répondent à un questionnaire relatif à l'angoisse de mort et échangent autour de thématiques anxiogènes. (2) Les participants, dans un état de profonde relaxation musculaire, imaginent avec profusion de détails et en s'appuyant sur leurs cinq sens les détails de leur propre mort. (3) Les participants sont invités à établir la liste de leurs valeurs ; on leur demande ensuite d'imaginer une situation dans laquelle seul un petit nombre d'entre eux peut avoir la vie sauve dans un abri anti-atomique : chaque participant doit exposer, sur la base de ses valeurs, les raisons pour lesquelles il devrait faire partie du nombre des personnes sauvées (selon les organisateurs, cet exercice est censé recréer l'étape du marchandage telle que définie par Kübler-Ross !). (4) De nouveau dans un état de relaxation musculaire, les participants sont invités à imaginer la maladie qui les emportera, leur impossibilité à communiquer et, pour finir, leur propre enterrement[23].

Interaction avec une personne mourante. Aussi fascinants qu'ils puissent être, ces exercices ne restent toutefois que des simulations. Bien qu'il soit possible de jouer le jeu pendant un certain temps, le déni finit toujours par resurgir, et avec lui la perception de sa propre existence et du caractère fictif de ces expériences. Cette persistance et cette omniprésence du déni à des fins d'apaisement de l'angoisse ont motivé, il y a plusieurs années de cela, ma décision de suivre en thérapie des patients atteints de maladie incurable, des personnes aux prises avec une expérience présentant un caractère urgent et qui ne pouvaient pas recourir au déni.

Mon objectif, outre apporter une aide à ces patients, était de pouvoir appliquer ce que j'apprendrais au suivi des patients en bonne santé. (Cette expression est en soi ambivalente dans la mesure où la mort fait partie intégrante de la vie dès les débuts de celle-ci. J'utiliserai l'expression « psychothérapie standard » ou, mieux peut-être, « psychothérapie de ceux qui ne sont pas sous le coup d'une mort imminente ».)

Les séances de thérapie de groupe avec les patients en phase terminale sont souvent très puissantes, dans la mesure où s'expriment de nombreux affects, ainsi qu'une grande sagesse. De nombreux patients ont l'impression d'avoir appris beaucoup sur la vie, mais se sentent frustrés dans leur désir de transmettre cette expérience aux autres. Comme l'exprimait l'un de ces patients : « J'ai l'impression d'avoir tant à transmettre, mais que mes élèves ne veulent rien écouter. » J'ai alors réfléchi à des techniques permettant de transmettre à des patients « standard » la sagesse et la force des mourants, selon deux axes principaux : (1) convier des patients standard à assister aux séances de thérapies de groupe de patients en phase terminale ; (2) faire entrer dans un groupe de thérapie standard un patient atteint de cancer en phase terminale.

Observation par des patients standard d'un groupe de psychothérapie pour patients cancéreux en phase terminale. Karen, dont j'ai présenté le cas au chapitre 4, était l'une des patientes ayant observé une séance d'un groupe de patients cancéreux. La problématique principale de Karen concernait cette quête omniprésente de l'autre dominant – sauveur ultime – et s'exprimait sous la forme d'un masochisme moral et sexuel. Karen se briderait ou s'infligerait de la douleur, si nécessaire, pour obtenir l'attention et la protection d'une figure « supérieure ». La séance à laquelle Karen assista se révéla particulièrement intense. L'une des participantes, Eva, annonça au groupe qu'elle venait d'apprendre qu'elle faisait une rechute. Elle déclara avoir fait, ce matin-là, une chose qu'elle avait jusque-là toujours repoussée : écrire une lettre à ses enfants pour leur faire part de ses volontés quant à la répartition de certains biens à valeur sentimentale. En rangeant la lettre dans son coffre, elle prit conscience avec une clarté qu'elle n'avait jamais eue jusque-là qu'effectivement elle cesserait d'être. Comme je l'ai évoqué au chapitre 4, Eva réalisa qu'au moment où ses enfants liraient cette lettre, elle ne serait plus là pour les observer ni leur répondre. Elle ajouta également qu'elle aurait préféré faire ce travail sur la mort quand elle avait vingt ans, plutôt que d'avoir attendu si longtemps. Un professeur venait de mourir (Eva était principale dans une école) et, plutôt que de dissimuler cette mort aux élèves, elle avait choisi – et s'en félicitait – d'organiser une messe du souvenir et de parler librement de la mort – celle des plantes, des animaux, des animaux familiers, des personnes – avec les enfants. D'autres participants évoquèrent également le moment où ils avaient pleinement mesuré qu'ils allaient mourir ; certains décrivirent les avancées personnelles que cette prise de conscience avait entraînées.

Une discussion intéressante s'engagea lorsqu'une participante évoqua le cas de sa voisine, qui n'avait aucun problème de santé, et qui était décédée subitement dans la nuit. « C'est la façon de mourir idéale », déclara-t-elle. Un autre participant exprima son désaccord, étayé par nombre d'arguments valides : cette femme n'avait pas eu le temps de mettre ses affaires en ordre, de terminer ce qu'elle avait à faire, de préparer ses enfants et son mari à sa mort, de chérir la fin de la vie comme certains membres du groupe avaient appris à le faire. « Peu importe, répliqua la première. C'est quand même la façon dont j'aimerais mourir. J'ai toujours aimé les surprises ! »

Karen réagit fortement à la séance qu'elle avait observée, qui déclencha chez elle les prises de conscience profondes que j'ai exposées dans le chapitre 4. Elle réalisa ainsi que cette peur de la mort l'avait conduite à sacrifier une grande partie de sa vie. Elle avait tellement redouté la mort qu'elle avait organisé sa vie autour de la recherche d'un sauveur ultime, raison pour laquelle, enfant, elle avait feint la maladie et, adulte, avait continué à être malade afin de rester aux côtés du thérapeute. Lors de l'observation de la séance, elle prit conscience avec horreur qu'elle aurait souhaité être atteinte de cancer afin de participer à ce groupe et d'être à mes côtés, peut-être même me tenir la main (le groupe se terminait par une séquence de méditation où tous les participants se tenaient par la main). Je soulignai alors une évidence, à savoir qu'aucune relation n'est éternelle, ce à quoi elle répondit qu'elle avait l'impression qu'elle ne serait jamais seule si elle pouvait mourir dans mes bras. L'évocation et le travail autour de ce matériel aida Karen à passer à une nouvelle phase de sa thérapie, l'acceptation de la fin, thématique qu'elle s'était toujours jusque-là refusée à aborder.

Susan était une autre de ces patientes standard observant le groupe des patients cancéreux. Elle était l'épouse d'un brillant scientifique qui – elle avait alors cinquante ans – demanda le divorce. Pendant toute la durée de son mariage, elle avait vécu par défaut, étant au service de son mari et se satisfaisant de ses succès. Ce schéma de vie, courant de nos jours parmi les épouses d'hommes à la carrière brillante, ne fut pas sans entraîner un certain nombre de conséquences tragiques. Tout d'abord, cette femme ne vivait pas sa vie ; dans ses efforts pour conserver les bonnes grâces de l'autre dominant, elle se laissa submerger, perdit de vue *ses* désirs à elle, ses droits et son plaisir. Ensuite, de par le sacrifice de ses propres envies, de ses intérêts, de ses désirs et de sa spontanéité, elle devint une compagne moins stimulante qui risquait fortement de voir son union se terminer par un divorce.

Au cours de notre travail, Susan traversa une phase de dépression profonde et commença progressivement à explorer ses sentiments *proactifs*, par opposition aux sentiments réactifs auxquels elle s'était toujours limitée. Elle éprouvait de la colère – profonde, riche et vibrante – tout autant que du chagrin, non à la perte de son mari mais face au sacrifice d'elle-même toutes ces années ; elle était révoltée devant toutes les limitations qu'elle avait acceptées. (Par exemple, pour que son mari puisse travailler dans les meilleures conditions à leur domicile, elle s'abstenait de regarder la télévision, de téléphoner ou de jardiner lorsqu'il était là ; son bureau donnait sur le jardin et la présence de sa femme le dérangeait.) Elle risquait d'être submergée par de profonds sentiments de regret face à cette vie gâchée ; l'objectif de la thérapie était de lui permettre de revitaliser le reste de sa vie. Au bout de deux mois de thérapie, elle assista à une séance véritablement poignante du groupe des patients cancéreux, fut profondément touchée par cette expérience, ce qui lui permit d'amorcer le travail productif grâce auquel elle comprit que ce divorce pouvait être un salut plutôt qu'un requiem. Après la thérapie, elle emménagea dans une autre ville. Plusieurs mois après, elle m'écrivit une lettre de bilan qui contenait notamment le passage suivant :

> « Tout d'abord, ces femmes atteintes de cancer du sein n'ont pas besoin, je crois, qu'on leur rappelle l'inévitabilité de la mort ; la conscience qu'elles ont de la mort les aide à voir les choses et les événements dans leur juste proportion et à rectifier cette piètre

perception que nous avons du temps qui passe. La vie que j'ai encore devant moi peut être très courte. La vie est précieuse, il ne faut pas la gâcher ! Tirer le maximum de chaque journée, d'une façon qui fasse sens ! Repenser ses valeurs ! Réévaluer ses priorités ! Ne plus remettre à plus tard ! Faire !

Moi, j'ai perdu du temps. De temps à autre, il m'arrivait de ressentir très fortement que je n'étais qu'une spectatrice ou qu'une doublure regardant la pièce de la vie se dérouler depuis les coulisses, mais toujours j'espérais, toujours je croyais qu'un jour je serais sur scène. Bien entendu, il y eut des moments où j'eus l'impression de vivre intensément, mais plus souvent qu'à son tour la vie ne semblait être qu'une répétition de la “vraie” vie qui m'attendait. *Et si la mort survenait avant que la “vraie” vie ait commencé ?* Quelle tragédie de prendre conscience, trop tard, que l'on a à peine vécu. »

Participation à un groupe de psychothérapie standard d'un patient confronté à la mort. Comme l'écrit John Fowles, « la mort, c'est comme certains conférenciers. On n'entend pas ce qu'ils disent à moins d'être au premier rang[24] ». Il y a quelque temps, j'ai tenté de placer au premier rang les sept participants d'un groupe de thérapie (tous des patients standard), en accueillant dans le groupe Charles, patient atteint d'un cancer incurable.

Je possède un matériel abondant sur cette expérience. Je rédigeais en effet un compte rendu détaillé après chaque séance, qui comprenait une analyse du déroulement de la séance et des processus, que j'envoyais aux participants (technique que j'utilise depuis des années dans les groupes[25]). Outre ces comptes rendus, je dispose de mes notes personnelles. Par ailleurs, les séances étaient observées derrière un miroir sans tain par dix internes en psychiatrie, qui échangeaient à l'issue de chaque séance. Les données d'étude, donc, ne manquaient pas sur ce groupe, et j'ai sélectionné les enjeux les plus frappants abordés dans les douze premiers mois suivant l'arrivée de Charles dans le groupe.

Le groupe, composé de patients d'une consultation externe, se réunissait une fois par semaine pour une séance d'une heure et demie. Il s'agissait d'un groupe ouvert : de nouveaux participants rejoignaient le groupe quand d'autres le quittaient, selon l'état d'avancement de leur thérapie. Au moment où Charles rejoignit le groupe, deux participants en étaient membres depuis deux ans ; quatre autres, depuis une durée comprise entre trois et dix-huit mois. Les participants avaient entre vingt-sept ans et cinquante ans et présentaient des pathologies généralement classifiées comme névrotiques ou des troubles de la personnalité ; deux possédaient des traits de structure état limite.

Charles, dentiste divorcé de trente-huit ans, apprit trois mois avant de me consulter qu'il était atteint d'une forme de cancer qui ne pouvait être ni soignée ni opérée. Lors du premier entretien, il souligna qu'il ne ressentait pas le besoin d'être aidé dans la façon dont il gérait son cancer. Il avait passé beaucoup de temps dans les bibliothèques médicales, à se familiariser avec le déroulement, le traitement et le pronostic du cancer dont il était atteint. Il arriva avec un graphique, réalisé par ses soins, du développement estimé de sa maladie. Il en concluait qu'il avait devant lui entre un an et demi et trois ans de vie correcte et utile, période qui serait suivie d'un déclin rapide s'étalant sur un an environ. Je me souviens des deux impressions majeures que j'eus lors de ce premier entretien. Tout d'abord, je m'étonnai de son absence de sentiments manifestes. Charles semblait détaché, comme si nous parlions d'un étranger qui avait eu la malchance de contracter une maladie rare. Ensuite, bien que je fusse heurté par la façon dont il était coupé de ses émotions, j'étais aussi frappé par le fait que ce détachement lui était d'une grande utilité en cet instant même. Charles insistait sur le fait qu'il n'avait besoin d'aucune aide pour gérer son angoisse de mort, mais qu'il souhaitait être aidé pour vivre pleinement la vie qui lui restait. Son cancer avait entraîné chez lui le désir d'emmagasiner les plaisirs que la vie lui procurait et, mis à part son travail, il recevait peu de véritables gratifications. Il désirait notamment être aidé pour améliorer la qualité de sa relation aux autres. Il se sentait éloigné des autres et désirait cette forme de proximité que d'autres vivaient. La relation qu'il entretenait avec sa compagne était extrêmement tendue ; il souhaitait ardemment être capable de donner et de recevoir l'amour qui n'existait entre eux qu'à l'état de chrysalide.

Depuis quelque temps déjà, je recherchais un patient atteint de cancer comme futur participant d'un groupe de thérapie standard. Charles semblait être le candidat idéal. Sa demande d'aide recoupait les aspects sur lesquels un groupe thérapeutique pouvait s'avérer le plus profitable. Par ailleurs, je pensais qu'il pourrait apporter une aide précieuse aux autres participants. Il était manifeste que Charles avait peu l'habitude de demander de l'aide : sa demande était maladroite, mais aussi urgente et sincère et ne pouvait être déclinée.

Le travail de thérapie de sept personnes liées au sein d'un groupe thérapeutique est extrêmement complexe ; les douze mois suivants, de nombreux enjeux inter et intrapersonnels extraordinairement intriqués émergèrent, furent travaillés et, de temps à autre, dépassés. Bien évidemment, il m'est impossible de décrire ici tous ces événements ; je me limiterai à souligner les interactions et les influences entre Charles et les autres membres du groupe.

Je souhaiterais tout d'abord souligner que la présence d'une personne confrontée à la mort n'eut pas pour effet de déprimer le groupe : l'atmosphère du groupe ne prit pas d'accents morbides ; la perspective globale ne devint ni limitée ni fataliste ; nous n'assistâmes pas non plus à une recrudescence d'affects dépressifs. Le travail de groupe fut extrêmement profitable à Charles ; par ailleurs, sa situation permit aux autres participants de travailler de manière plus approfondie. Le groupe ne devint pas monolithique, mais continua à débattre des mêmes thématiques dans toute leur diversité. En fait, à certains moments, un déni massif était à l'œuvre et, pendant des semaines, le cancer de Charles semblait oublié des participants.

Le dévoilement de soi constitue un levier important de la psychothérapie, individuelle comme groupale. Néanmoins, à aucun moment le groupe ne doit être ressenti par les participants comme un confessionnal obligatoire. Lors de la séance précédant son arrivée dans le groupe, je pris soin d'informer Charles (comme je le fais avec tous les participants) que, pour que le groupe puisse lui apporter une aide, il devrait se montrer totalement franc sur son état physique et ses préoccupations psychologiques, mais qu'il pouvait le faire à son propre rythme. Charles assista à dix séances avant d'annoncer au groupe qu'il était atteint de cancer. *A posteriori*, sa décision d'attendre était sage. Pour le groupe, Charles n'était pas un « patient cancéreux », mais une personne atteinte de cancer.

L'un des axiomes fondamental de la thérapie de groupe est que le groupe fonctionne comme un microcosme social pour chacun des participants. Tôt ou tard, tous les membres du groupe commencent à interagir avec les autres comme ils le font à l'extérieur du groupe ; ils reproduisent également leur mode relationnel. Ce mécanisme se mit en œuvre rapidement pour Charles. À l'issue des premières séances, les participants commencèrent à remarquer que Charles se montrait soit désintéressé soit critique vis-à-vis de leurs interventions. Ils apprirent peu à peu qu'il était isolé, qu'il avait des difficultés à être en lien, qu'il avait des difficultés à ressentir et à exprimer ses émotions et qu'il était très critique vis-à-vis de lui-même.

Charles se montrait particulièrement impatient et condescendant à l'égard des femmes du groupe.

Il considérait notamment l'une d'elles comme une « enquiquineuse », comme une personne « puérile » et « creuse » dont les opinions ne l'intéressaient que peu. Il ressentait également de l'agacement envers une autre femme à qui il reprochait son manque de logique et qualifiait volontiers ses interventions intuitives d'« interférences » ou de « parasitage ». Une fois, alors que les trois autres participants masculins étaient absents, il ne prit quasiment pas la parole, ne voyant pas l'intérêt de participer à un groupe entièrement féminin. La reconnaissance, la compréhension, puis la résolution de son attitude envers les participantes du groupe l'aidèrent à prendre conscience de quelques-uns des enjeux de sa relation avec sa compagne.

Ces enjeux, au cœur de son conflit interpersonnel, permirent à Charles d'accéder à des zones qu'il souhaitait travailler. Toutefois, Charles suscitait dans le groupe une profonde perplexité. Lors des premières séances auxquelles il avait assisté, les participants avaient fait le constat qu'ils ne *connaissaient* pas vraiment Charles, que ce dernier paraissait en retrait, distant, comme irréel. (De par l'action d'un autre mécanisme groupal, le détenteur d'un secret se montre généralement assez inhibé dans un groupe. Outre le fait de garder son secret, il évite soigneusement tout terrain pouvant conduire à un dévoilement.) Enfin, lors de la dixième séance, alors que les participants et le thérapeute l'incitaient à révéler davantage de choses de lui, Charles parla de son cancer, sur un mode analogue à celui dont il s'en était ouvert à moi lors de nos entretiens individuels : détaché, factuel, avec profusion de données médicales.

Les participants réagirent à cette annonce de façon très individualisée. Beaucoup évoquèrent le courage de Charles et le fait qu'il représentait une sorte de modèle pour eux. Un homme fut particulièrement impressionné par la façon dont Charles parlait de son désir de vivre pleinement le temps qu'il lui restait. Cet homme, prénommé Dave, prit conscience de la façon dont lui-même avait ajourné sa propre vie et du peu de plaisir qu'il y trouvait.

Deux participantes exprimèrent des réactions extrêmes et inadaptées. La première, Lena (que j'ai présentée brièvement au chapitre 4), avait perdu ses deux parents à un âge précoce et était restée terrifiée par la mort. Elle recherchait la protection d'un sauveur ultime et se montrait passive, dépendante et puérile. De façon prévisible, Lena fut terrifiée et réagit par de la colère et, assez étrangement, supposa que Charles souffrait du même cancer que celui qui avait emporté sa mère ; puis elle décrivit ensuite au groupe, à grand renfort de détails macabres, le déclin physique de sa mère lors de sa maladie. L'autre patiente, Sylvia, une femme de quarante ans présentant une angoisse de mort massive, entra dans une très grande colère devant la passivité de Charles envers sa maladie. Elle lui reprocha de n'avoir pas recherché d'autres sources d'aide : guérisseurs, laetrile, opérations à mains nues, complexes vitaminés, etc. Lorsqu'un des membres du groupe vint au secours de Charles, une dispute véhémente éclata. Sylvia était si effrayée par le cancer de

Charles qu'elle essayait de provoquer un conflit, dans l'espoir que ce conflit pourrait justifier son départ du groupe. Toute l'année, l'attitude de Sylvia vis-à-vis de Charles continua d'être tumultueuse. Le maintien d'un contact avec lui suscitait une angoisse massive, qui provoqua une brève décompensation, puis une résolution saine. Le parcours clinique de Sylvia illustrant de façon particulièrement nette certains aspects importants du travail autour de l'angoisse de mort, j'y reviendrai plus en détail dans la suite de ce chapitre.

Les quatre semaines suivantes, des événements importants survinrent dans le groupe. L'une des participantes, une infirmière en pédiatrie, aborda pour la première fois le lien étroit qu'elle avait entretenu avec l'un de ses patients, un enfant de dix ans qui était mort quelques mois auparavant. Elle prenait douloureusement conscience du fait qu'en dépit de sa courte vie cet enfant avait vécu plus pleinement qu'elle. La mort de cet enfant et la maladie incurable de Charles l'incitèrent à abandonner les limites qu'elle s'était posées et à accroître la profondeur de sa vie personnelle.

Un autre participant, prénommé Don, était bloqué depuis des mois dans un transfert vis-à-vis de moi. Bien qu'il désirât ardemment mon soutien et mes conseils, il me défiait sur un mode autodestructeur. Ainsi, il s'était arrangé pour voir à l'extérieur à plusieurs reprises chacun des participants du groupe. Bien qu'en différentes occasions nous eûmes abordé le fait que ces rencontres sabotaient le travail du groupe, Don pensait qu'il devait néanmoins trouver des alliés contre moi dans le groupe. Après l'annonce par Charles de son cancer, Don commença à changer d'attitude vis-à-vis de moi ; la tension et l'antagonisme entre nous commencèrent à diminuer. Don déclara que j'avais énormément changé depuis l'arrivée de Charles dans le groupe. Il ajouta qu'il lui était difficile de mettre en mots ce qu'il ressentait, avant de s'exclamer soudain : « Maintenant je sais que tu n'es pas immortel. » Il fut en mesure d'évoquer de manière approfondie certains de ses fantasmes relatifs au sauveur ultime, notamment la croyance que j'étais infaillible et que j'étais en mesure de comploter contre lui. Il put exprimer sa colère face à ma réticence apparente à lui donner ce que j'étais capable de donner. La présence de Charles rappela à Don que moi, tout comme lui, devions nous confronter à la mort, que nous étions tous égaux sur ce plan-là et que, comme Emerson l'avait dit quelque part : « Gardons notre sang-froid, car nous ne serons plus qu'un dans cent ans. » Soudain, cette lutte avec moi lui semblait stupide et triviale, et bientôt, nous devînmes des alliés plus que des opposants.

La relation que Lena entretenait avec Charles était extraordinairement complexe. Tout d'abord, Lena ressentit énormément de colère vis-à-vis de Charles, par anticipation du fait qu'il la quitterait, comme son père et sa mère l'avaient fait avant lui. Elle commença à se rappeler pour la première fois les circonstances de la mort de sa mère (elle était alors âgée de cinq ans) qu'elle ne cessait de revivre mentalement depuis. Sa mère avait énormément maigri avant de mourir ; les premiers mois suivant l'arrivée de Charles dans le groupe et l'annonce de son cancer, Lena devint anorexique et perdit du poids de façon alarmante. La dynamique psychique de Lena se fit plus manifeste : elle se sentait si submergée par la mort de personnes proches d'elle qu'elle préférait rester dans un état de suspension de la vie. Sa devise était la suivante : « Pas d'amis, pas de pertes. » Elle avait encore ses quatre grands-parents, âgés, et vivait dans l'attente constante de la nouvelle de leur mort. Sa terreur était si intense qu'elle se privait elle-même de la joie de les connaître et d'être à leurs côtés. Une fois, elle déclara dans le groupe « J'aimerais qu'ils se dépêchent tous de mourir et que j'en aie terminé. » Petit à petit, elle sortit de ce schéma et, de façon poignante, établit un lien avec Charles. Elle noua des contacts physiques avec lui en l'aidant, par exemple, à retirer son manteau au début des séances. Du début à la fin, Charles fut la personne la plus importante du groupe pour Lena ; en acceptant le fait que la joie profonde qu'elle éprouvait à être proche de lui compensait la douleur de la séparation finale, elle fut progressivement en mesure d'établir d'autres relations importantes pour elle. Elle tira énormément profit de son expérience dans le groupe avec Charles. Pendant la période où ils furent ensemble dans le groupe, elle reprit le poids qu'elle avait perdu, ses pensées suicidaires disparurent, sa dépression s'allégea et, au bout de trois ans de chômage, elle trouva un emploi gratifiant.

Une autre participante profita également de sa place « au premier rang ». Elle était divorcée et mère de deux enfants en bas âge, qui suscitaient surtout chez elle agacement et impatience. De temps à autre seulement, lorsqu'ils étaient blessés ou malades, elle était en mesure de contacter ses sentiments d'amour pour eux. Sa relation à Charles lui fit prendre conscience de façon claire du passage du temps et de la finitude. Petit à petit, elle fut en mesure d'éprouver ses sentiments d'amour sans le prétexte de la maladie, des plaies ou de tout autre rappel puissant de la mortalité.

En dépit de la forte charge émotionnelle dans le groupe, les affects présents purent toujours être travaillés, assimilés et élaborés. Nul doute qu'il s'agissait d'une expression du fonctionnement émotionnel de Charles. Charles ne fut que rarement en proie à des affects intenses. Ce mode de fonctionnement, contenant, permit au groupe de travailler efficacement : les émotions émergeaient lentement et avec une intensité gérable. Néanmoins, il vint un moment où le style contenu de Charles fut interrogé directement. Une séance, environ deux mois après l'annonce de Charles au groupe, l'illustre de façon assez nette. Charles cette fois-là semblait particulièrement tendu et commença la séance sur un mode inhabituel en déclarant qu'il souhaitait poser un certain nombre de questions au thérapeute. Ses questions étaient d'ordre général ; ses attentes de réponses précises et indiscutables, quant à elle, étaient irréalistes. Charles désirait qu'on lui indiquât certaines techniques pour combler sa distance aux autres ; il désirait par ailleurs une réponse précise sur la façon dont il pouvait résoudre un conflit qui l'opposait à son amie. Charles posa ses questions à la manière d'un ingénieur compétent ; il attendait manifestement le même type de réponses.

Le groupe tenta de répondre aux questions de Charles, mais ce dernier insista pour avoir l'avis de l'animateur du groupe et rejeta, impatient, les avis des autres participants. Ces derniers toutefois refusèrent d'être réduits au silence et exprimèrent leur peine et leur agacement à être traités de la sorte. Un participant demanda si le degré d'urgence perceptible dans les questions de Charles était en rapport avec sa perception du temps qui passait et son besoin de progresser plus rapidement dans le groupe. Doucement, lentement, le groupe aida Charles à mettre en mots ce qui l'agitait profondément depuis les jours précédents. Les larmes aux yeux, il avoua avoir été profondément secoué par deux événements : le premier était un téléfilm qu'il avait vu et qui avait pour sujet la mort d'un enfant atteint de cancer ; le second était une conférence professionnelle longue et « morbide » sur le cancer de la bouche (il était dentiste) à laquelle il avait assisté.

Les participants, après avoir entendu ces explications, réinterrogèrent le comportement inhabituel de Charles dans le groupe. Son insistance à obtenir des réponses précises de la part du thérapeute témoignait de son désir qu'on s'occupe de lui. Il déclara avoir tenté de l'aborder de façon indirecte, par peur d'une « effusion » de sentiments. Il craignait de se sentir humilié si les participants lui avaient manifesté des sentiments chaleureux.

Des réponses furent apportées aux questions initiales de Charles, non tant sur le plan du « contenu » (les conseils du thérapeute), que sur celui de l'analyse du « processus » à l'œuvre (la façon dont Charles était en lien avec les autres). Charles comprit que ses problèmes d'intimité avec les autres, dont son ex-femme et son amie actuelle, étaient liés à la répression de ses émotions, à sa peur des « effusions », aux jugements et au rejet de l'avis de ses pairs dans l'espoir d'obtenir d'une autorité une solution globale qu'il lui suffirait d'appliquer.

Quelques semaines plus tard, un événement analogue se produisit qui vint corroborer et renforcer chez Charles cette prise de conscience. Charles commença la séance sur un mode belliqueux manifeste. Il avait souvent exprimé la colère qu'il ressentait face au montant de la pension alimentaire qu'il devait verser et, ce jour-là, fit référence à un article de journal démontrant l'exploitation que de pauvres hommes subissaient de la part des femmes et d'avocats spécialistes du divorce. Il étendit ensuite sa verve belliqueuse aux femmes du groupe dont il dévalorisa la contribution. Lorsque le groupe, de nouveau, l'interrogea sur ce qui lui était arrivé, Charles décrivit les événements qui l'avaient bouleversé les deux jours précédents. Son enfant unique venait de quitter le domicile familial pour s'inscrire à l'université et leur dernier jour ensemble avait été une source de déception pour Charles. Il aurait tellement souhaité dire à son fils à quel point il l'aimait. Pourtant, ils avaient partagé leur dernier repas en silence, et Charles était désespéré à l'idée d'avoir laissé passer cette précieuse opportunité. Depuis le départ de son fils, Charles était en proie à des ruminations du type « Et maintenant ? », « Tout a une fin » ; il avait l'impression d'entrer dans une nouvelle phase de sa vie, la dernière. Il déclara ne redouter ni la mort ni la souffrance, mais craindre surtout l'amoindrissement physique et l'impuissance.

Ces peurs, qui étaient naturellement partagées par les autres participants du groupe, s'apparentait chez Charles à de la terreur, en raison de sa réticence à dévoiler sa vulnérabilité ou à demander de l'aide. Lors de cette séance, au lieu de s'adresser ouvertement au groupe, de parler de sa souffrance et de demander de l'aide, Charles avait démarré sur un mode belliqueux et distancié. Son cancer le rendrait un jour dépendant physiquement des autres et il vivait dans la terreur de ce jour-là. Petit à petit, le groupe l'aida à apaiser cette terreur en lui donnant l'occasion, à maintes reprises, de dévoiler son sentiment de vulnérabilité et de demander de l'aide aux autres.

L'un des membres du groupe, Ron, participant depuis deux ans, allait suffisamment bien pour arrêter le groupe et y songeait depuis quelque temps déjà. Par ailleurs, il avait une relation amoureuse avec l'une des participantes et, tant qu'il était là, il était difficile pour cette dernière de bénéficier véritablement du travail groupal. Toutes les fois que les membres d'un groupe thérapeutique forment un sous-groupe ou une dyade et manifestent à l'encontre de ce sous-groupe une allégeance qui prend le pas sur leur investissement au sein du groupe thérapeutique, le travail thérapeutique s'en trouve profondément perturbé. Ce point avait été atteint avec Ron et Irene. Lors d'une séance, non seulement j'appuyai la décision de Ron de quitter le groupe, mais je l'y incitai de telle sorte qu'il précipita son départ. La séance qui suivit le départ de Ron s'avéra tumultueuse. Un autre axiome du fonctionnement des groupes thérapeutiques restreints pose que si les membres d'un groupe sont exposés à un même stimulus, ils y réagiront sur un mode singulier, en raison des différences de leur monde interne. Le travail sur les réactions individuelles s'avère alors généralement très productif.

Les réactions de Sylvia et de Lena furent particulièrement frappantes. Les deux se sentirent fortement menacées et crurent que j'avais exclu Ron du groupe, perception qui n'était pas partagée par les autres participants. Par ailleurs, elles jugeaient ma décision hautement arbitraire et injuste. Elles étaient en colère ; pourtant, elles redoutaient d'exprimer leur colère sous peine, elles aussi, de se voir exclues du groupe.

Ces réactions furent pour elles deux l'occasion d'un travail sur la structure de leur système de défense, la croyance en un sauveur ultime. Les deux étaient terrifiées à l'idée d'être abandonnées par moi et ne ménagèrent pas leurs efforts pour me calmer et m'apaiser. Pour rester près de moi, les deux, à un niveau inconscient, résistaient à l'idée d'aller mieux et refusaient de partager avec le groupe tout changement susceptible d'être perçu comme positif. La présence de Charles dans le groupe réactiva leurs peurs de l'abandon et, en deçà, de la mort. Les deux, peu à peu, prirent conscience de la disproportion de leur réaction, reconnurent que le départ de Ron était une décision appropriée pour lui et pour le groupe, et que les autres membres ne ressentaient pas cette peur d'être exclus du groupe. Finalement, elles comprirent que leur réaction à cet événement était symptomatique de leur comportement général, de leur dépendance, de leur peur de l'abandon et de leurs tendances à l'autoparalysie.

La réaction de Charles au départ de Ron fut également très forte, tout comme celle qu'il manifestait à l'égard d'autres membres du groupe se préparant à quitter le groupe. Il déclara que ce départ lui avait causé une douleur physique dans la poitrine, qu'il avait l'impression qu'on lui arrachait quelque chose et qu'il se sentait extrêmement menacé par la dissolution possible du groupe. Lors d'une séance, Charles – le même Charles qui quelques mois auparavant avait déclaré qu'il était émotionnellement stérile et que personne ne signifiait rien pour lui – dit au groupe l'importance que tous avaient pour lui et, les larmes coulant sur ses joues, les remercia pour lui avoir, selon ses termes, sauvé la vie.

Une fois, un jeune participant du groupe tint le propos curieux qu'il enviait la maladie incurable de Charles ; lui aussi, s'il avait une maladie incurable, serait peut-être incité à vivre plus pleinement sa vie. Le groupe lui rappela très vite que lui aussi avait une maladie incurable et que la différence entre Charles et les autres tenait simplement au fait que Charles se trouvait au premier rang. Souvent, Charles essayait de le faire comprendre aux autres membres du groupe. Lors d'une autre occasion mémorable, l'un des participants les plus âgés se plaignait d'avoir « gâché » sa vie : il y avait eu tant d'occasions ratées, tant d'amitiés potentielles qui n'avaient pas éclos, tant d'opportunités de carrières non saisies. Il s'apitoyait sur son sort et refusait de vivre le présent en nourrissant un long chapelet de remords sur ce qui n'avait pas été. Vis-à-vis de lui, Charles réussit particulièrement à lui faire entendre que, non, il n'avait pas gâché sa vie, mais qu'il était en ce moment en train de le faire.

De temps à autre, les participants se rappelaient soudain que Charles était atteint de cancer et qu'il mourrait dans un avenir relativement proche. Périodiquement, tous se confrontaient de nouveau à la mort de Charles et à la leur. Une participante qui avait toujours nié la mort déclara que l'envie de vivre de Charles, son courage, et sa façon de gérer la mort lui avaient donné des forces et un modèle pour vivre et mourir.

À l'heure où j'écris ces lignes, Charles est encore un membre actif du groupe. Il a depuis longtemps dépassé le temps de survie qu'il avait estimé et est en bonne condition physique. Par ailleurs, il a atteint ses objectifs thérapeutiques initiaux. Il se sent plus humain et n'est plus isolé : il est capable de nouer des relations plus ouvertes et plus intimes avec les autres. Il entreprit une thérapie de couple avec sa compagne ; leur relation s'améliora considérablement. Sa présence dans le groupe toucha de manière très profonde chacun des participants ; l'expérience partagée avec Charles les fit tous passer d'une perspective de vie relativement limitée à un désir de s'immerger dans la vie et de la vivre avec toute son ampleur et son intensité.

LA MORT COMME SOURCE D'ANGOISSE PRIMORDIALE

Le concept de mort offre au psychothérapeute deux formes principales de levier. J'ai traité de la première : la mort revêt une importance si cruciale qu'elle peut, lorsque le sujet s'y confronte de manière appropriée, modifier la perspective de vie et entraîner une immersion authentique dans la vie. La deuxième forme, que je vais maintenant aborder, se fonde sur le postulat que la peur de la mort constitue une source d'angoisse majeure, qu'elle se manifeste à un âge précoce, qu'elle joue un rôle crucial dans la formation de la structure de la personnalité et que, toute la vie durant, elle suscite de l'angoisse qui génère de la détresse manifeste et l'instauration de défenses psychologiques.

Commençons par quelques principes thérapeutiques généraux. Il convient de garder à l'esprit que l'angoisse de la mort, bien qu'elle soit omniprésente et possède de multiples ramifications, existe aux niveaux les plus profonds de l'être, se voit massivement refoulée et n'est que rarement expérimentée pleinement. L'angoisse de mort *per se* reste le plus souvent difficile à détecter dans le tableau clinique de la plupart des patients, de même qu'elle ne se manifeste que rarement sous forme de thématique explicite en thérapie, qui plus est dans les thérapies brèves que suivent la plupart des patients. Toutefois, certains patients, dès les débuts de la thérapie, sont submergés par une angoisse de mort manifeste. Il existe en outre des situations de vie qui suscitent des poussées d'angoisse de mort, de sorte que le thérapeute, qu'il le veuille ou non, ne peut plus éluder le sujet. Par ailleurs, une angoisse de mort explicite se dévoile toujours dans les thérapies longues qui se concentrent sur des enjeux profonds ; elle doit alors être prise en compte dans le processus thérapeutique.

En raison de son lien étroit avec l'existence, l'angoisse de mort possède d'autres connotations que « l'angoisse » expérimentée dans d'autres cadres de référence. Bien que le thérapeute existentiel vise à apaiser des niveaux d'angoisse handicapants, son objectif n'est pas de supprimer cette angoisse. La vie ne peut être vécue ni la mort confrontée sans angoisse. L'angoisse fait office de guide tout autant que d'ennemi et peut baliser le chemin menant à une existence plus authentique. Le but de la thérapie est de réduire l'angoisse à des niveaux confortables, puis d'utiliser cette angoisse existentielle comme ressort pour augmenter la conscience d'un patient et sa vitalité.

Un autre point central qu'il convient de garder à l'esprit est que, même si l'angoisse de mort ne se manifeste pas toujours sous forme de thématique explicite dans l'échange thérapeutique, une théorie de l'angoisse fondée sur la conscience de la mort offre au thérapeute un cadre de référence et un système explicatif qui peuvent considérablement améliorer l'efficacité de ses interventions.

Le refoulement de l'angoisse de mort

Dans le chapitre 2, j'ai décrit un accident de voiture qui, si j'avais été moins chanceux, m'aurait coûté la vie. Ma réaction lors de cet accident offre un modèle transparent des mécanismes de l'angoisse de mort dans les fonctionnements névrotiques. Souvenez-vous qu'au bout de deux jours tout au plus je n'éprouvais plus d'angoisse de mort explicite ; s'y était substituée une phobie relative aux échanges entre confrères à l'heure du déjeuner. J'avais « géré » cette angoisse de mort par le refoulement et le déplacement et avait accolé l'angoisse à une situation spécifique. Au lieu d'être terrifié par la mort ou le néant, j'éprouvais de l'angoisse à propos d'une autre situation. L'angoisse est toujours améliorée par la fixation à un objet ou une situation spécifique : l'angoisse tente de devenir de la peur. La peur, quant à elle, a toujours un objet ; elle est peur de quelque chose : elle est située dans le temps et l'espace, et de par cet ancrage spatio-temporel, elle peut être tolérée, voire « gérée » (par des attitudes de fuite ou des comportements visant à surmonter cette peur). La peur est un courant à la surface de l'être, qui ne menace pas les fondations.

Ce déroulement, je le crois, est assez usuel. L'angoisse de mort est profondément refoulée et n'appartient pas à notre expérience quotidienne. Gregory Zilboorg déclarait à propos de l'angoisse de mort : « Si cette peur était consciente en permanence, nous ne serions pas à même de fonctionner normalement. Elle doit être refoulée de manière appropriée pour nous permettre de continuer à vivre avec un minimum de confort[26]. »

Nul doute que le refoulement, et l'invisibilité qui en découle, de l'angoisse de mort expliquent le rôle secondaire qu'elle joue dans le travail de tant de thérapeutes. Mais ce constat s'applique probablement à d'autres systèmes théoriques. Le thérapeute travaille toujours avec des expressions et des défenses de cette angoisse primaire. À quelle fréquence, par exemple, un psychanalyste a-t-il affaire à une angoisse de castration explicite ? Un autre facteur de brouillage est que la peur de la mort peut s'expérimenter à de multiples niveaux. Il est possible ainsi d'aborder la mort sur un plan intellectuel et dépassionné. Pourtant, cette perception adulte n'est nullement comparable à la terreur tapie dans l'inconscient, une terreur qui se constitue à un âge précoce, bien avant le développement de la pensée conceptuelle, une terreur horrible, brute, qui existe en dehors de tout langage et de toute représentation. Ce noyau originaire inconscient est rendu encore plus terrifiant par les représentations précoces de la mort qu'a le jeune enfant.

Sous l'action du refoulement et de la transformation, la thérapie existentielle travaille sur une angoisse qui semble dénuée de tout référent existentiel. Plus loin dans ce chapitre, je traiterai de patients présentant une angoisse de mort manifeste et des moyens d'atteindre ces couches d'angoisse de mort explicite par une thérapie longue et approfondie. Mais même dans ces parcours thérapeutiques dans lesquels l'angoisse de mort n'apparaît jamais sous une forme explicite, le paradigme fondé sur l'angoisse de mort peut accroître la pertinence du travail du thérapeute.

Un cadre de référence améliorant considérablement l'efficacité du travail du thérapeute. Tout comme la nature a horreur du vide, nous, êtres humains, avons horreur de l'incertitude. L'une des tâches du thérapeute est d'accroître le sentiment de certitude et de maîtrise du patient. Il est crucial pour chacun d'être en mesure d'expliquer et d'ordonner les événements de sa vie au sein d'un schéma cohérent et prévisible. Nommer une chose, la situer dans une chaîne causale permet de commencer à l'expérimenter comme étant sous notre contrôle. Dès lors, notre expérience interne ou notre comportement n'est plus terrifiant, étranger ou hors de notre contrôle ; notre comportement (ou notre expérience interne) est ajusté en fonction de ce quelque chose que nous pouvons nommer ou identifier. Cette relation causale offre une maîtrise (ou un sentiment qui, sur le plan phénoménologique, s'apparente à de la maîtrise). Je suis d'avis que ce sentiment de puissance qui découle de notre compréhension opère également dans la sphère existentielle : notre sentiment de futilité, de vulnérabilité et de solitude décroît alors que, paradoxalement, nous commençons à appréhender que chacun de nous est fondamentalement vulnérable et seul face à l'indifférence cosmique.

Dans le chapitre précédent, j'ai présenté un paradigme psychopathologique fondé sur l'angoisse de mort. Ce système explicatif est fondamental tant pour le thérapeute que pour le patient. Tous les thérapeutes recourent à un système explicatif – cadre idéologique ou de référence – pour organiser le matériel clinique qui se déploie en séance. Même dans les cas où le système explicatif du thérapeute est si complexe, abstrait et enraciné dans des structures inconscientes qu'il ne peut être transmis au patient de manière explicite, il améliore néanmoins sur différents plans l'efficacité du thérapeute.

Tout d'abord, un système de croyances fournit aux thérapeutes un sentiment de sécurité pour les mêmes raisons qu'une explication s'avère bénéfique pour les patients. En permettant au thérapeute de contrôler et de ne pas se laisser submerger par le matériel clinique apporté par le patient, un système de croyances accroît la confiance en soi et le sentiment de maîtrise du thérapeute, ce qui encourage le patient à lui faire confiance – ressort essentiel du traitement. Par ailleurs, ce système de croyances permet généralement d'accroître l'intérêt que porte un thérapeute à son patient – là encore, un ressort puissant dans l'établissement de la relation thérapeute-patient. À mon sens, la recherche d'une explication causale historique (c'est-à-dire « pourquoi, au vu de son histoire, ce patient en est-il arrivé là où il en est ? ») constitue une mauvaise orientation du processus thérapeutique ; néanmoins, l'explication du passé joue souvent un rôle important en thérapie : elle offre au thérapeute et au patient une articulation, un projet et un os intellectuel à ronger, qui les lie et les maintient scellés, le temps que le véritable agent du changement, la relation thérapeutique, germe et mûrisse.

Le système de croyances du thérapeute donne de la cohérence à ses interventions : il permet au thérapeute de savoir quoi explorer et quoi laisser de côté, et donc de ne pas accroître la confusion du patient. Même si le thérapeute ne livre pas d'interprétations explicites et exhaustives quant aux racines inconscientes de la problématique du patient, il peut néanmoins, de façon subtile et à bon escient, livrer des commentaires qui, à un niveau non verbal profond, « accrochent » à l'inconscient du patient et permettent à ce dernier de se sentir totalement compris. Un système de croyances profondément enraciné aux niveaux les plus profonds de l'être offre l'avantage de faire comprendre au patient qu'il n'y a pas de sujets tabous, que tout peut être abordé et, par ailleurs, que les enjeux les plus profonds ne sont pas idiosyncrasiques mais bel et bien partagés par tous les êtres.

Pour le thérapeute, le sentiment de certitude découlant d'un système psychopathologique explicatif offre un autre avantage, de nature curvilinéaire, pour la thérapie. Il existe un niveau optimal de certitude : trop peu *et* trop s'avèrent contre-productifs. Un niveau de certitude insuffisant, comme mentionné précédemment, retarde la formation du niveau de confiance nécessaire. Un niveau de certitude *excessif*, d'autre part, confine à de la rigidité. Le thérapeute rejette ou déforme alors des données qui ne cadrent pas avec son système ; par ailleurs, le thérapeute, ce faisant, évite de se confronter et d'aider le patient à se confronter à l'un des concepts au cœur de l'approche existentielle, à savoir que l'incertitude existe et que nous devons tous apprendre à vivre avec elle.

Options interprétatives : illustration par un cas clinique

Dans le chapitre 4, j'ai présenté quelques ressorts existentiels généraux sous-jacents à des syndromes cliniques courants impliquant de l'angoisse de mort ; je vais exposer ici des options interprétatives spécifiques dans un cas de sexualité compulsive.

Bruce est un homme d'âge mûr, qui se décrit comme ayant toujours, depuis l'adolescence, été « en chasse ». Il a eu des relations sexuelles avec des centaines de femmes sans jamais éprouver de sentiments profonds pour aucune d'entre elles. Bruce n'a jamais considéré une femme comme une personne à part entière, mais comme un « cul ». Pour lui, les femmes étaient toutes plus ou moins interchangeables. Ce qui lui importait était de mettre une femme dans son lit. Une fois l'orgasme atteint, il n'éprouvait aucun désir de rester avec elle. Dès lors, il ne lui était pas inhabituel, une fois sa partenaire repartie, de se mettre à la recherche d'une autre, parfois au bout de quelques minutes seulement. La nature compulsive de son comportement était si manifeste que même lui en avait conscience. Il était conscient qu'il avait « besoin » ou « devait » trouver une femme même s'il ne le voulait pas.

Le comportement de Bruce peut être appréhendé au moyen de différentes grilles de lecture, dont aucune n'a l'hégémonie exclusive. Les connotations œdipiennes sont évidentes : Bruce désirait mais redoutait les femmes qui ressemblaient à sa mère. Il était généralement impuissant avec sa femme. Lors de ses déplacements, plus il s'approchait de la ville où habitait sa mère, plus son désir sexuel était fort. Par ailleurs, ses rêves regorgeaient de thématiques incestueuses et relatives à la castration. Certains éléments indiquaient également que son hétérosexualité compulsive était alimentée par le besoin de décharger ses pulsions homosexuelles inconscientes. L'estime de soi de Bruce était considérablement amoindrie ; la séduction de toutes ces femmes pouvait être comprise comme une tentative de soutenir son sentiment de valeur personnelle. Autre lecture possible : Bruce éprouvait tout à la fois un besoin et une peur de l'intimité. La relation sexuelle, tout à la fois intimité et caricature de l'intimité, servait ce besoin et cette peur.

Pendant ses huit ans d'analyse et plusieurs parcours thérapeutiques auprès de thérapeutes compétents, toutes ces options, ainsi que de nombreuses autres, secondaires, furent explorées de manière approfondie, mais restèrent sans effet sur sa pulsion sexuelle compulsive.

Dans mon travail avec Bruce, je fus frappé par la richesse des thématiques existentielles inexplorées. La compulsion de Bruce pouvait être appréhendée comme bouclier contre une confrontation à sa situation existentielle. Il était ainsi manifeste que Bruce était terrifié à l'idée d'être seul. Toutes les fois qu'il se retrouvait sans sa famille, Bruce ne ménageait pas ses efforts pour éviter de passer une soirée seul.

L'angoisse peut se révéler être un guide utile, qu'à certains moments thérapeute et patient doivent chercher à soutenir. Dès lors, une fois que Bruce eut accru sa capacité à tolérer l'angoisse, je lui suggérai de passer une soirée tout seul et de noter ses pensées et ses sentiments. Les événements qui se produisirent ce soir-là furent d'une importance cruciale dans sa thérapie. Bruce traversa une expérience qui peut être qualifiée de terreur à l'état brut. Il ressentit pour la première fois depuis l'enfance sa peur du surnaturel. Par pure coïncidence, une brève panne de courant survint cette nuit-là. Bruce fut terrifié par l'obscurité. Il crut voir une femme morte allongée sur le lit (qui ressemblait à la vieille femme du film *L'Exorciste*), une tête de mort par la fenêtre ; il était terrifié à l'idée d'être touché par « quelque chose, peut-être la main d'un squelette vêtu de loques ». Il ressentit énormément de soulagement à la présence du chien et, pour la première fois, prit conscience du lien fort unissant certaines personnes et leur animal : « Ce dont on a besoin, déclara-t-il, ce n'est pas tant d'un compagnon humain, mais de quelque chose de vivant auprès de soi. »

Grâce au travail thérapeutique, la terreur éprouvée cette nuit-là put être élaborée. Cette soirée passée seul permit de décrypter la fonction qu'avait le sexe pour Bruce. Sans cette protection, Bruce était confronté à une angoisse de mort massive, dont les images étaient saisissantes : une femme morte, la main d'un squelette, une tête de mort. Comment la sexualité pouvait-elle le protéger de la mort ? Elle servait cette fonction à différents niveaux, que nous analysâmes tous en thérapie. La compulsion sexuelle, à l'instar de tout autre symptôme, est à déterminants multiples. D'une part, le sexe constituait une sorte de défi à la mort. Pour Bruce, la sexualité avait quelque chose de terrifiant ; nul doute qu'elle était pour lui étroitement liée à des désirs incestueux refoulés et à la peur de la castration comme représailles, « castration » ne devant pas ici être entendu de façon littérale mais comme annihilation. En conséquence, l'acte sexuel constituait une manifestation contrephobique. Bruce restait en vie en bloquant son pénis dans le vortex de la vie. Sous cet angle, la compulsion sexuelle de Bruce s'apparentait à ses autres passions : parachutisme, escalade, moto.

La sexualité permettait en outre de vaincre la mort en renforçant la croyance de Bruce en sa particularité. Dans un certain sens, Bruce restait en vie en étant le centre de son univers. Les femmes tournaient autour de lui. Partout dans le monde, des femmes l'adoraient. Elles n'existaient que pour lui. Bruce n'avait jamais songé à elles comme des personnes avec leur vie propre. Il imaginait qu'elles restaient comme suspendues dans leur attente de lui ; à l'instar des fouetteurs de Joseph K. dans *Le Procès* de Kafka, elles étaient toujours là pour lui chaque fois qu'il ouvrait les portes et se figeaient dans une immobilité lorsqu'il ne les appelait pas. En outre, le sexe servait bien évidemment à empêcher toute véritable confrontation à la mort. Bruce n'avait jamais eu à faire face à l'isolement inhérent à la prise de conscience de sa propre mort. Les femmes constituaient ce « quelque chose de vivant auprès de soi », à la manière du chien la nuit où il fit l'expérience de la terreur. Bruce n'était jamais seul ; il était toujours au milieu d'un coït (effort frénétique de fusionner avec une femme), à la recherche d'une femme ou venant juste d'en quitter une. Sa quête d'une femme n'était donc pas véritablement une quête de sexe, pas même une quête alimentée par des forces infantiles, par « des choses qui aboutiront à la sexualité », comme l'écrit Freud[27] ; il s'agissait d'une quête permettant à Bruce de nier et d'apaiser sa peur de la mort.

Plus tard en thérapie, une occasion se présenta qui lui permettait de coucher avec une très belle femme, l'épouse de son supérieur direct. Il réfléchit à cette opportunité et s'en ouvrit à un ami qui lui déconseilla de donner suite en raison de ses conséquences négatives potentielles. Bruce savait aussi que le prix à payer en termes d'angoisse et de culpabilité serait prohibitif. En définitive, pour la première fois de sa vie, au prix d'un effort puissant, il décida de renoncer à cette conquête sexuelle. Lors de la séance de thérapie qui suivit, j'abondai dans le sens qu'il avait agi là au mieux de son intérêt.

Sa réaction à sa décision fut fort instructive. Il m'accusa de lui supprimer les plaisirs qu'il avait dans la vie. Il se sentait « foutu », « fini ». Le jour suivant, à une heure où il aurait pu avoir un rendez-vous sexuel, il lut un livre et prit le soleil. « C'est ce que Yalom voulait, pensa-t-il, que je vieillisse, au soleil, à blanchir comme de la vieille merde de chien. » Il se sentait sans vie et déprimé. Cette nuit-là, il fit un rêve qui éclaire mieux que tout rêve que l'on m'a relaté la fonction de la symbolique onirique :

> « J'avais un arc avec des flèches, merveilleux ; j'affirmais qu'il s'agissait d'une magnifique œuvre d'art aux propriétés magiques. Vous et X [un ami] n'étiez pas d'accord ; vous disiez qu'il était tout ce qu'il y a de plus ordinaire. Je répondais : "Non, il est magique, regardez ces caractéristiques, et celles-ci (désignant deux protubérances)." Vous disiez : "Non, il est très ordinaire." Puis vous tentiez de me démontrer que sa construction était rudimentaire, faite de simples bouts de bois et quelques fixations. »

Le rêve de Bruce illustre magnifiquement que la sexualité a pour fonction de vaincre la mort. La mort est banale et ordinaire ; le rôle de la magie est de permettre au sujet de transcender les lois de la nature, de transcender l'ordinaire, de nier son identité de créature terrestre, identité qui nous condamne à la mort biologique. Son phallus était un arc magique, une baguette magique qui l'élevait au-dessus des lois naturelles. Chaque liaison, comme par magie, constituait un concentré de vie ; bien que chacune d'elles s'apparentât à un labyrinthe débouchant dans une impasse, ensemble, elles lui donnaient l'illusion d'allonger constamment sa ligne de vie.

À mesure que nous travaillions le matériel généré par ses dernières actions – passer du temps seul et *ne pas* accepter une sollicitation sexuelle –, plusieurs pistes émergèrent permettant d'éclairer, outre sa pathologie sexuelle, de nombreux aspects de sa vie. Ainsi, son lien aux autres avait toujours été restreint et de nature sexuelle. Lorsque sa compulsion sexuelle s'évanouit, il commença, pour la première fois, à s'interroger sur « À quoi servent les gens ? », question qui lança une exploration très intéressante de la confrontation de Bruce à l'isolement existentiel (je reviendrai sur cette étape de la thérapie de Bruce au chapitre 9). Le parcours thérapeutique de Bruce illustre bien l'interdépendance de tous les enjeux ultimes. La décision de Bruce de laisser passer une sollicitation sexuelle, suivie de sa réticence à accepter sa décision, représentait le sommet de l'iceberg d'un autre enjeu existentiel crucial, la liberté, notamment dans ses aspects relatifs à la prise en charge de sa responsabilité (thème du chapitre 6). Enfin, la renonciation à la compulsion sexuelle permit à Bruce de se confronter à un autre enjeu ultime, l'absence de sens. Avec la suppression de sa principale raison d'être, Bruce commença à faire face au problème du sens de la vie, le sujet de notre chapitre 9.

L'angoisse de mort dans les thérapies longues

Alors que les thérapies brèves éludent généralement toute prise en compte explicite de l'angoisse de mort, une thérapie longue et approfondie serait incomplète sans un travail relatif à la conscience et à la peur de la mort. Tant qu'un patient continue de chercher à se protéger de la mort par la croyance infantile que le thérapeute l'en délivrera, le patient ne quittera pas son thérapeute. « Tant que je reste avec vous, je ne mourrai pas » : tel est le refrain muet qui se fait si souvent entendre dans des étapes ultérieures de la thérapie.

May Stern, dans une contribution majeure, décrit six patients embourbés dans une analyse interminable[28]. Dans tous les cas, un travail sur l'angoisse de mort permit de mener l'analyse à un terme satisfaisant. L'un de ces patients était un homme de trente-huit ans, obsessionnel compulsif, présentant des symptômes d'insomnie, de cauchemars, d'hypocondrie, et le fantasme obsessionnel dans ses relations sexuelles qu'on s'asseyait sur lui et qu'il était aspiré. Un long travail thérapeutique avait été effectué sur les niveaux œdipiens et préœdipiens, avec l'exploration de la signification de ces symptômes en termes d'angoisse de castration, identification féminine incestueuse, régression prégénitale, incorporation orale, etc., mais sans effet thérapeutique. Ce n'est que lorsque le thérapeute passa à un niveau plus profond – la signification de ces symptômes dans le contexte d'une peur de la mort – que l'image thérapeutique globale changea.

> « En définitive, les éléments de transfert renvoyant à un désir d'obtenir de l'analyste une formule magique suscita l'interprétation que le patient concevait l'analyse comme une protection contre la peur de la mort, et que personne n'était capable de le protéger contre une mort inévitable. Cette interprétation eut un effet surprenant, presque dramatique. Elle apporta dans l'analyse ses peurs permanentes de mourir, exprimées dans ses plaintes hypocondriaques, sa lutte désespérée avec la peur du néant au début de sa période de latence et le désir de rester à tout jamais en analyse. »

Un autre patient présentant de nombreux symptômes autodestructeurs – jeu, alcool, rixes incessantes, tendances sexuelles masochistes – n'avait eu lui aussi que peu de succès dans sa longue analyse.

> « Lors de son analyse, aucun mécanisme ne permit de le faire renoncer à la mise en acte du fantasme selon lequel, par ses activités perverses, il susciterait la colère de l'analyste, ce qui pour lui signifiait être battu. La moindre interprétation de l'analyste était utilisée pour la gratification de son désir d'être humilié et battu ; le silence était interprété comme la réponse renfrognée d'un père coléreux. Son analyse semblait être dans une impasse… Finalement, le thérapeute fit l'interprétation selon laquelle, par la fusion avec l'analyste (père), il visait une protection contre la mort. Cette interprétation suscita un matériel extrêmement riche jusque-là retenu. “La mort est et a toujours été autour de moi.” Il se souvint avoir énormément pensé à la mort étant enfant. “J'ai résolu ma peur de la mort par de la soumission… Le viol anal constitue une protection contre la mort.” Il regretta amèrement que ces éléments ne lui aient pas été signifiés plus tôt. »

Dans ce cas clinique comme dans le précédent, l'élaboration du transfert constitua la *via regia* vers les couches sous-jacentes d'angoisse de mort. La conception historique du transfert (c'est-à-dire le transfert d'affect d'un investissement passé à un investissement présent) n'offre qu'un intérêt limité dans le processus de la thérapie. En revanche, la fonction actuelle, dans l'ici et maintenant, de la déformation opérée par le patient est importante. Le patient de Stern découvrit qu'il utilisait le thérapeute comme un bouclier contre sa conscience et sa peur présentes de la mort. Il se confronta progressivement à la mort et prit conscience que non seulement son transfert mais aussi ses symptômes constituaient des modalités infantiles de se prémunir contre la mort (par exemple, l'alcool constituait une « fusion symbolique avec la mère comme protection contre la mort »).

Chacun de ces patients fit des progrès significatifs, mais l'auteur, prudemment, fit remarquer que « le tournant considérable dans le traitement de ces patients peut être dû au fait que l'interprétation de la peur de la mort a été introduite après des années de travail laborieux, une fois apparue l'éventualité de la fin de l'analyse ». Dans chaque individu névrosé existe une couche d'angoisse de mort, qui peut être travaillée lors d'une thérapie approfondie, processus par ailleurs facilité par les interprétations que le thérapeute réalise non seulement des symptômes du patient mais aussi du transfert comme tentative de gérer la mort.

La mort ne peut être ignorée dans une entreprise majeure de connaissance de soi, car une tâche majeure de l'adulte est d'assumer la réalité du déclin et de l'affaiblissement. *La Divine Comédie*, œuvre écrite par Dante alors qu'il approchait de la quarantaine, peut être comprise à de nombreux niveaux allégoriques, mais témoigne également des préoccupations morbides de son auteur. Les premières lignes décrivent la confrontation terrifiante à sa propre mortalité qui survient souvent à l'âge mûr.

> « Au milieu du chemin de notre vie, je me retrouvai par une forêt obscure car la voie droite était perdue. Ah dire ce qu'elle était est chose dure cette forêt féroce et âpre et forte qui ranime la peur dans la pensée[29] ! »

Les personnes qui ont été soumises à de fortes détresses émotionnelles dans leur vie et qui ont érigé des défenses névrotiques articulées autour de l'auto-restriction traversent souvent des moments extrêmement difficiles en milieu de vie, lorsque le vieillissement et la mort imminente doivent être reconnues. Le thérapeute suivant un patient d'âge mûr doit garder à l'esprit qu'une large part de la psychopathologie découle de l'angoisse de mort, comme l'énonce clairement Jaques dans son essai sur la crise du milieu de vie :

> « Une personne qui atteint le milieu de vie sans avoir réussi à s'établir maritalement ou professionnellement ou s'étant établie par le biais d'une activité ou d'un déni maniaque entraînant un appauvrissement émotionnel est mal préparée aux exigences du milieu de vie et à goûter les joies de la maturité. Dans ce type de cas, la crise du milieu de vie et la prise de conscience adulte d'une conception de vie dans le cadre d'une mort personnelle approchante seront vraisemblablement vécues comme un moment de perturbation psychologique et de

dépression. La dépression pourra être évitée par un renforcement des défenses maniaques, avec une défense contre la dépression et la persécution des signes de l'âge et de la mort, mais au prix d'une accumulation d'angoisse persécutrice qui devra être affrontée lorsque l'inévitabilité du vieillissement et la mort exigera finalement d'être reconnue.

Les tentatives compulsives, chez de nombreux hommes et femmes en milieu de vie, pour rester jeunes, les préoccupations hypocondriaques relatives à la santé et à l'apparence physique, l'émergence de promiscuité sexuelle visant à prouver la jeunesse et la puissance, le vide et le manque de plaisir authentique à vivre, de même que la fréquence de préoccupations religieuses constituent des manifestations courantes. Elles constituent des formes de course contre le temps[30]. »

L'angoisse de mort comme symptôme majeur : une étude de cas

Souvent, des thérapeutes rencontrent des patients chez qui l'angoisse de mort joue un rôle si central et explicite qu'ils n'ont nul besoin de recourir à des hypothèses inférentielles. Ces patients s'avèrent souvent éprouvants, car leurs thérapeutes, lorsqu'ils comprennent qu'ils ne peuvent éluder l'enjeu de la mort, prennent conscience qu'ils ne disposent d'aucun outil conceptuel pour les guider dans leur travail.

Sylvia, que j'ai mentionnée précédemment dans ce chapitre comme participante du groupe de thérapie auquel appartenait Charles, était l'une de ces patientes. Cette architecte aisée de trente-six ans, divorcée, était en thérapie bon an mal an depuis une dizaine d'années. Elle était alcoolique, souffrait de dépression chronique, était angoissée, obèse, seule et sujette à une large palette de manifestations psychologiques parmi lesquelles migraines, urticaire, douleurs dorsales, troubles de l'audition et asthme. Elle était en conflit grave avec sa fille de treize ans et deux de ses enfants plus âgés qui, en raison de son alcoolisme et de son comportement imprévisible, avaient choisi de vivre avec leur père. Sa précédente thérapie (individuelle, groupe et familiale) avait apporté peu d'améliorations. Un an et demi de thérapie dans un groupe spécialisé pour patients alcooliques avait permis à Sylvia de maîtriser quelque peu son alcoolisme. Sur la plupart des autres plans, en revanche, elle restait sur un plateau de stress, la thérapie constituant simplement une modalité de maintien du statu quo.

L'arrivée de Charles dans le groupe thérapeutique (auquel elle appartenait depuis plusieurs mois) modifia radicalement le cours de sa thérapie. Elle la força à se confronter à l'idée de la mort, ce qui permit l'émergence de thématiques jusque-là négligées dans le tableau clinique.

La première réaction de Sylvia lors de l'annonce par Charles de son cancer incurable fut irrationnelle. J'ai décrit précédemment la réaction de colère intense qu'elle éprouva à son égard face à son attitude de renoncement et à son refus de recourir à d'autres formes de soins que les traitements médicaux conventionnels. Deux semaines après cette annonce, Sylvia eut une réaction de panique. Elle avait acheté un nouveau canapé en cuir pour sa maison, mais se montrait curieusement gênée par son odeur. Par ailleurs, elle sous-louait à un artiste et se mit en tête que les émanations de sa peinture à l'huile étaient toxiques. Un soir, elle eut une éruption cutanée sur le visage et, au milieu de la nuit, se réveilla prise de panique, persuadée qu'elle allait mourir d'insuffisance respiratoire causée par une réaction allergique au canapé et aux émanations de peinture. Sa panique allant en s'accroissant, elle finit par appeler une ambulance. Elle recommença à boire et, trois semaines après l'arrivée de Charles dans le groupe, fut arrêtée pour conduite en état d'ébriété. Elle concéda qu'il s'agissait d'une forme de suicide et déclara que le suicide constituait une sorte de maîtrise de la mort, dans la mesure où il donne un contrôle actif de son destin, préférable à l'attente de « quelque chose d'horrible qui nous engloutira ». Son niveau d'angoisse resta élevé pendant plusieurs semaines ; elle se sentait si mal qu'elle envisagea de quitter le groupe. Parallèlement, elle acquit la conviction que « c'était son tour dans le groupe » et que j'essayais de me débarrasser d'elle. Quand, en raison de ses migraines continues, je la recommandai à un généraliste pour un examen médical, elle sombra dans une grave dépression et interpréta cette recommandation comme une déclaration de ma part que je ne souhaitais plus m'occuper d'elle et que je l'envoyais à quelqu'un d'autre. Lorsque le groupe accueillait de nouveaux membres, elle était persuadée que ces participants étaient chargés de la remplacer.

Une fois son angoisse initiale apaisée, Sylvia cessa d'éviter Charles et commença à entrer en contact avec lui, tout d'abord de manière ponctuelle, puis ensuite de manière plus positive. Lorsque, lors de séances, Charles se montrait déprimé ou angoissé, parmi tous les membres du groupe, ce fut Sylvia qui eut le courage de demander à haute voix si Charles n'était pas angoissé en raison de son cancer ou du temps qui passait. Progressivement, Sylvia commença à réfléchir et à parler davantage des enjeux importants pour elle : le vieillissement, sa peur d'avoir un cancer, sa terreur de la solitude. Elle devint préoccupée par la mort de sa mère et commença à penser aux événements entourant cette mort avec plus d'intensité et de détails qu'elle l'avait fait ces quinze dernières années. Ces thématiques avaient toujours été présentes, mais n'avaient jamais été travaillées de manière formelle en thérapie.

Le cas de Sylvia illustre de façon merveilleuse la façon dont le cadre de référence du thérapeute influence le contenu du matériel fourni par le patient. Ainsi, Sylvia souffrait depuis quinze ans d'insomnies graves et avait été suivie par de nombreux cliniciens avec toute une gamme d'approches et de tranquillisants. Quelques semaines après l'arrivée de Charles dans le groupe, elle parla de nouveau de cette insomnie qui avait mis les traitements en échec, mais cette fois, parce que le thérapeute était branché sur un autre canal, elle ajouta l'information que, depuis des années, elle se réveillait quasiment toutes les nuits entre deux et quatre heures du matin, en sueur, en se disant « Je ne veux pas mourir, je ne veux pas mourir ». En dix ans de thérapie (dont deux avec moi !), jamais elle ne l'avait mentionné à un thérapeute !

L'angoisse de mort appréhendée comme principe organisateur central permet à de nombreux symptômes et événements disparates de commencer à s'organiser en un schéma cohérent. Les attaques de panique de Sylvia, qui souvent déclenchaient des crises de boulimie ou d'alcoolisme, étaient presque toujours précipitées par une forme d'insulte à son corps ou des signes de maladie ou de détérioration physique. L'angoisse de mort de Sylvia se révélait toujours plus forte lorsqu'elle était seule. Le message implicite qu'elle passait à sa fille de treize ans était : « Ne grandis pas, ne me quitte pas. Je ne supporte pas d'être seule. J'ai besoin que tu restes à l'âge que tu as et que tu restes avec moi. Si tu ne grandis pas, je ne vieillirai pas. » Ce message affectait gravement sa fille, qui manifestait un comportement délinquant sérieux.

Le mécanisme de défense principal de Sylvia contre la mort était constitué par la croyance en l'existence d'un sauveur ultime, croyance qui était à la base de son oralité omniprésente (qui s'exprimait pour partie dans son alcoolisme et son obésité) et apparaissait de manière évidente dans sa relation vis-à-vis de la thérapie et des thérapeutes, auxquels elle témoignait déférence et obséquiosité constantes. Sa plus grande crainte était d'être rejetée ou abandonnée par eux, raison pour laquelle elle exagérait sa vulnérabilité, dissimulait les progrès qu'elle réalisait et donnait souvent d'elle l'image d'une personne extrêmement perturbée et vulnérable. Sa tâche en thérapie semblait être de se présenter, via différentes stratégies, comme étant si faible que le thérapeute se verrait forcé de la prendre en main et de venir à son secours.

Plus Sylvia se confronta à ces enjeux, plus son angoisse augmentait. Bientôt, elle allait si mal qu'elle eut besoin d'un suivi plus fréquent que la séance hebdomadaire de thérapie de groupe. Je la reçus lors de quelques entretiens individuels au cours desquels nous procédâmes à une analyse focale de ses angoisses morbides.

La mort de sa mère avait constitué l'événement le plus douloureux de sa vie et elle ne parvenait pas à y penser sans horreur. Sa mère avait contracté un cancer du col de l'utérus ; alors âgée de vingt-cinq ans, Sylvia quitta sa famille, se précipita au chevet de sa mère et s'occupa d'elle le dernier mois de sa vie. À ce stade, sa mère était soit inconsciente soit dans un état de conscience très perturbé, en proie à des hallucinations et à de la paranoïa. Comme elle n'avait plus le contrôle de ses sphincters, sa mère avait besoin des soins constants de Sylvia. Elle mourut dans les excréments, dans une puanteur horrible, avec des raclements de gorge et du sang et du mucus coulant de sa bouche. Sylvia se souvint avoir senti à ce moment-là que sa tête se déconnectait de son corps, que sa tête gonflait et qu'elle allait se détacher de son corps (les mêmes migraines que celles suivant l'arrivée de Charles dans le groupe).

Sylvia avait de nombreux souvenirs d'enfance terrifiants relatifs à la mort. Son grand-père était décédé alors qu'elle avait sept ans, sa grand-mère quelques mois après. Elle se rappellait avoir vu sa grand-mère dans son cercueil et la certitude qu'elle avait eu alors qu'on lui avait coupé la gorge (rétrospectivement, elle pense que sa grand-mère avait été opérée de la thyroïde). Lorsqu'elle avait douze ans, une camarade d'école se noya ; elle assista à ses funérailles, ce qui se révéla pour elle être une expérience terrifiante.

Sylvia elle-même avait été une enfant à la santé fragile, qui, comme sa mère se plaisait à le raconter (y compris à la famille et aux amis), avait failli mourir. Elle avait souffert plusieurs fois de pneumonie les cinq premières années de sa vie. À l'âge de six ans, elle se cassa le bras et souffrit d'ostéomyélite chronique. Elle dut être opérée et se rappelle avec beaucoup d'angoisse le cône d'éther étouffant. Depuis, elle est toujours angoissée par l'anesthésie. Lors de ses accouchements, l'anesthésie suscita de telles angoisses de mort qu'elle eut de brefs épisodes psychotiques.

Son souvenir le plus précoce est celui « d'être morte » alors qu'elle était très jeune et qu'une tante lui massait les jambes, essayant peut-être de la ramener à la vie. Elle pense avoir peut-être été dans le coma et se souvient de sa tante, en pleurs. Elle se rappelle également qu'à chaque fois qu'on touchait son corps, elle ressentait une douleur atroce mais était incapable de parler ou de communiquer de quelque manière que ce soit pour demander à sa tante d'arrêter de la masser. Autre souvenir précoce, celui d'être morte et de flotter hors de son corps, et de tenter désespérément, mais en vain, de le rejoindre.

Outre ces deux expériences précoces qui l'ont exposée « trop et trop tôt » à la mort, plusieurs autres facteurs importants dans la vie de Sylvia l'ont empêchée d'instaurer des défenses conventionnelles contre la peur de la mort. Ainsi, elle n'a pu développer de sentiment de confiance à l'égard de sa mère ni de son père. Son père abandonna la famille alors qu'elle était petite ; elle se souvient de sa mère comme d'une personne non fiable et irresponsable. Sa mère paniquait à la moindre maladie ou blessure physique et appelait à la rescousse un membre de la famille pour administrer les soins nécessaires. Elle n'avait jamais été disponible pour elle, que ce soit physiquement ou émotionnellement : même lorsque Sylvia était préadolescente, la mère quittait la maison des jours durant, vraisemblablement pour rejoindre un homme, laissant la famille entière aux soins de Sylvia. Sa mère faisait face à sa propre mort avec une terreur incessante et fournit à Sylvia un modèle qui la sensibilisa plus encore à la peur de la mort. (De nombreux patients soulignent que le mode de confrontation à la mort de leurs parents joue un rôle extrêmement important dans la formation de leurs propres attitudes envers la mort. Ce constat n'est pas sans implications quant aux soins prodigués aux patients mourants : une façon de conserver du sens à la vie jusqu'à la toute fin est de garder en tête l'exemple que l'on donne aux autres.)

L'angoisse de mort de Sylvia était manifestement surdéterminée. Non seulement elle avait été confrontée trop tôt à trop – par le biais d'expériences précoces menaçantes et des rappels fréquents, par sa mère, de ces moments où elle avait frôlé la mort –, mais elle ne fut pas en mesure d'instaurer les défenses traditionnelles fondées sur le déni. Elle ne pouvait attendre de protection ni de secours de la part de ses parents : son père, en effet, était mort et sa mère était submergée par la vie. Elle ne pouvait pas non plus mettre à distance la mort ni développer de croyance en sa propre inviolabilité. La mort était une présence imminente, qui l'avait frôlée en plus d'une occasion, et elle se percevait comme très vulnérable et très fragile.

Sylvia se souvient d'avoir essayé de trouver un réconfort dans la religion et d'avoir imploré sa grand-mère de lui prouver qu'il y avait un Dieu, car si Dieu existait, il l'empêcherait de mourir ou prendrait soin d'elle lorsqu'elle mourrait. Elle avait été élevée dans la foi fondamentaliste baptiste, avec son lot de dogmes sur l'enfer et ses odeurs de soufre. Plusieurs fois, enfant, elle avait passé un marché avec Dieu : « Si tu m'épargnes, je me ferai nonne et je consacrerai ma vie à te servir. » Aujourd'hui, des dizaines d'années plus tard, Sylvia se sentait toujours coupable d'avoir failli à ce contrat.

Nos séances individuelles consacrées à l'anamnèse de ses préoccupations morbides s'avérèrent productives : Sylvia prit davantage conscience de la peur de la mort et du rôle que cette peur jouait dans sa vie. En groupe, elle réalisa la terreur qu'elle éprouvait à l'idée de vieillir, ainsi que la défense inadaptée articulée autour d'une manœuvre de « gel et de camouflage ». En d'autres termes, elle avait sursis à la vie et à la croissance, avec la pensée magique que la mort l'oublierait tout simplement. Elle négligeait son apparence physique et passait des soirées et des week-ends à végéter. Elle était devenue obèse, là encore sous l'effet de la pensée magique que si elle n'était ni mince ni émaciée comme sa mère, elle pourrait éviter la mort. (Hattie Rosenberg décrit une dynamique identique chez l'une de ses patientes[31].) La mise en suspens de sa vie lui apparut clairement dans le groupe lorsque l'un des participants masculins lui offrit des fleurs pour son anniversaire. Elle eut le souffle coupé en prenant conscience de l'intensité avec laquelle elle avait toujours voulu un compagnon et du fait qu'elle avait gâché toutes ses années en ne choisissant pas entre vivre et ne pas vivre.

Sylvia prit également conscience du fait qu'elle s'était traitée comme une mourante et qu'elle avait exigé des autres qu'ils la traitent à l'identique. Une fois, alors qu'on l'attaquait dans le groupe sur ses ruminations hypocondriaques, elle laissa échapper : « Comment pouvez-vous me traiter de la sorte alors que je suis mourante ? » Elle réalisa l'absurdité de son propos, mais comprit aussi qu'elle se tenait les mêmes propos *sotto voce* depuis longtemps.

Une large part du travail de Sylvia dans le groupe s'articula autour de sa relation à Charles et à moi. Son lien à Charles gagna en consistance : Sylvia cessa de nier qu'il était malade, de l'inciter à consulter un guérisseur et de rivaliser avec lui dans le groupe pour le titre de personne la plus proche de la mort. Semaine après semaine, elle commença à abandonner progressivement sa croyance en mon omnipotence. Alors qu'elle tentait de s'accrocher à une image de moi où elle me voyait plus grand que nature, elle prit également conscience de son agacement vis-à-vis de ma faillibilité. Je veillais soigneusement à ne pas occuper une posture omnisciente et à me montrer aussi ouvert et transparent que possible. Les progrès de Sylvia se firent tangibles et solides. Elle commença à faire face à la mort plutôt qu'à être paralysée par elle. Elle prit conscience que, par le passé, pour fuir son angoisse de mort, elle avait tenté de fusionner avec son thérapeute ou ses amis. Même la télévision servait la même fonction : lorsqu'elle était très angoissée, elle regardait pendant très longtemps la télévision car « le simple fait d'entendre une voix me permettait de sentir que j'étais toujours en vie ». Elle cessa d'avoir peur de la solitude et commença à sentir qu'il lui serait possible de vivre une vie satisfaisante même sans le confort d'une relation de dépendance à l'égard d'un enfant ou d'un homme. (Un vieil adage affirme : « Celui qui porte sa propre lumière n'a pas peur du noir. »)

Elle commença à prendre soin d'elle, à perdre du poids, et à se construire une vie sociale en dehors du groupe. Pendant deux ans, le groupe avait constitué la totalité de son monde social. Nous prîmes conscience qu'il allait bientôt être le moment pour elle de quitter le groupe lorsque, lors d'une séance, elle annonça qu'elle devait partir trente minutes avant la fin de la séance en raison d'une invitation à dîner. Pour le groupe, l'élément le plus frappant se produisit lorsque Sylvia annonça que, depuis plusieurs semaines, elle songeait quotidiennement à la mort de sa mère, non sous la forme d'une rumination obsessionnelle comme par le passé, mais d'une réflexion consciente sur tous les aspects horribles de son décès, avec pour objectif de s'y familiariser afin de les maîtriser. Il s'agissait d'une décision très importante, dans la mesure où cet objectif émanait d'elle et qu'il ne lui avait pas été suggéré par un thérapeute. Pendant des années, elle avait été obsédée par l'idée qu'elle mourrait au même âge que sa mère. Le groupe lui fit la remarque qu'elle n'en parlait plus, ce à quoi elle répondit : « Je n'y ai pas pensé depuis longtemps. Cela ne fait plus partie de mon expérience. Je suis dans la vie maintenant. »

Elle prit la décision ferme d'arrêter le groupe et, de manière prévisible, expérimenta une recrudescence de nombre de ses symptômes : cauchemars, attaques de panique au milieu de la nuit, désirs fugaces de s'en remettre à une figure d'autorité dans l'espoir d'un soulagement. Néanmoins, cette exacerbation de sa symptomatologie fut de courte durée, peut-être en partie du fait que le thérapeute l'avait évoquée comme possible conséquence à sa décision d'arrêter le groupe. Lors de sa dernière séance dans le groupe, elle relata le rêve suivant :

> « Je me trouvais dans une grande caverne où un guide m'avait promis de me montrer une exposition éblouissante. Toutefois, il n'y avait rien dans la cave, pas de tableaux ni d'œuvres d'art d'aucune sorte. Il me conduisit ensuite dans une autre pièce, rectangulaire, peut-être de la taille de la pièce du groupe

> thérapeutique ici, où ne se trouvaient là encore ni tableaux ni exposition. La seule chose que je finis par voir fut deux fenêtres donnant sur un ciel gris et des chênes. Puis, en se dirigeant vers la sortie, le guide changea subitement d'apparence. Il avait des cheveux roux et un magnétisme si puissant que je pensai qu'il était électrique. Il se passait quelque chose de vraiment très très fort entre nous. Peu de temps après, je le revis, et il avait perdu tout son magnétisme et était redevenu un homme normal en jeans. »

Ce rêve constitue une magnifique et poignante description de l'abandon de la magie ; il décrit Sylvia renonçant à sa croyance illusoire en un sauveur ultime. Dans le rêve, je ne suis pas en mesure de lui montrer une exposition éblouissante ; au lieu de tableaux enchanteurs, je ne peux que lui offrir des fenêtres donnant sur la morne réalité du monde. Vers la fin du rêve, Sylvia tente une dernière fois de me parer de traits magiques : je deviens soudain une figure aux qualités suprahumaines. Mais le sort auto-illusoire a perdu de sa résistance et je redeviens bientôt ce que je suis réellement : un guide, ni plus, ni moins.

Sylvia avait toujours terminé de manière spasmodique ses précédentes thérapies. Elle redoutait tant la séparation, les au revoir et l'acceptation du fait que les pouvoirs du thérapeute étaient limités, qu'elle avait toujours évité les dernières séances et avait coupé le lien brutalement. Maintenant, elle se confrontait directement au processus de séparation (et ses renvois sous-jacents à la mort) de la même manière dont elle se confrontait à l'angoisse de mort : au lieu de se laisser submerger, elle l'acceptait et le traversait afin de vivre une vie plus riche que celle qu'elle avait connue auparavant.

CONFIGURATIONS PROBLÉMATIQUES EN PSYCHOTHÉRAPIE

Déni conjoint du patient et du thérapeute

En dépit de l'omniprésence de la mort et de la vaste palette d'opportunités permettant de la travailler, la plupart des thérapeutes trouveront extrêmement ardue la tâche consistant à accroître la sensibilisation à la mort du patient et à travailler l'angoisse de mort. Le déni rôde à chacune des étapes. La peur de la mort existe à tous les niveaux de perception, des niveaux les plus conscients, superficiels et mentalisés, aux couches les plus profondes de l'inconscient. Souvent, la réceptivité d'un patient, à des niveaux superficiels, de l'interprétation du thérapeute agit au service du déni à l'œuvre dans les couches les plus profondes. Un patient peut se montrer ouvert à la suggestion du thérapeute de contacter les émotions suscitées en lui par la finitude, mais peu à peu la séance devient improductive, le matériel s'assèche et le discours se mentalise. Dans de tels moments, le thérapeute se doit à tout prix d'éviter d'en venir à la conclusion erronée qu'il creuse un puits asséché. Le blocage, l'absence d'associations, la dissociation de l'affect constituent des expressions des résistances à l'œuvre et doivent être pris en compte comme il se doit. L'une des premières découvertes de Freud dans sa pratique de la thérapie dynamique fut de déceler que le thérapeute se heurte constamment dans le travail à une force chez le patient visant à s'opposer au travail thérapeutique. (« Par mon travail psychique je devais vaincre chez le malade une force psychique qui s'opposait à la prise de conscience [au retour du souvenir] des représentations pathogènes[32]. »)

Le thérapeute se doit de persévérer. Il doit continuer encore et toujours à collecter les données, à travailler à partir des rêves, à persister dans ses observations, à souligner les mêmes éléments, bien qu'avec des accentuations différentes. Des remarques relatives à la présence de la mort peuvent paraître si banales, si manifestement évidentes que le thérapeute peut se sentir idiot à les répéter de la sorte. Pourtant, simplicité et constance sont nécessaires pour venir à bout du déni. Lors d'une séance de suivi quelques mois après la fin de sa thérapie, une patiente, personne déprimée, masochiste et suicidaire, évoqua la remarque la plus importante pour elle que j'avais faite lors de la thérapie. Elle avait souvent évoqué son désir de mourir et, à d'autres moments, les différentes choses qu'elle aimerait faire dans la vie. Plus d'une fois, je lui avais fait la remarque, d'une simplicité embarrassante, qu'il n'existait qu'une séquence possible pour ces événements : expérimenter d'abord et mourir ensuite.

Naturellement, le déni n'est pas uniquement à l'œuvre chez le patient. Il se produit ainsi très souvent une collusion silencieuse entre le déni du thérapeute et celui du patient. Le thérapeute, tout autant que le patient, doit se confronter à la mort et ressent de l'angoisse. Beaucoup de préparation s'avère nécessaire chez le thérapeute, qui, dans son travail quotidien, doit prendre en compte cette sensibilisation à la mort. Mon cothérapeute et moi-même nous en sommes rendu vraiment compte lorsque nous conduisions un groupe de patients atteints de cancers métastasés. Pendant les premiers mois, les échanges dans le groupe s'en tinrent à un niveau superficiel : médecins, traitements, alimentation, douleur, épuisement, limites physiques, etc. Nous considérions que cette superficialité était de nature défensive, témoignant de l'intensité de la peur et du désespoir des patients. Nous respectâmes cette défense et conduisîmes le groupe de manière extrêmement prudente.

Ce n'est que bien plus tard que nous prîmes conscience que nous, thérapeutes, avions joué un rôle actif dans le maintien du groupe à ce niveau superficiel. Lorsqu'il nous fut possible de supporter notre angoisse et de suivre les pistes des patients, aucun sujet ne s'avéra terrifiant au point d'empêcher le groupe de l'aborder de façon explicite et constructive. Souvent, les échanges se révélaient extraordinairement douloureux pour les thérapeutes. Le groupe était observé à travers un miroir sans tain par plusieurs étudiants en psychiatrie, dont certains durent en plusieurs occasions quitter la pièce d'observation afin de se ressaisir. L'expérience avec des patients mourants en avait incité plusieurs à reprendre un parcours thérapeutique personnel, qui s'avéra souvent très profitable pour eux, puisque nombre d'entre eux n'avaient pas travaillé ces enjeux dans leurs expériences thérapeutiques initiales, plus conventionnelles.

Si un thérapeute doit aider les patients à se confronter et à intégrer la mort dans la vie, il doit avoir travaillé lui-même ces enjeux. Les rites d'initiation des guérisseurs de certaines cultures primitives offrent un parallèle intéressant, car nombre de ces rites imposent au chaman d'avoir lui-même traversé certaines expériences extatiques impliquant souffrance, mort et résurrection. Parfois, ces rites initiatiques consistent en une véritable maladie ; la personne qui flotte longtemps entre la vie et la mort devient chaman. En règle générale, cette expérience prend la forme d'une vision mystique. Un chaman tongouse (une tribu sibérienne) doit ainsi suivre une initiation consistant en une confrontation entre lui et ses ancêtres chamans, au cours de laquelle ces derniers le percent de leurs flèches, le lacèrent, lui brisent les os, boivent son sang, avant de lui redonner sa forme humaine, expérience nullement atypique[33]. Dans certaines cultures, le chaman débutant doit dormir sur une tombe ou rester attaché dans un cimetière pendant plusieurs nuits[34].

Pourquoi mettre le feu aux poudres ?

De nombreux thérapeutes évitent d'encourager le travail d'un patient sur la mort, non en raison d'un déni de leur part, mais sur la base d'une décision délibérée, fondée sur la conviction qu'un travail sur la mort aggraverait l'état du patient. Pourquoi mettre le feu aux poudres ? Pourquoi engager le patient sur une voie qui ne contribuera qu'à accroître son angoisse et à propos de laquelle on ne peut rien ? Tout le monde doit se confronter à la mort. Le patient névrosé n'a-t-il pas déjà suffisamment à faire sans être alourdi par le rappel de la potion amère qui attend tous les êtres humains ?

C'est une chose que de mettre au jour la problématique névrotique d'un patient : là, au moins, une action est possible. Mais une confrontation à la vraie réalité, aux faits immuables et amers de la vie, paraît tout autant irrationnelle qu'antithérapeutique. C'est du moins ce que pensent ces thérapeutes. Le patient aux prises avec des conflits œdipiens non résolus, par exemple, est en proie à des fantasmes qui le torturent : une configuration d'événements internes et externes qui se déroulèrent dans le passé subsiste dans l'inconscient pour lequel le temps n'existe pas et hante le patient. Les réactions du patient à des situations actuelles sont déformées par ce prisme et le patient continue d'agir comme par le passé. La fonction du thérapeute est claire : éclairer le présent, exposer et dissiper les démons du passé, aider le patient à détoxiquer des événements bénins en soi mais vécus irrationnellement comme toxiques.

Mais la mort ? La mort n'est pas un fantôme du passé. Elle n'est pas non plus bénigne. Qu'y faire ?

Angoisse accrue en thérapie. Il est vrai que la pensée de notre finitude possède un champ de force d'angoisse. Entrer dans ce champ équivaut à accroître l'angoisse. L'approche thérapeutique que je présente ici est dynamique et vise au dévoilement ; elle ne vise ni le soutien ni le refoulement. La thérapie existentielle accroît effectivement l'inconfort du patient. Il est impossible d'explorer les racines de son angoisse *sans, pendant un certain temps*, traverser une phase d'angoisse et de dépression accrues.

Le cas de Sylvia illustre bien ce processus. Après l'annonce au groupe de son cancer par Charles, elle connut une forte attaque d'angoisse, ainsi qu'une recrudescence de nombre de ses défenses originaires contre l'angoisse. Précédemment, j'ai décrit deux patientes présentées par Stern qui étaient en analyse individuelle longue et qui ne purent clôturer de façon satisfaisante leur thérapie qu'après avoir travaillé de manière approfondie et explicite la terreur mortelle découlant de la peur de la mort[35]. Lorsque la thérapie de ces deux patients pénétra la sphère de l'angoisse de mort, les deux connurent une recrudescence intense de leur dysphorie. Lorsqu'un de ces patients travailla son fantasme de l'analyste comme figure de protection contre la mort et qu'il prit conscience que l'analyste ne serait pas son sauveur, il sombra dans une profonde dépression. « Son hyperactivité professionnelle et ses loisirs laissèrent la place à des sentiments de totale vulnérabilité, de confusion, de dissolution d'identité, ce qui entraîna la régression vers des désirs symbiotiques ambivalents, désirs d'incorporation orale de sa femme, de l'analyste et une rage terrible envers les deux. » L'autre patient prit également conscience que ses défenses névrotiques ne le protégeraient pas contre la mort et son analyse suivit un parcours similaire. « Il sombra dans la dépression, se sentait constamment comme dans un brouillard et connut une recrudescence de nombreux schémas infantiles, ultime protection désespérée contre la mort. » Les quatre patients dont les cas sont présentés par Stern connurent aussi une recrudescence de leur dysphorie et une dépression temporaire lorsqu'ils se confrontèrent au traumatisme que serait la mort.

Bugental, dans une excellente contribution, qualifie cette phase de traitement de « crise existentielle », crise inévitable qui survient lorsque les défenses contre l'angoisse existentielle tombent, permettant au sujet d'appréhender véritablement sa situation fondamentale d'être humain[36].

PLAISIR DE VIVRE ET ANGOISSE DE MORT : POSTURE THÉRAPEUTIQUE

D'un point de vue conceptuel, le thérapeute fait bien de garder à l'esprit que l'angoisse entourant la mort s'avère tout à la fois névrotique et normale. Tous les êtres humains expérimentent de l'angoisse de mort, mais certains dans de telles proportions qu'elle envahit d'autres domaines de leur vie et entraîne une dysphorie accrue et/ou l'instauration de défenses qui limitent la croissance et génèrent souvent une angoisse secondaire. J'ai déjà traité des raisons pour lesquelles la condition de l'être humain suscite de la dépression chez certaines personnes : ces personnes, en raison d'une série d'expériences de vie inhabituelles, sont excessivement affectées par l'angoisse de mort et ne parviennent pas à ériger les défenses « normales » contre de l'angoisse existentielle. Le thérapeute assiste alors à un échec de la régulation homéostatique de l'angoisse de mort.

Une approche possible pour le thérapeute consiste à travailler sur la dynamique du patient à l'origine de cette perturbation de la régulation. Sur ce plan, l'équation suivante peut, je le crois, s'avérer extrêmement utile pour le clinicien : *l'angoisse de mort est inversement proportionnelle au plaisir de vivre.*

Les conclusions des recherches de John Hinton s'avèrent particulièrement intéressantes à ce sujet[37]. Il étudia soixante patients cancéreux en phase terminale et corréla leurs attitudes (y compris le « sentiment de satisfaction ou d'accomplissement dans la vie ») avec leurs sentiments et leurs réactions pendant la maladie. Ce sentiment de satisfaction fut évalué par des entretiens avec le patient et son conjoint ; les sentiments et les réactions pendant la maladie furent quant à eux mesurés au moyen d'entretiens avec les patients et d'échelles complétées par les infirmières et les conjoints. Les résultats démontrèrent de manière significative que « la perspective de la mort semblait moins perturbante lorsque le patient avait le sentiment d'avoir bien vécu… Une moindre satisfaction de la vie passée s'accompagnait d'une vision plus perturbée de la maladie et de son issue. » Moins la vie est satisfaisante, plus la dépression, l'angoisse, la colère, les préoccupations relatives à la maladie et à l'adéquation des traitements et du personnel médical sont fortes.

Ces résultats semblent contre-intuitifs, dans la mesure où, à un niveau superficiel, il serait aisé de conclure que la personne insatisfaite de sa vie et sans illusions accueillerait le répit que constitue la mort. En fait, l'inverse se produit : un sentiment d'accomplissement et l'impression d'avoir bien vécu apaise la terreur de la mort. Nietzsche, avec son hyperbole caractéristique, affirmait ainsi : « Tout ce qui est devenu parfait, tout ce qui est à maturité, souhaite mourir. (...) Tout ce qui n'est pas à maturité veut vivre, afin de devenir mûr et joyeux et de pouvoir souhaiter ardemment tout ce qui est plus loin, plus haut et plus éclatant[38]. »

La posture du thérapeute est toute trouvée ! S'il peut aider le patient à expérimenter une plus grande satisfaction face à sa vie, il peut apaiser l'angoisse excessive. Bien entendu, cette équation est circulaire dans la mesure où cette angoisse de mort excessive entraîne chez le patient une vie plus restreinte, visant davantage la sécurité, la survie et l'apaisement de la souffrance que la croissance et l'accomplissement de soi. Searles souligne également ce dilemme : « Le patient ne peut se confronter à la mort tant qu'il n'est pas une personne entière, mais il ne peut devenir une personne entière qu'en se confrontant à la mort. » Ce dilemme (particulièrement aigu, selon Searles, chez les patients schizophrènes) est que « la confrontation à l'angoisse relative à la finitude de la vie est trop intense à moins de disposer de la connaissance étayante que l'on est une personne entière... Une personne ne peut supporter la confrontation à la perspective d'une mort inévitable tant qu'elle n'a pas fait l'expérience de vivre pleinement. Le schizophrène, quant à lui, n'a pas encore fait cette expérience[39] ».

Il existe néanmoins une posture thérapeutique possible. Le thérapeute ne doit pas se laisser impressionner par le passé. Il n'est pas nécessaire d'expérimenter quarante ans de vie pleine et intégrée pour compenser les quarante précédentes d'une vie à demi vécue. Ivan Illitch, le personnage imaginé par Tolstoï, traverse une crise existentielle du fait de sa confrontation à la mort et, alors qu'il ne lui reste que quelques jours à vivre, se transforme et est en mesure, rétrospectivement, de trouver un sens à toute sa vie.

Moins la vie est satisfaisante et plus l'angoisse de mort est forte. Ce principe est clairement illustré par l'un de mes patients, Philip, cadre de cinquante-trois ans à la carrière professionnelle brillante. Philip avait toujours été un bourreau de travail ; il travaillait entre soixante et soixante-dix heures par semaine, rapportait toujours du travail à la maison et, ces deux dernières années, travaillait sur la côte Est et rentrait chez lui sur la côte Ouest pour les week-ends. Sa vie lui apportait peu de satisfactions : son travail lui procurait de la sécurité, non du plaisir ; il travaillait, non parce qu'il le voulait, mais parce qu'il le devait, afin d'apaiser son angoisse. Il connaissait à peine sa femme et ses enfants. Dans le passé, sa femme avait eu une brève liaison extraconjugale qu'il ne lui avait jamais pardonnée – pas tant à cause de la liaison en soi et de la souffrance éprouvée, mais parce que cela le détournait de son travail. Sa femme et ses enfants avaient souffert de cet éloignement. Lui n'avait jamais pu être en contact avec cette source potentielle d'amour, de satisfaction et de sens.

Une catastrophe se produisit alors qui abattit toutes les défenses de Philip. En raison d'une crise sévère de l'industrie aéronautique, son entreprise fut absorbée par un groupe. Philip se retrouva soudain privé d'emploi et, en raison de son âge et de son niveau de qualification, devant la perspective de ne jamais en retrouver. Il fut en proie à une angoisse intense et, à ce stade, sollicita de l'aide en psychothérapie. Tout d'abord, son angoisse concernait entièrement son travail : Philip était en proie à des ruminations constantes. Réveillé très souvent à quatre heures du matin sans pouvoir se rendormir, il restait éveillé des heures durant à penser au travail : comment annoncer la nouvelle à ses employés, comment mettre progressivement un terme aux activités de son service, comment exprimer sa colère devant la façon dont on l'avait traité.

Philip n'était pas parvenu à retrouver un poste et, à mesure que son dernier jour en poste approchait, il fut en proie à de la frénésie. Il devint manifeste que Philip éprouvait une angoisse de mort considérable. La nuit, il était torturé par un rêve dans lequel il tournait autour d'un « puits noir ». Dans un autre rêve récurrent, il marchait sur une plage le long de la crête étroite d'une dune escarpée, puis perdait l'équilibre. Il se réveillait systématiquement de ce rêve en murmurant : « Je ne vais pas y arriver. » (Son père était un marin qui s'était noyé avant la naissance de Philip.)

La situation financière de Philip était confortable : il allait percevoir une généreuse indemnité de départ et un récent héritage lui procurait une grande sécurité. Mais le temps ! Qu'allait-il faire de tout ce temps ? Rien n'avait beaucoup d'importance pour Philip ; bientôt il sombra dans le désespoir. Puis, une nuit, un événement important se produisit. Il n'avait pas réussi à aller se coucher et – il était environ trois heures du matin – il descendit pour lire et se faire une tasse de thé. Il entendit du bruit à la fenêtre, alla voir et se retrouva nez à nez avec un cambrioleur dont le visage était dissimulé par un bas. Une fois le choc passé, la police partie et les recherches interrompues, Philip eut une véritable crise de panique. Une pensée lui vint, une pensée discordante, qui ébranla considérablement tout son système : « Quelque chose aurait pu arriver à Mary et aux enfants. » Lors de notre séance de thérapie, il décrivit cet événement, sa réaction, de même que la pensée qui lui vint. Au lieu de le réconforter, je lui rappelai que quelque chose arriverait à Mary, aux enfants et à lui aussi.

Philip traversa une période où il se sentit perturbé et vacillant. Toutes ses structures habituelles de déni ne fonctionnaient plus : son travail, sa particularité, la quête de la gloire, son sens de l'invulnérabilité. Tout comme il s'était retrouvé nez à nez avec le cambrioleur, il se trouvait confronté, tout d'abord de manière fugace mais ensuite de manière plus régulière, à certains fondamentaux de la vie : le caractère aléatoire des choses, le passage inexorable du temps et l'inévitabilité de la mort. Cette confrontation donna à Philip un sentiment d'urgence et il travailla dur en thérapie pour trouver un peu de satisfaction et de sens à sa vie. Nous travaillâmes plus particulièrement sur l'intimité, source importante de satisfaction dont il n'avait jamais profité dans sa vie.

Philip avait tant investi dans sa croyance en sa particularité qu'il redoutait de faire face à ses sentiments de vulnérabilité et de s'en ouvrir aux autres. Je l'encourageai à dire la vérité à ses interlocuteurs – il était au chômage et avait des difficultés à retrouver un emploi – et de prêter attention à ses sentiments. Dans un premier temps, il se montra réticent, mais petit à petit, il apprit que le partage des vulnérabilités ouvrait la porte à l'intimité. Lors d'une séance, je proposai d'envoyer son CV à l'un de mes amis, président d'entreprise dans un domaine voisin, qui aurait peut-être un poste à lui proposer. Philip me remercia de manière polie et formelle, mais en allant à sa voiture, « pleura comme un bébé » pour la première fois en trente-cinq ans. Nous parlâmes beaucoup de ces larmes, leur signification, ce qu'il ressentit, la raison pour laquelle il lui était impossible de pleurer devant moi. À mesure qu'il apprit à accepter sa vulnérabilité, son sens de la communion, tout d'abord avec moi puis ensuite avec sa famille, s'approfondit ; il atteint avec les autres un niveau d'intimité qu'il n'avait jamais connu. Sa façon de concevoir le temps changea radicalement : il ne voyait plus le temps comme un ennemi devant être caché ou vaincu. Désormais, avec des jours entiers libres, il commença à savourer le temps et à s'en délecter. Il entra également en contact avec d'autres parties de lui, en sommeil, et pour la première fois en des dizaines d'années, autorisa certaines de ses pulsions créatrices à s'exprimer par la peinture et l'écriture. Au bout de huit mois de chômage, Philip obtint un nouveau poste très intéressant dans une autre ville. Lors de notre dernière séance, il déclara : « J'ai connu l'enfer ces derniers mois. Mais, vous savez, aussi horrible que cela ait pu être, je suis heureux de n'avoir pas retrouvé immédiatement du travail. Je ne regrette pas ce par quoi j'ai dû passer. » Philip apprit en effet qu'une vie vouée à la dissimulation de la réalité, au déni de la mort, limite l'expérience et finit toujours par s'effondrer sur soi.

LA DÉSENSIBILISATION À LA MORT

La « désensibilisation » est un autre de ces concepts offrant une posture thérapeutique vis-à-vis de l'angoisse de mort. En dépit du caractère grossier de l'expression « désensibilisation à la mort » dans la juxtaposition qu'elle impose entre les enjeux humains les plus fondamentaux et ce qui relèverait de techniques purement mécaniques, il est difficile de la qualifier autrement dans un exposé des techniques thérapeutiques utilisables face à l'angoisse de mort. Il semblerait qu'un contact répété ait la capacité de nous habituer à tout, même à la mort. Le thérapeute peut aider le patient à gérer la terreur de la mort en recourant à des techniques similaires à celles qu'il emploie pour apprivoiser les autres formes de terreur, en exposant le patient encore et toujours à cette terreur mais à dose homéopathique, lui permettant ce faisant de se familiariser avec l'objet redouté et de l'inspecter sous toutes ses formes.

Montaigne, à qui ce principe n'était pas inconnu, écrit ainsi :

> « Apprenons à le soustenir de pied ferme, et à le combattre : Et pour commencer à luy oster son plus grand avantage contre nous, prenons voye toute contraire à la commune. Ostons luy l'estrangeté, pratiquons le, accoustumons le, n'ayons rien si souvent en la teste que la mort : à tous instants représentons la à nostre imagination et en tous visages[40]. »

En plusieurs années de travail de groupe auprès de patients cancéreux, il m'a souvent été donné de voir à l'œuvre ce processus de désensibilisation. Le patient contacte de manière répétée sa terreur jusqu'à ce qu'elle disparaisse progressivement par le simple processus d'apprivoisement et de familiarité. L'exemple donné par d'autres patients et par le thérapeute – qu'il s'agisse de détermination, d'acceptation stoïque inquiète ou d'équanimité – contribue à détoxiquer la mort pour de nombreux patients.

Un principe simple de l'approche comportementale de réduction de l'angoisse consiste à exposer le patient au stimulus redouté (dans des doses soigneusement calibrées) dans un cadre psychologique conçu pour retarder la manifestation de l'angoisse. L'approche groupale permet l'instauration d'un tel cadre. Les séances de groupe commençaient (et se terminaient) souvent par un exercice de méditation ou de relaxation corporelle ; chaque patient était entouré de personnes atteintes de la même maladie ; tous se faisaient confiance et se sentaient totalement compris. L'exposition était progressive, dans la mesure où l'un des principes de fonctionnement du groupe était de permettre à chacun d'avancer à sa vitesse et qu'aucune pression n'était exercée sur quiconque pour l'obliger à se confronter à plus qu'il ne le souhaitait.

Dans la gestion de l'angoisse, un autre principe utile est constitué par la dissection et l'analyse. Le sentiment personnel d'une catastrophe organismique se compose généralement de nombreux composants de peur sur lesquels une analyse rationnelle peut agir. Il peut s'avérer profitable d'encourager le patient (standard et mourant) à réfléchir à sa mort et à identifier les différents composants de peur. De nombreuses personnes se sentent submergées par un sentiment d'impuissance devant la mort ; il s'avère en effet que les groupes de patients mourants avec lesquels j'ai travaillé consacraient beaucoup de temps à lutter contre cette source de terreur. La stratégie principale consiste à séparer les *sentiments* secondaires d'impuissance de la véritable impuissance qui se manifeste lors de cette confrontation à notre situation existentielle inaltérable. J'ai vu des patients mourants retrouver un sentiment de puissance et de maîtrise en se concentrant sur les aspects de leur vie sur lesquels il leur était possible d'exercer un contrôle. Un patient peut ainsi modifier son mode d'interaction avec son médecin : il peut insister pour être totalement informé de sa maladie ou consulté pour les décisions importantes relatives au traitement. Il peut également changer de médecin si le sien ne lui donne pas satisfaction. D'autres patients s'impliquent dans le champ social. D'autres encore développent leur sens de leur liberté personnelle en découvrant avec exaltation qu'ils peuvent choisir de ne pas faire les choses qu'ils ne désirent pas faire. Ceux qui croient que de nouvelles manières de gérer le stress psychologique peuvent influer sur le cours de leur maladie s'impliquent de manière active en psychothérapie. Et, même lorsque tout le reste semble hors de contrôle, même dans ce cas une personne a le pouvoir de contrôler son attitude envers son destin, de reconstruire ce qui ne peut être nié.

La peur possède plusieurs composantes : la douleur de mourir, l'au-delà, la peur de l'inconnu, les inquiétudes pour sa famille, la peur de ce qui arrivera à son corps, la solitude, la régression. Dans les pays occidentaux prisant la réussite, la mort est curieusement assimilée à l'échec. Ces composantes, examinées séparément et de façon rationnelle, sont moins effrayantes que la gestalt entière. Elles constituent chacune un aspect clairement déplaisant du fait de mourir ; pourtant, séparément ou ensemble, elles ne justifient pas de réaction cataclysmique. Il n'en demeure pas moins significatif que de nombreux patients, lorsqu'ils sont invités à analyser leur terreur de la mort, découvrent qu'elle ne recouvre aucun de ces aspects mais renvoie à quelque chose de primaire et d'ineffable. Dans l'inconscient adulte sommeille la terreur irrationnelle du jeune enfant : la mort est expérimentée comme une force maléfique, cruelle et mutilante. Souvenez-vous de ces terribles fantasmes infantiles présentés dans le chapitre 3 : la vision que les enfants ont de la mort est bien plus horrible que celle des adultes. Ces fantasmes, à l'instar des angoisses œdipiennes ou des angoisses de castration, constituent des étiquettes atavistes inconscientes qui viennent perturber la capacité adulte à identifier la réalité et à y réagir de façon appropriée. Le thérapeute travaille avec ces peurs comme avec toutes les autres déformations de la réalité : il tente d'identifier, d'éclairer et de dissiper ces fantômes du passé.

La désensibilisation à la mort : preuves empiriques

Plusieurs études de la littérature psychiatrique (à commencer par les thèses de psychologie) décrivent des ateliers de sensibilisation à la mort qui recourent à de nombreuses approches de désensibilisation et mesurent des changements quantitatifs en matière d'angoisse de mort. Un atelier marathon de huit heures – structuré autour d'échanges sur la mort, la projection d'un film sur la mort, des fantasmes guidés (dans un état de profonde relaxation musculaire) sur la maladie incurable de chaque participant, la mort, l'enterrement – fit état chez les huit sujets participants (par comparaison à un échantillon de contrôle ne participant à aucun groupe) d'une « réorganisation des conceptions relatives à la mort », d'un moindre recours au déni dans la confrontation à leur mort et, après un suivi de huit semaines, de scores moins élevés aux tests de mesure de l'angoisse de mort. Dans des entretiens conduits à l'issue du groupe, certains sujets attestèrent spontanément que cet atelier avait entraîné d'autres changements significatifs dans leur vie. Un sujet alcoolique, par exemple, indiqua que ce séminaire avait eu un impact énorme sur lui : il avait décidé qu'il ne souhaitait pas connaître la mort avilissante d'un alcoolique et était devenu complètement abstinent[41].

Un autre programme de désensibilisation à la mort, dénommé SYATD (*Shaping your attitudes toward death*, littéralement « modeler vos attitudes envers la mort »), permit de diminuer la peur de la mort (mesurée par deux échelles de mesure de l'angoisse manifeste[42]). Un atelier intitulé « mort et découverte de soi » produisit une angoisse de mort accrue, mais aussi un sentiment *accru* du sens de la vie[43]. D'autres études font état d'une réduction de l'angoisse après ce type d'atelier, avec un retour en quatre semaines aux niveaux précédant l'atelier[44]. Enfin, une formation de six semaines destinée à des infirmières n'eut pas de conséquences immédiates sur l'angoisse de mort mais produisit une diminution significative des niveaux d'angoisse au bout de quatre semaines[45].

La mort n'est qu'une composante de la situation existentielle de l'homme, de sorte qu'une sensibilité accrue à la mort ne constitue qu'une des facettes de la thérapie existentielle. Pour parvenir à une approche thérapeutique totalement équilibrée, il convient de se pencher sur les implications thérapeutiques des autres enjeux ultimes. La mort nous permet de comprendre l'angoisse, offre une structure dynamique sur laquelle fonder l'interprétation et fait office d'expérience limite susceptible d'entraîner un changement radical de perspective. Chacun des autres enjeux que je vais maintenant aborder contribue également à constituer un autre segment d'une approche psychothérapique exhaustive : la *liberté* nous permet ainsi d'appréhender la prise de responsabilité, la détermination à changer, la décision et l'action ; l'*isolement* éclaire le rôle du lien, tandis que l'*absence de sens* attire notre attention sur le rôle de l'engagement.

PARTIE II

LA LIBERTÉ

Dans le chapitre relatif au concept de mort en psychothérapie, j'ai émis l'hypothèse que le clinicien pourrait trouver l'exposé « curieux », dans la mesure où l'approche existentielle fait fi des catégories traditionnelles pour regrouper différemment les observations cliniques, mais aussi « familier », car le clinicien est à même d'appréhender dans sa chair l'importance et l'omniprésence du concept de mort. Ces adjectifs pourraient s'appliquer tout autant à la présente section. Bien que le terme « liberté » ne figure pas dans le lexique du psychothérapeute, le concept de liberté joue un rôle crucial dans la théorie comme dans la pratique de toutes les thérapies traditionnelles et novatrices. Pour illustrer ce thème, je vous proposerai divers événements et faits qui, ces dernières années, ont attiré mon attention dans ma pratique thérapeutique.

- Un thérapeute déclare à une patiente insistant sur le fait que son comportement est contrôlé par son inconscient : « À qui appartient cet inconscient ? »
- Un animateur de groupe agite une sonnette « je ne peux pas » toutes les fois qu'un patient de son groupe

affirme « je ne peux pas ». Le patient est alors invité à reformuler ses propos en « je ne veux pas ».

- Une patiente impliquée dans une relation extrêmement destructive affirme : « Je n'arrive pas à prendre de décision, je n'arrive pas à rompre, mais je prie pour le trouver au lit avec une autre afin d'arriver à le quitter. »
- Mon premier superviseur, un analyste freudien orthodoxe qui adhérait à la vision déterministe freudienne du comportement, me déclara il y a vingt ans lors de notre premier entretien : « L'objectif de la psychothérapie est d'amener le patient au point où il est en mesure de faire un choix libre. » Pourtant, en dépit de la cinquantaine de séances de supervision qui suivit, je ne me souviens pas qu'il ait de nouveau abordé cette question du « choix », qu'il énonçait pourtant comme l'objectif de toute thérapie.
- De nombreux thérapeutes incitent sans relâche leurs patients à modifier leur discours afin de s'approprier ce qui leur arrive. Passer, par exemple, de « il me tape sur les nerfs » à « je le laisse me taper sur les nerfs » et de « ma mémoire me joue des tours » à « lorsque je me sens blessée et que j'ai envie de pleurer, je me défends par de la confusion ».
- Un thérapeute demanda à un patient d'engager une conversation avec sa mère, décédée, et de répéter plusieurs fois cette phrase : « Je ne changerai pas tant que tu ne me traiteras pas autrement quand j'avais dix ans. »
- On raconte qu'Otto Will, thérapeute légendaire, aurait périodiquement interrompu les interminables ruminations d'un de ses patients extrêmement obsessionnel

par des suggestions du type : « Que diriez-vous de changer de nom et de vous installer en Californie ? »

- Un homme souffrant de compulsion sexuelle arriva à 17 heures par avion dans une ville où il avait un rendez-vous professionnel le lendemain matin. Encore à l'aéroport, il appela en hâte plusieurs femmes de sa connaissance pour organiser un rendez-vous sexuel le même soir. Pas de chance. Aucune n'était libre. (Bien entendu, il aurait tout à fait pu les contacter des jours, voire des semaines plus tôt.) Il eut une réaction de soulagement : « Dieu merci, je vais pouvoir passer une soirée tranquille à lire et me coucher tôt, ce qu'au fond de moi j'avais envie de faire depuis le début. »

Cette énumération constitue bien plus qu'un florilège de propos inconsidérés de patients et de techniques mises en œuvre de façon mécanique par des thérapeutes. Comme je le démontrerai, ces événements sont tous reliés par le fil rouge conceptuel de la liberté. Par ailleurs, au-delà de l'aspect anecdotique, les enjeux qu'ils recouvrent sont loin d'être secondaires. Chacun de ces événements possède des implications qui plongent dans les racines mêmes de l'existence et apportent un éclairage à l'enjeu de la liberté, tout en nous offrant un tremplin pour l'étude de cette thématique dans ses aspects thérapeutiques.

Pour le philosophe, la « liberté » est un concept à large spectre qui possède maintes implications personnelles, sociales, morales et politiques. Par ailleurs, cet enjeu est des plus polémiques : le débat philosophique entre liberté et causalité a cours depuis deux mille ans. Au fil des siècles, le concept de liberté absolue a toujours suscité une farouche opposition, car il se trouvait en contradiction avec les idéologies dominantes : tout d'abord la croyance en la Providence divine, puis la découverte des lois de la causalité scientifique, enfin, la vision hégélienne de l'histoire comme progression signifiante ou encore les théories déterministes marxiste ou freudienne. Toutefois, dans cette partie comme dans les autres, je me limiterai aux aspects de la liberté pertinents pour le clinicien dans sa pratique quotidienne : dans le chapitre 6, la liberté du sujet à créer sa propre vie et, dans le chapitre 7, la liberté du sujet de désirer, choisir, agir et – aspect essentiel en psychothérapie – changer.

6

La responsabilité

Le substantif « responsabilité » possède de nombreuses connotations. Ainsi, nous qualifions de « responsable » une personne fiable et digne de confiance. La « responsabilité » implique également la capacité à répondre de ses actes, sur les plans juridique, financier ou moral. Dans le champ de la santé mentale, la « responsabilité » renvoie à l'aptitude du patient à adopter une conduite rationnelle tout comme à celle du thérapeute à s'engager moralement vis-à-vis de son patient. Bien que toutes ces acceptions soient valides dans le présent exposé, j'emploierai ici la notion de « responsabilité » dans un sens spécifique, similaire à l'acception sartrienne selon laquelle être responsable, c'est être « l'auteur incontestable d'un événement ou d'un objet[1] ». La responsabilité suppose la paternité de cet événement ou de cet objet. Être conscient de sa responsabilité, c'est être conscient d'être le créateur de son *self*, de son destin, de ses situations de vie difficiles, de ses émotions et, le cas échéant, de sa souffrance. Pour le patient qui n'assume pas cette responsabilité et qui continue de blâmer les autres pour sa dysphorie

– personnes ou autres forces externes – aucune véritable thérapie n'est possible.

LA RESPONSABILITÉ COMME ENJEU EXISTENTIEL

Quels sont les aspects existentiels de la responsabilité ? Que la mort compte parmi ces enjeux existentiels relève de l'évidence : la mortalité et la finitude constituent des faits objectifs de l'existence. Toutefois, dès que nous nous aventurons sur le champ de la responsabilité ou, comme dans le chapitre suivant, de la volonté, ce référent existentiel ne présente plus ce degré d'évidence.

Au niveau le plus profond, la responsabilité est synonyme d'existence. J'en pris conscience il y a de nombreuses années par une expérience si forte qu'elle est restée très vivace à l'intérieur de moi. Je faisais de la plongée dans les eaux chaudes et claires d'un lagon tropical et goûtais, comme il m'arrive souvent dans l'eau, un profond sentiment de plaisir et de bien-être. Je me sentais chez moi. La chaleur de l'eau, la beauté du récif de corail, les petits poissons brillants et argentés, les majestueux scalaires, les anémones charnues, le plaisir esthétique éprouvé à fendre l'eau, tout concourait à créer cet Élysée sous-marin. Puis, pour des raisons que je continue d'ignorer, il se produisit soudain chez moi un changement radical de perspective. Je pris soudain conscience qu'aucun de mes compagnons sous-marins ne partageait mon expérience. Le scalaire ignorait qu'il était magnifique, les petits poissons qu'ils étincelaient, le corail qu'il brillait. Tout comme les oursins noirs ou les détritus (que j'essayais de ne pas voir) ignoraient leur laideur. L'impression de confort, de bien-être, de plaisir, la beauté : rien de tout cela n'existait véritablement. J'avais créé l'intégralité de l'expérience ! J'aurais tout aussi bien pu glisser dans des eaux polluées par du pétrole et jonchées de bidons de détergents en plastique et décider de trouver cette expérience belle ou dégoûtante. Au plus profond de moi, ce choix et cette création étaient mon œuvre. Selon la conception husserlienne, mon *noème* (« objet intentionnel ») avait explosé, et j'avais pris conscience de ma fonction constitutive, comme si j'avais entraperçu, par une déchirure dans le rideau de la réalité quotidienne, une réalité plus fondamentale encore, mais aussi profondément troublante.

Dans son roman *La Nausée,* dans l'un des passages les plus brillants de la littérature moderne, Sartre décrit ce moment d'illumination : la découverte de la responsabilité.

> « La racine du marronnier s'enfonçait dans la terre, juste au-dessous de mon banc. Je ne me rappelais plus que c'était une racine. Les mots s'étaient évanouis et, avec eux, la signification des choses, leurs modes d'emploi, les faibles repères que les hommes ont tracés à leur surface. J'étais assis, un peu voûté, la tête basse, seul en face de cette masse noire et noueuse, entièrement brute et qui me faisait peur. Et puis j'ai eu cette illumination.
>
> Ça m'a coupé le souffle. Jamais, avant ces derniers jours, je n'avais pressenti ce que voulait dire

> “exister”. J’étais comme les autres, comme ceux qui se promènent au bord de la mer dans leurs habits de printemps. Je disais comme eux “la mer est verte” ; “ce point blanc, là-haut, c’est une mouette”, mais je ne sentais pas que ça existait, que la mouette était une “mouette-existante” ; à l’ordinaire l’existence se cache. (...) Et puis voilà : tout d’un coup, c’était là, c’était clair comme le jour : l’existence s’était soudain dévoilée. Elle avait perdu son allure inoffensive de catégorie abstraite : c’était la pâte même des choses, cette racine était pétrie dans de l’existence. Ou plutôt la racine, les grilles du jardin, le banc, le gazon rare de la pelouse, tout ça s’était évanoui ; la diversité des choses, leur individualité n’était qu’une apparence, un vernis. Ce vernis avait fondu, il restait des masses monstrueuses et molles, en désordre – nues, d’une effrayante et obscène nudité.
>
> (...) Cette racine, au contraire, existait dans la mesure où je ne pouvais l’expliquer. Noueuse, inerte, sans nom, elle me fascinait, m’emplissait les yeux, me ramenait sans cesse à sa propre existence. J’avais beau me répéter : “C’est une racine”, ça ne prenait plus[2]. »

Le protagoniste de Sartre se confronte aux « masses monstrueuses » brutes, à la « pâte même des choses », qui n’ont en soi ni forme ni sens jusqu’à ce qu’il en pourvoie un. La connaissance de sa « situation » véritable s’abat sur lui lorsqu’il découvre la responsabilité qu’il a envers le monde. Le monde n’acquiert de sens que par l'acte créatif opéré par l'être humain, que Sartre dénomme le « pour-soi ». Il n'existe aucune signification au monde en dehors de ou indépendamment de ce pour-soi.

Les philosophes occidentaux et orientaux se sont penchés sur le problème de la responsabilité humaine quant à la nature de la réalité. Au cœur de la révolution philosophique kantienne figure la posture selon laquelle la forme externe de la réalité est fournie par la conscience humaine, la nature des structures mentales de l'être humain. L'espace lui-même, selon Kant, « n'est pas quelque chose d'objectif et de réel, ni une substance, ni un accident, ni une relation : mais quelque chose de subjectif, d'idéal… destiné à coordonner absolument tout ce qui est apporté du dehors par les sens[3] ».

Quelles sont les implications de cette vision du monde pour la psychologie de l'individu ? C'est à Heidegger, puis à Sartre, que l'on doit l'exploration du sens de la responsabilité pour l'être humain. Heidegger qualifiait l'individu de *Dasein* (et non de « je », « on », « moi » ou « être humain ») afin de souligner sans cesse la nature double de l'existence humaine. L'individu est « là » *(da)*, mais ce faisant constitue simultanément ce qui s'y trouve. Le moi est deux-en-un : tout à la fois moi *empirique* (c'est-à-dire un moi objectif, qui est « là », un objet dans le monde) et moi *transcendantal* (constituant) qui se constitue (c'est-à-dire qui est « responsable » de) soi-même et le monde. Sur ce plan, la responsabilité se retrouve liée de manière inextricable à la liberté. Le concept de responsabilité n'a de sens que si le sujet est libre de constituer le monde d'une manière parmi de nombreuses autres. L'univers est contingent; tout ce qui est aurait pu être autre. La vision sartrienne de la liberté est d'une portée considérable : non seulement l'être humain est libre, mais il est condamné à la liberté. Par ailleurs, la liberté s'étend au-delà de la responsabilité du monde (c'est-à-dire au-delà de l'acte consistant à pourvoir du sens au monde) : *nous sommes entièrement responsables de notre vie, non seulement de nos actions, mais de nos incapacités à agir.*

À l'heure où j'écris ces lignes, la famine sévit dans une autre partie du monde. Sartre affirmerait que je porte la responsabilité de cette famine. Bien évidemment, je m'insurge : je suis peu informé de la situation dans cette partie du globe et je crains de ne pouvoir faire grand-chose pour infléchir le cours dramatique des événements. Mais Sartre rétorquerait que j'ai choisi de ne pas m'informer et que je décide, en ce moment même, d'écrire ces mots au lieu de m'engager dans cette situation tragique[4]. Je pourrais, après tout, organiser une collecte de fonds ou alerter mes compatriotes grâce à mes contacts dans l'édition, mais j'ai choisi de l'ignorer. Je porte la responsabilité de ce que je fais et de ce que je choisis d'ignorer. La position sartrienne ne se situe pas sur le plan de la morale : Sartre ne dit pas que je *devrais* faire autre chose, mais affirme que ce que *je fais* est de ma responsabilité. Ces deux niveaux de responsabilité – attribution de sens et responsabilité de sa conduite – ont, nous le verrons, des implications considérables en psychothérapie.

Se constituer soi et le monde (c'est-à-dire en être responsable), être conscient de sa responsabilité : ces conceptions s'avèrent bel et bien terrifiantes dès que nous songeons à leurs implications. Rien dans le monde n'a de sens en dehors de celui que nous lui attribuons. Il n'existe aucune règle, aucun système éthique, aucune valeur ; aucun référent externe quel qu'il soit ni grand dessein universel. Dans la conception sartrienne, l'individu seul est le créateur (ce qui est le sens de son affirmation « l'homme est l'être qui projette d'être Dieu[5] »).

Cette expérience de l'existence se révèle vertigineuse. Rien n'est tel qu'il y paraît. Le sol lui-même semble se dérober sous nos pas. D'ailleurs, cette *absence de socle* (ce *sans-fond* ou *infondé*) est un concept courant pour qualifier cette expérience subjective de la conscience de la responsabilité. De nombreux philosophes existentiels ont qualifié cette angoisse d'« angoisse originaire », c'est-à-dire d'angoisse à son niveau le plus fondamental, au-delà même de l'angoisse de mort. En fait, d'aucuns considèrent l'angoisse de mort comme un symbole de cette angoisse inhérente au « sans-fond ». Les philosophes établissent souvent une distinction entre « ma mort » et la mort ou la mort d'autrui. L'élément le plus terrifiant dans « ma mort » est que cette dernière implique la dissolution de mon monde. Avec « ma mort », le pourvoyeur de sens qui est aussi le spectateur du monde meurt et se confronte véritablement au néant[6].

Les enjeux de « néant » et d'autocréation possèdent une autre implication tout aussi troublante :

l'isolement, isolement existentiel qui, comme je l'exposerai dans le chapitre 8, recouvre bien davantage que la solitude sociale. Il s'agit de l'isolement dont fait l'expérience l'être séparé non seulement des autres mais du monde. « En ce sens, la responsabilité du pour-soi [en d'autres termes la conscience individuelle] est accablante, puisqu'il est celui par qui il se fait *qu'il y ait* un monde[7]. »

Nous réagissons à l'angoisse de l'absence de socle comme à toute autre forme d'angoisse : nous recherchons le soulagement. Dans ce domaine, les modes de protection ne manquent pas. Tout d'abord, à la différence de l'angoisse de mort, l'angoisse de l'absence de socle se manifeste peu dans notre expérience quotidienne. Elle n'est que très rarement pressentie par l'adulte et probablement jamais éprouvée par l'enfant. Certaines personnes, à l'instar de Roquentin dans *La Nausée* de Sartre, expérimentent à plusieurs moments de leur vie une forme d'illumination quant à leur activité constitutive, mais cette expérience, en règle générale, reste peu accessible à la conscience. Généralement, nous évitons les situations (prises de décision, isolement, action autonome par exemple) qui, si nous nous risquions à y songer pleinement, entraîneraient une prise de conscience de cette absence de fondement. Nous privilégions la structure, l'autorité, les grands projets, la magie, tout ce qui est plus grand que nous, même un tyran qui, comme nous le rappelle Fromm dans *Escape from Freedom*, est préférable à l'absence de leader[8]. Nous trouvons là une explication aux troubles exprimés par les enfants face à la liberté et à ce besoin de structure et de limites, qui se retrouve également chez les patients psychotiques. Cette dynamique sous-jacente fonde également le transfert en psychothérapie. Parmi les défenses communes contre l'angoisse de l'absence de fondement figurent celles généralement mises en œuvre contre une prise de conscience pleine et entière de « ma mort », le déni de la mort, en effet, allant souvent de pair avec le déni de l'absence de fondement.

Néanmoins, la défense la plus puissante est peut-être constituée par la réalité telle qu'elle est expérimentée, en d'autres termes par l'apparence des choses. Nous considérer comme des constituants originaires équivaut à défier la réalité telle que nous l'expérimentons au quotidien. Nos perceptions sensorielles nous disent que le monde est « là », que nous y entrons et que nous le quittons. Pourtant, comme le suggèrent Heidegger et Sartre, les apparences sont au service du déni : *nous constituons le monde de sorte à ce qu'il nous apparaisse indépendant de notre acte constitutif.* Constituer le monde comme un monde empirique signifie le constituer indépendamment de nous.

Lorsque nous nous laissons prendre à ces artifices qui nous permettent de fuir notre liberté, nous vivons de manière « inauthentique » (Heidegger) ou dans la « mauvaise foi » (Sartre). L'ambition de Sartre était de libérer l'individu de la mauvaise foi et de l'aider à assumer sa responsabilité. Ce projet est aussi celui du psychothérapeute. Dans la suite de ce chapitre, j'explorerai les ramifications cliniques de l'évitement de la responsabilité et les techniques à la disposition du thérapeute pour favoriser le processus de prise de responsabilité.

L'ÉVITEMENT DE LA RESPONSABILITÉ : MANIFESTATIONS CLINIQUES

Le moindre historique, même superficiel, du champ de la psychothérapie ne manque de souligner les changements radicaux intervenus dans les modalités employées par les thérapeutes pour aider leurs patients. La prolifération tapageuse de nouvelles thérapies concurrentes semble défier tout schéma cohérent et a contribué, à certains moments, à nuire à la confiance de l'opinion publique envers ce champ de disciplines. Mais une étude rigoureuse de ces nouvelles thérapies et des récents développements des thérapies traditionnelles révèle que toutes partagent un même point commun : l'importance accordée à la responsabilité personnelle.

Le rôle central de la responsabilité dans les approches modernes de la psychothérapie ne relève pas du hasard. En effet, les thérapies reflètent et sont modelées par les pathologies qu'elles visent à soigner. La Vienne du tournant du XXe siècle, berceau et incubateur de la psychologie freudienne, possédait toutes les caractéristiques de la culture victorienne : refoulement des pulsions (notamment des pulsions sexuelles), règles sociales et comportementales éminemment structurées et clairement définies, distinction des sphères masculine et féminine, importance accordée à la volonté et à la force morale, optimisme enivrant issu du positivisme scientifique promettant d'expliquer tous les aspects de l'ordre naturel, comportement humain y compris. Freud prit conscience, avec bien-fondé, qu'une répression aussi forte des inclinaisons naturelles était néfaste à la psyché l'énergie libidinale qui n'était pas autorisée à émerger librement était à l'origine de défenses restrictives et recherchait des modes d'expression indirects. Ensemble, ces défenses et ce mode d'expression libidinal indirect brossaient le tableau clinique de la névrose traditionnelle.

Que soulignerait Freud s'il devait étudier la culture américaine contemporaine, notamment la culture californienne, berceau de tant de nouvelles approches thérapeutiques ? L'expression libre de nombre de désirs pulsionnels, une permissivité sexuelle démarrant au début de l'adolescence. Toute une génération de jeunes adultes a grandi sous ce régime de compulsion permissive. Les structures, les rites, les limites de toutes sortes sont démantelés sans pitié. Dans les ordres religieux, les nonnes catholiques défient le pape, les prêtres refusent le célibat, l'épiscopat est divisé sur la question de l'ordination des femmes et des homosexuels, des femmes rabbins assurent le service dans de nombreuses synagogues. Les étudiants appellent leurs professeurs par leur prénom. Finis les mots grossiers interdits, les titres professionnels, les règles de convenance et de bienséances, les codes vestimentaires. Une péripétie arrivée à l'un de mes amis, critique d'art, lors de sa première visite dans le sud de la Californie, illustre à elle seule cette nouvelle culture californienne. Cet ami s'arrêta pour déjeuner dans un fast-food où on lui donna, avec son hamburger, une portion individuelle de ketchup dans un emballage plastique. Partout ailleurs, ces emballages en plastique comportent des lignes pointillées mentionnant « ouvrir ici » ; l'emballage californien, quant à lui, n'en avait pas et comportait la mention « ouvrir n'importe où »[9].

Le tableau psychopathologique s'est transformé en conséquence. Les syndromes névrotiques classiques se sont raréfiés. Ne serait-ce qu'il y a dix ans, une personne présentant un véritable tableau clinique névrotique était un trésor que se disputaient les jeunes cliniciens et les praticiens expérimentés. Le patient d'aujourd'hui est davantage aux prises avec la liberté qu'avec des pulsions refoulées. Ce patient, qui n'est plus poussé de l'intérieur par ce qu'il « a » à faire ou tiraillé de l'extérieur par ce qu'il « doit » ou « devrait » faire, est aux prises avec la problématique du choix, en d'autres termes ce qu'il *veut* faire. De manière croissante, les patients entreprennent une thérapie sur la base d'un malaise vague et mal défini. Il m'arrive ainsi de clôturer le premier entretien sans vision claire de la problématique du patient venu me consulter ; par ailleurs, je considère le fait que le patient ne soit pas en mesure de définir son problème *comme* le problème. Le patient se plaint de « quelque chose qui lui manque » dans sa vie, d'être coupé de ses émotions, d'une sensation de vide, d'un manque de joie de vivre ou encore du sentiment d'être à la dérive. Avec ce type de patients, la thérapie se déroule sur un mode tout aussi vague. Le mot « cure » a été banni du vocabulaire de la thérapie, au profit de termes comme « croissance » et « progrès ». Les objectifs manquant de clarté, la fin de la thérapie est elle aussi floue, les années de thérapie s'enchaînant sans but les unes après les autres.

Dans nos vies, l'atrophie des institutions sociales (et psychologiques) pourvoyeuses de structures nous a servi à nous confronter à l'enjeu de liberté. S'il n'existe pas de règles, pas de grands desseins, rien que nous *devions* faire, nous sommes alors libres de nos choix. Notre nature fondamentale n'a pas changé ; aujourd'hui, avec la disparition de ce qui nous cachait précédemment cet enjeu de liberté, avec le démantèlement des structures imposées de l'extérieur, nous sommes plus proches que par le passé d'une expérience des faits existentiels de la vie. Toutefois, nous n'y sommes pas préparés ; le poids se fait trop lourd, l'angoisse cherche à être soulagée et, sur le plan individuel comme sur le plan social, nous nous engageons dans une quête frénétique visant à nous protéger de la liberté.

Considérons maintenant les défenses psychiques spécifiques qui protègent la personne de la prise de conscience de sa responsabilité. Ces défenses, tous les thérapeutes les rencontrent au quotidien dans leur pratique clinique. J'aborderai les plus communes : compulsion, délégation de la responsabilité, déni de cette responsabilité (syndrome de la « victime innocente » ou de la « perte de contrôle »), évitement de l'autonomie, ainsi que pathologie décisionnelle.

La compulsion

La création d'un monde psychique dans lequel le sujet n'expérimente pas la liberté mais existe sous l'emprise d'une force irrésistible étrangère au moi (« non-moi ») constitue l'une des défenses dynamiques les plus courantes contre la sensibilisation à la responsabilité. Cette défense est dénommée « compulsion ».

Une illustration clinique nous est fournie par Bernard, commercial de vingt-cinq ans dont la problématique principale s'articulait autour de la culpabilité et du sentiment d'être « poussé » à faire les choses. Cette compulsion se manifestait dans son comportement sexuel, son travail, même ses loisirs. Il s'agit de cet homme (évoqué dans les exemples de l'introduction à la partie II) qui, n'étant pas parvenu à organiser une rencontre sexuelle (il avait appelé trop tard), s'exclama : « Dieu merci, je vais pouvoir lire et me coucher tôt, ce dont, au fond de moi, j'avais envie dès le départ. » Cette phrase remarquable, « ce dont, au fond de moi, j'avais envie dès le départ », recèle le nœud de la problématique de Bernard. La question qui nous brûle les lèvres est la suivante : « Bernard, si c'était ce que vous vouliez *vraiment*, pourquoi ne pas l'avoir fait dès le départ ? »

Bernard fournit différentes réponses : « Je n'ai pris conscience qu'il s'agissait de ce que je voulais vraiment que lorsque j'ai senti une vague de soulagement me parcourir quand la dernière femme appelée a décliné mon offre. » À un autre moment, il déclara en effet ne pas avoir conscience d'avoir un choix : « Avoir une aventure, c'est le but du jeu, non ? » La pulsion était si forte qu'il était inconcevable pour lui de ne pas coucher avec une femme disponible, même s'il était manifeste que la dysphorie suscitée – angoisse anticipatoire, sentiments de mécontentement de soi car ses ruminations sexuelles réduisaient son efficacité professionnelle, culpabilité et crainte que sa promiscuité sexuelle soit découverte par sa femme, mépris de soi dû à la conscience d'agir par mauvaise foi en se servant des femmes – l'emportait sur la brève exultation sexuelle ressentie.

Bernard avait instauré une logique d'évitement de la responsabilité et du choix via une compulsion qui annihilait tout choix ; au niveau subjectif, son expérience s'apparentait à l'impression d'avoir à se cramponner de toutes ses forces à un cheval sauvage. Il entreprit une thérapie pour trouver un peu de soulagement à sa dysphorie, mais ne parvenait pas à réaliser que, sur un certain plan, il était responsable de la création de cette dysphorie et de cette compulsion, en d'autres termes, qu'il avait créé le moindre aspect de cette situation.

Le déplacement de la responsabilité

Chez de nombreuses personnes, l'évitement de la responsabilité personnelle se produit par un déplacement de cette responsabilité sur un tiers. Cette manœuvre se révèle extrêmement courante dans le processus thérapeutique. Avec Bernard, l'un de mes principaux axes de travail portait sur ses efforts manifestes à me faire porter le poids de sa responsabilité. Il ne se livrait à aucune réflexion entre les séances, se bornant à stocker du matériel clinique qu'il « déversait » devant moi. (Il rétorqua habilement qu'un « traitement » préalable par ses soins de ce matériel supprimerait toute spontanéité lors des séances.) Il n'apportait que très rarement des rêves, car il n'avait pas envie de les noter lors de brefs réveils nocturnes et, le lendemain matin, il avait tout oublié. Les rares fois où il nota un rêve, il ne relut pas ses notes entre le moment où il les avait prises et la séance, de sorte qu'il était incapable de déchiffrer sa propre écriture.

Un été, pendant mes vacances, il « passa le temps » en attendant mon retour et rêva, la nuit précédant notre séance de reprise, qu'il assistait à un match de football où, *juché sur mes épaules*, il réceptionnait une passe d'essai. Son comportement lors de cette séance consista en une mise en acte symbolique de ce rêve : il me submergea d'un compte rendu détaillé de ses angoisses estivales, de sa culpabilité, de son comportement sexuel et du mépris de lui-même. Pendant un mois, il s'était abandonné à sa compulsion et à son angoisse, attendant mon retour pour savoir comment les combattre. Bien qu'il ait souvent eu recours, dans sa carrière professionnelle, à des exercices de brainstorming, il parut consterné lorsque je lui suggérai un exercice simple (réfléchir sur lui pendant vingt minutes et noter ensuite ses observations). Après quelques tentatives (fructueuses), il « ne parvint plus à trouver le temps » pour réaliser cet exercice. Après une séance au cours de laquelle je continuai de souligner qu'il déversait sur moi ses problèmes, il fit le rêve suivant :

> « Un homme *X* [un homme qui ressemblait à Bernard, manifestement son double] m'a appelé pour prendre rendez-vous. Il déclara que j'avais connu sa mère et que lui, désormais, souhaitait me voir. Moi, en revanche, je n'avais aucune envie de le rencontrer. Je me suis dit ensuite que, puisqu'il était dans les relations publiques, il pouvait peut-être m'être utile. Mais nous n'arrivions pas à organiser de rendez-vous, nos emplois du temps étaient incompatibles. Je lui dis : “Nous devrions peut-être convenir d'un rendez-vous pour parler de votre emploi du temps !” Je me réveillai en riant. »

Bernard effectuait un trajet de soixante-dix kilomètres pour se rendre à nos séances et ne parut jamais dérangé par ce long trajet. Pourtant, comme le rêve l'illustre clairement, il ne pouvait ni ne voulait trouver le temps d'organiser une séance avec lui-même. Manifestement pour Bernard, comme pour tous les patients qui ne veulent pas travailler en l'absence du thérapeute, il ne s'agit nullement d'une question de temps ni d'organisation pratique. L'enjeu porte en réalité sur la confrontation à la responsabilité personnelle et sur le processus de changement individuel. Derrière cette prise de conscience de la responsabilité se trouve toujours tapie l'angoisse de l'absence de fondement.

La prise en charge par le patient de sa responsabilité constitue la condition *sine qua non* d'un changement thérapeutique. Tant qu'une personne croit que sa situation et sa dysphorie sont causées par un tiers ou une force extérieure quelconque, quel sens cela a-t-il pour elle de s'engager dans un processus de changement personnel ? Les stratégies mises en œuvre pour éviter la prise de conscience de cette responsabilité rivalisent d'ingéniosité. Un patient, par exemple, se plaignait de troubles sexuels constants dans son mariage. Mon avis était que, s'il faisait face à la responsabilité qu'il avait dans cette situation, il passerait par une confrontation terrifiante à sa liberté et découvrirait qu'il s'était enfermé dans une prison qu'il avait lui-même créée. En fait, il était libre, s'il accordait une place importante à sa vie sexuelle, de quitter sa femme ou de trouver une autre partenaire, ou d'*envisager* de quitter sa femme (la seule pensée d'une séparation suffisait à le plonger dans des abîmes d'angoisse). Il était libre de changer tous les aspects de sa vie sexuelle, fait capital s'il en est, ce qui signifiait qu'il devrait assumer la responsabilité d'un étouffement, toute sa vie durant, de ses émotions sexuelles, ainsi que de nombreux autres aspects de sa vie affective. Il esquivait dès lors tout ce qui l'aurait conduit à se confronter à sa responsabilité et attribuait ses problèmes sexuels à plusieurs facteurs externes : au manque d'intérêt de sa femme pour la sexualité, par exemple, à la réticence aux changements de son épouse, aux ressorts de son lit, trop bruyants (qui conduiraient leurs enfants à entendre les ébats de leurs parents et, pour une raison stupide, le lit ne pouvait être remplacé), à son âge (il avait quarante-cinq ans) et à son déficit libidinal inné, aux problèmes non résolus avec sa mère (qui, comme souvent avec ce type d'explications génétiques, servent davantage de prétexte à l'évitement de la responsabilité que de catalyseur de changement).

D'autres modes de déplacement de la responsabilité s'observent couramment dans la pratique clinique. De toute évidence, les patients paranoïdes déplacent la responsabilité sur d'autres personnes ou forces. Ils attribuent aux autres leurs émotions et désirs et expliquent systématiquement leur dysphorie et leurs échecs par l'action de quelque influence externe. Avec ces patients paranoïdes, l'objectif thérapeutique principal, souvent impossible à atteindre, consiste à les aider à accepter la paternité de leurs projections.

L'évitement de la responsabilité représente également l'obstacle majeur dans la psychothérapie de patients souffrant de maladies psychophysiologiques. Chez ces patients, la prise en charge de la responsabilité est doublement évitée : ils ressentent une détresse somatique et non psychologique et, même lorsqu'ils admettent le substrat psychologique de leur détresse somatique, ils continuent, de façon caractéristique, à recourir à des défenses d'externalisation et à attribuer leur dysphorie psychologique à des « troubles de l'humeur », à des circonstances défavorables ou à des actions visant à leur nuire.

Le déni de la responsabilité : la victime innocente

Une forme spécifique d'évitement de la responsabilité se rencontre souvent chez des personnes (généralement des personnalités hystériques) qui se vivent elles-mêmes comme des victimes innocentes d'événements qu'elles ont (involontairement) déclenchés.

Clarissa, par exemple, une psychothérapeute en exercice de quarante ans, s'inscrivit à un groupe thérapeutique pour travailler sur sa difficulté à nouer des relations intimes. Elle avait notamment de sérieuses difficultés dans ses relations aux hommes qui, à commencer par un père brutal et coercitif, la rejetaient et la punissaient. Lors de notre premier entretien, elle me dit qu'elle avait mis un terme, plusieurs mois auparavant, à une longue psychanalyse et qu'elle pensait désormais qu'un cadre groupal lui conviendrait davantage pour travailler ses problèmes. Au bout de plusieurs mois de participation au groupe, elle nous informa qu'elle était retournée en analyse peu après avoir intégré le groupe, mais n'avait pas considéré que ce fait méritât d'être signalé au groupe. Son analyste, qui désapprouvait fortement la thérapie de groupe, interpréta sa participation groupale comme une mise en acte.

Il est évident qu'un patient ne peut travailler dans un groupe thérapeutique si son thérapeute individuel s'y oppose ou s'emploie à miner le travail qui s'y déroule. Je tentai, sur la suggestion de Clarissa, de me mettre en rapport avec son analyste, qui toutefois choisit de conserver une posture psychanalytique de confidentialité totale et, de mon point de vue non sans quelque arrogance, refusa purement et simplement de s'entretenir avec moi. Je me sentis trahi par Clarissa, agacé par son analyste et abasourdi par la tournure qu'avaient prise les événements. Tout du long, Clarissa afficha une attitude de perplexité devant les événements déroutants qui lui arrivaient. Les participants au groupe considéraient qu'elle « faisait l'idiote » et, dans une tentative visant à l'aider à prendre conscience de son rôle dans cette suite d'événements, commencèrent à livrer des commentaires « musclés », presque punitifs. Une fois de plus, Clarissa se sentit victimisée, notamment par les hommes, et « en raison de circonstances en dehors de son contrôle » fut contrainte à quitter le groupe.

Cet incident contenait en miniature toute la problématique de Clarissa : l'évitement de la responsabilité auquel elle se livrait en jouant le rôle de la victime innocente. Bien qu'elle ne fût pas encore prête à l'accepter, cet incident recelait la clé de ses difficultés à nouer des relations intimes. Deux hommes importants dans sa vie, son analyste et son thérapeute de groupe, se sentaient manipulés et, pour ne parler que de moi, agacés par elle. Les autres membres du groupe se sentaient pareillement utilisés. Le lien avec eux n'était pas de bonne foi ; les participants avaient l'impression de n'être que des pions dans le scénario qu'elle mettait en acte avec ses thérapeutes.

Clarissa, rappelons-le, entreprit une thérapie en raison de ses problèmes à nouer des relations intimes. La responsabilité qu'elle portait quant à ses difficultés s'exprimait de manière limpide dans le groupe. Elle n'était jamais *avec* quelqu'un. Lorsqu'elle était aux côtés des participants du groupe, elle était avec moi. Lorsqu'elle se trouvait à mes côtés, elle était avec son analyste et, nul doute que lorsqu'elle se trouvait avec lui, elle était en fait avec son père. Cette dynamique de victime innocente se manifestait très clairement chez Clarissa ; comme en outre elle était une psychothérapeute expérimentée, elle avait conduit des groupes thérapeutiques et mesurait bien l'importance de la communication entre thérapeute individuel et thérapeute de groupe.

Le déni de la responsabilité : la perte de contrôle

« Perdre la tête » constitue une autre modalité de déni de sa propre responsabilité. Ainsi, certains patients traversent temporairement un état irrationnel dans lequel il leur arrive d'agir de manière irresponsable, car ils ne sont pas, dès lors, responsables de leur comportement, ne serait-ce que vis-à-vis d'eux-mêmes. Ce problème est celui que le thérapeute essayait de mettre en exergue dans les exemples introductifs à la partie II en demandant à une patiente (qui se plaignait que son comportement n'était pas délibéré) à qui appartenait son inconscient. Il convient de souligner qu'un examen rigoureux de ces patients indique au thérapeute que cette « perte de contrôle » n'est nullement désordonnée, mais bel et bien délibérée et procure tout à la fois au patient des bénéfices secondaires et un évitement de sa responsabilité.

Une patiente, brutalisée puis rejetée par un amant insensible et sadique, « perdit le contrôle » et, en « devenant folle », modifia radicalement l'équilibre des forces de la relation. Pendant des semaines, elle suivit son ancien amant, entra par effraction dans son appartement qu'elle saccagea, lui fit des scènes et cassa de la vaisselle dans des restaurants où il dînait avec des amis. Son comportement irrationnel et imprévisible eut raison de son ex-amant : pris de panique, il demanda une protection policière, pour finir par solliciter une prise en charge psychiatrique d'urgence. À ce stade, son objectif atteint, la patiente – *mirabile dictu* – reprit le contrôle d'elle-même et retrouva alors un comportement tout à fait rationnel. Ce type de comportement, sous des formes atténuées, n'est nullement exceptionnel et, dans les couples, nombreux sont ceux à être tyrannisés par la potentielle irrationalité de leur conjoint.

Autre bénéfice secondaire fréquent procuré par la perte de contrôle : la prise en charge. Certains patients désirent tellement être pris en charge et nourris, sur un plan intime, par leur thérapeute que, pour parvenir à leurs fins, ils « perdent le contrôle », jusqu'à un stade de régression parfois si profond qu'une hospitalisation s'avère nécessaire.

L'évitement d'un comportement autonome

Les thérapeutes sont souvent déroutés par des patients qui savent pertinemment quoi faire pour aller mieux mais qui refusent inexplicablement de faire ce pas. Paul, un patient déprimé qui était en phase de changement professionnel, se rendit à New York pour des entretiens d'embauche. Il se sentit désespérément seul : cumulés, les entretiens représentaient seulement six heures sur les trois jours de son déplacement ; il passa le reste du temps dans un état d'attente frénétique et solitaire. Ayant, par le passé, vécu longtemps à New York, Paul y avait gardé des amis, dont la présence à ce moment-là lui aurait vraisemblablement procuré un soutien bienvenu. Il passa deux soirées seul, près du téléphone, à espérer un appel, qui n'aurait pu survenir, dans la mesure où ses amis n'avaient aucun moyen de deviner qu'il se trouvait à New York. Pourtant, Paul fut incapable de les appeler.

Pourquoi ? Nous analysâmes longuement sa réaction et égrenâmes tout d'abord le long chapelet « pas d'énergie », « trop honteux pour demander de la compagnie », « ils auraient l'impression que je les appelle uniquement quand j'ai besoin d'eux ». Nous ne comprîmes que progressivement que son comportement reflétait sa réticence à reconnaître que son bien-être et son confort étaient de son ressort, et que l'aide qu'il attendait ne viendrait pas à moins qu'il agisse pour la solliciter. À un moment donné, je lui livrais comme commentaire qu'il était terrifiant d'être son propre père, propos qui trouvèrent chez Paul une profonde résonance et auxquels il fit souvent référence dans la suite de sa thérapie. Le paradoxe chez Paul (tout comme chez Sam, évoqué au chapitre 4, qui, après que sa femme l'eut quitté, se refusait à sortir de chez lui et à nouer de nouvelles relations de peur de manquer un appel) est que, pour agir sur sa solitude sociale, il devait se confronter à un isolement existentiel plus profond. Ces exemples illustrent bien la confluence de deux cadres de référence : l'acceptation de sa propre responsabilité résulte aussi de l'abandon de la croyance en l'existence d'un sauveur ultime, tâche éminemment ardue pour une personne dont la *Weltanschauung* s'articule autour de cette croyance. La conjonction de ces cadres de référence constitue la dynamique sous-jacente de la dépendance et offre au thérapeute un système explicatif cohérent et puissant pour la compréhension de la dépendance pathologique.

Les troubles du désir et de la prise de décision

Le chapitre suivant traite de manière approfondie de la relation entre l'acception de la responsabilité personnelle et la volonté (en d'autres termes du désir et de la décision) ; je me bornerai à souligner simplement ici que, lorsque nous désirons et décidons en pleine conscience, nous sommes confrontés à notre responsabilité. La thèse principale de ce chapitre est que nous nous créons nous-mêmes ; celle du chapitre suivant, que le désir et la décision constituent les briques de cette création. Comme l'affirmait Sartre, un individu est la somme de ces actes et ne devient que ce qu'il est. Si nous sommes terrifiés par l'idée de l'autocréation (et par l'absence de fondement inhérente à cette prise de conscience), nous courons le risque d'éviter toute décision en anesthésiant, par exemple, nos désirs ou nos émotions, en abdiquant toute prise de décision ou en déléguant nos choix à d'autres, à des institutions ou des événements extérieurs. Je traiterai au chapitre 7 des mécanismes d'évitement de la responsabilité via le déni de décision.

ACCEPTATION DE LA RESPONSABILITÉ ET PSYCHOTHÉRAPIE

Pour aider le patient dans la prise en charge de sa responsabilité personnelle, le thérapeute devra, non commencer par agir, mais par adopter une posture sur laquelle il fondera toutes ses interventions techniques. Il devra ainsi toujours évoluer au sein du cadre de référence selon lequel le patient est l'auteur de sa souffrance. Le hasard, la malchance ou les gènes *ne sont pas* responsables de la solitude, des mauvais traitements ou de l'insomnie du patient. Le thérapeute doit déterminer le rôle que le patient joue dans son propre drame et trouver des modalités sur lesquelles transmettre ces informations à son patient. La motivation à changer ne peut survenir tant que le patient n'a pas pris conscience qu'il a créé lui-même sa dysphorie. Si le patient continue de penser que sa souffrance est causée par d'autres, par un travail non gratifiant – en d'autres termes, par quelque chose qui lui est extérieur –, pourquoi investir de l'énergie dans une démarche de changement personnel ? En présence d'un système de croyances de ce type, il convient pour le thérapeute de suivre une stratégie activiste plutôt que thérapeutique : changer l'environnement.

La disposition à accepter la responsabilité de sa situation varie considérablement selon les patients. Pour certains, cette tâche est éminemment ardue et constitue le cœur du travail thérapeutique ; une fois cette responsabilité assumée, un changement thérapeutique se produit presque automatiquement et sans efforts. D'autres patients assument plus rapidement cette responsabilité, mais reculent à d'autres phases du traitement. En règle générale, la prise de conscience de la responsabilité personnelle ne se déroule pas sur un mode uniforme ; ainsi, il peut être plus facile pour certains d'assumer leur responsabilité dans des domaines plutôt que dans d'autres.

L'identification et la clarification

La première tâche du thérapeute sera d'être attentif à l'enjeu de la responsabilité, d'identifier les exemples et les modalités d'évitement de la responsabilité et de les signaler au patient. Les thérapeutes, en fonction de leur approche, recourent pour cela à différentes techniques. Reprenons quelques-uns des exemples évoqués au début de la partie II : un thérapeute réplique à l'excuse que donne un patient de son comportement (« Je ne l'ai pas fait de manière délibérée. C'était inconscient ») par la question : « À qui appartient cet inconscient ? », ce qui favorise une prise de conscience de la responsabilité. Tout comme le thérapeute qui invite un patient à s'approprier ce qui lui arrive (non « il me tape sur les nerfs » mais « je le laisse me taper sur les nerfs »). Citons encore la clochette agitée à chaque « je ne peux pas », qui incite les patients à substituer « je ne veux pas » à « je ne peux pas » et qui contribue à cette sensibilisation. Tant que nous croyons en ce « je ne peux pas », nous ne prenons pas conscience de notre contribution active à notre situation. La patiente qu'on incite à dire « Je ne changerai pas tant que tu ne me traiteras pas autrement que quand j'avais dix ans » est invitée, dans les faits, à réfléchir à son *refus* (plus qu'à son incapacité) à changer. Par ailleurs, elle est confrontée à l'absurdité de sa situation et au sacrifice aussi tragique que futile de sa vie sur l'autel de la rancœur.

Vera Gatch et Maurice Temerlin ont étudié des enregistrements audio de séances de psychothérapie et ont répertorié un certain nombre d'interventions de nature confrontante (réalisées parfois sur un mode à peine perceptible), destinées à promouvoir cette sensibilisation à la responsabilité :

> Alors qu'un patient se plaignait amèrement et sur un mode passif du fait que sa femme refusait d'avoir des relations sexuelles avec lui, le thérapeute clarifia le choix implicite par la remarque suivante : « Vous devez bien l'aimer comme cela, car vous êtes mariés depuis longtemps. » Une femme au foyer, quant à elle, se lamentait : « Je n'arrive à rien avec mon enfant, tout ce qu'il fait, c'est regarder la télé à longueur de journée. » Le thérapeute, là encore, explicita le choix sous-jacent : « Et vous êtes trop petite et vulnérable pour éteindre la télé. » Un homme impulsif et obsessionnel s'exclama : « Arrêtez-moi, j'ai peur de me tuer », ce à quoi le thérapeute répondit : « Je devrais vous arrêter ? Si vous voulez vraiment vous tuer – si vous voulez réellement mourir –, personne ne peut vous arrêter, si ce n'est vous-même. » À un homme passif, dépendant oral, qui avait l'impression que la vie n'avait rien à lui offrir parce qu'il éprouvait un amour non

> partagé pour une femme plus âgée, un thérapeute commença à fredonner : « Pauvre petit agneau qui a perdu son chemin[A10]. »

Le principe général est le suivant : toutes les fois que le patient se lamente sur sa vie, le thérapeute l'interroge sur la façon dont il s'y est pris pour créer la situation.

Il peut s'avérer approprié pour le thérapeute de garder en tête les plaintes initiales du patient et, à des moments pertinents au cours de la thérapie, de les mettre en parallèle avec les attitudes et le comportement du patient dans la relation thérapeutique. Considérons l'exemple d'un patient qui avait entrepris une thérapie en raison de sentiments d'isolement et de solitude. Lors de la thérapie, il aborda son sentiment de supériorité, ainsi que son mépris et son dédain des autres. Sa résistance envers tout changement d'attitude était forte : son attitude était égosyntonique et il s'y accrochait obstinément. Le thérapeute aida le patient à prendre conscience de la responsabilité qu'il avait dans cette situation au moyen de la remarque suivante, formulée toutes les fois que le patient évoquait son mépris des autres : « Et vous êtes seul. »

Un patient qui perçoit la restriction de sa vie doit être aidé à mesurer la façon dont il a contribué à cette situation : par exemple, en choisissant de rester marié, d'avoir deux emplois, trois chiens, de consacrer beaucoup de temps à des travaux de jardinage, etc. En règle générale, nos vies deviennent si structurées que

---

A. Paroles extraites de la chanson « Whiffenpoof Song » de Bing Crosby. *(N.d.T.)*

la tentation est grande de considérer cette structure comme un fait établi, comme un bâtiment construit plus que comme une toile que nous avons nous-mêmes tissée et qui peut être retissée suivant un nombre infini de motifs. Là se trouve le sens, je le crois, de l'intervention d'Otto Will face à son patient obsessionnel : « Que diriez-vous de changer de nom et de vous installer en Californie ? » Ce faisant, il confronta de force ce patient à sa liberté, au fait qu'il était véritablement libre de changer la structure de sa vie, de la constituer d'une manière radicalement différente.

Bien évidemment, la réplique est toute trouvée : « maintes choses ne peuvent être changées ». Nous devons tous gagner notre vie, être un père ou une mère pour nos enfants, remplir nos obligations morales. Nous devons accepter nos limites : un paraplégique n'a pas la liberté de marcher ; un homme pauvre, pas celle d'arrêter de travailler, une veuve âgée, peu de possibilité de se marier, etc. Cette objection – fondamentale au regard du concept de liberté humaine – peut être soulevée à toutes les étapes de la thérapie ; son importance est si grande que je la traiterai à part dans une section distincte (pages 511-527).

Bien que ces techniques visant à nommer et à souligner la responsabilité personnelle offrent un intérêt indéniable, leur efficacité thérapeutique reste limitée. Des clochettes ou des devises comme « Prenez en charge votre vie » ou « Appropriez-vous vos émotions » présentent certes un caractère saisissant, mais face aux patients, les seules exhortations ne suffisent pas. Les thérapeutes doivent recourir à des méthodes dont l'impact s'avère plus profond. Parmi celles-ci figurent l'analyse du comportement du patient pendant la thérapie (dans l'ici et maintenant) et la démonstration que le patient recrée, dans le microcosme de la situation thérapeutique, la même situation que celle à laquelle il est confronté dans sa vie. Comme je l'expliciterai, le déroulement d'une psychothérapie peut être structuré autour du seul objectif d'amener le patient à prendre conscience de sa responsabilité.

La responsabilité et l'ici et maintenant

Le thérapeute qui tente d'analyser le discours d'un patient afin de démontrer la responsabilité de ce dernier dans l'une de ses situations de vie avance souvent en terrain glissant. *Sotto voce*, le patient affirme : « Tout cela, c'est bien beau. Il peut très bien me dire, assis dans le fauteuil de son confortable cabinet, que c'est moi qui me suis mise dans cette situation, mais il ne mesure pas *vraiment* à quel point mon mari est sadique. » (Ou « à quel point mon chef est horrible », « à quel point ma compulsion est irrépressible », « à quoi ressemble vraiment le monde du travail » ou une variation infinie sur des obstacles insurmontables du même ordre.) Il n'existe aucune limite à cette résistance car, comme le savent tous les thérapeutes expérimentés, le patient n'est pas un observateur objectif de sa souffrance de vie. Le patient peut en effet recourir à des mécanismes d'externalisation ou de défense ou déformer de mille manières les données afin qu'elles adhèrent à sa perception du monde. Dès lors, rares sont les occasions où le thérapeute est en mesure de favoriser chez son patient la prise de responsabilité au moyen de ces données de seconde main.

L'effet de levier se voit considérablement renforcé lorsque le thérapeute travaille avec des données de première main qui se manifestent dans l'ici et maintenant de la thérapie. En resserrant le travail sur des expériences qui se manifestent pendant la séance, dans lesquelles il est partie prenante, le thérapeute peut aider le patient à prendre conscience de sa responsabilité dans tel ou tel comportement, avant que ce dernier soit brouillé par des mécanismes de défense. L'impact thérapeutique est considérablement accru si le thérapeute sélectionne un incident ou un aspect du comportement présentant des similitudes manifestes avec le problème à l'origine de la démarche en thérapie du patient.

Une illustration clinique nous est fournie par Doris, qui entreprit une thérapie en raison d'une angoisse intense ayant pour principal objet sa relation aux hommes. Sa problématique majeure, telle qu'elle la décrivait, était qu'elle s'impliquait dans des relations avec des hommes abusifs et se trouvait ensuite incapable de s'en dégager. Elle avait subi cette forme de maltraitance avec son père, son mari et de nombreux employeurs. L'évocation de ses difficultés était si convaincante que je me sentais porté à éprouver de l'empathie envers Doris et cette malchance qui semblait la jeter encore et toujours dans les griffes de salauds tyranniques. Doris était en thérapie de groupe depuis plusieurs mois lorsqu'elle traversa une grave crise d'angoisse. Dans l'incapacité d'attendre la prochaine séance de groupe, elle m'appela un matin pour solliciter un rendez-vous individuel en urgence. Après maintes difficultés, je réussis à réorganiser mon planning de la journée pour la recevoir à 15 heures l'après-midi même. À 14 h 40, soit vingt minutes avant le rendez-vous convenu, elle appela pour annuler. Quelques jours plus tard, lors de la séance de groupe, je lui demandai ce qu'il s'était passé. Elle répondit que, comme elle s'était sentie légèrement mieux cet après-midi-là et, compte tenu de la règle que j'avais imposée de ne recevoir en entretien individuel les participants du groupe de thérapie qu'une seule fois pendant le cours de la thérapie, elle avait décidé de garder cet entretien pour un moment où elle pourrait en avoir davantage besoin.

Je n'avais jamais édicté une telle règle ! Jamais je ne refuserai de recevoir un patient en cas d'urgence. Aucun des participants du groupe n'avait d'ailleurs jamais entendu parler de cette règle. Toutefois, Doris soutenait que je lui avais bel et bien tenu ces propos. Elle avait choisi, en outre, de mémoriser les événements de notre relation de façon extrêmement sélective. Ainsi, elle se souvenait avec une étonnante vivacité de la seule remarque impatiente que je lui avais adressée, des mois auparavant (relative à ses tendances au monopole), qu'elle se plaisait d'ailleurs à répéter dans le groupe. Qui plus est, elle avait oublié nombre des interventions de soutien que j'avais faites au fil des mois.

L'interaction entre Doris et moi dans le microcosme constitué par l'ici et maintenant de la thérapie était caractéristique de sa relation aux hommes et éclairait le rôle qu'elle jouait (en d'autres termes, sa responsabilité) dans sa situation de vie. Elle déformait la vision qu'elle avait de moi, de la même manière qu'elle déformait sa perception des autres hommes, c'est-à-dire en nous considérant tous comme des individus autoritaires dépourvus de toute sollicitude. Toutefois, cet événement nous en apprenait davantage encore. J'éprouvais de l'agacement envers Doris pour avoir annulé la séance à la dernière minute, après tous les efforts que j'avais faits pour dégager du temps pour elle. J'étais également irrité par son insistance relative à cette « règle » d'une seule séance individuelle que j'aurais prétendument édictée et que sept autres participants du groupe ne se souvenaient pas m'avoir entendu poser. Je fis des efforts pour tempérer mon agacement et conserver mon objectivité thérapeutique, mais je peux aisément imaginer la difficulté d'être en lien avec Doris dans une situation de vie réelle.

En fait, Doris avait certaines croyances sur les hommes, certaines attentes quant au comportement de ces derniers envers elle. Ces attentes déformaient sa perception, qui à son tour engendrait des comportements qui *suscitaient chez les hommes le comportement qu'elle redoutait le plus.* Cette manœuvre de « prophétie autoréalisatrice » s'avère extrêmement courante : la personne attend qu'un certain événement se produise, se comporte de telle manière à ce qu'il se produise effectivement, puis *refoule dans l'inconscient le savoir que son comportement est à l'origine de ce comportement.*

Cet événement s'avéra déterminant dans le parcours thérapeutique de Doris, car il avait des implications considérables dans sa problématique. Si elle pouvait comprendre et accepter sa responsabilité dans son comportement avec moi, elle n'aurait qu'un petit pas à faire pour prendre conscience de sa responsabilité dans le lien qu'elle entretenait avec les hommes dans la vie. Le thérapeute doit, à mon sens, s'emparer de ce type d'événement et s'y tenir résolument. Je le nommai de façon explicite et soulignai son importance : « Doris, je crois que ce qu'il s'est passé entre vous et moi est d'une importance cruciale et nous donne un indice important quant aux problèmes que vous rencontrez dans votre vie avec les hommes. » Si le patient n'est pas encore disposé à accepter l'interprétation, il convient alors de la répéter ultérieurement, lorsque d'autres éléments viendront la corroborer ou lorsque la relation thérapeute-patient sera plus solide.

Pour le thérapeute, la conscience de ses propres émotions constitue l'instrument le plus important pour identifier le rôle joué par un patient dans sa souffrance. Par exemple, une femme de quarante-huit ans, déprimée, se plaignait de la manière dont ses enfants agissaient à son égard. Ils ne tenaient pas compte de son avis, la traitaient de façon cavalière et, en cas de situation sérieuse ou grave, s'adressaient à leur père. Je me « branchais » sur mes propres émotions et pris conscience du caractère plaintif de sa voix, qui m'incitait à ne pas la prendre au sérieux et à la traiter comme une enfant. Le partage de ces émotions avec elle lui fut extrêmement utile, dans la mesure où il l'aida à prendre conscience de son comportement infantile dans plusieurs domaines. L'analyse de l'ici et maintenant (la voix plaintive) joua un rôle crucial dans la compréhension du comportement de ses enfants à son égard. Après tout, ces derniers se bornaient à suivre ses instructions : ils la traitaient exactement de la manière dont elle demandait à être traitée (par une demande non verbale exprimée par la plainte, par des excuses fondées sur la faiblesse et par sa dépression impuissante).

Non seulement l'évitement par la patiente de sa responsabilité se rejouait dans la relation patient-thérapeute, mais il se mettait également en acte dans l'attitude fondamentale de cette patiente en thérapie. Les patients, souvent avec la collusion silencieuse du thérapeute, peuvent rester de façon confortable, passive et permanente en thérapie, s'attendant à ce que peu de choses se passent ou, si jamais des choses devaient se produire, qu'elles émanent du thérapeute.

Un thérapeute qui a le sentiment de porter à la place du patient et qui est convaincu que rien d'utile ne se passera dans la séance à moins qu'il ne le suscite lui-même a autorisé son patient à se décharger sur lui du poids de la responsabilité. Différentes modalités s'offrent alors aux thérapeutes. La plupart choisissent de refléter le processus à l'œuvre. Il est ainsi possible de mentionner que le patient semble décharger les choses sur le thérapeute ou qu'il ne semble pas jouer un rôle actif dans la thérapie. Le thérapeute peut également intervenir pour exprimer son impression de tout porter en thérapie. Il peut également, pour inciter le patient à devenir davantage acteur de ce qui lui arrive, recourir à des méthodes qu'il juge plus efficaces, par exemple demander : « Pourquoi venez-vous ? »

Ce type d'interventions produit généralement différentes formes de résistance chez les patients, qui s'articulent autour de la thématique « Je ne sais pas quoi faire » ou « Si je savais quoi faire, je n'aurais pas besoin d'être en thérapie » ou encore « Dites-moi ce qu'il faut que je fasse ». En d'autres termes, le patient feint d'être impuissant. Bien qu'il insiste sur le fait qu'il ne sache pas quoi faire, le patient a en fait reçu du thérapeute de nombreuses indications, implicites et explicites. Mais le patient ne révèle rien de ses sentiments ; il ne se souvient pas de ses rêves (est trop fatigué pour les noter ou oublie de placer du papier et un stylo à côté du lit) ; le patient préfère rester à un niveau mentalisé ou entreprendre le thérapeute dans une discussion sans fin sur le fonctionnement de la thérapie. Le problème, comme le savent les thérapeutes expérimentés, n'est pas que le patient ne sache pas quoi faire. Tous ces stratagèmes constituent des variations autour de la même problématique : le patient refuse d'accepter la responsabilité du changement, tout comme, après la séance, il refuse d'accepter la responsabilité d'une situation de vie inconfortable.

Ruth, patiente dans un groupe thérapeutique, fournit une illustration claire de ce mécanisme. Cette patiente fuyait la responsabilité dans tous les domaines de sa vie. Elle était désespérément seule, n'avait aucune amie femme proche, et toutes ses relations avec des hommes avaient échoué car son besoin de dépendance était trop fort pour ses différents partenaires. Plus de trois ans de thérapie individuelle s'étaient révélés inefficaces. Son thérapeute indiquait que Ruth était comme un « poids mort » en thérapie : elle n'apportait aucun matériel en dehors de ses ruminations en boucle sur ses dilemmes avec les hommes, aucun fantasme, aucun matériel de transfert et, sur trois ans, pas un seul rêve. En désespoir de cause, son thérapeute individuel l'avait dirigée vers un groupe thérapeutique. Dans le groupe, Ruth remit en scène cette posture d'impuissance et de passivité. Au bout de six mois, elle n'avait fait aucun travail dans le groupe et n'avait fait aucun progrès.

Lors d'une séance à l'importance majeure, elle déplora de n'avoir pas été aidée par le groupe et déclara qu'elle se demandait si ce groupe de thérapie lui convenait.

> « Le thérapeute : Tu fais ici ce que tu fais en dehors du groupe. Tu attends que quelque chose se passe. Comment le groupe peut-il t'être d'une quelconque utilité si tu ne l'utilises pas ?
>
> Ruth : Je ne sais pas quoi faire. Je viens ici toutes les semaines et rien ne se passe. La thérapie ne m'apporte rien.
>
> Le thérapeute : Bien sûr qu'elle ne t'apporte rien. Comment quelque chose peut-il se produire si tu ne fais rien pour que cela arrive ?
>
> Ruth : J'ai comme un blanc maintenant. Il n'y a rien qui me vient.
>
> Le thérapeute : Il semblerait qu'il soit important pour toi que tu ne saches jamais quoi dire ou quoi faire.
>
> Ruth (pleurant) : Dis-moi ce que tu veux que je fasse. Je ne veux pas rester comme ça toute ma vie.

> Je suis allée camper le week-end dernier. Tous les autres campeurs étaient au septième ciel, tout était en fleurs et, moi, je me suis sentie mal tout le temps.
> Le thérapeute : Tu veux que je te dise quoi faire, même si tu sais pertinemment comment tu pourrais mieux travailler dans le groupe.
> Ruth : Si je le savais, je le ferais.
> Le thérapeute : Au contraire ! Tu semblés terrifiée à l'idée de faire ce que tu peux pour toi.
> Ruth (sanglotant) : Et voilà. Je me retrouve à la même place merdique. Tout est brouillé dans ma tête. Tu es énervé après moi. Je me sens plus mal, pas mieux, dans ce groupe. Je ne sais pas quoi faire. »

À ce moment-là, les autres participants du groupe intervinrent. L'un des participants déclara qu'il se sentait dans la même situation que Ruth. Deux autres exprimèrent leur agacement face à son éternelle impuissance. Un autre déclara, avec justesse, qu'il y avait eu des échanges infinis dans le groupe sur la manière dont les membres pouvaient participer de manière plus efficace. (En fait, ce thème avait occupé une grande partie de la séance précédente.) Un autre encore lui dit qu'elle avait d'innombrables options. Elle pouvait parler de ses larmes, de sa tristesse ou dire à quel point elle était blessée. Ou dire que le thérapeute n'était qu'un fieffé salaud. Ou encore évoquer ses sentiments à l'égard des autres participants. Elle connaissait ces options, et tous savaient qu'elle les connaissait. « Pourquoi, se demanda le groupe, a-t-elle besoin de conserver cette posture de vulnérabilité et de pseudo-débilité ? »

Ainsi stimulée, Ruth déclara que les trois dernières semaines, lors du trajet qu'elle réalisait pour venir assister au groupe, elle avait pris la résolution de parler de ses sentiments vis-à-vis des autres dans le groupe, mais avait à chaque fois renoncé. Aujourd'hui, elle voulait dire pourquoi elle n'avait jamais participé aux pots qui suivaient le groupe. Elle avait voulu le faire, mais avait renoncé par réticence envers Cynthia (une autre femme du groupe), qu'elle sentait particulièrement en demande, de peur que Cynthia commence à l'appeler au milieu de la nuit pour solliciter de l'aide. À la suite d'une intense interaction avec Cynthia, Ruth exprima ouvertement ses sentiments envers deux autres membres du groupe et, à la fin de la séance, avait fait en une seule séance plus de travail qu'en six mois cumulés. Ce qu'il convient de souligner dans ce cas est que la plainte de Ruth, ce « dis-moi quoi faire », constituait un évitement de sa responsabilité. Lorsque l'effet de levier était suffisant, Ruth savait pertinemment quoi faire en thérapie. Le problème était qu'elle ne voulait pas savoir quoi faire ! Elle voulait que l'aide et le changement arrivent de l'extérieur. S'aider elle-même, devenir sa propre mère, la terrifiait, car ce faisant, elle se confrontait au savoir terrifiant qu'elle était libre, responsable et, fondamentalement, seule.

La prise de responsabilité en thérapie de groupe

Le postulat selon lequel la thérapie constitue un microcosme social – cadre dans lequel le patient non seulement décline, mais aussi met en œuvre sa psychopathologie dans l'ici et maintenant – est commun à tous les cadres thérapeutiques (individuel, couple, familial ou groupal). Il s'avère particulièrement pertinent en situation groupale. Tout d'abord, le nombre élevé de participants, de huit à dix (thérapeute(s) compris) offre un cadre permettant à la plupart des zones conflictuelles du patient d'être activées. Le cadre individuel, par comparaison, permet surtout d'activer, de par l'interaction avec le thérapeute, les problématiques liées à l'autorité, aux parents ou aux substituts parentaux. Dans un cadre groupal, en revanche, le patient est en contact avec d'autres qui activent à leur tour des problématiques interpersonnelles éminemment variées (rivalité fraternelle, hétérosexualité, homosexualité, compétition avec des pairs, intimité, autodévoilement, générosité, donner et recevoir, etc.), de sorte que nous considérons, avec bien-fondé, le groupe thérapeutique comme un univers social en miniature pour chacun de ses membres.

L'ici et maintenant du groupe thérapeutique en interaction fournit en outre des conditions optimales pour un travail thérapeutique centré sur la prise de conscience de la responsabilité. L'un des aspects les plus fascinants du groupe thérapeutique est que tous les membres naissent simultanément : tous démarrent le groupe sur un pied d'égalité. Chacun des participants, sur un mode visible par les autres membres et – si le thérapeute fait son travail – apparent à lui-même, esquisse et façonne progressivement un espace spécifique dans le groupe. Dès lors, chacun est responsable de la position interpersonnelle qu'il modèle dans le groupe (et, par analogie, dans sa vie) et de la séquence d'événements qui s'y déroule. Le groupe a de nombreux yeux. Les membres ne sont pas tenus de prendre pour argent comptant la description par un participant de la façon dont il est maltraité par des personnes ou des événements extérieurs. Si le groupe fonctionne au niveau de l'ici et maintenant (en d'autres termes en donnant la priorité à l'expérience et à l'analyse des relations entre les participants), tous les participants sont en mesure d'observer comment chacun façonne sa propre posture de victime, observations qu'ils peuvent ensuite partager.

Bien que nous, thérapeutes, n'envisagions pas souvent le processus groupal dans ces termes, je crois que les tâches principales du groupe, notamment lors des étapes initiales de la thérapie, visent à la sensibilisation de tous les participants à leur responsabilité personnelle. Pourquoi incitons-nous les participants à se montrer directs et honnêtes dans le groupe (c'est-à-dire à être eux-mêmes) ? Pourquoi encourageons-nous les retours ? Pourquoi poussons-nous les membres à partager leurs ressentis et leurs émotions avec les autres ? Je crois que le thérapeute de groupe, sans nécessairement en être conscient, tente d'escorter chacun des participants dans le processus suivant :

1. *Apprentissage par les patients de la perception qu'ont les autres de leur comportement.* Par l'intermédiaire des retours et, ultérieurement, de

l'auto-observation, les patients apprennent à se voir à travers le regard des autres.

2. *Apprentissage par les patients des ressentis suscités chez les autres par leur comportement.*
3. *Apprentissage par les patients des opinions suscitées chez les autres par leur comportement.* Les participants apprennent que, en réaction à leur comportement, les autres les apprécient, ne les aiment pas, les trouvent désagréables, les respectent, les évitent, les exploitent, les craignent, et ainsi de suite.
4. *Apprentissage par les patients de l'influence de leur comportement sur l'opinion qu'ils ont d'eux-mêmes.* Les informations collectées lors des trois étapes précédentes permettent au patient de formuler des autoévaluations, de porter des jugements sur sa valeur personnelle et sa capacité à être aimé, ainsi que d'apprendre que son comportement conduit à de tels jugements.

Chacune de ces étapes a comme point de départ le comportement du patient et vise à illustrer les répercussions de ce comportement. Le point d'arrivée est constitué par la compréhension par le participant qu'il est responsable de la manière dont les autres le voient, le traitent et le considèrent. En outre, chacun est également responsable du regard qu'il a sur lui-même. Que l'expérience groupale reflète pour chaque participant son expérience de vie est incontestable ; d'après mon expérience, les patients n'éprouvent aucune difficulté à généraliser leur prise de responsabilité de la situation groupale à leurs situations de vie. Une fois ce point atteint, un patient a pénétré dans le vestibule du changement ; la tâche du thérapeute est alors de faciliter le processus de volition que j'aborderai dans le chapitre suivant.

Les interactions au sein du groupe thérapeutique favorisent la prise de responsabilité, non seulement en permettant aux participants de prendre conscience de leur contribution à leur situation de vie insatisfaisante, mais aussi en accentuant le rôle de chaque membre dans la conduite du groupe. Le principe sous-jacent pose que si les participants assument la responsabilité du fonctionnement du groupe, ils prennent alors conscience qu'ils ont la capacité (et l'obligation) d'assumer leur responsabilité dans toutes les sphères de leur vie.

Dans un groupe thérapeutique efficace, les participants eux-mêmes constituent les principaux agents de l'aide. Lorsque des patients repensent à une expérience thérapeutique groupale fructueuse, ils ne mettent que rarement directement l'amélioration de leur état sur le compte du thérapeute, qu'il s'agisse de commentaires spécifiques de ce dernier ou de leur relation au thérapeute. Généralement, les patients évoquent tel ou tel aspect de leur relation avec les autres participants : soutien, conflit et dépassement du conflit, acceptation ou, souvent, l'expérience d'avoir été utile aux autres. Un groupe centré sur son animateur ne favorise pas l'éclosion de telles expériences ; dans ce type de groupe, l'espoir et l'aide sont souvent perçus comme émanant uniquement de l'animateur. (Des approches groupales centrées sur l'animateur, comme la gestalt et l'analyse transactionnelle, ne permettent pas, à mon sens, de tirer pleinement parti du potentiel thérapeutique inhérent au cadre groupal.)

Dès lors, il est crucial pour l'animateur du groupe de prendre conscience que sa tâche est de créer un système social dans lequel le groupe et les participants eux-mêmes constituent les agents du changement. L'animateur du groupe doit être extrêmement sensibilisé à l'emplacement de la responsabilité dans le groupe. S'il songe avec désarroi aux séances à venir et qu'il termine les regroupements dans un état de fatigue extrême, quelque chose visiblement ne fonctionne pas dans l'instauration d'un cadre thérapeutique groupal optimal. Si l'animateur a l'impression que tout dépend de lui et que s'il ne travaille pas, rien ne se passera dans le groupe, que les participants sont comme des spectateurs de cinéma passés voir ce qui était au programme de la séance, les participants alors ont réussi à transférer le poids de leur responsabilité sur les épaules du thérapeute.

Comment l'animateur peut-il contribuer à cette prise en charge par le groupe de la responsabilité de son fonctionnement ? Tout d'abord, compte tenu de son expérience passée, l'animateur doit être conscient qu'il est probablement la seule personne du groupe à avoir une définition relativement claire de ce qui différencie une séance productive d'une séance non productive. L'animateur doit alors aider les participants à acquérir cette perception et les encourager à agir en conséquence. Il peut recourir pour cela à diverses techniques, notamment la vérification du processus, qui consiste à interrompre la séance ponctuellement et à demander aux participants d'évaluer de quelle manière la séance s'est déroulée pour eux lors de la demi-heure précédente, par exemple. Si la séance était poussive, l'animateur peut alors les inviter à la comparer à une séance précédente dynamique, afin de permettre aux participants de différencier progressivement les séances productives de celles où aucun travail n'est effectué. Si tous les participants s'accordent à dire qu'il s'agit d'une séance fructueuse et intéressante, l'animateur les encourage alors à la mémoriser comme exemple type de séance fructueuse à laquelle comparer les séances ultérieures.

Si, en réponse à cette évaluation collective, un participant répond, par exemple, qu'il s'est senti impliqué dans le travail les quinze premières minutes de la séance avant de s'en désintéresser la demi-heure suivante après que Joe et Mary ont commencé à parler, l'animateur peut inviter ce participant à s'interroger sur la raison pour laquelle il laisse se dérouler la séance d'une façon qui se révèle non gratifiante pour lui. De quelle manière ce participant aurait-il pu recentrer la séance ? L'animateur peut également interroger l'ensemble du groupe et, si un consensus général se dégage sur le manque d'intérêt de la séance, demander : « Vous semblez tous partager le même avis. Pourquoi n'avez-vous pas interrompu la séance afin de la recadrer ? Pourquoi me laisser faire ce que tout le monde est capable de faire ? » De nombreuses variations sont possibles, naturellement, suivant les préférences stylistiques du thérapeute ; le point important reste la stratégie sous-jacente visant à encourager les patients à assumer la responsabilité de leur vie en assumant celle de leur thérapie.

Les grands groupes thérapeutiques. Le même principe s'applique aux grands groupes thérapeutiques. La facilitation de la prise de responsabilité du patient constituait une motivation majeure dans la création de la communauté thérapeutique. Le placement en hôpital psychiatrique représente toujours une expérience privative d'autonomie : les patients sont privés de pouvoir, de leur capacité de décision, de liberté, d'intimité et de dignité. Maxwell Jones concevait la communauté thérapeutique de sorte à ce qu'une hospitalisation augmente l'autonomie du patient au lieu de la diminuer. La salle avait été restructurée de façon à donner aux patients une large responsabilité sur leur traitement et leur environnement. Le gouvernement des patients assumait la responsabilité des règles en vigueur dans les salles, les autorisations, les décisions du personnel de salle et même les sorties et les traitements.

La « gestion de vie » est un concept apparenté à la prise de responsabilité ; de nombreuses approches thérapeutiques se sont donné pour objectif l'acquisition de ce type de compétences. À l'hôpital, des unités de patients organisent fréquemment des groupes de gestion de vie ou des « contrats » thérapeutiques dans lesquels le « contrat » (accord visant à ce que le patient prenne en charge la gestion de sa vie) de chaque patient est analysé et discuté. Le groupe peut ensuite aborder de manière plus spécifique les actions que chacun peut entreprendre pour assumer certains domaines de sa vie, comme les finances personnelles, la santé ou la vie sociale.

La prise de responsabilité et le style du thérapeute

Activité et passivité. La facilitation de la prise de responsabilité confronte souvent le thérapeute à un dilemme. Un thérapeute trop actif décharge le patient de sa responsabilité ; un thérapeute passif véhicule un sentiment d'impuissance. Ce problème se pose avec une plus grande acuité dans l'approche psychanalytique, dans laquelle la palette restreinte des comportements de l'analyste et sa relative inactivité peuvent susciter une dépendance prolongée. Milton Mazer, analyste qui s'est particulièrement intéressé à ce problème, met en garde le thérapeute contre une passivité excessive risquant de décourager la prise de responsabilité du patient.

> « (...) la passivité de l'analyste face à une expression d'impuissance du patient confirme ce dernier dans le choix de croire qu'il n'est pas responsable de ses actions et qu'il peut simplement suivre ses impulsions. Sans avertissement et sans clarification des conséquences possibles, ne peut-il pas légitimement en conclure qu'il ne peut rien pour lui, notamment lorsque cette conclusion lui permet d'atteindre le but de ses pulsions ? »

Mazer met également en garde contre la posture inverse représentée par un excès d'activité, tant sous la forme d'indications que de limites posées, qui pourraient là encore interférer avec la prise de responsabilité : « Il ne s'agit pas de suggérer que l'analyste devrait tenter d'interdire l'action envisagée, car cela signifierait également que le patient ne pourrait pas être tenu pour responsable et ne pourrait être contenu que par une force extérieure, l'autorité de l'analyste. »

Où se situe le juste milieu ? Quelle posture facilitatrice le thérapeute peut-il adopter ? Mazer suggère que le thérapeute devrait tenter d'aider le patient à identifier le processus de choix auquel il est confronté :

> « (...) le travail de l'analyste consiste à souligner que le patient se trouve dans un processus de décision quant à l'action envisagée ; ce faisant, l'analyste met l'accent sur la responsabilité que le patient a vis-à-vis de son avenir. Dès lors, le patient a la possibilité de choisir entre nécessité névrotique et liberté responsable. S'il est capable d'opter pour la responsabilité responsable, il ouvre une première brèche dans sa structure névrotique[11]. »

En d'autres termes, le thérapeute se concentre sur l'accroissement, chez le patient, de la conscience qu'il est face à un choix (que cela lui plaise ou non) et qu'il ne peut fuir sa liberté.

Des thérapeutes ont réfléchi à d'autres techniques plus actives visant à faciliter la prise de responsabilité. Ainsi, les analystes transactionnels mettent fortement l'accent sur le « contrat » thérapeutique. Ils consacrent les premiers entretiens, non à l'établissement d'un diagnostic (qui se bornerait simplement à positionner la relation thérapeute-patient dans un cadre de donneur-demandeur de soins), mais à l'élaboration d'un contrat. Le contrat doit venir de la personne et non des souhaits de tiers introjectés (état « parent » du moi) sous forme de « il faut » ou de « je dois ». Par ailleurs, il doit s'agir d'un contrat orienté vers l'action : non « mieux me comprendre », mais « je veux perdre quinze kilos » ou « je voudrais pouvoir avec une érection avec ma femme au moins une fois par semaine ». En définissant des objectifs concrets atteignables – objectifs définis par le patient lui-même – et en continuant d'attirer l'attention du patient sur la relation entre le travail de thérapie et ces objectifs, les thérapeutes transactionnels espèrent accroître le sens de la responsabilité du patient dans le changement individuel.

Des suggestions actives de la part du thérapeute, formulées à bon escient, peuvent contribuer à favoriser la sensibilisation du patient. Il ne s'agit pas ici que le thérapeute prenne les choses en charge à la place du patient, prenne des décisions ni, en bref, lui dise comment vivre. Toutefois, à certains moments, le thérapeute peut émettre une suggestion s'apparentant à une option comportementale manifeste, mais que le patient, en raison de sa perspective limitée, n'a jamais envisagée. Ainsi, la question « Pourquoi pas ? » peut s'avérer plus utile que « Pourquoi ? ». Il importe peu que le patient suive la suggestion ; le point important du processus peut consister précisément à attirer l'attention du patient sur le fait qu'il n'ait jamais envisagé des options évidentes. Le déroulement de la thérapie peut alors se poursuivre autour de la thématique du choix, du mythe de l'absence de choix et des émotions suscitées par une confrontation à la liberté. La vignette clinique suivante illustre ce déroulement.

George était un dentiste de trente ans dont la problématique principale se centrait autour de l'évitement de la responsabilité. Il avait été marié, mais son mariage avait échoué, en raison de son attitude générale de dépendance à l'égard de sa femme et plus spécifiquement parce qu'il « s'était retrouvé » impliqué avec une autre femme. Depuis, il était considérablement tourmenté quant à la décision d'un possible remariage. Il avait à choisir entre plusieurs femmes, toutes intéressées par lui, et ne ménagea pas ses efforts pour faire en sorte que d'autres – ses amis, son thérapeute, les femmes elles-mêmes – prennent la décision à sa place.

Une visite chez ses parents, qu'il voyait environ une fois par an, lui permit de prendre conscience de ses difficultés à assumer sa responsabilité. Son père avait toujours été considéré comme le « méchant » de la famille ; George avait toujours eu une relation hautement conflictuelle avec lui. Pendant plus de dix ans, leur conflit s'était articulé autour des voitures. Toutes les fois que George retournait chez ses parents, il souhaitait utiliser l'un des véhicules familiaux, ce que son père, mécanicien automobile, avait toujours refusé, prétextant qu'il avait besoin de la voiture ou que cette dernière était en réparation. George décrivait sa mère comme une femme de pouvoir qui contrôlait tous les aspects de la vie familiale, à l'exception des voitures du ménage, seul domaine où elle avait autorisé la domination de son époux.

George envisageait la visite chez ses parents avec une anxiété considérable. Il anticipait le déroulement des événements : il voudrait utiliser la voiture, son père s'y opposerait, prétendant que les freins ou les pneus étaient en mauvais état, l'insulterait et lui demanderait pourquoi *mensch* il n'avait pas loué de voiture. « Quelle sorte de famille est-ce donc ? se demandait George. Je viens les voir une fois par an et ils s'en soucient si peu qu'ils ne se donnent pas même la peine de venir me chercher à l'aéroport. »

« Pourquoi ne pas louer une voiture ? lui demandai-je. L'idée est-elle si saugrenue ? Pourquoi n'y avez-vous pas songé ? Après tout, vous gagnez quatre fois plus que votre père, vous n'êtes pas marié et n'avez pas de dépenses considérables. Ces quelques dollars de plus par jour ne représenteraient pas pour vous une dépense inconsidérée. » George sembla abasourdi par ma suggestion. Aussi évidente qu'elle fût, il était clair qu'il ne l'avait pourtant jamais sérieusement envisagée par le passé. Il réfléchit et, le jour suivant, appela ses parents pour les prévenir de son arrivée. Il dit à sa mère qu'il louerait une voiture, ce à quoi sa mère répondit immédiatement que la voiture était réparée désormais, que son père irait le chercher à l'aéroport, qu'ils étaient si contents de le voir et qu'il n'était pas question qu'il envisage un autre moyen de transport.

Une inévitable scène s'ensuivit à l'aéroport. Son père l'accueillit par un : « Pourquoi n'as-tu pas loué de voiture ? Regarde tous ces comptoirs de location. Pour 8,95 dollars tu aurais pu en louer une. » Ils eurent une dispute véhémente. George se précipita vers le comptoir de location, loua une voiture et, en colère, déclina la proposition de son père de payer la location. Lui et son père firent le trajet dans des voitures séparées. Son père alla immédiatement dans sa chambre et partit travailler tôt le lendemain matin. Comme George n'était là que pour la journée, il ne revit pas son père.

Nous discutâmes longuement de cet incident en thérapie. Quel effort avait-il fait pour parler à son père ? Réfléchissons à la position du père : la mère de George lui avait proposé les services de son père sans prendre la peine de consulter son époux, comme s'il était l'homme à tout faire de la maison. Son père, en colère, se sentit contrôlé et tenta d'exercer le seul pouvoir qu'il avait : l'utilisation de la voiture. Mais quels efforts George avait-il faits pour parler à son père ? Aurait-il pu lui parler au téléphone tout autant qu'à sa mère ? Qu'est-ce qui l'avait empêché de téléphoner à son père et de dire : « Papa, je louerai une voiture à l'aéroport, car j'ai besoin d'un véhicule le lendemain. Je ne serai pas là avant dix heures, mais s'il te plaît attends-moi pour qu'on ait la chance de parler un peu. » George sembla sidéré. « C'est impossible ! », s'exclama-t-il. « Pourquoi ? » « Je ne peux pas parler à mon père au téléphone. Vous ne connaissez pas ma famille, c'est tout. »

Toutefois, George continua de ressentir un vague sentiment de culpabilité à l'égard de son père, un homme âgé, têtu, qui avait survécu aux camps de la mort et qui, pendant trente ans, partit travailler à 6 heures du matin pour envoyer ses quatre enfants à l'université. « Écrivez-lui une lettre et dites-lui ce que vous ressentez », lui suggérai-je. Là encore, George parut abasourdi par ma suggestion, tout autant qu'agacé par ma naïveté. « C'est impossible ! », s'exclama-t-il. « Pourquoi ? » demandai-je. « On n'écrit pas de lettres. De ma vie, je n'ai jamais écrit une seule lettre à mon père. » « Et pourtant, vous vous plaignez que vous êtes des étrangers l'un pour l'autre et que vous ne pouvez pas communiquer avec lui. Si vous voulez vraiment communiquer avec lui, alors faites-le. Rien ne vous en empêche. Cette responsabilité est la vôtre. »

Cet échange simple troubla profondément George. Le soir même, il commença, en larmes, une lettre à son père, qui commençait par « Cher Papa » et *non pas* « Chers Maman et Papa » ni « Chers tous ». Comme le destin en a parfois le secret, l'esprit de la liberté et de la responsabilité souffla sur son père la même nuit et, avant que George ait terminé sa lettre, son père l'appela pour s'excuser, là aussi fait inédit. George lui parla de la lettre qu'il était en train d'écrire et fut si ému qu'il pleura comme un enfant. Inutile de dire que les relations changèrent entre George et son père et qu'une analyse de la réaction immédiate de George – « C'est impossible ! » – ouvrit des perspectives riches dans son travail thérapeutique.

Fritz Perls, gestalt-thérapie et prise de responsabilité. Parmi les tenants d'une approche thérapeutique active face à l'enjeu de la responsabilité, aucun ne fut plus vigoureux ni inventif que Fritz Perls. L'approche de Perls se fonde sur le concept fondamental que l'évitement de la responsabilité doit être identifié et découragé.

> « Tant que vous combattez un symptôme, il empire. Si vous assumez la responsabilité de ce que vous vous faites, de la manière dont vous produisez vos symptômes, votre maladie, votre existence – le moment même où vous entrez en contact avec vous-même – le processus de croissance et d'intégration débute[12]. »

Perls se montrait extrêmement sensible à l'utilisation (ou l'évitement) par le patient du pronom personnel à la première personne et au passage de la voie active à la voie passive :

> « Dans son discours, le patient commence par opérer une dépersonnalisation et à devenir le récipiendaire passif des vicissitudes d'un monde capricieux. "J'ai fait telle ou telle chose" devient "Cela s'est passé". Je n'ai de cesse que je n'interrompe les patients, de sorte qu'ils s'approprient les choses. Nous ne pouvons pas travailler à partir d'éléments qui se passent ailleurs où qui touchent les gens en général. Je leur demande ainsi de trouver une façon de passer de "C'est un jour chargé" à "Je fais en

> sorte d'être occupé" ou "Cela risque d'être une longue conversation" à "Je parle beaucoup". Et ainsi de suite[13]. »

Après avoir identifié les modes d'évitement de la responsabilité, Perls incitait le patient à traduire son impuissance en réticence et à assumer la responsabilité de chacun de ses gestes, émotions, voire pensées. Perls recourait parfois à un exercice structuré baptisé « J'assume la responsabilité » :

> « À chaque énoncé, nous demandons aux patients d'ajouter : "… et j'en assume la responsabilité." Par exemple : "J'ai conscience de bouger ma jambe… et j'en assume la responsabilité." "Maintenant, je ne sais pas quoi dire… et j'assume la responsabilité de cette ignorance."[14] »

Perls demandait aux patients d'assumer la responsabilité de toutes leurs forces conflictuelles internes. Lorsqu'un patient était en proie à un dilemme et, en en parlant, ressentait un nœud à l'estomac, Perls demandait au patient de parler à ce nœud. « Placez ce nœud dans la chaise en face et parlez-lui. Vous jouez à la fois votre rôle et celui du nœud. Prêtez-lui votre voix. Que vous dit-il ? » Il demandait ainsi au patient d'assumer la responsabilité des deux pôles du conflit, afin de prendre conscience que rien « ne nous arrive », que nous sommes l'auteur de tout, du moindre geste, mouvement, voire de la moindre pensée.

« T : Êtes-vous conscient de ce que font vos yeux ?
P : En fait, je me rends compte maintenant que mes yeux regardent ailleurs…
T : Pouvez-vous en assumer la responsabilité ?
P : … que j'évite de vous regarder.
T : Maintenant, pouvez-vous être vos yeux ? Écrivez le dialogue pour eux.
P : Je suis les yeux de Marie. J'ai du mal à fixer constamment. Je bouge sans cesse[15]. »

Perls pensait que nous choisissons le moindre de nos symptômes ; des sentiments « non clôturés » ou non exprimés émergent à la surface sous des formes autodestructrices et non gratifiantes. (Il s'agit là de l'origine du terme *« gestalt »*-thérapie. Perls tentait d'aider les patients à clôturer leurs gestalts – les tâches non terminées, les prises de conscience entravées, les responsabilités évitées.)

L'échange thérapeutique suivant illustre bien l'approche de Perls en matière de responsabilité :

« Il y a deux semaines j'ai fait une expérience merveilleuse, non que ce fut une réussite, mais ce fut au moins un commencement. Cet homme était bègue, et je lui ai demandé d'augmenter son bégaiement. Pendant qu'il bégayait, je lui demandai ce qu'il ressentait dans sa gorge et il me dit : “J'ai envie de battre.” Je lui tendis mon bras et lui dis de me battre. “Que le diable m'emporte, dit-il, je pourrais vous tuer.” Il se mit réellement en colère, se mit en contact avec cette colère et se mit à parler fort sans

> aucune difficulté. Je lui montrai qu'il avait un choix existentiel, être un homme en colère ou bégayer. Savez-vous comment un bègue peut vous torturer ? Et vous mettre sur des charbons ardents ? Toute colère qui ne sort pas, qui ne coule pas librement, tourne au sadisme et autres formes de torture[16]. »

Cette approche des symptômes – inviter le patient à produire ou à accroître un symptôme – se révèle souvent être une technique efficace dans la sensibilisation à la responsabilité : en produisant délibérément un symptôme, le bégaiement dans cet exemple, la personne prend conscience que son symptôme est le *sien*, qu'il est sa propre création. Bien qu'ils ne l'aient pas cotto raonceptualisée en termes de prise de responsabilité, d'autres thérapeutes sont simultanément parvenus à la même technique. Ainsi, Viktor Frankl décrit une technique qu'il nomme « intention paradoxale[17] », consistant à demander à un patient d'accroître délibérément son symptôme, qu'il s'agisse d'une attaque de panique, d'un jeu compulsif, de l'angoisse d'une crise cardiaque ou de compulsion alimentaire. Don Jackson, Jay Haley, Milton Erickson et Paul Watzlawick ont tous écrit sur la même approche baptisée « prescription du symptôme[18]. »

Perls mit au point une méthode unique de travail sur les rêves, ingénieusement conçue pour faciliter la prise de responsabilité de la personne quant à l'ensemble de ses processus mentaux. Tout au long de l'histoire, les êtres humains ont considéré les rêves comme un phénomène en dehors du champ de la responsabilité personnelle, conception qui se reflète dans la langue courante par l'expression « pas même en rêve », employée pour décliner toute responsabilité dans une action ou une pensée. Avant l'avènement de la psychologie dynamique freudienne, les rêves étaient généralement considérés comme des manifestations divines ou dues au hasard. Une théorie, par exemple, suggérait que les cellules du cortex étaient endormies et que, à mesure que les métabolites toxiques de la journée étaient nettoyés, des groupes de cellules « se réveillaient » sous forme de structures totalement aléatoires. Selon cette théorie, le rêve est constitué par la production des cellules lors de leur réveil ; la nature inintelligible de la plupart des rêves s'explique ainsi par la séquence fortuite dans laquelle les cellules sont sollicitées. Quant aux rêves intelligibles, ils relèvent du même hasard heureux que celui qui conduirait un groupe de singes tapant sur une machine à écrire à produire un paragraphe sensé.

Freud, quant à lui, démontra de manière convaincante que les rêves n'étaient les produits ni de visitations extérieures ni du hasard, mais de composantes conflictuelles de la personnalité en interaction : les impulsions du ça, le résidu diurne manifeste stocké dans l'inconscient, la censure (opérateur inconscient du moi), le moi conscient (« révision secondaire »). Bien que Freud découvrît que le sujet – ou, du moins, l'interaction de ces parties du sujet – était le seul auteur du rêve, son compartimentage de la psyché résulte, selon Perls (point de vue pertinent, à mon sens), d'une relégation aux oubliettes de la responsabilité personnelle.

Perls, qui qualifiait le rêve de « messager existentiel[19] », cherchait à maximiser l'appropriation par la personne de son rêve. Tout d'abord, Perls tentait de rendre le rêve réel en en changeant le temps : il demandait au patient de relater son rêve au présent et de le jouer en en devenant tout à la fois le metteur en scène, l'accessoiriste et les acteurs. Le patient devait alors incarner le rôle de tous les objets dans le scénario du rêve. J'observai ainsi Perls travailler avec une patiente qui avait rêvé qu'il conduisait sa voiture et dont le moteur commença à crachoter pour finalement tomber en panne. Suivant les instructions de Perls, la patiente incarna les différents rôles : le conducteur, la voiture, le réservoir vide, les bougies paresseuses, etc. Pour Perls, cette stratégie visait à aider le patient à rassembler en un tout les parties éparses de sa personnalité (c'est-à-dire à clôturer la gestalt individuelle).

La prise de responsabilité signifiait pour Perls que la personne devait assumer l'entière responsabilité de ses sentiments, y compris négatifs, souvent projetés sur les autres.

> « (...) nous ne voulons pas prendre la responsabilité de nos critiques et la rejetons sur les autres. Nous ne voulons pas prendre la responsabilité de la discrimination, de sorte que nous la projetons à l'extérieur et vivons avec cette demande éternelle : acceptez-moi, et avec la peur d'être rejeté. Et une des responsabilités les plus importantes est celle d'accepter nos

projections, se réidentifier avec ses projections et devenir ce que nous projetons[20]. »

En se réappropriant toutes les parties de son être, la personne vit des expériences plus riches ; elle est « chez elle », à l'intérieur d'elle-même comme dans son monde.

> « Bien entendu, prendre la responsabilité de votre vie et être riche en expériences et capacités sont choses identique, et c'est ce que j'espère faire ici pendant ce court séminaire. Vous faire comprendre tout ce que vous gagnez à prendre la responsabilité de chaque émotion, chaque mouvement que vous faites, chaque pensée que vous avez et ne pas attribuer les responsabilités aux autres[21]. »

Déléguer sa responsabilité sur un tiers constitue un élément important, notamment pour le psychothérapeute. Perls était pleinement conscient des efforts réalisés par le patient pour manipuler les autres, à commencer par le thérapeute, afin que ceux-ci s'occupent de lui.

> « Le thérapeute se trouve face à trois tâches immédiates : identifier de quelle manière le patient tente d'obtenir du soutien de la part des autres au lieu de se le procurer lui-même, éviter de se laisser absorber et savoir que faire du comportement manipulateur du patient[22]. »

Ne pas « se laisser absorber » n'est pas tâche aisée, et le thérapeute doit s'entraîner à identifier les techniques de persuasion, aussi multiples que variées, de son patient.

> « “Je n'y arrive pas, dans cette situation, et vous si. J'ai 'besoin' que vous me montriez comment faire, afin que je puisse reprendre le cours de ma vie.” La vie en question n'a parfois de vie que le nom et s'apparente souvent davantage à une existence conçue comme une série de propositions soumises par le patient à des tiers qui se plaisent à gérer la vie des autres. Le thérapeute souvent constitue la dernière tentative d'une longue série. Heureusement, il s'agit du dernier ressort[23]. »

Pour résister à ces tentatives de manipulation, Perls adopta une attitude extrême. Il démarrait ces ateliers comme suit :

> « Dès lors, si vous voulez devenir fou, vous suicider, aller mieux, être “excité” ou vivre une expérience qui changera de vous, libre à vous. Je fais mon truc et vous faites le vôtre. Que tous ceux qui ne veulent pas assumer cette responsabilité n'assistent pas à ce séminaire. Vous êtes ici par votre seule volonté. Je ne connais pas votre degré de maturité, mais dans son essence, une personne mature est une personne capable d'assumer la responsabilité d'elle-même, de ses pensées, de ses émotions et ainsi de suite[24]. »

La posture de Perls s'avère ici d'une sévérité extrême et peut nécessiter des aménagements, notamment avec les patients gravement perturbés. Chez certains patients, en effet, cette prise de responsabilité nécessite des mois de travail ; dès lors, il est parfois irréaliste de poser cette prise de responsabilité comme prérequis à la thérapie. Toutefois, dans certaines situations, le thérapeute sera bien inspiré d'exiger au démarrage de la thérapie un certain niveau de responsabilité assumée. De nombreux thérapeutes exigent ainsi de la part de patients suicidaires qu'ils concluent un pacte de « non-suicide », par lequel ils s'engagent à ne pas passer à l'acte pendant un laps de temps déterminé. Employée à bon escient, cette approche peut réduire de manière significative le risque de suicide[25].

Bien que les propos de Perls ne laissent aucun doute quant à sa sensibilisation à l'enjeu de la responsabilité et à son refus, en tant que thérapeute, d'accepter le poids de la responsabilité du patient, il ne fut jamais en mesure de résoudre (ou, à mon avis, d'admettre pleinement) le paradoxe de son approche thérapeutique. « Assumez vos responsabilités », dit-on au patient. Mais quelle est l'autre partie de l'expérience faite par ce patient ? La rencontre avec un vieil homme sage, puissant, au charisme extraordinaire, qui sur le plan non verbal déclare : « Et je vous dirai précisément comment, quand et pourquoi le faire. » Le style actif de Perls, son aura de pouvoir et d'omniscience contredisaient ses paroles. Pour le patient, la perception de deux messages simultanés et contradictoires, l'un implicite et l'autre explicite, revient à se trouver dans une position de double contrainte. Laissez-moi vous présenter une autre approche thérapeutique qui tente d'éviter cet écueil.

Helmut Kaiser et la prise de responsabilité. Parmi les nombreux thérapeutes qui se sont confrontés au dilemme de la prise de responsabilité *vs* la prise en charge du patient, Helmut Kaiser occupe une place à part en raison de la pertinence et de la cohérence de ses contributions. Bien que Kaiser et Perls articulent tous deux leur approche de la thérapie autour de l'enjeu de la responsabilité, les deux s'opposent diamétralement quant au style et à la structure de leurs approches. Kaiser, décédé en 1961, était un thérapeute extrêmement inventif qui, parce qu'il écrivit peu, ne jouit jamais d'une large reconnaissance. En 1965, un ouvrage regroupant ses contributions fut publié sous le titre *Effective psychotherapy*[26]. Kaiser pensait que les patients étaient confrontés à un conflit universel, une « maladie de l'esprit, commune à tous les névrosés[27] », découlant du fait que « la vie adulte comporte un isolement total, fondamental, éternel et insurmontable[28] ».

Kaiser relate le cas d'un de ses camarades de l'école de médecine, prénommé Walter, qui, au beau milieu de ses études, accepta un rôle dans une pièce de théâtre amateur et se prit de passion pour le théâtre. Il avait un talent indéniable et songea à abandonner ses études de médecine pour se consacrer totalement à une carrière d'acteur. Mais quelle était la véritable étendue de son talent ? Deviendrait-il un grand acteur ? Walter ne parvenait pas à prendre de décision et ne cessait de solliciter conseil sur conseil. Kaiser assistait aux tourments de son ami quand, soudain, il prit conscience que Walter attendait l'impossible. Walter n'attendait pas seulement un avis ; il voulait bien plus : il voulait que quelqu'un assume la responsabilité de sa décision.

> « Dans la période qui suivit, G. [c'est-à-dire Kaiser] put observer comment Walter, progressivement, prit conscience qu'aucun conseil ni aucune opinion de quiconque ne pourrait l'aider dans la décision qu'il avait à prendre. Éprouvant de l'empathie pour le tiraillement de Walter, G. était toujours disposé à s'entretenir avec son ami des innombrables pour et contre qui auraient pu être pris en compte dans l'action envisagée. Pourtant, lorsqu'ils avaient passé en revue toutes les conséquences possibles, avaient pesé les chances de réussite, évalué les conseils, analysé les informations sous toutes les coutures et que seule manquait la conclusion finale, un pesant silence s'abattait sur eux. G. pouvait entendre la question silencieuse de Walter : “Qu'est-ce que tu en penses[29] ?” »

Walter était confronté à un paradoxe humain très profond, devant lequel il reculait : nous aspirons à l'autonomie, mais nous reculons devant sa conséquence inévitable, à savoir l'isolement. Ce paradoxe, que Kaiser nomme le « talon d'Achille congénital de l'humanité », nous ferait énormément souffrir si, selon cet auteur, nous ne recourions pas à un « subterfuge de magicien », à une technique permettant de nier l'isolement.

Ce « subterfuge », que Kaiser nomme « symptôme universel », est un mécanisme de défense servant à nier l'isolement en atténuant les limites du moi et en favorisant la fusion. J'ai traité précédemment des mécanismes de fusion comme défense contre l'angoisse de mort sous la forme d'une croyance en un sauveur ultime. Kaiser nous rappelle que l'isolement et (bien qu'il ne souligne pas à proprement parler ce point) au-delà, l'absence de fondement, constitue une motivation importante dans nos efforts de fusion avec un tiers.

Quels types d'événements favorisent-ils une confrontation avec l'isolement ? Selon Kaiser, il s'agit principalement des événements qui favorisent cette prise de conscience que nous sommes entièrement responsables de notre vie, notamment les décisions importantes modifiant le cours de nos vies ou le développement d'une conviction qui n'est pas soutenue par une autorité quelconque. Dans ces moments-là, à l'instar de Walter, l'ami de Kaiser, nous aspirons à trouver quelqu'un qui assumera la responsabilité à notre place.

Kaiser se montrait extrêmement sensible à tous les efforts entrepris par le patient pour éviter l'isolement inhérent à la responsabilité, notamment sa tentative de transférer les pouvoirs exécutifs au thérapeute. Comment le thérapeute peut-il contrecarrer ces tentatives ? Ayant réfléchi à la question, Kaiser avança plusieurs approches pour finalement décider que cet enjeu était si crucial qu'il devait être pris en compte par une altération du cadre même de la thérapie. Pour décourager tout transfert de responsabilité, la thérapie se devait d'être *totalement* déstructurée, le thérapeute *totalement* non directif, le patient *totalement* responsable, non seulement du *contenu* mais aussi du *processus* thérapeutique. Kaiser déclarait ainsi « qu'il ne devrait y avoir aucune règle pour le thérapeute ». La description qu'il donne d'un échange entre un thérapeute et un patient illustre bien ce point :

> « P : Puis-je vous demander en quoi va consister la thérapie ? Je veux dire, quel en est le processus ?
> T : Le processus... ? Je ne suis pas sûr de comprendre tout à fait ce que vous voulez dire, mais si c'était le cas, je dirais : il n'y a pas de processus !
> P (souriant poliment) : Non, bien sûr, je voulais simplement dire : Que voulez-vous que je fasse ?
> T : C'est exactement ce que je pensais que vous vouliez dire par "processus".
> P : Je ne comprends pas (vingt secondes de silence). Enfin, j'imagine qu'il y a quelque chose que je suis censé faire.
> T : Vous semblez sûr qu'il y ait quelque chose que vous soyez censé faire ici.
> P : Ce n'est pas le cas ?
> T : En ce qui me concerne, non.
> P : Heu... je... je... je ne comprends pas.
> T (en souriant) : Je pense que vous avez compris ce que j'ai dit, mais que vous avez du mal à y croire vraiment.

P : Vous avez raison. Je ne pense pas que ce soit à prendre au sens littéral.

T (après un silence de dix secondes) : C'est à prendre au sens littéral.

P (après un silence gêné d'environ une minute et avec effort) : C'est OK si je parle de mes crises d'angoisse ?

T : Il vous semble impossible de croire ce que j'ai dit.

P : Je suis désolé… Je ne voulais pas… mais, oui, en effet, je ne suis pas sûr du tout d'avoir réellement… excusez-moi, qu'est-ce que vous avez dit ?

T : J'ai dit qu'il vous semblait impossible de croire à ce que j'avais dit.

P (hochant la tête légèrement comme s'il était agacé) : Non, ça me va… (il lève la tête et éclate de rire lorsque son regard rencontre celui du thérapeute)[30]. »

Kaiser croyait que « tout ce qui accroît le sentiment de responsabilité du patient contribue à le guérir » et, comme l'illustre cette interaction, il refusait même d'accepter la responsabilité d'indiquer au patient comment travailler en thérapie.

Il existe des limites évidentes à une technique aussi extrême. De mon point de vue, Perls pêcha par excès de structure et d'énergie donnée au patient ; Kaiser, par excès inverse. Aucun thérapeute n'est en mesure d'aider un patient qui, par confusion, manque de structure ou de confiance, arrête prématurément une thérapie. Le thérapeute vise certes par son travail à accroître la prise de responsabilité du patient ; toutefois, il ne s'ensuit pas nécessairement qu'il doive exiger de son patient ce niveau de responsabilité à chaque étape ni même en début de thérapie. La situation thérapeutique nécessite souplesse ; pour que les patients continuent de venir, les thérapeutes doivent se montrer actifs et soutenants lors des premières séances. Plus tard, lorsque l'alliance thérapeutique est bien établie, le thérapeute peut accentuer les conditions thérapeutiques améliorant l'acceptation de la responsabilité. Kaiser souligne également ailleurs l'importance de la relation thérapeutique et le caractère direct des échanges[31] et nul doute qu'en situation il procéda aux ajustements nécessaires du cadre. Il écrivit d'ailleurs une curieuse pièce de théâtre, intitulée *Emergency*[32], illustration par excellence de la souplesse thérapeutique. Le protagoniste de cette pièce, le Dr Terwin, psychiatre, reçoit en consultation Mrs Porfiri, l'épouse d'un psychiatre, qui affirme que son mari est profondément perturbé mais refuse de solliciter une aide quelconque. Le Dr Terwin prétend être un patient et consulte le Dr Porfiri. Progressivement, de manière presque imperceptible, il s'emploie en tant que « patient » à traiter le thérapeute. Manifestement, le Dr Porfiri n'était pas capable d'assumer sa responsabilité, pas même celle de consulter en thérapie. Le thérapeute ne l'exigea pas de son patient, mais agit comme il convient de tout bon thérapeute : il ajusta le cadre thérapeutique à son patient.

LA PRISE DE RESPONSABILITÉ SELON LA MÉTHODE NORD-AMÉRICAINE OU COMMENT PRENDRE EN MAIN VOTRE VIE, TIRER LES FICELLES, PENSER À VOUS ET RÉUSSIR

La conscience de la responsabilité personnelle est une thématique bien implantée aux États-Unis. Ce qui, par le passé, relevait du discours, souvent obscur, du philosophe professionnel, puis du sujet en vogue parmi l'avant-garde rive gauche, est aujourd'hui passé au rang d'article de consommation courante dans le Nouveau Monde. De nombreux succès de librairie ont pour thème la prise de responsabilité. Ainsi, le livre intitulé *Vos Zones erronées* s'articule autour des chapitres suivants : « Se prendre soi-même en charge », « Premier amour », « Vous n'avez pas besoin de l'approbation des autres », « Rompre avec le passé », « Briser la barrière des conventions », « Proclamez votre indépendance »[33]. Le message du livre est affirmé sans ambiguïté : « Il faut commencer par examiner sa propre vie à la lumière des choix que l'on a faits ou que l'on n'a pas faits. Vous assumerez alors la responsabilité de ce que vous êtes et de ce que vous ressentez[34]. » D'autres ouvrages à la thématique proche, comme *Tirez vous-même les ficelles*[35] ou *S'affirmer pour réussir par le principe de* self creation[36] ont également grimpé très rapidement en haut de la liste des best-sellers.

La consommation de masse requiert d'un produit qu'il soit attirant, avec un bel emballage et, surtout, qu'il puisse être consommé facilement et rapidement. Malheureusement, ces prérequis sont généralement incompatibles avec les efforts et la réflexion nécessaires à quiconque cherche véritablement à étudier et à changer sa vie et sa vision du monde. Il se produit alors un « nivellement par le bas » : nous sommes soumis à des exhortations et des best-sellers comme *Vos Zones erronées* nous indiquent comment en finir avec la procrastination :

> « Entreprenez une tâche que vous avez différée jusqu'à maintenant. Par exemple, écrire une lettre ou commencer à lire un livre. Vous vous apercevrez que cet atermoiement était en grande partie inutile car, une fois que vous aurez décidé de vous jeter à l'eau, il y a de fortes chances pour que vous constatiez que cette tâche vous est agréable. Il suffit de commencer pour que disparaisse l'anxiété que le travail à accomplir vous fait éprouver. (...) Arrêtez de fumer... dès maintenant ! Renoncez à boire... à partir de cette minute ! Refermez ce livre et mettez-vous à la tâche. C'est comme cela qu'il faut affronter les problèmes : en agissant immédiatement ! *Do it!* Passez à l'attaque ! (...) Prenez la décision de ne pas vous sentir fatigué avant l'heure de vous coucher. Ni la fatigue ni la maladie ne doivent être une solution d'évasion, le moyen de retarder le moment de faire quelque chose[37]. »

Ou comment « proclamer son indépendance » :

> « Réfléchissez pendant cinq minutes à la manière dont vous allez agir avec les gens qui vous dominent. Essayez de dire : “Non, je ne veux pas” et voyez comment l’autre réagit. (…) Cessez de donner des ordres et d’en recevoir[38]. »

La responsabilité a le vent en poupe et des ateliers professionnels avec pour thème la responsabilité ont essaimé dans tout le pays. Ainsi, un séminaire intitulé « Prendre en main votre vie » (avec comme sous-titre « La psychologie du bien-être, le rôle de la responsabilité individuelle ») fut organisé dans plusieurs villes en 1977-1978. Au programme figuraient des contributions de Rollo May sur la lutte existentielle pour la liberté personnelle et spirituelle, d’Albert Ellis sur l’approche rationnelle-émotionnelle de la responsabilité individuelle dans les sphères de la sexualité et de l’intimité, ainsi que d’Arnold Lazarus sur la thérapie multimodale, approche présentée dans son livre intitulé *I Can If I Want To*[39] . Les autres thèmes du séminaire incluaient une approche comportementale de gestion du stress visant à aider les patients de « type A » à modifier des schémas de comportement, de stress et de réponses physiologiques, à surmonter leur timidité, ainsi que des approches orientales (méditation) de maîtrise de soi et le changement de schémas d’habitudes de résistance au changement. L’intérêt de ce séminaire tenait également à la grande diversité des approches cliniques proposées. Par le passé, le fil conducteur de ces différentes approches n'aurait guère été apparent ; aujourd'hui ces approches sont regroupées sous la même thématique de « responsabilité ».

EST

Sans nul doute, les séminaires de développement personnel EST, populaires dans les années 1970, constituent une sorte d'apogée dans cette approche consumériste de l'enjeu de responsabilité.

Cette approche groupale du changement personnel, créée par Werner Erhard, qui fit l'objet d'un marketing habile et généra d'énormes profits, passa en quelques années du stade de l'initiative individuelle à l'organisation de masse. En 1978, elle revendiquait plus de cent soixante-dix mille certifiés, plus de neuf millions de dollars de chiffre d'affaires, trois cents salariés et sept mille volontaires. Ses organes consultatifs regroupaient des cadres dirigeants d'entreprises de premier plan, des avocats, des présidents d'université, l'ancien président de l'université de médecine de Californie, des psychiatres éminents, des membres du gouvernement, ainsi que des célébrités de la vie publique.

Les séminaires EST accueillaient jusqu'à deux cent cinquante participants et un conférencier qui s'adressait à eux, interagissait avec eux, les insultait, les choquait, leur faisait réaliser un certain nombre d'exercices structurés. Bien que l'approche EST constituât une sorte de florilège des diverses techniques de développement personnel (scientologie, Mind Dynamics, groupes de rencontre, gestalt-thérapie et méditation zen[40]), son principal cheval de bataille fut la *prise de responsabilité*, comme l'illustre clairement l'affirmation des participants et des animateurs :

> « Comme l'explique l'animateur, "Chacun de nous est différent car chacun de nous fait des choix différents. C'est l'incapacité à choisir qui nous bloque dans nos vies. Lorsque vous faites un choix, vous avancez. Ce choix se résume souvent à un simple oui ou non. 'Je ne sais pas' constitue également un choix, le choix de fuir sa responsabilité."[41] »

Une participante décrit ainsi ses souvenirs du séminaire :

> « "Lorsque vous êtes responsable, déclarait Stuart [l'animateur] d'une voix tonitruante, vous vous rendez compte que ce n'est pas par hasard que vous vous retrouvez sur les rails au passage du train. Vous êtes le connard qui s'y est placé tout seul." Le thème de la responsabilité se retrouve dans tous les aspects de la formation. En fait, si je devais résumer en quelques mots ce que j'ai retenu du séminaire, c'est que nous sommes tous les acteurs de notre propre expérience et responsables de tout ce qui se passe dans notre expérience[42]. »

La prise de responsabilité constitue une thématique explicite du catéchisme d'EST. Dans cet échange, un animateur EST affirme, qui plus est de manière impressionnante, qu'une personne victime d'une agression est responsable de cette agression :

> « Vous êtes seuls responsables de votre propre expérience, et donc INTÉGRALEMENT RESPONSABLE DE TOUT CE QUE VOUS VIVEZ. Lorsque vous *pigerez* ça, vous devrez laisser tomber quatre-vingt-dix pour cent des conneries qui dirigent vos vies. Oui, Hank ?
>
> – OK, déclare l'imposant Hank, quelque peu agacé. Je comprends que je suis responsable de tout ce que je fais. Je m'en rends compte. Mais si je me fais agresser, je refuse d'assumer cette responsabilité.
>
> – Qui est la source de votre expérience, Hank ?
>
> – Dans ce cas, ce serait l'agresseur.
>
> – L'agresseur prendrait le contrôle de votre esprit ?
>
> – De mon esprit et de mon portefeuille ! (rires)
>
> – Avez-vous assumé la responsabilité de vous lever ce matin-là ?
>
> – Bien entendu.
>
> – De vous trouver dans cette rue ?
>
> – Oui.
>
> – Celle de voir un homme avec une arme à la main ?
>
> – Celle de le voir ?
>
> – Oui, celle de voir l'agresseur.
>
> – Assumer la responsabilité de le voir ?
>
> – Oui.
>
> – Heu, dit Hank. Je le verrai assurément.
>
> – Si à ce moment-là vous n'aviez ni yeux, ni oreilles, ni nez ni sensations corporelles, vous ne feriez pas l'expérience de cet agresseur, n'est-ce pas ?

– OK, je suis d'accord avec ça.

– Que vous êtes responsable de vous trouver dans cette rue, à cette heure-là, avec de l'argent que vous risquez de vous faire voler ?

– OK, je suis d'accord avec ça.

– Que vous avez choisi de ne pas mettre votre vie en péril en résistant à cet homme et que vous avez choisi de lui donner votre portefeuille ?

– Lorsqu'un type, l'arme au poing, vous dit : "File-moi ton fric", on ne peut pas parler de choix.

– Avez-vous choisi de vous trouver à cet endroit-là à cette heure-là ?

– Oui, mais je n'ai pas choisi que ce type y serait.

– Pourtant, vous l'avez vu ?

– Oui.

– Vous assumez la responsabilité de l'avoir vu, n'est-ce pas ?

– De l'avoir vu, oui.

– Alors mettez-vous ça dans le crâne : TOUT CE DONT VOUS FAITES L'EXPÉRIENCE N'EXISTE PAS À MOINS QUE VOUS EN FASSIEZ L'EXPÉRIENCE.
TOUT CE DONT UN ÊTRE HUMAIN FAIT L'EXPÉRIENCE EST CRÉÉ UNIQUEMENT PAR CETTE CRÉATURE VIVANTE QUI EST LA SOURCE UNIQUE DE CETTE EXPÉRIENCE. RÉVEILLEZ-VOUS, HANK[43] ! »

La plupart des certifiés EST, lorsqu'ils évoquent les bénéfices tirés de ces séminaires, soulignent surtout la prise de responsabilité. L'un de ces certifiés affirmait ainsi que les gens :

> « (...) prenaient conscience qu'ils créaient leur propre mal de dos, leurs migraines, leur asthme, leurs ulcères et autres maladies... La maladie *ne nous arrive-pas*. C'était impressionnant de voir tous ces gens se lever les uns après les autres et affirmer qu'eux et eux seuls étaient responsables de leurs souffrances. Une fois que ces gens se confrontaient honnêtement à l'expérience de leur vie, leurs maladies disparaissaient[44]. »

Dans l'échange suivant, un animateur EST va encore plus loin en affirmant qu'un homme est responsable du cancer de sa femme :

> « Et comment diable serais-je responsable du cancer de ma femme ?
> – Vous êtes responsable de la création de l'expérience du comportement manifeste de votre femme que vous avez choisi d'appeler, en accord avec d'autres, une maladie nommée cancer.
> – Mais je n'ai pas causé son cancer.
> – Écoutez, Fred, je comprends que mes propos soient difficiles à intégrer dans votre système de croyances. Vous avez travaillé dur pendant quarante ans pour créer votre système de croyances et bien que je sache qu'en ce moment vous vous montrez aussi ouvert d'esprit que vous le pouvez, vous avez cru pendant quarante ans que les choses se passaient

> là dehors, et que vous, spectateur innocent et passif, étiez constamment écrasé, par des voitures, des bus, l'effondrement du marché boursier, des amis névrosés et le cancer. Je comprends ça. Tout le monde, dans cette salle, a partagé le même système de croyances. MOI, INNOCENT ; LA RÉALITE DEHORS, COUPABLE.
> MAIS CE SYSTÈME DE CROYANCES NE MARCHE PAS ! C'EST UNE DES RAISONS POUR LESQUELLES ÇA NE VA PAS DANS VOTRE VIE. La réalité qui compte est celle de votre expérience, et vous êtes l'unique créateur de votre expérience[45]. »

« Vous êtes l'unique créateur de votre expérience. » Cette affirmation présente des similitudes frappantes avec celles de Sartre sur la liberté et la responsabilité. Au cœur de l'approche d'EST figure la prise de responsabilité. Il semblerait qu'EST travaille avec certains concepts majeurs mais obscurs et les reformule en un langage saisissant, sorte de langage sartrien « pop », accessible et à la mode californienne. Si cette application ingénieuse de la pensée philosophique donne des résultats, les thérapeutes professionnels pourront apprendre beaucoup de cette méthodologie.

Mais qu'en est-il des résultats ? Malheureusement, nous ne disposons d'aucune réponse catégorique. Des recherches n'ont pas été conduites sur EST, et bien que les témoignages favorables abondent chez les certifiés, ils ne peuvent être pris en compte comme mesure de l'efficacité de cette approche. Des témoignages tout aussi enthousiastes nous parviennent sur toutes les nouvelles approches de développement personnel, qu'il s'agisse de groupes T, de groupes de rencontre, de groupes naturistes, de marathons thérapeutiques ou encore de l'approche corporelle Esalen (massages), le psychodrame, le rolfing, l'analyse transactionnelle, la gestalt, Lifespring, Synanon. Nombre de ces approches ont en commun un développement similaire (qui vraisemblablement est aussi celle d'EST), caractérisé par une éclosion rapide et une disparition progressive, puis un remplacement par l'approche suivante. En fait, la plupart des fondateurs et participants de ces approches avaient déjà expérimenté quelques-unes de ces autres approches. Que signifie un tel développement ? Suscite-t-il des doutes quant à l'effet véritable et durable de cette approche ?

Des études de suivi ont démontré qu'un pourcentage extrêmement élevé de certifiés EST évaluait leur expérience comme hautement positive et constructive. Toutefois, la prudence s'impose avec ce type de recherches qui n'incluent pas dans leur dispositif des systèmes de contrôle appropriés ; une recherche empirique abondante tend à suggérer que le simple suivi, qui en substance n'est rien d'autre qu'une compilation de témoignages, constitue la forme d'évaluation de résultats la plus sujette aux erreurs. Pour ne citer qu'un seul aspect de la conception de la recherche, attardons-nous quelques instants sur le problème de l'autosélection. Qui choisit de participer aux séminaires EST ? Est-il possible que ceux qui choisissent d'y participer, d'y consacrer un budget important, de supporter un week-end éreintant, changent (ou affirment changer) *quel que soit* le contenu du week-end ?

La réponse est « oui, assurément ! ». Des recherches portant sur des placebos réacteurs, sur l'état d'esprit anticipatoire des sujets et sur les attitudes psychologiques de volontaires indiquent clairement que l'issue, pour le sujet, est fortement influencée par des facteurs *préexistant* au séminaire. Cette tendance, bien évidemment, complique considérablement la recherche : l'objectif visant à sélectionner des volontaires pour une expérience de développement personnel (groupe de rencontre par exemple) et à comparer leurs résultats avec ceux d'un groupe de contrôle n'ayant pas participé à ce type d'expérience présente de nombreux biais. En fait, un groupe ou un atelier de développement personnel composé de personnes s'étant engagées dans cette expérience, se trouvant dans une démarche de travail sur soi et ayant des attentes élevées (résultant, pour partie, d'un effet de « pub » préalable), sera *toujours* évalué comme positif par la grande majorité de ses participants. Une évaluation négative créerait une forme significative de dissonance cognitive. L'engouement à l'issue du groupe et les témoignages favorables prédominent. Seul un animateur particulièrement mauvais échouerait dans un tel contexte.

S'il n'existe aucune preuve fiable de résultats, à quels éléments pouvons-nous nous fier ? Il m'est avis que si nous étudiions les données internes disponibles sur EST, nous découvririons des contradictions tout aussi sérieuses qu'alarmantes. Alors qu'il affiche un objectif de prise de responsabilité, EST s'avère simultanément *extraordinairement structuré*. Les séminaires de week-ends EST sont articulés autour d'un nombre impressionnant de règles à suivre à la lettre : ni alcool, ni drogue, ni calmant, ni montre. Personne n'est autorisé à aller aux toilettes en dehors des pauses organisées à cet effet toutes les quatre heures. Les étiquettes nominatives doivent être portées pendant toute la durée du séminaire. Il est interdit de déplacer les chaises. L'accent est mis sur la ponctualité : les retardataires se voient refuser l'accès ou subissent une humiliation publique[46]. Les participants ne sont pas autorisés à manger en dehors des pauses très espacées et il leur est demandé de se débarrasser d'éventuels en-cas qu'ils auraient sur eux.

De nombreux certifiés EST interviennent ensuite comme assistants bénévoles et, à en juger par leurs témoignages, éprouvent une sorte d'exaltation extrême à l'idée d'abdiquer leur autonomie pour baigner dans la puissante lumière de l'autorité. Prenons à titre d'exemple les propos suivants d'un bénévole EST, psychologue clinicien :

> « Je devais ensuite placer les étiquettes nominatives. Elles devaient être positionnées par rangées verticales de dix, en colonnes parfaitement parallèles. Cette tâche allait me donner l'occasion de mesurer l'attention méticuleuse qu'EST portait aux détails. Pour chacune des tâches, les instructions étaient d'une précision qu'on s'attendrait plutôt à trouver dans les modes d'emploi sophistiqués. On attendait

> de moi que je réalise la tâche qui m'était confiée avec le même niveau de précision.
> Des étiquettes nominatives, je passais ensuite aux nappes… Chacune devait être maintenue en place par des coins de nappe et devait effleurer le sol, mais non le toucher… Je regardai la personne à mes côtés qui supervisait les assistants : “Elle touche le sol…” J'ajustai la nappe avec la plus extrême précision. Les angles étaient parfaits et la nappe tombait exactement à la longueur appropriée. J'avais terminé cette tâche, ce qui, dans la terminologie EST, signifiait que je l'avais terminée sans rien laisser de côté de l'expérience[47]. »

« Colonnes parfaitement parallèles », « attention méticuleuse aux détails », « précision qu'on s'attendrait plutôt à trouver dans les modes d'emploi sophistiqués ». La nappe « tombait exactement à la longueur appropriée ». Où, parmi cette aspiration à la conformité et à la structure, pourrait-on trouver liberté et responsabilité ? Mon trouble s'accrut plus encore lorsque, lors d'un séminaire, je repérai un groupe d'assistants EST, tous vêtus comme Werner Erhard (veste bleue, chemise blanche au col déboutonné, pantalon gris) et arborant la même coupe de cheveux que leur leader. Qui tous aussi, à la manière de Werner Erhard, commençaient leurs phrases par « et » et parlaient d'EST à voix basse dans des termes quasi religieux. Lisez les autres témoignages de bénévoles (tirés des livres consacrés à EST signés Werner Erhard et qui m'avaient été envoyés par cette organisation pour m'informer de leurs activités) :

> « Une jeune femme s'étant proposée pour le ménage des locaux de San Francisco où se trouvait le bureau de Werner me raconta qu'on l'avait informée en détail de la façon de réaliser le travail. "Je devais nettoyer sous chacun des objets, ceux se trouvant par exemple sur une table basse, et les replacer ensuite exactement où je les avais trouvés, au centimètre près[48]."
>
> La personne préposée au nettoyage des toilettes au siège de l'organisation raconte qu'il n'y avait qu'une seule – et unique – manière de réaliser le travail. Elle déclara avoir été étonnée de découvrir la somme de réflexion et d'efforts nécessaires au nettoyage des toilettes à la manière EST, c'est-à-dire intégralement[49].
>
> Nous avions reçu l'instruction de sourire dans notre rôle d'hôte et d'hôtesse ; (...) [à d'autres moments], nous devions rester impassibles. Lorsque j'en fis la remarque à mon superviseur, il répondit simplement : "L'assistant a pour fonction d'assister. Fais ce que tu fais maintenant. Fais de l'*humour* à l'heure de l'humour."[50] »

Une psychologue en exercice décrit son travail de volontaire :

> « L'apogée du week-end eut lieu lorsque l'homme en charge de la logistique me dit, après que j'eus réalisé le plan pour se rendre aux toilettes : "Merci, Adélaïde. Vous avez fait un travail remarquable dans la mise au point de ces instructions."

> Ouah ! J'ai été sur un petit nuage pendant des heures[51]. »

Faire les choses « comme il faut ». Nettoyer les toilettes à la manière EST. Replacer avec précision les objets de la table basse, au centimètre près. Faire de l'humour à « l'heure de l'humour ». « Être sur un petit nuage pendant des heures » après avoir été complimenté pour avoir dessiné le plan menant aux toilettes. Ces propos témoignent d'un plaisir manifeste devant la perte de sa propre liberté, la joie à abdiquer son autonomie et à porter des œillères de bête de somme.

De nombreux propos de certifiés EST ne reflètent pas un sentiment de pouvoir personnel mais l'abdication de soi devant un être supérieur. Le jugement et la prise de décision sont abandonnés ; rien n'est plus important que le sourire que vous adresse la divine Providence. Comme l'exprime de manière ingénue un volontaire EST :

> « Werner peut devenir très véhément lorsqu'un travail n'est pas terminé. Je vacille, mais je sais qu'il m'aime. Cela paraît-il vraiment fou ? C'est comme ça, et tu fais ton travail comme Werner veut qu'il soit fait[52]. »

Erhard devient plus grand que nature, ses défauts sont « retouchés », ses failles transformées en vertus, ses talents en qualités surhumaines. Une psychologue clinicienne livre ses impressions de sa première rencontre avec Werner Erhard :

> « À ce moment-là, je n'avais pas encore rencontré Werner. Une de mes amies m'avait dit qu'il "vous donnait l'impression que vous étiez le monde à vous tout seul, qu'en dehors de vous rien n'existait". Les lumières s'éteignirent rapidement à vingt heures et Werner apparut… paraissant moins que ses quarante ans, sa peau et son regard d'une clarté incroyable, vêtu d'une veste beige impeccablement coupée, d'une chemise blanche au col déboutonné et d'un pantalon foncé. Le public se leva et applaudit. Werner était venu pour être avec eux[53].
>
> Le public s'était installé et dirigeait son attention sur cet homme attirant (sans être à proprement parler bel homme) au magnétisme intense, au corps de tennisman et aux yeux de prophète[54]. »

Le « regard d'une clarté incroyable ». Des « yeux de prophète ». « Werner était venu pour être avec eux » ! Ces propos, qui traduisent la fin du jugement et de la liberté personnels, suscitèrent les réflexions suivantes chez un autre certifié EST, psychologue clinicien : « Plus je prends conscience du goût des dirigeants de l'organisation EST pour le pas de l'oie, plus je découvre de vertus à l'anarchie[55]. » La principale critique que l'on peut adresser à EST n'est pas d'être une organisation simpliste (ce n'est pas toujours un défaut), ni de viser la production de masse (tout grand système de pensée requiert une figure emblématique), mais d'être fondamentalement incohérente. Jamais l'autoritarisme n'engendre l'autonomie personnelle, au contraire il entrave la liberté. Prétendre, comme le fait vraisemblablement EST, que de la responsabilité personnelle résulte d'un processus autoritaire relève du sophisme. Comment différencier la résultante du processus ? Le désir d'échapper à la liberté, comme nous l'a enseigné Fromm, est profondément enraciné chez l'être humain. Pour fuir la responsabilité, nous sommes capables de nous aventurer loin sur ce terrain et d'adhérer à une autorité, *voire, le cas échéant, de prétendre pour ce faire accepter la responsabilité.* Le processus autoritaire serait-il devenu la résultante ? Il l'était peut-être dès le départ ; nous ne le saurons jamais !

RESPONSABILITÉ ET PSYCHOTHÉRAPIE : LES RÉSULTATS DE LA RECHERCHE

La dynamique entre responsabilité et psychothérapie repose sur deux axiomes : premièrement, l'évitement de la responsabilité n'est pas favorable à la santé mentale et, deuxièmement, l'acceptation de la responsabilité en psychothérapie mène à la réussite thérapeutique. Examinons les résultats de la recherche pour déterminer s'il existe des preuves empiriques corroborant ces propositions.

Tout d'abord, il convient de garder à l'esprit que ces propositions constituent une simplification extrême. Il suffit de songer, par exemple, à la nature des mécanismes de défense, dont certains aboutissent à un évitement de la responsabilité (victime innocente, externalisation, perte de contrôle) et s'avèrent inadaptés, tandis que d'autres (ceux bénéficiant d'un renforcement social considérable comme la croyance en la grâce ou la divine Providence) peuvent être très utiles. D'autre part, certaines personnes se confrontent sur un mode trop explicite ou entier à la responsabilité, sans disposer des ressources internes pour faire face à l'angoisse consécutive. Une certaine force est nécessaire au niveau du moi pour se confronter à sa situation existentielle et à l'angoisse qui en résulte.

L'évitement de la responsabilité est-il néfaste à la santé mentale ?

Tâche ardue que celle consistant à trouver des résultats de recherches corroborant le fait que l'évitement de la responsabilité est néfaste à la santé mentale, dans la mesure où ni la « responsabilité », ni la « liberté » ni la « volonté » n'ont été étudiées de manière explicite par les chercheurs. Une recherche informatique ne me permit de trouver aucune étude empirique sur le sujet. Le terme « responsabilité » n'appartient pas au registre traditionnel des catégories nosologiques ; le concept d'évitement ou d'acceptation de la responsabilité n'a fait l'objet d'aucune étude en psychothérapie. Dès lors, je me résolus à aborder la question de manière indirecte en recherchant des études susceptibles d'entretenir un rapport avec la responsabilité. Le concept le plus pertinent était celui de locus de contrôle[A], abordé au chapitre 4. Il est possible d'appréhender le locus de contrôle externe comme une carence dans l'acceptation de sa responsabilité. Si l'évitement de la responsabilité est « mauvais » pour la santé, il s'ensuit dès lors qu'un locus de contrôle externe est probablement corrélé avec un fonctionnement personnel anormal. J'ai ainsi découvert des recherches démontrant que les « externes », par comparaison aux « internes », éprouvaient des sentiments plus marqués d'inadéquation[56], étaient sujets à de plus fortes perturbations de l'humeur[57], se montraient plus tendus, angoissés, hostiles et confus[58], entreprenaient moins, étaient moins actifs sur le plan politique, s'avéraient plus influençables[59], moins imaginatifs, plus frustrés et plus inquiets[60]. Les patients schizophrènes ont plus de probabilités de disposer d'un locus de contrôle externe[61], tout comme les patients présentant des troubles psychiatriques sévères, comparés à ceux présentant des troubles psychiatriques moindres[62].

La dépression représente le trouble ayant suscité le plus de recherches relatives au locus de contrôle, dans la mesure où l'impuissance manifeste et le fatalisme du patient déprimé suggèrent, même à l'observateur inexercé, que ces patients ont perdu la croyance d'avoir

---

A. Le locus de contrôle mesure, à un niveau superficiel, si un sujet accepte la responsabilité personnelle de son comportement et de ses expériences de vie ou s'il croit que ce qui lui arrive n'a aucun rapport avec son comportement personnel et, dès lors, se trouve en dehors de son contrôle. Les sujets qui acceptent cette responsabilité sont considérés comme ayant un locus de contrôle « interne » ; ceux qui la rejettent, un locus de contrôle « externe ».

la capacité d'agir en leur propre nom et d'influencer leur propre monde expérientiel. De nombreux chercheurs ont ainsi démontré que les personnes déprimées disposent d'un locus de contrôle externe et, à la suite d'une défaillance dans la perception de l'incidence entre comportement et résultat, expérimentent de profonds sentiments d'impuissance et de vulnérabilité[63].

Le modèle de « l'impuissance acquise » (ou « résignation apprise ») élaboré par Martin Seligman constitue l'une des principales théories de la dépression ; elle postule que les différentes composantes (affectives, cognitives et comportementales) de la dépression constituent des conséquences de l'apprentissage précoce que les résultats (récompenses et punitions) sont en dehors de notre contrôle[64]. Une personne qui intègre qu'il n'existe aucune relation causale entre son comportement et le résultat ne cesse pas uniquement d'agir de manière efficace, mais commence en outre à manifester des traits dépressifs. Traduit en termes existentiels, ce modèle postule simplement que ceux qui croient ne pas être responsables de ce qu'il leur arrive dans la vie devront en payer le prix fort. Bien que ces personnes évitent le coût de l'angoisse existentielle inhérente à la conscience de la responsabilité, elles s'exposent, d'après Seligman, au fatalisme et à la dépression.

Le modèle d'impuissance acquise de la dépression est issu de la psychologie expérimentale et se fonde sur des observations réalisées lors d'expériences sur des animaux. Celles-ci démontrent que ces animaux, lorsqu'ils sont exposés à un stress inévitable, présentent moins de capacités d'adaptation et réussissent moins bien à éviter des expériences de stress ultérieures. Ainsi, des chiens soumis à un choc inévitable se montrent moins performants dans l'évitement de chocs ultérieurs évitables que les chiens soumis à des chocs antérieurs évitables ou à aucun choc[65]. De nombreuses tentatives ont été réalisées pour créer des expériences de laboratoire similaires sur les êtres humains. Des sujets ont été ainsi exposés à un bruit inévitable et, lors des évaluations ultérieures, réalisaient des performances moindres dans l'évitement de bruits évitables lorsqu'ils étaient placés dans l'équivalent humain d'une *shuttle box*[66] ou lors de certains tests de résolution de problèmes[67].

Ces résultats démontrent donc que si des sujets « apprennent » en laboratoire que leur comportement ne leur permet pas de s'extirper de telles situations, leur comportement ultérieur d'adaptation se trouvera perturbé. Par ailleurs, David Klein et Martin Seligman ont découvert que des personnes déprimées (qui n'avaient pas été soumises à des situations préalables de bruit inévitable) obtenaient des performances analogues à celles de sujets non déprimés soumis à un bruit inévitable[68]. William Miller et Seligman sont parvenus à des conclusions similaires lors d'expériences de résolution de problèmes[69]. D'autres expériences ont démontré que des sujets déprimés (à la différence de sujets non déprimés) possèdent un faible niveau d'attente en ce qui concerne leur réussite sur des tâches de laboratoire et que ces attentes ne sont pas influencées par le renforcement[A].

Pour résumer, le locus de contrôle, instrument psychologique largement utilisé et qui, sur le plan conceptuel, peut être comparé à l'acceptation et à l'évitement de la responsabilité, offre certaines preuves que l'évitement de la responsabilité (locus de contrôle externe) est associé à certaines formes de psychopathologie, notamment la dépression. Le paradigme de laboratoire d'impuissance acquise offre des preuves corrélatives.

Que nous dit la recherche quant aux origines de la posture individuelle face au contrôle ou à la responsabilité ? Certains faits tendent à prouver que des antécédents d'internalité ou d'externalité sont en rapport avec l'environnement familial précoce : un milieu cohérent, chaleureux, attentif et réactif constitue un précurseur au développement d'un locus de contrôle interne, tandis qu'un milieu incohérent, imprévisible et relativement peu chaleureux (qui existe avec une prévalence plus forte dans les classes socio-économiques défavorisées) engendre un sentiment d'impuissance personnelle et un locus de contrôle externe[72]. La position

A. Un paradoxe conceptuel intéressant existe entre le modèle de la dépression comme impuissance acquise et le modèle cognitif de la dépression décrit par Aaron Beck[70] qui postule qu'un patient en dépression présente des attentes négatives et une tendance forte à assumer une responsabilité personnelle du résultat. En conséquence, les patients déprimés se reprochent des événements manifestement en dehors de leur contrôle (sur un versant psychotique, des patients déprimés peuvent se reprocher l'éclatement d'une guerre ou une catastrophe naturelle). Lynn Abramson et Harold Sackeim abordent ce paradoxe irréductible dans une excellente contribution[71].

dans la fratrie joue également un rôle : ainsi, les aînés ont plus de probabilités d'être des internes (peut-être parce qu'ils assument plus souvent une position de responsabilité dans la gestion du quotidien et de leur propre conduite et qu'ils ont également souvent la charge des cadets[73]).

La psychothérapie accroît-elle la conscience de la responsabilité ? Est-elle utile ?

Plusieurs projets de recherche se sont penchés sur la relation entre résultats thérapeutiques et modifications du locus de contrôle. Ainsi, John Gillis et Richard Jessor ont démontré que des patients hospitalisés qui connurent une amélioration de leur état étaient passé d'un locus de contrôle externe à un locus de contrôle interne[74]. P. S. Dua rapporte qu'un programme de thérapie comportementale destiné à des adolescents délinquants aboutit à une internalité accrue du locus de contrôle[75]. Stephen Nowick et Jarvis Bernes ont démontré un accroissement de l'internalité par recours à une formation à l'effectance dans un camp de vacances destinés à des adolescents urbains défavorisés[76]. Plusieurs études portant sur les membres de groupes de rencontre expérientiels signalent que l'expérience groupale permet un passage à l'internalité[77]. Malheureusement, ces contributions sont peu nombreuses, présentent une conception peu rigoureuse et n'instaurent aucun groupe de contrôle, si ce n'est un groupe de contrôle « sans suivi » ne prenant pas en compte l'effet Hawthorne. Par ailleurs, les résultats s'avèrent corrélatifs et n'indiquent pas si l'amélioration de l'état d'un patient est due à un changement du locus de contrôle ou si le changement de locus de contrôle induit une amélioration de son état.

Une autre approche de recherche s'intéresse plus particulièrement aux comptes rendus subjectifs de patients ayant terminé leur thérapie. Lorsque des patients sont invités à citer les aspects de leur thérapie qu'ils jugent particulièrement utiles, ils évoquent souvent la découverte et la prise de conscience de leur responsabilité personnelle. Dans une étude portant sur vingt participants d'un groupe thérapeutique, mes confrères et moi réalisâmes un tri qualitatif (Q-Sort)[A] de soixante items portant sur les « mécanismes de changement » en thérapie[78]. Ces soixante items avaient été élaborés sur la base de douze catégories de « facteurs curatifs » (constituée chacune de cinq éléments) : (1) catharsis, (2) autocompréhension, (3) identification – avec des tiers autres que le thérapeute –, (4) représentation de situations familiales, (5) regain d'espoir, (6) universalité – apprentissage que les autres rencontrent des problèmes similaires –, (7) cohésion groupale – acceptation par d'autres –, (8) altruisme – aider les autres –, (9) suggestions et conseils, (10) apprentissage interpersonnel en « entrée » – apprentissage de la façon dont les autres nous perçoivent –, (11) apprentissage interpersonnel en « sortie » – amélioration des

A. Les patients étaient invités à trier les soixante items (présentés chacun sur un carton distinct) en sept catégories (du « plus utile » au « moins utile »).

compétences dans les relations interpersonnelles –, (12) facteurs existentiels.

La catégorie existentielle se composait des cinq items suivants :

1. Reconnaissance que la vie est parfois injuste.
2. Reconnaissance qu'il n'existe en définitive aucun évitement possible de la souffrance de la vie et de la mort.
3. Reconnaissance que, quel que soit le degré d'intimité que j'ai avec des tiers, je dois malgré tout me confronter seul à ma vie.
4. Confrontation aux enjeux fondamentaux de ma vie et de ma mort, et en conséquence vivre ma vie de façon plus honnête en étant moins aux prises avec des problèmes banals.
5. Apprentissage que je dois assumer la responsabilité de ma vie quels que soient les conseils et le soutien que j'obtiens des autres.

Dans cette étude, les thérapeutes ne suivaient pas une approche existentielle mais conduisaient des groupes d'échanges conventionnels ; par ailleurs, la catégorie existentielle avait été ajoutée après coup. D'où notre surprise, une fois les résultats compilés, de découvrir que de nombreux patients accordaient une importance considérable à ces « petits plus » qui ne font pas à proprement parler partie du parcours thérapeutique traditionnel. La catégorie existentielle dans son ensemble apparaissait à la sixième place sur douze (après total et moyenne du classement des éléments individuels). Un item, le 5 (Apprentissage que je dois assumer la responsabilité de ma vie quels que soient les conseils et le soutien que j'obtiens des autres), était particulièrement prisé. Sur les soixante items, il avait été classé en cinquième position par les patients.

D. York et C. Eisman refirent l'expérience avec dix-huit patients drogués et alcooliques qui suivaient un parcours thérapeutique intensif de six mois à raison de six jours par semaine (avec une prédominance marquée pour les approches groupales), ainsi qu'avec quatorze parents de drogués, qui faisaient également partie d'un programme de traitement intensif. Ces chercheurs découvrirent également que l'item « responsabilité » était souvent choisi (classé premier sur les soixante items dans un groupe et deuxième dans l'autre)[79].

J. Dreyer exposa à un « facteur curatif » des patients lors de leur admission en hôpital psychiatrique puis à un autre huit jours plus tard. Il démontra que la majorité des patients admis à l'hôpital psychiatrique s'attendait à ce que l'aide leur soit principalement apportée par des tiers sous forme de conseils ou de suggestions concrètes. Au huitième jour de traitement, la majorité des patients avait changé de croyance : au lieu de croire que l'aide viendrait d'une source extérieure, ils déclaraient savoir désormais devoir assumer une plus grande responsabilité personnelle[80].

Dans une étude extensive des effets des groupes de prise de conscience féministes, Morton Lieberman *et al.* signalent que « des entretiens avec les participants mirent systématiquement en lumière la thématique « Je suis seul responsable de mon bonheur »[81].

Leonard Horowitz étudia trois entretiens de quarante patients enregistrés sur vidéo (la première vidéo se déroulait avant la thérapie ; la seconde, au bout de huit mois de thérapie et la troisième après un an). Il procéda à un décompte systématique chez le patient du nombre d'occurrences de « Je ne peux pas… », de « Je dois… » ou de synonymes proches (« Je ne suis pas capable », « J'ai besoin de », etc.). Il constata une diminution significative de ce type d'assertions, un sentiment moindre d'impuissance, accompagné d'une prise de responsabilité progressive au fil du déroulement de la thérapie[82].

Ces données suggèrent toutes que le patient pour qui une psychothérapie se révèle bénéfique accroît la prise de conscience de sa propre responsabilité face à sa vie. L'un des acquis d'une thérapie réussie semble être pour le sujet une plus grande capacité à l'intimité (en d'autres termes, ce que peut nous apporter le lien à l'autre), ainsi qu'une meilleure perception des limites de cette intimité (ce qu'il est impossible d'obtenir des autres, dans la thérapie comme dans la vie).

Le style thérapeutique : données issues de la recherche. Les patients, notamment ceux qui cherchent à fuir leurs responsabilités, affichent une préférence pour les thérapeutes actifs et directifs qui structurent les séances de thérapie (comme le feraient des guides). Cette préférence est étayée par trois projets de recherche fondés sur le locus de contrôle.

G. C. Helweg demanda à des patients psychiatriques et à des étudiants de visionner des films de deux thérapeutes conduisant un entretien – Carl Rogers, à l'approche non directive et Albert Ellis, à l'approche extrêmement directive – et de choisir ensuite le thérapeute qu'ils préféraient. Les sujets disposant d'un locus de contrôle externe (c'est-à-dire dans l'évitement d'une prise de conscience de leur responsabilité) préféraient de loin le thérapeute actif/directif[83].

R. A. Jacobsen demanda à des thérapeutes d'orientations béhavioristes et analytiques de formuler une présentation de leur approche thérapeutique. Elle demanda ensuite à des sujets de sélectionner le thérapeute qu'ils préféreraient et constata que des personnes au locus de contrôle externe préféraient les thérapeutes béhavioristes directifs, tandis que ceux disposant d'un locus de contrôle interne privilégiaient les thérapeutes analytiques non directifs[84]. K. G. Wilson, au moyen de techniques similaires, découvrit que la posture du thérapeute (telle que perçue par le patient) envers le contrôle et la participation constituait la variable critique. Les internes choisissent ainsi des thérapeutes perçus comme autorisant une participation et un contrôle du sujet dans le processus thérapeutique[85].

Le problème avec les patients présentant un évitement de la responsabilité (c'est-à-dire ceux dotés d'un locus de contrôle externe) est que le choix d'un thérapeute actif-directif peut s'avérer contraire au but recherché : le contrôle demandé n'est pas le contrôle requis. *Plus le thérapeute se montre actif et directif (même ostensiblement dans le but d'aider le patient à assumer sa responsabilité), plus le patient se voit infantilisé.*

Un projet conduit par mes confrères et moi permit de corroborer ce point[86]. Notre étude porta sur dix-huit groupes de rencontre, qui se réunirent pendant trente heures sur dix semaines et étaient conduits par des thérapeutes de différentes orientations. Les observateurs évaluaient tous les aspects du comportement de l'animateur de groupe : niveau total d'activité, contenu des interventions, degré d'intervention au niveau du cadre (définition des limites, des règles, des normes, des objectifs ; gestion du temps, rythme, etc.), nombre d'exercices proposés au groupe (feedback, chaise vide, psychodrame). Tous les animateurs de groupe recouraient à des exercices structurés : certains en utilisaient beaucoup à chaque séance, d'autres, peu. Lorsque nous analysâmes la relation entre le comportement de l'animateur et le résultat (estime de soi, mécanismes d'adaptation, style interpersonnel, évaluations par les pairs, valeurs de vie, etc.), certaines corrélations intéressantes émergèrent :

> 1. Il existait une relation curvilinéaire entre la quantité d'intervention au niveau du cadre et le résultat. En d'autres termes, la règle du juste milieu se démontrait là aussi : *trop et trop peu étaient corrélés avec un résultat médiocre. Trop d'interventions* au niveau du cadre créaient un groupe autoritaire extrêmement structuré dans lequel les participants ne parvenaient pas à développer leur sens de l'autonomie. Des interventions insuffisantes au niveau du

cadre – style du « laisser faire » – généraient un état de perplexité et un groupe qui ne progressait pas.

2. Plus l'animateur du groupe utilisait d'exercices structurés, *plus les participants le considéraient comme compétent* immédiatement à la fin du groupe, mais *moins les résultats étaient probants* pour les participants (évalués six mois plus tard).

Les enseignements de cette étude parlent d'eux-mêmes : si vous voulez que vos patients aient l'impression que vous savez ce que vous faites, endossez le rôle du guide actif, vigoureux et structurant. Toutefois, préparez-vous à accepter le fait que cette stratégie entrave la croissance du patient et probablement aussi sa prise de responsabilité.

LES LIMITES DE LA RESPONSABILITÉ

Le concept de responsabilité est central en psychothérapie, et, de manière pragmatique, « marche » : l'acceptation de la responsabilité permet à une personne d'atteindre son autonomie et son plein potentiel.

Mais quelle est la portée véritable de cette affirmation ? De nombreux thérapeutes se présentent comme des chantres de la responsabilité, mais en secret, au plus profond d'eux-mêmes et de leur système de croyances, se révèlent être des déterministes environnementaux. Pendant de nombreuses années, j'ai suivi des psychothérapeutes, en thérapie individuelle comme en groupe, et j'ai constaté à quelle fréquence les thérapeutes (et je ne m'exclus nullement du lot) instaurent une sorte de double norme : les patients constituent leur monde et en sont responsables, tandis que les thérapeutes vivent dans un monde structuré, objectif et sensé, et font de leur mieux pour s'ajuster à ce qui est « véritablement ».

Les thérapeutes comme les patients subissent les conséquences de leur système de croyances incohérent. Les thérapeutes prêchent la prise de responsabilité, mais leur doute secret est perceptible ; ils ne peuvent convaincre les patients d'une chose à laquelle ils ont eux-mêmes du mal à croire. Inconsciemment, ils témoignent de la compréhension face à la résistance du patient et se laissent rapidement prendre au piège. Par exemple, dans le suivi d'une femme divorcée et déprimée qui recherche désespérément un autre compagnon, le thérapeute peut commencer par vaciller dans ses efforts pour aider la patiente à assumer ses responsabilités. Sa résistance appuie sur une corde sensible chez le thérapeute, qui commence à penser : « La patiente semble être une personne attirante, ouverte ; il existe une forte pression sociale envers les femmes seules de quarante-huit ans, le milieu des célibataires est, à de nombreux égards, peu accueillant, les hommes célibataires et hétérosexuels attirants sont peu nombreux à San Francisco. Son travail, dont elle a besoin pour vivre, ne lui permet pas de rencontrer d'autres personnes. Elle a peut-être raison : il suffirait que "le bon" apparaisse pour que disparaissent quatre-vingt-dix pour cent de ses problèmes. Cette patiente est victime du destin. » Bientôt le thérapeute entre en collusion avec la résistance de la patiente et en est réduit à suggérer des stratégies de rencontre : clubs de célibataires, rencontres sur Internet, pères célibataires, etc. (comme si la patiente était incapable d'envisager seule ces options).

Le thérapeute commence véritablement à apprendre de son patient quand « le bon » apparaît et qu'il n'y a jamais de « ils vécurent heureux et eurent beaucoup d'enfants ». « Le bon » n'est pas tout à fait assez intelligent, ou il est trop dépendant, ou trop indépendant ou encore trop pauvre, ou trop riche ou trop distant. La patiente ne veut pas renoncer à sa liberté, ou s'accroche tellement à son partenaire qu'elle le fait fuir ou encore se montre si angoissée qu'elle perd toute sa spontanéité de sorte que son partenaire la trouve totalement dénuée d'intérêt. En fait, le thérapeute se rend compte au fil du temps qu'une personne aux prises avec une problématique d'intimité peut entraver une relation de mille manières.

Manifestement, deux poids, deux mesures ne constitue pas une posture valide dans la relation thérapeutique comme dans les autres formes de relation ; le thérapeute doit analyser ses croyances en matière de responsabilité et arriver à une posture cohérente. La relation entre l'environnement et la liberté personnelle se révèle extraordinairement complexe. Les personnes créent-elles elles-mêmes leur destin ou sont-elles, comme le prétendent des déterministes comme B. F. Skinner, entièrement déterminées par les contingences environnementales (« Une personne n'agit pas sur le monde, le monde agit sur elle »)[87] ?

En règle générale, dans un débat opposant un déterministe et un tenant de la liberté (une personne croyant en la liberté de la volonté), logique et réalité semblent pencher en faveur du déterministe ; le tenant de la liberté est « plus mou » et recourt à des arguments émotionnels non mesurables. Les psychothérapeutes sont confrontés à un dilemme. Pour travailler de manière efficace, ils doivent faire l'apologie de la liberté ; pourtant, nombre d'entre eux, disposant qui plus est d'une solide formation scientifique en psychologie expérimentale ou sociale, en biologie ou en sciences médicales, aimeraient réaliser ce saut de la foi en faveur du libre choix, mais au plus profond d'eux-mêmes croient au caractère irréfutable de l'argument déterministe.

Pourtant, des arguments significatifs plaident en faveur de la responsabilité personnelle ; certains, étayés par la recherche empirique, peuvent offrir aux thérapeutes une issue à ce dilemme. Tout d'abord, il convient de souligner qu'un déterminisme environnemental absolu constitue une position extrême qui ne peut plus réclamer le soutien exclusif de la recherche empirique « dure ». Skinner soutient que, puisque nous sommes déterminés par notre environnement, chacun de nous peut manipuler le comportement en manipulant l'environnement. Toutefois, ce point de vue est incohérent en soi. Qui, après tout, manipule l'environnement ? Le déterministe le plus extrême lui-même ne peut prétendre que nous sommes déterminés par notre environnement pour modifier ce dernier ; une telle position conduit à des retours en arrière sans fin.

Si nous manipulons notre environnement, alors nous ne sommes plus déterminés par l'environnement ; au contraire, c'est l'environnement qui est déterminé. Binswanger, dans un essai de 1936 commémorant le quatre-vingtième anniversaire de Freud, soutint ce point de vue et souligna que la personnalité et les contributions de Freud constituaient un exemple frappant des limitations de sa théorie déterministe :

> « Que nous soyons vécus par les puissances de la vie, ce n'est là qu'un aspect de la vérité ; l'autre aspect de la vérité, c'est que nous la déterminons comme notre destin. Et seuls ces deux aspects parviennent à embrasser dans sa plénitude tout le problème du sens et du sens fou, du délire. Qui, tel Freud, a forgé son destin avec le marteau – l'œuvre d'art qu'il a créée dans l'élément du langage suffit déjà à en témoigner – peut, moins que quiconque, le contester[88]. »

Dans son discours à l'occasion de sa nomination à la fonction de président de l'American Psychological Association en 1974, Albert Bandura qualifia cette approche de « déterminisme réciproque » et établit la distinction entre environnement potentiel et réel : bien que toutes les personnes puissent avoir le même environnement *potentiel*, chacune régule *en réalité* son environnement.

> « Un chercheur étudia autrefois des enfants schizophrènes et des enfants normaux dans un cadre

> offrant toute une gamme d'appareils attirants, parmi lesquels des téléviseurs, des phonographes, des flippers, des trains électriques, des visionneuses d'images et des orgues électriques. Pour mettre en route ces jouets, les enfants devaient simplement insérer les pièces disponibles, mais uniquement lorsque la lumière de l'appareil clignotait ; des pièces insérées alors que la lumière était éteinte augmentait la durée au cours de laquelle l'appareil restait hors fonction. Les enfants normaux apprirent rapidement comment tirer profit de ce que l'environnement avait à leur offrir et créèrent un environnement extrêmement gratifiant pour eux-mêmes. Par contraste, les enfants schizophrènes, qui ne parvinrent pas à maîtriser cette simple compétence de contrôle, expérimentèrent le même environnement potentiellement gratifiant comme un lieu désagréable et peu gratifiant[89]. »

En conséquence, il existe une relation réciproque entre le comportement et l'environnement : notre comportement peut influencer notre environnement. Comme le soulignait Bandura, « nous connaissons tous des personnes à problèmes qui, de par leur comportement odieux, entraînent de manière prévisible un climat social négatif où qu'elles aillent. D'autres ont la capacité de faire ressortir le meilleur de ceux avec qui elles interagissent ». L'environnement créé par chaque personne influence à son tour les comportements ultérieurs. L'environnement et le comportement sont interdépendants ; les environnements ne sont pas des faits établis, mais, à l'instar du comportement, ont des causes. Bandura affirmait que, « avec la régression des causes préexistantes, pour chaque poulet découvert par un environnementaliste non directionnel, un théoricien de l'apprentissage social peut identifier un œuf qui lui préexiste ».

Un pendant important de la recherche empirique soutient la position du déterminisme réciproque. Ces sources ont déjà été répertoriées de façon compétente[90] et je ne m'y attarderai pas davantage, si ce n'est pour souligner leur sérieux, leur rigueur et les différents thèmes traités tels que l'interaction communicationnelle humaine, le cadre expectatif, les relations réciproques entre les préférences personnelles et le contenu des médias de masse, la cognition et la perception, les fonctions autorégulatrices du système du moi (modèle psychocybernétique du moi) et le biofeedback.

Bien que de nombreux tenants de la liberté se satisfassent du soutien empirique inattendu offert par la théorie du déterminisme réciproque, nombre d'entre eux pensent que ce soutien ne va pas assez loin. Pour eux, les méthodes expérimentales comportementalistes et les méthodes en psychologie sociale sont entachées d'un biais : le comportement constitue la variable dépendante. Lorsqu'il traitait de la relation entre liberté et déterminisme, Bandura commençait par cet argument évident (du point de vue des comportementalistes) :

> « Dans une grande ville, lorsqu'il s'agit de sélectionner un film pour une séance de cinéma, les

> contraintes pesant sur le sujet sont peu nombreuses, de sorte que les préférences personnelles émergent en tant que déterminants prédominants. Par contraste, si des individus sont immergés dans une piscine profonde, leur comportement présentera des similitudes considérables, quelles que soient leurs natures cognitive et comportementale[91]. »

Pour le tenant de la liberté, l'expression « similitudes considérables » se révèle problématique. L'enjeu, naturellement, est constitué par le « comportement ». Comment en est-on arrivé à déterminer que le comportement devait être le critère à l'aune duquel mesurer le choix ou la liberté ? Si nous mesurons l'agitation des membres, l'activité corporelle ou les indices physiologiques, nous découvrirons vraisemblablement que la palette humaine des options physiques ou comportementales, comme celle des autres êtres vivants, est extraordinairement limitée. Toutefois, même immergé jusqu'au cou, un être humain est libre : il choisit la manière dont il vit la situation, l'attitude qu'il adopte, qu'il s'agisse de courage, de stoïcisme, de fatalisme, de ruse ou de panique. Il n'existe aucune limite à la palette des options psychologiques disponibles. Il y a près de deux mille ans, Épictète écrivit :

> « Je dois mourir. Dois-je le faire en gémissant ? Et aussi me lamenter ? Je dois partir en exil. Qu'est-ce qui m'empêche de partir en riant, joyeux et tranquille ? » Le maître : « Je te ferai mettre aux fers. – Homme, que dis-tu là ? Moi ? C'est ma jambe que

tu enchaîneras. Ma personne morale, Zeus lui-même ne peut la vaincre[92]. »

Il ne s'agit nullement ici de rhétorique. Même si l'image qu'un homme en train de se noyer est libre peut sembler ridicule, le principe possède une signification considérable. L'attitude que nous adoptons envers ce que nous vivons constitue le point essentiel de ce qui fait de nous des êtres humains ; des conclusions sur la nature humaine fondées uniquement sur des comportements mesurables constituent des déformations de cette nature. Il ne viendrait à l'idée de personne de nier que l'environnement, la génétique ou le hasard joue un rôle dans la vie de chacun. Les circonstances limitantes, que Sartre qualifiait de « coefficient d'adversité[93] », sont évidentes. Nous faisons tous face à des adversités naturelles qui influencent nos vies. Ainsi, des contingences peuvent nous entraver dans la recherche d'un emploi ou d'un compagnon – handicap physique, formation inappropriée, mauvaise santé, etc. –, ce qui, toutefois, ne signifie pas que nous n'ayons aucune responsabilité (ni aucun choix) dans cette situation. Nous sommes responsables de ce que nous faisons de nos handicaps, de notre attitude envers eux, de l'amertume, de la colère ou de la dépression, qui agissent en synergie avec le « coefficient d'adversité » d'origine pour faire en sorte que ce handicap soit vainqueur. En dépit de la grande valeur accordée dans notre société à la beauté physique, par exemple, de nombreux individus ont un style et un charme qui transcendent des caractéristiques physiques peu attirantes. (Abraham

Lincoln, il me semble, disait qu'après quarante ans chacun est responsable de son visage.) Quand tout le reste échoue, quand le coefficient d'adversité est écrasant, nous sommes toujours responsables de l'attitude que nous adoptons envers l'adversité – vivre une vie de regrets amers ou trouver une manière de transcender le handicap et de créer du sens malgré tout.

Une de mes patientes, dont les chances de trouver un compagnon désirable étaient sérieusement compromises par une difformité physique grave, se tourmentait en « choisissant » de croire qu'une vie sans relation amoureuse et sexuelle avec un homme n'avait aucune valeur. Elle se ferma à de nombreuses options, y compris au plaisir d'une amitié sincère avec une autre femme et d'une amitié non sexuelle avec un homme. Avec cette patiente, le travail thérapeutique consista surtout à ébranler cette croyance de base selon laquelle on ne valait rien si on ne vivait pas en couple (vision qui a toujours bénéficié d'un fort renforcement social, surtout chez les femmes). Finalement, elle prit conscience que, même si elle n'avait aucune responsabilité dans sa difformité, elle était en revanche intégralement responsable de son attitude envers cette difformité et de sa décision d'adhérer à un système de croyances qui résultait en une autodépréciation sévère.

La reconnaissance et l'acceptation d'un « fait » externe (le coefficient d'adversité) n'impliquent pas une posture de passivité à l'égard de l'environnement externe. Les néo-marxistes et les tenants de la psychiatrie radicale ont souvent reproché aux acteurs de la santé mentale d'écarter les circonstances matérielles adverses qui pèsent sur les personnes et de les inciter à accepter leur sort (imposé par les capitalistes) sans le remettre en cause. Toutefois, une acceptation totale de la responsabilité implique non seulement que nous donnions du sens au monde, mais aussi que nous avons la liberté et la responsabilité de changer notre environnement externe toutes les fois que cela s'avère possible. La tâche importante consiste à identifier le véritable coefficient d'adversité. Le but ultime de la thérapie, sur ce plan-là, est d'aider les patients à reconstruire ce qu'ils ne peuvent pas changer.

La maladie physique

La responsabilité personnelle s'étend bien au-delà de la responsabilité de son état psychologique. Les preuves médicales abondent pour souligner l'influence de l'état psychologique sur les souffrances physiques. Le champ de l'interdépendance entre corps et esprit en matière de maladie physique est si vaste que la place me manque ici pour esquisser davantage qu'un bref panorama et un rapide compte rendu des recherches récentes portant sur la responsabilité dans le contexte d'une maladie spécifique, le cancer.

En 1901, dans *Psychopathologie de la vie quotidienne*, Freud ouvrait le champ des recherches entre stress et maladie, et émettait l'hypothèse que des blessures accidentelles constituaient des manifestations d'un conflit psychique ; il décrivait des cas d'« auto-endommagements[94] » chez des personnes sujettes à de nombreux accidents. Dans la brèche ouverte par Freud s'engouffrèrent deux générations d'analystes, qui s'intéressèrent au champ psychosomatique et répertorièrent un certain nombre de maladies (par exemple l'arthrite, les ulcères, l'asthme, les colites) fortement influencées par l'état psychologique du sujet. La technologie moderne de biofeedback, la méditation, ainsi qu'une large palette de mécanismes autorégulateurs ont suscité une nouvelle vague d'intérêt pour le contrôle et la responsabilité individuels, ainsi que pour certains aspects du fonctionnement corporel relevant du système nerveux autonome (ou végétatif), division du système nerveux anciennement dénommée « système nerveux involontaire ».

Le concept de responsabilité personnelle s'applique désormais dans le traitement de maladies comme le cancer, autrefois considérées comme en dehors de la sphère de contrôle individuel. Le cancer a toujours été considéré comme le prototype même de la maladie à cause externe : il frappe sans avertissement et la marge de manœuvre du patient sur son émergence ou son déroulement est extrêmement réduite. Dernièrement, des tentatives hautement médiatisées ont été réalisées pour tenter d'inverser cette attitude à l'égard du cancer et inciter les patients à réfléchir à leur rôle dans la maladie. O. Carl Simonton, oncologue, s'est illustré comme fer de lance de cette tendance en mettant au point un traitement psychologique du cancer[95]. Ce traitement se fonde sur la théorie pathologique actuelle selon laquelle le patient est constamment exposé aux cellules cancéreuses et que le corps résiste à ces cellules jusqu'à ce que la résistance soit affaiblie par un facteur quelconque, rendant l'organisme susceptible de développer un cancer. De nombreuses preuves corroborent le fait que le stress diminue la résistance à la maladie en affectant à la fois le système immunologique et l'équilibre hormonal. Si ces preuves se confirment, poursuit Simonton, des forces psychologiques pourraient être mobilisées pour influencer l'évolution du cancer.

Le traitement de Simonton s'articule autour d'une méditation quotidienne dans laquelle le patient commence par se concentrer sur une métaphore visuelle de la façon dont le patient s'imagine que le cancer se manifeste, puis sur une métaphore visuelle des défenses que le corps mobilise pour combattre la maladie. Un patient, par exemple, visualisa le cancer comme un monticule de steaks hachés crus et les défenses, les globules blancs, comme une meute de chiens affamés dévorant les hamburgers. Simonton encourage les patients à analyser leur mode de gestion du stress. À un patient dont la maladie progresse, la première question posée est la suivante : « Qu'avez-vous fait pour le susciter ? »

À ma connaissance, aucune preuve fiable ne vient corroborer le fait que cette approche augmente l'espérance de vie du patient. Par ailleurs, nous ne pouvons que nous montrer sceptiques face à un système qui fait tant de promesses mais ne réalise pas les recherches, relativement simples, qui permettraient de confirmer (ou d'infirmer) ses prétentions. Quoi qu'il en soit, l'approche Simonton nous enseigne un élément important sur le rôle de la responsabilité dans la gestion des maladies graves, car même ces patients recourant à la méditation visuelle et qui ne bénéficient pas d'un traitement physique ressentent souvent un mieux-être psychologique en assumant une posture plus active et plus responsable envers leur maladie. Ce facteur se révèle être d'une importance considérable, dans la mesure où l'impuissance et la démoralisation profonde constituent des problèmes majeurs dans le traitement des patients cancéreux. Le cancer, plus que toute autre maladie peut-être, engendre un sentiment d'impuissance ; les patients se sentent incapables du moindre contrôle sur leur état. Les patients souffrant d'autres maladies (troubles cardiaques ou diabète, par exemple) disposent de plusieurs modalités d'intervention : régime alimentaire, repos, exercice physique, etc. En revanche, les patients atteints de cancer ont souvent l'impression de ne rien pouvoir faire d'autre qu'attendre, attendre qu'une nouvelle cellule cancéreuse se manifeste à un autre endroit de leur corps. Très souvent, ce sentiment d'impuissance est accentué par l'attitude des médecins qui n'incluent pas toujours leurs patients dans les décisions relatives au traitement. De nombreux médecins se montrent ainsi réticents à l'idée de communiquer des informations aux patients ; ils préfèrent les court-circuiter et s'entretenir en priorité avec la famille quant aux décisions à prendre sur l'évolution du traitement.

Mais si la méthode Simonton se révèle non fondée et n'accroît pas l'espérance de vie des patients, n'est-elle pas, dès lors, bâtie sur un mensonge et amenée à s'écrouler d'elle-même ? Par ailleurs, quelles sont les méthodes thérapeutiques disponibles pour aider les patients ? Le concept de prise de responsabilité, je le crois, offre un levier thérapeutique à tous les patients cancéreux, y compris à ceux dont la maladie est à un stade très avancé[96]. Tout d'abord, il convient de rappeler que nous sommes toujours responsables de notre attitude face à la charge qui nous incombe, indépendamment des circonstances physiques (coefficient d'adversité). Dans mon travail auprès de patients atteints de cancers métastasés (cancers qui se sont propagés à d'autres organes et qui ne peuvent faire l'objet d'aucun traitement chimique ni chirurgical), j'ai été extrêmement frappé par les différences entre les patients dans leur attitude envers la maladie. Certains patients cèdent au désespoir ; ils meurent d'une mort psychologique prématurée et, comme certains résultats de recherche tendent aussi à le prouver[97], d'une mort physique tout autant prématurée. D'autres, comme je l'ai décrit au chapitre 5, transcendent leur maladie et utilisent leur mort imminente comme catalyseur pour améliorer la qualité de leur vie. Assumer la responsabilité de son attitude n'équivaut pas nécessairement à assumer la responsabilité de ses *sentiments* (Sartre soutiendrait probablement le contraire), mais celle de la *posture* assumée envers ses sentiments. Une anecdote de Viktor Frankl illustre bien ce point.

> « Pendant la Première Guerre mondiale, un médecin militaire juif se trouvait dans une tranchée avec un de ses compagnons d'armes, non juif, un colonel

> de l'aristocratie, lorsque des tirs lourds commencèrent. Pour plaisanter, le colonel dit : "Vous avez peur, n'est-ce pas ? C'est encore une preuve de la supériorité de la race aryenne sur la race juive." "Bien sûr que j'ai peur, répondit le médecin. Mais qui est supérieur ici ? Si vous, mon cher colonel, aviez aussi peur que moi, vous vous seriez depuis longtemps enfui en courant."[98] »

Le thérapeute suivant un patient cancéreux peut offrir beaucoup en explorant les sentiments de désespoir et d'impuissance du patient. Dans notre travail auprès des patients cancéreux au sein de groupes de soutien, mes confrères et moi[99] avions développé plusieurs approches visant à étayer le sentiment de pouvoir et de contrôle. Les patients cancéreux se sentent souvent impuissants et infantilisés dans la relation avec leur médecin. Mon groupe travailla beaucoup cet enjeu et réussit à aider de nombreux patients à assumer leur responsabilité dans leur relation avec leurs médecins. Dans la pratique, les participants décrivaient leur relation avec leur médecin ; les autres suggéraient alors différentes alternatives, qui étaient expérimentées au moyen de jeux de rôle. Les patients apprirent ainsi à demander à leur médecin qu'il leur consacre du temps, à exiger (s'ils le désiraient) des informations sur leur maladie ; certains apprirent à demander à voir leur dossier médical ou leurs radios, tandis que d'autres, lorsque cela sembla approprié, assumèrent leur responsabilité ultime et refusèrent tout autre traitement.

De nombreux patients du groupe thérapeutique acquirent un sentiment de pouvoir en s'impliquant socialement. Certains se mobilisèrent pour les droits des patients cancéreux et se battirent sur le plan politique autour d'enjeux qui les concernaient directement (comme l'obtention d'une aide fiscale pour les prothèses du sein). Enfin, le thérapeute (via le type d'interventions précédemment décrites) favorisa chez les patients l'émergence d'un sentiment de pouvoir en les encourageant à assumer la responsabilité du déroulement du groupe auquel ils appartenaient. En les aidant à être davantage conscients de leur capacité à façonner le groupe pour qu'il réponde à leurs besoins – et du fait qu'il est de leur *responsabilité* de modeler le groupe –, le thérapeute peut augmenter la responsabilité des participants dans les autres domaines de leur vie.

RESPONSABILITÉ ET CULPABILITÉ EXISTENTIELLE

En tentant de faciliter la sensibilisation de son patient à la responsabilité, le thérapeute rencontre bientôt un convive non désiré sur la scène thérapeutique : la culpabilité, cette ombre noire, qui s'invite souvent dans le déroulement d'une psychothérapie existentielle.

Dans la thérapie existentielle, la « culpabilité » prend une tout autre signification que celle qu'elle a généralement en thérapie traditionnelle, où elle renvoie à de la mauvaise conscience, état omniprésent, extrêmement inconfortable, ressenti comme une forme d'angoisse accompagnée d'un sentiment de mal agir. Comme le soulignait Freud, « sentiment d'infériorité et sentiment de culpabilité sont d'ailleurs difficiles à séparer[100] ». Il est possible d'opérer une distinction entre culpabilité névrotique et « vraie » culpabilité ou, pour citer Buber, entre « culpabilité » et « sentiments de culpabilité[101] ».

La culpabilité névrotique émane de *transgressions fantasmées* (ou de transgressions mineures suscitant des réactions disproportionnées) envers une autre personne, de tabous passés ou présents ou de jugements parentaux ou sociaux. La « vraie » culpabilité découle d'une transgression *réelle* envers un autre. Bien que, sur le plan de la dysphorie, l'expérience subjective soit similaire, la signification et la prise en compte thérapeutique de ces deux formes de culpabilité varient considérablement : la culpabilité névrotique doit être travaillée à partir des ressentis liés au mal agir, à l'agressivité inconsciente et au désir de punition, tandis que la « vraie » culpabilité doit être traitée par une réparation réelle ou symbolique appropriée.

En psychothérapie, la perspective existentielle ajoute des dimensions majeures au concept de culpabilité. Tout d'abord, l'acceptation pleine et entière de la responsabilité de ses actions élargit le champ potentiel de la culpabilité en diminuant les possibilités de fuite. En effet, la personne n'est plus en mesure de recourir à de confortables alibis tels que « Ce n'est pas ce que j'ai voulu dire » ou « C'était un accident », « Je n'ai pas pu m'en empêcher », « J'ai suivi une impulsion irrésistible ». En conséquence, la vraie culpabilité et son rôle dans les relations interpersonnelles émergent fréquemment dans le dialogue thérapeutique existentiel.

Toutefois, l'apport du concept existentiel de culpabilité dépasse de loin le cadre de la responsabilité individuelle. Pour le dire plus simplement : la culpabilité n'implique pas uniquement des transgressions envers un tiers ou des codes moraux ou sociaux ; *on peut également être coupable de transgression envers soi-même.* Parmi les philosophes existentiels, Kierkegaard puis Heidegger se sont intéressés plus spécifiquement à ce concept. Il convient de noter que Heidegger emploie le même terme *(Schuldigsein)* pour renvoyer tout à la fois à la culpabilité et à la responsabilité. Après avoir traité des acceptions conventionnelles de l'expression « être en faute », Heidegger affirme : « Être en faute *[Schuldigsein]* a ensuite pour autre signification “de la faute de”, c'est-à-dire être-cause, être-auteur de quelque chose ou également “en être l'occasion.”[102] »

En conséquence, nous sommes coupables sur le même plan que nous sommes responsables de nous-mêmes et de notre monde. La culpabilité constitue un élément fondamental du *Dasein* (l'étant) : « L'être-en-faute ne résulte pas d'abord d'une faute commise, c'est au contraire celle-ci qui ne devient possible que “sur la base” d'un être-en-faute original[103]. » Heidegger s'emploie ensuite à développer la notion « qu'il y a dans l'idée de “en faute” le caractère du *ne…* pas ». Le *Dasein* est toujours constitutif et « demeure constamment retranché en deçà de ses possibilités[104]. » *En d'autres termes, la culpabilité se voit intimement liée à la possibilité ou à la potentialité.*

Lorsque « l'appel de la conscience » est entendu (c'est-à-dire l'appel qui suscite en nous la confrontation à son mode d'être « authentique »), nous sommes toujours « coupables » *et coupables au sens où nous avons failli à l'accomplissement de notre possibilité authentique.*

Ce concept d'une importance cruciale a été développé plus pleinement (et de façon bien moins obscure) par de nombreux autres auteurs, à commencer par Paul Tillich, dont les contributions se révèlent d'une grande pertinence pour le champ de la psychothérapie. Dans *Le Courage d'être*, Tillich aborde la thématique de l'angoisse humaine devant l'idée de non-être et distingue trois sources d'angoisse, trois modes principaux selon lesquels le non-être menace l'être. Je traiterai de deux de ces modes (la menace envers l'existence objective, en d'autres termes la *mort* et la menace envers l'existence spirituelle, c'est-à-dire l'*absence de sens)* dans d'autres sections de ce livre. Le troisième mode, en revanche, a toute sa place dans la thématique de la présente section. Le non-être menace l'être en mettant en danger notre autoaffirmation morale; nous éprouvons alors la culpabilité et l'angoisse de l'autocondamnation. Les propos de Tillich sont d'une extraordinaire limpidité :

> « L'être de l'homme, sur le plan ontique aussi bien que spirituel, ne lui est pas seulement donné : il lui est aussi exigé. L'être humain en est responsable; au sens littéral, il est tenu de répondre, s'il est interrogé, sur ce qu'il a fait de lui-même. Celui qui l'interroge est son juge, c'est-à-dire lui-même qui,

> en même temps, se tient devant lui. Cette situation génère de l'angoisse qui, relativement parlant, est angoisse de la culpabilité et, absolument parlant, angoisse du rejet de soi ou de la condamnation. (. .) Dans ces limites, il lui est demandé de faire de lui-même ce qu'il est censé devenir, c'est-à-dire de remplir sa destinée. Dans tout acte d'affirmation de soi morale, l'être humain contribue à l'accomplissement de sa destinée, à l'actualisation de ce qu'il est potentiellement[105]. »

Le point de vue de Tillich selon lequel « il (…) est demandé [à l'homme] de faire de lui-même ce qu'il est censé devenir, c'est-à-dire de remplir sa destinée » découle de la conception de Kierkegaard selon laquelle une forme de désespoir est causée par le refus d'être soi-même. Alors que l'introspection (la conscience de la culpabilité) tempère le désespoir, l'ignorance de ce désespoir constitue une forme plus profonde de ce dernier[106]. Une conception similaire est avancée par le rabbin hassidique Zousya qui, peu de temps avant sa mort, déclara : « Dans le monde qui vient, la question qu'on va me poser, ce n'est pas “Pourquoi n'as-tu pas été Moïse ?” non. La question qu'on va me poser, c'est : “Pourquoi n'as-tu pas été Zousya[107] ?” » Otto Rank, quant à lui, affirmait : « Quand nous nous protégeons… contre une envie de mener une vie trop intense ou trop rapide ou d'en finir avec la vie, nous nous sentons coupables à cause de la vie non utilisée, de ce que nous portons en nous de non vécu[108] ».

Nous trouvons chez Rollo May une approche du refoulement fondée sur la perspective de la relation du sujet à son propre potentiel, ainsi qu'un élargissement du concept d'inconscient, qui inclut alors le potentiel refoulé et non réalisé du sujet :

> « Nous devons donc, si nous voulons comprendre le refoulement chez une personne donnée, nous poser les questions suivantes : quels sont les rapports de cette personne avec ses propres potentialités ? Qu'est-ce qui l'a fait choisir ou l'a forcée à choisir, lui a fait effacer de sa conscience quelque chose qu'elle sait et à un autre niveau *qu'elle sait savoir* ? (...) On ne doit donc pas considérer "l'inconscient" comme un réservoir d'impulsions, de pensées et de désirs que la culture rend inacceptables. Je le définirai plutôt comme les *potentialités à connaître et à expérimenter que l'individu ne peut pas ou ne veut pas actualiser*[109]. »

Dans un autre texte, May décrit la culpabilité (comprenez la culpabilité existentielle) comme « une émotion positive et constructive (...) une perception de la différence entre ce qu'est une chose et ce qu'elle devrait être[110] ». En conséquence, la responsabilité existentielle (tout comme l'angoisse) est compatible avec la santé mentale, voire lui est nécessaire. « Lorsqu'une personne nie ses potentialités, ne les réalise pas, elle expérimente la culpabilité[111]. »

La conception selon laquelle chaque être humain dispose d'un potentiel unique à réaliser est très ancienne. Aristote, déjà, y faisait référence avec le concept d'« entéléchie ». Le quatrième péché capital, la paresse, ou acédie, a été interprété par de nombreux penseurs comme « le péché consistant à ne pas faire de sa vie ce que nous savons pouvoir en faire[112] ». Cette conception se révèle extrêmement populaire dans la psychologie moderne et se trouve dans les écrits de la quasi-totalité des théoriciens ou thérapeutes humanistes ou existentiels contemporains[A]. Chez ces différents auteurs, cette notion prend différents intitulés (« actualisation de soi », « réalisation de soi », « développement personnel », « développement du potentiel », « croissance », « autonomie », etc.), qui tous posent en commun le même postulat, celui que chaque être humain dispose d'un ensemble inné de capacités et de potentialités dont il a, par ailleurs, connaissance. Le sujet qui ne vit pas pleinement éprouve un sentiment profond et puissant que je qualifie ici de « culpabilité existentielle ».

Les travaux de Karen Horney, par exemple, se fondent en grande partie sur le concept que, dans des conditions favorables, l'être humain développe naturellement son potentiel intrinsèque, tout comme le chêne existe potentiellement dans le gland[122]. L'ouvrage principal de Horney, intitulé *Neurosis and Human Growth*[B], a pour sous-titre *The Struggle toward*

A. Parmi lesquels Buber[113], Murphy[114], Fromm[115], Buhler[116], Allport[117], Rogers[118], Jung[119], Maslow[120] et Horney[121].

B. Littéralement *Névrose et croissance humaine.* L'ouvrage n'est pas traduit en français. *(N.d.T.)*

Self-Realization[A]. Selon Horney, une psychopathologie se manifeste lorsque des circonstances adverses entravent la croissance d'un d'enfant et la réalisation de son potentiel. L'enfant perd alors de vue son potentiel et se crée une autre image de lui-même, un « *self* idéalisé », auquel il consacre son énergie vitale. Bien que Horney n'emploie pas le terme « culpabilité », elle n'en demeure pas moins consciente du fait qu'il s'agit là du prix payé par un sujet qui ne développe pas pleinement ses possibilités. Elle décrit un sentiment d'aliénation, de coupure de sa véritable nature, qui conduit le sujet à annuler ses sentiments, ses désirs et ses pensées. Toutefois, le ressenti du véritable *self* persiste et, au niveau inconscient, est comparé sans cesse au *self* « réel » (celui qui vit dans le monde). Le décalage entre les deux peut être à l'origine d'un sentiment d'autodépréciation et de mépris de soi qui perdure tout au long de la vie.

Abraham Maslow, fortement influencé par Horney, fut le premier à employer, je crois, le terme d'« actualisation de soi ». Lui aussi pensait que le sujet était naturellement porté à la réalisation de soi, à moins que des circonstances extrêmement défavorables de l'environnement le poussent à privilégier la sécurité plutôt que la croissance et la maturité (et à adopter une « motivation défensive » plutôt qu'une « motivation de croissance »).

> « Si un élément essentiel de la personnalité est ignoré ou réprimé, la maladie se manifeste quelquefois de

A. Littéralement *La Lutte vers la réalisation de soi. (N.d.T.)*

> façon évidente, d'autres fois par une voie détournée, immédiatement ou au bout d'un certain temps. (…) [Ces structures intérieures] sont délicates, fragiles, subtiles. Elles peuvent être affaiblies par les habitudes, les pressions culturelles, les attitudes mauvaises. (…) Réprimées, elles persistent souterrainement, toujours prêtes à se manifester à nouveau[123]. »

Mais comment découvrir son potentiel ? Comment le reconnaître lorsque nous y sommes confrontés ? Comment savoir si l'on s'égare en chemin ? Heidegger, Tillich, Maslow et May répondraient tous dans un bel unisson : « Par la culpabilité ! L'angoisse ! Par l'appel de la conscience ! » Ces penseurs s'accordent à dire que la culpabilité existentielle constitue une force positive et constructive, un guide personnel nous renvoyant à nous-mêmes. Lorsque des patients se plaignaient de ne pas savoir ce qu'ils voulaient, Horney souvent répondait simplement : « Avez-vous pensé à vous poser la question ? » Au cœur de notre être, nous avons une connaissance de nous-mêmes. John Stuart Mill, décrivant cette multiplicité du soi, évoquait un *self* fondamental, permanent, qu'il qualifiait de « moi qui dure[124] ». Personne ne l'a mieux exprimé que saint Augustin : « Vous étiez plus intérieur en moi que mon fond le plus intime[125]. »

La vignette clinique suivante illustre bien le rôle de la culpabilité existentielle comme guide intérieur. Une patiente me consulta pour une grave dépression et des sentiments d'inutilité. Âgée de cinquante ans, elle était mariée depuis trente-deux ans à un homme très perturbé et rancunier. À de nombreuses reprises, elle avait songé à entreprendre une thérapie, pour finalement renoncer, craignant que cette introspection la conduise à rompre son mariage. Elle ne se sentait pas capable de faire face à l'isolement, à la souffrance, à la disgrâce, aux difficultés financières et à l'acceptation de cet échec. Elle finit par être si perturbée qu'elle fut contrainte de chercher de l'aide. Toutefois, bien qu'elle se présentât à mon cabinet, elle refusa de s'engager dans une thérapie, de sorte qu'il n'y eût que peu d'avancées. Un changement radical se produisit un jour alors qu'elle évoquait le vieillissement et sa peur de la mort. Je lui demandai de s'imaginer au moment de mourir, de songer au cours de sa vie et de décrire ses sentiments. Sans hésitation, elle répondit : « Des regrets. » « Des regrets de quoi ? » demandai-je. « Des regrets d'avoir gâché ma vie, de n'avoir jamais su ce que j'aurais pu être. » Le « regret » (sa façon à elle de qualifier la culpabilité existentielle) constitua la clé de sa thérapie. Dès ce moment-là, nous nous en servîmes comme guide. Des mois de travail difficile l'attendaient, mais elle ne douta jamais de l'issue. Elle se livra à une introspection (qui la conduisit à rompre son mariage) et elle fut capable, à la fin de la thérapie, d'envisager sa vie avec un sentiment de possibilité et non de regret.

La relation entre culpabilité, mépris de soi et réalisation de soi est illustrée clairement dans le cas de Bruce, évoqué au chapitre 5. Depuis l'adolescence,

Bruce avait été tourmenté par la sexualité, notamment par les seins des femmes. Toute sa vie, il s'était méprisé. Dans la thérapie, Bruce recherchait un « soulagement » : soulagement de l'angoisse, de la haine de soi et du sentiment incessant de culpabilité qui le rongeait à l'intérieur. Dire que Bruce ne se percevait pas comme l'auteur de sa vie serait un euphémisme. L'idée même qu'il avait une responsabilité personnelle dans la situation qu'il vivait lui était totalement étrangère : il se sentait si acculé, en proie à une panique constante que, comme Kafka, il devrait « [se] tenir bien tranquille dans un coin, content de pouvoir respirer[126] ».

Pendant de longs mois, en thérapie, nous travaillâmes sur sa culpabilité et la haine de soi. Pourquoi se sentait-il coupable ? De quelles transgressions était-il l'auteur ? Il évoqua des événements banals et sans gravité sur lesquels il revenait de manière obsessionnelle séance après séance : enfant, il avait volé un peu de monnaie à son père ; il avait gonflé des chiffres sur des constats d'assurance, menti sur sa déclaration d'impôts, volé le journal de son voisin, et surtout, baisé des femmes. Nous analysâmes chacun de ces méfaits pour, chaque fois, en arriver à la conclusion que l'autopunition dépassait de loin le crime. Par exemple, lorsqu'il évoquait sa promiscuité sexuelle, il prit conscience qu'il n'avait fait de mal à personne ; il traitait bien ses partenaires, n'avait pas cherché à leur mentir et veillait à ne pas les blesser. Il travailla chacune de ses « offenses » à un niveau rationnel et prit conscience qu'il était « innocent » et extrêmement injuste envers lui-même. Pourtant, la culpabilité et le mépris de soi ne lui laissaient aucun répit.

Le premier frémissement d'une sensibilisation à la responsabilité survint alors qu'il abordait sa peur de s'affirmer. Contraint de le faire pour des raisons professionnelles, il était peu performant dès lors qu'il s'agissait de représenter son entreprise en public. Il lui était notamment extrêmement difficile de manifester son désaccord ou de se montrer critique ; rien ne le terrifiait plus qu'un débat public. « Que pourrait-il bien se passer dans ce type de situation ? lui demandai-je. Quel serait le pire qui puisse arriver ? » La réponse de Bruce était sans ambiguïté : « S'exposer. » Il craignait que son adversaire énonce à haute voix la liste honteuse de ses aventures sexuelles. Il s'identifiait au cauchemar vécu par Leopold Bloom, le protagoniste de James Joyce dans *Ulysse*, qui, jugé pour ses désirs secrets, est humilié lorsque des preuves de ses nombreux *pecadillos* sont exposées devant la cour. Je me demandai ce qu'il redoutait le plus : l'exposition publique de ses aventures sexuelles passées ou présentes ? Il répondit : « Les aventures présentes. Les aventures passées, je peux les gérer. Il me serait possible de dire, peut-être même à haute voix : "C'est du passé. J'ai changé. Je suis une personne différente." »

Peu à peu, Bruce commença à entendre ses propres mots, qui en fait affirmaient : « Mon comportement actuel, *ce que je fais en ce moment* est la source de ma peur de m'affirmer et la source du mépris que j'éprouve pour moi, ainsi que de ma culpabilité. » Bruce finit par se rendre compte *qu'il était l'origine pleine et entière de la haine qu'il éprouvait à son encontre.* S'il voulait avoir une meilleure opinion de lui, voire s'aimer, il devait cesser les comportements dont il avait honte.

Mais une prise de conscience bien plus forte devait se produire. Après que Bruce décida (voir le chapitre 5) et choisit, pour la première fois, de renoncer à une conquête sexuelle, il commença à aller mieux. Dans les mois qui suivirent, d'autres changements se produisirent (y compris la phase prévisible d'impuissance), mais peu à peu sa compulsion cessa et il ressentit plus fortement le sentiment d'avoir le choix. La modification de son comportement s'accompagna également d'un changement radical de l'image de soi ; il fit d'énormes progrès en matière de confiance et d'amour de soi. Vers la fin de sa thérapie, Bruce découvrit peu à peu deux racines à sa culpabilité. L'une provenait de la façon dont il dévalorisait ses rencontres avec les autres (j'y reviendrai au chapitre 8) ; la seconde, le crime dont il se rendait coupable à l'encontre de lui-même. Pendant toute une partie de sa vie, Bruce avait canalisé son attention et son énergie de façon animale vers la sexualité, les seins, les organes génitaux, la copulation, la séduction et de nombreuses variantes aussi ingénieuses qu'extravagantes de l'acte sexuel. Jusqu'à son changement en thérapie, Bruce n'avait que très rarement laissé libre cours à son esprit, que très rarement pensé à autre chose, avait peu lu (sauf pour impressionner les femmes), peu écouté de musique (sauf comme préliminaire à l'acte sexuel), rarement vraiment rencontré l'autre. Bruce, avec le langage qui le caractérisait, disait qu'il « avait vécu comme un animal toujours en chaleur, mené par un bout de chair entre ses jambes ». « Supposez, dit-il un jour, que nous ayons les moyens d'étudier de près la vie d'une espèce d'insectes. Imaginons que nous découvrions que les mâles soient obnubilés par deux renflements sur le thorax des femelles et qu'ils consacrent leur vie à trouver des moyens de toucher ces renflements. Que penserions-nous ? Quelle bien étrange manière de vivre ! La vie a probablement plus à offrir que le contact de ces deux renflements. Pourtant, j'étais comme ces insectes. » Peu surprenant que Bruce se sente coupable. Sa culpabilité, comme le savait Tillich, provenait du déni et de la limitation de sa vie, de son sacrifice et de son refus de devenir la personne qu'il pouvait être.

Personne n'a décrit la culpabilité existentielle de manière aussi frappante et saisissante que Franz Kafka. Le refus de reconnaître et de se confronter à sa culpabilité existentielle constitue un thème récurrent dans l'œuvre de Kafka. *Le Procès* débute par les lignes suivantes : « On avait sûrement calomnié Joseph K…, car, sans avoir fait rien de mal, il fut arrêté un matin. » Joseph K. est sommé de se confesser mais clame son innocence. Le roman constitue un récit des efforts entrepris par Joseph K. pour prouver son innocence au tribunal. Il tente d'exploiter tous les recours possibles, mais en vain, puisqu'il n'est pas confronté à un tribunal ordinaire. Comme le lecteur en prend progressivement conscience, il comparaît devant un tribunal interne, instauré à l'intérieur de lui[127]. Julius Heuscher attire l'attention sur le fait que la salle du tribunal regorge d'éléments pulsionnels : les tables des juges sont ainsi jonchées de livres pornographiques, le tribunal siège dans le grenier crasseux d'un taudis[128].

Lorsque Joseph K. pénètre dans une cathédrale, un prêtre tente de l'aider en l'incitant à se confronter à sa culpabilité. Joseph K. réplique qu'il s'agit d'un malentendu, puis rationalise : « D'ailleurs, comment un homme peut-il être coupable ? Nous sommes tous des hommes ici, l'un comme l'autre. » L'abbé réplique : « Mais c'est ainsi que parlent tous les coupables. » Il l'invite de nouveau à se livrer à une introspection au lieu de tenter de noyer sa culpabilité dans la culpabilité collective. Lorsque Joseph K. lui fait part de ses intentions (« Je vais encore chercher de l'aide »), l'abbé se met en colère : « Tu vas trop chercher l'aide des autres », avant de s'exclamer du haut de la chaire : « Ne vois-tu donc pas à deux pas ? »

Joseph K. espère ensuite obtenir de l'abbé des conseils, non sur la façon d'influencer la cour, mais sur « comment on pouvait sortir de l'encerclement du procès, comment on pouvait le contourner et vivre en dehors de lui », en d'autres termes une façon de vivre en dehors de la juridiction de sa propre conscience. Est-il possible, demande Joseph K. dans les faits, de ne jamais se confronter à la culpabilité existentielle ? L'abbé répond que l'espoir de fuite n'est qu'une « erreur », avant de lui raconter une parabole figurant « dans les écrits qui précèdent la Loi » décrivant cette erreur. Cette parabole est celle d'un homme et d'une sentinelle, postée devant la Loi. Un homme demande à la sentinelle la permission d'entrer. Celle-ci, postée devant l'une des innombrables portes, lui répond qu'il ne peut entrer pour le moment. Lorsque l'homme tente de regarder à l'intérieur, la sentinelle le met en garde : « Si tu en as tant envie essaie donc d'entrer malgré ma défense. Mais dis-toi bien que je suis puissant. Et je ne suis que la dernière des sentinelles. Tu trouveras à l'entrée de chaque salle des sentinelles de plus en plus puissantes ; dès la troisième, même moi, je ne peux plus supporter leur vue. »

L'homme décide d'attendre cette autorisation. Des jours, des semaines, des années passent. Sa vie entière, l'homme attend devant la porte. Il vieillit, sa vue décline. Sur le point de mourir, il pose une dernière question à la sentinelle, une question qu'il ne lui a encore jamais posée : « Si tout le monde cherche à connaître la Loi, dit l'homme, comment se fait-il que depuis si longtemps personne autre que moi ne t'ait demandé d'entrer ? » La sentinelle hurle à l'oreille de l'homme (car, l'âge aidant, il est devenu sourd) : « Personne autre que toi n'avait le droit d'entrer ici, car cette entrée n'était faite que pour toi, maintenant, je pars, et je ferme. »

Joseph K. ne comprend pas la parabole et, en effet, jusqu'à la fin où il meurt « comme un chien », il continue de chercher de l'aide à l'extérieur[129]. Kafka lui-même, comme en témoigne son Journal, ne prit pas tout de suite la mesure de cette parabole[130]. Plus tard, comme le souligne Buber[131], Kafka en exprime toute la signification dans son Journal : « Une confession de la culpabilité, une confession inconditionnelle, et les portes s'ouvrent. Elle se trouve à l'intérieur de la maison du monde dont le reflet flou se trouve derrière les murs. »

L'homme de la parabole était coupable, non seulement de vivre une vie non vécue, d'attendre la permission d'un autre, de ne pas s'emparer de sa vie, de ne pas passer la porte qui n'était destinée qu'à lui seul, mais aussi coupable de ne pas accepter sa culpabilité, de ne pas s'en servir comme guide intérieur, de ne pas confesser « de manière inconditionnelle », action qui aurait eu pour résultat de « faire s'ouvrir les portes ».

On sait peu de chose de la vie de Joseph K. précédant cet appel de la culpabilité, de sorte qu'il est malaisé de saisir les raisons de sa culpabilité existentielle. Toutefois, Heuscher, dans une contribution brillante, évoque un Joseph K. de substitution, un patient dénommé M. T., dont le crime contre lui-même transparaît facilement :

> « M. T. me consulta parce qu'il ne parvenait plus à avaler. Depuis des semaines, il ne s'alimentait qu'au moyen de liquides et avait perdu près de vingt kilos. Avant de tomber malade, il partageait son temps entre l'usine où il occupait un poste intéressant mais bien délimité et chez lui où sa femme, intelligente, mais névrosée, déprimée et alcoolique chronique rendait impossible toute vie sociale. Leurs relations sexuelles avaient cessé depuis des années, par consentement mutuel semble-t-il, et ses activités chez lui se limitaient à la lecture, la télévision, des échanges banals avec sa femme quand celle-ci n'était pas sous l'emprise de l'alcool, et des visites

épisodiques d'un parent éloigné. Bien qu'apprécié de son entourage et présentant des aptitudes sociales manifestes, M. T. n'avait pas d'ami proche, ni n'en souhaitait, tout comme il ne s'était jamais aventuré dans des activités sociales quelconques sans sa femme. Coincé dans ce monde rigide et réduit, il para intelligemment toute suggestion du thérapeute quant au développement de tel ou tel potentiel, la mise en œuvre de telle ou telle option[132]. »

Bien que l'état de M. T. s'améliorât, deux ans de thérapie ne modifièrent en rien son mode de vie. M. T., à l'instar de Joseph K., ne s'écoutait pas et, au cours de sa thérapie, prit grand soin d'éviter tout examen approfondi de sa vie. Pourtant, il insista pour poursuivre son travail thérapeutique, insistance que le thérapeute interpréta comme une indication de la présence chez le patient d'un sentiment latent qu'une vie plus enrichissante pouvait être possible.

Lors d'une séance, M. T. évoqua un rêve, qui le surprit par la clarté de sa signification. Bien qu'il n'eût pas lu Kafka, il relata un rêve présentant une très forte similitude avec *Le Procès* (récit qui, comme souvent chez Kafka, trouvait son origine dans un rêve). Trop long pour en livrer ici un compte rendu exhaustif, ce rêve commence comme suit :

« Je suis arrêté par la police et conduit au poste. Les policiers ne voulaient pas me dire pour quelle raison j'avais été arrêté, mais évoquèrent vaguement un “méfait” et me demandèrent de plaider coupable.

> Comme je refusais, ils menacèrent de me juger pour crime. "Enfermez-moi pour ce que vous voulez !" répliquai-je. Ils me jugèrent alors pour crime. Je fus jugé coupable et enfermé dans une ferme carcérale, l'endroit où, selon l'un des policiers, étaient purgés les "crimes non violents". Au départ, j'étais paniqué à l'idée de plaider coupable, puis je me sentis en colère et troublé. Je n'ai jamais découvert de quoi j'étais accusé, mais le policier qui m'a arrêté m'a dit que refuser de plaider coupable était stupide, puisqu'une condamnation pour méfait était passible de six mois de prison, tandis qu'une condamnation pour crime était passible d'au moins cinq ans de prison. J'ai été condamné pour une peine de cinq à trente ans[153]. »

M. T. comme Joseph K. sont tous deux cités à comparaître devant le tribunal de la culpabilité existentielle et choisissent tous deux d'éviter cette confrontation en interprétant la culpabilité dans le sens traditionnel. Tous deux clament leur innocence. Après tout, aucun d'eux n'a commis de crime. « Il doit y avoir une erreur », pensent-ils, et tous deux consacrent du temps et de l'énergie à essayer de convaincre les autorités externes qu'il s'agit d'une erreur judiciaire. Mais la culpabilité existentielle n'est pas le produit d'un acte criminel commis par le sujet. C'est même le contraire ! La culpabilité existentielle (quel que soit son nom, « autocondamnation », « regret », « remords », etc.) naît de l'*omission*. Joseph K. et M. T. sont tous deux coupables de ce qu'ils n'ont pas fait de leur vie.

Les expériences de Joseph K. et de M. T. possèdent de riches implications pour le psychothérapeute. La « culpabilité » constitue un état subjectif de dysphorie ressenti comme une « angoisse de mal faire ». Néanmoins, il existe plusieurs significations à cette culpabilité subjective. Le thérapeute doit aider le patient à établir une distinction entre culpabilité réelle, culpabilité névrotique et culpabilité existentielle. Cette dernière représente bien plus qu'un affect ou qu'une dysphorie, un symptôme à travailler et à éradiquer. Elle doit être interprétée par le thérapeute comme un signal venant de l'intérieur, qui, s'il est entendu, peut servir de guide à l'accomplissement personnel. Celui qui, comme Joseph K. ou M. T., souffre de culpabilité existentielle est coupable d'une transgression envers sa propre destinée, dont la victime est le *self* potentiel. La rédemption n'est atteinte qu'en se plongeant dans la « véritable » vocatiàon de l'être humain, consistant, comme l'a exprimé Kierkegaard, en la « volonté d'être soi[134] ».

7

Le vouloir

RESPONSABILITÉ, VOULOIR ET ACTION

Un proverbe japonais affirme : « Savoir et ne pas agir équivaut à ne pas savoir du tout. » En soi, la conscience de la responsabilité ne va pas de pair avec le changement ; elle constitue simplement la première étape du processus de changement. C'était le sens de mes propos du chapitre précédent, où je soulignais le fait qu'un patient qui prend conscience de sa responsabilité pénètre dans le vestibule du changement. Le présent chapitre traite de la suite du voyage, à savoir le passage de la prise de conscience à l'action.

Pour changer, le sujet doit tout d'abord assumer cette responsabilité et s'engager à une forme d'action. Le mot lui-même exprime cette capacité : la responsabilité en soi se définit comme l'aptitude à répondre. La psychothérapie vise le changement, changement thérapeutique qui doit s'exprimer par des actions, non par du savoir, de l'intention ou du rêve.

Évidence ? Pourtant, le champ de la psychothérapie s'est ingénié à obscurcir cette évidence. Les premiers analystes étaient si convaincus de l'équivalence entre savoir et changement qu'ils avaient tendance à appréhender le savoir comme point final de la thérapie. Si le changement n'intervenait pas, on supposait alors que le patient n'avait pas atteint un niveau suffisant de connaissance de soi. Dans un article très célèbre datant de 1950 et publié dans une revue psychiatrique de premier plan, Allen Wheelis jugea nécessaire de procéder au rappel suivant : « La thérapie ne peut produire un changement de personnalité que dans la mesure où elle conduit un patient à adopter un nouveau mode comportemental. Un changement véritable intervenant en l'absence de toute action constitue une impossibilité pratique et théorique[1]. »

Que signifie l'action du point de vue de la psychothérapie ? La pensée peut-elle être considérée comme de l'action ? Après tout, il peut être prouvé que l'activité de pensée mobilise de l'énergie. Wheelis soutenait qu'une extension du concept d'action à la pensée priverait l'action de sa signification. La pensée, *en elle-même et d'elle-même*, n'a aucune conséquence externe, bien qu'elle puisse constituer un prérequis indispensable à l'action. Il est ainsi possible de planifier, de répéter une action ou de rassembler son énergie dans une détermination à agir. L'action s'étend au-delà du sujet ; elle implique une interaction entre le sujet et son environnement physique ou interpersonnel. L'action ne requiert pas nécessairement de mouvement flagrant ni même observable. Un geste ou un regard à peine esquissé vers un tiers peuvent constituer une action d'une importance cruciale. L'action a deux pôles ; son opposé, l'*absence* d'action par exemple, le fait de *ne pas agir* de manière habituelle, *ne pas* manger trop, *ne pas* exploiter les autres, *ne pas* être malhonnête, peut elle aussi représenter une action à l'importance considérable.

Le thérapeute se doit de courtiser l'action. Il peut prétendre viser d'autres objectifs – compréhension profonde de soi, réalisation de soi, réconfort – mais, en dernier recours, le changement (c'est-à-dire l'action) constitue la proie secrète de tout thérapeute. Le problème toutefois est que, à aucun moment de sa formation, le thérapeute n'apprend les mécanismes de l'action : il est formé en revanche à la reconstitution de l'histoire personnelle, à l'interprétation, à la relation et réalise le saut de la foi séculier qui consiste à croire que la conduite de ces activités aboutira à un changement.

Et si cette foi était erronée ? Le thérapeute alors s'interroge, tente de favoriser plus de compréhension, d'*insight*, d'introspection ; analyses et thérapies durent trois, quatre, cinq ans. En fait, de nombreux parcours psychanalytiques s'échelonnent sur sept ou huit ans ; par ailleurs, une seconde analyse est si courante qu'elle ne constitue plus une exception. Le thérapeute perd de vue la façon dont le changement est censé se produire, pour se borner à espérer que, par un processus d'épuisement mutuel, pour reprendre la bienheureuse expression de Willis[2], la structure névrotique du patient finira par s'effondrer.

Mais si aucun changement ne se produit ? Le thérapeute perd patience et commence à diriger directement son regard sur la volition ou l'action au lieu de ne leur adresser que de vagues coups d'œil, comme il a été formé à le faire. Pour citer Wheelis :

> « (...) le thérapeute peut être amené à désirer chez le patient plus d'"effort", de "détermination", une plus grande disposition à "en tirer plus". Parfois, ce désir se manifeste dans les propos adressés au patient : "On doit s'aider soi-même" ; "Rien d'important ne s'accomplit sans efforts" ; "Vous devez essayer". Ce type d'interventions figure rarement dans les études de cas, car on ne leur prête ni la dignité ni l'efficacité de l'interprétation. Souvent, les analystes éprouvent un malaise à recourir si ouvertement à la volition, comme s'ils employaient un mécanisme auquel ils ne croyaient pas ou comme si ce recours aurait été inutile si, lui, thérapeute, s'était montré plus compétent dans son analyse[3]. »

« Vous devez essayer. » « On doit s'aider soi-même. » Wheelis soutient que ces interventions figurent rarement dans les comptes rendus de cas cliniques. Effectivement, elles en sont absentes. Leur statut est totalement officieux. Pourtant, elles sont monnaie courante ; ces pensées passent par la tête de tous les thérapeutes qui les transmettent, sous maintes formes, à leurs patients.

Toutefois, lorsque les thérapeutes affirment *sotto voce* « Vous devez essayer encore » ou « Vous devez faire un effort », à qui s'adressent-ils ? Le problème auquel se confronte la plupart des thérapeutes est *qu'il n'existe aucune instance psychique dans le modèle* *analytique (ou comportementaliste) à laquelle adresser cet appel* Le modèle psychique freudien, comme je l'ai souligné au chapitre 2, se fonde sur des principes helmholtziens ; il s'agit d'un modèle antivitaliste et déterministe dans lequel l'être humain est activé et contrôlé par des « forces physicochimiques inhérentes à la matière, réductibles à la force d'attraction et de répulsion[4] ». Freud se montrait implacable à ce sujet. « L'homme est "vécu par l'inconscient". (...) La croyance profondément enracinée en la liberté et le choix *psychiques est tout à fait antiscientifique, et doit céder la place aux prétentions d'un déterminisme qui gouverne la vie mentale[5]. » Dans la conception freudienne, comme le souligne May, l'homme est appréhendé « non plus conduisant mais conduit[6] ». Le comportement constitue un vecteur, une résultante de l'interaction des forces internes. Mais si cela se révèle vrai, si l'ensemble de l'activité psychique et physique d'un être humain est déterminée, s'il n'y a pas de pilote, alors quel est précisément ce *qui* ou *quoi* devant « continuer d'essayer » ou manifester de la « détermination » ou du « courage » ?

Le thérapeute adoptant une position « scientifique » déterministe dans son travail clinique se trouve bientôt confronté à un sérieux problème : avec un modèle de l'homme divisé en instances interdépendantes mais en conflit, comme le moi, le surmoi et le ça, où se trouve le siège de la responsabilité ? L'enjeu avait été posé clairement par mon superviseur que je citais au début de la seconde partie : « L'objectif de la psychothérapie est d'amener le patient au stade où il est en mesure de faire un choix libre. » Mais où se trouve « l'instance du choix » dans un modèle déterministe ? Pas surprenant qu'il n'élaborât pas davantage dans les cinquante séances de supervision que nous eûmes ensemble sur « l'objectif de la psychothérapie » !

Freud ne parvint jamais à dépasser la contradiction entre son modèle déterministe et son entreprise thérapeutique ; dans *Le Moi et le ça*, rédigé alors qu'il avait soixante-sept ans, il écrit que la tâche du thérapeute est de « procurer au moi du malade la liberté de se décider pour ceci ou cela[7] ». Cette phrase, abondamment citée, constitue la preuve suprême du caractère inacceptable de son modèle déterministe de l'homme. Même si la pensée analytique traditionnelle considère le comportement humain comme totalement déterminé, même si elle sépare la psyché humaine en instances en conflit les unes avec les autres (moi, surmoi et ça ou préconscient, inconscient et conscient), il semble néanmoins nécessaire d'y inclure un cœur qui ne soit pas déterminé. Les analystes contemporains du moi qui postulent le concept de « moi autonome » continuent d'éluder la question. Comme si un homoncule réalisant librement des choix était placé dans l'une de ces instances. Naturellement, cette conception n'a pas de sens dans la mesure où, comme le signalait May, « comment une partie peut-elle être libre[8] ? ».

Certains thérapeutes ont tenté de résoudre ce dilemme en affirmant que, bien que les êtres humains éprouvent un sentiment subjectif de liberté et de choix (que le thérapeute tente d'accroître), cet état n'en demeure pas moins une illusion, aussi déterminée que les autres états subjectifs. Il s'agit là précisément du point de vue soutenu par des philosophes rationalistes comme Hobbes ou Spinoza. Hobbes qualifiait ainsi le sentiment humain de liberté de fantasme de la conscience. « Une toupie de bois fouettée par de jeunes garçons… qui parfois tourne sur elle-même et parfois heurte les gens en plein tibia, si elle avait la sensation de son propre mouvement, penserait qu'il résulte de sa volonté[9]. » Dans le même ordre idée, Spinoza affirmait qu'une pierre, si elle était dotée de conscience et était mise en mouvement par une force externe (inconnue), « se croira[it] parfaitement libre et sera[it] convaincue qu'il n'y a pas d'autre cause que sa volonté propre qui la fasse persévérer dans le mouvement[10] ». Toutefois, les psychothérapeutes qui croient que la liberté constitue un état subjectif illusoire se retrouvent dans une impasse : dans la mesure où ils affirment qu'une psychothérapie réussie engendre chez le patient un *sentiment* accru de choix, ils se retrouvent à proclamer dans les faits que l'objectif de la thérapie est de créer (ou restaurer) une illusion. Comme le souligne May, cette vision du processus thérapeutique se révèle être totalement incompatible avec l'une des valeurs les plus importantes de la psychothérapie : la quête de la vérité et de la connaissance de soi[11].

Le modèle analytique de la psyché laisse de côté un facteur crucial, un concept psychologique majeur et jouant un rôle central dans le déroulement de toute psychothérapie. Avant de nommer ce concept, laissez-moi en présenter les caractéristiques et les fonctions. Il s'agit de l'instance psychique permettant de transformer la conscience et la connaissance en action, d'établir un pont entre désir et action. C'est l'état mental qui doit précéder l'action (Aristote)[12], « l'organe psychique de l'avenir », tout comme la mémoire constitue l'organe psychique du passé (Arendt)[13], le pouvoir de commencer *par lui-même* une série de choses ou d'états successifs (Kant)[14], le iège de la volonté, « l'acteur responsable » à l'intérieur (Farber)[15]. Il s'agit du « facteur décisif chargé de traduire l'équilibre en un processus de changement… acte intervenant entre la prise de conscience et l'action expérimentée comme un effort ou une décision » (Wheelis)[16]. Ou encore de la prise effective de responsabilité, par opposition à la simple sensibilisation à la responsabilité. Il s'agit de cette partie de la structure psychique ayant « la capacité à faire et à implémenter des choix » (Arieti)[17], force, constituée tout à la fois de pouvoir et de désir, le « déclencheur de l'effort[18] », le « ressort de l'action[19] ».

Nous attribuons à ce concept psychologique l'étiquette « volonté » et à cette fonction celle de « vouloir ». En toute franchise, j'aurais préféré un terme plus heureux, plus simple et moins sujet à controverse, un terme sur lequel ne pèsent pas deux mille ans de débats théologiques et polémiques. Le terme « volonté » présente l'inconvénient de renvoyer à maintes définitions, souvent contradictoires. Ainsi, Schopenhauer, dans son œuvre majeure intitulée *Le Monde comme volonté et comme représentation*, définit la volonté comme une force vitale, « (…) force aveugle qui fait se mouvoir toute chose sans direction ni but déterminé[20] », tandis que Nietzsche, dans *La Volonté de puissance*, pose l'équivalence entre volonté et puissance et contrôle : « vouloir n'est pas la même chose que désirer (...) : cela s'en distingue par l'élément de commandement... Il est inhérent au vouloir qu'une chose soit commandée[21]. »

Dans une large mesure, la controverse découle du lien inextricable entre volonté et liberté ; en effet, postuler une volonté non libre a peu de sens, sauf si, à l'instar de Hobbes et de Spinoza, nous attribuons à la volonté un autre sens et que nous la définissons comme un état subjectif et illusoire au lieu du siège effectif de la volition. Tout au long de l'Histoire, le libre arbitre a toujours offensé l'idéologie dominante. Alors que la controverse sur le libre arbitre n'a de cesse, les opposants à ce concept, quant à eux, ont changé au fil des siècles. Les philosophes grecs ne disposaient pas de terme équivalent au concept de « libre arbitre », qui en soi était incompatible avec la croyance prédominante en un éternel retour, croyance selon laquelle, comme le formule Aristote, « la génération a toujours lieu à partir de quelque chose qui est[22] ». Les fatalistes stoïciens, pour qui tout ce qui était ou serait « devait être », rejetaient toute notion d'une instance du libre arbitre chez l'homme. La théologie chrétienne, quant à elle, n'a pu réconcilier la croyance en la divine Providence, en un dieu omniscient et omnipotent, avec l'affirmation du libre arbitre. Plus tard, le concept de libre arbitre s'opposa également au positivisme scientifique et à la croyance d'Isaac Newton et de Pierre Laplace en un univers explicable et prévisible. Plus près de nous, le concept hégélien d'histoire comme progrès nécessaire de l'esprit du monde se trouvait lui aussi en opposition à l'idéologie du libre arbitre qui, de par sa nature même, rejette la nécessité et postule que tout ce qui *était* ou *est* pouvait aussi *ne pas être.* Enfin, le libre arbitre s'oppose à tous les systèmes déterministes, qu'ils se fondent sur des principes économiques, comportementalistes ou psychanalytiques.

Le terme « volonté » se révèle éminemment problématique pour le psychothérapeute. Il est banni depuis si longtemps du lexique thérapeutique que lorsqu'on y recourt aujourd'hui, le clinicien peine à le reconnaître, comme s'il s'agissait d'une ancienne connaissance de retour d'exil. Par ailleurs, le clinicien n'est pas toujours disposé à le reconnaître. Par le passé, on lui substitua le terme « motivation », et les thérapeutes apprirent à expliquer les actions sur la base des motivations. Des comportements comme la paranoïa étaient « expliqués » (c'est-à-dire « causés ») par la motivation inconsciente des pulsions homosexuelles ; l'exhibitionnisme génital était « expliqué » par l'angoisse de castration inconsciente. Pourtant, recourir à la motivation comme explication du comportement équivaut à absoudre le sujet de la responsabilité de ses actions. La motivation peut influencer la volonté mais ne peut s'y substituer ; en dépit des différentes motivations, le sujet a toujours l'option de se comporter ou non d'une certaine manière.

Pour problématique qu'il soit, le terme « volonté » ne peut être remplacé ici dans le débat qui nous occupe. Les définitions précédemment citées (« déclencheur de l'effort », « acteur responsable », « ressort de l'action », « siège de la volition ») illustrent merveilleusement bien le concept psychologique auquel le psychothérapeute recourt. Nombreux sont ceux à avoir souligné les riches connotations du terme « volonté[23] ». Ainsi, en anglais, l'auxiliaire *will* sert à former le futur, tandis que le verbe *to will* indique la volition. Le mot « volonté » véhicule détermination et engagement – *Je vais le faire* – et s'étire jusque dans l'avenir. Le testament et les dernières volontés témoignent de cette ultime tentative de plonger dans l'avenir. L'expression, pertinente, employée par Hannah Arendt, « l'organe du futur », possède des implications d'une importance considérable pour le thérapeute, car le futur constitue le temps approprié au changement psychothérapique. La mémoire (« l'organe du passé ») a affaire à des *objets* ; la volonté, à des *projets* et, comme je m'emploierai à le démontrer, une psychothérapie efficace doit travailler sur les *relations de projets* du patient tout autant que sur ses *relations d'objet*.

Le clinicien et la volonté

Si la volonté constitue « l'acteur responsable » (définition particulièrement utile à mon sens), et que la thérapie requiert mouvement et changement, le thérapeute, indépendamment de son cadre de référence, se doit alors d'influencer la volonté.

Pour revenir brièvement sur le chapitre précédent relatif à la responsabilité, que se passe-t-il une fois que le clinicien est parvenu à aider le patient à prendre conscience qu'il est le principal responsable de ses souffrances de vie ? L'approche la plus simple pour le thérapeute est de nature exhortatoire : « Vous êtes responsable de ce qui vous arrive. Votre comportement, comme vous le savez vous-même, est mauvais pour vous. Il n'est pas dans votre intérêt. Ce n'est pas ce que vous voulez pour vous. Bon sang, changez ! »

Avec ce type d'approche, l'attente est issue en droite ligne de la croyance morale et philosophique que si quelqu'un sait véritablement ce qui est bien pour lui (en d'autres termes, ce qui est véritablement dans son intérêt), il agira en conséquence. (« C'est pourquoi l'homme agit selon un jugement libre, car il a la faculté de se porter à divers objets. » [Thomas d'Aquin]) Toutefois, cette approche exhortatoire ne se révèle efficace qu'en de rares occasions. Les personnes expérimentant un changement à la suite d'une thérapie individuelle brève ou plus particulièrement après une courte expérience de groupe thérapeutique (qui généralement travaille sur la sensibilisation à la responsabilité) changent souvent à la suite d'un appel adressé à la volonté consciente.

Néanmoins, comme je le soulignerai, le « pouvoir de la volonté » ne constitue que la première couche, mince qui plus est, de la « volonté ». Peu de changements se produisent à la suite d'une « action lente et calme de la volonté[24] », comme le formule William James. Des manifestations psychopathologiques ancrées ne répondent pas à la simple exhortation ; une force thérapeutique plus importante s'avère nécessaire. Certains thérapeutes choisiront alors d'intensifier l'effet thérapeutique en soulignant la responsabilité *unique* du sujet. Le thérapeute aide le patient à prendre conscience que, non seulement il est responsable de sa situation, mais qui plus est qu'il en est le *seul* responsable. Cette prise de conscience a pour corollaire, dès lors, que la personne est *seule* responsable du changement de son univers. En d'autres termes, le sujet est le seul à pouvoir changer son monde. Il doit (activement) changer s'il a à le faire.

Cet appel adressé à la volonté peut susciter quelques frémissements chez un patient, mais se révèle généralement insuffisante pour déclencher un mouvement soutenu ; le thérapeute s'engage alors dans le long travail intermédiaire de thérapie. Certes, la stratégie, les interventions, les mécanismes et les objectifs varient selon l'approche idéologique du thérapeute et son style personnel ; toutefois, la thérapie, je le crois, ne se révèle efficace que dans la mesure où elle influence la volonté du patient. Le thérapeute peut travailler explicitement sur l'interprétation et l'*insight*, la confrontation interpersonnelle, le développement d'une relation fondée sur la confiance et la sollicitude ou l'analyse d'un comportement interpersonnel inadapté ; néanmoins toutes les orientations peuvent être appréhendées comme des tentatives visant à influencer la volonté, (j'emploie ici délibérément le terme « influence » et non « création » ou « génération ». Le thérapeute n'est pas en mesure de créer la volonté pas plus qu'il ne peut l'insuffler à un patient ; en revanche, il peut libérer cette volonté, c'est-à-dire la dégager de tout ce qui l'entrave.)

Pour autant, mes propos n'en demeurent pas moins évasifs. Dans mon travail clinique, j'imagine parfois la volonté, cet acteur responsable chez le patient, comme une turbine enchâssée et dissimulée sous d'épaisses couches de métal. Je sais que la pièce vitale, celle du mouvement, est coincée dans les entrailles de la machine. Je tente une manœuvre d'encerclement. J'essaie de l'atteindre à distance par l'exhortation, la pression, les estocades ou l'incantation, tous ces rites, qui, je crois, peuvent avoir une influence. Ils nécessitent une somme considérable de patience et de foi aveugle, bien supérieure à celle que, de nos jours, les thérapeutes adeptes de la libre pensée sont capables de manifester. Il convient de recourir à une approche plus appropriée, plus rationnelle. Dans la suite de ce chapitre, j'essaierai de démonter la turbine et d'examiner la pièce de la volonté dans sa forme brute, afin de distinguer, en psychothérapie, les étapes mutatives des étapes rituelles, dont la fonction est purement ornementale.

De par le bannissement de longue durée subi par la volonté dans la littérature psychologique et psychothérapique, je commencerai par esquisser les contours d'une psychologie de la volonté. Je citerai les observations cliniques sur la volonté de trois théoriciens exceptionnels en la matière – Otto Rank, Leslie Farber et Rollo May – avant de proposer, à partir de leurs contributions, des stratégies et des interventions cliniques d'une psychothérapie influençant la volonté.

VERS UNE COMPRÉHENSION CLINIQUE DE LA VOLONTÉ : RANK, FARBER, MAY

Rank – La thérapie de la volonté

Une étude de la volonté en clinique se doit d'inclure la contribution d'Otto Rank, à qui on doit l'introduction du concept de volonté dans la psychothérapie moderne. Rank rejoint Freud en 1905 – il est l'un de ses premiers étudiants – et compte parmi ses proches associés jusqu'en 1929, au moment où les dissensions entre les deux hommes créent un abîme infranchissable. Analyste profane et humaniste aux nombreux centres d'intérêt et aux vastes connaissances, au regard passionné qui transperçait ses étudiants comme ses patients, Rank jouit d'une capacité intellectuelle hors du commun. Éditeur d'une revue psychanalytique de premier plan et fondateur et directeur du puissant Institut viennois de psychanalyse, il est une figure extrêmement influente dans les premières années de la psychanalyse. Aux États-Unis, le destin, aidé dans cette tâche par des traductions lamentables, aujourd'hui épuisées, de ses œuvres majeures (ce dont on pourrait presque se féliciter), n'a pas été tendre avec lui. Bien qu'il fût une figure intellectuelle influente de la Pennsylvania School of Social Work, il n'eut aucun promoteur, à l'exception récente d'Ernest Becker[25]. Becker considère Rank comme un génie en sommeil, prescience que je n'ai pu que saluer lorsque je lus à mon tour les œuvres de Rank, notamment son livre intitulé *Volonté et psychothérapie*[26].

L'approche rankienne du comportement et de la thérapie s'articule autour du concept de volonté, trop riche et complexe pour être présenté ici, pour des raisons de place, autrement que sous la forme d'un bref résumé de ses principaux enjeux cliniques. La rupture avec Freud fut motivée par un profond désaccord avec le déterminisme psychique dont faisait preuve Freud. En dépit du postulat freudien selon lequel le comportement constitue un vecteur de pulsions et de forces opposées, un homoncule doté de libre arbitre existe bel et bien, comme je le soulignais précédemment, dans le moi. Rank choisit comme point de départ cet homoncule doté d'une fonction dirigeante et le nomma « volonté ». Il conserva le concept des pulsions mais agença ces dernières sous l'autorité de la volonté : « J'entends par volonté une organisation, positive et directrice, et une intégration de soi qui utilisent les tendances instinctives, d'une façon constructive – en même temps qu'elles les inhibent et les contrôlent[27]. » Rank s'intéressait davantage à l'issue thérapeutique qu'à l'élaboration d'un modèle psychique ; il était persuadé qu'un déterminisme psychique strict était incompatible avec une psychothérapie efficace. Un processus thérapeutique visant à dévoiler les influences pesant sur le patient (tant historiques qu'inconscientes) pouvait seulement, poursuivait Rank, aboutir à l'*évitement* par le patient de la responsabilité et à une incapacité accrue à agir : « Il est étonnant de voir combien de choses le patient sait et de combien relativement peu de choses il est inconscient, si on ne lui fournit pas cette commode excuse pour refuser la responsabilité[28]. » Rank pensait que la théorie freudienne attribuait à l'inconscient une fonction de dissolution de la responsabilité, identique à celle jouée par les divinités dans les systèmes antérieurs :

> « L'inconscient, comme l'indique la signification première du mot, est un concept purement négatif qui désigne quelque chose de momentanément non conscient, alors que la théorie freudienne l'a érigé en facteur le plus puissant de la vie psychique. Cependant la base de cette conception n'est pas fournie par quelque expérience psychique, elle découle d'une nécessité morale, à savoir la nécessité de trouver un substitut acceptable du concept de Dieu qui libère l'individu de sa responsabilité[29]. »

Le développement de la volonté. Dans le développement de la personne, la volonté, selon Rank, se manifeste en lien à des impulsions instinctuelles. Le modelage de la volonté est influencé par la manière dont les parents répondent à ces impulsions. Tout d'abord, l'environnement de l'enfant s'attache prioritairement à restreindre l'impulsion de vie de l'enfant afin de rendre ce dernier apte à la vie sociale. L'enfant réagit à ces restrictions parentales par une force contraire : une *Anlage* de la volonté ou, pour citer Rank, une « volonté négative[30] ». Progressivement, l'enfant commence à exercer un contrôle personnel sur ses impulsions et décide, par exemple, de restreindre ses impulsions agressives en raison de l'amour qu'il éprouve pour ses parents. En d'autres termes, la fonction de la volonté est tout d'abord liée de façon inextricable à l'impulsion : la volonté a pour fonction soit de contrôler l'impulsion, soit de résister aux efforts extérieurs visant à la contrôler. Rank affirmait également que la vie émotionnelle de l'enfant se développait en relation avec les impulsions. Les émotions se différencient des impulsions, en ceci que nous cherchons à décharger les secondes, alors que nous désirons prolonger ou intensifier les premières. (Rank fait ici référence aux émotions agréables, mais n'évoque pas les émotions dysphoriques.) Dès lors, « la vie émotionnelle correspond, pour ainsi dire, à une impulsion vitale inhibée ou intensifiée[31] ».

Rank pose en conséquence que la vie émotionnelle reflète la vie pulsionnelle, tandis que la volonté constitue une entité dirigeante distincte, d'un pouvoir équivalant à celui du système d'impulsions. « La volonté est une impulsion, positivement et activement placée au service du moi et non une impulsion bloquée, comme l'est l'émotion[32]. » Ultérieurement, Rank fera référence à la volonté comme à une « impulsion du moi[33] ». Rank s'efforçait de se démarquer de Freud, mais ne parvint pas à élaborer son système en dehors de la théorie freudienne des pulsions. En persistant dans ce compartimentage psychique, Rank ne se facilite pas les choses : la volonté, une instance dotée de libre arbitre, se voit ainsi décrite comme une « impulsion du moi », expression tout à la fois claire et confuse.

Rank appréhendait la relation parents-enfant et, au-delà, l'ensemble du processus d'assimilation – tout comme, nous le verrons, la relation thérapeutique – comme une lutte des volontés et exhortait les parents à faire preuve d'une sensibilité marquée vis-à-vis de cet enjeu. Ainsi, la volonté négative ne devrait jamais être réduite au silence, mais acceptée, de sorte qu'elle se transforme en volonté positive ou « créatrice ».

Rank subordonnait d'autres grands enjeux de la vie précoce à cette lutte première des volontés. « Le complexe d'Œdipe ne peut traduire, psychologiquement, autre chose qu'un grand conflit de volonté – évidemment pas le premier – entre l'individu qui grandit et la volonté contraire d'un code moral plusieurs fois millénaire que représentent les parents. » Il poursuivait (sur un mode ironique) : « L'enfant doit s'y soumettre, non parce que son devoir est de laisser son père en vie et de ne pas épouser sa mère, mais parce qu'il ne faut pas qu'il s'imagine pouvoir faire tout ce qu'il veut, pour qu'il ne s'avise même pas de le vouloir[34]. »

Rank décrit trois stades développementaux du vouloir : (1) la contre-volonté, c'est-à-dire l'opposition à la volonté d'un autre, (2) la volonté positive, c'est-à-dire « le vouloir de ce qu'on doit », (3) la volonté créatrice, celle du « vouloir de ce qu'on veut ». L'éducation des enfants (tout comme la thérapie) vise à transformer les deux premiers stades en volonté créative. L'« erreur » principale en matière d'éducation, pensait Rank, consiste à faire taire la vie pulsionnelle et la volonté précoce (« contre-volonté » ou « volonté négative »). Si les parents enseignent aux enfants que toute expression libre des impulsions n'est pas souhaitable et que toute volonté contraire est mauvaise, les conséquences, pour l'enfant, sont de deux ordres : tout d'abord, la suppression pure et simple de toute vie émotionnelle ; ensuite, une volonté malingre empreinte de culpabilité. L'enfant, en grandissant, devient un adulte bridant ses émotions et appréhendant tout acte de volonté comme une transgression. Ces conséquences se révèlent d'une importance cruciale pour le thérapeute qui souvent a affaire à des patients incapables de sentir et, du fait de la culpabilité, de vouloir.

Le système nosologique de Rank se fonde sur les caprices développementaux de la volonté. Rank décrit trois structures de personnalité fondamentales : créative, névrosée et antisociale. La personnalité créative a accès à ses émotions et à une volonté qui émane d'elle-même. La personnalité névrosée est dotée d'une volonté empreinte de culpabilité ; sa vie émotionnelle est inhibée. Enfin, la personnalité antisociale se caractérise par une suppression de la volonté ; elle est dominée par l'impulsion.

Volonté et psychothérapie. Rank avait le sentiment que Freud, tout comme Alfred Adler, avait annihilé la volonté. Freud appréhendait la volonté comme une pulsion sexuelle sublimée ; Adler, comme une tendance compensatoire au sentiment d'infériorité et de faiblesse de l'enfant. Les deux la reléguèrent à une fonction dérivative, à la différence de Rank qui postulait une « volonté a priori » et soulignait son rôle central non seulement dans le développement de l'enfant mais aussi en thérapie (dont il pensait qu'elle se déroulait toujours sur cette toile de fond de la volonté).

Rank appréhendait l'interaction thérapeute-patient dans des termes analogues à l'expérience parents-enfant. Dans la thérapie, « deux volontés s'affrontent, l'une écrase l'autre ou bien elles luttent contre l'autre pour établir leur dominance[35] ». Le but de la thérapie devrait être pour le névrosé d'apprendre le vouloir et, surtout, d'apprendre la volonté sans culpabilité[36]. La volonté se manifeste dans la situation thérapeutique dès les premières séances, observait Rank. Dès lors, le début de la thérapie « ne représente, réellement et psychologiquement, rien d'autre que l'ouverture d'un grand duel de volontés où la première et facile victoire sur un patient apparemment peu énergique entraîne bien souvent d'amères revanches[37] ». Le patient engage un conflit de volonté avec le thérapeute et souhaite tout à la fois résister et se soumettre. Rank considérait que Freud avait commis une erreur majeure en ignorant purement et simplement ce conflit de volonté : « (...) il est évident que seul l'aveuglement peut expliquer l'indifférence de Freud à son égard[38] ». Au lieu de renforcer la volonté, Rank pensait que la technique freudienne en sapait les fondements de deux manières : par la nature même de son processus et par la gestion des « résistances ».

Tout d'abord, selon Rank, la nature même du processus psychanalytique – processus requérant un état de « lâcher prise » chez le patient comme chez le thérapeute – a pour effet d'affaiblir la volonté. « La règle analytique fondamentale de l'association libre exige précisément que soit éliminée entièrement le peu de volonté que la faiblesse névrotique du patient n'a peut-être pas encore sapée, que l'on se soumette à la direction de l'inconscient[39]. » (Ce commentaire augure des critiques formulées à l'encontre de la psychanalyse des décennies plus tard. Ainsi, Sylvan Tomkins qualifiait la psychanalyse d'« entraînement systématique à l'indécision[40] », tandis qu'Allen Wheelis affirmait que « des contemporains instruits, en abandonnant leur dos à un divan, renoncent aussi ce faisant à la tâche qui est la leur[41] ».)

Pendant la thérapie, le patient s'oppose à ce qu'il perçoit être la volonté du thérapeute. Freud qualifiait cette opposition de « résistance », la considérait comme un obstacle et suggéra différentes techniques (patience, conseils, interprétation) pour en venir à bout. Pour Rank, cette conception de la résistance était profondément erronée : il croyait que la protestation du patient constituait une manifestation valide et importante de contre-volonté et, en tant que telle, ne devait pas être supprimée mais au contraire soutenue et transformée en volonté créative. « La tâche du thérapeute ne consiste pas à agir comme une volonté, ce que le patient aimerait bien, mais simplement comme une contre-volonté, de façon que la volonté du patient ne soit pas brisée mais renforcée[42]. » Si le thérapeute tente de forcer le patient à faire ce qu'il « convient » de faire, le patient résistera et la thérapie échouera. (Cette affirmation contient vraisemblablement en germe la technique moderne du « paradoxe » en psychothérapie.) Dès lors, Rank s'employait à renforcer systématiquement toutes les manifestations de volonté chez ses patients : si le patient résistait ou suggérait la fin de la thérapie, Rank veillait à souligner ces expressions comme des progrès. Il affirmait ainsi : « Le simple fait d'une différence (...) est la base d'une condamnation morale qui se manifeste comme une infériorité ou comme un sentiment de culpabilité. (...) Ce problème éthique ne peut être résolu que par l'action thérapeutique et non par le savoir psychologique, autrement dit non dans et par l'individu lui-même, mais seulement dans la relation avec une deuxième personne qui justifie notre volonté en la rendant bonne puisque cette personne se soumet volontairement à elle et ainsi la neutralise[43]. »

La fin de la thérapie constitue une situation caractéristique dans laquelle la volonté du patient et celle du thérapeute sont amenées à s'opposer. Certains patients décident précipitamment de mettre un terme à leur thérapie ; d'autres se refusent à la terminer et, si nécessaire, s'accrochent à leurs symptômes afin de résister aux efforts déployés par le thérapeute pour mener la thérapie à son terme. Rank pensait que ce conflit de volontés contenait un tel potentiel thérapeutique qu'il déplorait qu'il ne survienne qu'en fin de thérapie et, dans les faits, souvent en dehors de toute thérapie. Ne serait-il pas plus sensé, en effet, de placer ce conflit de volontés au centre de l'arène thérapeutique, voire dès les débuts de la thérapie ? Rank, là encore, s'y employait par un dispositif particulier du cadre, en définissant, en début de thérapie, une limite précise dans le temps. Cette limite projetait ainsi la phase finale de la thérapie dès le début du traitement.

Ces stratégies thérapeutiques relevant de la volonté ne représentent qu'un aspect de l'approche thérapeutique de Rank. Je reviendrai ultérieurement sur sa conception de « l'expérience », sur l'importance des temps grammaticaux présent et futur, ainsi que sur la nature de la relation thérapeutique.

Leslie Farber – Les deux sphères de la volonté

Dans sa tentative de contrer ce qu'il percevait chez Freud et Adler comme un discrédit de la volonté et de la responsabilité, Rank a peut-être surestimé le rôle de la volonté et du vouloir. Dans l'ensemble, en effet, les patients en thérapie ne changent pas par un acte de la volonté consciente. En fait, le changement – fait souvent déroutant pour le thérapeute (et exaspérant pour le chercheur) – intervient souvent à un niveau souterrain, bien au-delà du savoir du thérapeute et du patient réunis.

Le changement souterrain et « non volitionnel » constitue-t-il un acte de la volonté ? Cette question du rapport entre actes volontaires et changement au niveau inconscient est justement celle à laquelle les psychologues ayant tenté de donner une définition succincte et exploitable de la volonté ont tenté de répondre. La contribution de Leslie Farber à la psychologie de la volonté apporte un correctif bienvenu à l'importance exagérée accordée à la volonté consciente[44]. Farber postule en effet que les tentatives de définition ont échoué pour la simple raison qu'il existe deux sphères de la volonté, si distinctes l'une de l'autre qu'elles ne pourraient être réunies que dans une définition des plus évasives.

La première sphère de la volonté, telle que définie par Leslie Farber – et ce point constitue sa contribution majeure – *n'est pas* expérimentée de manière consciente pendant une action et doit être inférée après un *événement* ; cette sphère peut être qualifiée d'inconsciente. Farber cite ci-après W. H. Auden :

> « Lorsque je songe aux trois ou quatre choix décisifs de ma vie, je constate qu'au moment où je les ai faits, je n'avais qu'une conscience vague de leur importance ; ce n'est qu'ultérieurement que je découvris que ce qui s'apparentait à un petit ruisseau était en fait un Rubicon[45]. »

Farber suggère ainsi que les choix de vie importants (tout comme, je suis sûr qu'il en conviendrait, les choix en thérapie) ne sont pas expérimentés consciemment comme des choix. En fait, ce n'est *qu'après* que nous sommes en mesure de mesurer que nous avons effectivement fait un choix. Cette sphère de la volonté peut être appréhendée comme un courant de vie souterrain avec une direction, mais sans objet ni but discrets. Ce courant fournit la poussée, mais échappe à tout examen immédiat et direct.

La seconde sphère de la volonté est représentée par sa composante consciente : elle est expérimentée pendant l'événement. Il est ainsi possible de décrire sans grande difficulté sa présence, sa forme et son ampleur. Cette seconde sphère pousse vers un objet spécifique (à la différence de la première qui se conçoit comme une poussée brute, dénuée d'objet) et possède une caractéristique utilitaire : « Je fais ceci afin d'obtenir cela. » L'objectif est connu dès le départ (perte de poids, changement de style interpersonnel, obtention d'un diplôme universitaire, par exemple).

À ces deux sphères de la volonté correspondent deux approches différentes en thérapie. La sphère consciente (la seconde) répond aux exhortations et aux appels, à l'effort et à la détermination. La première, quant à elle, reste sourde à ces injonctions et requiert une approche indirecte. Un problème sérieux survient dès lors qu'on recourt à des exhortations pour agir sur cette première sphère de la volonté. Farber nous fournit quelques exemples :

> « Je peux vouloir la connaissance mais non la sagesse ; aller me coucher mais non dormir, manger mais non avoir faim, la soumission mais non l'humilité, la rigueur mais non la vertu, l'affirmation de soi ou la bravade mais non le courage, le désir mais non l'amour, la commisération mais non la sympathie, les félicitations mais non l'admiration, la religiosité mais non la foi, la lecture mais non la compréhension[46]. »

Farber fournit ici un élément d'une importance cruciale pour le thérapeute, sur lequel je reviendrai à plusieurs reprises dans la suite de ce chapitre. Toutefois, à en juger par certaines pratiques en vigueur dans le champ de la psychothérapie – des sonnettes « je ne peux pas » aux livres de développement personnel consacrés à « comment gagner par intimidation » qui inondent les rayonnages des librairies –, l'avertissement de Farber n'a pas été entendu et nombre de psychothérapeutes font l'erreur d'essayer de faire faire par la volonté dépendant de la seconde sphère (consciente) le travail de la volonté relevant de la première (inconsciente).

Rollo May – Désir et volonté

L'excellent ouvrage de Rollo May intitulé *Amour et volonté* regorge d'intuitions cliniques d'une richesse considérable, à commencer par l'intégration du « désir » dans la psychologie de la volonté[47]. May nous rappelle que le désir précède la volonté et qu'il ne peut y avoir d'action signifiante sans désir préalable[48]. La volonté ne se résume pas à une équation entre pouvoir et décision, mais consiste également en une potentialité intimement liée au futur[49]. Grâce à la volonté, nous nous projetons dans l'avenir, et le désir constitue le début de ce processus. Le désir représente une « reconnaissance de la forme que nous voulons donner à l'avenir ; c'est une aptitude à accéder profondément à l'intérieur de nous-mêmes et à prendre en compte une aspiration à changer l'avenir[50] ».

Il convient de distinguer ici le « désir » dans l'acception de Rollo May du désir (souhait) jouant un rôle important dans le modèle analytique du fonctionnement psychique. Dans toute sa métapsychologie, Freud désignait le souhait comme la « représentation mentale d'une pulsion ». Freud écrivait ainsi : « (…)

rien d'autre qu'un souhait n'est en mesure de donner à notre appareil animique l'impulsion au travail » ; « le penser n'est au fond rien d'autre que le substitut du souhait hallucinatoire » ; « le rêve (...) est un accomplissement de souhait »[51].

La position freudienne n'est nulle part affirmée plus clairement que dans le chapitre 7, abondamment cité, de *L'Interprétation du rêve*[52], où Freud expose clairement sa conception selon laquelle l'être humain est gouverné par le principe de constance, par lequel il tente de maintenir à un niveau constant le niveau d'excitation corticale. Lorsqu'un déséquilibre survient (par exemple, lorsque le nourrisson fait l'expérience de la faim), l'organisme expérimente le « souhait » d'être nourri et agit de telle manière à restaurer l'équilibre (par des cris, des pleurs ou tout autre signal d'inconfort). Progressivement, quand la faim est suivie de manière répétitive d'une absorption de nourriture, le nourrisson acquiert la représentation visuelle (image ou « hallucination ») d'être nourri. Ultérieurement, sous la pression du principe de réalité, l'enfant apprend à retarder la gratification en suscitant la représentation visuelle de l'expérience d'être nourri. Selon Freud, ce processus de souhait et de gratification interne et temporaire du souhait constitue l'*Anlage* de toute pensée. Un souhait peut exister à différents niveaux de conscience. Un souhait inconscient est la représentation mentale d'une impulsion du ça. Les souhaits conscients, quant à eux, constituent souvent des formations de compromis, c'est-à-dire des souhaits inconscients tempérés et modelés par le surmoi et par les parties inconscientes du moi. En d'autres termes, le souhait pour Freud représente une force non libre apparentée à un tropisme.

Sartre ne manqua pas de critiquer la théorie freudienne du refoulement sur la base que cette théorie faisait l'impasse sur le *self.* « Comment peut-il y avoir de mensonge sans menteur ? » s'interrogeait Sartre. Ou de trahison sans traître ? Ou de déni sans acteur de ce déni ? Le concept freudien du souhait appelle la même critique : comment peut-il y avoir de souhait sans acteur de ce souhait ?

May fait une distinction majeure entre désirs et besoins, forces ou tropismes : les désirs sont signifiants. Une personne ne désire pas de façon aveugle. Par exemple, un homme ne désire pas simplement une relation sexuelle avec une femme : il trouvera certaines femmes attirantes et d'autres non. Le désir est sélectif et éminemment individualisé. Si un homme désire indifféremment des relations sexuelles avec toutes les femmes, nous pouvons sans risque affirmer que quelque chose ne va pas. Cet état survient soit à la suite de conditions environnementales inhabituelles, comme dans le cas de soldats stationnés pendant de longues périodes dans une station isolée de l'Arctique[53], soit comme manifestation psychopathologique. Dans ce cas, l'individu renonce à sa liberté et n'est plus acteur mais « agi ». Cet état précis de désir sans acteur du désir est précisément celui que nous qualifions de « névrose ». C'est le sens des propos suivants de Rollo May : « Dans la névrose, ce sont les significations symboliques qui se sont détraquées, non la pulsion du ça[54]. »

Le désir, que May définit comme « le jeu imaginatif avec la possibilité de réalisation d'un certain acte ou d'un certain état[55] », constitue la première étape du processus de vouloir. Ce n'est qu'après manifestation du désir qu'un sujet peut actionner ce « déclencheur de l'effort » et enclencher le reste de l'action de vouloir, l'engagement et le choix, qui culmine dans l'action.

> « Le "désir" apporte à la "volonté" la chaleur, le contentement, l'imagination, le jeu d'enfant, la vivacité, la richesse. La "volonté" donne au "désir" l'autodirection, la maturité. La "volonté" protège le "désir", lui permet de continuer sans courir des risques trop grands. Mais sans le "désir", la "volonté" perd son sang vital, sa viabilité, et tend à expirer dans la contradiction interne. Si vous n'avez que de la "volonté" sans "désir", vous avez le néo-puritain victorien, desséché. Si vous n'avez que le "désir" et point de "volonté", vous avez la personne compulsive, sans liberté, infantile, qui, en tant qu'adulte-demeuré-en-bas-âge, risque de devenir l'homme-robot[56]. »

VOLONTÉ ET PRATIQUE CLINIQUE

La volonté n'est pas un concept ésotérique intéressant uniquement le patient au tableau clinique inhabituel et le thérapeute, mais intervient bel et bien, de mille manières, dans le déroulement de la thérapie de chaque patient. Certains patients entreprennent une thérapie en raison de troubles de la volonté. Naturellement, comme la nosologie standard n'inclut pas la volonté, ces troubles ne sont pas référencés comme tels. Les patients sont classifiés comme obsessionnels-compulsifs poussés par une pression interne à agir contre leur volonté. Il peut également s'agir de patients indécis, incapables de désirer, de vouloir ou d'agir pour eux-mêmes. Ou encore de patients en proie aux affres d'une décision particulièrement douloureuse. Ou de personnes timides, qui s'affirment peu ou qui sont submergées par la culpabilité à la moindre esquisse d'expression volontaire. Comme le suggérait Rank, une personne peut avoir intégré à un âge précoce que l'expression des impulsions était mauvaise et avoir étendu ce verdict de mauvaise action à toute la sphère de la volition.

Même s'il n'existe pas de trouble manifeste de la volonté dans le tableau clinique d'un patient, cet enjeu se manifeste inévitablement dans le cours de la thérapie. La volonté est inhérente à l'action même de changement. À un moment ou à un autre, le patient doit se confronter à ses véritables désirs, s'engager sur un certain nombre de choses, prendre position, choisir, dire « oui » à une chose et « non » à une autre. La volonté se manifeste également dans toute relation thérapeute-patient. Bien qu'il surestimât cet enjeu en qualifiant la thérapie de « lutte initiale de deux volontés[57] », Rank eut le mérite d'attirer l'attention sur cet aspect important du processus thérapeutique. Certains patients et thérapeutes se livrent effectivement un combat articulé autour d'enjeux de domination, contexte dans lequel les observations de

Rank s'avèrent pertinentes. Chez le patient, la résistance ou l'obstination ne constitue pas toujours une entrave à la thérapie, de même qu'elle n'a pas nécessairement à être analysée. Comme le suggère Rank, il s'agit d'une position que le patient adopte et, en acceptant et en renforçant cette position, le thérapeute peut faciliter l'aptitude du patient à exercer sa volonté sans éprouver de culpabilité.

L'un des obstacles majeurs à l'acceptation par le thérapeute d'une théorie de la volonté est la croyance erronée posant l'équivalence entre « volonté » et « volonté de pouvoir ». Mais comme les « deux sphères » de Farber nous le rappellent, le vouloir recouvre bien plus que la détermination consciente « mordicus ». En fait, comme je le présenterai dans un instant, une réflexion pleine et entière sur la signification et les racines du « vouloir » nous conduit vers de profonds enjeux inconscients. Mais le vouloir inconscient lui-même implique détermination et engagement. Un changement sans efforts est impossible ; le patient doit se rendre en thérapie, payer, porter le fardeau de la responsabilité, faire l'expérience du conflit et de l'angoisse inhérents au travail thérapeutique. En bref, le véhicule de la thérapie n'est pas équipé d'un système de transmission automatique ; un effort est nécessaire et la volonté constitue ce « déclencheur de l'effort ».

Le concept de volonté se révèle si vaste et malaisé à appréhender qu'il ne peut susciter que des commentaires généraux et banals. Pour traiter de la volonté sur un plan clinique utile, je dois aborder séparément ces différentes composantes. Le traité philosophique de Hannah Arendt sur le vouloir nous fournit une articulation toute trouvée :

> « Dans mon analyse de la Volonté, j'ai signalé à plusieurs reprises deux façons totalement différentes de concevoir cette faculté : en tant que faculté de *choix* entre des objets ou des objectifs, *liberum arbitrium* qui joue le rôle d'arbitre entre des fins données et délibère librement des moyens de les atteindre ; et d'autre part, comme "pouvoir capable de commencer par lui-même une série… quant au temps" (Kant) ou "*initium ut esset homo creatus est*" de saint Augustin, la capacité que possède l'homme de commencer puisqu'il est commencement lui-même[58]. »

Ces deux approches de la volonté comme « pouvoir capable de commencer par lui-même une série… quant au temps » d'une part, et arbitrer entre des « fins données » et choisir entre les moyens de les atteindre d'autre part – renvoient à des référents cliniques majeurs. Le *désir* amorce les choses que le *choix* met en acte.

Le changement (l'action) constitue l'objectif du clinicien ; l'action responsable est déclenchée par le *désir.* Nous ne pouvons agir pour nous-mêmes que si nous avons accès à nos désirs. Si cet accès est entravé et que nous sommes incapables de désirer, il nous est impossible de nous projeter dans le futur ; la volition responsable meurt dans l'œuf. Lorsque le désir surgit, le processus de vouloir démarre pour aboutir à l'action. Comment qualifier ce processus de transformation ?

Le processus entre souhait et action implique un engagement : « Par conséquent, prendre une décision représente un engagement. Cela implique toujours le risque d'échec, et c'est un acte où se trouve impliqué tout mon Être[59]. » Le terme le plus heureux me semble « décision » ou « choix »[A], employé tout autant par les cliniciens que les scientifiques sociaux. La décision est annonciatrice d'action. Si aucune action n'est engagée, c'est qu'aucune véritable décision n'a été prise. Si le désir se manifeste sans être suivi d'action, c'est qu'un vouloir authentique fait défaut. (Si une action est réalisée sans désir, le « vouloir », là aussi, fait défaut et il ne s'agit dès lors que d'une activité d'impulsion.)

Ces deux phases du vouloir – désir et décision – peuvent être entravées de maintes façons, offrant chacune un tableau clinique différent, nécessitant une approche thérapeutique distincte.

LE DÉSIR

> « Que dois-je faire ? Que dois-je faire ?
> – Qu'est-ce qui t'empêche de faire ce que tu veux ?
> – Mais je *ne sais pas* ce que je veux ! Si je le savais, je ne serais pas ici ! »

A. J'emploierai « décision » et « choix » de manière interchangeable dans la suite de ce chapitre. Ces deux termes sont synonymes, mais renvoient à des traditions différentes : « choix » appartient au registre de la philosophie ; « décision », au champ sociopsychologique. Cet emploi indifférencié témoigne également de mon effort d'inclure ces disciplines dans le débat.

À quelle fréquence le thérapeute se trouve-t-il engagé dans un échange de ce type ? À quelle fréquence les thérapeutes ont-ils affaire à des patients qui savent ce qu'ils devraient ou doivent faire, mais qui n'ont jamais réellement expérimenté ce qu'ils *veulent* faire. Travailler avec des patients manifestant une profonde incapacité à désirer se révèle être une expérience particulièrement frustrante, et nombre de thérapeutes ont éprouvé comme May l'envie de hurler : « Ne voulez-vous jamais quoi que ce soit[60] ? » Les patients aux désirs inhibés rencontrent d'énormes difficultés sociales. Ils suscitent fréquemment de l'agacement chez autrui. Ils n'ont ni opinions, ni inclinations ni désirs qui leur soient propres. Ils tentent de s'approprier les désirs des autres et ces derniers finissent par être agacés ou épuisés d'avoir à jouer le rôle de pourvoyeur de désir et d'imagination.

« Inhibition du désir » serait peut-être une formulation excessive. Le plus souvent, ces personnes se méfient de leurs propres désirs ou les annulent. Beaucoup, en effet, dans une tentative pour paraître fortes, décident qu'il est préférable de ne pas désirer ; le désir rend vulnérable et contraint à s'exposer : « Si je ne désire pas, je ne serai jamais faible. » D'autres décident de se fermer à leur expérience interne : « Si je ne désire pas, je ne serai plus jamais déçu ni rejeté. » D'autres encore enfouissent leurs désirs, avec l'espoir infantile que d'autres les devineront et les devanceront. L'idée qu'un autre est capable de deviner nos désirs secrets se révèle infiniment rassurante. D'autres, enfin, redoutent tellement l'abandon qu'elles répriment toute expression directe d'un désir personnel. Elles ne s'accordent pas le droit de désirer, comme si leur désir pouvait irriter, menacer ou faire fuir les autres.

L'incapacité à ressentir

L'incapacité à désirer ou à ressentir ses désirs n'a pas été abondamment traitée dans la littérature clinique et se voit généralement intégrée à un trouble plus global, l'incapacité à ressentir. Souvent, le psychothérapeute rencontre des patients qui semblent incapables de ressentir ou d'exprimer leurs émotions par des mots. Ils sont incapables de différencier les affects et semblent expérimenter joie, colère, nervosité, etc., sur le même mode. Ils ne peuvent localiser les émotions dans leur corps et témoignent d'un déficit flagrant de fantasmes quant à leurs pulsions et affects intérieurs. En 1967, Peter Sifenos propose le terme d'« alexithymie » (issu du grec signifiant « absence de mots pour exprimer verbalement les émotions ») pour qualifier ce tableau clinique ; depuis, une quantité considérable de contributions ont été faites sur le patient alexithymique[61]. Le patient psychosomatique sera vraisemblablement alexithymique, ce qui n'exclut pas que les patients alexithymiques présentent d'autres tableaux cliniques.

L'expression de l'affect a toujours été considérée comme une composante majeure en psychothérapie. En 1895, dans les *Études sur l'hystérie*, Freud postule pour la première fois que l'hystérie est causée par la présence d'un affect intense (résultant, par exemple, d'un incident traumatique) chez le sujet[62]. À la différence de la plupart des réactions émotionnelles fortes éliminées par un processus normal d'abréaction, cet affect persiste et est refoulé dans l'inconscient, avec pour effet de mettre à mal le « principe de constance[A] » : le niveau d'excitation intracérébral s'accroît, de sorte que le sujet, pour rétablir l'équilibre, développe un symptôme fournissant symboliquement une issue à cette tension. La symptomatologie psychiatrique serait causée par un « affect étranglé », le traitement psychiatrique devant, dès lors, viser la libération de l'affect emprisonné, afin de l'autoriser à pénétrer dans la conscience et à être déchargé par le biais de la catharsis.

Il s'agissait là de la première formulation par Freud du mécanisme thérapeutique de la catharsis, avant qu'il réalise que la catharsis *per se* ne constituait pas un moyen thérapeutique suffisant. Toutefois, cette formulation, par la beauté de sa simplicité, persista des décennies durant, conception popularisée aussi dans d'innombrables films hollywoodiens. La perception actuelle est que, bien que la catharsis en soi et par son action ne produise pas de changement, elle joue un rôle nécessaire dans le processus thérapeutique. Mes confrères et moi avons étudié un groupe de patients présentant des résultats thérapeutiques hautement positifs[63]. Dans une tentative visant à isoler les mécanismes thérapeutiques efficaces, nous avions établi

A. C'est-à-dire le besoin de l'organisme de maintenir un niveau optimal de tension.

une liste de soixante items (voir le chapitre 6), que nous avions demandé aux patients de classer selon leur importance dans leur changement personnel. Sur ces soixante items, les patients classèrent la « catharsis » comme les second et quatrième mécanismes les plus importants.

Les nouvelles thérapies ayant connu un essor récent (par exemple la gestalt-thérapie, la thérapie du sentiment[64], la thérapie implosive[65], la bioénergie[66], l'immersion émotionnelle[67], le psychodrame, le cri primal[68]) accordent toutes une place importante à la sensibilisation et à l'expression des émotions. Bien que toutes ces thérapies justifient de façon distincte la place centrale attribuée à l'expression des émotions, elles présentent un certain nombre de points communs. Toutes considèrent que la sensibilisation et l'expression des émotions aident principalement le sujet à deux niveaux, en facilitant les relations interpersonnelles et la capacité personnelle à désirer.

Émotions et relations interpersonnelles

Nul besoin de disserter sur le rôle de l'expression des affects dans les relations interpersonnelles. Pour le patient alexithymique, les relations posent des difficultés significatives. Impossible pour les autres, en effet, de savoir ce qu'éprouve cette personne, qui par ailleurs manque cruellement de spontanéité, paraît rigide, lourde, sans vie, ennuyeuse. Dans la relation, le partenaire porte tout le poids de la génération de l'affect et finit par se demander s'il est véritablement aimé par celui ou celle dont les affects sont bloqués. Les mouvements du partenaire sont si réfléchis et calculés qu'ils paraissent forcés et inauthentiques. Il n'y a aucun jeu, aucun plaisir, seule une conscience de soi malhabile et laborieuse. Une personne incapable de ressentis n'attire pas les autres ; elle vit isolée, coupée de ses émotions comme de celles des autres.

Émotions et désir

Notre capacité à désirer se verra automatiquement améliorée par une plus grande aptitude à ressentir. Pour désirer, il faut être en mesure de ressentir. Si nos désirs ont un autre fondement que nos émotions – une décision rationnelle, par exemple, ou des impératifs moraux –, ils ne peuvent plus être qualifiés de désirs, mais de « il faut » ou de « je dois », qui nous empêchent alors de communiquer véritablement avec notre *self* authentique.

Un patient d'un groupe thérapeutique était incapable de comprendre une autre participante, bouleversée par le départ en vacances pour un mois de son thérapeute. « Pourquoi te mettre dans un pareil état si tu ne peux rien y faire ? » En d'autres termes, il plaçait les émotions et les désirs après un objectif utilitaire et, dans les faits, affirmait : « Si rien d'utile n'en sort, pourquoi désirer le ressentir ? » Ce type de personne agit et possède un axe interne de direction, mais ne désire pas. Ses désirs émanent de l'extérieur, non de l'intérieur. Les exigences de l'environnement et les diktats de la raison déterminent son état interne de désir et d'émotion ; pour un observateur extérieur, son comportement peut paraître mécanique et prévisible et cette personne peu vivante.

D'autres – et ce type de personnalité se remarque particulièrement dans les groupes thérapeutiques – essaient de savoir ce qu'elles devraient ressentir et désirer ; elles tentent de découvrir ce que l'*autre* veut et s'évertuent à le lui donner. Elles aussi sont dépourvues de spontanéité ; leur comportement est hautement prévisible ; pour les autres, elles paraissent souvent très ennuyeuses.

Le désir implique bien plus que la pensée ou l'imagination dépourvue de but. Affect et force sont les deux composantes du désir. Lorsque l'affect est bloqué, il est impossible alors d'éprouver ses propres désirs, et tout le processus de vouloir est restreint. Dans *L'Âge de raison*, Sartre décrit de façon saisissante un homme qui ne peut ni agir ni désirer, parce que incapable de contacter ses émotions :

> « Il referma le journal et se mit à lire, en première page, la dépêche de l'envoyé spécial. On comptait déjà cinquante morts et trois cents blessés, et ça n'était pas fini, il y avait sûrement des cadavres sous les décombres. (...) Il y avait des milliers d'hommes en France qui n'avaient pas pu lire leur journal, ce matin-là, sans qu'une boule de colère leur montât à la gorge, des milliers d'hommes qui avaient serré les poings en murmurant : "Salauds !" Mathieu serra les poings, il murmura : "Salauds !" et se sentit encore plus coupable. Si du moins il avait pu trouver en

> lui une petite émotion bien vivante et modeste, consciente de ses limites. Mais non : il était vide, il y avait devant lui une grande colère, une colère désespérée, il la voyait, il aurait pu la toucher. Seulement elle était inerte, elle attendait pour vivre, pour éclater, pour souffrir, qu'il lui prêtât son corps. C'était la colère des autres. "Salauds !" Il serrait les poings, il marchait à grands pas, mais ça ne venait pas, la colère restait dehors. (…) Quelque chose s'apprêtait à naître, une timide aurore de colère. Ça y est ! Mais ça se dégonfla, ça se raplatit, il était désert, il marchait à pas comptés avec la décence d'un type qui suit un enterrement à Paris (…) Il passa son mouchoir sur son front, il pensa : "On ne peut pas souffrir pour ce qu'on veut." Là-bas, il y avait une histoire formidable et tragique qui réclamait qu'on souffrît pour elle… "Je ne peux pas, je ne suis pas dans le coup…"[69] »

L'émotion constitue un prérequis au désir, mais s'en distingue. Il est ainsi possible de ressentir sans désirer et, en conséquence, sans vouloir. Certaines figures « non désirantes » les plus célèbres de la littérature moderne – Meursault dans *L'Étranger* d'Albert Camus et Michel dans *L'Immoraliste* d'André Gide – sont de véritables sensualistes, mais aussi des êtres coupés de leurs désirs, notamment dans leurs relations interpersonnelles. Leurs actions, gouvernées par l'impulsion, se révèlent en définitive éminemment destructrices pour les autres et eux-mêmes.

Blocage des affects et psychothérapie

Avec les patients chez qui les affects (c'est-à-dire les émotions) sont bloqués, la psychothérapie est lente et laborieuse. Néanmoins, le thérapeute se doit avant tout de persévérer. Sans relâche, il doit interroger son patient : « Que ressentez-vous ? », « Que voulez-vous ? » Sans relâche, il lui faut explorer la source et la nature du blocage et des émotions réprimées. Le blocage est si manifeste, même pour des non-spécialistes, qu'il serait aisé de conclure qu'une levée de ce blocage, un dynamitage de ce barrage retenant l'affect du patient, permettrait à la personne de recouvrer santé et intégrité. De nombreux thérapeutes emploient dès lors sur des patients aux affects bloqués certaines techniques mobilisatrices d'affect de la gestalt, du psychodrame, de la bioénergie et du groupe de rencontre.

Ces stratégies de déblocage fonctionnent-elles ? Le thérapeute peut-il faire exploser le périmètre de défenses du patient à l'affect bloqué afin de libérer l'émotion ? Mes confrères et moi avons tenté d'évaluer cette approche dans un projet de recherche portant sur trente-cinq patients en psychothérapie longue (dont nombre présentaient un blocage de l'affect et n'avançaient plus en thérapie). L'objectif était de déterminer si, à la suite d'une expérience visant à mobiliser l'affect, le cours ultérieur de la thérapie était modifié de façon significative[70]. Ces patients furent répartis en trois groupes thérapeutiques pour une expérience se déroulant sur un week-end. Deux de ces groupes mettaient en œuvre des techniques puissantes de gestalt et de groupe de rencontre ; le troisième, un groupe de méditation et de sensibilisation corporelle, faisait office de groupe de contrôle expérimental, offrant un cadre dépourvu de sollicitation de l'affect et d'interactions interpersonnelles. Les résultats démontrèrent que, bien que cette expérience suscitât chez de nombreux patients une mobilisation signification de l'affect, celle-ci ne se maintint pas sur la durée et n'eut aucun effet notable sur le cours ultérieur de leur thérapie individuelle.

En conséquence, bien que la mobilisation de l'affect soit une composante importante de la thérapie, il n'existe aucune preuve qu'une mobilisation rapide et intensive de l'affect soit *per se* thérapeutique. Quand bien même nous aimerions qu'il en soit autrement, la psychothérapie s'apparente davantage à une « cyclothérapie[71] », processus long et laborieux dans lequel les mêmes enjeux sont (re)travaillés dans le cadre thérapeutique, puis (re)testés dans l'environnement de vie du patient. Si la mobilisation de l'affect ne constitue pas un modèle thérapeutique efficace, il en va de même pour l'approche inverse, éminemment rationnelle et surmentalisée. L'engagement affectif, qualifié par Franz Alexander d'« approche émotionnelle corrective[72] », constitue une composante nécessaire d'une thérapie réussie. Bien que la nécessité d'un investissement affectif ait été soulignée par les premiers thérapeutes (Sándor Ferenczi, Otto Rank, Wilhelm Reich et Julius Moreno, notamment), auxquels on doit également les premières techniques ayant donné à la rencontre thérapeutique plus de réalité et de consistance émotionnelle, c'est à Fritz Perls que revient le mérite du développement d'une approche conçue pour accroître la sensibilisation du sujet à ses affects.

Fritz Perls : « Lâchez la tête et ouvrez-vous à vos sensations. » L'accroissement de la sensibilisation à soi était au cœur de la démarche de Perls et de la thérapie qu'il développa, « thérapie expérientielle plus que verbale ou interprétative[73] ». Perls travaillait uniquement au présent, les névrosés, selon lui, vivant trop dans le passé :

> « La gestalt-thérapie est une thérapie de "l'ici et maintenant", au cours de laquelle nous demandons au patient, pendant la séance, de diriger toute son attention sur ce qu'il fait au présent, dans le déroulement de la séance, ici et maintenant… afin qu'il prenne conscience de ses gestes, de sa respiration, de son émotion et de ses mimiques tout autant que de ses pensées qui se bousculent[74]. »

Perls commençait souvent par une sensibilisation aux impressions sensorielles et kinesthésiques. Ainsi, si un patient se plaignait d'un mal de tête, Perls pouvait lui demander de se concentrer sur ce mal de tête jusqu'à ce qu'il sente qu'il s'accompagnait de contractions des muscles du visage. Perls pouvait ensuite demander au patient d'exagérer ces contractions et, à chacune des étapes, de décrire ce qu'il percevait. Progressivement, le patient passait du niveau de la sensation kinesthésique à celui de l'affect. Ainsi, une patiente pouvait dire : « C'est comme si je contractais mon visage comme pour pleurer. » À ce stade, le thérapeute pouvait encourager l'expression de l'affect en disant : « Auriez-vous envie de pleurer[75] ? »

Perls démarrait par ce travail sur la sensibilisation à soi pour poursuivre vers le « désir ».

Je suis persuadé que la technique de la sensibilisation peut donner à elle seule de précieux résultats thérapeutiques. Si le thérapeute, dans son travail, se limitait seulement à trois questions, il obtiendrait des résultats probants avec tous ses patients, à l'exception des plus gravement perturbés. Ces trois questions sont les suivantes : « Que faites-vous ? », « Que ressentez-vous ? », « Que voulez-vous ? »[76].

Perls tentait d'aider ses patients à ressentir, à « s'approprier » leurs émotions et à prendre conscience de leurs souhaits et de leurs désirs. Par exemple, si un patient mentalisait les choses ou réitérait des questions au thérapeute, Perls pouvait l'inciter à verbaliser l'énoncé et le désir cachés derrière cette question.

> « Le patient : Qu'appelez-vous soutien ?
>
> Le thérapeute : Pourriez-vous le formuler dans un énoncé ?
>
> Le patient : J'aimerais savoir ce que vous appelez soutien.

> Le thérapeute : C'est toujours une question. Pouvez-vous la transformer en un énoncé ?
> Le patient : Si je pouvais, j'aimerais vraiment vous arracher une réponse à cette question[77]. »

À ce stade, le patient avait davantage accès à ses affects mais aussi à ses désirs.

Le travail sur l'affect ne vise pas la simple catharsis, mais la redécouverte par les patients de leurs désirs. L'un des principaux problèmes de la gestalt-thérapie est que de nombreux thérapeutes se concentrent tellement sur les techniques visant l'émergence de l'affect qu'ils perdent de vue l'objectif ultime de cette approche. Dans une certaine mesure, il s'agit d'un effet de mimétisme des thérapeutes, car Perls, qui avait le sens du spectacle, aimait conduire des séances courtes et intenses avec des patients devant de larges assemblées. Toutefois Perls, dans ses moments plus réflexifs, déplorait chez les thérapeutes la trop grande importance accordée à la technique :

> « Il nous a fallu longtemps pour déboulonner la foutaise freudienne et maintenant nous entrons dans une ère encore plus dangereuse.
> Nous entrons dans le règne des “presse-bouton”, nous revenons à la cure instantanée et à la conscience de tous les sens. Nous entrons dans l'ère des charlatans et des escrocs qui pensent que si vous faites une brèche dans une défense, vous êtes guéri (…) J'avoue que je suis très préoccupé par ce qui se passe en ce moment.

> (...) Une technique est un "truc" et un "truc" ne saurait être utilisé que dans les cas extrêmes. Nous avons suffisamment de gens courant dans tous les sens, collectionnant les "trucs" et encore des "trucs", et en abusant. Ces techniques, ces instruments sont tout à fait utiles dans certains séminaires sur la conscience des sens ou la joie (...) Mais le triste fait est que ce peinturlurage devient le plus souvent un dangereux substitut de l'activité, une thérapie en toc qui *empêche* la maturité[78]. »

Autres approches thérapeutiques. Perls n'est pas le seul à s'être débattu avec le problème du blocage de l'affect. Le psychodrame, les groupes de rencontre, la thérapie par l'hypnose et la bioénergie ont tous développé des techniques visant à faire émerger l'affect et à augmenter la sensibilisation de la personne à ses désirs. En fait, nous avons assisté à une telle prolifération d'approches qu'il ne s'avère plus même possible de retracer leur généalogie. Toutes ces techniques, toutefois, se fondent sur le postulat selon lequel, à un niveau profond, nous connaissons nos désirs et nos émotions et que le thérapeute, par un travail approprié, peut accroître l'expérience consciente qu'a le patient de ses états internes.

Des indices posturaux, gestuels ou d'autres indices non verbaux subtils recèlent une mine d'informations sur des émotions et des désirs sous-jacents mais dissociés. Les thérapeutes doivent se montrer attentifs à des indices comme les poings serrés, un tapotement des mains ou l'adoption d'une posture fermée (bras et jambes croisés), qui tous expriment une émotion ou un sentiment sous-jacent. (Dans ce type de situation, Perls tentait de faciliter l'émergence du sentiment refoulé en attirant l'attention du patient sur ce comportement et en lui demandant de l'exagérer, par exemple, de taper plus vite et plus fort de son poing serré.) En fait, certains patients sont si coupés de leurs affects que les données physiques ou physiologiques constituent leurs seuls contacts avec leur monde interne, par exemple « Je dois être triste si mes yeux sont pleins de larmes » ou « Je dois être gêné si je rougis ».

La question « Que voulez-vous ? » offre l'intérêt de surprendre les patients, dans la mesure où ceux-ci se la posent rarement, comme en témoigne l'illustration suivante par Erving et Miriam Pohlster :

> « Un professeur d'université se sentait surchargé par ses journées de travail et ce qu'il vivait comme demandes pressantes d'écrire, lire, enseigner, au point que son emploi du temps semblât sur le point d'exploser. Après une longue énumération de toutes les exigences auxquelles il devait faire face dans sa vie où les investissements ne manquaient pas, je lui demandai : "Que voulez-vous ?" Silence… accompagné d'un geste de ses mains où l'une venait se placer dans l'autre *sans serrer* en y laissant de l'espace, puis… "Je veux de la *marge* dans ma vie !" Relativement simples, ces prises de conscience restent néanmoins inaccessibles à beaucoup. Tant que ces désirs ne sont pas au moins identifiés, toute action délibérée est peu vraisemblable[79]. »

Dans le cas de patients très schizoïdes et fortement coupés de leurs désirs, des questions centrées sur l'interaction immédiate dans l'ici et maintenant peuvent donner de bons résultats. Lors d'une séance de groupe, par exemple, un jeune homme extrêmement perturbé se plaignait, en réponse à ma question, de n'avoir ni émotions ni désirs, et disait qu'il ne pouvait ressentir que s'il savait *devoir* ressentir. D'autres participants prirent le relais, l'interrogeant sur ses ressentis sur différents sujets (comme la solitude, les calmants puissants, certains problèmes du pavillon hospitalier), questions qui toutes laissèrent le patient en proie à une perplexité et un découragement accrus. Nous fûmes en mesure de lui apporter une plus grande aide lorsque nous resserrâmes les questions sur le processus en cours : « Que ressens-tu lorsqu'on te questionne sur tes émotions ? » À ce niveau-là, il put éprouver un certain nombre d'émotions et de désirs authentiques. Bien qu'il fût terrifié par toute cette attention dirigée vers lui, il était aussi content et reconnaissant et voulait que le groupe continue à lui poser des questions. Il s'en voulait aussi de parler autant et craignait que les autres lui reprochent d'accaparer tout leur temps. Progressivement, à partir de cet affect immédiat, le patient accrut sa confiance dans sa capacité à *avoir* des émotions et à les identifier.

Une autre patiente, depuis des années, se méfiait de ses sentiments et en dévalorisait l'importance. Elle considérait les émotions comme fausses et forcées, car toutes les fois qu'elle prenait conscience d'une émotion, elle pouvait également générer une émotion contraire d'une intensité égale. D'innombrables heures avaient été gâchées en thérapie dans des tentatives visant à briser cette défense. Une amélioration se produisit uniquement lorsqu'il fut possible de l'aider à identifier certaines émotions (et désirs) d'une valence incontestable dans l'ici et maintenant. Elle participait à un groupe thérapeutique au sein d'un pavillon hospitalier observé par les membres du personnel hospitalier, puis eut l'occasion d'observer le débriefing des observateurs. Lorsqu'elle fut invitée à décrire sa réaction face à ce débriefing, elle déclara qu'elle avait été contrariée par le fait qu'il y avait été peu question d'elle. Lorsque nous cherchâmes à approfondir cette contrariété (qu'elle paraissait ressentir avec intensité), celle-ci se transforma en souffrance – elle se sentait blessée d'avoir été ignorée – puis en peur – la peur que le thérapeute, dans son esprit, l'ait classée, selon ses termes, dans les « C » (les patients chroniques). Elle fut ensuite incitée à exprimer ce qu'elle aurait aimé que le thérapeute dît ou fît. De la sorte, elle put progressivement expérimenter des émotions authentiques comme le désir qu'elle avait d'être protégée et prise dans les bras par le thérapeute.

Freud souligna il y a fort longtemps que les fantasmes sont des désirs et que le travail sur les fantasmes – spontanés ou dirigés – constitue souvent une technique pertinente dans le dévoilement et l'assimilation des désirs. Un patient, par exemple, ne parvenait pas à décider s'il devait continuer à voir son amie ou rompre avec elle. Il répondait invariablement à des questions comme « Que voulez-vous faire ? » ou « Avez-vous des sentiments pour elle ? » par un « Je ne sais pas », empreint de perplexité et de frustration. Le thérapeute lui demanda d'imaginer qu'il recevait un appel de son amie au cours duquel elle suggérait qu'ils mettent un terme à leur relation. Le patient visualisa la scène clairement, soupira de soulagement et prit conscience du sentiment de libération qu'il ressentait après le coup de fil. De ce fantasme à la réalisation de son désir véritable de rompre, il n'y avait qu'un petit pas, tout comme au démarrage d'un travail sur les facteurs inhibant chez lui l'identification et la mise en acte de son désir.

L'impulsivité

Un trouble du désir ne conduit pas nécessairement à l'inhibition et à la paralysie. Certaines personnes sont dans l'évitement de leur désir en ne procédant à aucun tri et en réagissant de manière impulsive à tous leurs désirs. Une personne qui réagit immédiatement à la moindre impulsion se trouve tout autant dans l'évitement du désir que celle qui réprime ou refoule ses désirs. De la sorte, la personne évite de choisir entre plusieurs désirs qui, s'ils étaient expérimentés de manière simultanée, pourraient s'avérer contradictoires. Comme le souligne Rollo May, Peer Gynt constitue un excellent exemple de ce type de personnalités qui se révèlent incapables d'effectuer une sélection parmi leurs désirs, tentent de tous les exaucer et, ce faisant, perdent leur véritable *self*, celui qui veut une chose plus intensément qu'une autre[80]. Un désir implique toujours une direction et une temporalité. Désirer équivaut à s'immerger dans le futur, la personne devant songer aux implications et aux conséquences futures de la concrétisation d'un désir. Cette nécessité ne se manifeste nulle part de façon plus claire que dans le désir impliquant un tiers. Une mise en acte impulsive, à la manière de Peer Gynt, de tous les désirs interpersonnels aboutit à la violation ou au viol de l'autre plus qu'à une rencontre authentique. Il convient de discerner à l'intérieur de soi entre les différents désirs et de leur attribuer à chacun des priorités. Si deux désirs s'excluent mutuellement, l'un doit être abandonné. S'il existe, par exemple, un désir d'une relation signifiante et aimante, il convient alors de renoncer à des désirs interpersonnels conflictuels comme la conquête, le pouvoir, la séduction ou la soumission. Si le désir principal d'un auteur est de communiquer, il doit abandonner d'autres désirs qui interfèrent avec le premier (comme celui de paraître intelligent). La mise en acte de façon impulsive et non différenciée de tous les désirs constitue un symptôme d'un trouble de la volonté : elle suggère en effet une incapacité ou une réticence à se projeter dans le futur.

L'étude des deux formes d'ambivalence – ambivalence séquentielle et ambivalence simultanée[81] – constitue une autre approche des perturbations du désir à l'origine de l'impulsivité comportementale. Dans « l'ambivalence séquentielle », la personne expérimente tout d'abord le premier désir, puis le second. Lorsque l'un de ces désirs est dominant, il est mis en acte, et la personne n'a pas accès intégralement à l'autre. Dans « l'ambivalence simultanée », la personne se voit confrontée pleinement et directement aux deux désirs. James Bugental décrit un patient confronté à l'angoisse de l'ambivalence séquentielle :

> « À quarante-deux ans, Mabel était mariée depuis dix-sept ans à un homme qu'elle aimait profondément et avec qui elle vivait une relation signifiante et satisfaisante. Puis, à la suite de circonstances peu pertinentes ici, elle tomba très amoureuse d'un autre homme, veuf, qui éprouvait pour elle des sentiments réciproques. Elle aimait toujours Greg, son mari, et ne souhaitait pas non plus vivre une simple aventure avec Hal, l'autre homme.
>
> Lorsqu'elle était chez elle avec Greg, Mabel avait pleinement conscience de la qualité de vie qu'elle avait avec Greg et s'interrogeait sur le fait qu'elle puisse être tentée de tout faire capoter, et sur la souffrance, la culpabilité et la remise en cause de leur avenir ensemble. Puis, lorsqu'elle était avec Hal ou simplement loin de Greg, elle était au supplice, consciente des sentiments qu'elle éprouvait pour Hal et son désir de cette vie différente qu'elle aurait si elle s'investissait dans une relation avec lui[82]. »

La tâche du thérapeute est d'aider le patient impulsif à transformer l'ambivalence séquentielle en ambivalence simultanée. Le ressenti sur un mode séquentiel de désirs conflictuels constitue une défense contre l'angoisse. Lorsque nous expérimentons pleinement et *simultanément* des désirs conflictuels, nous sommes confrontés à la responsabilité d'en choisir un et de renoncer aux autres. L'ambivalence simultanée génère un état d'inconfort extrême et, comme le signale Bugental, il est primordial que le thérapeute évite d'édulcorer la souffrance ou l'autonomie du patient. Le thérapeute est fortement tenté de conseiller, secourir ou, comme le formule Heidegger, de « prendre sa place [du patient] en se précipitant à son aide[83] », alors que si nous sommes en mesure de nous confronter pleinement et intensément à tous nos désirs, nous finirons par trouver une solution créatrice et novatrice, solution que personne n'aurait pu prévoir.

Dans la vignette clinique précédente, Mabel se sert de son conflit pour parvenir à une intuition véritablement créative : « Elle prit conscience de la façon dont, depuis toujours, elle avait subtilement utilisé son mari pour définir son propre être et comment elle s'apprêtait à refaire la même chose avec Hal. » Elle commença à prendre conscience de son identité comme étant distincte de celle de Hal ou de Greg, ce qui ne signifiait pas cesser d'aimer son mari, avec lequel elle décida de rester, mais l'aimer autrement : l'aimer *lui*, et non aimer l'entité fusionnée qu'ils formaient tous les deux ; cela signifiait être capable de faire face à la vie seule sans perte de soi ni sentiment accablant d'isolement.

La compulsion

La compulsion, défense contre la prise de conscience de la responsabilité, constitue également un trouble du désir, qui semble plus structuré et moins capricieux que l'impulsivité. La personne compulsive agit en réponse à des exigences internes qui *ne sont pas* expérimentées comme des désirs. Quelque chose d'« étranger au moi » dirige la personne, qui est poussée à agir souvent contre ses désirs, sous peine sinon d'éprouver un inconfort extrême. Bien qu'elle ne désire pas agir comme sa compulsion l'y pousse, elle éprouve une difficulté extrême à ne pas en suivre les diktats. Camus l'a merveilleusement décrit dans *La Chute*, lorsque le protagoniste énonce : « (...) ne pas prendre ce qu'on ne désire pas est la chose la plus difficile du monde[84]. » En règle générale, la personne compulsive n'est pas consciente de son incapacité à désirer : elle ne se sent ni vide ni à la dérive. Bien au contraire, il s'agit généralement d'une personne active, souvent énergique et résolue. Pourtant, cette personne est traversée par de nombreuses ondes de doutes, à des moments où elle prend conscience que bien qu'elle ait des objectifs et des désirs, ce ne sont pas les siens. La personne est si occupée, si déterminée qu'elle a l'impression de n'avoir ni le temps ni le droit de se demander ce qu'elle désire. Ce n'est que lorsque la défense s'effrite (par exemple lorsque les objectifs « imposés de l'extérieur » perdent de leur pertinence en raison d'une modification de l'environnement comme la perte d'un emploi ou une rupture ou lorsqu'ils sont atteints – argent, prestige, pouvoir) que la personne prend conscience de l'étouffement de son *self* authentique.

DÉCISION – CHOIX

Lorsqu'une personne fait la pleine expérience de son désir, elle se trouve alors confrontée à la décision ou au choix. La décision forme un pont entre désir et action[A]. Décider signifie s'engager dans le cours d'une action. Si la décision n'est suivie d'aucune action, il ne s'agit pas, dès lors, d'une véritable décision, mais d'un flirt avec la décision, une sorte de résolution manquée. La pièce de Samuel Beckett *En attendant Godot* constitue de ce point de vue un monument érigé à la décision avortée. Les personnages réfléchissent, élaborent un plan, y sursoient, prennent des résolutions, mais ils ne décident pas. La pièce se termine sur les répliques suivantes :

> « Vladimir. – Alors, on y va ?
> Estragon. – Allons-y.
> [Indications scéniques] Ils ne bougent pas[85]. »

Décision et contrat thérapeutique

Thérapie et décision spécifique. Le concept de décision intervient de multiples manières en thérapie. Certains patients entreprennent une thérapie parce qu'ils sont aux prises avec une décision spécifique, souvent de nature relationnelle ou professionnelle. La

A. J'emploie ici le terme « action » non dans un sens énergétique mais thérapeutique. Le mouvement le plus infime ou le renoncement à une action habituelle peut constituer une action thérapeutique d'une importance cruciale.

thérapie s'articule dès lors autour de cette décision. Si la thérapie est brève, centrée et orientée, le thérapeute donnera au patient le moyen de prendre cette décision. Le thérapeute envisagera avec son patient les avantages et les inconvénients et tentera de l'aider à distinguer les implications conscientes et inconscientes des différentes alternatives. Si, en revanche, la thérapie est plus intensive et les objectifs plus larges, le thérapeute utilise cette décision comme axe central à partir duquel, à mesure que la thérapie avance, une pluralité de thèmes émerge. Le thérapeute aide le patient à comprendre la signification inconsciente de l'angoisse décisionnelle, travaille sur d'éventuelles crises similaires dans le passé et, bien que le traitement ne vise pas spécifiquement à aider le patient à prendre une décision spécifique, espère néanmoins résoudre les zones conflictuelles de sorte que le patient puisse prendre cette décision et d'autres sur un mode adaptatif.

La thérapie et la décision inconsciente. De nombreux thérapeutes s'intéressent de près à la décision même si la thérapie n'est pas motivée par une crise décisionnelle. Dans l'objectif d'accroître le sens de la responsabilité personnelle chez leur patient, ils soulignent que toute action (y compris le changement personnel) est précédée d'une décision. Les thérapeutes qui travaillent de la sorte partent souvent du principe que des décisions sont impliquées dans des comportements qui, généralement, ne sont pas associés aux décisions. Ils s'intéressent ainsi aux décisions prises par le patient pour échouer, remettre à plus tard, se couper des autres, éviter la proximité ou même pour être passif, déprimé ou angoissé. Naturellement, il ne s'agit pas de décisions conscientes ; ces thérapeutes supposent que, puisque les personnes sont responsables de leur comportement, elles doivent avoir « choisi » d'être comme elles sont. De quel type de choix s'agit-il ? Du choix que Farber désignait comme la « première sphère » de la volonté. Peu de décisions capitales sont prises avec un sentiment d'effort conscient et délibéré. William James, qui s'intéressa dans ses travaux aux processus de décision, décrit cinq types de décision, dont seuls deux, le premier et le deuxième, impliquent un effort « volontaire » :

« 1. *Décision raisonnable.* Nous pesons les arguments pour et contre et optons pour une des alternatives. Il s'agit d'une évaluation rationnelle et nous prenons cette décision avec un profond sentiment de liberté.

2. *Décision volontaire.* Décision délibérée et ardue impliquant un sentiment d'"effort intérieur". Elle implique un "effort laborieux et lent de la volonté". Ce type de décision est rare ; la grande majorité des décisions humaines sont prises sans effort.

3. *Décision flottante.* Avec ce type de décision, il ne semble y avoir aucun facteur prédominant faisant pencher la décision pour l'une ou l'autre alternative. Les deux paraissent bonnes, et l'indécision finit par être lassante ou frustrante. Nous prenons la décision en nous laissant finalement pencher dans un sens à la suite d'un facteur accidentel déterminé *de l'extérieur.*

4. *Décision impulsive.* Nous nous sentons incapables de prendre une décision et le choix semble aussi fortuit que pour le troisième type de décision. Toutefois, la décision vient *de l'intérieur* et non de l'extérieur. Nous agissons de manière automatique et souvent impulsive.
5. *Décision fondée sur un changement de perspective.* Ce type de décision se prend souvent de manière soudaine et comme conséquence d'une expérience extérieure ou d'un changement intérieur (chagrin ou peur, par exemple), à l'origine d'une modification importante de notre perspective ou d'une opinion. [Entrent dans cette catégorie les décisions prises par de nombreux patients cancéreux évoqués au chapitre 5][86]. »

Comme le suggère James, la « décision » recouvre une large palette d'activités correspondant à différentes expériences subjectives, impliquant des niveaux divers d'effort, de rationalité, de conscience, d'impulsivité et de sens de la responsabilité.

Thérapie, décision et structure de personnalité. Certains thérapeutes, comme ceux qui se réclament de l'analyse transactionnelle (AT), qualifient de « décision » une activité encore plus inconsciente. Ils suggèrent ainsi que les personnes prennent des décisions « archaïques » précoces qui modèlent leur vie de façon considérable. La grille de lecture caractéristique en analyse transactionnelle d'un développement psychopathologique serait la suivante : « La personne reçoit une injonction de son parent, qui s'implante par à-coups (c'est-à-dire par renforcement), prend une décision quant à cette injonction, puis développe un scénario pour étayer cette injonction[87]. » Dès lors, selon Eric Berne, la personne « décide » sur la base d'un « scénario de vie », sorte de prototype inconscient du déroulement de vie composé de variables de personnalité et d'interactions personnelles répétitives. Le « scénario de vie » de Berne présente des similitudes avec la « fiction dirigeante » d'Adler ou le système d'image idéalisée de Horney. Bien qu'il se fonde davantage sur l'interpersonnel, il s'apparente plus ou moins au concept freudien de structure de personnalité.

Dans l'analyse transactionnelle (AT), l'enfant prend une décision qui détermine sa structure de personnalité, raison pour laquelle il en est responsable. Pourtant, des problèmes surviennent lorsque le terme « décision » s'emploie uniquement dans un sens conscient délibéré. La définition de la « décision » proposée par l'analyse transactionnelle reflète bien cette ambiguïté : « La décision désigne le moment temporel où l'enfant, en appliquant toutes les ressources adaptatives de son moi, modifie ses attentes et tente de les aligner sur les réalités de la situation domestique[88]. » Prêtez attention au début de la formulation : « La décision désigne le moment temporel… », comme s'il existait un moment spécifique de la décision, comme si, entre l'état d'origine et l'état modifié, une décision consciente avait été prise.

Le thérapeute qui adhère au concept selon lequel l'enfant prend des décisions archaïques concrètes et cruciales s'expose au risque d'appréhender le changement thérapeutique selon une approche concrète et simpliste. C'est bel et bien exactement ce qu'il s'est produit : les ouvrages d'analyse transactionnelle, par exemple, posent en effet que la tâche du thérapeute consiste à aider le patient à revenir à la « décision originale », à la « première expérience d'action »[89] (qui n'est pas sans rappeler le traumatisme originaire des débuts de la théorie freudienne), à la revivre et à parvenir à une « redécision ». L'aspect problématique est que le patient peut être invité à prendre une décision rationnelle présente afin de neutraliser une décision précoce d'un tout autre type. C'est ce contre quoi Farber nous mettait en garde en insistant sur le fait que la volonté de la seconde sphère (consciente) ne devait pas se substituer à la première (inconsciente).

En outre, cette vision radicale du processus de décision laisse de côté toute la subtilité du processus développemental. La structure de personnalité ne résulte pas d'une décision cruciale unique qu'il serait possible de retrouver et d'effacer, mais est constituée par la suite continue de choix et de renoncements effectués au cours d'une vie. Bien que l'enfant, naturellement, n'ait aucune conscience des options de structure de personnalité adulte, il a néanmoins toujours une possibilité, même infime, d'affirmer ou de rejeter ce qu'on lui présente, de se soumettre ou de se rebeller, de s'identifier de manière positive ou, comme nous l'a appris Erik Erikson, de former une identification négative envers certaines figures[90]. Comme je l'ai traité dans le chapitre précédent, il est indispensable, pour le traitement, que le patient assume la responsabilité de ce qu'il est, tout comme de ce qu'il sera. À ces conditions seulement, la personne peut éprouver le pouvoir (et l'espoir) nécessaire au processus de changement. Quoi qu'il en soit, le changement thérapeutique ne consiste pas en une seule décision délibérée cruciale, mais en un processus graduel composé de décisions multiples, chacune ouvrant la voie à la suivante.

Pourquoi décider est-il difficile ?

« Alors, on y va ? Allons-y. Ils ne bougent pas. » Que se passe-t-il entre la résolution et la décision engagée d'agir ? Pourquoi la prise de décision s'avère-t-elle aussi extraordinairement difficile pour de nombreux patients ? Quand je songe, en effet, aux patients que je suis en ce moment, presque tous sont aux prises avec certaines décisions. Pour certains, il s'agit d'une décision de vie bien spécifique : l'avenir d'une relation importante, rester marier ou se séparer, reprendre des études, essayer d'avoir un enfant. D'autres disent savoir ce qu'ils ont à faire, comme arrêter de boire ou de fumer, perdre du poids, essayer de rencontrer des gens ou de construire une relation intime, mais ne parviennent pas à décider – c'est-à-dire à s'engager – à le faire. D'autres encore disent savoir ce qui ne va pas, par exemple qu'ils sont trop arrogants, trop investis dans leur travail ou trop égoïstes, mais ne savent pas comment décider de changer et, en conséquence, ne s'engagent pas dans le travail de thérapie.

Toutes ces décisions non prises possèdent un caractère éminemment douloureux. Quand je songe à mes patients et que je tente d'analyser la signification (et la menace) que représente pour eux une décision, je suis tout d'abord frappé par la diversité des réponses. Plusieurs raisons expliquent la difficulté inhérente à la prise de décision : des raisons évidentes, d'autres inconscientes et, comme nous le verrons, d'autres qui plongent leurs racines au plus profond de l'être.

L'alternative s'exclut. Le protagoniste du roman *Grendel* de John Gardner se rend en pèlerinage auprès d'un vieux prêtre pour apprendre les mystères de la vie. L'homme sage lui dit : « Le mal absolu, c'est que le Temps est une mort perpétuelle, et qu'étant réel il implique l'élimination. » Il résume ses méditations sur la vie en deux propositions aussi simples que terribles, quatre mots accablants : « Tout finit par s'user : l'alternative s'exclut[91]. » À mes yeux, ce message du prêtre recèle une immense sagesse. « Tout finit par s'user » renvoie au thème traité dans la première partie de cet ouvrage ; quant à la proposition « l'alternative s'exclut », elle constitue l'une des raisons fondamentales de la difficulté de la prise de décision,

Pour chaque « oui », il y a un « non ». Décider d'une chose implique toujours de renoncer à une autre. Pour citer les propos d'un thérapeute adressés à l'un de ses patients indécis : « Les décisions se révèlent très coûteuses ; elles vous coûtent tout le reste[92]. » Invariablement, le renoncement accompagne la décision. Nous devons alors abandonner d'autres options, des options qui souvent ne se représenteront plus. Les décisions sont douloureuses parce qu'elles signifient la limitation des possibilités et plus nos possibilités sont limitées, plus nous nous rapprochons de la mort, que Heidegger définissait comme « la possibilité de la pure et simple impossibilité du *Dasein*[93] ». La réalité de la limite constitue une menace à l'un de nos principaux modes de gestion de l'angoisse existentielle : l'illusion de la particularité, qui nous porte à croire que, bien que les autres aient des limites, nous en sommes exempts, nous sommes particuliers et en dehors des lois naturelles.

Bien évidemment, il est possible d'éviter cette conscience de la renonciation en évitant toute conscience de la décision. Wheelis exprime magnifiquement cet enjeu, au moyen d'une métaphore où, lors d'un voyage, la décision s'apparente à une croisée des chemins et le renoncement à la route non prise :

> « Certains poursuivront sans s'interroger, avançant à l'aveuglette, croyant se trouver sur la route principale, persuadés que toutes les intersections offrent des chemins de traverse. Mais cheminer avec conscience et imagination, c'est être affecté par le souvenir de ces croisements qui ne se rencontreront plus. Certains demeurent immobiles au croisement, incapables de choisir un chemin parce qu'ils ne peuvent suivre les deux, nourrissant l'illusion que s'ils restent assis assez longtemps, les deux chemins finiront par ne faire plus qu'un et que les deux seront possibles. Dans une large mesure, la maturité

> et le courage signifient être capable de procéder à de tels renoncements ; dans une large mesure, la sagesse est la capacité à trouver des chemins qui n'impliqueront que les plus infimes renoncements[94]. »

« Immobiles au croisement, incapables de choisir un chemin parce qu'ils ne peuvent suivre les deux... » : il s'agit d'une description merveilleusement pertinente du sujet incapable de renoncer à une possibilité. D'autres métaphores, employées par certains philosophes, décrivent elles aussi ce dilemme : celle citée par Aristote du chien affamé incapable de choisir entre deux pitances aussi appétissantes l'une que l'autre ou le célèbre paradoxe de l'âne de Buridan, pauvre bête qui, placée à égale distance d'un seau d'eau et d'un picotin d'avoine, se laisse mourir de faim et de soif, en proie aux affres de l'indécision[95]. Dans les deux exemples, l'animal serait mort s'il avait refusé de renoncer à l'une des options, son salut dépendait de sa confiance en son désir et sa capacité à saisir ce qui se trouvait à portée.

Cette métaphore possède une pertinence clinique dans le cas de patients qui souffrent d'une paralysie du vouloir due à une incapacité à dire « oui » mais aussi d'une impossibilité à dire « non ». Au niveau inconscient, ils refusent d'accepter les implications existentielles du renoncement.

La décision comme expérience limite. Être pleinement conscient de sa situation existentielle signifie être conscient de l'acte d'autocréation. Être conscient du fait que nous nous constituons nous-mêmes, qu'il n'existe aucun référent externe absolu, que nous attribuons un sens arbitraire au monde, signifie prendre conscience de cette absence de fondement constituante.

La décision, si nous l'autorisons, nous ouvre à cette prise de conscience. La décision, notamment la décision irréversible, constitue une situation limite du même ordre que la prise de conscience de « ma mort ». Les deux situations agissent comme catalyseur pour nous faire passer de l'attitude quotidienne à l'attitude « ontologique », c'est-à-dire à un mode d'être dans lequel nous gardons à l'esprit que nous sommes. Bien que, comme nous l'enseigne Heidegger, ce changement soit bénéfique et constitue le prérequis à une existence authentique, il suscite également de l'angoisse. Si nous n'y sommes pas préparés, nous développons des modes de refoulement de la décision tout comme nous refoulons la mort.

Outre nous exposer à l'angoisse de l'absence de fondement, une décision majeure menace également nos défenses contre l'angoisse de mort. En nous forçant à nous confronter à la limitation de nos possibilités, la décision attaque le mythe de notre particularité. Par ailleurs, dans la mesure où elle nous force à accepter la responsabilité personnelle et l'isolement existentiel, la décision menace notre croyance en l'existence d'un sauveur ultime.

Par ailleurs, une décision fondamentale nous confronte également à l'isolement existentiel. Décider est un acte solitaire ; en outre, il s'agit de *notre* acte : personne ne peut décider pour nous. Dès lors, la prise de décision peut causer une détresse extrême chez de nombreuses personnes, qui, comme j'y reviendrai dans un bref instant, tentent de la fuir en contraignant les autres ou en tentant de les persuader de prendre la décision à leur place.

Décision et culpabilité. Pour certains, décider s'avère une tâche ardue du fait de la culpabilité suscitée, qui, comme le soulignait Rank, est en mesure de paralyser intégralement le processus de vouloir. La volonté est née coiffée de culpabilité et se manifeste tout d'abord, selon Rank, par de la contre-volonté. Les impulsions de l'enfant rencontrent l'opposition du monde adulte ; la volonté de l'enfant se manifeste tout d'abord comme opposition à cette opposition. Si l'enfant a la malchance d'avoir des parents qui tentent de réduire au silence cette expression impulsive, il est alors terrassé par la culpabilité et appréhende toutes les décisions comme mauvaises et interdites. Devenue adulte, cette personne ne peut décider car elle ne se sent pas le *droit* de décider.

Les personnalités masochistes prises dans une relation symbiotique avec un parent rencontrent notamment beaucoup de difficultés avec la culpabilité et la décision. Ester Menaker émet l'hypothèse que ces patients ont un parent dont le message, dans les faits, est : « N'aie aucune velléité d'être toi-même, tu n'as pas la capacité d'être toi-même, tu as besoin de ma présence pour exister[96]. » Au cours de leur développement, ces individus vivent toute expression libre d'un choix comme interdite, équivalant à une transgression du mandat parental. À la maturité, les décisions majeures suscitent une dysphorie découlant tout à la fois de la peur de la séparation et de la culpabilité provoquée par la transgression contre l'autre dominant.

La culpabilité existentielle s'étend au-delà de la culpabilité traditionnelle caractérisée par des regrets contre une transgression réelle ou fantasmée envers l'autre. Dans le chapitre 6, j'ai défini la culpabilité existentielle comme découlant d'une transgression envers soi ; elle émane du regret, d'une prise de conscience d'une vie non vécue, des possibilités inexploitées. La culpabilité existentielle, elle aussi, peut se révéler un facteur majeur d'inhibition de la décision, dans la mesure où une décision radicale de changer contraint le sujet à réfléchir sur le gâchis, sur la manière dont il a sacrifié autant de son unique vie. La responsabilité est une épée à double tranchant : si nous acceptons la responsabilité de notre situation de vie et prenons la décision de changer, il en découle alors, d'une part, que nous seuls sommes responsables du gâchis passé de notre vie et, d'autre part, que nous *aurions* pu changer bien avant.

Le cas de Bonnie, femme de quarante-huit ans, que j'ai présenté brièvement au chapitre 4, illustre certains de ces enjeux. Pendant de nombreuses années, Bonnie a souffert de la maladie de Buerger, affection résultant de l'occlusion des petits vaisseaux sanguins dans les extrémités. De nombreuses études médicales corroborent le fait que la nicotine s'avère extrêmement toxique dans la maladie de Buerger : des patients fumeurs accélèrent le cours de la maladie et doivent généralement subir une amputation précoce d'un ou de plusieurs de leurs membres. Bonnie avait toujours fumé et ne pouvait pas – ne voulait pas – s'arrêter. Les diverses approches par l'hypnose ou le comportement avaient toutes échoué et elle semblait incapable – non désireuse – de prendre la décision d'arrêter. Elle avait l'impression que, sur de nombreux plans, sa vie avait été détruite par son addiction. Elle avait été mariée à un homme plutôt dur et autoritaire qui, dix ans auparavant, l'avait quittée en raison de son mauvais état de santé. Cet homme, extrêmement versé dans les loisirs d'extérieur, décida qu'il serait mieux loti avec une compagne avec laquelle il pourrait partager ce type d'activités. Que Bonnie ait été l'artisan de son propre malheur par sa « répugnante habitude » (comme elle la qualifiait) et sa faiblesse de volonté aggravait le problème. Son mari finit par lui poser un ultimatum : « La cigarette ou le mariage. » Lorsqu'elle continua à fumer, il la quitta.

Lorsque Bonnie et moi évoquâmes les raisons qui rendaient difficile pour elle sa décision d'arrêter de fumer, l'un des thèmes importants qui émergea fut que, si elle cessait de fumer maintenant, cela signifierait qu'*elle aurait pu arrêter avant*. Les implications de cette prise de conscience étaient effectivement immenses. Bonnie s'était toujours considérée comme une victime : de la maladie de Buerger, de son habitude, d'un mari cruel et insensible. Mais si, en fait, son destin avait toujours été sous son contrôle, elle aurait alors dû se confronter au fait qu'elle devait assumer l'entière responsabilité de sa maladie, de l'échec de son mariage et du gâchis (comme elle le qualifiait) de sa vie adulte. La décision de changer impliquerait l'acceptation de sa culpabilité existentielle, la culpabilité de l'atrocité qu'elle avait commise envers elle-même. En thérapie, Bonnie devait être aidée pour comprendre les implications inhérentes au fait de décider pour elle-même, en d'autres termes sans fonder sa décision sur les désirs de quelqu'un d'autre, son mari, ses parents ou son thérapeute. Elle devait accepter la culpabilité (et la dépression consécutive) inhérente au fait d'avoir contrecarré sa propre croissance. Elle devait accepter la responsabilité accablante de ses actions dans le passé en assumant la responsabilité de son avenir. Le meilleur moyen, peut-être le seul, de gérer la culpabilité issue de la maltraitance d'un autre ou de soi est l'expiation. Il est impossible de vouloir à rebours. Il n'est possible d'expier le passé qu'en changeant l'avenir.

Évitement de la décision : manifestations cliniques

Compte tenu de la difficulté et de la souffrance inhérentes au processus de décision, il n'est guère étonnant que nombre de personnes développent des stratégies d'évitement. La procrastination constitue la stratégie d'évitement la plus évidente; tous les thérapeutes ont affaire à des patients faisant les cent pas, angoissés, devant les portes de la décision. Mais il existe bien d'autres tactiques, qui visent à gérer la souffrance intrinsèque de la décision et qui permettent à la personne de décider tout en se cachant à elle-même cette décision. Après tout, la souffrance de la décision n'est pas tant liée au contenu qu'au *processus*, et s'il est possible de décider en se cachant que nous sommes en train de le faire, alors tant mieux. J'ai souligné précédemment les composantes douloureuses de la décision : le renoncement, l'angoisse et la culpabilité. Pour adoucir la conscience et la souffrance de la décision, il convient dès lors d'ériger des défenses contre ces menaces. Il est ainsi possible d'éviter le sentiment de renoncement en déformant les alternatives et/ou d'éviter l'angoisse existentielle et la culpabilité en faisant en sorte que la décision soit prise par un tiers.

L'évitement du renoncement

Le marchandage. Si la difficulté de la décision tient au renoncement à une possibilité sous l'action même du choix, les choses deviennent plus faciles dès lors qu'il est possible d'organiser les choses de sorte à avoir à moins renoncer. Par exemple, une de mes patientes, Alice, entreprit une thérapie parce qu'elle n'arrivait pas à décider à divorcer de son mari. Il avait pris la décision de la quitter, avait déménagé un an auparavant, mais revenait de temps à autre pour des relations sexuelles. Alice ne cessait de le pleurer et, dans ses fantasmes, espérait le reconquérir. Elle s'ingéniait à trouver des façons de le voir et s'humiliait en l'implorant de donner une autre chance à leur mariage. La raison lui disait que ce mariage n'avait jamais fonctionné ou ne fonctionnerait jamais et qu'elle était bien mieux seule. Mais elle continuait de lui donner tout le pouvoir dans la relation et refusait de prendre en considération le fait que, elle aussi, avait une décision à prendre en la matière. Dans sa vision des choses, son alternative se résumait à un choix entre une relation de dépendance confortable avec son mari et un isolement terrifiant.

Grâce à quelques séances de soutien, Alice finit par trancher son dilemme en ayant une liaison avec un homme. En l'utilisant comme soutien, elle fut capable de laisser partir complètement son mari. (Peu après, en fait, elle fit un pas de plus en le traînant en justice pour refus de paiement de pension alimentaire.) Alice était capable de prendre une décision en en gommant les implications les plus importantes. Elle évitait la conscience du renoncement en modifiant l'équation : elle n'avait plus à choisir entre un mari (qui n'était pas disponible et envers lequel elle avait de bonnes raisons d'éprouver de l'inimitié) et un état de solitude, mais entre son mari et un nouveau compagnon aimant – décision peu ardue finalement.

Dans un sens, la brève thérapie de soutien fut utile à Alice, puisqu'elle la libéra des affres de l'indécision. Pourtant, Alice laissa passer une opportunité de croissance en évitant les implications les plus profondes de sa décision. Si elle avait été disposée à y faire face, elle aurait pu, par exemple, se confronter à sa peur de la solitude, à son incapacité à envisager la vie sur un mode autonome et à sa propension à s'abandonner à l'homme dominant. En fait, il s'avéra qu'Alice apprit peu de cette expérience et, quelques mois plus tard, se retrouva dans la même situation. La relation avec son nouvel ami se dégrada et Alice se tourna de nouveau vers la thérapie en proie à une crise décisionnelle.

Dépréciation de l'alternative non retenue. La liberté nous terrifie. Le bon sens, l'expérience clinique et la recherche psychologique démontrent que le sentiment (et l'inconfort) de la liberté s'accroît lorsque les options en présence sont perçues comme presque équivalentes. Dès lors, une stratégie décisionnelle confortable exige que l'alternative retenue paraisse plus désirable que celle non retenue. Nous procédons en magnifiant inconsciemment des différences minimes entre deux options équivalentes, de sorte que la décision s'impose d'elle-même et soit sans douleur. Il est ainsi possible de décider sans effort et d'éviter alors totalement toute confrontation douloureuse avec la liberté.

Un patient schizoïde à l'affect bloqué avait ainsi « décidé » depuis de nombreuses années de ne pas faire d'effort pour changer. Pour des raisons non pertinentes ici, il concevait le changement comme une perspective terrifiante et, dès lors, refusait de s'engager dans la thérapie et s'était construit une vie protégée et isolée. Appréhendée de manière objective, son alternative se résume à un isolement intra et interpersonnel omniprésent ou à une vie affective plus spontanée et expressive. Pour persister dans sa décision de ne pas changer, le patient déformait les options disponibles, dépréciait l'option non choisie et surévaluait l'option retenue. Il considérait la suppression de l'affect comme de la « dignité » et de la « bienséance », et la spontanéité comme une « perte de contrôle animale », où il courait le risque d'être submergé par la rage et les pleurs. Une autre de mes patientes décida de rester dans une union hautement insatisfaisante, car l'alternative (déformée et dévaluée par elle) consistait pour elle à rejoindre la horde des célibataires, ces « légions innombrables et pathétiques de gens bizarres, laissés pour compte et marginaux ».

La recherche en psychologie sociale confirme que la dépréciation de l'option non retenue constitue un phénomène psychologique courant[97]. Après avoir pris une décision dans laquelle l'alternative choisie ne semble pas présenter d'avantage marqué sur l'option non retenue, le sujet traverse une phase de regret. Il éprouve alors un sentiment inconfortable de « Qu'ai-je donc fait ? » proportionnel au degré d'attirance de l'alternative, mécanisme souvent dénommé « dissonance cognitive » dans les ouvrages spécialisés : le choix paraît incohérent – « dissonant » – avec ses propres valeurs. La théorie de la dissonance cognitive postule que la tension provoquée par la dissonance est extrêmement désagréable, de sorte que le sujet entreprend (non à un niveau conscient) de réduire cette tension[98]. Des recherches en laboratoire mettent en évidence les différentes techniques utilisées pour diminuer la souffrance du renoncement. La déformation de l'information constitue une méthode courante possédant une pertinence clinique évidente : nous sommes ouverts à des informations qui soit accroissent la valeur de l'option retenue, soit diminuent celle de l'option écartée ; en conséquence, nous sommes fermés à des informations qui augmentent l'attrait de l'alternative non retenue ou qui diminuent celui de l'option choisie[99].

La délégation de la décision à un tiers. Comme je l'ai souligné, décider est douloureux car, outre la liberté, cet acte nous confronte à l'isolement fondamental, au fait que nous seuls sommes responsables de nos situations de vie. Si nous pouvons persuader un tiers de prendre une décision à notre place, il est possible de récolter les fruits de la décision tout en évitant la souffrance de l'isolement. Erich Fromm a souligné à maintes reprises à quel point l'attitude des êtres humains envers la liberté était ambivalente. Bien qu'ils luttent farouchement pour la liberté, ils se précipitent lorsque l'occasion leur est donnée de l'abdiquer devant un régime totalitaire leur promettant de les décharger du poids de la liberté et de la décision. Le leader charismatique – capable de prendre les décisions en un éclair et avec confiance – n'a aucune difficulté à recruter des troupes.

En thérapie, le patient ne ménage pas ses efforts pour convaincre le thérapeute de prendre des décisions à sa place ; l'une des tâches principales du thérapeute est de résister à ces tentatives de manipulation orchestrée par le patient pour qu'on s'occupe de lui ou qu'on le prenne en charge. Pour manipuler le thérapeute, le patient peut exagérer sa vulnérabilité ou dissimuler des preuves de ses forces. De nombreux patients en proie à une crise décisionnelle guettent la moindre syllabe prononcée, le moindre changement de position chez le thérapeute comme s'il s'agissait de manifestations d'un oracle ; ils les dissèquent ensuite dans les reconstitutions opérées après la séance, en quête du moindre indice de ce que serait l'opinion du thérapeute quant à la décision appropriée. Quel que soit leur niveau de sophistication, les patients, en secret, espèrent un thérapeute capable de leur procurer structure et direction. La colère et la frustration qui émergent à différents niveaux dans le déroulement de toute thérapie découlent de la prise de conscience naissante chez le patient que le thérapeute ne le soulagera pas du poids de la décision.

Il existe d'innombrables stratégies pour trouver un tiers qui prendra la décision à notre place. Dernièrement, un couple de mes connaissances divorça en étant persuadé que la décision du divorce émanait du conjoint. La femme ne demanda pas le divorce mais annonça à son mari qu'elle était amoureuse d'un autre homme. Le mari, de manière prévisible, en conclut automatiquement, conformément à certaines de ses valeurs, qu'ils devaient divorcer, ce qu'ils firent. Le mari comme la femme évitèrent tous deux la souffrance décisionnelle (et le regret post-décisionnel), en concluant que l'autre avait pris la décision. Or, la femme n'avait fait qu'annoncer ses sentiments pour un autre homme et n'avait pas demandé le divorce. Le mari quant à lui pensa que sa femme, par cette annonce, avait *de facto* pris cette décision.

Il est possible d'éviter la décision en recourant à la procrastination, jusqu'à ce que cette décision soit prise par un agent ou une circonstance extérieure. Bien que la personne recourant à ce type de stratégie n'ait pas toujours conscience de prendre une décision – par exemple celle d'échouer à un examen –, elle le fait bel et bien, mais la décision est obscurcie par la procrastination, de sorte que, dans cet exemple, la décision d'échouer est placée dans les mains du formateur. Dans le même ordre d'idée, il peut ainsi paraître que la décision de licencier un employé ait été prise par un employeur, alors qu'en fait l'employé, en faisant mal son travail, peut avoir pris la décision de quitter son emploi. Autre exemple, celui d'une personne n'arrivant pas à mettre un terme à une relation et qui, en se montrant froide, indifférente ou distante contraint l'autre à prendre la décision à sa place.

Dans une vignette clinique présentée au début de cette section, une femme exprimait le désir de surprendre son mari au lit avec une autre femme, afin d'être en mesure de le quitter. Manifestement, elle souhaitait quitter son époux mais n'était pas en mesure de traduire le désir en action : la souffrance de la décision (ou l'anticipation du regret post-décisionnel) était trop forte. Dès lors, elle espérait que ce soit lui qui, en transgressant une règle établie de leur relation, prenne la décision à sa place. Elle trouva bien d'autres manières encore de précipiter la décision tout en continuant à se cacher à elle-même qu'elle était bel et bien décisionnaire. Elle prit ainsi progressivement de la distance et refusa toute relation sexuelle en impliquant à demi-mot que son mari pourrait trouver ailleurs ce type de satisfaction.

George, un autre patient, était aux prises avec un problème similaire. Il ne voulait pas prendre la responsabilité d'une décision manifeste. Il était extrêmement tiraillé au sujet d'une relation qu'il entretenait avec une femme ; il goûtait leurs ébats sexuels, mais en dehors de cela, n'appréciait que peu de chose chez sa partenaire. Il se refusait à décider quoi que ce soit, à dire « non » et à mettre un terme à la relation ou à dire « oui » et à s'engager à travailler sur cette relation. Il fut, dès lors, contraint de « trouver » une décision sans en « prendre » une. Il tenta inconsciemment de contraindre sa partenaire à prendre la décision. Il passait le plus de temps possible à l'extérieur, de sorte qu'il était impossible à joindre par téléphone ou oubliait « par mégarde » de nettoyer sa voiture, laissant en évidence des objets (mégots de cigarettes, épingles à cheveux) témoignant de la présence d'une autre femme. Toutefois, si quelqu'un avait suggéré à ce moment-là qu'il avait décidé de mettre un terme à la relation, George aurait nié avec vigueur.

Son amie ne prenait pas la décision de rompre ; au contraire, elle faisait pression pour qu'il emménage chez elle. À ce moment-là, George tenta de trouver des personnes susceptibles de prendre la décision à sa place. Il n'eut de cesse qu'il ne sollicite les conseils de tous ses amis et de son thérapeute. Lorsque le thérapeute réussit à l'aider à accepter d'examiner son comportement, George fit une remarque intéressante : « Si quelqu'un d'autre prend la décision, je n'aurai pas à m'impliquer dans les conséquences de cette décision. » (Des recherches substantielles en psychologie sociale démontrent qu'une personne qui prend part à une décision – en d'autres termes, le processus démocratique – prend une responsabilité dans les implications de cette décision, ce qui n'est pas le cas d'une décision imposée de l'extérieur, qui entraîne chez la personne une posture relativement apathique ou résistante.)

George savait qu'il était dans son intérêt de mettre un terme à la relation. C'était également dans l'intérêt de son amie, bien qu'il s'accrochât longtemps à la rationalisation qu'il ne voulait pas la blesser, comme si un rejet déguisé et torturant était moins douloureux. Pourtant, il ne parvenait pas à prendre la décision et resta bloqué parce qu'il ne trouvait personne pour prendre cette décision à sa place.

De nombreux patients recourent à de la mise en acte en thérapie afin de convaincre le thérapeute de prendre des décisions à leur place. Un autre patient, Ted, qui était lui-même thérapeute, luttait depuis des mois contre de forts désirs de dépendance. Lors d'une séance, le thérapeute de Ted avait évoqué la difficulté à être pour soi son propre père et sa propre mère. (Ce concept, quelle que soit sa formulation, doit émerger dans tout travail thérapeutique existentiel relatif à la liberté.) Lors de la séance suivante, Ted était en proie à une détresse intense et annonça que, pendant la semaine, il avait « perdu le contrôle » et s'était impliqué sexuellement avec l'une de ses patientes et qu'il avait besoin de quelqu'un pour « siffler un hors-jeu ». Cette situation semblait comporter tous les ingrédients contraignant le thérapeute à prendre une décision à la place de Ted. En effet, comment un thérapeute responsable pouvait-il rester passif et permettre à un patient d'en blesser un autre et, par là même, de ruiner sa carrière professionnelle ?

Toutefois, le thérapeute décida d'examiner tous les aspects de ce « passage à l'acte ». Il apparut bientôt que Ted n'avait pas du tout perdu le contrôle, mais qu'il avait pris des décisions indiquant qu'il assumait un certain niveau de responsabilité. Plutôt que de passer à l'acte avec une patiente psychotique ou *borderline*, il avait « choisi » une patiente mûre, bien structurée sur le plan psychique, qui était sur le point de mettre un terme à ses trois ans de thérapie. Par ailleurs, bien qu'il ait transgressé le code de déontologie de la profession, il s'était en fait arrêté un peu avant le passage à l'acte proprement dit, et avait tout de suite abordé le sujet dans sa thérapie personnelle.

Déléguer la décision. Un mode ancien de prise de décision consiste à interroger le destin, que la réponse de ce dernier soit délivrée par des entrailles de mouton, des feuilles de thé, le Yi-King, les changements météorologiques ou tout autre médium. En transférant la décision à un agent extérieur, la personne fait l'économie de la douleur existentielle inhérente à la décision.

Le roman de Luke Rhinehart intitulé *L'Homme-dé*[100] constitue une version moderne de cette attitude consistant à s'en remettre intégralement au hasard. Dans ce récit, le protagoniste prend une décision fondamentale, à savoir s'en remettre au hasard – aux dés – pour toutes les autres décisions. Face à toutes les décisions importantes de sa vie, il établit la liste des options et laisse les dés décider. Certes, certaines décisions sont prises sur la base des alternatives répertoriées, mais elles n'ont pour la plupart qu'une importance relative et engagent peu le protagoniste, dans la mesure où pour chacune des options existent de nombreuses probabilités contraires. L'homme-dé explique son comportement par le fait que de nombreux aspects de sa personnalité n'ont jamais voix au chapitre de par la « loi de la majorité » imposée par ses autres traits de caractère. En laissant les dés décider, il donne à chaque aspect de lui l'opportunité d'exister. Bien que l'homme-dé soit présenté comme un héros existentiel, c'est-à-dire comme un individu qui se confronte à la liberté totale (c'est-à-dire à l'aléatoire), il peut également être perçu comme l'opposé, c'est-à-dire comme un être ayant capitulé devant la liberté et la responsabilité. En effet, toutes les fois que l'homme-dé est sommé de répondre d'une action particulièrement scandaleuse, sa seule réponse se résume à : « les dés m'ont dit de le faire. »

Les « règles » constituent une autre instance pratique de prise de décision ; les êtres humains ont toujours recherché le confort d'un ensemble de règles exhaustif pour les soulager de la douleur de la décision. Les Juifs orthodoxes qui appliquent les cinq cent treize lois judaïques font l'économie de nombreuses décisions, dans la mesure où des pans entiers de leur comportement sont prescrits, qu'il s'agisse des rites quotidiens ponctuant les divers événements de la journée ou des actions à accomplir en cas de crise de vie majeure. Les règles des sociétés traditionnelles répriment souvent l'initiative en limitant l'ambition et le choix, mais en contrepartie déchargent des décisions majeures telles que « Qui dois-je épouser ? », « Devrais-je divorcer ? » « Pour quelle profession opter ? », « Comment passer mon temps libre ? », « Avec qui me lier d'amitié ? », etc.

La description que donne Bugental du traitement de l'une de ses patientes, doyen d'université, illustre merveilleusement la façon dont les « règles » nous servent à éviter les décisions :

> « Le doyen Stoddert sourit, compréhensive, à la jeune fille, mais non sans une pointe de tristesse et déclara : "Je comprends maintenant pourquoi vous avez agi de la sorte, mais vous voyez que je n'ai vraiment pas le choix ici. Si je fais une exception pour vous à ce stade, je devrais alors faire une exception pour tous ceux qui auraient aussi eu de bonnes raisons de transgresser les règles. Très vite, ces règles seraient vidées de leur sens. Dès lors, bien que je le déplore profondément, la situation est claire et impose que vous deviez rester sur le campus pendant un mois."
> Avec un regard approbateur au doyen, l'étudiante, entre ses pleurs, déclara : "C'est bon de savoir que vous comprenez, mais dans un sens, cela ne semble pas juste compte tenu des circonstances. Cela signifie que je vais perdre mon emploi et je ne sais pas si mon père aura les moyens de continuer à payer l'école." Le doyen compatissait à la situation de la jeune fille mais insistait sur le fait qu'elle n'avait pas le choix. Après le départ de l'étudiante, le doyen se rassit dans son fauteuil, en proie elle-même à des

sentiments ambivalents. D'un côté, elle ressentait une certaine satisfaction à l'idée d'en être arrivée à un stade où elle avait suffisamment travaillé sur ses émotions et son jugement pour pouvoir se montrer ferme lorsque les règles l'exigeaient. Pendant trop d'années, elle s'était sentie emportée par ses sympathies, au point de ne parvenir quasiment jamais à combiner compréhension et application cohérente des règles…

Avec regret, Margaret Stoddert songea qu'elle avait dû livrer un véritable combat pour parvenir à gérer une situation comme elle venait de le faire. Pourtant, et là se trouvait toute l'ironie de l'histoire, elle n'était pas totalement satisfaite. D'une certaine façon, elle éprouvait un vague malaise même lorsqu'elle se réconfortait en se disant avoir bien agi. Plus tard, le même jour, allongée sur le divan de mon cabinet, elle laissa libre cours à ses ruminations : "Je ne sais pas ce qui continue à me travailler, mais dès que je repense à cet entretien me sens nerveuse. Je n'arrête pas d'y repenser. C'est comme s'il y avait quelque chose que je n'avais pas vu, mais je n'arrive pas à savoir quoi[101]…" »

Comme le souligne Bugental, Margaret, au lieu de veiller à la juste application des règles, était elle-même dirigée par ces règles. Elle conclut que « les règles ont leur propre signification », que règles et cohérence sont en dehors du champ de la compréhension humaine et des besoins humains. Sa logique du danger s'exprimait dans les termes suivants : « Si je fais une exception pour vous à ce stade, je devrais alors faire une exception pour tous ceux qui auraient aussi eu de bonnes raisons de transgresser les règles. »

Pourquoi devrait-il en être ainsi ? Pourquoi placer de la sorte la cohérence au-dessus de tout ? En fait, il existait d'autres raisons plus pressantes poussant Margaret à suivre les règles, bien que ces raisons ne soient pas explicites dans le compte rendu clinique. En évitant la décision, il est manifeste que Margaret évitait le rôle du « décisionnaire ». Elle adhérait et chérissait l'illusion confortable de l'existence d'un référent externe absolu, d'un bien et d'un mal prescrits. Cette croyance permettait à Margaret de se protéger de l'isolement existentiel inhérent à sa situation « réelle », à savoir qu'elle seule avait modelé son monde et lui avait attribué structure et sens.

Stratégie et techniques cliniques de décision

La décision joue un rôle central dans tout parcours thérapeutique réussi. Même si un thérapeute ne travaille pas explicitement sur la décision ni même identifie cet enjeu, même si un thérapeute croit que le changement se produit grâce à l'exhortation ou à l'interprétation, il n'en demeure pas moins que la décision est l'élément moteur de la machine du changement. Aucun changement n'est possible sans effort, et la décision constitue le déclencheur de cet effort.

Je vais traiter ici de quelques approches thérapeutiques relatives à la décision, qu'elle soit consciente ou inconsciente. Certains patients entreprennent une thérapie parce qu'ils sont aux prises avec une décision à prendre ; d'autres traversent certaines crises décisionnelles dans le cours de leur thérapie ; d'autres encore présentent des problèmes récurrents d'incapacité à décider. Même si le thérapeute n'appréhende pas la dynamique du patient en termes de prise de décision, l'objectif du thérapeute reste, comme je l'ai mentionné dans la vignette clinique du début de la seconde partie, « d'amener le patient au point où il est en mesure de faire un choix libre ».

Approches thérapeutiques de la décision : niveaux conscients. Beatrice, patiente dans un groupe thérapeutique, m'appela pour une séance en urgence car elle était en proie à une crise décisionnelle aiguë. Trois mois auparavant, elle avait demandé à son ami italien de s installer avec elle. À l'époque, il semblait s'agir d'une organisation provisoire, dans la mesure où il était prévu qu'il retourne dans son pays le mois suivant. Toutefois, sa date de départ avait été reculée et leur relation se dégrada rapidement. Il buvait beaucoup, tenait des propos insultants à son égard, lui avait emprunté beaucoup d'argent, sa voiture et son appartement. Beatrice était submergée par l'angoisse et désespérée face à son incapacité à agir. Enfin, après des semaines passées à batailler avec la décision, elle lui demanda ce matin-là de partir. Mais il refusa d'obtempérer, arguant du fait qu'il n'avait ni argent ni endroit pour vivre. Par ailleurs, comme elle n'était pas titulaire du bail de l'appartement, il avait désormais autant de droits qu'elle sur la location. Elle envisagea d'appeler la police mais doutait qu'elle puisse vraiment agir en absence de bail. En outre, elle redoutait de mettre son ami en colère, parce qu'il avait mauvais caractère et était tout à fait capable de se livrer à une vendetta prolongée contre elle.

Que devait-elle faire ? Il partirait dans quatre ou cinq semaines ; elle avait espéré tenir jusqu'à ce moment-là, mais la situation s'était tellement dégradée qu'elle ne se sentait plus capable d'attendre. Si elle lui demandait de partir, il pouvait la blesser ou saccager son mobilier ou sa voiture. Par ailleurs, il était crucial pour elle de parvenir à mettre un terme à la relation d'une façon qui permettrait qu'il continue d'être attaché à elle. Que devait-elle faire ?

Beatrice se sentait paralysée et dépourvue, en apparence, de tout recours envisageable. Lors de la séance d'urgence, elle paraissait si perturbée que j'envisageai de la faire hospitaliser. Je tentai une confrontation directe avec la panique et la paralysie de la décision en lui demandant à maintes reprises : « Quelles sont vos options ? » Beatrice avait l'impression de n'en avoir aucune, mais alors que je persistais, elle commença à en énumérer quelques-unes. Elle pouvait provoquer une confrontation plus ouverte, franche et vigoureuse qu'elle l'avait fait précédemment. Elle pouvait lui faire savoir à quel point cette expérience avait été destructrice pour elle et à quel point elle était résolue à ne pas passer une journée de plus avec lui dans l'appartement. Elle pouvait insister pour qu'il parte, puis prendre un conseil juridique ou demander une protection policière. Elle pouvait demander l'aide de certains de ses amis pour la confrontation. Elle pouvait quitter l'appartement (elle n'y était liée ni par un bail ni par un attachement de toute autre nature). Si elle redoutait qu'il saccage ses meubles, elle pouvait faire appel à une société de déménagement et les entreposer dans un garde-meuble. (Cher ? Oui, mais pas aussi coûteux que les sommes importantes qu'elle lui donnait.) Elle pouvait sans problème aller chez sa sœur, etc. À la fin de cette énumération, Beatrice ne se sentait plus emprisonnée, son sentiment de paralysie avait diminué et elle était capable d'élaborer un plan d'action.

Le suivi de cette séance nous conduisit dans des zones peu pertinentes pour le sujet traité ici, mais qui éclairent néanmoins la problématique clinique entourant la prise de décision au point qu'elles méritent une digression. Beatrice se sentit mieux après la séance. Elle repensa à toutes les options qui s'offraient à elle et choisit de se confronter à son persécuteur. Elle prit son courage à deux mains et lui annonça qu'elle ne pouvait plus supporter la situation et lui demanda de partir. Elle m'avait dit lui avoir déjà tenu ces propos ; il ne semblait toutefois pas avoir compris le message puisque, cette fois, il acquiesça immédiatement. Il fit ses valises, trouva un autre endroit où loger et donna son accord pour partir le lendemain même !

Ce soir-là, elle accepta de dîner une dernière fois avec lui et, dans le fil de la conversation, il remarqua, sur un ton mélancolique, qu'il ne pouvait que déplorer que deux personnes rationnelles qui s'appréciaient ne parvinssent pas à vivre ensemble en bons amis.

Que répondit Beatrice ? « C'est ce que je souhaiterais aussi. » Il défit alors ses valises et se réinstalla chez elle.

Dans le groupe thérapeutique quatre jours plus tard, Beatrice commença la séance par un bref compte rendu de cet incident. Elle décrivit la dispute sommaire, la séance en urgence avec moi, la résolution prise de demander à son ami de partir, le rapprochement et les deux jours suivants d'une relation radicalement transformée. Elle n'évoqua pas la détresse intense qu'elle avait traversée, ni la maltraitance vécue, l'alcool, l'exploitation financière, les menaces. Je fus abasourdi par ce compte rendu. Une fois que Beatrice eut fini de parler, j'annonçai au groupe que, moi aussi, j'avais eu une expérience la semaine passée que je souhaitais partager avec eux. « J'ai reçu un appel d'une jeune femme terriblement angoissée », annonçai-je et je continuai de la sorte pour décrire ma version de la séance. Les comptes rendus étaient si différents qu'il fallut au groupe plusieurs minutes pour réaliser que Beatrice et moi parlions de la même chose !

Pourquoi Beatrice déforma-t-elle les informations transmises au groupe ? Elle devait savoir inconsciemment que si elle donnait au groupe – et à elle-même en l'occurrence – une description exacte de la relation, les participants en arriveraient à la conclusion qu'elle ferait mieux de rompre. (D'ailleurs, tous ses amis avaient réagi de la sorte. Les réponses les plus modérées avaient été « Fous ce salaud dehors ! », « T'es folle », « Débarrasse-toi de ce connard ! », « Pourquoi supportes-tu toute cette merde ? ») À un niveau profond, Beatrice avait conscience d'avoir pris une décision irrationnelle, qui n'était manifestement pas dans ses intérêts. Mais elle *avait* pris une décision et désirait éviter l'angoisse de la dissonance cognitive. Dans la mesure où elle accordait du prix aux opinions des participants du groupe, il était clairement dans son intérêt, pour son confort personnel, de taire les faits qui amèneraient les participants à conclure qu'elle avait pris la mauvaise décision.

Dans la séance d'urgence, j'avais soulagé la panique de Beatrice en l'aidant à réfléchir aux options disponibles. Cette technique se révèle généralement efficace dans les moments de panique décisionnelle. Toutefois, le thérapeute doit absolument garder en tête que c'est au *patient et non au thérapeute* de trouver les options et de faire un choix. Les psychothérapeutes tentent généralement de favoriser l'appropriation par les patients de leurs émotions. *La même importance doit être accordée à l'appropriation par le patient de ses décisions.* Une décision prise par un autre n'en est pas une : elle ne suscite généralement que peu d'engagement personnel et, même si c'est le cas, elle n'a aucun impact sur le processus décisionnel. Le thérapeute doit résister aux manœuvres du patient. Les thérapeutes débutants tombent souvent dans le piège consistant à décider à la place de leurs patients. Ils se sentent ensuite non seulement déçus mais curieusement trahis ou en colère lorsqu'un patient ne se tient pas à la décision prise. Si le thérapeute décharge le patient de sa fonction décisionnaire, le centre de la thérapie risque alors de se déplacer de l'enjeu crucial constitué par la responsabilité et la décision vers des enjeux d'obéissance et de défi à l'autorité.

Il convient également de garder à l'esprit que le processus ne se termine pas nécessairement par une décision ou par l'incapacité à en prendre une. La personne doit redécider encore et toujours. L'incapacité à concrétiser une décision n'implique pas nécessairement que la décision soit « tombée à l'eau » pour toujours et ne laisse présager en rien des décisions ultérieures. Par ailleurs, ces échecs enseignent généralement beaucoup. À certains moments aussi, le patient n'est pas toujours prêt ou capable de prendre une décision : les options sont trop équivalentes, l'angoisse et l'anticipation du regret du patient sont trop fortes et sa conscience de la « signification » d'une décision (sur laquelle je reviendrai dans un court instant) est trop limitée. Le thérapeute peut apporter beaucoup de soulagement à un patient en soutenant sa décision de ne pas décider à de tels moments.

Chez de nombreux patients, l'aptitude à prendre des décisions se voit paralysée par les « et si ? ». Et si je démissionne et que je ne retrouve pas de travail ? Et si je laisse mes enfants seuls et qu'ils se blessent ? Et si je consulte un autre médecin et que mon pédiatre le découvre ? Une analyse logique et systématique des possibilités s'avère parfois utile. Le thérapeute peut ainsi, par exemple, demander au patient de dérouler le scénario complet de chaque « et si ? » : imaginer son déroulement, ses ramifications possibles et analyser ensuite les émotions suscitées.

Bien que ces approches conscientes soient utiles, elles présentent néanmoins de sérieuses limitations, dans la mesure où une large part du dilemme décisionnel se trouve à un niveau souterrain et qu'il reste imperméable à toute approche rationnelle. Il y a deux mille ans, Aristote, je crois, a dit que le tout est plus grand que la somme de ses parties, ce que la sagesse populaire a toujours reflété, comme la plaisanterie yiddish sur l'aversion pour les kreplach (chaussons fourrés). La mère d'un garçon tente de débarrasser son fils de sa puissante aversion pour les kreplach. Elle prépare soigneusement les kreplach en cuisine et présente à son fils tous les ingrédients. « Tu vois, tu aimes la farine, les œufs, la viande », etc. Le garçon acquiesce. « Affaire réglée, alors, puisque c'est tout ce qu'il y a dans les kreplach. » Mais au mot « kreplach », l'enfant est de nouveau saisi d'un haut-le-cœur.

Approches thérapeutiques à la décision : niveaux inconscients. Comment le thérapeute peut-il toucher les aspects inconscients du processus décisionnel, ceux que Farber qualifie de « première sphère de la volonté » ? Réponse : « Indirectement. » Quand bien même ils le souhaiteraient, les thérapeutes ne peuvent créer la volonté ou l'engagement, ni appuyer sur le bouton ou insuffler de la détermination à leur patient. Ils peuvent en revanche influencer les facteurs influençant la volonté. Personne ne souffre d'une déficience congénitale de volonté. Comme l'ont souligné Robert White[102] et Karen Horney[103], une partie de notre héritage consiste en une pulsion vers l'effectance, vers la maîtrise de notre environnement, vers le devenir de ce que nous sommes capables de devenir. La volonté se voit entravée dans le développement de l'enfant ; plus tard, ces obstacles sont intériorisés, et la personne se trouve incapable d'agir même si aucun facteur objectif ne la bloque. La tâche du thérapeute consiste alors à aider à lever ces obstacles. Une fois les obstacles dégagés, la personne se développe, pour citer Horney, comme le gland évolue vers le chêne[104]. *En conséquence, la tâche du thérapeute n'est pas de créer la volonté mais de la désentraver.*

Je vais présenter plusieurs approches susceptibles d'y contribuer. Dans un premier temps, le thérapeute doit aider le patient à prendre conscience de l'inévitabilité et de l'omniprésence de la décision. Il aide le patient à formuler une décision ou à se la représenter, puis l'assiste dans l'entreprise visant à mettre à nu les implications plus profondes (la « signification » de la décision). Enfin, par l'effet de levier créé par l'*insight*, il tente de réveiller la volonté dormante.

L'inévitabilité et l'omniprésence de la décision. Nous ne pouvons pas ne pas décider. Quand bien même nous aimerions qu'il en fût autrement, les décisions s'avèrent inévitables. S'il est vrai que nous nous constituons nous-mêmes, alors les décisions forment les atomes de l'être que nous créons. L'acceptation de ses propres décisions est une étape d'abord franchie en thérapie pendant le travail de prise de responsabilité. Dans les phases ultérieures, le travail thérapeutique vise à aiguiser et à approfondir cette intuition. Le patient est aidé non seulement à assumer sa responsabilité, mais à découvrir, les unes après les autres, ses stratégies d'évitement.

Si nous acceptons pleinement l'omniprésence de nos décisions, nous nous confrontons alors à notre situation existentielle sur un mode authentique. La procrastination constitue une décision, tout comme les échecs, l'alcool, se laisser séduire, exploiter ou piéger. Nous décidons même de rester en vie. Nietzsche affirmait qu'on ne prenait sa vie au sérieux qu'après avoir pleinement envisagé le suicide. De nombreuses patientes cancéreuses avec lesquelles j'ai travaillé avaient eu une adrénalectomie (composante du traitement du carcinome du sein métastasé) et devaient prendre tous les jours un traitement de substitution à la cortisone. Beaucoup avalaient leurs médicaments comme on se brosse les dents, sans y songer plus avant, mais d'autres étaient conscientes de prendre chaque jour une décision pour rester en vie. Mon sentiment est que la conscience de cette décision enrichit la vie et incite à s'engager dans la tâche de vivre aussi pleinement que possible.

Certains thérapeutes renforcent chez leurs patients la conscience de l'omniprésence des décisions en leur rappelant les décisions à prendre relatives à la thérapie. Kaiser, nous l'avons vu, recommande un cadre thérapeutique « sans conditions », tandis que Greenwald ne cesse de demander au patient de prendre des décisions sur le cadre de la thérapie, par exemple s'il souhaite travailler sur les rêves, le nombre de séances, etc.[105].

Les thérapeutes devraient aider les patients à prendre pleinement conscience de métadécisions, c'est-à-dire des décisions relatives aux décisions – car certaines personnes tentent de nier l'importance des décisions en se persuadant elles-mêmes qu'elles ont décidé de ne pas décider. Une telle décision équivaut en fait à la décision de ne pas décider *activement.* Comme il est impossible de fuir les décisions dans leur ensemble, une option consiste à décider de décider *passivement*, en laissant un autre le faire à sa place, par exemple. Je crois que la *manière* dont nous prenons une décision se révèle être d'une importance cruciale. Une approche active de la décision est consonante à une acceptation active de ses propres forces et ressources.

De nombreux patients dont j'ai évoqué précédemment les cas illustrent bien ce principe. Beatrice, par exemple, dont l'ami ne voulait pas quitter son appartement, s'interrogeait peu sur la décision à prendre au mieux de ses intérêts. Lorsque je lui demandai d'imaginer ce qu'elle ressentirait un mois plus tard lorsque son ami quitterait le pays, elle répondit de tout son corps « sereine ». La patiente qui désirait ardemment surprendre son mari au lit avec une autre s'interrogeait peu, elle aussi, sur ce qu'elle voulait. Néanmoins, les deux ne parvenaient pas à prendre la décision de jeter dehors l'homme qui partageait leur vie et, en faisant en sorte de laisser à l'autre le soin de décider, elles avaient pris la décision de décider de manière passive. Les deux, toutefois, payaient le prix fort de cette décision, en termes d'estime de soi, et la manière dont elles évitaient les décisions contribuait à ce mépris de soi. Pour s'aimer soi-même, il est indispensable de se comporter de manière à pouvoir s'admirer soi-même.

Un de mes patients, Bill, se tortura pendant un an pour mettre un terme à une relation avec une femme prénommée Jean. J'avais maintes fois souligné que la *manière* dont il prenait la décision était d'une importance cruciale, mais il continuait de nier qu'il décidait quoi que ce fût. Il affirmait qu'il ne pouvait rien décider à propos de cette relation, car il était submergé de travail, et que Jean lui apportait dans ce domaine une aide précieuse. Je lui rappelai qu'il avait choisi de lui demander de venir à son bureau le soir pour l'aider. Il disait que Jean se montrait extrêmement soutenante dans les moments de crise. Je suggérai que non seulement il avait le choix quant au fait d'être en crise (par exemple en manquant inutilement une échéance, ce qui aboutissait à une confrontation humiliante avec son patron), mais aussi qu'il avait librement choisi de s'en ouvrir à Jean et de solliciter son aide.

Bill finit par prendre la décision de mettre un terme à la relation, mais il se la cacha à lui-même. Il avait pris la décision de décider de manière passive, en d'autres termes, de convaincre Jean de rompre. Il opta pour une stratégie de désengagement subtile et progressive ; il donna si peu d'affection à Jean que cette dernière finit par le quitter pour un autre homme. Il avait traversé des expériences similaires par le passé, qui généraient immanquablement chez lui des sentiments de rejet et d'autodévaluation. La problématique principale de Bill était qu'il était submergé par le mépris de soi ; une fonction importante de la thérapie était de l'aider à comprendre que la manière infâme dont il prenait des décisions contribuait au mépris qu'il avait de lui-même.

Recadrer une décision. Dans la distinction qu'il établit entre les deux sphères (consciente et inconsciente) de la volonté, Farber souligne qu'il est possible de « vouloir aller se coucher mais non dormir[106] ». Le thérapeute peut parfois influencer les niveaux profonds de la volonté en modifiant le cadre d'une décision, en offrant au patient une autre perspective. L'anecdote suivante, personnelle, illustre bien ce point.

Il y a de nombreuses années, je traversai une phase sévère d'insomnie. Cette insomnie était liée au stress et se trouvait exacerbée toutes les fois que j'entreprenais des déplacements pour donner une conférence. J'appréhendais particulièrement une conférence que je devais donner à Cleveland, que je considérais comme une ville où l'on dormait mal, car j'y avais passé une fois une nuit d'insomnie extrêmement pénible. Bien évidemment, cette appréhension déclencha un cercle vicieux : l'angoisse de ne pas dormir engendre l'insomnie.

J'ai toujours utilisé les épisodes de crise personnelle pour me familiariser avec les différentes approches thérapeutiques ; en l'occurrence, je consultai un thérapeute comportementaliste. Au cours des quatre ou cinq séances que j'eus avec lui, nous travaillâmes au moyen d'une approche de désensibilisation et avec des cassettes de relaxation, mais aucune de ces deux techniques ne s'avéra particulièrement fructueuse. Toutefois, alors que je me préparais à quitter son cabinet après la séance, le thérapeute fit une remarque banale qui se révéla extrêmement porteuse : « Lorsque vous ferez votre valise pour aller à Cleveland, n'oubliez pas d'emporter un revolver. » « Pourquoi ? », lui demandai-je. Il répliqua : « Si vous n'arrivez pas à dormir, vous pourrez toujours vous tirer une balle dans la tête. » Cette remarque résonna profondément à l'intérieur de moi ; et encore maintenant, des années plus tard, je la considère comme une intervention thérapeutique brillante.

Quel en fut le ressort ? Il est difficile de l'expliquer avec précision, mais cette remarque recadra la situation et la plaça dans une perspective existentielle signifiante. Il s'agit du même effet que celui que j'ai observé chez des patients s'étant confrontés à la mort. Dans le chapitre 2, j'ai décrit le cas d'une patiente souffrant de cancer à un stade avancé et qui, à la suite d'une confrontation à la mort, s'autorisa à « banaliser les événements banals de la vie » ou à cesser de faire les choses qu'elle ne souhaitait pas faire. Ces patients, à la suite d'une rencontre avec la mort, ont été en mesure d'ôter le cadre entourant leur vie quotidienne et de faire l'expérience de l'absence d'importance relative des décisions quotidiennes lorsqu'elles sont ramenées à la perspective de leur seul et unique cycle de vie.

Si seule une petite portion d'une tapisserie est visible, ses détails émergent et acquièrent un éclat inédit, qui se ternit lorsque la tapisserie redevient visible dans son intégralité. *Comment* le thérapeute s'y prend-il pour dévoiler la tapisserie de l'existence ? Certains recourent à un appel explicite à la raison. J'avais ainsi observé comment Viktor Frankl, thérapeute existentiel, tentait de traiter un patient tourmenté par toute une série de décisions. Frankl lui demanda de méditer sur le cœur de son être et lui suggéra ensuite simplement de tracer une ligne autour de ce cœur et de prendre conscience du fait que ces décisions impliquaient des préoccupations qui se trouvaient à la périphérie et dans des zones insignifiantes de sa vie.

En règle générale, toutefois, ces appels à la raison se révèlent inefficaces à provoquer un changement radical de perspective. Ce dernier ne semble souvent survenir que par une confrontation à une situation limite qui déclenche chez la personne une conscience de sa situation existentielle. Dès lors, nombre des techniques présentées au chapitre 5 dans le cadre de la confrontation à la mort influencent souvent de manière efficace le processus de décision.

La signification d'une décision. Toute décision se compose d'une part consciente et visible et d'une part inconsciente massive. Elle répond à sa propre dynamique et repose sur un choix dont certains facteurs sont en dehors de notre conscience. Pour aider le patient tourmenté par une décision, le thérapeute doit interroger ses nombreuses significations souterraines et inconscientes. Considérons à titre d'exemple le cas d'Emma, veuve de soixante-six ans.

Emma demanda une consultation en raison de l'angoisse qu'elle éprouvait à décider si elle devait vendre sa maison de vacances, propriété luxueuse se trouvant à environ deux cent cinquante kilomètres de son lieu de résidence permanent. L'entretien de la propriété nécessitait de fréquentes visites, entre le jardin, les travaux, la protection policière, les domestiques, et représentait en outre un coût substantiel. Une charge en apparence bien inutile pour une vieille femme frêle à la santé fragile. Bien évidemment, certaines considérations financières devaient être prises en compte. Le marché immobilier se trouvait-il à son pic ou les prix continueraient-ils d'augmenter ? Pouvait-elle investir l'argent avec un meilleur rendement ailleurs ? Emma ne cessait de ruminer toutes ces questions, importantes et complexes, mais qui toutefois ne permettaient pas d'expliquer totalement sa profonde détresse. J'entrepris alors d'explorer la signification profonde de sa décision.

Son mari était mort l'année précédente ; son deuil n'était pas terminé. Tous deux avaient passé de nombreux étés dans cette propriété et les pièces étaient encore chargées de sa présence. Emma avait peu changé la maison depuis le décès de son mari : les moindres coins et recoins contenaient les effets personnels de son époux décédé ; les placards et les tiroirs étaient remplis de ses vêtements. Elle s'accrochait à cette demeure comme elle s'accrochait à la mémoire de son mari. Dès lors, la décision de vendre la propriété nécessitait une décision plus profonde pour Emma, celle d'accepter la perte et l'idée que son mari ne reviendrait jamais.

De nombreux amis s'y rendaient si souvent pour de courts séjours qu'Emma appelait cette demeure son « hôtel ». Bien qu'elle détestât les trois heures de trajet et que les frais d'entretien lui pesassent, elle se sentait également extrêmement seule et était reconnaissante de la compagnie que lui procuraient les visites amicales. Emma avait toujours eu l'impression de peu avoir à offrir aux autres et, depuis la mort de son mari, elle se sentait encore plus vide et superflue. « Qui irait là-bas pour *me* voir ? », s'interrogeait-elle. La propriété constituait son atout. Dès lors, la décision de vendre impliquait de tester la loyauté de ses amis et de courir le risque de la solitude et de l'isolement.

La propriété avait été dessinée et construite par son père ; le terrain était dans la famille depuis des générations. La grande tragédie de la vie d'Emma était qu'elle n'avait pas eu d'enfants. Elle avait toujours pensé que la demeure reviendrait à ses enfants et aux enfants de ses enfants. Mais elle était la dernière feuille de la branche généalogique : la lignée se terminait avec elle. La décision de vendre la maison signifiait dès lors l'acception de l'échec de l'un de ses principaux projets d'immortalité symbolique.

La décision qu'Emma avait à prendre n'était donc nullement triviale. Une fois explorée la *signification* de sa décision, il devint clair que les implications étaient effectivement considérables : elle devait en effet décider de prendre acte de la perte de son mari, se confronter à l'isolement et à une solitude possible, ainsi qu'accepter sa propre finitude. Si je m'étais limité à l'aider à prendre une décision fondée sur des critères pratiques, sa santé ou des considérations financières, je serais passé à côté de la détresse d'Emma et de l'occasion de lui apporter une aide sur un mode plus fondamental. J'utilisai la décision de vendre comme un tremplin vers ces enjeux plus fondamentaux et aidai Emma à faire le deuil de son mari, d'elle-même et de ses enfants non nés. Lorsque les significations plus profondes d'une décision sont élaborées, la décision elle-même se prend facilement ; au bout d'une dizaine de séances, Emma prit sans effort la décision de vendre.

De nombreux thérapeutes interrogent aujourd'hui la « signification » d'une décision lorsqu'ils en explorent les bénéfices. Greenwald, qui fonde toute une approche de la psychothérapie sur la prise de décision (« thérapie décisionnelle »), souligne l'importance de la recherche des bénéfices[107]. Toute décision comporte des bénéfices, certains conscients, d'autres inconscients. Si le patient est incapable de se tenir à une décision, le thérapeute doit émettre l'hypothèse que le patient a pris une autre décision, dotée elle aussi de tout son lot de bénéfices. Si le patient souhaite changer mais ne parvient pas à le décider, le thérapeute peut alors travailler, non sur le refus de décider, mais sur la décision qui en fait *a été prise* par le patient, à savoir rester là où il se trouve. Rester malade est une décision offrant immanquablement des bénéfices tangibles ou symboliques : le patient peut ainsi obtenir une pension, la sollicitude d'amis ou les soins constants du thérapeute.

Une décision ne tient pas tant que la personne ne se l'est pas appropriée et n'a pas rejeté les bénéfices des alternatives opposées. Ainsi, à un patient désireux de se débarrasser d'une addiction, Greenwald demande « Pourquoi ? » et explore avec son patient tous les bénéfices de l'addiction, comme le soulagement de l'angoisse, l'euphorie ou le dégagement de la responsabilité[108]. Une personne se montrera plus encline à s'approprier une décision si elle prend conscience des limitations des bénéfices opposés. Deux patients d'un groupe thérapeutique que je conduisais voulaient avoir ensemble une relation sexuelle, pour finalement se décider contre en raison des « règles ». Je soulignai que je n'avais posé aucune règle et interrogeai les patients sur les bénéfices de leur décision. Lorsqu'ils eurent pleinement échangé sur leur prise de conscience de l'importance que le groupe avait pour eux et sur le fait qu'une relation sexuelle constituerait un sabotage du groupe, cette décision devint *leur* décision et plus fortement ancrée à l'intérieur d'eux que toute décision que moi, thérapeute, aurait prise à leur place. Le terme « bénéfice » est relativement nouveau mais recouvre un concept ancien. Lorsque nous nous attachons à explorer la « signification », le « bénéfice » ou « bénéfice secondaire » d'une décision, nous soulignons le fait que toutes les décisions que nous prenons présentent des bénéfices. Si la décision semble autodestructrice, nous finissons invariablement par trouver qu'elle possède un sens dans le monde expérientiel du patient et que sur un mode hautement singulier ou symbolique, elle permet la préservation de la personne. Toutefois, de nombreuses décisions, en raison de leur profond enracinement dans l'inconscient, s'avèrent difficiles à comprendre.

Insight *et décision*

Le lien précis entre *insight* et décision de changer reste toujours insaisissable. Bien que les textes psychanalytiques posent généralement une équivalence entre *insight* et changement, ils recourent à une logique circulaire qui garantit la véracité de la proposition posant qu'un patient ne change pas s'il n'a pas acquis suffisamment d'*insight*. L'enjeu est rendu plus problématique encore par l'absence d'une définition précise du terme « *insight*[A] ». Dans son acception clinique la plus large, l'*insight* qualifie la découverte d'un fragment de vérité sur soi. Mais les cliniciens divergent grandement quant au *type* de découverte de soi instigatrice de changement. S'agit-il d'un *insight* relatif à son comportement envers d'autres, à la motivation sous-jacente d'un comportement ou encore aux sources précoces, souvent qualifiées de manière erronée de « causes » génétiques du comportement ? Pour Freud, l'intuition aboutissant à un changement prenait ses racines dans les comportements précoces ; Freud considérait qu'une thérapie réussie dépendait de cette excavation des couches de souvenirs précoces. Pour d'autres thérapeutes, l'*insight* moteur de changement est celui permettant la découverte des dynamiques actuelles. Dans le cas d'Emma, cette veuve confrontée à la décision de vendre sa résidence de vacances, ce fut la découverte de la dynamique active impliquée

A. Parfois traduit en français (imparfaitement, compte tenu de l'imprécision du concept) par « intuition ». *(N.d.T.)*

dans la décision qui permit une amélioration de son état, sans prise en compte des causes génétiques, à savoir : « Comment en êtes-vous arrivé à être comme vous êtes ? »

L'*insight* s'avère-t-il toujours nécessaire ? Non, assurément. Tous les cliniciens ont travaillé avec des patients qui avaient fait l'expérience de changements significatifs en absence d'*insight.* J'ai abordé précédemment le cas de patients s'étant transformés à la suite d'un changement radical de perspective, qui parfois ne peut s'expliquer autrement que par un pâle « J'ai pris conscience de mon bonheur » ou « J'ai décidé de vivre ma vie plutôt que d'y surseoir », formulations que l'on peine à qualifier d'*insight.* Les parcours thérapeutiques sont éminemment singuliers : certaines personnes tirent profit de l'*insight* ; d'autres, de mécanismes de changement différents ; chez certains, enfin, l'*insight* intervient comme *résultante* du changement et non comme cause. Comme le formule May, « si je ne connais pas quelque chose, je n'aurai jamais le moindre contenu pour ma volonté[109] ». Souvent, nous ne sommes en mesure de percevoir des vérités sur nous-mêmes qu'après nous être engagés dans une démarche de changement. Après avoir pris une décision, après nous être officiellement confrontés à nous-mêmes, nous avons constitué autrement notre monde et sommes capables de saisir des vérités que jusque-là nous nous taisions à nous-mêmes.

Bien que le *type d'insight* susceptible d'aboutir à un changement fasse l'objets de moult débats et controverses, les textes restent relativement silencieux quant à la *manière* dont un *insight* initie le changement. Nombre des explications usuelles, comme le fait de rendre conscient ce qui était inconscient, d'ébranler les résistances, l'élaboration du passé, la réintégration d'un matériel dissocié, l'éprouvé d'une expérience émotionnelle réparatrice, ne constituent que des variations autour du problème, mais éludent la question et ne permettent pas de rendre compte avec précision du mécanisme de l'*insight*.

Le concept psychologique de vouloir et notamment celui de décision – processus s'étendant du souhait à l'action – fournit au clinicien un modèle permettant d'expliquer comment l'*insight* fait office de catalyseur de changement. La tâche du thérapeute consiste à désentraver la volonté et l'*insight* est l'un des outils à la disposition du clinicien pour la mener à bien.

Dans la section suivante, je développerai la thèse selon laquelle l'*insight* aboutit à du changement (1) en facilitant le développement de la relation thérapeute-patient, (2) par une série de techniques facilitant la libération de la volonté réprimée chez le patient : ces techniques sont conçues pour permettre aux patients de prendre conscience *qu'eux seuls* peuvent changer le monde qu'ils ont créé, que le changement ne constitue nullement une source de danger, qu'ils doivent changer pour obtenir ce qu'ils veulent *vraiment* et que chaque personne a le pouvoir de changer.

Facilitation de la relation patient-thérapeute

Une relation patient-thérapeute bienveillante et fondée sur la confiance joue un rôle crucial dans le processus de changement. Grâce à la sollicitude et à la considération inconditionnelle du thérapeute, l'amour et l'estime que le patient a pour lui augmente progressivement. L'autoconsidération a pour résultante l'instauration de la croyance en son droit de désirer et d'agir. La volonté du patient s'exerce tout d'abord dans l'arène thérapeutique où elle est acceptée et renforcée par le thérapeute. Lorsque la croyance du patient en la destructivité de sa volonté est infirmée dans la situation thérapeutique, le patient (re)trouve progressivement une capacité à exercer sa volonté de manière efficace dans d'autres domaines.

Comment l'*insight* fait-il office de catalyseur dans la relation thérapeutique ? Indirectement ! L'*insight* constitue un épiphénomène, c'est-à-dire un moyen accompagnant le moyen visant un objectif. C'est un engrais de la relation ! La recherche de la compréhension sert de cadre à la formation de la relation thérapeute-patient ; c'est le liant qui maintient le patient et le thérapeute ensemble et qui les occupe à une tâche mutuellement gratifiante (le patient trouve une gratification dans le fait de voir son monde interne examiné avec une telle minutie ; le thérapeute est séduit par le défi intellectuel) ; pendant ce temps, le *véritable* agent du changement, la relation thérapeutique, germe en silence.

Insights *à effet de levier*

Outre sa fonction dans le développement de la relation thérapeute-patient, l'*insight* peut également faire office de catalyseur plus direct. Le thérapeute assiste le patient dans l'obtention d'une connaissance de lui-même servant de levier à la volonté. Les quatre « *insights* » suivants comptent parmi les énoncés à effet de levier les plus courants formulés par le thérapeute au patient à la volonté figée.

« Je suis le seul à pouvoir changer le monde que j'ai créé. » Dans le chapitre précédent, j'ai présenté plusieurs techniques permettant d'aider les patients à prendre conscience de leur responsabilité dans leurs souffrances de vie. Lorsqu'un patient saisit véritablement les implications pleines et entières de sa responsabilité, le thérapeute doit l'aider à comprendre que la responsabilité s'exerce sur un mode continu : nous ne créons pas notre vie une fois pour toutes ; nous nous créons nous-mêmes constamment. Dès lors, la responsabilité assumée des créations passées implique la responsabilité d'un changement futur. Ensuite, le thérapeute aide le patient à faire le petit pas suivant vers la prise de conscience que, tout comme nous sommes *seuls* responsables de ce que nous sommes, nous sommes *seuls* responsables de notre changement. Pour changer, un patient doit arriver à l'*insight* suivant : « Si moi, et moi seul, suis le créateur de mon monde, alors je suis le *seul* à pouvoir le changer. » Le changement implique un processus actif : il ne se produit pas

si nous ne changeons pas activement. Personne d'autre ne peut nous changer ou changer à notre place.

Cet *insight* s'avère tout à la fois d'une extrême simplicité et d'une grande profondeur. Bien qu'il soit facile à énoncer et qu'il repose sur un mécanisme fondamental d'exhortation, il n'en possède pas moins de très vastes implications.

« Le changement ne recèle aucun danger. » De nombreux patients ne peuvent se résoudre à prendre la décision cruciale de changer en raison d'une croyance profonde, souvent inconsciente, qu'une calamité va s'abattre sur eux si jamais ils changeaient. La nature de la calamité fantasmée varie d'un sujet à l'autre : crainte d'être englouti, d'être rejeté ou humilié si le sujet se montre plus spontané ou dévoile davantage de lui-même, rétribution catastrophique comme conséquence de l'affirmation de soi ou encore abandon et isolement comme résultante d'un comportement autonome.

Ces calamités fantasmées entravent la volonté ; la tâche du thérapeute consiste alors à lever ces entraves. Le processus consistant à identifier et à nommer ces calamités fantasmées peut en soi permettre à un patient de prendre la mesure du décalage existant entre ses peurs et la réalité. Une autre approche consiste à encourager le patient à adopter progressivement, dans le cadre thérapeutique, certains aspects du comportement dont il redoute les conséquences. Comme la calamité fantasmée ne se produit pas, la crainte est progressivement atténuée. Un patient, par exemple, peut éviter tout comportement agressif, de crainte d'ouvrir la boîte de Pandore de sa rage destructrice. Dans ce cas de figure, le thérapeute aidera le patient à exprimer son agressivité à des doses soigneusement calibrées dans la thérapie : dépit lorsqu'il est interrompu, agacement devant la faillibilité du thérapeute, colère face au fait que le thérapeute lui réclame de l'argent, et ainsi de suite. Progressivement, le patient apprend à démythifier sa vision de lui comme être étranger à lui-même aux tendances homicides.

« *Je dois changer pour obtenir vraiment ce que je veux.* » Quels sont les éléments empêchant les personnes de prendre des décisions servant manifestement au mieux leurs intérêts ? Une réponse qui vient immédiatement à l'esprit est que le patient qui semble procéder à un sabotage en règle de ses besoins et de ses objectifs adultes satisfait *un autre* ensemble de besoins, souvent inconscients et incompatibles avec les premiers. En d'autres termes, le patient est en proie à des motivations conflictuelles qui ne peuvent être satisfaites simultanément. Par exemple, le patient peut, sur un plan conscient, désirer établir des relations hétérosexuelles adultes, mais, sur un plan inconscient, toujours souhaiter être nourri, pris indéfiniment en charge, être protégé de la terrifiante liberté de la maturité ou – pour utiliser une autre terminologie si le patient est un homme – soulager son angoisse de castration par une identification maternelle. Il est évident que le patient ne peut satisfaire ces deux ensembles de désirs : il ne peut pas établir de relation hétérosexuelle adulte avec une femme si, *sotto voce*, il déclare : « Prends soin de moi, protège-moi, berce-moi, laisse-moi devenir une partie de toi. »

Le thérapeute recourt à l'*insight* pour s'attaquer à cette entrave au fonctionnement de l'exercice de la volonté et aide le patient à prendre conscience qu'il est tiraillé entre deux types de besoins et que la moindre décision, y compris celle de ne pas décider, satisfait certains besoins, en d'autres termes présente des « bénéfices secondaires ». Lorsque le patient a pleinement conscience de la nature de ses besoins en conflit, le thérapeute peut l'aider à comprendre que, puisque tous les besoins ne peuvent être satisfaits, le patient doit choisir et renoncer à ceux qui ne peuvent être exaucés si ce n'est avec un sacrifice énorme de son intégrité et de son autonomie. Lorsque le patient réalise ce qu'il veut véritablement, en tant qu'adulte, et que son comportement sert à exaucer des besoins opposés qui limitent sa croissance, il en arrive progressivement à la conclusion que « je dois changer pour obtenir ce que je veux vraiment ».

« J'ai le pouvoir de changer. » De nombreuses personnes ont conscience qu'elles ne peuvent ni ne veulent prendre les décisions qui servent au mieux leurs intérêts. Leur expérience interne est faite d'impuissance empreinte de confusion ; elles se vivent davantage comme des victimes que comme des maîtres de leur conduite. Tant que cet état subjectif prévaut, les possibilités d'action constructive et volontaire chez le patient sont extrêmement réduites. Le thérapeute tente pour sa

part de lutter contre la confusion et l'impuissance du patient par des explications qui, dans les faits, délivrent le message suivant : « Vous avez adopté ce comportement parce que... » Le « parce que » implique généralement des facteurs motivationnels qui sont en dehors du champ de conscience du patient. Comment cette stratégie peut-elle aider le patient à changer ?

Les explications constituent un ennemi redoutable face à l'impuissance découlant de l'ignorance. Expliquer, identifier, nommer participent de la séquence naturelle du développement de la maîtrise, ou du *sentiment* de maîtrise qui, à son tour, engendre un comportement efficace. Les êtres humains ont toujours eu en horreur l'incertitude et, à travers les âges, ont toujours tenté d'ordonner l'univers grâce à des explications, tout d'abord religieuses, puis scientifiques. L'explication d'un phénomène constitue la première étape vers le contrôle dudit phénomène. Si, par exemple, une population vit dans la terreur de l'éruption d'un volcan proche, la première étape de la maîtrise de cette situation sera l'explication. Elle pourra, par exemple, expliquer l'éruption du volcan comme manifestation de la colère d'un dieu des volcans. Bien que ses circonstances extérieures restent identiques, son monde phénoménologique se trouve modifié par cette explication. Par ailleurs – et il s'agit là d'un point crucial –, elle peut dès lors agir de sorte à accroître son sentiment de maîtrise : si le volcan entre en éruption parce que le dieu est en colère, il doit exister des méthodes pour apaiser, puis finalement contrôler ce dieu.

Jerome Frank, dans une étude des réactions américaines à une maladie rare provenant du Pacifique Sud (schistosomiase), démontra que l'angoisse secondaire découlant de l'incertitude faisait souvent plus de ravages que la maladie principale[110]. Il en va de même chez les patients psychiatriques : la peur et l'angoisse découlant de l'incertitude de la source, de la signification et de la gravité des symptômes psychiatriques peuvent aggraver considérablement la dysphorie, au point qu'une exploration efficace devient une tâche éminemment ardue. Le thérapeute peut intervenir de manière pertinente en fournissant au patient une explication lui permettant d'appréhender sa dysphorie au sein d'un schéma cohérent et prévisible. Grâce à l'explication, le thérapeute aide le patient à ordonner des phénomènes précédemment non familiers et à les expérimenter comme étant sous son contrôle. L'*insight* permet à un patient d'éprouver *« J'ai le pouvoir de changer »*.

La première implication de ce mécanisme est que le *processus* (c'est-à-dire le fait de fournir un *insight)* prime sur le *contenu* à proprement parler de l'*insight*. La fonction de l'interprétation est de donner au patient un sentiment de maîtrise, de sorte que la valeur de l'interprétation devrait être mesurée à l'aune de ce critère. Dans la mesure où il confère un sentiment de puissance, l'*insight* est valide, exact ou « vrai ». En d'autres termes, cette définition de la vérité est totalement relative et pragmatique. Elle pose qu'aucun système explicatif ne possède d'hégémonie ni de droits exclusifs, ni qu'aucun système n'est à considérer comme « le » système correct, fondamental ou « plus profond », et donc, le meilleur.

Une étude des groupes de rencontre nous a permis, à mes confrères et à moi, de constater la corrélation importante entre issue positive et *insight*[111]. Les sujets qui, grâce à l'*insight*, étaient en mesure d'organiser leur expérience en un schéma positif connaissaient une amélioration de leur état. Par ailleurs, les animateurs de groupe qui obtenaient de bons résultats étaient ceux offrant à leurs participants une forme de cadre cognitif. Le type d'*insight* acquis par les participants et le type d'approche de l'animateur de groupe avaient peu à voir avec l'issue positive. Le point important n'était pas *ce qu'ils avaient appris* mais *qu'ils avaient appris* quelque chose.

Les thérapeutes peuvent offrir au patient de multiples explications pour clarifier le même enjeu, reposant sur différents cadres de référence (freudien, jungien, horneyen, adlérien, analyse transactionnelle), tout aussi « vrais » dans la mesure où ils fournissent une explication engendrant un sentiment de pouvoir. Personne, quelles que soient les affirmations véhémentes du contraire, ne détient de droits exclusifs sur la vérité. Après tout, tous ces cadres reposent sur des structures « comme si » imaginaires et affirment tous « vous vous comportez (ou ressentez des émotions) comme si telle et telle chose était vraie ».

Le surmoi, le ça, le moi ; les archétypes, le soi idéalisé et le soi réel, l'estime de soi ; le système du *self* et le système dissocié, la protestation masculine ; les états parent, enfant et adulte : rien de tout cela n'existe véritablement. Il s'agit de fictions, de concepts psychologiques créés à des fins de convenance sémantique et qui ne justifient leur existence que par la valeur de leur pouvoir explicatif. Le concept de volonté fournit un principe organisateur central pour ces différents systèmes explicatifs, qui tous opèrent par le biais du même mécanisme : ils sont efficaces dans la mesure où il confèrent un sentiment de maîtrise personnelle et agissent sur la volonté dormante.

Cela signifie-t-il que les psychothérapeutes devraient abandonner toute tentative d'interprétation précise et inspirée ? Nullement. Mais ils se doivent de reconnaître le but et la fonction d'une interprétation. Certaines interprétations peuvent être supérieures à d'autres, non parce qu'elles sont plus « profondes », mais parce qu'elles recèlent un plus grand pouvoir explicatif, se révèlent plus crédibles, confèrent un plus grand sentiment de maîtrise et, dès lors, sont plus efficaces pour catalyser la volonté. Pour être véritablement efficaces, les interprétations doivent être adaptées au destinataire ; en général, elles sont plus efficaces si elles donnent du sens, si elles sont cohérentes du point de vue de la logique avec d'autres arguments, si elles sont soutenues par l'observation empirique, si elles sont consonantes avec le cadre de référence du patient, si elles « sonnent juste », si elles produisent un « déclic » dans l'expérience interne du patient et si elles peuvent être transposées à d'autres situations de vie analogues du patient. En règle générale, les interprétations globales offrent au patient une explication inédite pour des tendances comportementales générales (par opposition à un trait ou une caractéristique isolés). Le caractère inédit de l'explication du thérapeute trouve son origine dans ce cadre de référence inhabituel, qui permet au thérapeute de lier entre elles de manière inédite des données relatives au patient ; souvent, en effet, ce matériel a été laissé de côté ou est en dehors du champ de la conscience du patient.

Lorsque j'expose cette thèse relativiste à des étudiants, ces derniers y réagissent par des questions du type « Voulez-vous dire qu'une explication astrologique est aussi valide en psychothérapie ? ». En dépit de mes propres réserves intellectuelles, je me dois de répondre par l'affirmative. Si une explication astrologique, chamanique ou magique accroît le sentiment de maîtrise et aboutit à un changement personnel intérieur, alors elle est valide (au bémol près qu'elle doit être cohérente avec le cadre de référence de la personne). Ce point de vue est étayé par de nombreuses recherches transculturelles en psychiatrie ; dans les cultures les plus primitives, *seule* l'explication magique ou religieuse est acceptable, et donc valide et efficace.

Une interprétation, même la plus brillante, reste sans valeur si un patient ne l'entend pas. Le thérapeute doit s'efforcer de reprendre un certain nombre d'éléments avec le patient et de présenter l'explication de manière claire. (Un thérapeute qui n'y parvient pas ne comprend pas l'explication ; ce n'est pas, comme le prétendent certains, parce qu'il s'adresse directement à l'inconscient du patient.) Un patient n'est pas toujours capable d'accepter une interprétation à sa première formulation par le thérapeute, peut l'entendre plusieurs fois jusqu'à ce qu'un déclic se produise un jour. Pourquoi le déclic se produit-il précisément ce jour-là ? Le thérapeute doit garder à l'esprit que même si une décision de changement semble avoir été prise sur une durée très courte, elle n'en a pas moins été préparée, le plus souvent, par un travail de fond nécessitant de longs mois, voire des années. Certains thérapeutes sont impressionnés et restent perplexes devant des récits de patients évoquant un changement de vie radical à la suite d'une brève rencontre thérapeutique ou d'une participation de courte durée à un atelier de développement personnel. Ces témoignages sont très difficiles à évaluer. Richard Nisbett et Tim Wilson ont démontré que les personnes qui prennent des décisions sont souvent vagues dans leurs descriptions des antécédents de cette décision[112]. Les entretiens que j'ai conduits avec des personnes ayant expérimenté des transformations radicales me donnent à penser que ces changements ne sont nullement soudains : le terrain a souvent été préparé les semaines, les mois ou les années précédents. Au moment où elles entreprennent une thérapie ou un autre type d'expérience de développement personnel, de nombreuses personnes ont déjà, à un niveau profond, réalisé le travail et sont à la veille d'un changement considérable. Dans ce type de cas, la thérapie – c'est-à-dire la décision d'entreprendre une thérapie – constitue l'*expression* et non la *cause* du changement.

Les décisions de changement prennent généralement énormément de temps ; le thérapeute, dès lors, se doit de cultiver la patience. Les interprétations doivent être formulées au moment approprié. Le thérapeute expérimenté sait qu'une interprétation prématurée aura peu d'impact thérapeutique. L'exemple suivant en fournit une bonne illustration. Une patiente d'un groupe thérapeutique vivait depuis des années une expérience conjugale extrêmement peu satisfaisante. Toutes ses tentatives d'améliorer son mariage avaient échoué. Bien qu'elle réalisât que ce mariage la détruisait, elle s'y accrochait car elle était terrifiée à l'idée de faire face seule à la vie. Elle percevait son époux non comme une personne réelle, mais comme une figure chargée de la protéger de la solitude. Bien que la relation fût manifestement insatisfaisante, elle était si terrifiée à l'idée de la perdre qu'elle refusait de s'engager elle-même dans une stratégie de changement. Sans engagement à changer et sans véritable lien, les probabilités d'amélioration de son mariage restaient faibles. Il me paraissait clair que ce n'était qu'en se confrontant à la séparation et à l'autonomie que cette femme pourrait avoir la chance de réaliser une rencontre authentique et non déformée. Je m'aventurai donc à émettre l'avis suivant : « *Ce n'est qu'en étant disposée à renoncer à votre mariage que vous pourrez le sauver.* » Cette interprétation fut lourde de sens pour elle : elle déclara qu'elle lui fit l'effet de la foudre et qu'elle fut le catalyseur d'un changement considérable. Le plus fascinant dans cette situation est qu'elle avait participé au groupe thérapeutique auquel, pendant des années, j'avais envoyé un compte rendu de séance après chaque regroupement (voir mon livre sur la thérapie de groupe[113] pour en savoir plus sur les fondements logiques de cette procédure). Il existait ainsi une histoire écrite de ce groupe thérapeutique, une chronique que les patients avaient lue après chaque regroupement. Cette patiente comptait parmi les lectrices assidues de ces comptes rendus, qu'elle classait, de sorte qu'elle disposait d'un journal du groupe auquel elle se référait de temps à autre. Peu de temps après l'interprétation marquante que je lui fis, je repris, pour une contribution que j'écrivais, les résumés des séances de groupe des dernières années et je fus stupéfait de découvrir que j'avais fait la même interprétation un an auparavant ! Bien que les termes en fussent identiques et que l'interprétation fût soulignée, la patiente ne l'avait pas entendue car elle n'était pas prête à l'entendre.

PASSÉ ET AVENIR EN PSYCHOTHÉRAPIE

Comme le savent tous les thérapeutes, une thérapie n'est fructueuse que si elle permet au patient de modifier son avenir. Pour autant, le temps de la thérapie, tout du moins celui des textes psychothérapiques, n'est pas tant le futur que le passé. Pour une large part, cette domination du passé résulte de la confusion entre explication et « originologie ». Les psychothérapeutes, notamment ceux d'orientation freudienne, croient souvent que, pour expliquer quelque chose – c'est-à-dire pour fournir un *insight* –, il est nécessaire d'en dévoiler les origines ou, au moins, d'établir un lien entre l'événement présent et quelque situation antérieure. Dans ce cadre de référence, les causes du comportement individuel doivent être trouvées dans des circonstances antérieures de la vie de la personne.

Pourtant, comme j'en émettais l'hypothèse dans la section précédente, il existe de nombreux modes explicatifs ou de systèmes de causalité qui ne se fondent pas sur le passé. Ainsi, le futur (l'idée présente que nous en avons) s'avère tout autant que le passé un déterminant puissant du comportement ; le concept de déterminisme futur est pleinement défendable. Le « pas encore » influence notre comportement de multiples manières et dans de fortes proportions. Chez chacun de nous, à des niveaux conscient et inconscient, il existe un sentiment de finalité, un soi idéalisé, un ensemble d'objectifs vers lesquels nous tendons, une conscience du destin et de la mort ultime. Tous ces concepts s'étirent jusque dans l'avenir ; pourtant, ils influencent considérablement notre expérience interne et notre comportement.

Un autre mode explicatif repose sur le concept galiléen de causalité soulignant les champs de force actuels opérant sur la personne. Dans notre évolution dans l'espace, nos trajectoires comportementales sont influencées non seulement par la nature et la direction de la poussée d'origine et la nature de l'objectif envisagé, mais aussi par tous les champs de forces présents opérant sur eux. Dès lors, le thérapeute peut « expliquer » le comportement d'un patient en s'intéressant aux cercles concentriques constitués par les motivations présentes conscientes et inconscientes qui entourent le patient. Considérons, par exemple, l'exemple d'une personne présentant une forte tendance à attaquer les autres. L'exploration de ce comportement peut révéler que l'agression du patient constitue une formation réactionnelle dissimulant une couche de forts désirs de dépendance qui se voient refoulés par l'anticipation du rejet. Cette explication n'a nullement besoin d'inclure la composante « Comment le patient en est-il arrivé là ? ».

Néanmoins, la tendance naturelle du thérapeute est de se concentrer en psychothérapie sur le passé. La plupart des traitements approfondis au long cours consacrent beaucoup d'énergie à ce retour sur le passé. Les thérapeutes collectent de longues histoires développementales, explorent de manière approfondie les souvenirs des relations précoces avec les parents et la fratrie, travaillent laborieusement sur les souvenirs précoces et les racines infantiles des rêves. Les fondements de cette approche furent posés par Freud. Psycho-archéologue convaincu, Freud, à la fin de sa vie, était persuadé que l'excavation du passé était primordiale, voire indispensable, à une thérapie réussie. Dans l'un de ses derniers écrits, il établit une comparaison poussée entre le travail de l'analyste et celui de l'archéologue et décrit la tâche du thérapeute comme une « construction du passé » :

> « Nous savons tous que l'analysé doit être amené à se remémorer quelque chose qu'il a vécu et refoulé, et les conditions dynamiques de ce processus sont si intéressantes qu'en revanche l'autre partie du travail, l'action de l'analyste, est reléguée à l'arrière-plan. De tout ce dont il s'agit, l'analyste n'a rien vécu ni refoulé ; sa tâche ne peut pas être de se remémorer quelque chose. Quelle est donc sa

tâche ? Il faut que, d'après les indices échappés à l'oubli, il devine ou, plus exactement, il *construise* ce qui a été oublié. (...) Son travail de construction ou, si l'on préfère, de reconstruction présente une ressemblance profonde avec celui de l'archéologue qui déterre une demeure détruite et ensevelie, ou un monument du passé. Au fond, il lui est identique, à cette seule différence que l'analyste opère dans de meilleures conditions et dispose de plus de ressources et matériaux[114]. »

Freud poursuit en affirmant que le thérapeute, comme l'archéologue, doit souvent procéder à une reconstruction des fragments disponibles (fournis par le patient) et proposer cette construction au patient. En fait, Freud suggère que le terme « construction » se révèle plus approprié que celui d'« interprétation » pour décrire l'activité du thérapeute. Un analyste qui ne parvient pas à aider le patient à retrouver des souvenirs du passé devrait, selon Freud, néanmoins lui proposer une construction de ce passé tel que lui, l'analyste, le perçoit. Freud croyait que cette reconstruction offrait le même bénéfice thérapeutique que les réminiscences réelles du matériel clinique issu du passé :

« Très souvent on ne réussit pas à ce que le patient se rappelle le refoulé. En revanche, une analyse correctement menée le convainc fermement de la vérité de la construction, ce qui, du point de vue thérapeutique, a le même effet qu'un souvenir retrouvé[115]. »

Cette remarquable affirmation s'accorde avec le point de vue précédemment formulé, à savoir que le processus interprétatif ou explicatif prime sur le contenu réel de l'interprétation ou de l'explication.

L'importance accordée par Freud à la reconstruction du passé comme système explicatif est intimement liée à sa doctrine déterministe : tous les comportements et les expériences psychiques sont appréhendés comme les résultantes d'événements passés, de nature environnementale ou pulsionnelle. Le problème de ce système explicatif est qu'il porte en lui les germes du désespoir thérapeutique. Si nous sommes déterminés par le passé, d'où provient alors cette capacité à changer ? Il est manifeste dans les derniers travaux de Freud, notamment *Analyse terminable et interminable*, que sa conception déterministe absolue de l'homme le conduisit à une posture de nihilisme thérapeutique.

Tout système recourant à des phénomènes en dehors du champ de la responsabilité individuelle (par exemple les événements environnementaux ou les mouvements pulsionnels) pour expliquer le comportement et les expériences psychiques conduit le thérapeute sur une voie semée d'embûches. Rank exprimait ce point de vue dans les termes suivants : « Dans son application au psychique, le principe de causalité représente donc un refus du principe de volonté puisqu'il soumet la pensée, la vie affective et l'action de l'individu à l'empire des forces extérieures et par là même le libère de sa responsabilité et de sa culpabilité[116]. »

Naturellement, il est souvent utile de se libérer de la culpabilité relative aux événements et aux actions du passé. Le thérapeute adhérant à une doctrine déterministe est capable d'appréhender le passé de sorte à démontrer au patient qu'il a été victime d'événements passés, que, étant donné les circonstances, il n'aurait pas pu agir différemment. Dès lors, l'exploration du passé sert à absoudre de la culpabilité mais ne résout pas pour le thérapeute le problème consistant à appréhender le passé avec un cadre de référence (offrir l'absolution) et l'avenir avec un autre (invoquer la responsabilité).

Gatch et Temerlin ont travaillé sur des transcriptions réalisées par vingt thérapeutes – dix thérapeutes freudiens et dix analystes existentiels – pour déterminer la façon dont ils géraient ce paradoxe[117]. Ils découvrirent de façon prévisible que les thérapeutes existentiels réalisaient beaucoup plus d'interventions soulignant les choix, la liberté et la responsabilité des patients. Néanmoins, ces vingt thérapeutes ne s'adressèrent jamais aux patients comme s'ils étaient victimes de circonstances en dehors de leur contrôle. Avec des patients envisageant un changement, tous les thérapeutes tentèrent d'identifier et de souligner les options disponibles. Par ailleurs, lorsque les patients évoquaient leur enfance, tous les thérapeutes paraissaient endosser une posture déterministe, à savoir que ces circonstances avaient été en dehors du contrôle du patient quand il était enfant.

Il semblerait que les thérapeutes apprennent à vivre avec l'incohérence de cette posture. Ils peuvent limiter l'incohérence en passant d'une posture déterministe à un déterminisme réciproque, c'est-à-dire en émettant l'hypothèse que, par le passé, le coefficient d'adversité était trop fort ou que, compte tenu de la jeunesse et de l'expérience du patient et le pouvoir des forces adultes s'exerçant sur lui, le patient n'aurait pu agir autrement.

La plupart des thérapeutes existentiels ont tendance à moins se concentrer sur le passé que les thérapeutes d'autres approches et davantage sur l'avenir et les objectifs que le patient se donne. Lorsque des thérapeutes existentiels travaillent sur la culpabilité, ils ne s'intéressent pas tant aux mauvais choix effectués qu'au refus de faire de nouveaux choix. La tâche consistant à absoudre de la culpabilité passée s'avère extrêmement ardue en présence d'un comportement constant suscitant la culpabilité. Le patient doit tout d'abord apprendre à se pardonner pour le présent et l'avenir. Tant que la personne continue à agir dans son *self* présent de la même manière que dans le passé, elle ne peut se pardonner à elle-même pour le passé. Par ailleurs, en ce qui concerne le passé, il est important que la personne n'assume pas une responsabilité disproportionnée. Dans ce domaine, il convient de rappeler le concept d'impératif catégorique de responsabilité : ce qui est vrai pour quelqu'un en matière de responsabilité est également vrai pour tous. Nombreux sont ceux à assumer une responsabilité et une culpabilité excessives pour les actions et les sentiments d'autres personnes. Bien que le patient puisse véritablement s'être livré à des transgressions envers un tiers, il convient de ne pas oublier la sphère de responsabilité de ce tiers qui se laissa blesser, mépriser ou maltraiter d'une quelconque manière par le patient. En d'autres termes, le thérapeute doit aider le patient à fixer les limites de sa responsabilité.

Outre l'interrogation, substantielle, relative à l'efficacité thérapeutique d'un système explicatif causal fondé sur le passé, se pose un sérieux problème méthodologique, à savoir que réalité psychologique et réalité historique sont distinctes. Comme le souligne Rank, la conception que Freud avait des sciences naturelles le poussa à tenter de reconstruire le passé historique à partir des souvenirs que le patient en avait. Toutefois, « la reconstruction du passé dépend non des faits mais de l'attitude ou de la réaction de l'individu à leur égard. (…) Le problème du passé est un problème de mémoire et donc un problème de conscience[118] ». En d'autres termes, le passé est reconstitué par le présent. Même par une longue anamnèse, le patient ne se souvient que d'une portion infime de son expérience passée et peut en outre se la remémorer et la synthétiser de manière sélective, de sorte à ce qu'elle soit cohérente avec la conception actuelle qu'il a de lui-même. (Raison pour laquelle Goffman suggère le terme d'« apologie » pour cette reconstruction du passé[119].) Tout comme un patient, en thérapie, change l'image actuelle qu'il a de lui-même, il est possible de reconstituer ou de réintégrer le passé, par exemple se souvenir d'expériences positives oubliées avec les parents. Il est possible de les humaniser et, au lieu de les appréhender sur un mode solipsiste (comme des figures qui n'existent que par rapport à soi), commencer à les comprendre comme des personnes bien intentionnées aux prises avec les mêmes faits accablants de la condition humaine. Ce processus est décrit à merveille dans une remarque attribuée à Mark Twain : « À dix-sept ans, j'étais persuadé que mon père était un idiot. À vingt et un ans, j'étais stupéfait par la somme de choses qu'il avait apprises en quatre ans. »

L'approche herméneutique de l'interprétation appréhende la relation entre compréhension et contexte. Elle postule que la compréhension requiert un certain contexte, dont la perception est altérée par cette nouvelle compréhension. Dès lors, l'interprétation se conçoit comme un processus organique dans lequel contexte et compréhension se reconstituent l'un l'autre de manière séquentielle. La relation entre passé et présent obéit au même principe : le passé d'un être humain, à la différence des vestiges de quelque temple antique, n'est ni fixe ni fini, mais reconstitué par le présent et, dans son immanence symbolique toujours changeante, influence le présent. Si le passé comme système explicatif se révèle d'une portée limitée, quel rôle le passé joue-t-il en psychothérapie ? J'ai évoqué précédemment la recherche d'*insight* génétique dans le développement de la relation thérapeutique. L'entreprise intellectuelle, que Freud comparait à une fouille archéologique, constitue une activité partagée et apparemment signifiante dans laquelle s'engagent le patient et le thérapeute, tandis que le *véritable* agent du changement, la relation thérapeutique, se déploie. Par ailleurs, le passé facilite également la relation en ceci que la compréhension explicite du développement antérieur d'une attitude interpersonnelle quelconque accroît la possibilité d'engagement. Par exemple, une femme affichant une attitude hautaine et condescendante peut soudain paraître compréhensible, voire attachante, lorsque le thérapeute apprend l'histoire de ses parents immigrés et leur lutte désespérée pour transcender l'humiliation de son enfance dans les taudis. La connaissance du processus de devenir d'une personne constitue souvent un complément indispensable à la connaissance de celle-ci. C'est l'importance accordée en la matière qui compte. L'exploration du passé vise à faciliter et à approfondir la relation présente, par opposition à la position freudienne, où la relation présente sert à approfondir la compréhension du passé, différence que Charles Rycroft formule avec une clarté exemplaire :

> « Il serait plus juste de dire que l'analyste se livre à des excursions historiques afin de comprendre ce qui interfère dans sa communication présente avec le patient (de la même manière qu'un traducteur pourrait recourir à l'histoire pour éclairer un texte obscur) que de dire qu'il entre en contact avec le patient afin d'accéder à des données biographiques[120]. »

PARTIE III

L'ISOLEMENT

8

L'isolement existentiel

Le processus de profonde introspection, que Heidegger nomme « le dévoiler[1] », nous amène à reconnaître que nous sommes des êtres finis, que nous devons mourir, que nous sommes libres et que nous ne pouvons échapper à notre liberté. Nous apprenons également que l'individu est inexorablement seul.

Comme la liberté et la mort sont des concepts qui, traditionnellement, se trouvent en dehors du champ du psychothérapeute, il m'a semblé nécessaire de traiter de leur pertinence pour la psychothérapie. Avec l'isolement, nous sommes dans un autre cas de figure, dans la mesure où il s'agit d'un concept familier émergeant souvent en psychothérapie. En fait, l'isolement est un concept si familier, aux emplois multiples, que ma première tâche va être de définir son acception dans un contexte existentiel. Le clinicien, à mon sens, est confronté dans sa pratique à trois types d'isolement : interpersonnel, intrapersonnel et existentiel. L'isolement *interpersonnel*, généralement éprouvé comme de la solitude, renvoie à l'isolement du sujet face aux autres. Il prend la forme d'une équation multifactorielle : isolement géographique, carence en compétences sociales appropriées, sentiments très conflictuels envers l'intimité ou type de personnalité (schizoïde, narcissique, manipulateur, critique) excluant toute interaction sociale gratifiante. Les facteurs culturels jouent un rôle important dans l'isolement interpersonnel. La désagrégation d'institutions favorisant l'intimité – famille élargie, voisinage stable, église, commerçants de quartier, médecin de famille, par exemple – entraîne inexorablement, aux États-Unis tout du moins, un éloignement interpersonnel accru.

L'isolement *intrapersonnel* désigne le processus par lequel le sujet se coupe d'une partie de lui-même. Freud employait le terme « isolement » pour qualifier un mécanisme de défense, à l'œuvre notamment dans la névrose obsessionnelle, par lequel « l'expérience vécue ne se trouve pas oubliée, mais dépouillée de son affect et ses relations associatives se trouvent réprimées ou interrompues, si bien qu'elle reste là, comme isolée, et qu'elle n'est pas non plus reproduite dans le cours de l'activité de pensée[2] ». Harry Stack Sullivan, quant à lui, s'est plus particulièrement intéressé au phénomène par lequel le sujet exclut l'expérience de la conscience et/ou rend certaines parties de la psyché inaccessible au *self*, processus qu'il dénomma « dissociation » (abandonnant ce faisant le terme de « refoulement ») et auquel il accorda une place prépondérante dans sa conception de la psychopathologie[3]. Dans la psychothérapie contemporaine, « l'isolement » ne s'emploie pas uniquement pour désigner les mécanismes de défense formels mais, dans une acception plus générale, pour faire référence à toute forme de fragmentation du *self.* Dans cette optique, un isolement intrapersonnel se produit dès lors que le sujet étouffe ses propres sentiments ou désirs, accepte les « je dois » comme ses propres désirs, se méfie de son jugement ou enfouit son potentiel.

L'isolement intrapersonnel constitue un paradigme largement employé en psychopathologie. Des théoriciens modernes comme Horney, Fromm, Sullivan, Maslow, Rogers et May appréhendent tous la pathologie comme la résultante d'entraves précoces qui nuisent au développement naturel du sujet. Carl Rogers, dans une analyse de la célèbre étude de cas Ellen West de Ludwig Binswanger, décrit clairement cet isolement intrapersonnel : « Bien que, enfant, elle fût totalement indépendante de l'opinion des autres, elle est maintenant complètement dépendante de ce que les autres pensent. Elle n'a plus aucun moyen de savoir ce qu'elle ressent ou ce qu'elle pense d'elle-même. Il s'agit de l'état le plus isolé qui soit, une séparation presque complète de son propre organisme autonome[4]. »

Les thérapeutes actuels accordent une importance considérable à la réintégration par les patients des parties d'eux-mêmes dont ils se sont coupés. Dans un projet de recherche décrit au chapitre 6, des patients ayant mené une thérapie réussie étaient invités à classer soixante items selon leur degré d'utilité dans la thérapie[5]. De loin, l'item le plus choisi fut « découvrir et accepter des parties précédemment ignorées ou inacceptables de moi ». La restauration de l'intégrité constitue l'objectif de la plupart des psychothérapies (excepté celles orientées vers les symptômes). Perls, par exemple, baptisa son approche « gestalt »-thérapie afin de souligner l'importance qu'il accordait à cet objectif d'« entièreté ».

La suite de ce chapitre aborde la troisième forme d'isolement, l'isolement existentiel. Non que l'isolement *inter*personnel et *intra*personnel ne constituent pas des enjeux cruciaux du travail clinique. Toutefois, pour conserver à cet essai une longueur gérable, je me bornerai à renvoyer le lecteur à une bibliographie spécifique[6]. Néanmoins, je ferai référence à maintes reprises à l'isolement interpersonnel et intrapersonnel, dans la mesure où ces deux formes d'isolement entretiennent un lien étroit avec l'isolement existentiel (l'isolement interpersonnel et existentiel possèdent notamment une frontière commune). Sur un plan subjectif, ces formes d'isolement présentent des similitudes, en d'autres termes elles peuvent renvoyer à des ressentis identiques et se cacher l'une l'autre. Il n'est pas rare que les thérapeutes les confondent et se trompent de cible dans le traitement de leur patient. Par ailleurs, leurs limites sont semi-perméables : l'isolement existentiel, par exemple, est souvent contenu dans des limites gérables par le biais de l'affiliation interpersonnelle. Je reviendrai sur chacun de ces aspects au moment approprié, après avoir défini l'isolement existentiel.

QU'EST-CE QUE L'ISOLEMENT EXISTENTIEL ?

Les personnes se sentent souvent isolées des autres et de parties d'elles-mêmes, mais sous-jacent à ces coupures figure un isolement plus fondamental participant de l'existence même, isolement qui perdure en dépit des liens les plus gratifiants aux autres, de la connaissance de soi et de l'intégration. L'isolement existentiel renvoie à un abîme infranchissable entre soi et un autre être. Il renvoie aussi à un isolement encore plus fondamental, la séparation entre le sujet et le monde. Si « séparation du monde » semble être une expression juste, elle n'en demeure pas moins vague. L'une de mes patientes me fournit une définition plus « incarnée ». Elle traversait des crises de panique ponctuelles qui se déclenchaient toutes les fois que sa relation à l'autre dominant était menacée. Elle me décrivit son expérience comme suit : « Vous vous souvenez du film *West Side Story*, lorsque les deux amants se rencontrent et que soudain tout le reste s'évanouit et qu'ils sont absolument seuls l'un avec l'autre ? C'est ce qui m'arrive dans ces moments-là. À ceci près qu'il n'y a personne d'autre que moi. »

Un autre patient faisait un cauchemar récurrent qui remontait à sa petite enfance et qui, maintenant, à l'âge adulte, engendrait une grave insomnie ou plus exactement une phobie du sommeil, puisqu'il était terrifié à l'idée d'aller se coucher. Le cauchemar est inhabituel dans le sens où le rêveur ne souffrait d'aucun préjudice. Mais son monde, en revanche, s'évanouissait, l'exposant à du néant. Voici le récit de son rêve :

> « Je me réveille dans ma chambre. Soudain, je remarque que tout est en train de changer. L'encadrement de la fenêtre semble s'agrandir puis

onduler, les étagères rétrécissent, le bouton de la porte disparaît et un trou, qui ne cesse de s'agrandir, apparaît. Tous les objets perdent leur forme et commencent à se mêler. Il n'y a plus rien et je me mets à hurler. »

L'auteur Thomas Wolfe fut particulièrement hanté par une conscience inhabituelle de cet isolement existentiel. Dans son récit autobiographique intitulé *L'Ange exilé*, le protagoniste médite sur l'isolement alors même qu'il n'est qu'un enfant dans son lit :

« Une solitude et une tristesse insondables le pénétraient : sa vie lui apparaissait au fond de la solennelle perspective d'une allée de forêt et il savait qu'il serait toujours livré à la tristesse : enfermée dans la petite sphère de ce crâne, prisonnière de ce cœur palpitant et si secret, sa vie était condamnée à suivre des couloirs solitaires. Perdu. Il comprenait que les hommes restent à jamais des étrangers les uns pour les autres, que nul ne parvient jamais vraiment à connaître quiconque, que, prisonniers des sombres entrailles de notre mère, nous arrivons dans la vie sans avoir connu son visage, qu'on met dans ses bras un étranger et que, captifs de cette indissoluble prison de l'être, nous ne nous en évadons jamais, quels que soient les bras qui nous étreignent, la bouche qui nous embrasse, le cœur qui nous émeut. Jamais, jamais, jamais, jamais, jamais[7]. »

L'isolement existentiel est une vallée de solitude dont il est possible de s'approcher de maintes façons. Une confrontation à la mort et à la liberté conduit inévitablement l'être humain dans cette vallée.

La mort et l'isolement existentiel

La connaissance de « ma mort » nous fait pleinement appréhender que personne ne peut mourir avec quelqu'un ni à la place de quelqu'un d'autre. Comme l'écrit Heidegger : « Quelqu'un peut bien "aller à la mort pour un autre". Mais mourir ainsi pour… ne peut jamais entraîner que l'autre serait de la moindre façon déchargé de sa mort. *Nul ne peut décharger l'autre de son trépas*[8]. » Quand bien même nous sommes entourés d'amis, que d'autres meurent pour la même cause, voire que d'autres meurent en même temps (comme dans cette coutume de l'Égypte ancienne où les domestiques étaient tués et enterrés en même temps que le pharaon, ou dans les suicides collectifs), au niveau le plus fondamental, mourir constitue l'expérience humaine la plus solitaire.

Elckerlyc (Monsieur Chacun), le récit liturgique et allégorique très célèbre du Moyen Âge, décrit avec une simplicité saisissante la solitude de la rencontre humaine avec la mort[9]. Elckerlyc (Monsieur Chacun) reçoit une visite de la mort qui l'informe que le moment est venu pour lui d'entreprendre son dernier pèlerinage vers Dieu. Monsieur Chacun implore la pitié, mais en vain. La mort l'informe « qu'il doit se mettre en route et s'engager dans le passage où personne ne repasse plus ». Désespéré, Monsieur Chacun cherche de l'aide. Terrifié et, surtout, isolé, il implore les autres de l'accompagner dans ce voyage. Camarade, un autre personnage de la pièce, refuse :

> « À l'aide ! à l'aide ! – Recule-toi !
> Sainte Force de Dieu… C'est que je n'y vais point…
> Mais point du tout ! »

Il est abandonné de la même manière par tous les autres personnages allégoriques de la pièce : Beauté, Sagesse, Connaissance :

> « Quoi ? Beauté est comme le vent… et Force comme la brume ? Viens donc, chère Sagesse,
> Et avec moi, considère le fond. »

Mais la Sagesse refuse, tout comme la Richesse :

> « Je suis du monde et ne puis quitter le monde.
> Mieux vaut pour toi que je te fausse compagnie.
> Car je suis mal vue de Dieu.
> Je te ferais plutôt du tort. »

Monsieur Chacun est finalement sauvé de la terreur intégrale de l'isolement existentiel quand l'un des personnages, Vertu, accepte de l'accompagner jusque dans la mort. Il s'agit effectivement de la morale chrétienne de la pièce : dans la sphère religieuse, les bonnes actions constituent un pilier contre l'isolement ultime.

Aujourd'hui, le Monsieur Chacun séculier qui n'a pas la foi doit en effet entreprendre seul ce voyage.

La liberté et l'isolement existentiel

La solitude d'être son propre parent. Chacun est seul dans la mesure où il est responsable de sa propre vie. La responsabilité implique la paternité assumée de sa vie ; la conscience d'être le créateur de sa vie implique d'abandonner la croyance en l'existence d'un autre qui nous crée et nous protège. La solitude profonde est inhérente à l'acte d'autocréation. Chacun prend conscience de l'indifférence de l'univers. Peut-être les animaux ont-ils un sens du berger et du refuge, mais l'humanité, maudite par la conscience de soi, ne peut fuir cette exposition à l'existence.

Pour Erich Fromm, l'isolement constitue la source principale de l'angoisse. Fromm s'attacha à souligner le sentiment de vulnérabilité inhérent à la séparation fondamentale de l'être humain.

> « (...) la conscience de sa solitude et de sa séparation, de son impuissance devant les forces de la nature et de la société, tout ceci fait de son existence séparée, désunie, une prison insupportable. Il sombrerait dans la folie s'il ne pouvait s'évader de cette prison et tendre vers l'avant, s'unir sous une forme ou sous une autre avec les hommes, avec le monde extérieur. L'expérience de séparation suscite l'angoisse : elle est, à vrai dire, la source de toute angoisse. Être séparé signifie être coupé de, sans être

> du tout en mesure d'exercer mes facultés humaines. Dès lors, être séparé signifie être démuni, incapable de saisir le monde – objets et personnes – activement ; cela signifie que le monde peut m'envahir sans qu'il soit en mon pouvoir de réagir[10]. »

Cet affect diffus de solitude-vulnérabilité constitue une réponse émotionnelle compréhensible au fait que nous nous trouvons plongés, sans notre consentement, dans une existence que nous n'avons pas choisie, état que Heidegger qualifie « d'être-jeté » dans le monde. Bien que chacun se crée soi-même, notre projet – ce que chacun se crée en définitive pour lui-même – se voit limité par le fait que nous avons été jeté seul dans l'existence.

Défamiliarisation. Outre nous constituer nous-mêmes, nous constituons un monde façonné de telle sorte à nous permettre de nous dissimuler que nous l'avons créé. L'isolement existentiel imprègne « la pâte même des choses », le fondement du monde. Mais il est tellement dissimulé sous des couches et des couches d'objets matériels, chargé chacun de signification personnelle et collective, que nous expérimentons seulement le monde du quotidien, des activités routinières, du « on ». Nous sommes entourés par, nous nous sentons « chez nous » dans un monde stable empli d'objets et d'institutions familiers, un monde dans lequel tous les objets et les êtres sont (inter) connectés à maintes reprises. Nous nous berçons dans un sentiment confortable et familier d'appartenance ; le vaste monde primitif du vide et de l'isolement est enfoui et réduit au silence et ne se rappelle à nous, par de brefs accès, que dans nos cauchemars et nos visions mythiques.

Pourtant, il arrive parfois que le rideau de la réalité s'entrouvre momentanément et nous entrapercevons la machinerie dans les coulisses. Dans ces moments-là, que tous les individus qui se livrent à une réflexion de leur situation dans le monde expérimentent, je le crois, il se produit une défamiliarisation instantanée, dans laquelle le sens est comme arraché et les amarres de ce « chez-nous » familier soudainement rompues. Albert Camus, dans l'une de ses premières œuvres, décrit l'un des ces moments, alors qu'il se trouve dans une chambre d'hôtel à l'étranger.

> « Me voici sans parure. Ville dont je ne sais pas lire les enseignes, caractères étranges où rien de familier ne s'accroche, sans amis à qui parler, sans divertissement enfin. De cette chambre où arrivent les bruits d'une ville étrangère, je sais bien que rien ne peut me tirer pour m'amener vers la lumière plus délicate d'un foyer ou d'un lieu aimé. Vais-je appeler, crier ? Ce sont des visages étrangers qui paraîtront. (...) Et voici que le rideau des habitudes, le tissage confortable des gestes et des paroles où le cœur s'assoupit, se relève lentement et dévoile enfin la face blême de l'inquiétude. L'homme est face à face avec lui-même : je le défie d'être heureux[11]... »

Dans ces moments de profonde angoisse existentielle, notre relation au monde est profondément ébranlée. L'un de mes patients, un cadre dirigeant à la carrière brillante, décrit ce type d'expérience, qui ne dura que quelques minutes, mais qui fut si forte qu'il en garde un souvenir vivace quarante ans après. À douze ans, allongé dehors à regarder le ciel nocturne, il se sentit soudain séparé de la terre mère, à dériver parmi les étoiles. Où se trouvait-il ? D'où venait-il ? D'où venait Dieu ? D'où venaient les choses ? Il se sentit submergé par un sentiment d'isolement, de vulnérabilité et d'absence de fondement. Bien que j'aie du mal à croire que des décisions qui influencent le cours entier d'une vie puissent être prises en un instant, il affirme qu'à ce moment-là il prit la décision de devenir si célèbre et puissant que jamais plus il n'éprouverait ce sentiment.

Naturellement, cette expérience de vide, de disparition et de désaffranchissement n'est pas « là dehors », mais à l'intérieur de nous, et nous n'avons besoin d'aucun stimulus externe pour la contacter. Une introspection authentique suffit, ce que Robert Frost exprime de façon merveilleuse :

> « Ils ne m'effraient pas avec leurs espaces vides
> Entre les étoiles, étoiles privées de vie.
> Je les ai en moi, si proches
> Mes propres déserts, qui me terrifient[12]. »

Lorsque nous pénétrons dans ces « déserts », le monde perd subitement sa familiarité, comme l'exprime Kurt Reinhardt :

> « Quelque chose de profondément mystérieux interfère entre lui et les objets familiers du monde, entre lui et ses compagnons humains, entre lui et ses “valeurs”. Tout ce qu'il considérait comme étant à lui pâlit et s'évanouit, de sorte qu'il n'a plus rien à quoi se raccrocher. Menacé par le “rien”, il est seul et perdu dans le vide. Mais quand cette sombre et terrible nuit d'angoisse s'estompe, l'homme soupire de soulagement et se dit : ce n'était “rien”, après tout. Il venait d'expérimenter le “néant”[13]. »

Heidegger emploie le terme d'« étrangeté » (*pas-chez-soi*) pour qualifier cet état où nous perdons notre sentiment de familiarité avec le monde. Lorsque nous (*Dasein*) nous immergeons totalement dans le monde familier de l'apparence et perdons contact avec notre situation existentielle, Heidegger considère que nous vivons dans le mode du « on », « inauthentique ». L'angoisse nous sert de guide pour nous ramener, par le biais de l'étrangeté, vers la conscience de l'isolement et du néant :

> « L'angoisse, en revanche, ramène le *Dasein* de son immersion dans le “monde” où il dévale. La familiarité quotidienne tombe en miettes. (…) L'être-au prend le “mode” existential du *pas-chez-soi.* Parler d'“étrangeté” ne veut rien dire d'autre[14]. »

Dans un autre passage, Heidegger énonce que lorsque nous revenons de cette « immersion dans le monde » et que les objets perdent leur signification, nous ressentons de l'angoisse à nous confronter à la solitude, l'impitoyabilité et le néant du monde[A]. Dès lors, pour échapper à l'étrangeté, nous utilisons le monde comme un outil et nous absorbons nous-mêmes dans les distractions fournies par le monde des apparences. La terreur ultime se manifeste lorsque nous nous confrontons au rien. Face au rien, aucune chose (rien) ni aucun être ne peut nous aider ; nous éprouvons alors l'isolement existentiel dans toute son entièreté. Kierkegaard comme Heidegger goûtaient les jeux de mots impliquant le mot « rien ». « De quoi l'homme a-t-il peur ? » « De/du rien ! »

Le réalisateur italien Antonioni était passé maître dans l'art de mettre en scène la défamiliarisation. Dans nombre de ses films, *(L'Éclipse*, par exemple), les objets sont filmés dans une forte clarté, comme nimbés d'un

---

A. Heidegger qualifie les objets du monde d'« ustensiles » et de « étant là-devant », selon qu'ils sont considérés comme « utilisables » ou saisis dans leur essence pure :

La menace ne vient pas de l'utilisable et de l'étant là-devant ; au contraire elle vient directement de ce que, pour quelqu'un, tout utilisable et tout étant là-devant ne « dit » rigoureusement rien. Il n'y a plus de conjointure avec l'étant intérieur au monde. Le monde dans lequel j'existe a sombré dans l'insignificativité et le monde qui se découvre ainsi peut seulement offrir de l'étant qui a le caractère de l'inconjointure. Le rien du monde, devant lequel l'angoisse s'angoisse, ne veut pas dire, dans l'angoisse, soit éprouvée une sorte d'absence de l'étant là-devant intérieur au monde. Il doit justement se rencontrer pour qu'il ne puisse *ainsi pas même* y avoir de conjointure avec lui et qu'il puisse se montrer impitoyablement vide. Ce qui implique cependant : l'attendance préoccupée ne trouve rien à quoi elle pourrait s'entendre, elle est en prise sur le monde ; mais l'entendre, butant sur le monde, est dirigé par l'angoisse sur l'être-au-monde en tant que tel, or ce *devant* quoi de l'angoisse est tout autant son pour quoi[15].

froid mystère. Ils sont détachés de leur sens, et le personnage principal évolue simplement parmi eux, incapable d'agir, tandis que tout le monde autour de lui continue de les utiliser[16].

La défamiliarisation implique bien plus que les objets du monde ; d'autres entités créées pour apporter structure et stabilité – comme les rôles, les valeurs, les lignes directrices, les règles, l'éthique – peuvent être tout autant privés de signification. Dans le chapitre 5, j'ai présenté un exercice simple de « désidentification », dans lequel les participants énumèrent les réponses à la question « Qui suis-je ? » sur des morceaux de papier et méditent ensuite sur l'expérience de renoncer à chacun de ces rôles (par exemple, homme, père, fils, dentiste, marcheur, lecteur, mari, catholique, Bob). À la fin de l'exercice, les participants se sont départis de tous leurs rôles et prennent conscience que l'être est indépendant de tout attirail, que chacun persiste, comme l'écrivait Nietzsche, même après « la dernière fumée d'une réalité qui se volatise[17] ». Certains des fantasmes évoqués par les participants à la fin de l'exercice (tels que « esprit désincarné évoluant dans un vide ») tendent à prouver que le désinvestissement des rôles suscite une expérience d'isolement existentiel.

Ce que nous expérimentons quand nous sommes seuls ou lorsque les garde-fous du quotidien sont ôtés suscite un sentiment d'étrangeté, de ne pas être chez soi dans le monde. Le randonneur qui perd son chemin, le skieur qui se retrouve soudain hors pistes, le conducteur qui, dans un brouillard épais, ne voit plus la route, éprouvent souvent une poussée d'angoisse, indépendante de la menace physique impliquée, angoisse solitaire d'un vent soufflant du désert intérieur, le rien qui est au cœur de l'être.

Cette impression d'étrangeté est également celle suscitée par les explosions sociales qui soudain déracinent les valeurs et la morale dont nous avions cru qu'elles existaient indépendamment de nous. La Shoah, la violence des gangs, le suicide collectif de Jonestown, le chaos de la guerre, tous ces événements nous épouvantent par l'horreur qu'ils suscitent, mais nous laissent abasourdis aussi par le message qu'ils envoient, à savoir que les choses ne sont pas comme nous pensons qu'elles sont, que la contingence est reine, que tout pourrait être autre, que ce que nous considérons comme fixé, précieux et bon peut soudain disparaître, qu'il n'existe aucun sol stable, que nous ne sommes « pas chez nous » ici où ailleurs dans le monde.

La maturité et l'isolement existentiel

Le verbe « exister » implique la différenciation (*ex-sistere* signifie littéralement « se détacher », « surgir »). Le processus de croissance et de maturité, comme nous le rappelle Rank, est un processus de séparation, visant à faire de chacun un être séparé. Le travail de croissance et de maturité implique la séparation, l'autonomie (conduite de sa propre vie), la capacité à dépendre de soi, à tenir debout sur ses pieds, l'individuation, être soi, l'indépendance. La vie humaine débute par la fusion d'un ovule et de sperme, passe par une phase embryonnaire de dépendance physique totale à la mère, puis par une étape de dépendance physique et émotionnelle aux adultes de l'entourage. Progressivement, l'individu établit des limites marquant l'endroit où il se finit et où l'autre commence et devient autonome, indépendant et séparé. L'absence de séparation signifie l'absence de croissance ; l'isolement constitue le prix à payer pour cette séparation et cette croissance.

La tension inhérente à ce dilemme constitue, pour citer Kaiser, le « conflit universel » de l'être humain. « Devenir une personne implique un isolement complet, fondamental, éternel et insurmontable[18]. » Fromm avance un point de vue similaire dans son ouvrage *Escape from Freedom* :

> « Dans la mesure où l'enfant émerge de ce monde, il prend conscience d'être seul, d'être une entité séparée de toutes les autres. Cette séparation d'un monde, qui, en comparaison à l'existence individuelle est écrasante tant elle est forte et puissante, se révèle souvent menaçante et dangereuse et crée un sentiment d'impuissance et d'angoisse. Tant que nous formions une part intégrante de ce monde, sans avoir conscience des possibilités et des responsabilités de l'action individuelle, nous n'avions pas de raison d'avoir peur. Quand nous devenons des individus, nous sommes seuls face au monde, dans toutes ses dimensions dangereuses et accablantes[19]. »

Renoncer à un état de fusion interpersonnelle signifie faire face à l'isolement existentiel dans tout ce qu'il implique de terreur et d'impuissance. Le dilemme fusion-isolement ou attachement-séparation comme il est souvent nommé constitue la tâche existentielle développementale majeure. Cette conception était celle d'Otto Rank, qui accordait une importance majeure au traumatisme de la naissance. Pour Rank, la naissance constituait le symbole de toutes les expériences d'émergence de la fusion. C'est de la vie même dont l'enfant a peur[20].

Isolement existentiel et isolement interpersonnel sont intimement liés. L'émergence de la fusion interpersonnelle plonge l'individu dans l'isolement existentiel. Un état insatisfaisant de fusion-existence, tout comme une émergence trop précoce ou trop timide préparent mal l'individu à une confrontation à l'isolement inhérent à l'existence autonome. La peur de l'isolement existentiel constitue le moteur de nombre de relations interpersonnelles et, comme nous le verrons, une dynamique majeure derrière le mécanisme de transfert.

La problématique de la relation est une problématique de fusion-isolement. D'un côté, nous devons apprendre à être en lien à un autre sans céder au désir d'échapper à l'isolement en devenant une partie de cet autre. Mais nous devons aussi apprendre à être en lien avec un autre sans le réduire à un outil ni à une défense contre cet isolement. Bugental (dans un exposé des problématiques de lien) joue sur le mot *apart*[A21].

A. L'adjectif et adverbe *apart* signifie littéralement « séparé », mais peut être également entendu comme *apart*, c'est-à-dire « une partie ». *(N.d.T.)*

La tâche interpersonnelle fondamentale de l'être l'humain est d'être « une partie de » et « séparé de ». L'isolement interpersonnel et l'isolement existentiel constituent des étapes l'un par rapport à l'autre. Chacun doit d'abord se séparer afin de se confronter à l'isolement ; chacun doit être seul pour faire l'expérience de la solitude. Mais, comme je vais m'attacher à le démontrer maintenant, seule la confrontation à la solitude nous permet finalement de nous engager pleinement dans un lien à autrui.

ISOLEMENT ET RELATION

L'expérience d'isolement existentiel génère un état subjectif hautement inconfortable qui, comme pour toute forme de dysphorie, n'est pas tolérée longtemps par le sujet. Des défenses inconscientes sont à l'œuvre pour l'enfouir rapidement et la rejeter en dehors du champ de l'expérience consciente. Ces défenses doivent travailler sans répit, car l'isolement est à l'intérieur de chacun, attendant toujours d'être reconnu. Comme l'écrit Martin Buber, « les ondes de l'éther vibrent et résonnent toujours, mais la plupart du temps, nous avons fermé le récepteur[22] ».

Comment se protéger de la terreur de l'isolement fondamental ? Il est possible d'en assumer courageusement ou « résolument », pour citer Heidegger, une partie. Quant au reste, chacun essaie de l'oublier en entrant en relation avec un autre, qu'il s'agisse d'un être humain ou divin. En d'autres termes, le renfort principal contre la terreur de l'isolement existentiel est de nature relationnelle. Dès lors, j'articulerai mon exposé des manifestations cliniques de l'isolement existentiel autour des relations interpersonnelles, qui toutefois se distinguera des approches traditionnelles de la psychologie interpersonnelle. Mon approche ne se centre pas sur les besoins de sécurité, d'attachement, de validation de soi, de satisfaction des désirs ou de pouvoir, mais sur l'analyse des relations dans leur dimension d'apaisement de l'isolement fondamental et universel.

Aucune relation ne peut supprimer l'isolement. Chacun de nous est seul dans l'existence. Toutefois, cette dimension de solitude peut être partagée de manière que l'amour compense la souffrance de l'isolement. Pour citer Buber : « Il n'y a de grand rapport qu'entre véritables personnes. Un tel rapport (...) rompt les barrières de la haute solitude, triomphe de sa sévère loi et jette un pont de l'être-soi-même à l'être-soi-même par-dessus l'abîme de la peur cosmique[23] ».

Je crois que si nous sommes capables de reconnaître cet isolement de l'existence et de nous y confronter avec détermination, nous serons à même de nous tourner de manière aimante vers d'autres. Si, en revanche, nous sommes submergés par la terreur devant cette solitude abyssable, nous ne rencontrons pas véritablement les autres mais nous nous accrochons à eux pour ne pas couler dans l'océan de l'existence. Dans ce cas, nos relations ne sont pas de véritables relations, mais des assemblages bringuebalants, des relations avortées ou des déformations de véritables relations. Nous ne serons pas en lien avec eux en les percevant comme des êtres comme nous, tout aussi seuls, terrifiés, cherchant à modeler un monde habitable à partir de « la pâte même des choses ». Nous nous comportons envers eux comme s'ils étaient des « ustensiles ». L'autre n'est plus un « autre », mais un « objet », placé dans notre monde pour remplir une *fonction*. Bien évidemment, la fonction fondamentale est constituée par le *déni de l'isolement*, mais la prise de conscience de cette fonction nous entraîne trop près de la terreur tapie sous la surface. Une plus grande dissimulation s'avère nécessaire ; les métafonctions font leur apparition, et nous créons des relations qui fournissent un produit (par exemple le pouvoir, la fusion, la protection, la grandeur ou l'adoration) qui, à leur tour, servent à nier cet isolement.

Rien d'inédit dans cette organisation psychique défensive : tout système explicatif du comportement postule l'existence d'un noyau conflictuel recouvert de couches de mécanismes de protection et de dissimulation. Ces « relations » avortées avec leurs produits, leurs fonctions et leurs métafonctions constituent ce que les cliniciens dénomment « psychopathologie interpersonnelle ». Dans la suite de ce chapitre, j'exposerai le tableau clinique de plusieurs formes de relations pathologiques et soulignerai la dynamique à l'œuvre dans chacune d'elles. Toutefois, pour appréhender pleinement ce qu'une relation n'est pas, il est nécessaire de définir ce que peut être une relation dans le meilleur des cas.

L'amour affranchi de l'emprise des besoins

Une véritable relation implique des individus qui sont en lien l'un avec l'autre dans une modalité qui ne vise pas à combler des besoins. Pourtant, comment est-il possible d'aimer une autre personne pour elle-même et non pour ce qu'elle apporte à celui ou celle qui l'aime ? Comment aimer sans utiliser, sans *contrepartie*, sans hisser la grand-voile de l'engouement, du désir, de l'admiration ou de l'utilisation pour soi ? De nombreux penseurs se sont intéressés à la question ; je commencerai donc par présenter leurs contributions.

Martin Buber. « Au commencement est la relation[24] », proclamait Martin Buber, philosophe et théologien, dont l'allure de patriarche, soulignée par un regard perçant et une barbe blanche, renforçait la portée de ses thèses philosophiques. Buber eut un impact extraordinaire sur la philosophie religieuse tout comme sur la théorie psychiatrique moderne. Sa posture est inhabituelle : pont, d'une part, entre la pensée juive mystique et le hassidisme, et, d'autre part, la théorie relationnelle moderne. Sa déclaration « Au commencement est la relation » s'enracine dans ces traditions. Buber se réclame d'une tradition mystique dont la croyance est que chaque individu participe de l'alliance divine, possède une étincelle divine et que toutes ces étincelles, ensemble, révèlent la sainte présence. Tous les individus sont unis car chacun est en lien cosmique et spirituel avec l'univers.

Buber considérait que l'aspiration à la relation était « innée » et donnée « [et que] dans le sein maternel l'homme est initié au Tout mais qu'il l'oublie à la naissance. L'enfant a un « instinct » du contact, en premier lieu tactile, puis « créateur » avec un autre être[25]. L'enfant ne connaît pas le « Je » ; il ne connaît pas d'autre état de l'être que la relation.

L'homme, affirmait Buber, n'existe pas comme entité séparée : « L'homme est un être de médiation[26]. » Il existe deux formes élémentaires de relation – et donc deux formes de médiation – que Buber nommait « Je-Tu » et « Je-Cela ». La relation « Je-Cela » qualifie la relation entre une personne et une chose, relation « fonctionnelle », relation entre un sujet et un objet totalement dépourvue de réciprocité.

La relation « Je-Tu » définit une relation totalement mutuelle impliquant l'expérience pleine et entière de l'autre. Elle diffère de l'empathie (perception imaginaire d'une situation de la perspective de l'autre), dans la mesure où elle implique davantage qu'un « Je » tentant d'entrer en relation avec un autre. « Il n'y a pas de *Je* en soi ; il y a le *Je* du mot-principe *Je-Tu*[27]. »

« Relation est réciprocité[28]. » Non seulement le « Tu » de la relation « Je-Tu » diffère du « Cela » de la relation « Je-Cela », tout comme la *nature* de la relation Je-Tu se distingue de la relation Je-Cela, mais il existe en outre une différence encore plus fondamentale. *Il ne s'agit pas du même « Je » dans les deux cas.* Il ne s'agit pas d'un « Je » doté d'une réalité prééminente – un « Je » pouvant décider d'être en lien avec des « Cela » ou des « Tu », objets flottant dans son champ de vision. Non, ce « Je » est « intermédiation » ; le « Je » *apparaît et est modelé* dans le contexte de la relation. Dès lors, le « Je » est profondément influencé par la relation au « Tu ». Avec chaque « Tu », à chaque moment de la relation, le « Je » est recréé. Dans une relation au « Cela » (qu'il s'agisse d'une chose ou d'une personne chosifiée), nous retenons quelque chose de nous : nous inspectons le « cela » sous tous les angles possibles, nous l'analysons, l'évaluons et décidons de sa position dans le grand schéma des choses. En relation à un « Tu » en revanche, l'intégralité de notre être est impliquée ; rien ne peut être retenu.

> « Le mot fondamental Je-Tu ne peut être dit que par la totalité de l'être.
> Ce n'est pas moi qui peux opérer cette concentration, cette fusion de tout mon être, mais elle ne peut se faire sans moi. Je m'accomplis au contact du Tu, je deviens Je en disant Tu[29]. »

Si nous sommes en lien à un autre avec moins que l'intégrité de son être, si nous retenons quelque chose par avidité ou anticipation d'un retour quelconque ou si nous conservons une attitude objective de spectateur s'interrogeant sur l'impression suscitée par ses actions sur l'autre, nous avons alors transformé une rencontre « Je-Tu » en rencontre « Je-Cela ».

Pour être véritablement en lien à un autre, il est nécessaire de véritablement l'écouter, de renoncer à tous les stéréotypes et les anticipations par rapport à l'autre et s'autoriser à être modelé par la réaction de l'autre. La distinction que Buber établit entre écoute « authentique » et « pseudo-écoute » possède des implications évidentes en matière de relation thérapeutique.

Pour être en lien à l'autre sur un mode non dicté par les besoins, il est nécessaire de se perdre ou de se transcender. Mon illustration préférée de la relation « Je-Tu » est la description par Buber de lui et de son cheval, quand il était jeune.

> « À l'âge de onze ans, lorsque je passais l'été dans la ferme de mes grands-parents, j'avais coutume de me glisser dans l'écurie, chaque fois que je pouvais le faire sans être observé, et de caresser la nuque de mon favori, un cheval gris pommelé à la forte encolure. Ce n'était pas pour moi un simple petit amusement, c'était un grand événement ; un bon et agréable événement, certes, mais qui me causait aussi une profonde émotion. Si je devais l'interpréter aujourd'hui en partant du souvenir très vivace qu'en a gardé ma main, voici ce que je dirais : la bête me faisait éprouver l'Autre, l'énorme Altérité de l'Autre, mais une altérité qui ne demeurait pas étrangère, comme chez le bœuf et le bélier ; qui souffrait, au contraire, que je m'en approche, que je la touche. Quand je passais la main sur la puissante crinière, parfois curieusement lissée au peigne, d'autres fois tout aussi étonnamment échevelée, et que je sentais vivre sous mes doigts la chose vivante, c'était comme si l'élément de vitalité lui-même était continu à ma peau, quelque chose qui n'était pas

> moi, pas moi du tout, pas familier du tout à mon Je ; c'était précisément, et bien palpablement, l'Autre, et non pas simplement quelque autre, mais réellement l'Autre lui-même ; et il me permettait néanmoins de m'approcher de lui, et se confiait à moi et se tutoyait élémentairement avec moi. Très calmement, même si je n'avais pas encore commencé à lui verser de l'avoine dans sa mangeoire, le cheval levait sa tête pesante, les oreilles bougeant de leur propre mouvement, puis il soufflait doucement, comme un conjuré donne à ses camarades un signal qu'ils devront être seuls à percevoir. J'étais confirmé. Mais une fois – qu'avait-il, le petit garçon ? je n'en sais rien, c'était en tout cas bien enfantin – j'ai songé pendant ma caresse au plaisir que j'y prenais, et tout à coup, j'ai senti ma main. Le jeu continuait comme d'habitude, mais quelque chose avait changé, ce n'était plus Cela. Et lorsque, le lendemain, après avoir donné abondamment à manger à mon ami, je lui grattai la nuque, il ne leva pas la tête[30]. »

Le « dialogue » constitue le mode expérientiel élémentaire du « Je-Tu », dans lequel, silencieusement ou de manière explicite, « chacun des partenaires pense réellement à l'autre ou aux autres, dans leur vie de présence et leur façon d'être, et se tourne vers eux dans l'intention d'une mutualité vivante à s'instituer entre lui et eux[31] ». Le dialogue spécifie simplement l'ouverture à l'autre dans l'intégralité de son être. Lorsque le jeune Buber se détourna du cheval, prit conscience de sa main, du plaisir procuré par la caresse de l'animal, au dialogue se substitua le « monologue » et le règne du « Je-Cela ». Buber qualifie de « réfléchissement » cette action consistant à se détourner de l'autre. Dans le réfléchissement, non seulement chacun « s'occupe de soi-même[32] », mais, et ce point est plus important, nous oublions l'être spécifique de l'autre.

Viktor Frankl avance un point de vue similaire lorsqu'il déplore la « vulgarisation » contemporaine du concept de rencontre[33]. Frankl soutient, avec bien-fondé de mon point de vue, que la « rencontre » telle qu'elle se produit dans le groupe de rencontre standard ne relève pas de la rencontre mais de l'expression de soi, d'un culte de la décharge émotionnelle dont la logique s'enracine dans une « monadologie » psychologique présentant l'être humain comme une cellule dépourvue de fenêtres, une créature dénuée de la capacité à se transcender et à se « tourner vers l'autre » Dès lors, la préférence est accordée trop souvent à l'expression de son agressivité, au fait de taper dans un coussin ou un matelas, à l'estime de soi, à l'utilisation des autres pour résoudre des conflits anciens, à la réalisation de soi. La véritable ouverture à l'autre est remplacée, comme l'exprimerait Buber, par le « monologue déguisé en dialogue[34] ».

Buber s'avérait très exigeant dans la relation « Je-Tu ». Une fois, par exemple, il reçut la visite d'un jeune homme qui manifestement était là pour discuter. Buber découvrit bien plus tard que cet étranger avait un objectif caché, qu'il était « porté par le destin » et qu'il était sur le point de prendre une décision personnelle d'une importance cruciale. Buber se montra amical et attentionné, sans que « son âme fût de la partie » et « [omit] de deviner les questions qu'il ne posait pas[35] ». Mais est-il toujours possible de se tourner vers l'autre avec une telle intensité ? Manifestement, non, et Buber soulignait que, bien que le « Je-Tu » constituât un idéal vers lequel nous devions tendre, il n'existait qu'en de rares occasions. Nous devons vivre principalement dans le monde du « Je-Cela » ; vivre uniquement dans le monde du « Tu » reviendrait à se consumer soi-même dans la flamme blanche du « Tu ».

> « Le monde du Cela (…) est le moment où nous devons vivre, le monde aussi où nous pouvons vivre et qui nous offre par surcroît toute sorte d'attraits et de stimulants, d'activités et de connaissances. »

À l'intérieur de cette chronique ferme et salutaire, les moments où se réalise le Tu apparaissent comme de singuliers épisodes lyrico-dramatiques, d'un charme séducteur, certes, mais qui nous poussent dangereusement aux extrêmes…

> « (…) On ne peut vivre dans la seule présence, elle nous dévorerait, s'il n'avait été prévu qu'on la surmonte rapidement et totalement. (…) Et si tu veux que je te le dise avec tout le sérieux de la vérité : l'homme ne peut vivre sans le Cela. Mais s'il ne vit qu'avec le Cela, il n'est pas pleinement un homme[36]. »

Ce plaidoyer en faveur de l'équilibre évoque le célèbre aphorisme du rabbin Hillel : « Si je ne puis pas pour moi : qui sera pour moi ? Et si je ne suis que pour moi : que suis-je ? Et si pas maintenant : quand[37] ? »

J'ai abondamment cité Buber, car ses formulations d'une relation aimante affranchie de l'emprise du besoin sont saisissantes. Je ne saurais terminer sans aborder un point de tension évident entre le rôle fondamental que j'ai accordé à l'isolement existentiel et l'affirmation de Buber selon laquelle l'être humain n'existe pas comme « Je » mais comme « être de la médiation ». Buber considérant que le mode existentiel de l'être humain est relationnel, il n'y a aucune place dans son système de pensée pour l'isolement existentiel. Il protesterait contre mon postulat de l'isolement appréhendé comme un aspect fondamental de notre situation existentielle et s'insurgerait contre le fait de citer son œuvre dans le cadre de cet exposé.

Pourtant, arrêtons-nous sur un rêve à l'importance cruciale, par lequel Buber commence *La Vie en dialogue*, rêve récurrent qui le suivit toute sa vie, parfois à des années d'intervalle[38]. Dans ce rêve, dénommé par Buber « le rêve du double appel », Buber se trouve seul « dans une grande caverne, comme les Latomies de Syracuse, ou dans une bâtisse en torchis qui me rappelle, quand je me réveille, les villages de fellahine arabes, ou encore à la lisière d'une forêt si gigantesque qu'il ne me souvient pas d'en avoir jamais vu de semblable ». Il se produit ensuite quelque chose d'extraordinaire, comme par exemple un animal qui lui déchire le bras, puis :

> « (...) et j'appelle. (...) c'est chaque fois le même appel, non pas articulé, mais sévèrement rythmé, reprenant de temps à autre, s'enflant jusqu'à atteindre une plénitude que mon gosier ne supporterait pas à l'état de veille, long et lent, tout à fait lent et très long, un appel chanté ; et quand il est fini, mon cœur cesse de battre. Mais alors, dans quelque lointain, un autre appel s'émeut et vient à moi, un autre et pourtant le même, d'une autre voix le même appel ou le même chant. »

Le cri qui lui parvient en réponse constitue l'élément critique pour Buber :

> « Or, comme la réplique est terminée, le son à peine parti, une certitude, une certitude authentique de rêve s'empare de moi : Voilà, c'est fait ! Rien de plus. Cela seulement, exactement cela : Voilà, c'est fait ! Si je devais essayer d'expliquer, je dirais : cela signifie que la chose qui a suscité mon appel n'a eu réellement et incontestablement lieu que maintenant avec le contre-son. »

Buber considère que notre mode d'existence élémentaire est relationnel ; pourtant, dans ce rêve, qu'il évoque comme une vision pourvoyeuse de vérité, l'existence commence par l'apparition de la relation, c'est-à-dire le cri qui vient en réponse. Néanmoins, une autre interprétation du récit de ce rêve est possible. Au départ, chacun est non en relation, mais seul, qui plus est dans un endroit non familier. Nous sommes attaqués et terrifiés. Nous crions et, dans l'anticipation d'une réponse, notre cœur cesse de battre. Ce rêve évoque pour moi l'isolement fondamental en suggérant que notre existence commence par un cri solitaire, auquel nous attendons anxieusement une réponse.

Abraham Maslow. Abraham Maslow, décédé en 1970, a exercé une influence immense sur la théorie psychologique moderne. Plus que tout autre penseur, il doit être considéré comme le précurseur de la psychologie humaniste, un champ qui, comme je l'ai mentionné au chapitre 1, recoupe la psychologie existentielle en de nombreux points. À mon sens, Maslow doit être relu plusieurs fois pour que la richesse de sa pensée soit pleinement assimilée.

L'une des thèses principales de Maslow est que la motivation principale d'un individu est orientée soit vers la « déficience », soit vers la « croissance ». La psychonévrose, selon lui, constitue une maladie de déficience résultant d'un défaut d'assouvissement, dès la vie précoce, de certains « besoins » psychologiques : sécurité, appartenance, identification, amour, respect, prestige[39]. Les personnes chez qui ces besoins sont satisfaits sont orientées vers la croissance et sont capables de réaliser le potentiel inné de maturité et d'actualisation de soi. Ces personnes, par opposition à celles présentant une déficience, sont beaucoup plus autonomes et moins dépendantes de leur environnement en matière de renforcement ou de gratification. En d'autres termes, les déterminants auxquels elles obéissent ne sont ni sociaux ni environnementaux mais intérieurs :

> « De telles personnes deviennent de plus en plus autonomes et indépendantes. Elles sont déterminées d'abord par des motifs intérieurs et non par des influences de l'environnement ou de la société ; c'est-à-dire par les lois de leur propre nature, leurs capacités et possibilités, leurs talents, leurs ressources latentes, leurs énergies créatrices, leur besoin de se connaître elles-mêmes et de devenir de plus en plus intégrées et unifiées, de plus en plus conscientes de ce qu'elles sont réellement, de ce qu'elles veulent réellement, de ce qui est leur vocation ou leur destin[40]. »

Les individus obéissant à une motivation de croissance et ceux obéissant à une motivation de déficience établissent des relations interpersonnelles de nature distincte. Les premiers se montrent moins dépendants des autres et leur sont moins redevables, ont moins besoin de l'admiration et de l'affection des autres, recherchent moins les honneurs, le prestige et les récompenses. Ils n'ont pas besoin d'une gratification constante de leurs besoins interpersonnels et, en fait, peuvent à certains moments se sentir entravés par les autres et privilégier des périodes d'intimité. Dès lors, ils n'établissent pas des liens fondés sur une perception des autres comme pourvoyeurs pour leurs différents besoins, mais les considèrent comme des êtres complexes, uniques et entiers. Les seconds, quant à eux, établissent des liens fondés sur une perspective utilitaire. Les traits de caractère, chez des tiers, qui ne présentent aucune utilité pour la satisfaction de leurs besoins sont soit ignorés, soit perçus comme agaçants ou menaçants. Dès lors, comme le formule Maslow, l'amour se transforme en autre chose et présente une analogie avec les relations que nous entretenons « avec les vaches, les chevaux, les moutons et avec les garçons, les chauffeurs de taxi, porteurs, policiers et tous ceux que nous *utilisons*[41] ».

Maslow décrit deux types d'amour correspondant à ces deux formes de motivation, « déficience » et « croissance ». Ainsi, « l'amour déficitaire » (amour centré sur soi ou amour D) est un « amour égocentrique » ou un « besoin d'amour », tandis que l'amour E (amour de l'être de l'autre) est un « amour altruiste » ou « amour non égocentrique ». L'amour E, selon lui, n'est pas possessif, mais admiratif et non motivé par la demande ; il constitue une expérience subjective plus riche, plus « élevée », plus précieuse que l'amour D. L'amour E s'articule autour de la recherche de gratification, alors que le concept de « gratification » n'entre quasiment pas en ligne de compte dans l'amour E. L'amour E n'est que faiblement animé par l'angoisse et l'hostilité (même s'il peut exister, naturellement, une angoisse-pour-l'autre). Les amants E sont plus indépendants l'un de l'autre, plus autonomes, moins jaloux ou menacés, moins en demande, plus désintéressés, mais simultanément plus désireux d'aider l'autre dans sa démarche d'autoréalisation, plus fiers des réussites de l'autre, plus altruistes, généreux et soutenants. Dans une dimension profonde, l'amour E crée le partenaire, apporte acceptation de soi, ainsi que le sentiment d'être digne d'amour, ce qui favorise la croissance continue[42].

Erich Fromm. Dans le véritable joyau que constitue son ouvrage intitulé *L'Art d'aimer*[43], Erich Fromm s'emploie à répondre à la question sur laquelle Buber et Maslow butaient : de quelle nature est cet amour affranchi de l'emprise des besoins ? Il est frappant, voire rassurant, que ces trois penseurs majeurs aux approches différentes (théologie-philosophie, psychologie expérimentale et sociale et psychanalyse) en arrivent à des conclusions similaires.

Le point de départ de Fromm est que l'isolement existentiel constitue l'enjeu principal auquel l'être humain est confronté, que la conscience de la séparation est « la source de toute angoisse[44] » et qu'à travers les âges, notre tâche psychologique majeure fut de surmonter cette séparation. Fromm retrace plusieurs tentatives à travers l'histoire : l'activité créatrice (l'union de l'artiste avec son matériau), les états orgiaques (religieux, sexuels ou provoqués par de la drogue), ainsi que le conformisme aux coutumes et aux croyances du groupe. Toutefois, toutes ces approches échouent :

> « L'unité qui se réalise dans le travail productif (créatif) n'est pas interpersonnelle ; dans la fusion orgiaque, l'unité reste temporaire ; quant à l'unité par conformisme, elle ne constitue qu'une

pseudo-unité. Aussi ne s'agit-il que de réponses partielles au problème de l'existence. La réponse plénière réside dans l'accomplissement de l'union interpersonnelle, de la fusion avec une autre personne, dans l'amour[45]. »

Ce que Fromm qualifie de « réponse plénière » reste quelque peu évasif, mais j'imagine qu'il s'agit là de la réponse « la plus satisfaisante ». L'amour n'abolit pas notre moi séparé ; il s'agit d'un fait de l'existence auquel il est possible de se confronter, mais qu'il est impossible de gommer. L'amour représente la meilleure option pour surmonter la souffrance inhérente à l'état d'être séparé. Buber, Maslow et, comme nous allons le voir, Fromm, sont tous trois parvenus à une formulation similaire de l'amour affranchi de l'emprise des besoins, tout en assumant des positions différentes quant à la place de l'amour dans la vie individuelle. Ainsi, Buber considère l'état d'amour comme l'état naturel de l'existence de l'être humain ; l'isolement, comme un état déchu. Maslow, quant à lui, appréhende l'amour tout à la fois comme besoin et potentiel de l'être humain. Enfin, pour Fromm, l'amour représente une façon de surmonter la séparation, « une réponse au problème de l'existence », conception proche de celle que je défends dans cet ouvrage.

Toutefois, toutes les formes d'amour n'apportent pas la même qualité de réponse à l'angoisse de séparation. Ainsi, Fromm distingue « l'union symbiotique », forme d'amour déchu, de « l'amour accompli ». L'amour symbiotique, composée d'une forme active (sadisme) et d'une forme passive (masochisme), constitue un état de fusion dans lequel aucune des parties n'est entière ni libre (j'y reviendrai à la section suivante consacrée aux formes inadaptées d'amour). L'amour accompli est « une union qui implique la préservation de l'intégrité, de l'individualité. (…) Le paradoxe de l'amour réside en ce que deux êtres deviennent un et cependant restent deux[46] ».

Fromm fait remonter le développement précoce de l'amour à la petite enfance, quand le sujet fait l'expérience d'être aimé pour ce qu'il est, ou, en termes plus rigoureux peut-être, parce qu'il est. Plus tard, entre huit et dix ans, un nouvel élément entre dans la vie de l'enfant : la conscience qu'il génère l'amour par sa propre activité. À mesure que le sujet dépasse l'égocentricité, il accorde aux besoins de l'autre la même importance qu'aux siens et, peu à peu, fait évoluer le concept d'amour d'« être aimé » à « aimer ». Fromm établit un parallèle entre « être aimé » et un état de dépendance dans lequel le sujet, en restant petit, faible ou « sage », est récompensé en étant aimé, tandis que « l'amour parvenu à maturité » constitue un état réel de force. « L'amour infantile suit le principe : “J'aime parce que je suis aimé.” L'amour parvenu à maturité suit le principe : “Je suis aimé parce que j'aime.” L'amour inachevé dit : “Je t'aime parce que j'ai besoin de toi.” L'amour accompli dit : “J'ai besoin de toi parce que je t'aime.”[47] »

La conception de Fromm selon laquelle l'amour constitue un processus, non passif, mais bel et bien actif est d'une importance cruciale pour le clinicien.

Les patients se plaignent de solitude, de ne pas être aimés et de n'être pas dignes d'amour, mais le travail productif est toujours à accomplir dans la sphère opposée : l'incapacité à aimer. L'amour est un acte résolu, non un affect passif ; c'est donner, non recevoir ; il est un « prendre part » et non un « se laisser prendre »[48]. « Donner » n'est pas « s'abandonner ». Un sujet présentant des tendances[A] à recevoir, exploiter ou amasser se sentira diminué ou appauvri par le don ; un caractère mercantile se sentira trompé en donnant sans recevoir. Mais pour la personne accomplie et « productive », le don constitue une expression de force et d'abondance. L'acte du don permet d'exprimer et de renforcer le sentiment de vitalité. « En donnant ainsi de sa vie, il enrichit l'autre, il en rehausse le sens de la vitalité en même temps qu'il rehausse le sien propre. Il ne donne pas dans l'intention de recevoir, car le don constitue comme tel une joie exquise. Mais en donnant, il ne peut empêcher que rejaillisse sur lui ce qu'il engendre à la vie chez l'autre ; en donnant véritablement, il ne peut éviter de recevoir ce qu'il lui est donné en retour. Dès lors que l'un donne, l'autre devient également un donneur, et tous deux participent à la joie de ce qu'ils ont engendré

A. Fromm décrit cinq types de structure caractérielle interpersonnelle : récepteur, mercantile, exploiteur, thésauriseur et productif. Les quatre premiers (les types « non productifs » croient que la « source de tout bien » se trouve à l'extérieur d'eux-mêmes et que, pour l'obtenir, ils doivent entreprendre respectivement d'accepter, de prendre, de préserver ou d'échanger. Chez le type productif, la motivation est intérieure ; il s'agit d'un sujet orienté vers la maturité et accompli[49].

à la vie[50]. » Notez la similitude entre cette approche et celle de Buber : « Relation est réciprocité. Mon *Tu* agit en moi comme j'agis en lui. Nos élèves nous forment, nos œuvres nous édifient. (...) Nous vivons dans le torrent de la réciprocité universelle, unis à lui par un lien ineffable[51]. »

Outre le don, l'amour accompli implique certains éléments fondamentaux : sollicitude, responsabilité, respect et connaissance[52]. Aimer signifie éprouver une sollicitude active pour la vie et la croissance de ceux que nous aimons. Cela signifie en outre être prêt à répondre aux besoins (physiques et psychiques) de l'autre, respecter sa singularité, le voir comme il est, l'aider à croître et à s'épanouir selon les modalités qui lui sont propres et non dans le but de s'en servir. Toutefois, ce respect est impossible sans véritable connaissance d'autrui. Pour Fromm, cette connaissance véritable n'est possible que si « je puis dépasser le souci de moi-même et percevoir autrui dans ses propres termes ». Cette connaissance s'acquiert par l'écoute et l'éprouvé empathique (bien que Fromm ne recoure pas à cette formulation), en d'autres termes, percevoir ce que l'autre ressent, la signification de ses ressentis et de ses expériences. Ici encore, notez la convergence entre Fromm et Buber et comparez l'amour tel que défini par Fromm du « dialogue » et de « l'écoute authentique et dénuée de présuppositions » chez Buber.

Le clinicien devra s'attacher prioritairement à appréhender l'amour comme « attitude » (trait caractéristique de l'orientation au monde de celui qui aime), plutôt que comme relation envers un « objet » d'amour. Trop souvent, nous faisons l'erreur de considérer l'attachement exclusif à autrui comme une preuve de l'intensité et de la pureté de l'amour. Mais cette forme d'amour, pour citer Fromm, ne constitue qu'une « union symbiotique » ou un « égotisme élargi »[53] ; elle est destinée immanquablement à céder sur elle-même. *Par opposition, l'amour affranchi de l'emprise des besoins constitue une modalité d'être en relation avec le monde.*

Un cadre de haut niveau de quarante ans me consulta parce qu'il était tombé amoureux d'une femme et qu'il s'interrogeait sur l'éventualité de quitter sa femme et ses enfants. En thérapie, au bout de quelques séances seulement, il se montra agacé et très critique vis-à-vis de moi, me reprochant mon inefficacité et mon incapacité à lui proposer un plan d'action systématique. Bientôt, ses critiques nous menèrent à son attitude générale extrêmement catégorique envers les autres. Nous nous employâmes en thérapie non à travailler sur la décision qu'il devait prendre, mais plus largement sur son manque d'amour envers le monde qui était le sien. La thérapie, comme il en va généralement des thérapies réussies, lui fut profitable dans la mesure où elle se saisit de l'inattendu.

L'amour fraternel constitue pour Fromm la plus fondamentale de toutes les formes d'amour : expérience d'union à tous les hommes qui se caractérise par son absence absolue d'exclusivité. C'est cette forme d'amour que préconise la Bible à l'égard du faible, du pauvre, de la veuve, de l'orphelin, de l'étranger, des êtres qui ne remplissent pas une fonction à notre égard. Les aimer, c'est aimer d'un amour « fraternel » qui s'affranchit des besoins.

J'ai débuté cette section par la question : « Est-il possible d'être en relation à autrui dans une modalité qui s'affranchirait de l'emprise des besoins ? » À la lumière des contributions de Buber, Maslow et Fromm, je vais maintenant m'employer à présenter les caractéristiques d'une relation mature, affranchie des besoins, prototype qui me servira ensuite à souligner par contraste les différentes formes de relations avortées.

> 1. Éprouver de l'affection pour quelqu'un signifie être en lien avec lui sur un mode désintéressé, en lâchant prise sur la conscience de soi, sans être obnubilé par « Que pense-t-il de moi ? » ou « Que puis-je retirer de cette relation ? ». Ce lien à autrui n'est pas motivé par la recherche des louanges, de l'adoration, de la décharge sexuelle, du pouvoir, de l'argent. Il s'agit d'un lien dans l'instant à cet autre uniquement ; il ne peut y avoir de tiers, réel ou imaginaire, observant la rencontre. En d'autres termes, la relation à l'autre s'effectue avec l'intégralité de son être : si une partie de nous est ailleurs, se préoccupant par exemple de l'effet de cette relation sur un tiers, alors la relation, sous cet aspect-là, a échoué.
>
> 2. Éprouver de l'affection pour quelqu'un signifie connaître et faire l'expérience de l'autre aussi pleinement que possible. Si cette relation s'effectue sur un mode désintéressé, nous sommes libres de faire l'expérience de toutes les parties de l'autre et pas

seulement de celle servant un objectif utilitaire. Nous nous prolongeons jusqu'à l'autre, en le reconnaissant comme être doué de sensations ayant aussi constitué un monde autour de lui.

3. Éprouver de l'affection pour quelqu'un signifie ressentir de la sollicitude envers cette personne et sa croissance. Grâce à la connaissance acquise par une écoute authentique, nous entreprenons d'aider l'autre à devenir pleinement vivant lors de l'instant que constitue la rencontre.

4. Éprouver de l'affection est une démarche active. L'amour mature signifier aimer, non être aimé. C'est donner à l'autre de façon aimante, non « se laisser prendre ».

5. Éprouver de l'affection est une façon d'être au monde ; il ne s'agit pas d'une connexion magique, exclusive et insaisissable avec une personne en particulier.

6. L'affection mature prend sa source dans notre richesse intérieure, pas dans notre pauvreté ; dans la croissance, pas dans le besoin. Nous n'aimons pas parce que nous avons besoin de l'autre pour exister, pour être entier, pour échapper à une solitude écrasante. Celui qui aime sur un mode mature a comblé ces besoins à d'autres moments, d'autres manières, l'une d'elles, et non des moindres, étant l'amour maternel éprouvé pendant les phases précoces de la vie. L'amour éprouvé alors constitue la source de la force ; l'amour actuel en est le résultat.

7. Éprouver de l'affection est un processus réciproque. Dans la mesure où nous nous « tournons

véritablement vers l'autre », nous nous transformons. Dans la mesure où nous amenons l'autre à la vie, nous devenons aussi plus vivants.

8. L'affection mature n'est pas dépourvue de récompenses. Nous sommes transformés, enrichis, accomplis et notre isolement existentiel s'en trouve amoindri. L'affection renvoie de l'affection. Néanmoins, ces récompenses découlent d'une affection authentique mais n'en sont pas les instigatrices. Pour reprendre la bienheureuse formulation de Frankl, les récompenses s'ensuivent mais ne se poursuivent pas.

ISOLEMENT EXISTENTIEL ET PSYCHOPATHOLOGIE INTERPERSONNELLE

Si nous ne parvenons pas à développer la force intérieure, le sentiment de valeur personnelle et l'identité stable grâce auxquels nous pouvons faire face à l'isolement existentiel, à dire « qu'il en soit ainsi » et à assumer l'angoisse, nous nous évertuerons sans relâche et de manière indirecte à trouver la sécurité. Cette section est consacrée à ces stratégies de recherche de sécurité et à leurs manifestions cliniques, qui, dans leur majorité, sont de nature relationnelle, c'est-à-dire qu'elles impliquent des relations interpersonnelles. Néanmoins, comme nous le verrons, dans chacun de ces cas le sujet n'est pas en relation avec l'autre (« n'éprouve pas de l'affection »), mais *l'utilise* dans une certaine finalité. La terreur, la conscience de l'isolement existentiel et la structure psychique défensive que nous élaborons afin d'apaiser l'angoisse sont toutes inconscientes. Nous savons simplement que nous ne pouvons pas être seuls, et nous cherchons désespérément à obtenir de l'autre quelque chose d'impossible ; en dépit de nos tentatives, quelque chose se passe toujours mal dans nos relations.

Le sacrifice de soi constitue une autre variante : l'immersion dans un autre, dans une cause ou une passion procure un soulagement à notre angoisse d'isolement. Dès lors, comme le souligne Kierkegaard, l'individu souffre d'une « élévation en puissance du désespoir[54] » : en proie tout d'abord au désespoir existentiel, qui se voit redoublé par le désespoir découlant du sacrifice de la conscience de soi de tout ignorer de ce désespoir.

Exister grâce au regard de l'autre

« Le pire dans le fait d'être seule, la pensée qui me rend complètement dingue, c'est que, à cet instant-là, il n'y a probablement personne au monde qui pense à moi. » Ces propos sont ceux d'une patiente d'un groupe thérapeutique hospitalisée à la suite de crises de panique qui se déclenchaient lorsqu'elle se retrouvait seule. Ils suscitèrent une vague d'approbation parmi les autres participants de ce groupe thérapeutique de patients hospitalisés. Une participante de dix-neuf ans, qui s'était tailladé les poignets à la suite d'une rupture amoureuse, déclara simplement : « Je préférerais être morte que seule ! » Une autre dit : « C'est quand je suis seule que j'entends des voix. Peut-être que ces voix sont une façon pour moi de ne pas être seule ! » (explication phénoménologique saisissante de l'hallucination). Une autre patiente, qui s'était mutilée à plusieurs reprises, expliqua que son acte avait été motivé par le désespoir qu'elle éprouvait face à une relation extrêmement insatisfaisante avec un homme. Pourtant, elle ne parvenait pas à le quitter, parce qu'elle était terrifiée à l'idée d'être seule. Quand je lui demandai ce qui la terrifiait dans cette solitude, elle répondit par un *insight* psychotique fort et direct : « Je n'existe pas quand je suis seule. »

La même dynamique est à l'œuvre dans la demande incessante de l'enfant, « Regarde-moi ! » ; la présence de l'autre est nécessaire pour rendre réelle la réalité. (Ici, comme ailleurs, je fais référence à l'expérience infantile comme manifestation antérieure, non comme cause d'un conflit sous-jacent.) Lewis Carroll, dans *De l'autre côté du miroir*, exprime la croyance forte, partagée par de nombreux patients, que « J'existe seulement si quelqu'un pense à moi ». Alice, Bonnet Blanc et Blanc Bonnet surprennent le Roi rouge en plein sommeil :

> « Il est en train de rêver, déclara Blanc Bonnet, et de quoi crois-tu qu'il rêve ?
>
> – Personne ne peut deviner cela, répondit Alice.
>
> – Mais, voyons, il rêve de *toi* ! s'exclama Blanc Bonnet en battant des mains d'un air de triomphe. Et s'il cessait de rêver de toi, où crois-tu que tu serais ?
>
> – Où je suis à présent, bien sûr, dit Alice.

– Pas du tout ! répliqua Blanc Bonnet d'un ton méprisant. Tu n'es qu'un des éléments de son rêve !

– Si ce Roi qui est là venait à se réveiller, ajouta Bonnet Blanc, tu disparaîtrais – pfutt ! – comme une bougie qui s'éteint !

– C'est faux ! protesta Alice d'un ton indigné. D'ailleurs, si, moi, je suis un des éléments de son rêve, je voudrais bien savoir ce que vous êtes, vous ?

– Idem, répondit Bonnet Blanc.

– Idem, idem ! cria Blanc Bonnet.

Il cria si fort qu'Alice ne put s'empêcher de dire :

– Chut ! Vous allez le réveiller si vous faites tant de bruit.

– Voyons, pourquoi parles-tu de le réveiller, demanda Blanc Bonnet, puisque tu n'es qu'un des éléments de son rêve ? Tu sais très bien que tu n'es pas réelle.

– Mais si, je suis réelle ! affirma Alice en se mettant à pleurer.

– Tu ne te rendras pas plus réelle en pleurant, fit observer Blanc Bonnet. D'ailleurs, il n'y a pas de quoi pleurer.

– Si je n'étais pas réelle, dit Alice, (en riant à travers ses larmes, tellement tout cela lui semblait ridicule), je serais incapable de pleurer.

– J'espère que tu ne crois pas que ce sont de vraies larmes ? demanda Blanc Bonnet avec le plus grand mépris[55]. »

Une patiente d'un groupe thérapeutique raconte qu'elle avait entrepris une thérapie de plusieurs mois et que, des années plus tard, elle rencontra par hasard son thérapeute. Elle fut « totalement abattue » parce qu'il fallut au thérapeute quarante-cinq secondes pour se souvenir d'elle. Elle se tourna ensuite vers le thérapeute groupal et lui demanda : « Vous souviendrez-vous toujours de moi ? Je ne peux pas continuer si ce n'est pas le cas. » Elle était institutrice et, progressivement, fut capable d'accepter le fait cruel que, tout comme elle oublierait ses élèves bien avant qu'eux ne l'oublient, il en allait de même des thérapeutes. Le thérapeute et le professeur sont plus importants pour le patient et l'élève que l'inverse. (Comme j'y reviendrai ultérieurement, cela n'exclut nullement le fait que, lorsque le thérapeute *est* avec le patient, sa présence est pleine et entière.) Plus tard, dans la même séance, la patiente énonça qu'elle commençait à comprendre pourquoi le suicide lui avait toujours semblé une option fascinante. Elle croyait en effet que si elle se suicidait, les autres se souviendraient d'elle pendant très, très longtemps. Nous sommes en présence ici d'un excellent exemple du suicide appréhendé comme « acte magique », tel que je l'ai présenté au chapitre 2. Cette conception du suicide n'inclut pas l'idée de la mort ; au contraire, le suicide est ici envisagé comme moyen de vaincre la mort, sur un mode similaire à la croyance selon laquelle nous continuons de vivre si nous existons dans la conscience d'un autre.

En recherchant l'amour, la personne névrosée échappe au sentiment, confusément perçu, d'isolement et de vide tapi au cœur de l'être. En étant choisie et appréciée, elle se sent confirmée dans son être. Le sentiment pur d'être, le « JE SUIS », le sentiment d'être la source des choses se révèle trop terrifiant de par son isolement inhérent ; la personne nie alors la création d'elle-même et choisit de croire qu'elle n'existe que tant qu'elle est l'objet de la conscience d'autrui. Cette stratégie est vouée à l'échec pour plusieurs raisons. En règle générale, ce type de relation échoue car l'autre, avec le temps, se lasse de ce rôle. Par ailleurs, l'autre sent non qu'on l'aime, mais qu'on a besoin de lui. Il n'a jamais le sentiment d'être pleinement connu et reconnu, car la personne névrosée n'est en relation qu'avec une partie de lui-même, celle servant à affirmer son existence. La relation échoue car elle n'est que bouche-trou : si une personne n'est pas capable d'affirmer elle-même son existence, elle a constamment besoin de l'affirmation d'autrui. Par ailleurs, elle évite constamment la confrontation à son isolement fondamental. Enfin, cette stratégie échoue aussi car le problème est mal posé : la personne croit que son problème est de ne pas être aimée, alors qu'elle se révèle en fait incapable d'aimer. Comme nous l'avons vu, aimer s'avère plus ardu qu'être aimé et requiert une conscience et une acceptation plus grande de sa situation existentielle.

La personne qui a besoin de l'affirmation d'autrui pour se sentir exister évite d'être seule. La véritable solitude s'apparente trop à l'angoisse de l'isolement existentiel ; la personne névrosée n'a de cesse qu'elle ne l'évite à tout prix. Les espaces d'isolement sont peuplés d'autres : le temps de l'isolement est supprimé (« tué ») par l'activité. (L'isolement cellulaire a toujours été perçu comme une redoutable sanction.) D'autres combattent l'isolement en fuyant l'instant présent solitaire et trouvent du réconfort dans les souvenirs bienheureux du temps passé (même si, à l'époque, l'expérience n'avait pas été vécue comme telle) ou se projettent dans l'avenir en imaginant les fruits de projets encore en germe.

L'intérêt accru, récemment, pour la méditation découle en partie de la nouveauté de cette pratique et d'un sentiment de maîtrise. Dans le monde occidental, en effet, rares sont les opportunités pour chacun d'être simplement avec soi-même et d'expérimenter le temps plutôt que de le répartir. On nous a appris à faire plusieurs choses à la fois : fumer, mâcher, écouter, conduire, regarder la télévision, lire. Nous accordons un grand prix à ces machines qui nous font gagner du temps et attribuons ces valeurs à nous-mêmes. Que faire, pourtant, du temps gagné si ce n'est trouver d'autres manières de le tuer ?

Si, en entrant en relation avec autrui, notre motivation principale est d'éviter la solitude, nous avons alors transformé l'autre en outil. Il n'est pas rare de trouver ensemble deux personnes assurant cette fonction l'une pour l'autre ; elles s'agencent alors parfaitement, comme la prise et la fiche. Leur relation peut présenter un tel degré de mutuelle fonctionnalité qu'elle reste stable. Or, ce type d'arrangement ne fait qu'entraver la croissance, dans la mesure où chaque partenaire n'est reconnu et ne reconnaît que partiellement l'autre. Ces relations s'apparentent à des constructions de type « Ferme A » où les murs se soutiennent l'un l'autre ; lorsque vous retirez l'un des partenaires (ou le renforcez en psychothérapie), l'autre s'effondre.

En règle générale, toutefois, ce type de satisfaction mutuelle des besoins est absent. Sur un certain plan, la personne a conscience d'être utilisée plus que d'être dans une véritable relation et cherche ailleurs un partenaire plus épanouissant. Une de mes patientes, âgée de trente-cinq ans, obnubilée par la peur de la solitude, était assaillie par la vision de « manger seule à soixante-trois ans ». Elle se vouait tout entière à la quête d'un lien permanent. Bien qu'elle fût une femme vive et attirante, les hommes, les uns après les autres, rompaient la relation après une brève rencontre, portés à fuir, je crois, tout à la fois par l'intensité et le désespoir de son besoin d'amour et par la perception qu'elle n'avait en fait que peu d'amour à donner. Ses autres relations interpersonnelles fournirent un indice important de la dynamique à l'œuvre chez elle. Très critique à l'égard des autres, elle écartait promptement et avec mépris tous ceux qui ne constituaient pas des partenaires potentiels. Lors du suivi d'un patient éprouvant des difficultés à établir une relation durable, il est toujours fructueux pour le thérapeute de s'intéresser à la nature des autres relations, moins intenses, de ce patient. Les problématiques amoureuses ne sont pas dépendantes du contexte. L'amour ne relève pas d'une rencontre spécifique mais d'une attitude. Une problématique s'articulant autour du manque d'amour dénote, plus souvent qu'à son tour, une incapacité à aimer.

Charles, le patient cancéreux intégré à un groupe thérapeutique externe (voir le chapitre 5), constitue une illustration limpide d'un mode relationnel aux autres conçu comme évitement d'une confrontation à l'isolement. Charles entreprit une thérapie parce qu'il était désireux d'améliorer sa relation aux autres. En retrait et distant, il s'était installé confortablement dans ce mode de relation aux autres. Le diagnostic de son cancer et un pronostic vital évalué à deux ans entraînèrent un profond sentiment d'isolement et agirent comme catalyseur pour se rapprocher des autres. L'incident que je vais maintenant relater survint lorsqu'un participant, prénommé Dave, annonça au groupe qu'il devait quitter la ville – et, en conséquence, le groupe – pendant plusieurs mois en raison d'une formation professionnelle. Dave était extrêmement contrarié par ce déménagement, tout comme les autres participants, Charles excepté. Les participants firent part à Dave de leurs sentiments de peine, de colère et de déception, comme en témoigne le compte rendu suivant (des comptes rendus étaient envoyés aux participants après chaque regroupement)[56].

> « Le sol se déroba peu à peu sous Charles lorsque je soulignai qu'il ne répondait à Dave que sur un mode de résolution de problèmes et que je m'interrogeai sur la nature de ses émotions. Cette interpellation déclencha un épisode notoire dans le groupe. Pendant assez longtemps, Charles nia ressentir la moindre émotion quant au départ de Dave du groupe. Nous tentâmes de tirer de lui quelques émotions, mais en vain, avant de lui demander s'il aimerait que les gens le regrettent s'il venait à partir. Cette approche, elle aussi, s'avéra infructueuse. Je lui fis la remarque qu'il avait évoqué une fois une

sensation d'oppression à la poitrine lorsque des participants quittaient le groupe, ce qu'il minora immédiatement en répliquant que cela ne s'était produit qu'une fois. Je ne relâchai pas ma pression et j'insistai sur le fait qu'il suffisait d'une fois, ce à quoi Charles répondit par un éclat de rire, avant de botter en touche. Au bout d'un moment pourtant, Charles dit au groupe, presque en passant, qu'il avait appris lors de son dernier contrôle que son cancer évoluait beaucoup mieux que les prévisions l'avaient laissé envisager. Nous apprîmes ensuite que cette visite de contrôle s'était déroulée le jour même. Dave lui demanda : “Pourquoi ne nous l'as-tu pas annoncé avant ?” Charles donna comme excuse qu'il voulait attendre l'arrivée de Lena (Lena arriva avec un peu de retard). Je lui dis que je ne comprenais pas ce qui l'avait empêché de nous l'annoncer et de le redire ensuite à Lena, une fois celle-ci arrivée. Charles dit alors une chose remarquable. *Maintenant qu'il pense que son cancer évolue de manière positive, il a soudain l'impression de ne plus vouloir rencontrer les gens et reprend une attitude de retrait.* »

La fusion

Le « conflit universel » de l'être humain réside en ce que ce dernier s'efforce d'être un individu et que, pour le devenir, il est nécessaire de tolérer un isolement terrifiant. Le déni constitue le mode le plus courant de gestion de ce conflit : l'individu élabore une illusion de fusion et, dans les faits, proclame : « Je ne suis pas seul ; je suis une partie des autres. » Il assouplit alors les limites de son moi et devient une partie d'une autre personne ou d'un groupe transcendant l'individu.

Les personnes présentant une orientation majeure vers la fusion sont généralement qualifiées de « dépendantes ». Elles vivent, comme le formule Arieti, pour « l'autre dominant[57] » (et éprouveront vraisemblablement une détresse extraordinaire en cas de séparation d'avec cet autre dominant). Elles se ferment à leurs propres besoins, tentent de deviner les désirs des autres et de les faire leurs. Elles cherchent avant tout à éviter toute attaque. Elles privilégient la sécurité et la fusion au détriment de l'individuation. La description que Kaiser donne de ce type de personnalités est limpide :

> « Leur comportement semble suggérer : “Ne me prenez pas au sérieux. Je n'appartiens pas à la catégorie des adultes et ne peux être considéré comme tel.” Ils sont espiègles, non comme quelqu'un qui aimerait jouer, mais comme quelqu'un qui ne veut pas (qui n'ose pas ?) paraître sérieux et pragmatique. Des événements douloureux, voire tragiques, sont mentionnés avec le sourire, ou de façon précipitée et nonchalante, comme s'ils ne méritaient pas que l'on s'attarde davantage sur eux. Ces individus témoignent également d'une disposition à évoquer leurs propres défauts sur le mode de l'exagération. Les réussites et les accomplissements sont présentés sous un éclairage ridicule ou leur évocation est suivie

> d'une énumération compensatoire de leurs échecs. Leurs propos peuvent sembler parfois décousus et sauter du coq à l'âne. En s'octroyant des libertés inhabituelles, comme la formulation de questions ingénues ou le recours à un langage enfantin, ces personnes indiquent qu'elles veulent être placées dans la catégorie "non-adulte" et ne veulent pas être considérées comme des individus matures[58]. »

Kaiser décrit le comportement clinique d'un patient présentant une inclinaison notoire à la fusion avec une figure plus puissante.

> « G. voyait depuis huit mois un homme de quarante ans environ qui semblait disposé à faire tout ce qu'il pensait qu'on attendait de lui. Toutes les fois que G. avait voulu déplacer le rendez-vous, invariablement le patient avait répondu : "Mais certainement, docteur, certainement !" Il était toujours à l'heure, mais ne semblait jamais ennuyé par les retards éventuels de G. Si, pendant la séance, il avait la lumière du soleil dans les yeux, il n'aurait jamais osé tirer les rideaux ni baisser les stores. Assis, en silence, il clignait douloureusement des yeux et penchait la tête jusqu'à ce que G. lui en fît la remarque. Le patient réagissait alors comme si G. lui avait demandé de baisser les stores : "Mais certainement, docteur, certainement !", répondait-il. Et de se lever précipitamment de son siège pour actionner le cordon. "Comme ça, docteur ? La hauteur vous convient ?"[59] »

La fusion comme réponse à l'isolement existentiel constitue un concept à l'aune duquel comprendre de nombreux syndromes cliniques. Considérons par exemple le travestisme. Généralement, il est appréhendé comme une expression motivée chez les hommes par l'angoisse de castration. Être un homme, se retrouver en compétition avec d'autres hommes dans la recherche de partenaires féminines est si menaçant que ces hommes renoncent à cette compétition en s'habillant en femme, ce qui permet à l'angoisse de castration, soulagée par la castration auto-infligée, d'accéder à une décharge sexuelle génitale. Toutefois, Rob, dont j'ai présenté le cas au chapitre 4, illustre bien comment la « fusion » peut constituer dans ce domaine une dynamique organisatrice centrale. Rob s'habillait en femme depuis l'âge de treize ans, empruntant tout d'abord les vêtements de sa sœur, puis ceux de sa mère. Trop terrifié par les hommes pour établir avec eux des relations et trop effrayé par le rejet pour approcher les femmes, Rob avait toujours vécu dans un extrême isolement. Ses fantasmes de travestisme avaient toujours été non sexuels et constituaient des variations sur le thème de la fusion : il s'imaginait participer à un groupe de femmes qui l'accueillerait et le considérerait comme l'une d'elles. Son style relationnel interpersonnel dans le groupe thérapeutique reflétait son désir de fusion : docile, obséquieux, en demande d'attention de la part des autres participants mais surtout des thérapeutes qu'il admirait. Sa participation au groupe thérapeutique permit à Rob d'entrapercevoir les possibilités de la relation. Il prit pleinement conscience, pour la première fois, je crois, de l'ampleur de son isolement. « Je ne suis ni ici ni là, ni homme ni femme, isolé de tout le monde », dit-il lors d'une séance. Pendant un temps, son angoisse (et la fréquence de son travestime) s'accrut de façon manifeste. Progressivement, à mesure qu'il développa des compétences sociales et se révéla capable d'être en lien de façon significative avec les autres participants, puis avec des tiers dans son environnement de vie, tous ces désirs de travestisme disparurent.

Il existe naturellement de nombreux points de recoupement entre l'évitement de l'isolement existentiel par la fusion et l'évitement de la terreur de la mort par la croyance et l'immersion en un sauveur ultime. Le cas de Rob, mais aussi celui de nombreux patients évoqués au chapitre 4, renvoient à la fusion. Fusion et croyance en un sauveur ultime constituent deux modalités de protection contre l'angoisse par l'évitement de l'individuation ; ces deux stratégies se caractérisent par un apaisement en dehors du *self*. La distinction entre les deux repose sur l'impulsion (angoisse d'isolement ou angoisse de mort) et le but ultime (recherche d'une dissolution des limites du moi et de la fusion ou quête d'un intercesseur puissant). Bien évidemment, cette distinction est académique : en règle générale, les motivations et les stratégies défensives coexistent chez le même individu.

La fusion éradique l'isolement de façon radicale, en supprimant toute conscience de soi. Les moments bienheureux de fusion ne renvoient pas à l'individu : il y a perte du sens de soi. La personne n'est pas même en mesure de dire « J'ai perdu tout sens de moi », car dans la fusion il n'existe pas de « Je » pour le dire. Ce qu'il y a de merveilleux dans l'amour romantique est que le « Je » solitaire et introspectif disparaît dans le « nous ». Comme le souligne Kent Bach, « l'amour est la réponse en l'absence de question[60] ». Cette perte de conscience procure souvent un réconfort. Comme l'écrivait Kierkegaard, « le degré de conscience va croissant ou, à mesure qu'il croît, il est la constante élévation en puissance du désespoir : plus la conscience est développée, plus le désespoir est intense[61]. »

Ce sentiment d'isolement peut également être repoussé par la fusion, non avec autrui, mais avec une « chose », qu'il s'agisse d'un groupe, d'une cause, d'un pays ou d'un projet. La fusion avec un grand groupe possède un caractère éminemment attirant. Kaiser en prit conscience la première fois lors d'un spectacle de patinage, lorsque deux artistes, vêtus à l'identique, réalisaient un numéro complexe dans un parfait unisson. Lorsque les applaudissements se furent tus, les deux rectifièrent nonchalamment leur cravate et regardèrent en même temps leur montre. Cette synchronisation marqua encore plus le public, ainsi que Kaiser, qui réfléchit sur les joies apportées par l'atténuation des limites du moi :

> « L'uniformité et la synchronisation du mouvement, lorsque les deux frisent la perfection, attirent et fascinent le public, indépendamment de la qualité des figures réalisées par un artiste seul.

> Alors que le spectacle d'un soldat bien entraîné réalisant à la perfection pas, changements de direction et arrêts peut se révéler plaisant à regarder pour l'officier instructeur, il paraîtra ridicule à tout autre spectateur extérieur. En revanche, si l'ensemble du bataillon réalise cette parade, si tous tournent et se retournent au même moment, forment une longue colonne et conservent cette ligne de front, avancent, pivotent et, à un signal bref, se figent sur-le-champ et que tous les bras, les jambes, les casques, les gourdes et les armes sont soudain au repos, tous exactement dans la même position, sans qu'une seule baïonnette sorte du rang, alors même l'antimilitariste le plus fervent ne peut s'empêcher d'être saisi par le spectacle. Saisi non pas par la beauté de ces angles droits et de ces lignes droites, mais bel et bien par l'image… ou plutôt l'idée que tous agissent comme s'ils étaient mus par un *seul* esprit[62] ».

Être comme tout le monde – se conformer aux codes vestimentaires, aux discours et aux coutumes, n'avoir aucune pensée ni émotion différente – nous sauve de l'isolement de soi. Bien sûr, le « Je » disparaît au passage, mais la peur de la solitude aussi. Liberté et conscience de soi constituent les ennemis du conformisme. La solution apportée à l'isolement par la stratégie conformisme-fusion est sapée par les interrogations suivantes : « Qu'est-ce que je veux moi ? », « Qu'est-ce que *je* ressens ? », « Quel est *mon* but dans la vie ? », « Qu'ai-je à exprimer et à réaliser au fond de *moi* ? »

Dans le combat éternel entre expression de soi et sécurité procurée par la fusion, le soi est généralement compromis dans l'intérêt de l'évitement de l'isolement. L'illusion groupale se révèle extraordinairement puissante. La tragédie de Jonestown, pour prendre un exemple parmi de nombreux autres, démontre ce pouvoir du groupe. L'identification au groupe offrit aux membres une protection contre la peur d'une existence isolée, produit si enviable qu'ils étaient disposés à tout y sacrifier : biens matériels, famille, amis, pays et, pour finir, leur vie.

Le mysticisme, qui se caractérise par des moments merveilleux d'intense unité avec l'univers, constitue une autre manifestation de perte du moi. La fusion avec autrui, avec un groupe ou une cause, avec la nature ou l'univers implique toujours une perte du soi. Il s'agit d'un pacte avec Satan qui génère immanquablement de la culpabilité existentielle, ce chagrin coupable qui pleure la vie non vécue en chacun de nous.

Le sadisme. La personne en quête de fusion, qui se montre dépendante, obséquieuse, fait le sacrifice de soi, supporte la douleur, qui en fait goûte la douleur en ce qu'elle dissipe la solitude, qui, en bref, est tout ce que l'autre désire en contrepartie de la sécurité de la fusion, possède un homologue curieux. Celui qui cherche à dominer l'autre, à l'humilier, à infliger de la douleur, à devenir le maître absolu de l'autre, semble très éloigné de la personne dépendante en quête de fusion. Toutefois, comme le souligne Fromm, « ces deux tendances résultent d'un même besoin fondamental et découlent de l'incapacité à tolérer l'isolement et la faiblesse de son propre moi. (...) L'individu sadique a besoin de son objet tout autant que le masochiste[63] ». La différence entre le masochiste et le sadique se situe entre demandeur et receveur de cette fusion. L'un recherche la sécurité en se faisant avaler par l'autre ; l'autre, en l'avalant. Dans les deux cas, l'isolement existentiel se voit apaisé, soit par la perte de son état séparé et de son isolement ou par l'agrandissement de soi procuré par l'incorporation. Raison pour laquelle masochisme et sadisme oscillent souvent au sein du même individu : ils constituent des solutions différentes à un même problème.

Sexualité et isolement

On doit à Freud l'introduction du concept de « symbole » dans l'organisation psychique. Dans le chapitre 5 de *L'Interprétation du rêve*, il décrit plusieurs symboles renvoyant à une thématique sexuelle, qu'il s'agisse des organes sexuels ou d'un acte sexuel quelconque[64]. Freud nous met en garde contre la tendance à pousser trop loin l'équivalence symbolique : un cigare ne symbolise pas toujours un pénis ; « parfois, un cigare n'est rien d'autre qu'un cigare ». Néanmoins, Freud ne va pas assez loin dans son avertissement. La sexualité aussi peut être symbole d'autre chose. Si les enjeux ultimes de l'être humain sont de nature existentielle et renvoient à la mort, à la liberté, à l'isolement et à l'absence de sens, il est alors tout à fait possible que ces peurs soient déplacées et symbolisées par des enjeux dérivatifs comme la sexualité.

La sexualité peut être mise au service du refoulement de l'angoisse de mort. À plusieurs reprises, j'ai travaillé avec des patients atteints de cancer métastasé qui semblaient obnubilés par des préoccupations d'ordre sexuel. J'ai ainsi reçu des couples mariés, dont l'un des partenaires était atteint de cancer en phase terminale, qui évoquaient surtout leurs dysfonctionnements sexuels. Par moments, dans le feu de l'échange, entre récriminations et charges adverses, j'oubliais totalement que l'un des deux partenaires était confronté à une mort imminente. Telle est la puissance de la stratégie défensive. Dans le chapitre 5, j'ai présenté le cas d'une jeune femme atteinte de cancer cervical à un stade avancé qui découvrit que sa maladie, non seulement ne repoussait pas ses prétendants, mais bien au contraire semblait accroître et leur nombre et leur appétit sexuel. Ellen Greenspan fait état de recherches démontrant, chez des femmes atteintes de graves cancers du sein, une plus grande prévalence de fantasmes sexuels secrets que chez leurs homologues du même âge en bonne santé[65].

L'illusion du sexe offre quelque chose de profondément magique. Le sexe constitue une barrière puissante contre la conscience et l'angoisse de la liberté, dans la mesure où, par le pouvoir qu'il exerce sur nous, nous perdons tout sens que nous constituons notre monde. Nous sommes en proie à une force extérieure puissante. Fascinés, nous nous « abandonnons » à sa magie. Nous pouvons résister à l'illusion, la retarder ou nous y adonner, mais nous n'avons nullement le sentiment de « choisir » ou de « créer » notre sexualité : elle est à l'extérieur de nous, possède un pouvoir qui lui est propre et semble « plus grande que nature ». En thérapie, les individus présentant une compulsion sexuelle témoignent, à mesure que leur état s'améliore, d'un sentiment d'ennui par rapport à leur vie. Le monde semble banal et ils se demandent : « Est-ce tout ce qu'il a à offrir ? »

La sexualité compulsive constitue par ailleurs une réponse courante à un sentiment d'isolement. Des « couplages » sexuels confèrent un répit temporaire à l'individu esseulé. Il n'est que temporaire dans la mesure où il ne constitue qu'une parodie de relation. La sexualité compulsive rompt toutes les règles de l'affection véritable. Le sujet se sert d'autrui comme un outil. Il n'utilise et n'est en lien qu'avec une partie de l'autre. Le lien établit sur ces bases n'a pour objet que d'aboutir à la relation sexuelle le plus tôt possible, par opposition à un contexte où la sexualité est appréhendée comme une expression et une facilitation d'une relation allant en s'approfondissant. Le sujet présentant une compulsion sexuelle constitue l'exemple par excellence de quelqu'un qui n'établit pas de lien avec autrui dans la totalité de son être. Bien au contraire, puisqu'il n'est en lien qu'avec la partie servant à combler son besoin. La langue parlée reflète parfaitement cette attitude, quand nous parlons de « cul », de « bite », de « canon ». Le langage cru du sexe (« baiser », « se faire », « sauter », « avoir », « coup ») évoque la tromperie, l'agression, la manipulation, presque tout excepté relation et affection.

Mais avant tout, les sujets à la sexualité compulsive ne connaissent pas leurs partenaires. En fait, il est souvent dans leur intérêt de ne pas connaître l'autre et de ne quasiment rien dévoiler d'eux-mêmes : ainsi, ils ne montrent et ne voient que les parties facilitant la séduction et l'acte sexuel. L'une des caractéristiques de la déviance sexuelle est qu'un sujet n'est pas en lien avec un être dans sa totalité, mais à une partie d'un autre. Ainsi, un fétichiste n'a pas une relation avec une femme (toutes les études de cas publiées sur les fétichistes concernent des hommes), mais avec un accessoire souvent vestimentaire de cette femme, chaussure, mouchoir, sous-vêtement, par exemple. Un observateur des relations humaines alla jusqu'à dire : « Si nous faisons l'amour à une femme sans être en lien avec son esprit, nous sommes fétichistes, même si dans l'acte physique nous utilisons l'orifice corporel approprié[66] ».

Est-ce à dire que le thérapeute attentif devrait déplorer toute rencontre sexuelle ne présentant pas les caractéristiques d'une rencontre interpersonnelle véritable et empreinte d'affection ? N'y a-t-il aucune place pour le sexe conçu comme jeu autonome entre adultes ? Dans une large mesure, ces questions relèvent de la morale, et le thérapeute fait bien de s'abstenir de se prononcer sur des questions qui ne relèvent pas de son champ d'expertise. Néanmoins, le thérapeute peut se prononcer sur ceux qui établissent *uniquement* des liens sexuels aux autres sur un mode partiel et fonctionnel. Une composante essentielle de la définition de la déviance sexuelle pose que ce comportement est fixe et exclusif, en d'autres termes, que le sujet déviant ne peut établir de lien sexuel que sous ce mode déviant. Non seulement le comportement sexuel rigide et exclusif constitue un indicateur d'une pathologie plus sérieuse, mais ce comportement ne peut qu'aboutir à générer chez le sujet un sentiment de mépris de soi et de culpabilité existentielle. Kierkegaard brosse un tableau saisissant de ce type de personnalité dans *Le Journal d'un séducteur*, dans lequel le protagoniste consacre la totalité de son être à séduire et à abuser une jeune fille[67]. Bien qu'il parvienne à son but, il paie le prix fort pour ce butin : sa vie devient vide, son esprit s'appauvrit.

Le sujet présentant une compulsion sexuelle ne connaît donc jamais l'autre ni ne s'engage dans une relation avec lui. Il ne témoigne d'aucune sollicitude pour la croissance de l'autre. Non seulement il ne voit jamais pleinement autrui, mais il ne se perd jamais de vue lui-même dans la relation. Buber qualifiait cette orientation de « réfléchissement » et déplorait toute relation sexuelle dans laquelle les partenaires ne sont pas engagés dans un dialogue authentique et plein, mais vivent dans le monde du monologue, monde de miroirs et de reflets. La description que donne Buber de « l'Érotique » est particulièrement pittoresque :

> « J'ai parcouru pendant de longues années la terre des hommes et je n'ai pas encore fini d'étudier les variétés d'"Érotiques". (...) Ici, un amoureux erre à travers champs, épris seulement de sa passion. Là, un autre porte ses sentiments différenciés comme des décorations. Là encore, un troisième jouit de

son aventure de fascinateur. Ailleurs, on assiste, ravi, au spectacle du prétendu abandon de soi-même. Tel collectionne des émotions ; tel autre laisse libre jeu à sa "puissance". Celui-ci se gonfle d'une vitalité empruntée ; celui-là s'amuse à exister à la fois en sa personne et comme une idole qui lui ressemble fort peu. Celui-là encore se réchauffe au feu de ses bonnes fortunes. Et voici un expérimentateur. Et ainsi de suite – tous les multiples et divers monologueurs du miroir, dans la demeure intime du plus confidentiel dialogue[68] ! »

Ainsi, cet homme aime passionnément, collectionne les plaisirs et les trophées, « se réchauffe au feu de ses bonnes fortunes », mais se montre incapable d'être dans un lien authentique à lui-même comme à autrui. Nombre de ces thématiques sont présentes dans le rêve de Bruce, patient présentant une compulsion sexuelle dont j'ai évoqué le cas aux chapitres 5 et 6. Vers la fin de sa thérapie, alors qu'il sortait de ce mode relationnel à dominante sexuelle, Bruce commença à s'interroger sur « Si je ne cherche plus à baiser des femmes, qu'est-ce que je vais *faire* avec elle ? », « Que faire aussi des hommes ? », « À quoi servent les gens alors ? ». La dernière de ces questions émerge, sous une forme ou une autre, dans la thérapie de tous les patients passant du mode relationnel « Je-Cela » au mode « Je-Tu ». Dans la thérapie de Bruce, trois rêves témoignèrent de cette transition :

> « Je suis allongé dans mon lit avec mon fils de quatorze ans. Nous étions habillés, mais j'essayais d'avoir une relation sexuelle avec lui, mais je n'arrivais pas à trouver son vagin. Je me suis réveillé triste et frustré. »

Ce rêve illustre le dilemme de Bruce quant aux relations. « Existe-t-il d'autres façons d'être en relation que l'acte sexuel, même avec quelqu'un pour qui on a énormément d'affection ? », semble interroger le rêve.

Voici le deuxième rêve :

> « Je jouais au tennis avec une femme, mais toutes les balles que je frappais revenaient vers moi au lieu d'aller vers elle.
> C'est comme s'il y avait une vitre invisible et non un filet de séparation entre nous. »

L'image est claire : Bruce était prétendument en lien avec quelqu'un dans ce match de tennis, alors qu'en fait il n'était que dans une relation à lui-même. L'autre personne était étrangère au jeu ; il n'arrivait pas à l'atteindre en dépit de ses tentatives.

Le troisième :

> « Je voulais être proche de Paul [une connaissance], mais je ne cessais de me vanter de tout l'argent que j'avais et il se mit en colère. J'essayais ensuite de rapprocher ma joue de la sienne, mais nos barbes étaient si dures que nous nous blessâmes l'un l'autre. »

Bruce avait des compagnons d'activités – camarades de basket, de tennis et de bowling – mais ne réussit jamais à avoir d'ami masculin proche. Il avait confusément conscience de son désir de proximité, mais, comme l'illustre ce rêve, ne parvenait pas à trouver d'autres manières que la compétition pour être en lien avec des hommes.

Autres formes de relations avortées

Nous tentons d'échapper à la souffrance de l'isolement existentiel de différentes manières : nous atténuons les limites du moi et tentons de fusionner avec autrui, tentons d'incorporer l'autre ou prenons chez lui quelque chose susceptible de nous faire nous sentir plus grand, puis puissant ou plus aimé. La thématique interpersonnelle commune à toutes ces approches et à de nombreuses autres, auxquelles je vais maintenant m'intéresser, est constituée par le fait que le sujet n'est pas avec autrui, mais ne s'en sert que comme outil pour remplir une fonction. Il n'y a pas de place, dès lors, pour une relation mutuellement enrichissante. Nous sommes en présence d'une forme de mésalliance, d'un échec relationnel qui ne peut qu'entraver la croissance et susciter la culpabilité existentielle. La palette, large, de ces modes relationnels inauthentiques défiant toute classification exhaustive, je vais en présenter quelques-uns observés dans le travail clinique.

L'autre comme vecteur d'ascension. Barry, ingénieur de trente-cinq ans, présentait le « syndrome de l'ingénieur » : il était raide, froid et isolé. Il ne manifestait aucune émotion d'aucune sorte et ne prenait généralement conscience d'un affect qu'au moyen d'un indice physiologique (nœud à l'estomac, pleurs, poings serrés, etc.). Son objectif principal en thérapie était de « contacter » ses émotions et d'être capable d'établir une relation aimante à autrui. Bel homme, il n'avait pas de difficultés à attirer l'attention des femmes, mais se montrait incapable de développer plus avant une relation. Soit il ne trouvait pas la femme désirable et la repoussait, soit il la trouvait désirable, mais était trop angoissé pour la courtiser.

Finalement, au bout de plusieurs mois ardus en thérapie, Barry commença à sortir puis à vivre avec Jamelia, une jeune femme qu'il trouvait particulièrement séduisante. Toutefois, il devint rapidement manifeste qu'il investissait peu de lui-même dans la relation. Il aborda en thérapie le problème, nouveau, qu'il rencontrait, celui d'aller se coucher très tôt. Cela signifiait-il, s'interrogeait-il (et ce type d'isolement vis-à-vis de ses émotions était extrêmement caractéristique), qu'il en avait déjà assez de Jamelia, ou cela signifiait-il qu'il était si bien avec elle qu'il s'autorisait à être totalement détendu avec elle ? « Comment pouvez-vous le savoir ? demandai-je. Que se passe-t-il quand vous vous demandez si vous aimez Jamelia ? » Barry répondit, avec une conviction inhabituelle chez lui, qu'il aimait beaucoup Jamelia.

Néanmoins, il décida qu'il était préférable pour lui de rester un peu en retrait, de sorte à ne pas susciter de faux espoirs chez sa compagne. Il expliqua que cette relation ne se transformerait jamais en relation durable, car Jamelia ne correspondait pas tout à fait à ce qu'il recherchait chez une femme. La principale raison était que ses compétences sociales n'étaient pas assez développées : elle n'était pas claire dans ses propos, elle se montrait trop inhibée et trop introvertie sur le plan social. Il avait conscience de ses faibles aptitudes verbales et désirait ardemment épouser une femme possédant une grande habileté langagière : comme il apprenait bien par mimétisme, il espérait ainsi progresser en étant en contact avec ce type de femme. Il attendait aussi d'une femme qu'elle lui procure une vie sociale plus développée. Par ailleurs, il craignait, s'ils passaient tous les deux beaucoup de temps ensemble et devenaient très épris l'un de l'autre, de lui donner toute son affection et de ne plus en avoir pour les autres.

Les propos de Barry illustrent de nombreux problèmes courants entravant le développement d'une relation aimante authentique. Le problème central est que la raison d'être du mode relationnel de Barry était utilitaire. Barry partait d'une position de besoin extrême et cherchait quelqu'un pour combler son besoin d'« ascension ». En conséquence, il recherchait un « partenaire » qui lui prodiguerait cette ascension : professeur, thérapeute, pourvoyeur de vie sociale.

Barry évoquait souvent, sur un mode désespéré, sa longue et infructueuse quête de relation. Je pensai alors que son emploi du mot « quête » nous offrait une clé de compréhension de son comportement. Après tout, les relations ne se *trouvent* pas, elles se *forment*. Barry était en lien à Jamelia sur un mode inorganique et non organique. Non seulement il la considérait comme un « Cela », un objet, un outil permettant d'acquérir un produit spécifique, mais il appréhendait la relation sur un mode statique et inorganique, entité qui était « là », quasiment éclose depuis le départ, et non comme un processus en développement.

Un autre patient aborda le même thème en disant que plus il devenait proche d'une autre personne, plus celle-ci perdait de ses attraits, tant sur le plan physique qu'émotionnel. Lorsqu'il se rapprochait d'une femme, il percevait les imperfections de sa peau, les varicosités, les poches sous les yeux. En apprenant à la connaître, il perdait de l'intérêt pour les anecdotes ou les éléments de sa vie. Dans une telle approche inorganique de la relation, le sujet voit l'autre comme un objet doté de certaines caractéristiques fixes et de ressources dont le stock est amené à s'épuiser. Comme nous le rappelle Buber, le sujet ne perçoit pas que, dans une relation organique authentique, il y a réciprocité : il n'y a pas de Je immuable observant (et évaluant) l'autre ; le Je est modifié par la rencontre, tout comme l'autre, le Tu. Barry considérait l'amour comme un bien de consommation non durable : plus il donnait à l'autre, moins il aurait à donner aux autres. Toutefois, comme Fromm nous l'a enseigné, cette approche mercantile de l'amour n'a pas de sens : la relation aux autres nous enrichit toujours.

Barry avait toujours ressenti une angoisse intense à la perspective d'approcher des femmes dont il avait l'impression qu'elles correspondaient à ses standards.

Il ruminait souvent des heures sur la stratégie appropriée. Il commençait par appeler : le combiné décroché, le numéro à demi composé, il ressentait une montée d'angoisse et reposait le combiné. D'autres thérapeutes avaient, sans succès, tenté de procurer à Barry un soulagement à cette angoisse via des approches comportementales. En psychothérapie, nous ne fîmes aucun progrès tant que nous appréhendâmes le problème sous son angle évident, à savoir que Barry redoutait d'être en compétition avec d'autres hommes et rejeté par des femmes très séduisantes. Nous eûmes toutefois des succès notoires quand nous travaillâmes sur les façons dont Barry utilisait, ou souhaitait utiliser, l'autre. À un niveau profond, Barry savait qu'il ne rencontrait pas l'autre, mais qu'il en abusait. Il ne désirait pas cette femme ; il désirait quelque chose d'elle. Son angoisse était de la culpabilité suscitée par la transgression anticipée envers un autre et la crainte que l'autre ne perce à jour ses motivations.

Combien sommes-nous dans la pièce ? Dans une relation aimante mature, nous sommes en lien de tout notre être avec l'autre. Si nous retenons une partie de nous afin d'observer la relation ou l'impact que nous avons sur l'autre, la relation, sur ce point-là, est un échec. Buber décrit la situation se produisant lorsque deux personnes qui retiennent la pleine conscience d'elles-mêmes tentent d'être en relation.

> « Supposons maintenant deux hommes-images assis l'un près de l'autre et s'entretenant – nommons-les

> Pierre et Paul – et comptons les figurations qui sont dans le jeu. Nous avons là, d'abord, Pierre tel qu'il veut paraître à Paul, et Paul tel qu'il veut paraître à Pierre ; ensuite, Pierre tel qu'il paraît réellement à Paul, et Paul tel qu'il paraît réellement à Pierre, l'image donc de Pierre telle que se la fait Paul, et qui ne sera nullement conforme, en général, à celle désirée par Pierre, et vice versa ; il faut y ajouter Pierre tel qu'il se paraît à lui-même, et Paul tel qu'il se paraît à lui-même ; et, pour terminer, Pierre au naturel et Paul au naturel. Deux êtres vivants et six semblants fantomatiques de figures qui se mêlent de la façon la plus diverse aux entretiens des deux ! Où donc resterait-il là suffisamment de place pour l'authenticité de l'interhumain[69] ! »

La relation peut échouer du fait que nous sommes pour partie en lien avec l'autre et pour partie avec une ou plusieurs personnes imaginées. Pour évaluer la nature de ma relation avec un patient, je trouve utile de me poser la question : « Combien sommes-nous dans la pièce ? » Par exemple, suis-je non seulement en train de penser à ce patient mais aussi à l'effet positif que produira la présentation de ce cas clinique lors d'une conférence ou encore au « matériel clinique » intéressant que je pourrai utiliser pour mieux transmettre mes idées à mes lecteurs ? J'adresse les mêmes questions à mon patient. Le patient est-il en lien avec moi à un quelconque fantôme du passé ?

Lorsque le patient me parle de ses relations importantes, je m'interroge toujours : « Combien de personnes y a-t-il dans chacune de ces relations ? N'y a-t-il que deux personnes impliquées ? Trois ? Ou un amphithéâtre bondé ? »

Camus était passé maître dans l'art de créer, dans ses romans, des personnages qui étaient incapables d'aimer mais qui simulaient l'amour pour des motivations autres. Dans son premier roman, *La Mort heureuse* (publié à titre posthume), le protagoniste déclare :

> « Il voyait, par exemple, que ce qui l'avait attaché à Marthe c'était la vanité plus que l'amour. (…) Il avait aimé en elle ces soirs où ils apparaissaient au cinéma et où les regards se tournaient vers elle, ce moment où il la présentait au monde. Il s'aimait en elle et sa puissance et son ambition de vivre[70]. »

« Ce moment où il la présentait au monde. » Tout est dit. Il n'y eut jamais deux protagonistes dans la relation. Il n'était pas en lien avec Marthe, mais aux autres à travers Marthe.

Tout comme Ken, un de mes patients, qui rencontrait de longue date des problèmes pour établir une relation authentique avec les femmes. Il rêvait abondamment, mais n'évoqua jamais un rêve comprenant seulement deux protagonistes. Voici l'un de ses rêves, qu'il relata vers le milieu de notre travail de thérapie :

> « Je me trouvais avec une femme dans mon ancienne chambre à San Francisco. Il était deux heures trente du matin. Mon frère et mon père nous observaient à travers la fenêtre. Je n'étais pas vraiment intéressé

par cette femme ni par le fait de coucher avec elle. J'ai fait attendre mon père et mon frère une heure, avant de les laisser entrer à trois heures trente. »

Dans les associations importantes qu'il fit sur ce rêve, il tenta d'identifier la femme. Il avait conscience de ne pas être intéressé par elle. Elle ressemblait à une jeune pom-pom girl qu'il avait vue le jour même lors d'un match de football ; le type de fille qu'il n'avait jamais eu le courage d'approcher quand il était à l'université. Elle ressemblait aussi à une fille prénommée Christine, avec qui il était sorti au collège. Lui et un de ses amis étaient sortis pendant plusieurs mois avec la même fille, situation qu'il trouvait tout à la fois inconfortable et grisante. En définitive, lui et son ami unirent leurs forces et firent pression sur la jeune fille pour qu'elle choisisse l'un d'eux comme petit ami régulier. Christine choisit Ken, à la plus grande satisfaction de celui-ci. Toutefois, au bout de quelques semaines seulement, l'idylle perdit de ses attraits, Ken se désintéressa de Christine (en fait, elle ne l'avait jamais intéressé ; elle ne l'intéressait que dans la mesure où elle servait sa rivalité à son ami) et mit un terme à leur relation.

Ken avait toujours considéré son père et son frère comme des rivaux, vis-à-vis de sa mère tout d'abord, puis vis-à-vis d'autres femmes. Dans son rêve, le fait d'être en compagnie d'une femme et de laisser son père et son frère attendre une heure dehors (jusqu'à trois heures trente, heure qui, au passage, était celle de notre séance) était une façon de les surpasser par l'intermédiaire d'une femme. Ken ne pouvait pas être non plus « avec » des hommes. Sa relation à moi, à son frère et son père était empreinte de la même rivalité. Ainsi, lorsqu'il se trouvait avec moi, il était si persuadé que je voulais le soumettre qu'il cacha pendant des mois des éléments importants dont il avait l'impression qu'ils me donneraient un « avantage » sur lui. Ses seuls amis masculins étaient brillants, mais ne suscitaient pas de rivalité chez lui, dans la mesure où leurs talents s'exerçaient dans des domaines autres (musique, art ou sport).

La nuit suivant l'analyse de ce rêve, Ken fit une série de rêves courts, qui tous éclairaient certains des aspects du travail à réaliser dans le champ relationnel. Dans le premier rêve, il se rendait dans un refuge de montagne où il rencontra plusieurs de ses amis masculins qui l'accueillirent chaleureusement ; puis il se trouvait à leurs côtés dans une salle où il attendait de passer son diplôme d'agent immobilier (Ken était agent immobilier). Au bout d'un long moment, il passa l'examen, mais immédiatement après l'examinateur (le thérapeute) annonça que l'examen était annulé : ils s'étaient trompés d'endroit et de jour. Ce rêve souligne l'amalgame chez Ken entre amitié et rivalité ; le travail de thérapie qui l'attendait consisterait à démêler les deux.

Dans le second fragment onirique, Ken se trouvait dans un avion (Ken, à l'instar de nombreux rêveurs, symbolisait la thérapie comme un voyage effectué par un moyen de transport). Il marchait le long de l'aile de l'avion et fut abasourdi de découvrir autant de compartiments cachés, tous remplis de personnes.

Bien qu'il les vît pour la première fois, il savait confusément que ces personnes s'étaient toujours trouvées là. Manifestement, ce rêve symbolisait une autre phase importante de son travail thérapeutique : la découverte des autres dans le monde.

Son dernier rêve n'était qu'un fragment, la simple image d'un toucan. Ken n'associait rien à cet oiseau, mais mon association fut *two can*[A], symbolisation du travail à deux à faire pour Ken.

La « mauvaise foi » comme mode relationnel est si courante que les exemples abondent dans le travail clinique comme dans la vie de tous les jours. Je citerai, à titre d'exemple, la femme qui en se faisant délibérément accompagner à une soirée par son nouvel ami, sachant qu'elle y rencontrerait son ancien petit ami, n'est manifestement pas « avec » son nouvel ami. Karl, un autre de mes patients, venait de débuter une relation avec une femme lorsqu'il reçut un appel de son ancienne amie, manifestement furieuse. Sur le mode de la dérision, il écarta le combiné de son oreille, le dirigeant vers sa nouvelle amie pour qu'elle aussi puisse entendre. Toutes les relations d'une personne reflètent les autres : à mon sens, il est rare qu'une personne établisse des relations sur un mode inauthentique avec certaines personnes et sur un mode authentique et aimant avec d'autres. La nouvelle amie de Karl fut très troublée par la façon dont Karl se comportait envers son ancienne amie. Elle supposa (avec justesse) que

A. En anglais, *toucan* (l'oiseau) et *two can* (littéralement, « deux peuvent ») sont homophones. *(N.d.T.)*

l'épisode du téléphone augurait de sa relation à venir avec lui.

Le mode relationnel consistant à être avec une personne pour en atteindre une autre se manifeste de manière transparente en thérapie de groupe, mode particulièrement adapté à l'expression et au travail de ce type de comportement dans les relations interpersonnelles. Un exemple particulièrement frappant me fut donné, pendant plusieurs semaines, dans l'un de mes groupes thérapeutiques. Ron, patient de quarante ans, marié, établissait systématiquement des contacts en dehors du groupe avec tous les membres, bien que lui et les autres participants eussent conscience que ces contacts extérieurs pouvaient nuire à la thérapie. Ron invita certains participants à faire de la voile, d'autres à faire du ski, d'autres encore à dîner et noua une relation amoureuse intense avec l'une des participantes prénommée Irene. Les contacts extérieurs nuisent généralement à la thérapie groupale s'ils sont sous le coup d'une conspiration du silence. Dans ce groupe, la thérapie cessa d'avancer car Ron refusa de parler de ces contacts à l'extérieur du groupe, notamment de sa relation avec Irene ; il n'y voyait rien de « mal » et refusa obstinément de s'interroger sur le sens de son comportement.

Lors d'une séance, le groupe parla de l'invitation à un week-end de ski qu'il avait faite à ma cothérapeute. Une pression énorme s'exerça sur Ron pour le contraindre à s'interroger sur son comportement, et il quitta la séance très ébranlé et en proie à la confusion. Pendant le trajet du retour, il se souvint soudain que, durant son enfance, son histoire préférée avait été *Robin des bois*. Suivant son impulsion, il se rendit dans la plus proche bibliothèque, à la section de littérature enfantine, et relut l'histoire. Ce n'est qu'alors que son comportement prit un sens pour lui. La légende de Robin des bois le touchait dans sa thématique du sauvetage, notamment celui des femmes soumises au joug d'un tyran. Ce motif avait joué un rôle puissant dans sa vie, à commencer par les luttes œdipiennes. Après avoir travaillé comme salarié, il avait monté sa propre entreprise concurrente en débauchant l'équipe de son ex-employeur. Avec sa femme aussi, qu'il avait épousée non pas tant par amour que pour la secourir d'un père tyrannique.

Ce motif se rejouait dans le groupe. Il était fortement animé par le désir d'arracher les autres membres, y compris la cothérapeute, à mon emprise. Progressivement, les autres membres exprimèrent leur vif désarroi de n'avoir été pour lui que des pions dans sa lutte avec moi. Lorsque ce mode relationnel inauthentique fut dévoilé, Ron commença à se confronter à la question « À quoi servent les gens ? ». Il consacra plusieurs mois à travailler sur sa relation à chacun des membres, à l'exception d'Irene. Il s'accrochait à elle, et même lorsqu'il fut manifeste qu'il avait réalisé tous les progrès possibles pour lui dans ce groupe, il ne pouvait se résoudre à arrêter car, sur un plan inconscient, il voulait être présent pour la protéger de moi. Il finit par quitter le groupe, suivi, quelques mois plus tard, d'Irene. À ce stade, le tyran ne constituant plus un mécanisme actif chez lui, son amour pour Irene s'évanouit rapidement et il mit un terme à la relation.

Une relation pleine et aimante est une relation à un autre, non à une figure extérieure du passé ou du présent. Le transfert, les déformations parataxiques, les motivations et les buts, tout cela doit être balayé pour que puisse s'établir une relation véritablement authentique à l'autre.

9

Isolement existentiel et psychothérapie

L'isolement existentiel a plusieurs implications majeures pour les psychothérapeutes. Tout d'abord, il fournit un cadre de référence susceptible d'expliquer de nombreux phénomènes complexes et déroutants, explications que ces mêmes thérapeutes, par des interventions à visée clarificatrice ou interprétative, tentent de relayer à leurs patients. Le concept d'isolement existentiel permet également de penser une stratégie thérapeutique centrale, la confrontation à l'isolement. Enfin, ce concept éclaire de manière considérable ce phénomène d'une importance et d'une complexité extraordinaires, la relation thérapeute-patient.

UN GUIDE POUR LA COMPRÉHENSION DES RELATIONS INTERPERSONNELLES

Les personnes qui sont terrifiées par l'isolement tentent généralement d'apaiser cette terreur sur un mode interpersonnel : elles ont besoin de la présence d'autrui pour affirmer leur existence, aspirent à être incorporées par d'autres plus grands qu'eux ou cherchent à soulager leur sentiment de vulnérabilité solitaire en avalant les autres, tentent de s'élever grâce aux autres, recherchent l'accumulation des rencontres sexuelles, parodie de relation authentique. En bref, la personne submergée par l'angoisse existentielle cherche désespérément à être aidée par le biais de la relation. Elle recherche un soulagement extérieur, non parce qu'elle le veut, mais parce qu'elle le doit ; dès lors, la relation résultante se fonde sur la survie, non sur la croissance. L'ironie tragique est que ceux qui ont désespérément besoin du réconfort et du plaisir d'une relation authentique sont ceux-là mêmes qui s'avèrent les moins aptes à former ce type de relation.

L'une des premières tâches du thérapeute consiste à aider le patient à identifier et à appréhender son mode relationnel aux autres. La relation affranchie de l'emprise des besoins fournit au thérapeute un idéal ou un horizon devant lequel se déploie la pathologie interpersonnelle du patient. Par exemple, le patient noue-t-il uniquement des relations avec ceux qui peuvent lui procurer quelque chose ? Tente-t-il véritablement de connaître pleinement l'autre ? Quelles parts de lui retient-il ? Fait-il preuve d'une écoute attentive à son égard ? Utilise-t-il l'autre pour être en lien avec une tierce personne, en d'autres termes, combien de personnes y a-t-il dans la pièce ? Se soucie-t-il de la croissance de l'autre ?

Le groupe thérapeutique offre une arène particulièrement adaptée à la manifestation de ces schémas de relations déformées, comme dans le bijou clinique suivant.

Depuis six mois, Eve participait à un groupe thérapeutique et avait progressivement reproduit (comme il en va de tous les patients) le même schéma interpersonnel dans le groupe que celui qu'elle suivait à l'extérieur. Personnalité limite, elle était passive et peu marquante. Personne ne la prenait au sérieux ; elle non plus ne paraissait pas se prendre au sérieux et semblait se satisfaire de son statut de mascotte du groupe. Pendant les fêtes de Noël, alors que le groupe était particulièrement restreint (les participants étaient en vacances), Eve commença la séance en évoquant son malaise face à un groupe si réduit. Elle n'était pas sûre, dit-elle, d'avoir envie d'une « séance intense ». Elle continua à évoquer, sur le mode détaché dont elle était coutumière, ses sentiments face à un petit groupe. Une femme finit par prendre la parole en disant qu'elle ne supportait plus d'écouter Eve. Personne dans le groupe n'avait l'impression qu'Eve leur parlait ; Eve s'adressait toujours à un endroit vide dans le groupe, comme s'il n'y avait personne. Les participants ajoutèrent ensuite qu'Eve n'était en lien avec personne dans le groupe, que personne ne la connaissait vraiment, qu'elle restait cachée et, en conséquence, qu'ils ne l'autorisaient pas à avoir de l'importance pour eux.

Je demandai à Eve d'essayer d'entrer en lien avec les participants. Elle se prêta à l'exercice, fit le tour du groupe et, devant chacun de ses membres, exprima quelques banalités sur ce qu'elle ressentait vis-à-vis d'eux. « Sur une échelle de un à dix de prise de risque, demandai-je, comment évaluerais-tu les propos adressés à chacun des participants ? » « Très bas, s'aventura-t-elle, à deux ou trois. » « Que se passerait-il, demandai-je, si tu essayais de monter d'un ou deux degrés ? » Elle répondit qu'elle dirait au groupe qu'elle était alcoolique ! Pour une révélation, c'en fut une ! Elle ne l'avait dit à personne auparavant. J'essayai ensuite de l'aider à s'ouvrir un peu plus en l'encourageant à dire ce qu'elle avait ressenti du fait de participer si longtemps au groupe sans pouvoir le dire[A]. Eve évoqua alors à quel point elle se sentait seule dans le groupe et coupée de tous. Mais elle était submergée par la honte vis-à-vis de son alcoolisme. Elle souligna qu'elle ne pouvait pas être « avec » les autres ou se dévoiler en raison de son alcoolisme.

J'inversai alors la proposition formulée par Eve (ce qui permit d'amorcer le véritable travail thérapeutique) : *elle ne se cachait pas parce qu'elle buvait, mais buvait parce qu'elle se cachait.* Elle buvait parce qu'elle était peu investie dans le monde. Eve parla alors de ce qui se passait lorsqu'elle rentrait chez elle et qu'elle se sentait perdue et seule : soit elle se laissait aller à une rêverie dans laquelle elle s'imaginait très jeune et aimée par des gens importants, soit elle soulageait la souffrance de sa solitude par l'alcool. Progressivement,

---

A. Sur le plan de la technique thérapeutique, il est toujours préférable d'appréhender le dévoilement d'un secret important en aidant le patient à en dire un peu plus sur le dévoilement lui-même (dévoilement « horizontal » ou « métadévoilement ») qu'en cherchant à en savoir plus sur le secret (dévoilement « vertical »). Cette stratégie permet ainsi au patient de se faire pleinement connaître des autres dans l'instant immédiat.

Eve commença à prendre conscience qu'elle était en lien avec les autres pour une fonction spécifique – être protégée et prise en charge – et que, dès lors, elle n'était pas pleinement en lien avec les autres. Elle ne voyait qu'une partie de l'autre et choisissait de ne dévoiler d'elle que les parties dont elle pensait qu'elles ne feraient pas fuir un protecteur potentiel.

Eve apprit la façon dont les autres percevaient son comportement et ce qu'il suscitait chez les autres. (Ce mécanisme constitue l'une des véritables forces du groupe thérapeutique : le thérapeute individuel peut certes transmettre ce type d'informations à un patient, mais la diversité des retours dans un grand groupe se révèle bien plus riche et instructive.) Elle découvrit que son attitude de demande ne suscitait pas chez les autres la sollicitude qu'elle recherchait ; bien au contraire, de par sa réticence à s'engager pleinement auprès des autres, elle comptait peu pour ces derniers. Eve ne parvenait pas à obtenir ce qu'elle voulait parce qu'elle était trop en demande.

Comme l'illustre cette vignette, la compréhension des relations d'un patient recèle un potentiel thérapeutique considérable, tout comme la relation thérapeute-patient, dont l'étude est la plus accessible et sur laquelle je reviendrai dans un court instant. Néanmoins, le thérapeute doit toujours chercher à en savoir plus sur les relations que son patient entretient avec les autres. Les relations entre patients (groupe thérapeutique, hôpital de jour, institutions) n'évoluent que rarement en amitiés durables et gratifiantes en dehors de la thérapie. Néanmoins, ces relations permettent aux patients de mettre en œuvre leur pathologie relationnelle. Grâce à des techniques que j'ai déjà évoquées, les thérapeutes peuvent utiliser ces données de première main comme guide pour comprendre la problématique relationnelle spécifique des patients et les aider à identifier la nature de leur comportement personnel, son impact sur les autres et la responsabilité de leur propre isolement. Les relations qui s'établissent dans un groupe thérapeutique font également office de « générale » par rapport aux relations futures d'un patient dans le « vrai monde », cadre sécurisé leur permettant de tester de nouvelles façons d'être en lien avec les autres.

J'ai abordé jusque-là *l'utilité* des relations entre patients d'un même groupe. Toutefois, ces relations sont bien plus qu'un forum destiné à l'expression des diverses pathologies ou qu'une générale : ce sont des relations réelles avec des personnes réelles, qui en elles-mêmes et par elles-mêmes se révèlent constructives et présentent un potentiel thérapeutique. Certains patients placés en institutions psychiatriques nouent peu de contacts avec d'autres. Ils parlent uniquement lorsqu'on s'adresse à eux, restent dans leur chambre autant que possible, passent leur temps à réfléchir, à « régler les choses » dans leur tête, à faire du crochet, lire, et ainsi de suite.

Les patients donnent plusieurs raisons à leur retrait (dépression, peur du rejet, « ne rien avoir en commun » avec les autres, par exemple) ; toutefois, l'une des raisons avancée fréquemment est qu'il ne sert à rien d'investir de l'énergie dans une relation qui, par la force des choses, s'avérera temporaire. Un patient déclare qu'une relation avec un autre patient ne peut pas durer, qu'ils évoluent dans des « cercles » différents (en oubliant les « cercles » qu'ils partagent, comme l'orbite terrestre et le cycle de vie) ; dès lors, pourquoi s'impliquer ? D'autres soulignent qu'ils ne peuvent supporter les pertes et qu'ils souhaitent privilégier les relations susceptibles de se transformer en amitiés durables.

Ces arguments sont pour le moins convaincants. Après tout, l'un des problèmes de la vie moderne est son manque de permanence, d'institutions et de réseaux sociaux stables. Dès lors, à quoi bon en effet cultiver une autre relation non permanente, une relation de « croisière » ?

Un cas clinique nous permet d'éclairer les différents aspects de cette question. Anna, une patiente *borderline* qui avait été hospitalisée à la suite d'une tentative de suicide, était une jeune femme extrêmement isolée et amère. L'une des questions qu'elle se posait souvent était : « À quoi servent les gens ? » Elle évitait les contacts avec les autres dans les réunions de groupe, déclarant refuser la fausseté inhérente aux relations superficielles. Toutes les fois qu'elle était en lien avec quelqu'un ou exprimait un sentiment ou une émotion quelconque, sa voix intérieure lui rappelait bientôt que tout cela était du « faux » et que rien de ce qu'elle pouvait dire ne constituait un sentiment ou une émotion véritable. Anna se sentait seule et terrifiée. Elle était toujours cette passante solitaire arpentant les rues sombres et froides, qui enviait la lumière et la chaleur qu'elle percevait chez les autres. Dans nos séances en petit groupe, je l'incitais constamment à tenter d'entrer en contact avec les autres. « Arrête d'analyser les choses et toi-même, lui conseillais-je. Essaie simplement d'être en contact avec les autres dans le groupe, de pénétrer dans leur monde expérientiel, de t'ouvrir autant que possible et ne demande pas pourquoi. » Lors d'une séance de groupe particulièrement intense, Anna s'impliqua de façon assez profonde avec plusieurs personnes, allant jusqu'à pleurer avec et pour l'une d'elles. Vers la fin de la séance, Anna fut invitée à décrire comment elle avait vécu cette expérience. (Un emploi efficace de l'ici et maintenant en thérapie implique toujours deux processus : l'expérience en elle-même et une élaboration consécutive à cette expérience.) Anna déclara s'être sentie vivante pendant cette heure, impliquée dans la vie, avec les autres, sans avoir conscience d'elle-même ni de son sentiment de désespoir. Pendant une heure, elle avait été dans la vie et non à l'extérieur, à observer derrière une vitre froide.

L'expérience que fit Anna pendant cette séance lui fournit une réponse à la question « À quoi servent les gens ? ». Elle put, un court moment, mesurer pour elle-même que les relations enrichissent notre monde intérieur. Bien qu'elle tenterait bientôt d'annuler l'expérience, j'en étais certain, en la qualifiant de « fausse », elle avait néanmoins pu éprouver la façon dont une relation peut établir un pont au-dessus de l'abîme de l'isolement. La rencontre nous change, même la rencontre brève. Cette rencontre est intériorisée, devient un point de référence interne, rappel omniprésent tout à la fois de la possibilité d'une rencontre authentique et de la gratification que ce type de relation procure.

Un exemple frappant de l'impact durable d'une brève rencontre nous est fourni par Bertrand Russell qui, en 1913, rencontra Joseph Conrad :

> « Dès notre toute première rencontre nous avons causé avec une intimité qui allait constamment croissant. Il semblait que nous nous enfoncions graduellement à travers les strates de tout ce qui constitue le monde superficiel, afin d'atteindre le feu central, auquel nous parvenions ensemble. Je n'ai jamais fait d'expérience comparable. Nous nous regardions mutuellement dans les yeux, mi-effrayés, mi-ravis de nous retrouver l'un l'autre dans ces profondeurs. L'émotion que je ressentais avait l'intensité d'une passion amoureuse, mais en même temps elle embrassait tout. Je suis parti comme ébloui et presque incapable de me retrouver dans la routine des affaires quotidiennes[1]. »

Bien que Russell ne passât que quelques heures avec Conrad, il explique qu'il ne fut plus le même après cette rencontre, que ce contact resta pour toujours à l'intérieur de lui et joua un rôle considérable dans la forme que prirent ses attitudes envers la guerre, les coups du sort et les relations qu'il établit par la suite[2].

Il est possible toutefois de s'égarer dans la direction inverse, c'est-à-dire d'éviter les relations intimes durables en ne s'impliquant que dans de brèves rencontres. Le thérapeute doit en avoir conscience. Toutefois, il convient de rappeler qu'aucune relation n'offre de garantie de permanence. Néanmoins, pourquoi dépouiller une relation de sa réalité présente sous le prétexte qu'elle n'aura peut-être pas de réalité future ? Les individus qui choisissent de limiter leurs relations à un petit nombre de personnes sont vraisemblablement ceux qui ont le plus de difficultés à établir des liens aux autres. Leur peur de l'isolement est si forte que, comme je l'ai décrit, ils sabotent toute possibilité de relation. Ceux, au contraire, qui sont capables d'être en lien de façon authentique aux autres connaîtront, par le peuplement de leur monde interne, un apaisement de leur angoisse existentielle et seront capables d'être en contact avec les autres dans une attitude aimante et non pour combler un besoin.

LA CONFRONTATION DU PATIENT À L'ISOLEMENT

Une autre étape importante de la thérapie consiste à aider les patients à se confronter directement à l'isolement existentiel, à l'explorer et à plonger dans leurs sentiments de perdition et de solitude. L'un des faits fondamentaux que les patients doivent découvrir par la thérapie est que, bien que la rencontre interpersonnelle puisse apaiser l'isolement existentiel, elle ne peut le supprimer. Les patients qui grandissent en thérapie apprennent, outre les gratifications de l'intimité, ses limites : ils apprennent ainsi ce qu'ils *ne peuvent pas* obtenir des autres. Il y a quelques années, lors d'un projet présenté au chapitre 6, mes confrères et moi avions étudié des patients dont la thérapie s'était révélée positive afin de déterminer les aspects de la thérapie qui leur avaient été les plus utiles. Dans les soixante items proposés au classement, celui relatif aux limites de l'intimité (« Prise de conscience que, quel que soit mon niveau d'intimité aux autres, je *dois faire face seul à ma vie* ») apparaissait dans la partie supérieure du classement chez de nombreux patients et, sur l'ensemble, fut classé vingt-troisième sur soixante[3].

Il n'existe, bien évidemment, aucune « solution » à l'isolement. L'isolement est une composante de l'existence humaine ; nous devons nous y confronter et trouver un moyen de l'assumer. La communion avec les autres constitue notre principale ressource permettant d'atténuer la peur de l'isolement. Nous sommes tous des bateaux solitaires voguant sur une mer sombre. Nous voyons les lumières des autres bateaux, bateaux que nous ne pouvons atteindre mais dont la présence et la similitude de situation nous apportent beaucoup de réconfort. Nous avons conscience de notre solitude et de notre vulnérabilité absolues. Mais si nous parvenons à sortir de notre monade dépourvue de fenêtres, nous prenons conscience de la présence des autres confrontés à la même peur solitaire. À notre sentiment d'isolement se substitue de la compassion pour les autres et nous ne sommes plus aussi terrifiés. Un lien invisible unit les individus qui vivent la même expérience, qu'il s'agisse d'une expérience de vie partagée dans le temps ou l'espace (la fréquentation de la même école, par exemple) ou simplement en tant que public d'un quelconque événement.

Mais la compassion et l'empathie, sa jumelle, nécessitent un certain niveau d'équilibre ; elles ne peuvent se construire sur de la panique. Chacun doit d'abord commencer par se confronter à l'isolement et le tolérer afin d'être en mesure d'utiliser les ressources disponibles permettant de faire face plus pleinement à sa situation existentielle. Pour beaucoup, Dieu offre un soulagement à cet isolement, mais comme l'affirmait Alfred North, l'isolement est une des conditions de la véritable foi : « La religion est ce que l'individu fait de sa propre solitude (...) si vous n'êtes jamais solitaire, vous n'êtes jamais religieux[4]. » Pour une part, la tâche du thérapeute consiste à aider le patient à se confronter à son isolement, expérience tout d'abord anxiogène, mais servant de catalyseur à la maturité personnelle. Dans *L'Art d'aimer*, Fromm écrit que « être capable de rester seul avec soi-même (...) – cette aptitude est précisément une condition de l'aptitude à aimer[5] » ; il recommande – nous sommes bien avant les années 1960 et l'essor de la méditation – des modes de concentration solitaire sur la conscience de soi.

Dans son essai consacré à la solitude, Clark Moustakas soutient une approche similaire :

> « En étant seul, l'individu se réalise dans la solitude et forge un lien ou un sentiment de lien fondamental aux autres. La solitude ne sépare pas l'individu ni ne cause de rupture ou de division du moi, mais élargit bel et bien chez l'individu l'entièreté, la perspicacité, la sensibilité et l'humanité[6]. »

De nombreux auteurs et penseurs corroborent le fait que l'isolement doit être expérimenté avant de pouvoir être transcendé. Camus écrit ainsi : « Lorsqu'un homme a appris, pas sur le papier, comment rester seul avec sa souffrance, comment surmonter son désir de fuite, il lui reste peu à apprendre[7]. » Un point de vue similaire se trouve chez Robert Hobson : « Être humain signifie être seul. Continuer à devenir une personne signifie explorer de nouvelles modalités permettant de se reposer de notre solitude[8]. »

La formulation « explorer de nouvelles modalités permettant de se reposer de notre solitude » constitue une description saisissante de la tâche du thérapeute. Elle contient pourtant les germes de la problématique clinique : le patient est en proie aux affres de la solitude plus qu'il ne s'en « repose ». Il semble en outre que les riches s'enrichissent et que les pauvres s'appauvrissent. En d'autres termes, ceux qui sont à même de se confronter à leur isolement et à l'explorer peuvent apprendre à être en lien aux autres de façon aimante et mature ; pourtant, seuls ceux qui peuvent déjà être en lien aux autres et ont atteint un peu de maturité sont en mesure de tolérer cet isolement. Robert Bollendorf démontra que plus le niveau d'actualisation de soi d'un individu était élevé (tel que mesuré par le POI, Personal Orientation Inventory), moins leur angoisse d'isolement (évaluée par l'échelle d'angoisse de l'IGPE) était forte lorsqu'ils étaient placés pendant seize heures en isolement cellulaire[9].

Otto Will, sur la base de sa longue expérience clinique avec les adolescents et les jeunes adultes perturbés, observa que les personnes issues de familles aimantes et respectueuses sont capables, avec une relative facilité, de s'éloigner de leurs familles et de tolérer la séparation et la solitude des débuts de la vie adulte. Qu'en est-il de ceux qui grandissent dans des familles perturbées et conflictuelles ? On pourrait imaginer qu'ils sautent de joie à l'idée de s'éloigner de ce type d'environnement. Or, c'est l'inverse qui se produit : plus la famille est perturbée, plus il est difficile pour les enfants de partir. Ces derniers, en effet, sont mal préparés à affronter la séparation et s'accrochent à la famille comme protection à l'angoisse d'isolement[10].

Le thérapeute doit trouver un moyen d'aider son patient à se confronter à l'isolement à des doses et avec un soutien parfaitement adaptés à son cas. Certains thérapeutes, à une étape avancée de la thérapie (après que les autres sources d'angoisse ont été travaillées et que la relation thérapeutique est devenue positive et solide), recommandent ou prescrivent des périodes d'isolement volontaire. Les bénéfices de cet isolement sont de deux ordres. Tout d'abord, ces périodes d'isolement peuvent susciter du matériel clinique important. Souvenez-vous de Bruce, évoqué au chapitre 5, qui, à la suite de quelques heures d'isolement, prit conscience de sa terreur de la solitude et de la mort qu'il avait fuie toute sa vie par le travail et la compulsion sexuelle. Ensuite, le patient découvre des ressources cachées et du courage. Linda Sherby décrit une patiente présentant des symptômes d'activité frénétique et de posture dépendante dans ses relations[11]. Dans une tentative de sortir de l'impasse, le thérapeute suggéra à la patiente de passer vingt-quatre heures seule dans un motel, coupée de toute distraction (personnes, télévision, livres etc.), à l'exception de son journal dans lequel elle devait noter ses pensées et ses sentiments. Cette expérience eut comme résultat principal de permettre à la patiente – et ce fut primordial pour elle – de prendre conscience qu'il lui était impossible de tolérer l'isolement sans éprouver de panique. Les notes prises par la patiente sont explicites : « Je suis surprise d'avoir encore toute ma tête, peut-être qu'il est trop tôt pour décompenser pour moi, mais cela fait neuf heures maintenant, et je ne pense pas que je vais m'effondrer. » Vers la fin de ces vingt-quatre heures, elle écrivit à son thérapeute : « Il est évident que je ne vais pas devenir folle, ce que vous saviez, je suppose, dès le départ. La tristesse devient une partie de moi, et je doute qu'il me soit aussi facile de la fuir maintenant ! »

Il y a plusieurs années, mes confrères et moi avions réalisé une expérience qui, fortuitement, démontra à quel point l'isolement servait de catalyseur à la croissance personnelle[12]. Afin de tester l'impact de la stimulation de l'affect (lors d'une expérience groupale sur un week-end) sur la thérapie individuelle longue, nous avions organisé trois expériences groupales dans une auberge de campagne, avec deux groupes de gestalt visant la stimulation de l'affect et un groupe de méditation zen servant de groupe de contrôle. Nous avons tenté de mesurer l'impact de l'expérience groupale de gestalt sur les sujets, en supposant que le groupe de méditation ferait office de groupe de contrôle en présentant des caractéristiques relativement stables. Les résultats furent tout autre, considérablement influencés par des variables non planifiées et « non spécifiques ». L'expérience de l'isolement constituait l'une de ces variables. De nombreuses personnes, dans le groupe expérimental comme dans le groupe de contrôle, firent état que l'éloignement de leur environnement familier et l'expérience de l'isolement avaient été pour elles un élément significatif. Plusieurs sujets féminins mentionnèrent en effet que ce week-end était le premier en plusieurs années (dans un cas, vingt ans) où elles étaient séparées de leur famille et dormaient seules sans leur mari et sans leurs enfants dans une pièce adjacente. L'impact de cette confrontation à l'isolement était si fort que, pour certaines, il supplanta la stimulation de l'affect, la variable étudiée.

La pratique de la méditation constitue une autre approche de la sensibilisation à l'isolement. Bien que les thérapeutes utilisant la méditation et les professeurs de méditation n'appréhendent pas à proprement parler de la sorte les apports d'une pratique de la méditation, je crois que l'un des principaux éléments facteurs de croissance dans la méditation est de permettre, dans un état d'angoisse réduit (c'est-à-dire relaxation musculaire apaisante, posture, respiration, esprit tranquillisé), de se confronter à et de transcender l'angoisse associée à l'isolement.

Les personnes apprennent à faire face à ce qu'elles redoutent le plus. Elles sont invitées à plonger dans l'isolement et, qui plus est, à y plonger nues, sans les habituels boucliers du déni. Elles sont invitées à

« lâcher prise » (au lieu de réaliser et d'acquérir), à vider leur esprit (au lieu de catégoriser et d'analyser les expériences), de réagir à et d'être en harmonie avec le monde (au lieu de vouloir le contrôler et le soumettre). L'un des objectifs explicites de l'état méditatif, l'un des états à atteindre sur le chemin de l'éveil spirituel (satori) est la conscience que la réalité physique est en fait un voile obscurcissant la réalité et que ce n'est qu'en plongeant loin dans l'isolement qu'il est possible d'ôter ce voile. La reconnaissance de la nature illusoire de la réalité ou, comme je l'ai décrit au chapitre 6, la conscience de notre fonction constitutive, nous plonge immanquablement dans une confrontation à l'isolement existentiel, dans une conscience que non seulement nous sommes isolés des autres mais, au niveau le plus fondamental, nous sommes aussi isolés du monde.

L'ISOLEMENT ET LA RENCONTRE PATIENT-THÉRAPEUTE

C'est la relation qui soigne

Je me rappelle deux maximes de psychothérapie que j'ai apprises au tout début de ma formation. J'ai traité de la première, « l'objectif de la psychothérapie est d'amener le patient au point où il est en mesure de faire un choix libre », dans la section relative à la liberté. La seconde, « c'est la relation qui soigne », constitue la plus importante leçon que le thérapeute se doit d'apprendre. Il n'existe pas de vérité plus grande en psychothérapie ; tous les thérapeutes observent à loisir dans leur travail clinique que la rencontre en soi soigne le patient d'une manière qui dépasse l'orientation théorique du thérapeute.

Si la recherche en psychothérapie a établi un fait, c'est bien que la relation positive entre patient et thérapeute constitue un élément positif dans l'issue de la thérapie. Les thérapeutes efficaces réagissent envers leurs patients sur un mode authentique ; ils établissent une relation que le patient perçoit comme sécurisée et acceptante ; ils se montrent chaleureux mais non possessifs, font preuve d'empathie et sont capables d'« être avec » ou de « saisir le sens » d'un patient. Plusieurs analyses résumant des centaines d'études de recherche convergent dans ce sens[A13].

Dans le premier chapitre, j'ai établi une analogie entre la psychothérapie et une expérience que je fis dans un cours de cuisine : ce qui semble faire toute la différence entre deux plats d'aubergine et la psychothérapie sont les « petits plus », les contributions « officieuses ». C'est dans cette sphère de la relation thérapeute-patient que ces « petits plus » se produisent le plus souvent. Dans le cours de la thérapie, le thérapeute s'adresse au patient d'une façon humaine et

A. Dans le reste du livre, j'ai cité des recherches empiriques, généralement de façon très sélective et avec beaucoup de précaution. Soit ces recherches étaient limitées, peu rigoureuses dans leur conception ou leur réalisation ou encore ne possédaient qu'une pertinence limitée par rapport au thème abordé. En ce qui concerne la relation thérapeute-patient, je ne citerai pas l'ensemble des recherches conduites, mais pour une tout autre raison, à savoir la quantité impressionnante de recherches d'excellente qualité étudiant l'importance cruciale de cette relation.

éminemment personnelle. Bien que ce contact avec le patient constitue souvent un événement à l'importance critique en thérapie, il n'entre pas dans le cadre de la doctrine idéologique officielle et ne figure généralement pas dans les textes psychiatriques (généralement pour des raisons de honte ou de peur de la censure), ni n'est enseigné aux étudiants (tout à la fois parce qu'il déborde du cadre de la théorie formelle et qu'il pourrait encourager les « excès »).

Une excellente illustration de l'importance de la rencontre patient-thérapeute se trouve dans un livre intitulé *Critical Incidents in Psychotherapy*, publié en 1959, décrivant un certain nombres d'événements considérés par les thérapeutes comme des tournants constitutifs dans la thérapie de leurs patients[14]. Une grande majorité de ces événements critiques est constituée par l'attitude du thérapeute qui, sortant de son rôle professionnel, établit un contact sur un mode profondément humain avec son patient. Quelques exemples :

> « 1. À ce moment-là, Tom [le patient] me regarda dans les yeux et prononça très distinctement et lentement : "Si vous me laissez tomber, il n'y a aucun espoir pour moi." Je fus alors submergé par des émotions aussi complexes que puissantes, peine, haine, pitié et impuissance. Cette phrase de Tom devint un "événement critique" pour moi. Je fus à ce moment-là plus proche de lui que je ne l'avais jamais été de personne au monde[15].

2. Un thérapeute reçoit un patient très malade pour une séance en urgence un samedi après-midi et, bien que le thérapeute fût fatigué et affamé, il poursuivit la séance sur plusieurs heures[16].

3. Un thérapeute rencontra une patiente, qui dans le cours de sa thérapie commença à présenter des symptômes de cancer. Pendant qu'elle attendait les résultats d'examens médicaux (qui se révélèrent négatifs), il la tint dans ses bras comme une enfant pendant qu'elle pleurait et, terrifiée, traversa un bref état psychotique[17].

4. Un thérapeute homme qui avait pour patiente une jeune femme dont le transfert amoureux sur lui était si puissant que tout travail thérapeutique était impossible lui dévoila certains aspects de sa vie personnelle qui permirent à la patiente d'effectuer un tri entre perceptions réelles et perceptions déformées qu'elle avait de lui[18].

5. Pendant plusieurs séances, un patient avait malmené son thérapeute en l'attaquant personnellement et en remettant en question ses compétences professionnelles. Le thérapeute finit par exploser : “Tapant du poing sur le bureau, je me mis à hurler : 'Bon sang, et si vous arrêtiez cette diarrhée verbale pour vous mettre au boulot au lieu de charger comme ça sur moi ? Quels que soient mes défauts, et j'en ai beaucoup, ils n'ont rien à voir avec vos problèmes. Moi aussi je suis un être humain et j'ai eu une mauvaise journée…'[19]”

6. Une patiente avait été abandonnée dans une maison vide perchée sur une colline, accessible uniquement

par un pont de bois bringuebalant. En dernier recours, elle appela son thérapeute qui se rendit jusqu'à cette maison, traversa le pont, la consola et la reconduisit chez elle[20]. »

Les autres événements critiques sont similaires : dans chacun des cas, l'élan est celui d'une rencontre humaine, éloignée de toute « gestion » artificiellement ou idéologiquement prescrite du patient.

Les textes abondent de descriptions allant dans ce même sens. Dans le chapitre 2, j'ai ainsi abordé le contexte dans lequel, en 1895 dans leurs *Études sur l'hystérie*, Freud et Breuer laissèrent de côté un nombre considérable de données cliniques relatives à la mort[21]. Il est tout aussi frappant que Freud, dans son évaluation des mécanismes thérapeutiques, ait négligé l'importance de la rencontre patient-thérapeute. Il attribuait entièrement le changement thérapeutique à la suggestion hypnotique et au travail interprétatif rendant possible l'« abréaction » et la libération de l'« affect étranglé ». Notez pourtant la nature de l'investissement thérapeutique de Freud, tel qu'il le relate dans ses études de cas. Il massait régulièrement ses patientes et, dans un passage, déplore que la période menstruelle d'une patiente rende impossible tout massage ce jour-là. À d'autres moments, il « s'immisce de façon éhontée » (pour citer Buber)[22] dans la vie de sa patiente en s'entretenant avec les membres de la famille et en clarifiant les perspectives financières et maritales de sa patiente. Parfois, Freud se montrait autoritaire et dur. Lors d'une consultation mémorable, il dit catégoriquement à une patiente qu'il lui laissait vingt-quatre heures pour changer ses croyances (sur les causes non psychologiques d'un symptôme), sinon elle devrait quitter l'hôpital[23].

Il y a plusieurs années, j'établis un contrat (pour des raisons non pertinentes au présent exposé) avec une patiente, stipulant que nous devions tous les deux rédiger des comptes rendus de nos impressions à l'issue de chaque séance, les transmettre dans une enveloppe cachetée à ma secrétaire et, au bout de quelques mois, lire les comptes rendus de l'autre. (Ces comptes rendus furent publiés ultérieurement dans le livre *Every Day Gets a Little Closer: A Twice-Told Therapy*[24].) Le décalage entre mes perceptions et celles de la patiente m'impressionna au plus haut point. La patiente et moi décrivions, et évaluions, tous les aspects de l'expérience thérapeutique. Mes interprétations subtiles et élégantes ? Hélas ! Elle ne les entendit même jamais ! En revanche, elle accordait beaucoup d'importance aux petites touches personnelles – un regard chaleureux, un compliment sur son allure, mon intérêt indéfectible pour elle, le fait que je lui demande son avis sur un film qu'elle avait vu.

Que faire de ces observations ? Il semble évident que, sur un mode réel mais encore mal défini, la relation personnelle entre le thérapeute et son patient se révèle cruciale pour le processus de changement ; souvent le thérapeute sous-estime l'importance de ce facteur et surestime en contrepartie celle de ces contributions cognitives.

Comment la relation thérapeutique guérit-elle ? À la section précédente, j'ai émis l'hypothèse que les relations « en thérapie » d'un patient (les relations qu'il a dans sa vie ou celles qu'il entretient avec les autres membres de son groupe thérapeutique ou du service psychiatrique où il est hospitalisé) ont un effet thérapeutique de deux ordres : (1) elles servent de « médiateur », dans le sens où elles améliorent la qualité d'autres relations futures en permettant aux patients de prendre conscience de leur comportement relationnel inadapté et d'expérimenter de nouveaux modes relationnels ; (2) elles ont une valeur en elles et pour elles-mêmes ; en tant que relations « réelles », elles sont à l'origine de changements intrapersonnels.

Le même paradigme vaut pour la relation thérapeute-patient. Cette relation guérit en éclairant d'autres relations, mais aussi en constituant pour le patient une relation réelle. Considérons tour à tour ces deux aspects.

La relation patient-thérapeute comme éclairage et facilitation d'autres relations. Le thérapeute, en aidant le patient à travailler sur la relation thérapeutique, éclaire et facilite les relations passées ou présentes du patient avec ceux qui, de façon symbolique, ressemblent au thérapeute.

L'utilisation de cette relation pour éclairer le passé correspond à l'approche traditionnelle comme transfert de la relation patient-thérapeute, dans laquelle le patient « transfère » sur le thérapeute des émotions et des attitudes de figures importantes, notamment parentales. Le patient habille le thérapeute, qui sert de mannequin, de sentiments pris chez d'autres. La relation avec le thérapeute est un théâtre d'ombres, reflétant les vicissitudes d'un drame qui s'est déroulé il y a longtemps. Cette approche permet de mener à bien l'objectif analytique thérapeutique visant à recapturer et à éclairer des événements de la vie précoce.

Deux principales objections peuvent être formulées quant à ce type d'utilisation de la relation. Tout d'abord, comme je le mentionnais au chapitre 7, il n'est pas prouvé que le dévoilement et la compréhension du passé soient facteurs de changement en thérapie. Ensuite, l'appréhension de la relation thérapeute-patient sous l'angle principal du transfert nie la nature véritablement humaine et mutative de cette relation. De nombreux éléments corroborent l'idée que c'est la relation réelle qui soigne; dès lors, concevoir la relation thérapeute-patient comme une valise servant à transporter les éléments curatifs (*insight*, dévoilement des événements de vie précoce, etc.) revient à prendre le contenant pour le contenu. La relation *est* l'agent curatif; comme je l'ai souligné précédemment, la recherche d'*insight*, l'excavation du passé constituent des entreprises éminemment intéressantes et bénéfiques dans la mesure où elles mobilisent l'attention du patient et du thérapeute pendant la maturation du véritable agent du changement, la relation.

La relation patient-thérapeute aide également le patient à comprendre ses relations présentes et futures. Le patient déforme presque invariablement certains aspects de sa relation au thérapeute. Le thérapeute expérimenté, à partir d'un savoir engrangé et de sa longue expérience de la façon dont il est perçu par d'autres, est en mesure d'aider le patient à faire la différence entre déformation et réalité. Le thérapeute peut incarner différentes figures chez différents patients, mais chez la plupart des patients, il évoque des figures d'autorité – professeur, employeur, parent, juge, superviseur, etc. En aidant le patient à améliorer sa relation à ces personnes, le thérapeute assure un véritable service.

La « vraie » relation entre thérapeute et patient. Pour le patient, le développement d'une relation réelle (par opposition à une relation transférentielle) avec le thérapeute présente un énorme intérêt potentiel. Plus qu'être une relation « comme si », c'est-à-dire une relation qui, à condition d'être correctement analysée, facilitera *d'autres* relations, la relation authentique entre thérapeute et patient contribue à la guérison du patient.

Kaiser, dont j'ai présenté les contributions, considérait que l'individu, tourmenté par l'isolement (le « conflit universel »), tente de le surmonter par la « fusion » avec un autre. Pour permettre cette fusion, le « symptôme universel », comme le nomme Kaiser, se développe. Il s'agit de « duplicité », d'« inauthenticité » ou de « transfert » s'établissant sur la base d'une perception et d'un comportement déformés à l'encontre du thérapeute. Dès lors, le patient ne mobilise pas son soi véritable dans la relation, mais établit un lien avec le thérapeute de sorte à fuir l'isolement et à réaliser cette fusion.

Quels sont les remèdes à ce conflit et à ce symptôme universels ? Kaiser répondait : la « communication[25] ». Il posait que « la capacité à communiquer librement empêche le conflit universel de contraindre un individu à adopter le schéma illusoire de la névrose ». Selon Kaiser, le thérapeute soigne, *simplement en étant avec le patient.* Une thérapie réussie implique « que le patient passe un temps suffisant avec une personne possédant certains traits de personnalité ».

À quels traits songeait Kaiser ? Il en citait quatre : (1) un intérêt pour autrui ; (2) des conceptions théoriques de la psychothérapie qui n'entravent pas son intérêt à aider le patient à communiquer librement ; (3) l'absence de schémas névrotiques qui nuiraient à l'établissement de la communication avec le patient ; (4) une disposition mentale à la « réceptivité », c'est-à-dire une capacité à sentir la duplicité ou les mécanismes de non-communication chez le patient.

Au thérapeute, Kaiser ne donne qu'une seule règle : « communiquer ». Les autres traits ne relèvent pas de ce que le thérapeute doit faire, mais de qui il doit *être.* Kaiser exagère peut-être l'importance accordée à ce facteur, mais il a le mérite d'attirer notre attention sur le rouage essentiel du processus de changement thérapeutique. Pour la plupart des patients, la psychothérapie constitue un processus cyclique entre isolement et relation. Lorsqu'un patient est en mesure d'établir un lien profond à un thérapeute (et d'être en lien avec elle ou lui en tant que personne réelle, et *non* en tant qu'hologramme produit par une « technique »), il a déjà changé. Le patient apprend que le potentiel d'amour existe en chacun et expérimente des émotions qui chez lui étaient dissociées ou en sommeil pendant des années ou des décennies. Souvenez-vous des propos de Buber sur la relation « Je-Tu » : lorsque le « Je » est dans un lien véritable à un autre, il se transforme, il est différent du « Je » d'avant le « Tu ». Il expérimente de nouveaux aspects de lui, il s'ouvre non seulement à l'autre, *mais aussi à lui.* Peu importe que la relation du patient au thérapeute soit « temporaire », *l'expérience* de l'intimité est permanente et ne peut jamais être supprimée. Elle existe dans notre monde intérieur comme point de référence permanent, rappel de notre potentiel à l'intimité. La découverte de soi initiée par cette intimité est elle aussi permanente.

Dès lors, il est presque inutile de souligner que cette expérience de rencontre intime avec un thérapeute a des implications qui généralement vont plus loin que la plupart des relations avec des tiers. D'une part, le thérapeute est généralement une personne que le patient respecte particulièrement. D'autre part, et peut-être plus important, le thérapeute est une personne, souvent la seule, qui connaît *véritablement* le patient. Confier à quelqu'un nos secrets les plus sombres, nos pensées illicites, nos vanités, nos peines, nos passions et continuer à être pleinement accepté par cette personne constitue une expérience éminemment structurante.

J'ai écrit précédemment que la « psychothérapie constituait un processus cyclique entre isolement et relation ». Ce processus est cyclique car le patient, confronté à la terreur de l'isolement, établit un lien profond et significatif au thérapeute puis, renforcé par cette rencontre, se confronte de nouveau à l'isolement existentiel. Le thérapeute, par la profondeur de la relation, aide le patient à faire face à l'isolement et à appréhender la responsabilité solitaire de sa propre vie; en d'autres termes à assumer qu'il est l'auteur et le responsable de ses souffrances de vie et que lui seul peut les changer.

Le thérapeute favorise aussi autrement cette confrontation du patient à l'isolement. J'ai souligné précédemment que le patient apprend également en thérapie les limites de la relation. Nous apprenons ce que nous pouvons obtenir des autres mais, peut-être plus important, nous apprenons ce que nous *ne pouvons pas* obtenir. Lorsque patient et thérapeute se rencontrent au niveau humain, les illusions du patient tombent inévitablement. En pleine lumière du jour, le sauveur ultime est seulement un être humain. Ce moment de confrontation à l'isolement est aussi, comme le souligne Kenneth Fisher, un moment de prise de conscience, moment « où le pèlerin a l'opportunité de penser : peut-être personne ne sait; peut-être sommes-nous tous des pèlerins[26] ». Cette prise de conscience évite au minimum au patient d'avoir à chercher au mauvais endroit. Au mieux, il apprend, par le caractère entier de la relation, que patient et thérapeute, comme le reste du monde, sont des compagnons d'humanité dans leur isolement irrévocable.

La relation thérapeute-patient idéale

Si la tâche principale du thérapeute est d'être dans un lien entier et profond à son patient, le thérapeute établit-il alors une relation « Je-Tu » avec chacun de ses patients ? Le thérapeute « aime-t-il » (dans le sens que Maslow ou Fromm donnent à ce mot) son patient ? Existe-t-il une différence entre un thérapeute et un véritable ami ?

Il est difficile pour un thérapeute de lire (ou d'écrire) ces questions sans éprouver un léger sentiment de malaise ou de gêne. Il existe une dissonance inévitable dans le monde du thérapeute : des couches et des couches de vernis et de lubrifiant ne pourront jamais faire parfaitement tenir ensemble des notions comme « amitié », « amour », « Je-Tu » et des notions comme « séances de cinquante minutes », « soixante-cinq dollars l'heure », « conférences d'études de cas » et « paiement par un tiers assurance ». Cette incongruité fait partie intégrante de la « situation » du thérapeute et de celle du patient ; elle ne peut être ni niée ni ignorée.

La relation thérapeute-patient se différencie d'une amitié aimante ou d'une relation « Je-Tu » sur un autre plan, majeur : la réciprocité. Le patient va vers le thérapeute afin d'être aidé ; ce n'est pas le thérapeute qui va vers le patient. Le thérapeute doit présenter des dispositions, une inclination et une capacité à faire l'expérience du patient comme d'une personne aussi entière que possible. Par définition, le patient ne dispose pas de cette capacité totale à faire l'expérience de l'autre pleinement et, par ailleurs, a une tout autre motivation : l'apaisement de sa souffrance. Dès lors, le thérapeute expérimente ce que Buber qualifie de « présence détachée » : il est en mesure d'être simultanément en deux endroits, à ses côtés et aux côtés du patient. « Le thérapeute est capable d'être là il se trouve et là où le patient se trouve ; le patient ne peut être que là où il se trouve[27]. »

Le thérapeute s'intéresse au « Tu » du patient, pas uniquement au « Tu » présent, mais aussi au « Tu » potentiel et en sommeil. Le thérapeute se sert de son sens intuitif de l'ouverture et de la proximité à son patient comme d'un guide et cherche à approfondir toujours plus la relation. Au démarrage de la thérapie, le patient n'est pas en mesure de témoigner d'une attitude réciproque envers le thérapeute. Le patient peut poser des questions relatives au thérapeute ou les penser, mais ces questions ne visent généralement pas à nouer un lien ni à connaître le thérapeute dans ce qu'il est pleinement, mais à établir ses références ou à évaluer s'il est à même de répondre à ses besoins. Parfois, les questions du patient constituent des éléments d'une lutte pour le contrôle de la relation : le patient peut se sentir moins vulnérable en se dévoilant si le thérapeute se montre disposé à révéler des choses de lui-même.

Dans *Love and Psychotherapy*[28], Carlos Sequin décrit la relation thérapeute-patient comme forme particulière d'amour : il la qualifie « d'éros psychothérapique », forme d'amour disposant de plusieurs traits distinctifs. Tout d'abord, cet amour, comme je l'ai indiqué, n'est pas réciproque. J'ajouterai que cette absence de réciprocité n'est pas figée : à mesure que la thérapie progresse, le patient prend davantage conscience et soin (affection affranchie du besoin) de la personne du thérapeute. L'éros psychothérapique est indestructible ou, comme le formule Carl Rogers, « non conditionnel ». D'autres formes d'amour, quant à elles, peuvent s'estomper. Un amoureux cesse d'aimer lorsque son amour n'est pas rendu. Des amis se séparent lorsqu'ils cessent de partager des choses. Dans de nombreuses circonstances, parent et enfant, professeur et élève, fidèle et déité peuvent s'éloigner l'un de l'autre. Le thérapeute mature, quant à lui, éprouvera de la sollicitude pour son patient en dépit de la rébellion, du narcissisme, de la dépression, de l'hostilité et des mensonges du patient, ou plus exactement éprouvera en fait de la sollicitude *à cause* de ces expressions, dans la mesure où elles reflètent l'immense besoin de sollicitude du patient.

L'éros psychothérapique se caractérise également par une sollicitude authentique envers la personne du patient. Pour citer Sequin[29], « ce n'est pas un amour de nature "humanitaire" que le docteur éprouve envers le malade en tant que malade. Il devrait au contraire éprouver un sentiment authentique d'amour pour le sujet singulier qu'il a devant lui, *cet homme-là* et non un autre, ce sujet qui n'est pas un "malade" mais un homme ». Fromm, Maslow et Buber ont tous souligné qu'une affection authentique pour autrui signifiait éprouver de la sollicitude pour la croissance de l'autre et donner vie à quelque chose à l'intérieur de lui. Cette attitude est celle du thérapeute envers son patient. Le thérapeute peut être appréhendé comme une sage-femme accouchant le patient de sa vie non encore vécue.

Cette notion « de donner vie » recèle la clé de la stratégie d'intervention du thérapeute. Buber distingue deux modalités fondamentales pour influencer l'attitude d'autrui envers la vie[30]. Soit tenter d'imposer à un autre ses propres attitudes et opinions (de sorte que l'autre les fasse siennes), soit tenter de l'aider à découvrir ses propres dispositions et à faire l'expérience de ses propres « forces d'actualisation ». La première approche, que Buber nomme « imposition », est celle du propagandiste. La seconde approche, le « dévoilement », est celle suivie par l'éducateur et le thérapeute. Elle implique la découverte de ce qui a toujours été là. Le terme même de « dévoilement » possède de riches connotations qui tranchent fortement par rapport aux autres termes utilisés pour décrire le processus thérapeutique, qu'il s'agisse de « reconstruction », de « déconditionnement », de « modelage comportemental » ou de « reparentage ».

Ce dévoilement ne s'effectue pas par instruction mais par « rencontre » et « communication existentielle »[31]. Le thérapeute n'est ni un directeur, ni un formateur, mais un « possibiliteur[32] ». Heidegger, sur un mode analogue, évoque deux modes distincts de « sollicitude[A] ». Il est ainsi possible de « se précipiter »

A. Heidegger distingue la « préoccupation » pour des choses et le « souci mutuel » éprouvé à l'encontre d'autres *Dasein*, c'est-à-dire d'êtres constitués[33].

pour l'autre – mode relationnel similaire à l'« imposition » – et décharger ainsi l'autre de l'angoisse inhérente à la confrontation à l'existence (et ce faisant, le limiter à une existence inauthentique). Autre option, « anticiper » (terme pas tout à fait satisfaisant) et de ce fait « libérer » l'autre en le confrontant à sa situation existentielle.

En résumé, le thérapeute est en lien avec le patient sur un mode affectueux authentique visant à créer des moments de rencontre authentique. Le thérapeute doit se montrer altruiste dans cette entreprise, c'est-à-dire se préoccuper de la croissance du patient, et non de ses besoins propres. La sollicitude du thérapeute devrait être indestructible et ne pas dépendre d'une affection réciproque témoignée par le patient. Le thérapeute devrait être capable d'être simultanément avec lui et avec le patient, et de pénétrer dans le monde du patient tel que ce dernier l'expérimente. Pour ce faire, le thérapeute doit être en mesure d'approcher son patient sans présuppositions, d'avoir pour objectif le projet de partager l'expérience du patient sans se précipiter à le juger ni à le catégoriser.

Ces aspects de la relation thérapeutique, pour nombre d'entre eux, ont été décrits par Rogers et ses confrères dans l'attitude souhaitée chez le thérapeute : empathie, authenticité et estime positive inconditionnelle. De nombreuses recherches indiquent que ces facteurs contribuent à l'issue thérapeutique positive. Le problème principal découlant de cette caractérisation du comportement du thérapeute est qu'elle se voit, en dépit de l'insistance de Rogers sur le fait que la relation doit être authentique et éminemment personnelle[A], souvent présentée comme une technique, comme quelque chose que le thérapeute *fait* en thérapie. On trouve ainsi des manuels techniques enseignant aux futurs thérapeutes des méthodes permettant de transmettre de l'empathie, de l'authenticité et une estime inconditionnelle. Pour un thérapeute existentiel, lorsque la « technique » est mise en avant, tout est perdu ; l'essence même de la relation authentique est d'être exempte de toute manipulation et de constituer un élan vers l'autre émanant de tout son être.

Le diagnostic. Pour de nombreux thérapeutes, les présuppositions et les stéréotypes empêchent l'établissement de tout lien authentique avec des patients. La formation des thérapeutes accorde la priorité au diagnostic et à la classification ; on apprend aux thérapeutes à objectiver les patients, à parvenir à un numéro de code APA (American Psychiatric Association) épinglant les patients comme des spécimens sur un formulaire d'admission ou d'assurance. Il ne viendrait à l'idée d'aucun thérapeute responsable de nier la composante diagnostique. Il convient ainsi de déterminer si le patient est atteint d'une maladie organique ou s'il est sous l'emprise d'une drogue qui affecte son état psychologique. Il est nécessaire également d'évaluer si le patient souffre d'un trouble émotionnel grave à

A. Rogers s'est montré explicite sur ce point dans un échange remarquable avec Buber, qui témoigne de la convergence de points de vue de ces deux penseurs majeurs sur la nature de la relation thérapeutique[34].

étiologie biochimique (par exemple une dépression endogène ou une diathèse maniaco-dépressive) requérant une médication.

Même si une maladie est principalement fonctionnelle, le thérapeute doit procéder à d'autres évaluations brutales. Il doit ainsi déterminer si la gravité de la maladie du patient (dans les cas par exemple de troubles de la personnalité antisociale ou de schizophrénie paranoïaque systématisée) est telle que les probabilités sont faibles pour que l'état du patient s'améliore grâce à une psychothérapie. Pour des raisons évidentes, les tendances destructrices du patient (envers lui-même et les autres) doivent être évaluées. Au-delà, le thérapeute doit évaluer la fragilité du patient et sa capacité à tolérer l'intimité, éléments qui fourniront des fils directeurs importants pour la conduite de la thérapie.

Au-delà de ces premières évaluations brutes nécessaires au triage initial, d'autres diagnostics consécutifs, plus « fins » et subtils, non seulement n'apportent qu'une aide limitée au thérapeute mais ne font qu'entraver l'établissement de la relation. Des formulations diagnostiques psychanalytiques complexes sur l'organisation dynamique psychosexuelle sont peu utiles à la thérapie et, dans la mesure où elles nuisent à l'écoute authentique, constituent une entrave. Bien que certaines, voire la plupart des « personnalités hystériques » manifestent certains schémas comportementaux spécifiques et sont aux prises avec le même type de conflits, elles ne sont pas toutes dans ce cas. La formulation diagnostique standard ne dit rien au thérapeute de la personne singulière qu'il rencontre ;

par ailleurs, des preuves substantielles indiquent que les étiquettes diagnostiques entravent ou déforment l'écoute[35]. Trop souvent, la catégorisation diagnostique s'apparente à un exercice intellectuel stimulant dont la seule fonction est de conférer au thérapeute un sentiment d'ordre et de maîtrise. La tâche principale du thérapeute mature est d'apprendre à tolérer l'incertitude. Il convient de procéder à un changement radical de perspective : le thérapeute doit s'efforcer, non d'agencer le « matériel » clinique en un cadre cohérent sur le plan intellectuel, mais de s'engager de manière authentique envers son patient.

L'autodévoilement du thérapeute. Un thérapeute qui doit apprendre à connaître un patient doit faire plus qu'observer et écouter : il doit faire pleinement l'expérience de son patient. Mais cette expérience pleine et entière de l'autre nécessite une ouverture ; si le thérapeute s'ouvre avec franchise, il fait l'expérience de l'autre quand ce dernier réagit à cet engagement.

La seule conclusion, dès lors, est que le thérapeute qui s'engage dans un lien avec un patient doit se dévoiler en tant que personne. Le thérapeute performant ne peut rester détaché, passif et caché. Le dévoilement de soi du thérapeute fait partie intégrante du processus thérapeutique. Mais quelle proportion de soi le thérapeute dévoile-t-il ? Ses problèmes personnels ? *Tous* ses sentiments envers le patient ? L'ennui ? La fatigue ? Les flatulences ? Des stratégies thérapeutiques brillantes ? N'existe-t-il sur ce plan aucune différence entre un thérapeute et un ami proche ?

Questions frustrantes s'il en est ! Questions, qui plus est, qui n'ont jamais été posées pendant les premières décennies d'exercice de la psychothérapie, car très tôt, le mouvement analytique avait posé comme règle que les thérapeutes devaient maintenir distance émotionnelle et objectivité, à la manière dont un chirurgien examine sans passion un organe malade. Les patients éprouveront des sentiments forts à l'égard de leur thérapeute, nous avertissait Freud, mais les thérapeutes quant à eux doivent rester sur leurs gardes et supprimer tout sentiment tendre. Les thérapeutes doivent prendre conscience que les sentiments puissants d'un patient constituent « le résultat inévitable d'une situation médicale analogue à la dénudation corporelle d'un malade ou à la communication d'un secret d'importance vitale[36] ».

Comment expliquer ce rôle dépassionné recommandé de façon si stricte au thérapeute ? Tout d'abord, Freud émettait l'hypothèse qu'un thérapeute qui avait cessé de se montrer « objectif » perdrait tout contrôle de la situation et se laisserait emporter par les désirs d'un patient et non plus par ce qui est nécessaire pour lui :

> « La patiente atteindrait son but, lui n'atteindrait jamais le sien. Il se serait seulement rejoué entre médecin et patiente ce qu'une histoire drôle raconte du pasteur et de l'agent d'assurances. Au chevet de l'agent d'assurances, incroyant et gravement malade, est appelé, à l'initiative des proches, un homme de piété qui doit le convertir avant sa mort. L'entretien

> dure si longtemps que ceux qui attendent prennent espoir. La porte de la chambre du malade s'ouvre enfin. L'incroyant n'a pas été converti, mais le pasteur repart assuré[37]. »

Ainsi, dans la perspective de Freud, si les thérapeutes s'ouvrent à leurs patients et s'impliquent dans des relations humaines normales, ils sacrifient leur objectivité et, en conséquence, leur efficacité. Un deuxième argument en faveur de l'opacité du thérapeute se fonde dans la conception du transfert comme pivot de la psychothérapie. Freud croyait, croyance partagée par la grande majorité des psychanalystes contemporains, que l'analyse du transfert constituait la tâche majeure du thérapeute. Comme mentionné précédemment, Freud concevait le transfert comme une représentation vivante des expériences précoces d'un patient, trop précoces pour être pleinement accessibles à la mémoire. Dès lors, par l'observation, la compréhension et le « travail » du transfert (c'est-à-dire aider le patient à le vivre, à prendre conscience de son caractère inapproprié par rapport à la situation en cours et à découvrir les sources infantiles du sentiment transférentiel), le thérapeute met au jour les strates les plus profondes de l'expérience individuelle.

Compte tenu du rôle clé du transfert, le thérapeute se doit alors d'en faciliter le développement. Moins le *self* réel du thérapeute apparaît, plus le patient réussit à transférer sur lui des sentiments qui relèvent d'autres figures ou situations de vie. Cette logique est à la base de la conception traditionnelle du rôle du thérapeute comme « écran blanc » et le cadre particulier de la séance psychanalytique où l'analyste reste derrière le divan, en dehors du champ de vision du patient. Ce dévoilement de soi proscrit chez le thérapeute fut à l'origine d'une pratique psychothérapique qui, sur deux générations, s'opposait à toute rencontre authentique entre thérapeute et patient et prônait que la fonction principale, si ce n'est unique, du thérapeute était interprétative.

Toutefois, cette vision du rôle du thérapeute suscita des oppositions même chez les premiers théoriciens. Sándor Ferenczi, l'un des premiers et des plus loyaux disciples de Freud, soutenait ainsi que la posture détachée et omnisciente du thérapeute nuisait à l'efficacité thérapeutique. Ferenczi, surtout dans ses dernières années d'exercice, reconnaissait ouvertement devant ses patients sa faillibilité. Par exemple, à une critique justifiée, il s'autorisait à dire : « Je crois que vous avez peut-être mis le doigt sur une zone où je ne suis pas totalement libre moi-même. Peut-être pouvez-vous m'aider à découvrir ce qui pose question chez moi[38]. »

Il fallut toutefois attendre les années 1950 pour que la problématique de la relation réelle – non transférentielle – soit traitée de façon plus large dans les textes psychiatriques. (L'étude approfondie[39] de Ralph Greenson et de Milton Wexler ne cite que deux contributions avant 1950.) En 1954, dans un échange informel sur le transfert, Anna Freud déclarait :

> « Avec tout le respect dû à la prise en compte la plus stricte et l'interprétation nécessaires du transfert,

> je pense néanmoins que nous devrions laisser de la place quelque part au fait qu'analyste et patient sont aussi deux personnes réelles, de même statut adulte, engagées dans une relation réelle et personnelle l'un à l'autre. Je me demande si cette absence de prise en compte – parfois totale – de cet aspect des choses n'est pas la cause de certaines réactions hostiles de nos patients que nous nous empressons de qualifier seulement de "véritable transfert". Mais il s'agit là de pensées subversives par rapport à la technique ; elles doivent être maniées avec précaution[40]. »

En 1969, Greenson et Wexler fournissent des éléments témoignant de la persistance de la conception analytique traditionnelle en la matière :

> « Bien que, dans les cercles analytiques, les débats sophistiqués aient cessé quant au fait de savoir si tendre un mouchoir en papier à un patient pleurant la perte récente d'un parent est un péché technique mortel, il reste néanmoins très suspect de faire ce qui pourrait s'apparenter à une expression de gentillesse envers un patient[41]. »

Greenson et Wexler appelaient de leurs vœux une relation thérapeute-patient plus humaine, mais à mon sens pas pour les bonnes raisons. Ils déclarent ainsi dans leur exposé des inconvénients d'un détachement excessif du thérapeute :

« Nous devrions peut-être prendre davantage conscience qu'un anonymat et une athérosclérose émotionnelle prolongés peuvent également présenter un attrait, mais généralement en suscitant un transfert et un éloignement hostiles, irréversibles et ininterprétables[42]. »

Ces analystes plaidaient donc en faveur d'un plus grand investissement du thérapeute sur la base de considérations techniques : pour éviter que le transfert ne devienne intravaillable et pour faciliter son analyse[A].

Pour résumer, une importance accordée au seul transfert nuit à la thérapie, dans la mesure où elle exclut toute relation thérapeute-patient authentique. Tout d'abord, elle nie la réalité de la relation en considérant cette dernière uniquement comme une clé pour la compréhension de relations plus importantes. Ensuite, elle justifie chez les thérapeutes une attitude de dissimulation personnelle, qui gêne leur capacité

A. La citation précédente mentionne les propos suivants « un anonymat et une athérosclérose émotionnelle prolongés peuvent également présenter un attrait », plutôt curieux. Je suppose que cette phrase signifie qu'il est plus facile pour les thérapeutes de ne pas s'impliquer émotionnellement, ce qui leur demande moins d'énergie. Possible. Toutefois, les thérapeutes paieront le prix terrible de cette attitude en s'appauvrissant eux-mêmes. Un autre risque professionnel pour les thérapeutes consiste à utiliser les rencontres avec les patients comme évitement à la confrontation et à l'intégration de leur propre isolement. Sans cette intégration, certains thérapeutes ne développent jamais l'autonomie nécessaire pour nouer des relations amoureuses gratifiantes et durables ; leur vie personnelle s'exprime en un staccato de rencontres de cinquante minutes, intenses mais éphémères.

à établir un lien authentique avec les patients. Cela signifie-t-il que les thérapeutes qui, fidèlement, maintiennent une posture détachée, objectivante, à seule visée interprétative envers les patients soient inefficaces, voire destructeurs ? Fort heureusement, ce type de thérapeutes et de thérapies se font extrêmement rares, grâce à ces « petits plus » : malgré eux et parfois même sans en avoir conscience, les thérapeutes se comportent de façon humaine dans ces moments officieux.

Quels sont les autres objections au dévoilement de soi du thérapeute ? Certains thérapeutes redoutent que, s'ils entrouvrent la porte, les patients tenteront de l'ouvrir davantage et d'en savoir plus. Mon expérience personnelle contredit cette crainte. Elle me fait dire que le dévoilement au patient de mes sentiments dans l'ici et maintenant a souvent une importance. En revanche, il ne s'avère que rarement nécessaire ou facilitant de révéler beaucoup d'informations de ma vie personnelle passée et présente. Je n'ai presque jamais rencontré de patients qui cherchaient à en savoir toujours plus sur moi. Le désir du patient n'est pas de tout savoir de son thérapeute, mais que le thérapeute soit en lien avec lui en tant que personne et qu'il soit totalement présent dans la rencontre immédiate.

Que révéler de soi ? Quelles seraient les règles à suivre ? Il est important de garder à l'esprit le but initial, à savoir l'établissement d'une relation authentique. L'une des caractéristiques principales de « l'éros psychothérapique » est la sollicitude aimante pour le devenir de l'autre. Rollo May suggère le terme grec *agapè* ou le latin *caritas*, c'est-à-dire une affection orientée vers le bien-être de l'autre. Il importe donc que le dévoilement du thérapeute soit au service de la croissance du patient. Chez le thérapeute, l'expression de soi, la franchise totale ou la spontanéité doivent toutes être subordonnées à cet *agapè*. Dès lors, il convient pour les thérapeutes de garder pour eux certaines choses, de ne rien dire qui puisse être destructeur pour le patient, de respecter soigneusement le rythme de la thérapie et celui du patient, de déterminer ce qu'un patient est prêt ou non à entendre.

Le principe de retenue s'applique également à une autre objection à l'investissement du thérapeute comme personne réelle : la perte d'objectivité, résultant en certains excès et comportements irresponsables. L'exemple le plus flagrant peut-être est celui du thérapeute qui, comme « personne réelle », a des relations sexuelles avec un patient. J'ai rencontré beaucoup de patients qui avaient eu des aventures sexuelles avec leurs précédents thérapeutes. J'en retire l'impression qu'il s'agit toujours d'une relation destructrice pour le patient et qu'invariablement le thérapeute transgresse ce faisant le principe de l'*agapè*, cet amour ressenti à l'égard de l'être (et du devenir) de l'autre. Ces thérapeutes suivaient, non les besoins de leurs patients, mais les leurs, tout en se justifiant au moyen de rationalisations pitoyables, comme le besoin d'affirmation sexuelle du patient. Je n'ai jamais entendu parler de thérapeutes ayant des relations sexuelles avec un patient qui pourrait véritablement avoir besoin d'affirmation sexuelle, c'est-à-dire avec une personne dépourvue de tout attrait, présentant des difformités physiques ou des mutilations chirurgicales.

Une autre raison pour le thérapeute de ne pas se dévoiler est la peur que ce dévoilement fasse apparaître en pleine lumière les incongruités de la situation thérapeutique, précédemment évoquées : paiement, séances de cinquante minutes, emploi du temps chargé du thérapeute. Le patient demanderait : « M'aimez-vous ? », « Si vous vous souciez vraiment de moi, continueriez-vous à me voir si je n'avais pas d'argent ? », « La thérapie est-elle une relation achetée ? » Ces questions, il est vrai, s'approchent dangereusement du secret ultime du thérapeute, à savoir que la rencontre avec le patient joue un rôle somme toute restreint dans la vie du thérapeute. Comme dans la pièce de Tom Stoppard *Rosencrantz et Guidenstern sont morts*, le personnage principal d'une histoire devient une ombre ; le thérapeute passe immédiatement sur la scène d'un autre drame. Cette négation de la particularité constitue en effet l'une des cruelles vérités et un secret mal gardé de la thérapie : le patient n'a qu'un thérapeute ; le thérapeute, plusieurs patients. Le thérapeute est beaucoup plus important pour le patient que le patient ne l'est pour le thérapeute. À mon sens, il n'existe qu'une seule réponse à donner à ces questions des patients, à savoir que lorsque le thérapeute est avec le patient, il est intégralement à ses côtés ; il lui donne sa présence pleine et entière. Raison pour laquelle je soulignais l'importance du moment immédiat de la rencontre. Parallèlement, le thérapeute doit savoir que, bien que l'objectif recherché soit la rencontre pleine et entière, le thérapeute ne peut être constamment en lien à ce niveau (ou comme l'exprimait Buber, « On ne peut vivre dans la seule présence [celle du Je-Tu], elle nous dévorerait[43] »), mais doit, dans l'espace de la séance, n'avoir de cesse qu'il ne revienne à cet engagement intégral dans le moment présent.

J'écoute une patiente. Elle est en proie à ses ruminations. Elle paraît dépourvue d'attraits dans tous les sens du terme – physiquement, intellectuellement, émotionnellement. Elle est agaçante. Elle a beaucoup de gestes repoussants. Elle ne me parle pas ; elle parle devant moi. Pourtant, comment peut-elle me parler si je ne suis pas là ? Mes pensées vagabondent. Ma tête me pèse. Quelle heure est-il ? Combien de temps reste-t-il ? Je me réprimande. Je me reprends. Toutes les fois que je pense au temps qu'il reste dans la séance, je sais que je néglige mon patient. J'essaie ensuite de la toucher par mes pensées. J'essaie de comprendre pourquoi je l'évite. À quoi ressemble son monde en ce moment même ? Comment vit-elle cette séance ? Comment vit-elle la situation avec moi ? Je lui pose ces questions. Je lui dis que je me suis senti loin d'elle ces dernières minutes. A-t-elle ressenti la même chose ? Nous en parlons ensemble et j'essaie de comprendre pourquoi nous avons perdu le contact. Soudain, nous sommes très proches. Elle n'est plus dépourvue d'attraits. J'éprouve beaucoup de compassion pour elle en tant que personne, pour ce qu'elle est, pour ce qu'elle est peut-être déjà. L'horloge tourne ; la séance se termine trop vite.

PARTIE IV

L'ABSENCE DE SENS

10

L'absence de sens

> « Imaginez un joyeux groupe d'imbéciles occupé à transporter des briques dans un champ. Dès qu'ils ont empilé toutes les briques à une extrémité du champ, ils entreprennent de les déplacer à l'extrémité opposée. Ils s'y occupent sans relâche, toute la journée, tous les jours de l'année. Un jour, l'un des imbéciles s'arrête assez longtemps pour s'interroger sur ce qu'il fait. Il se demande à quoi cela sert de porter les briques. Dès cet instant, il n'est plus aussi satisfait par son travail qu'il l'a été par le passé.
> Je suis cet imbécile qui se demande pour quelle raison il porte ces briques[1]. »

Cette note laissée par une personne qui s'est suicidée, ces derniers mots rédigés par une âme désespérée qui a mis fin à ses jours parce qu'elle ne trouvait pas de sens à la vie nous placent immédiatement au cœur du sujet qui s'avère effectivement une question de vie et de mort.

Cette question peut prendre plusieurs formes : quel est le sens de la vie ? Quel est le sens de *ma* vie ? *Pourquoi* vivons-nous ? *Pourquoi* sommes-nous ici ? *Quelles sont* nos raisons de vivre ? *Sur quoi* fonder notre existence ? Si nous devons mourir, si rien ne dure, quel sens tout cela a-t-il ?

Peu d'individus furent autant tourmentés par ces questions que Léon Tolstoï, qui, la majeure partie de sa vie, se débattit avec l'absence de sens. L'expérience suivante qu'il relate, tirée de *Confession*, récit autobiographique, pose le problème dans les termes selon lesquels nous allons l'aborder :

> « (...) il y a cinq ans, je commençai à connaître des moments étranges : c'étaient d'abord des moments de perplexité, où la vie s'arrêtait pour moi, où j'avais l'impression de ne pas savoir comment je devais vivre ni ce que j'avais à faire : aussi, m'abandonnais-je à l'embarras et au découragement. Puis cela passait, et la vie reprenait son cours. Mais ces moments de perplexité se reproduisirent de plus en plus souvent, toujours sous la même forme. Ces arrêts de la vie se traduisaient toujours par les mêmes questions : À quoi bon ? Et après ? (...) Or ces questions m'assaillaient de plus en plus souvent, exigeant la réponse avec toujours plus de véhémence, et comme elles tombaient toutes au même endroit, en une multitude de points, ces questions sans réponse formèrent une seule tache noire[2]. »

Pendant cette crise du sens ou, comme il les dénomme, ces « arrêts de la vie », Tolstoï s'interroge sur le sens de la moindre de ses actions. À quoi bon, se demande-t-il, gérer son domaine, éduquer son fils ? « Bon, mettons que tu auras six mille dessiatines dans le gouvernement de Samara, trois cents chevaux, et après[3] ?... » Il se demandait également pourquoi continuer à écrire : « "Bon, d'accord, tu seras plus connu que Gogol, Pouchkine, Shakespeare, Molière, tous les écrivains du monde, et alors ?" Et je ne pouvais rien y répondre. Les questions n'attendaient plus, il fallait y répondre immédiatement. Si je n'y répondais pas, je ne pouvais plus vivre. Or, il n'y avait pas de réponse[4]. »

Avec cette perte du sens, Tolstoï expérimente une dissolution des bases sur lesquelles il avait fondé sa vie : « Je sentis que ce sur quoi je tenais s'était brisé, que mes pieds n'avaient plus d'appui, que ce qui m'avait fait vivre n'existait plus, que je n'avais plus rien qui me fasse vivre. (...) C'était comme si j'avais vécu en me dirigeant vers un abîme et qu'à présent je me trouvais devant et que je voyais clairement que devant moi il n'y avait rien en dehors de ma perte[5]. »

À l'âge de cinquante ans, Tolstoï envisage sérieusement le suicide :

> « Ma question, qui me conduisit au désir de suicide à l'âge de cinquante ans, était la question la plus simple, qui habite l'âme de chaque homme, à commencer par un enfant dont l'intelligence dort encore et jusqu'au plus sage des vieillards, une question sans laquelle on ne peut vivre, je le sais d'expérience. Cette question consistait en ceci : que résultera-t-il de ce que je fais aujourd'hui, de ce que je ferai demain : que résultera-t-il de toute ma vie ? Formulée autrement, cette question se résume à ceci : "Que sert de vivre, de désirer quelque chose,

> de faire quelque chose ?" Et l'on pouvait donner à cette question une autre expression encore : "Est-il dans ma vie un sens qui ne soit détruit par l'inévitable mort qui m'attend ?"[6] »

Des milliers d'autres ont, comme Tolstoï, traversé une crise du sens, un « arrêt de vie » tourmenté. Albert Camus, pour citer un autre exemple, soutenait que la seule question philosophique sérieuse était de continuer à vivre lorsqu'on avait pleinement saisi l'absence de sens de la vie humaine. Il affirmait ainsi : « (…) je vois que beaucoup de gens meurent parce qu'ils estiment que la vie ne vaut pas la peine d'être vécue. Je juge donc que le sens de la vie est la plus pressante des questions[7]. »

À quelle fréquence les patients tourmentés par les mêmes questions que Tolstoï se tournent-ils vers la thérapie ? Bien qu'il n'existe aucune étude statistique rigoureuse et exhaustive, de nombreux cliniciens expérimentés qui sont « branchés » sur le problème de l'absence de sens signalent que ce syndrome clinique s'avère très courant. C. G. Jung, par exemple, considérait que l'absence de sens inhibait la plénitude de la vie et « équivalait dès lors à une maladie[8] ». Il écrivait ainsi : « Un tiers environ de mes cas ne souffre d'ailleurs d'aucune névrose cliniquement assignable, mais seulement de l'inutilité, du vide et de l'absurdité de leur existence[9]. »

Viktor Frankl indique que vingt pour cent des névroses qu'il rencontre dans sa pratique clinique ont une origine « noogénique », c'est-à-dire découlant d'un sentiment d'absence de sens. Les conclusions de Frankl se fondent sur ses impressions cliniques et sur des études statistiques qui, malheureusement, ne furent pas publiées[10]. Les crises du sens non encore cristallisées en un tableau symptomatique névrotique discret (« crise existentielle ») s'avèrent encore plus fréquentes, touchant, selon Frankl, plus de cinquante pour cent des patients de son hôpital viennois. Par ailleurs, Frankl, qui a consacré sa carrière à l'étude d'une approche existentielle de la thérapie, est semble-t-il parvenu à la conclusion que l'absence de sens constitue *le* stress existentiel majeur. Pour lui, la névrose existentielle est synonyme de crise du sens de la vie.

D'autres psychothérapeutes partagent cette conception. Il en va ainsi de Salvatore Maddi, qui dans son magnifique essai sur la quête de sens, affirme que « la maladie existentielle [découle d'un] échec global de la quête du sens de la vie[11] ». Maddi décrit une « névrose existentielle » dans laquelle le composant cognitif est constitué par « l'absence de sens, soit une inaptitude chronique à croire en la vérité, l'importance, l'utilité ou la valeur de toute chose entreprise par le sujet ou susceptible de l'être[12] ». Benjamin Wolman propose une définition analogue de la névrose existentielle : « Une recherche infructueuse d'un sens à donner à la vie, le sentiment de n'avoir aucune raison de vivre, de se battre, d'espérer… l'incapacité à trouver des buts ou des orientations de vie, le sentiment que bien que les individus *transpirent* dans leur travail, ils n'ont rien à quoi *aspirer*[13]. » Définition corroborée par Nicholas

Hobbs : « La culture contemporaine produit souvent une forme de névrose différente de celle décrite par Freud. Les névroses contemporaines se caractérisent non tant par le refoulement et la conversion… non par l'absence *d'insight* mais par l'absence d'un sentiment de finalité, d'un sens à la vie[14]. »

Bien que ces impressions cliniques ne puissent avoir valeur de preuves, elles soulignent néanmoins que le sens de la vie constitue une problématique majeure à laquelle le thérapeute se confronte couramment dans sa pratique clinique. La psychothérapie est fille des Lumières, qui a fait sien l'objectif introspectif. Le thérapeute se doit d'accepter le questionnement relatif à des enjeux fondamentaux ; la question du sens, la plus troublante et la plus insoluble de toutes, ne doit pas être niée en thérapie. Il est impossible de s'y soustraire, de la laisser de côté ou d'en amoindrir l'importance. Pourtant, à quel moment de son parcours le thérapeute est-il formé à ces enjeux, à la psychopathologie qui en découle ou aux stratégies thérapeutiques permettant d'assister les patients traversant une crise du sens ?

Un petit nombre de thérapeutes a tenté de répondre à ces questions dans des ouvrages informels ou en marge du courant psychothérapique principal. Ce chapitre fait la part belle à ces théoriciens pour partie négligés et aux philosophes et artistes dont les contributions sur la question du sens de la vie présentent une pertinence clinique. Dans toute l'histoire humaine de la pensée, aucun grand penseur n'a pu donner de réponse satisfaisante à l'énigme du sens de la vie. Dès lors, ce chapitre n'a pas la prétention, tant s'en faut, d'en proposer une ni d'offrir une synthèse exhaustive des solutions envisagées. En revanche, je m'emploierai à attirer l'attention du thérapeute sur cet enjeu majeur et à étudier les approches principales suivies par d'autres. Je nourris l'espoir que le thérapeute, en s'appuyant sur les pistes ici dégagées, se montrera un guide tout aussi informé que créatif vis-à-vis de son patient en proie à une crise du sens.

LE PROBLÈME DU SENS

Le dilemme auquel nous sommes confrontés tient au fait que deux propositions, aussi vraies l'une que l'autre, paraissent entretenir un rapport d'opposition irrémédiable :

1. L'être humain semble avoir besoin du sens. Une vie dénuée de sens, d'objectifs, de valeurs ou d'idéaux générerait, comme nous l'avons vu, un état de détresse extrême. Dans les cas les plus graves, cette détresse peut conduire un individu à mettre un terme à sa vie. Frankl souligne que, dans les camps de concentration, les personnes qui ne disposaient pas d'un sentiment affirmé du sens de la vie avaient peu de probabilités de survivre. Comme je l'exposerai dans un bref instant, les individus confrontés à la mort sont capables de mener des vies « meilleures », pleines et savoureuses, s'ils possèdent un sens de la finalité. Il semblerait que nous ayons besoin d'absolus, d'idéaux auxquels aspirer et de lignes directrices autour desquelles conduire nos vies.

2. Néanmoins, le concept existentiel de liberté exposé aux chapitres 6 et 7 pose que le seul véritable

absolu est qu'il n'y a pas d'absolus. La posture existentielle implique d'appréhender le monde dans sa contingence, en d'autres termes en ayant à l'esprit que tout ce qui est aurait pu tout aussi bien être autrement ; que les êtres humains se constituent eux-mêmes, constituent leur monde et leur situation au sein de ce monde ; qu'il n'existe aucun « sens », aucun grand dessein dans l'univers, aucune ligne directrice autre que celle que l'individu crée lui-même.

Dans sa forme rudimentaire, le problème pourrait donc se poser comme suit : comment un individu qui a besoin de sens trouve-t-il du sens dans un univers qui en est dépourvu ?

LES SENS DE LA VIE

Définitions

« Sens » et « finalité » possèdent des connotations différentes. « Sens » renvoie à la signification, à la cohérence. Il s'agit d'un terme général désignant ce qui tend à être exprimé par quelque chose. Toute recherche du sens implique une recherche de la cohérence. « Finalité » renvoie à l'intention, à l'objectif, à la fonction. Lorsque nous nous interrogeons sur la finalité de quelque chose, nous questionnons son rôle et sa fonction : à quoi cela sert-il ? quel en est l'objectif ?

Quel est le sens de la vie ? Cette question se situe sur un plan *cosmique*, interroge la façon dont la vie en général ou la vie humaine plus spécifiquement s'intègre au sein d'un schéma général cohérent. Quel est le sens de *ma* vie ? Il s'agit là, en revanche, d'une tout autre interrogation, qui renvoie à ce que certains philosophes nomment le « sens terrestre[15] ». Le sens terrestre (« le sens de ma vie ») inclut la finalité : celui qui trouve un sens à sa vie expérimente la vie comme disposant d'une finalité ou une fonction qu'il s'agit de remplir, avec des objectifs qu'il convient de se fixer à soi-même.

Le *sens cosmique* implique l'existence d'un dessein extérieur et supérieur au sujet ; il renvoie invariablement à un ordre magique ou spirituel de l'univers. Comme nous le verrons, le *sens terrestre* possède des fondements séculiers ; en d'autres termes, il est possible de trouver un sens personnel à sa vie sans recourir à un système cosmique.

En revanche, celui qui recourt à un sens cosmique trouve généralement aussi un sens terrestre à sa vie : il va s'agir alors d'harmoniser le sens terrestre à ce sens cosmique. Ainsi, il est possible d'appréhender la « vie » comme une symphonie dans laquelle chaque existence joue une partie instrumentale distincte. (Naturellement, il est possible de croire à un sens cosmique sans savoir quelle est la place qui nous est attribuée dans ce grand dessein ou de penser que l'on s'est comporté de sorte à abandonner sa place au sein de ce schéma cosmique. Dans ce cas de figure, la souffrance provient moins d'un sentiment d'absence de sens que d'un sentiment de culpabilité personnelle ou de déchéance.)

Le sens cosmique

Dans le monde occidental, la tradition judéo-chrétienne offre un système explicatif exhaustif fondé sur le principe selon lequel le monde et la vie humaine participent d'un plan divin. Dès lors, la justice divine constitue l'un des corollaires de ce postulat : la vie, vécue de façon appropriée, sera récompensée. Le sens de la vie individuel est ordonné par le divin : la tâche de chaque être humain est d'établir et d'exaucer la volonté de Dieu. Comment procéder pour connaître cette volonté ? Selon l'approche fondamentaliste, le dessein divin est contenu dans la parole divine ; la vie humaine doit dès lors se fonder sur une exégèse fidèle des Écritures. D'autres assurent seulement qu'il s'agit d'avoir la foi, que toute certitude est impossible ; il convient dès lors de se satisfaire d'indices et de suppositions quant à ce sens divin ou encore du fait qu'un simple esprit humain ne peut espérer accéder à la compréhension de l'intention divine. « La branche, affirmait Pascal au XVIIe siècle, ne peut espérer connaître la signification de l'arbre[16]. » Pour expliquer cette conception, Viktor Frankl recourt à une analogie, celle du singe utilisé dans la recherche médicale pour la mise au point du vaccin contre la poliomyélite[17]. Ce singe endura d'intenses souffrances et ne put jamais, en raison de ses limitations cognitives, découvrir de sens à la situation qu'il expérimentait. Frankl soutient dès lors qu'il doit en être de même pour l'être humain qui ne peut espérer connaître pleinement une signification existant dans une dimension au-delà de sa compréhension.

Une autre approche du sens cosmique souligne que la vie humaine doit être modelée sur les actions divines. Dieu est perfection ; dès lors, la vie doit viser cette perfection. Parmi les différentes formes de perfection, Aristote (et l'ensemble du courant intellectuel rationaliste dont il fut à l'origine) considérait la perfection intellectuelle comme la forme la plus haute de perfection. En termes aristotéliciens, Dieu « se pense lui-même » ; l'être humain approche la divinité par la perfection de ses facultés intellectuelles. Au XIIe siècle, Moïse Maimonide dans *Le Guide des égarés* décrit les quatre principaux modes de recherche de la perfection[18].

Il écarte le premier, la perfection de la possession physique, en raison de son caractère imaginaire et non permanent, ainsi que le second, la perfection du corps, comme ne permettant pas de différencier l'être humain de l'animal. La troisième, la perfection morale, est louable, selon lui, mais limitée en ce qu'elle sert les autres plus que soi-même. Il considère la quatrième, la perfection intellectuelle, comme la « véritable perfection humaine », grâce à laquelle « l'homme devient homme ». Cette forme de perfection constitue le but ultime et permet à l'être humain d'appréhender Dieu.

Le sens cosmique conféré par une vision religieuse du monde autorise de nombreuses interprétations quant à la finalité de la vie individuelle, certaines doctrinaires, d'autres considérablement imaginatives. Au XXe siècle, par exemple, Jung défendait une perspective religieuse extrêmement engagée, selon laquelle un individu ne pouvait être guéri ni trouver du sens à moins de retrouver une perspective religieuse[19]. Jung considérait que la finalité de sa vie était de terminer le travail de création de Dieu :

> « (...)[je savais en outre que] l'homme est indispensable à la perfection de la création, que, plus encore, il est lui-même le second créateur du monde ; l'homme lui donne pour la première fois l'être objectif- sans lequel, jamais entendu, jamais vu, dévorant silencieusement, enfantant, mourant, hochant la tête pendant des centaines de millions d'années, le monde se déroulerait dans la nuit la plus profonde du non-être pour atteindre une fin indéterminée[20]. »

La conception de Jung selon laquelle l'être humain achève le travail de la création divine, « y appose le sceau de la perfection », s'apparente aux conclusions tirées par d'autres penseurs. Ainsi, avant Jung, Hegel déclarait que « sans le monde Dieu n'est pas Dieu. (...) Dieu n'est Dieu qu'en ceci qu'il se connaît lui-même et que sa connaissance de lui est issue de la conscience de lui chez l'homme et de la connaissance de Dieu chez l'homme[21] ». Ou encore le poète Rilke :

> « Alors que feras-tu Dieu si je meurs ?
> Je suis la cruche (si je me brise ?)
> Je suis la boisson (si je m'altère ?)
> Je suis ton habit ton commerce,
> Avec moi perdu tu perdrais ton sens[22]. »

Cette pensée trouve en écho le commentaire provocant de Thomas Mann : « Au plus profond de mon âme, je caresse une hypothèse : c'est que l'acte créateur qui du néant fit jaillir l'univers, de même que la naissance de la vie à partir du monde inorganique, avaient pour seule fin l'homme ; et qu'avec lui une grande tentative est faite, dont l'échec, par la faute des hommes, équivaudrait à l'échec de la création elle-même. Qu'il en soit ainsi ou non – il serait bon que l'homme se comportât comme s'il en était ainsi[23]. »

La conception selon laquelle « l'acte créateur qui du néant fit jaillir l'univers, de même que la naissance de la vie à partir du monde inorganique, avaient pour seule fin l'homme » est au cœur du système élaboré par Pierre Teilhard de Chardin, théologien du XXe siècle, qui proposa une synthèse évolutionniste dans son remarquable ouvrage intitulé *Le Phénomène humain*[24]. Il postulait l'existence d'une cohérence cosmique régie par la loi de « complication dirigée » : la vie constitue un ensemble unique, l'ensemble du monde vivant est une « molécule gigantesque unique[A] » qui, avec un sens prédestiné, est soumis au processus d'évolution. L'évolution s'apparente dès lors à un processus

A. Le monde perçu comme un organisme unique renvoie à une conception existant chez nombre de cultures primitives et prédominante en Europe occidentale jusqu'au XVIe siècle. Cette conception d'une signification cosmique conférait également un sentiment stable et durable de signification terrestre, chaque être humain apprenant dès sa naissance qu'il était un élément d'un ensemble plus grand et qu'il devait conduire sa vie pour le bien de ce méta-organisme[25]. Dès lors, Alexander Pope pouvait proclamer au XVIIIe siècle dans son *Essai sur l'homme* que « le mal partiel le Bien universel[26] ».

orthogénique et, tout comme les facteurs au sein d'un organisme en développement déterminent son issue ultime, des facteurs prédéterminés influencent également l'issue ultime du processus évolutif cosmique, destiné à s'achever avec l'être humain dans un état absolu d'amour et d'union spirituelle.

Dans le système conçu par Teilhard de Chardin, chaque individu, en jouant un rôle dans l'entreprise partagée, acquiert un sens personnel à sa vie : « Bien que seule une petite fraction de ceux tentant d'escalader les hauteurs de l'accomplissement humain parvienne à se rapprocher du sommet, il est indispensable qu'il y ait une multitude de grimpeurs. Sinon, le sommet risque de rester inatteignable. Les multitudes individuelles perdues et oubliées n'ont pas vécu en vain, pourvu qu'elles aussi aient fait l'effort de grimper[27]. » Il existe alors une entrée commune à une sphère surhumaine. « (...) les portes de l'Avenir, l'entrée dans le super-humain, elles ne s'ouvrent en avant ni à quelques privilégiés, ni à un seul peuple élu entre tous les peuples ! Elles ne céderont qu'à une poussée de tous ensemble, dans une direction où tous ensemble peuvent se rejoindre et s'achever dans une rénovation spirituelle de la Terre[28]. »

Le sens personnel séculier

Sens personnel en absence de sens cosmique. Les êtres humains puisent un immense réconfort dans la croyance en un schéma supra-ordonné et cohérent de la vie, dans lequel chaque individu jouerait un rôle spécifique. Ce schéma fournit outre un objectif et un rôle, un ensemble de lignes directrices quant à la façon de conduire sa vie. Les perspectives religieuses cosmiques constituèrent un élément majeur du système de croyances du monde occidental jusqu'il y a environ trois cents ans, lorsqu'elles commencèrent à subir les attaques de l'approche scientifique naissante combiné au questionnement kantien de l'existence comme réalité fixe et objective. Plus la conception d'une existence appréhendée comme extérieure à l'homme – de nature surnaturelle ou relevant d'un absolu abstrait – était remise en question, plus il devint difficile pour l'être humain d'adhérer à un système pourvoyeur de sens cosmique.

Mais ces systèmes de signification ne peuvent être abandonnés sans que des substituts leur soient trouvés. Nous pouvons peut-être renoncer à répondre à la question « Pourquoi vivons-nous ? », mais il n'est guère aisé de surseoir à celle « Sur quoi fonder notre vie ? ». Les êtres humains séculiers contemporains sont confrontés à la tâche de trouver un sens à leur vie sans recourir à de phare extérieur. Comment procéder pour élaborer son propre sens, devant, qui plus est, s'avérer suffisamment solide pour servir de fondement à nos vies ?

Le sens dans un monde absurde : Camus et Sartre. Je commencerai par aborder la pensée d'Albert Camus et de Jean-Paul Sartre, deux penseurs majeurs du XXe siècle, qui nous permirent de nous penser face à l'absence de sens. Comment abordent-ils la question du sens de la vie ?

Camus emploie le terme « absurde » pour qualifier la posture fondamentale de l'être humain dans le monde, situation désespérée d'un être transcendant, en quête de sens, contraint de vivre dans un monde qui en est dépourvu. Camus affirmait que nous sommes des créatures morales exigeant du monde qu'il pourvoie un fondement au jugement moral, en d'autres termes, un schéma de signification doté de valeurs implicites. Mais le monde n'en fournit aucun : il se montre totalement indifférent à notre présence. La tension entre l'aspiration humaine et l'indifférence du monde définit ce que Camus dénommait « l'absurde » de la condition humaine[29].

Dès lors, que faire ? N'existe-t-il pour autant aucun principe directeur ? Aucune valeur ? Rien qui ne puisse être qualifié de vrai ou de faux, de bien ou de mal ? S'il n'existe aucun absolu, rien, dès lors, ne prime et tout est matière à indifférence. Dans ses romans *La Mort heureuse*[30] et *L'Étranger*[31], ses protagonistes prônent une forme de nihilisme. Dans *L'Étranger*, Meursault existe en dehors du monde de la morale et ne cesse de répéter « Ça m'est égal ». Il assiste aux obsèques de sa mère, copule, travaille, puis tue un Arabe sur la plage, dans le même état de profonde indifférence.

Dans son précédent essai intitulé *Le Mythe de Sisyphe*, Camus explore la tension entre son nihilisme et ses exigences éthiques et commence progressivement à se forger une vision séculaire et humaniste du sens de la vie, ainsi qu'un ensemble de principes directeurs qui en découlent. Cette nouvelle vision pose que nous pouvons élaborer un sens personnel à la vie en chérissant nos « nuits de désespoir », en nous confrontant au vortex de l'absence de sens et en adoptant une posture de nihilisme héroïque. Camus pensait qu'un être humain ne pouvait atteindre pleinement sa dimension humaine qu'en faisant face avec dignité à l'absurdité. L'indifférence du monde peut être transcendée par la rébellion, une rébellion fière contre sa condition. « Il n'est pas de destin qui ne se surmonte par le mépris[32]. »

Les thèses de Camus furent modelées plus avant par la Seconde Guerre mondiale et son engagement dans la Résistance. Camus nourrit une révolte authentique contre l'absurde, révolte fraternelle, révolte au nom de la solidarité de l'humanité. Dans son roman *La Peste*, il décrit toute une palette de réactions humaines face à la peste (dans le roman, la maladie elle-même, métaphore de l'occupation nazie en France ou, au-delà, de toutes les formes d'injustice et d'inhumanité)[33]. Le personnage représentant peut-être le mieux l'image idéalisée de l'auteur est le Dr Rieux, combattant infatigable de la peste qui réagit toujours avec courage, vitalité, amour et un sentiment profond d'empathie envers les innombrables victimes de la peste.

En résumé, Camus passa d'une position de nihilisme caractérisée par un désespoir causé par l'absence de sens (et, par là même, un manque de finalité et de valeurs) à un système personnel de sens, englobant des valeurs claires et des lignes de conduite précises : courage, rébellion empreinte de fierté, solidarité fraternelle, amour, sainteté séculière.

Sartre, plus que tout autre philosophe du XXe siècle, s'est montré inflexible dans sa conception d'un monde dépourvu de sens. Sa posture relative au sens de la vie est tout aussi directe qu'impitoyable : « Toute l'existence prend naissance sans raison, se poursuit par faiblesse et meurt par hasard. (…)[34] » La conception sartrienne de la liberté (présentée au chapitre 6) ne confère aucun sens à la vie ni aucune ligne de conduite, son système philosophique ayant suscité chez de nombreux philosophes de vives critiques en raison de son absence de composante éthique. La mort de Sartre en 1980 mit un terme à sa prodigieuse carrière et ne permit jamais à son essai, attendu, sur l'éthique de voir le jour.

Néanmoins, les protagonistes des romans sartriens finissent souvent par se découvrir une raison de vivre. Oreste, le protagoniste de la pièce *Les Mouches*, est caractéristique en cela du héros sartrien[35]. Chassé, Oreste rentre à Argos pour retrouver sa sœur Électre, afin de venger avec elle la mort de leur père Agamemnon en tuant ses assassins, leur mère Clytemnestre et son époux Égisthe. En dépit des propos explicites de Sartre sur l'absence de sens de la vie, sa pièce peut être interprétée comme un pèlerinage visant la quête de sens. Suivons le cheminement d'Oreste dans sa quête de valeurs : Oreste tente tout d'abord de trouver du sens et une finalité en retournant chez lui, en retrouvant ses racines et la camaraderie :

> « Comprends-moi : je veux être un homme de quelque part, un homme parmi les hommes. Tiens, un esclave, lorsqu'il passe, las et rechigné, portant

un lourd fardeau, traînant la jambe et regardant à ses pieds, tout juste à ses pieds, pour éviter de choir, il est dans sa ville, comme une feuille dans un feuillage, comme l'arbre dans la forêt, Argos est autour de lui, toute pesante et toute chaude, toute pleine d'elle-même ; je veux être cet esclave, Électre, je veux tirer la ville autour de moi et m'y enrouler comme dans une couverture[36]. »

Plus tard, il s'interroge sur la façon dont il conduit sa vie et prend conscience qu'il a toujours agi en accord avec ce que les dieux souhaitaient, afin de trouver du répit dans le statu quo :

> « Alors… c'est ça le Bien ? Filer doux. Tout doux. Dire toujours "Pardon" et "Merci"… c'est ça ? Le Bien. Leur Bien[37]. »

À ce moment de la pièce, Oreste renonce au schéma de signification qui fut le sien et traverse une crise de sens :

> « Comme tout est changé ! Il y avait autour de moi quelque chose de vivant et de chaud. Quelque chose qui vient de mourir. Comme tout est vide… Ah ! quel vide immense, à perte de vue[38]. »

Oreste, à cet instant, fait le saut réalisé par Sartre lui-même dans sa vie personnelle, non le saut de la foi (bien que ses fondements en soient aussi peu solides), mais le saut de « l'engagement » dans l'action, dans un projet. Il renonce aux idéaux de confort et de sécurité et, avec une ardeur de croisé, se met en quête de son nouvel objectif :

> « Je te dis qu'il y a un autre chemin…, mon chemin. Tu ne le vois pas ? Il part d'ici et il descend vers la ville. Il faut descendre, comprends-tu, descendre jusqu'à vous, vous êtes au fond d'un trou, tout au fond… (…) Attends. Laisse-moi dire adieu à cette légèreté sans tache qui fut la mienne. (…) Viens, Électre, regarde notre ville. (…) elle me repousse de tous ses murs, de tous ses toits, de toutes ses portes closes. Et pourtant elle est à prendre. Je vous prendrai. Je deviendrai hache et je fendrai en deux ces murailles obstinées[39]… »

L'objectif que s'assigne Oreste évolue rapidement, pour prendre finalement des allures de mission christique :

> « Écoute : tous ces gens qui tremblent dans des chambres sombres, entourés de leurs chers défunts, suppose que j'assume tous leurs crimes. Suppose que je veuille mériter le nom de “voleur de remords” et que j'installe en moi tous leurs repentirs[40]. »

Plus tard, Oreste, au mépris de Zeus, décide de tuer Égisthe. Ses propos, à ce moment-là, témoignent d'une perception claire de la finalité : il opte pour la justice, la liberté, la dignité et déclare savoir où est le bien.

> « Que m'importe Jupiter ? La justice est une affaire d'hommes, et je n'ai pas besoin d'un Dieu pour me l'enseigner. Il est juste de t'écraser, immonde coquin, et de ruiner ton empire sur les gens d'Argos, il est juste de leur rendre le sentiment de leur dignité[41]. »

Il est heureux d'avoir conquis sa liberté et d'avoir trouvé sa mission, sa voie. Bien qu'Oreste doive porter le poids d'être l'assassin de sa mère, il préfère ce statut à l'alternative constituée par l'absence de mission, l'absence de but et l'incapacité de découvrir un sens quelconque.

> « Et plus il sera lourd à porter, plus je me réjouirai, car ma liberté, c'est lui. Hier encore, je marchais au hasard sur la terre, et des milliers de chemins fuyaient sur mes pas, car ils appartenaient à d'autres. Je les ai tous empruntés… (…) Aujourd'hui, il n'y en a plus qu'un, et Dieu sait où il mène : mais c'est mon chemin[42]. »

Oreste découvre un sens, important à ses yeux (et aux yeux de Sartre), à savoir qu'il n'existe pas de sens absolu, qu'il est seul et doit être lui-même l'artisan du sens qu'il donne à sa vie. Il déclare ainsi à Zeus :

> « Mais, tout à coup, la liberté a fondu sur moi et m'a transi, la nature a sauté en arrière, et je n'ai plus eu d'âge, et je me suis senti tout seul, au milieu de ton petit monde bénin, comme quelqu'un qui a perdu son ombre ! et il n'y a plus rien eu au ciel, ni Bien ni

> Mal, ni personne pour me donner des ordres. (...) je suis condamné à n'avoir d'autre loi que la mienne. (...) et chaque homme doit inventer son chemin[43]. »

Lorsqu'il se propose d'ouvrir les yeux des hommes d'Argos, Zeus proteste : « Tu leur montreras soudain leur existence, leur obscène et fade existence, qui leur est donnée pour rien. » Oreste soutient pourtant que ces hommes sont libres, qu'ils ont le droit de se confronter à leur désespoir, avant de prononcer le célèbre manifeste existentiel : « La vie humaine commence de l'autre côté du désespoir[44]. »

La finalité ultime, la réalisation de soi, émerge lorsque Oreste saisit la main de sa sœur et que tous deux s'apprêtent à entreprendre leur voyage. Lorsque Électre l'interroge sur la destination de ce voyage, Oreste répond alors :

> « (...) vers nous-mêmes. De l'autre côté des fleuves et des montagnes il y a un Oreste et une Électre qui nous attendent. Il faudra les chercher patiemment[45]. »

Ainsi, Sartre, le même Sartre que celui qui affirme « l'homme est une passion inutile » et « toute l'existence prend naissance sans raison, se poursuit par faiblesse et meurt par hasard », parvient, dans ses romans, à une position qui valorise sans ambiguïté la recherche de sens, voire suggère des voies à emprunter dans cette recherche : se trouver un « chez-soi » dans le monde et des compagnons d'aventure, l'action, la liberté, la révolte contre l'oppression, l'utilité envers les autres, l'éducation, la réalisation de soi et, surtout et avant tout, l'engagement.

Quelle est la raison de cette quête de sens ? Sartre ne se prononce pas. Il ne s'agit bien évidemment pas de significations ordonnées par une entité divine ; ces significations n'existent pas « dehors », à l'extérieur de l'être humain, car il n'y a pas de Dieu et rien n'existe « dehors ». Oreste déclare simplement : « il est juste » de servir les autres, de faire en sorte que l'homme recouvre sa dignité ou d'assumer sa liberté, ou encore que chaque homme « doit » trouver le chemin qui lui est propre, doit entreprendre ce voyage vers l'Oreste accompli qui l'attend. Les termes « vouloir », « juste » ou « devoir » sont totalement arbitraires et ne constituent pas de fondement stable de la conduite humaine ; pourtant, ils paraissent être les meilleurs arguments que Sartre ait pu trouver. Sartre semble ainsi soutenir la même position pragmatique que Thomas Mann dans le passage précédemment cité : « Qu'il en soit ainsi ou non – il serait bon que l'homme se comportât comme s'il en était ainsi. »

Chez Camus et Sartre semble primer le fait qu'il incombe aux êtres humains d'accepter la responsabilité d'avoir à inventer eux-mêmes le sens de leur vie (et non de découvrir le sens donné par Dieu ou la nature) et de s'engager pleinement dans l'accomplissement de ce sens. Chacun doit, dès lors, se montrer « à moitié sûrs et pleinement enthousiastes[46] », pour citer Gordon Allpart, ce qui est loin d'être une mince affaire. L'éthique sartrienne implique un saut dans l'engagement. La plupart des systèmes existentiels théologiques et athées s'accordent sur le point suivant : *il est positif et juste de s'immerger dans le courant de la vie.*

Dans la suite de cette section, je vais aborder quelques-unes des activités séculières conférant aux êtres humains un sentiment de finalité. Ces activités se fondent sur les mêmes arguments que ceux avancés par Sartre pour Oreste : elles semblent justes, bonnes ; elles sont satisfaisantes en soi et n'ont besoin d'être justifiées par aucune autre motivation.

L'altruisme. Faire du monde un meilleur endroit où vivre, se mettre au service des autres, pratiquer la charité (la plus grande des vertus) : ces activités, bonnes et justes, permettent à nombre d'entre nous de trouver un sens à leur vie. Le Dr Rieux, chez Camus, et Oreste, chez Sartre, acquièrent tous deux un sentiment de réalisation de soi en se mettant au service des autres, le premier en soignant les victimes de la peste, le second en assumant la fonction de « voleur de remords » chargé d'ouvrir les yeux des autres, de leur redonner dignité, liberté, et bienheureux désespoir.

Dans mon travail clinique auprès de patients mourant du cancer, je me suis retrouvé à une position extrêmement privilégiée pour observer l'importance des systèmes de significations dans l'existence humaine. Sans cesse, j'ai pu constater que les patients qui éprouvaient profondément le sentiment que leur vie avait un sens semblaient vivre plus pleinement et se confronter à la mort avec moins de désespoir que ceux dont la vie était dépourvue de sens. (Pour citer Jung, « le sens rend beaucoup de choses, tout peut-être, supportable[47] ».) Dans ce contexte, les patients trouvaient certes différentes significations, religieuses comme séculières ; toutefois, l'altruisme semblait être la plus importante de ces significations, comme illustré dans les cas cliniques suivants.

Sal, un patient de trente-sept ans, avait toujours été un homme vigoureux et athlétique, jusqu'à ce qu'il fût atteint de myélome multiple, forme douloureuse et handicapante de cancer des os, dont il mourut au bout de deux ans. Sur plusieurs plans, les deux dernières années de la vie de Sal furent celles qu'il vécut le plus pleinement. Bien qu'il souffrît atrocement et que son corps fût complètement plâtré (en raison de fractures multiples), Sal trouva un sens à sa vie en se mettant au service de jeunes gens. Il participa à des journées d'information dans les universités sur les dangers de la drogue et se servit de son cancer et de son corps qui l'abandonnait comme d'un levier puissant dans la mission qu'il s'était donnée. Plâtré, dans son fauteuil roulant, Sal exhortait : « Vous voulez détruire votre corps par la nicotine, l'alcool ou l'héroïne ? Vous voulez le foutre en l'air dans vos voitures ? Vous êtes déprimé et vous voulez vous balancer du Golden Gate ? Dans ce cas, donnez-moi votre corps ! Laissez-moi l'avoir ! Je le veux ! Je le prends ! Je veux vivre ! »

Eva, la cinquantaine lorsqu'elle mourut d'un cancer des ovaires, avait mené une vie d'une richesse extraordinaire, dans laquelle des activités altruistes avaient toujours contribué à donner un sens à son existence.

Elle se confronta à la mort de la même façon et, bien que j'éprouve un léger malaise à employer cette expression, sa mort ne peut qu'être qualifiée de « belle mort ». La quasi-totalité des personnes qui furent en contact avec elle dans les deux dernières années de sa vie se trouva enrichie par la rencontre d'Eva. Lorsqu'elle apprit qu'elle avait un cancer, puis que celui-ci s'était propagé et que le pronostic était fatal, elle sombra dans le désespoir, dont elle sortit rapidement en se consacrant à des projets altruistes. Elle travailla comme bénévole dans un hôpital, dans un service pour enfants en phase terminale. Elle fit des recherches minutieuses sur plusieurs organisations caritatives afin de décider de façon raisonnée de la manière la plus judicieuse de répartir ses biens à sa mort. De nombreux amis proches avaient évité tout contact avec elle après avoir appris la nouvelle de son cancer. Eva les recontacta les uns après les autres pour leur dire qu'elle comprenait la raison de leur retrait, qu'elle ne leur en voulait pas, mais qu'il pourrait leur être utile au moment où eux-mêmes se confronteraient à la mort de lui parler de ce qu'ils ressentaient.

Le dernier oncologue d'Eva, le Dr L., était un homme froid, aux lunettes métalliques, assis derrière un bureau de la taille d'un terrain de football, qui entrait les informations dans le dossier médical d'Eva pendant qu'il s'entretenait avec elle. Bien que le Dr L. fût extrêmement compétent, Eva songea à changer de médecin afin de trouver quelqu'un de plus chaleureux. En définitive, elle changea d'avis et se donna comme dernier objectif « l'humanisation du Dr L. ». Elle demanda des visites plus régulières, le pria de cesser de taper sur son ordinateur pendant les consultations et de l'écouter. Elle ressentait de l'empathie pour cet homme, sur la difficulté qu'il devait éprouver à voir mourir un si grand nombre de patients, voire *tous* ses patients du fait de sa spécialisation. Peu de temps avant sa mort, elle fit deux rêves, qu'elle me confia ainsi qu'au Dr L. Dans le premier, le Dr L. était en Israël mais ne pouvait se résoudre à visiter le musée de la Shoah. Dans le second, elle se trouvait dans un couloir d'hôpital et un groupe de médecins (dont le Dr L.) s'écartait d'elle très rapidement. Elle courut après lui et lui dit : « OK. Je comprends que mon cancer soit difficile pour vous. Je vous pardonne, tout va bien. Votre réaction est tout à fait normale. » La persévérance d'Eva eut raison du Dr L. et des barrières qu'il avait instaurées ; elle réussit à nouver avec lui un lien sur un mode plus humain.

Eva participait à un groupe de soutien pour patients atteints de cancers métastasés et, jusqu'à la fin de sa vie, trouva du sens dans le fait que son amour de la vie et son attitude courageuse envers la mort pût aider d'autres patients dans la conduite de leur vie et leur mode de confrontation à la mort. L'une de ces patients, Madeline Salmon, poète merveilleuse, écrivit le poème suivant qui fut lu aux funérailles d'Eva :

> « Chère Eva,
> Lorsque le vent vient de la mer
> Salé et fort
> Tu es là.

> Ton amour pour le sommet des collines
> Les vagues déferlantes de ton rire
> Sont des souvenirs qui apaisent la tristesse de ton départ
> Et adoucissent la pensée du mien. »

« Adoucissent la pensée du mien » : ce vers exprime magnifiquement un élément important, pourvoyeur de sens, pour de nombreuses personnes confrontées à la mort. L'idée d'être un modèle pour les autres, notamment pour ses enfants, les aider à adoucir ou atténuer leur terreur de la mort peut conférer du sens à la vie jusqu'au moment de la mort. Eva, naturellement, exerça une profonde influence sur moi et, ce faisant, prend part à ce processus, pourvoyeur de sens pour moi, consistant à transmettre son cadeau à mes lecteurs.

L'altruisme peut aider les thérapeutes – ainsi que, bien évidemment, tous les professionnels de la relation d'aide – qui ne s'investissent pas uniquement auprès des patients mais prennent conscience du fait que la croissance d'une personne peut avoir des répercussions sur ceux qui la côtoient. Cet effet est le plus manifeste lorsque ce patient dispose d'une large sphère d'influence (enseignant, médecin, écrivain, employeur, cadre, dirigeant, thérapeute), mais vaut aussi pour tous les patients dans leurs interactions quotidiennes. Dans mon travail clinique, j'essaie, avec tous mes patients, de travailler sur leur sphère relationnelle, qu'il s'agisse de relations intimes ou occasionnelles ; j'explore avec eux ce qu'ils attendent des autres et ce qu'ils apportent à la vie des autres.

La croyance selon laquelle donner, être utile aux autre, rendre le monde meilleur pour les autres est une bonne chose peut conférer à la vie beaucoup de sens. Elle s'enracine dans la tradition judéo-chrétienne et est acceptée comme une vérité *a priori* même par ceux qui rejettent la composante théiste.

Le dévouement à une cause. « Ce que l'homme est, il l'est devenu par la cause qu'il a faite sienne[48]. » Ces propos de Karl Jaspers renvoient à une autre source séculière majeure, pourvoyeuse de sens de la vie : le dévouement à une cause. Le philosophe et historien Will Durant, dans son ouvrage intitulé *On the Meaning of Life*, répertorie les propos d'hommes éminents sur le sens de la vie. Le dévouement à une « cause » constitue un thème récurrent. Dans sa conclusion, Durant avance sa position personnelle :

> « Rejoignez un tout, travaillez pour lui de tout votre corps et votre esprit. Le sens de la vie se trouve dans l'opportunité que nous avons de produire ou de contribuer à quelque chose qui nous dépasse. Il ne s'agit pas nécessairement d'une famille (bien qu'il s'agisse de la route la plus directe que la nature, dans sa sagesse aveugle, fournisse à l'âme même la plus simple) ; il peut s'agir de tout groupe susceptible de faire appel à toute la noblesse latente de l'individu et lui offrir une cause à laquelle se consacrer, qui ne se s'achèvera pas avec sa mort[49]. »

Les causes potentielles sont innombrables : la famille, l'État, une cause politique ou religieuse, les religions séculières comme le communisme et le fascisme, une entreprise scientifique. Comme le souligne Durant, l'aspect essentiel est que cette cause « doit, si elle doit donner du sens à la vie, élever l'individu en dehors de lui-même et faire de lui une pièce collaborant à un schéma plus vaste[50] ».

Le « dévouement à une cause » comme pourvoyeur de sens de la vie se révèle être un sujet complexe. Les propos de Durant en illustrent plusieurs aspects. Figure tout d'abord le composant altruiste : il y a un sens à aider les autres. De nombreuses causes reposent sur des fondements altruistes et visent soit une aide directe, soit suivent des mouvements plus complexes à finalité utilitaire (« le plus grand bien pour le plus grand nombre »). Il semble important, si une activité doit avoir ce rôle de pourvoyeuse de sens, qu'elle « élève l'individu en dehors de lui-même », même si elle n'est pas explicitement altruiste. Ce concept de « transcendance de soi » est central dans les systèmes pourvoyeurs de sens (j'y reviendrai dans un court instant). Toutefois, lorsque Durant évoque une cause « qui ne s'achèvera pas avec sa mort [de l'individu] » ou encore « de contribuer à quelque chose qui nous dépasse », il fait référence à des enjeux autres que l'absence de sens *per se* (comme la transcendance de la mort, l'angoisse de l'isolement et la vulnérabilité).

La créativité. Comme l'aide apportée aux autres et le dévouement à une cause, la créativité se révèle pourvoyeuse de sens, ce dont la grande majorité d'entre nous conviendra aisément. Créer quelque chose empreint de nouveauté, de beauté et d'harmonie constitue un puissant antidote au sentiment d'absence de sens. La création se justifie elle-même, défie la question « À quoi bon ? », constitue sa « propre raison d'être ». Il est juste que cette chose soit créée, tout comme il est juste de se consacrer à sa création.

Irving Taylor émet l'hypothèse que des artistes confrontés à de grands handicaps personnels ou à de fortes contraintes sociales (il suffit de songer à Galilée, Nietzsche, Dostoïevski, Freud, Keats, les sœurs Brontë, Van Gogh, Kafka ou encore Virginia Woolf) disposaient d'une aptitude à l'autoréflexion extrêmement développée, qui leur conférait une perception plus fine que la plupart d'entre nous de la situation existentielle humaine et de l'indifférence cosmique de l'univers[51]. Dès lors, ils traversèrent une crise plus aiguë d'absence de sens et, avec l'intensité du désespoir, consacrèrent toute leur énergie à leur entreprise créatrice. Beethoven affirma de façon explicite que son art le sauvait du suicide. Âgé de trente-deux ans, désespéré par sa surdité, il écrivit : « Peu de choses me retiennent de mettre un terme à ma vie. L'art seul m'en empêche. Hélas, il semble impossible pour moi de quitter le monde avant d'avoir fait tout ce qui m'incombe, et je me traîne dans cette misérable existence[52]. »

Le chemin de la créativité n'est nullement réservé à l'artiste. La découverte scientifique constitue elle aussi un acte créatif au plus haut point. Même la bureaucratie peut être abordée de façon créative. Un chercheur qui changea de discipline évoque l'importance de la capacité à se montrer créatif dans un poste administratif.

> « Si vous entrez dans l'administration, vous devez croire qu'il s'agit en soi d'une activité créatrice et que votre objectif va au-delà de l'état dans lequel vous laissez votre bureau. Vous êtes un modérateur et un arbitre, qui tente d'agir de façon équitable avec toutes sortes de gens ; mais vous devez également avoir des idées, convaincre les autres de l'importance de vos idées et tout faire pour les concrétiser… C'est l'un des aspects les plus excitants. Dans la recherche comme dans l'administration, l'excitation et l'euphorie dépendent de la puissance créative. C'est faire en sorte que les choses réussissent. Je trouve désormais l'administration plus excitante que la recherche[53]. »

Une approche créative de l'enseignement, de la cuisine, des jeux, des études, de la comptabilité, du jardinage ajoute indéniablement du prix à la vie. Les situations professionnelles qui étouffent la créativité et transforment les individus en automates génèrent toujours, quel que soit le salaire, un profond sentiment de frustration.

Une de mes amies, sculptrice, à qui on demandait si elle trouvait du plaisir à son travail, souligna une autre facette de la créativité : la découverte de soi. Pour partie, son travail était dicté par les forces inconscientes qui l'animaient. Toute nouvelle sculpture était doublement créative : œuvre d'art en soi et ouvertures suscitées en elle par cette œuvre[54].

Cette conception élargie de la créativité s'avéra extrêmement utile à un compositeur ayant entrepris une thérapie à l'approche de la cinquantaine. Mû par le désir de s'interroger sur sa vie, il prit conscience qu'il avait peu contribué à sa discipline. Aux prises avec un profond sentiment d'absence de finalité, il était persuadé qu'aucun de ses efforts n'aurait d'impact durable. Il entreprit une thérapie afin d'accroître sa créativité professionnelle, sachant parallèlement que son talent de compositeur était limité. La thérapie resta peu productive jusqu'à ce que j'élargisse le concept de créativité à la totalité de sa vie. Il mesura alors la rigidité de son existence sur plusieurs plans. D'une part, il s'était enfermé depuis plus de trente ans dans un mariage peu gratifiant et ne pouvait se résoudre à en changer la donne ni à y mettre un terme. La thérapie avança lorsque nous reformulâmes sa plainte initiale : « Comment pouvait-il se montrer créatif en se composant une nouvelle forme de vie ? »

La créativité recoupe l'altruisme en ceci que beaucoup d'individus cherchent à être créatifs afin d'améliorer l'état du monde, découvrir la beauté, non seulement pour eux, mais aussi pour les autres. La créativité peut également jouer un rôle dans une relation amoureuse : donner vie à quelque chose chez l'autre constitue une composante de l'amour mature tout comme un élément du processus créatif.

La solution hédoniste. Un professeur d'université demanda à des étudiants de licence de rédiger leur oraison funèbre. Certaines se caractérisaient par les énoncés suivants :

> « Ici je gis, sans avoir trouvé de sens à une vie qui toutefois se révéla toujours étonnante. »

Ou encore :

> « Versez des pleurs pour ceux qui ont vécu en mourant,
> N'en versez pas pour moi qui suis mort en vivant[55]. »

Dans la conception hédoniste, la finalité de la vie consiste simplement à vivre pleinement, à conserver sa capacité d'étonnement et d'enthousiasme face au miracle de la vie, à s'immerger dans le rythme naturel de la vie, à rechercher du plaisir dans le sens le plus profond possible. Un ouvrage récent de psychologie humaniste résumait cette conception comme suit : « La vie est un cadeau. Prenez-le, ouvrez-le, appréciez-le, utilisez-le et goûtez-le[56]. »

Cette conception s'enracine dans une très longue tradition. Dans *Le Philèbe*, Platon relate un débat ayant pour thème la visée de l'existence humaine. Certains arguments plaident en faveur de l'intelligence, du savoir et de la sagesse; d'autres soutiennent que le plaisir constitue la seule finalité de la vie. Cette approche, l'hédonisme, eut de nombreux partisans, depuis Eudoxe et Épicure aux IIIe et IVe siècles avant J.-C., en passant par Locke et Mill aux XVIIe et XVIIIe siècles jusqu'à nos jours. Les hédonistes avancent de nombreux arguments afin de démontrer que le plaisir est une fin en soi et une explication satisfaisante et suffisante au comportement humain. Pour l'hédonisme, l'individu fait des projets et en privilégie un sur la base du plaisir (ou de l'absence de déplaisir) procuré. Le cadre de référence hédoniste présente une plasticité fabuleuse et permet d'inclure d'autres systèmes de significations dans ses limites généreuses. Des activités comme la créativité, l'amour, l'altruisme, le dévouement à une cause peuvent toutes être considérées comme importantes en raison de leur propension à susciter du plaisir. Même les comportements semblant viser la souffrance, le déplaisir ou le sacrifice de soi peuvent être considérés comme hédonistes dans la mesure où ils peuvent être appréhendés comme un investissement en vue d'un plaisir ultérieur. Il s'agit d'un cas de figure dans lequel le principe de plaisir cède devant le principe de réalité : un inconfort temporaire en échange d'un plaisir à venir.

L'actualisation de soi. Sur le plan personnel, la croyance selon laquelle les êtres humains devraient tendre vers l'actualisation d'eux-mêmes, vers l'accomplissement de leur potentiel inné, opère comme autre pourvoyeur majeur de sens. (Voir le chapitre 6 et la présentation du concept d'actualisation de soi dans le contexte de la responsabilité.)

Le terme « actualisation de soi » constitue une reformulation moderne d'un concept ancien élaboré dès le IVe siècle avant J.-C. par Aristote, comme élément de sa théorie des causes, qui postule que la finalité ou le but de chaque objet et de chaque être (« cause finale ») est de parvenir à la réalisation de son être. Le gland se réalise en chêne ; l'enfant, en adulte.

Plus tard, la tradition chrétienne accrut l'importance de la perfection de soi et offrit la figure du Christ, l'homme-Dieu, comme modèle dont pouvaient s'inspirer ceux qui aspiraient à améliorer la part divine de leur être. L'*Imitation de Jésus-Christ*, œuvre de piété attribuée au moine Thomas a Kempis au XVe siècle et dont l'influence à travers les siècles n'a cessé de se démentir, ainsi que de nombreux livres consacrés à la vie des saints ont constitué jusqu'à nos jours des guides pour des générations de chrétiens pratiquants.

Dans le monde séculier contemporain, « l'actualisation de soi » s'intègre à un cadre de référence humaniste et individualiste. Oreste, le protagoniste de Sartre, entreprend un voyage, non vers Dieu, mais vers cet être à l'intérieur de lui, pleinement accompli.

L'actualisation de soi joue un rôle central dans la conception développée par Abraham Maslow : l'individu est mû par une propension à la croissance et à l'unification de sa personnalité ; il dispose en outre d'une sorte de prototype ou de schéma inhérent, établi sur la base de ses caractéristiques innées et de la tendance à l'expression de ces traits de personnalité. Selon Maslow, l'individu répond à un ensemble intégré de motivations, dont les plus fondamentales, du point de vue de la survie, sont de nature physiologique. Lorsque ces motivations sont satisfaites, l'individu se tourne alors vers la satisfaction de besoins plus élevés, la sécurité, l'amour, l'appartenance, l'identité et l'estime de soi. Une fois ces besoins comblés, s'expriment alors des besoins d'actualisation de soi, qui recouvrent des besoins cognitifs – savoir, intuition, sagesse – et des besoins esthétiques – symétrie, congruence, intégration, beauté, méditation créativité et harmonie.

Les théoriciens de l'actualisation de soi recourent à une moralité évolutionniste. Maslow affirme : « L'être humain est ainsi fait, qu'il est poussé à chercher une plénitude de l'Être toujours plus grande, c'est-à-dire qu'il est poussé vers ce que la plupart des gens nomment les valeurs positives, vers la sérénité, la bonté, le courage, l'honnêteté, l'amour, l'altruisme[57] ». Il répond par là même à la question « Pourquoi vivre ? » en affirmant que nous vivons pour réaliser notre potentiel. Quant à la question « *Sur quoi* fonder notre existence ? », il y répond en affirmant que les valeurs sur lesquelles fonder sa vie sont intégrées à l'organisme humain et qu'il est possible de les découvrir de manière intuitive en faisant confiance à la sagesse de l'organisme humain.

Maslow avance ensuite que l'actualisation constitue un processus naturel, *le* processus fondamental de l'organisme humain, qui se déroule sans le recours à aucune structure sociale. Maslow considère en effet la société comme un vecteur d'obstruction à l'actualisation de soi, dans la mesure où elle contraint souvent les individus à renoncer à leur unique développement et à accepter des rôles inadéquats, figés dans un conformisme étouffant. Je me souviens d'un ancien ouvrage de psychologie présentant deux images juxtaposées. Sur la première, des enfants jouaient, dans toute la spontanéité et l'exubérance innocente de l'enfance ; la seconde représentait une foule dans le métro de New York, des passagers aux visages gris et aux regards perdus dans le vide. Sous les deux photos, une simple légende interrogeait : « Que s'est-il passé ? »

La transcendance de soi. Un aspect majeur distingue les deux dernières formes de signification évoquées (hédonisme et actualisation de soi) des précédentes (altruisme, dévouement à une cause et créativité). Les deux dernières, en effet, se centrent sur le *self*, tandis que les premières reflètent une forme d'aspiration fondamentale à transcender son propre intérêt et à se tourner vers quelque chose ou quelqu'un en dehors ou « au-dessus » de soi.

Dans la pensée occidentale, une longue tradition nous garde contre une finalité de vie qui ne serait pas transcendante. Ainsi Buber, dans son exposé de la pensée hassidique, souligne que, si les êtres humains doivent certes commencer par eux-mêmes (recherche de leurs sentiments, intégration, quête personnelle de sens), ils ne doivent nullement s'arrêter à eux-mêmes[58]. Selon Buber, il importe seulement de se poser la question « Pourquoi ? Pourquoi trouver mon propre chemin ? Pourquoi chercher à unifier mon être ? ». La réponse est la suivante : « Non pour mon bien propre. » L'individu commence par lui-même pour ensuite s'oublier et s'immerger dans le monde ; il cherche à se comprendre afin de ne plus être focalisé sur lui-même.

Le concept de « se tourner » est central dans la tradition mystique juive. Si la personne commet des péchés puis se *détourne* du péché, se tourne vers le monde et *vers* l'accomplissement d'une tâche divine, elle est considérée comme particulièrement éclairée, au-dessus des plus pieux. Si, en revanche, la personne se débat avec la culpabilité et la repentance, elle est en proie à l'égoïsme et à la bassesse. Buber écrit ainsi : « "Écarte-toi du mal et fais le bien" – détourne-toi entièrement du mal, n'y réfléchis pas, et fais le bien. Tu as mal agi ? Eh bien, oppose au mal une bonne action[59]. »

Le point essentiel avancé par Buber est que la portée des êtres humains est bien plus considérable que le salut des âmes individuelles. En fait, une personne trop préoccupée d'elle-même et de sa progression personnelle court le risque d'en perdre tous les avantages.

Viktor Frankl parvient à une position similaire et exprime de fortes réserves envers l'importance accordée à l'actualisation de soi. Il considère qu'une préoccupation excessive en matière d'expression et d'actualisation de soi contrarie la recherche d'un sens authentique à sa vie, perception qu'il illustre volontiers en recourant à la métaphore du boomerang qui ne retourne vers le lanceur que s'il manque sa cible, de la même manière que les êtres humains recommencent à se focaliser sur eux s'ils échouent à trouver un sens à leur vie. Il recourt également à la métaphore de l'œil humain qui ne se voit ou voit quelque chose en lui (c'est-à-dire un objet par le cristallin ou par l'humeur aqueuse ou vitreuse) que lorsqu'il est incapable de voir au-delà de lui-même.

Les dangers d'une posture non transcendante sont particulièrement manifestes dans les relations interpersonnelles. Plus la personne se focalise sur elle-même, dans les relations sexuelles par exemple, plus le plaisir ultime est faible. Si la personne s'observe, s'intéresse principalement à son excitation et à son orgasme, elle expérimentera vraisemblablement des dysfonctionnements. Frankl, de façon pertinente à mes yeux, insiste sur le fait que l'idéalisation actuelle de l'expression de soi, lorsqu'elle devient une fin en soi, rend impossible toute relation signifiante. Une relation aimante, en effet, n'est pas mue par l'expression de soi (bien qu'il puisse s'agir d'un paramètre important), mais par le fait de sortir de soi grâce au lien à l'autre et par la sollicitude éprouvée pour l'être que constitue l'autre.

Maslow recourt à une terminologie quelque peu différente pour exprimer un concept similaire. Pour lui, la personne pleinement actualisée (un pourcentage faible de la population) n'est pas aux prises avec « l'expression de soi ». Ce type de personne, en effet, possède un sentiment solide d'elle-même et « se soucie » des autres plus qu'elle ne les utilise comme moyen d'expression de soi ou pour combler un vide personnel.

Les individus accomplis, selon Maslow, se consacrent à des objectifs qui transcendent le soi. Il peut s'agir, sur une grande échelle, d'enjeux globaux comme la pauvreté, le sectarisme ou l'écologie ou, sur une plus petite échelle, de la croissance de ceux qui partagent sa vie.

Transcendance de soi et cycle de vie. Les activités de vie pourvoyeuses de sens ne s'excluent nullement l'une l'autre ; la plupart des gens trouvent du sens dans plusieurs d'entre elles. Par ailleurs, comme l'a théorisé il y a bien longtemps Erik Erikson[60] (théorie qui s'est vu corroborée par les recherches réalisées dans les années 1970 sur le cycle de vie adulte)[61], une évolution progressive du sens se produit tout au long du cycle de vie personnel. Tandis qu'à l'adolescence, au début et au milieu de la vie adulte, un individu s'attache surtout à livrer des batailles personnelles pour asseoir une identité stable, à développer des relations intimes et à atteindre un sentiment de maîtrise dans ses activités professionnelles, ce même individu, autour de la quarantaine et de la cinquantaine, passe à une étape où il puise le sens de sa vie des entreprises qui transcendent le soi (à moins de n'avoir pas réussi à franchir une tâche développementale antérieure). Erikson définit cette étape de « générativité » comme « l'intérêt pour la génération suivante et son éducation[62] ». Elle peut prendre la forme de préoccupations envers ses enfants ou, plus largement, d'actions caritatives.

George Vaillant, dans sa formidable étude portant sur ces étudiants de Harvard, signale que, à la quarantaine et à la cinquantaine, les hommes ayant fait une brillante carrière « se souciaient moins d'eux et davantage de leurs enfants[63] ». Un sujet représentatif de cette étape de vie déclarait ainsi à cinquante-cinq ans : « Passer le flambeau des valeurs civilisées aux enfants a toujours eu de l'importance à mes yeux, mais son importance s'accroît au fil des ans. » Une autre personne affirmait :

> « Aujourd'hui, mes préoccupations se centrent beaucoup moins autour de ma personne. Entre trente et quarante ans, j'étais aux prises avec des

> enjeux d'exigences excessives, financiers ou de réussite professionnelle. Après quarante-cinq ans, les préoccupations sont plus philosophiques, concernent davantage le long terme, sont moins personnelles... Je m'intéresse notamment à l'état des relations humaines et à celui de notre société. J'ai envie de transmettre aux autres le plus de choses possible de ce que j'ai appris. »

Une autre personne, quant à elle, déclarait : « Je n'ai pas pour ambition de laisser une trace importante, mais je me montre plus persévérant dans mes tentatives pour obtenir de la ville la construction d'un nouvel hôpital, une aide pour les écoles et l'enseignement du chant aux enfants[64]. »

L'émergence de préoccupations qui transcendent la personne se reflète dans les choix professionnels de plusieurs sujets étudiés par Vaillant[65]. L'un de ces sujets avait, entre vingt et trente ans, mis au point une nouvelle méthode de fabrication de gaz toxique; à cinquante ans, il choisit d'orienter ses recherches vers de nouveaux procédés de réduction de la pollution atmosphérique. Un autre, durant sa jeunesse, avait travaillé pour des entreprises d'armement et avait participé à des projets visant à calculer le rayonnement des ogives nucléaires; à cinquante ans, il s'investit dans le développement d'une formation universitaire en humanisme.

Une étude longitudinale majeure conduite par Norma Haan et Jack Block à Berkeley en Californie sur la comparaison d'individus de trente ans et cinquante ans à eux-mêmes adolescents fait état de conclusions similaires. L'altruisme et d'autres formes de transcendance de soi augmentent avec l'âge. À quarante-cinq ans, les personnes étaient « plus sympathiques, généreuses, productives et fiables » qu'elles ne l'étaient à trente[66].

Un pan important de la recherche développementale s'est intéressé principalement au cycle de vie masculin, sans prendre en compte suffisamment les circonstances spéciales intervenant dans la vie des femmes. Des études récentes ont permis d'apporter un correctif bienvenu. Les femmes parvenues à maturité qui, par exemple, s'étaient consacrées plus tôt dans leur vie à leur mariage et à la maternité, recherchent d'autres significations à leur vie que leurs homologues masculins du même âge. Traditionnellement, les femmes étaient censées faire passer les besoins des autres avant les leurs, vivre par procuration à travers leurs maris et leurs enfants et occuper dans la société un rôle de soutien en devenant infirmières, bénévoles ou membres d'associations caritatives. L'altruisme leur a été imposé plus qu'il n'a fait l'objet d'un choix libre de leur part. Dès lors, à un âge où leurs homologues masculins ont récolté les fruits terrestres de leurs réussites et témoignent de considérations plus altruistes, de nombreuses femmes parvenues à maturité sont, pour la première fois de leur vie, préoccupées par elles-mêmes plus que par les autres.

Les contributions de Viktor Frankl

La transcendance de soi constitue la notion cardinale de l'approche de Viktor Frankl sur la question du sens, approche que je vais maintenant présenter en me centrant sur quelques points principaux relatifs au sens et à la psychothérapie.

Peu de cliniciens ont apporté de contributions significatives sur le rôle du sens en psychothérapie et quasiment aucun ne s'est intéressé au long cours à cette question, à la seule exception de Viktor Frankl. Dès le début de sa carrière, Frankl s'est intéressé exclusivement au rôle du sens en psychopathologie et en thérapie. Frankl, psychiatre viennois à l'approche existentielle, fut le premier au monde à employer le terme de « logothérapie » (où *logos* signifie « mot » ou « sens ») dans les années 1920. Il employa ultérieurement comme synonyme l'expression « analyse existentielle ». Néanmoins, pour éviter toute confusion avec les autres approches existentielles (notamment celle de Ludwig Binswanger), Frankl, ces dernières années[A], a qualifié son approche, qu'elle soit appréhendée dans un contexte théorique ou thérapeutique, de « logothérapie ». Bien que Frankl soit conscient des nombreux enjeux cliniques découlant des autres enjeux existentiels ultimes, il accorde dans toute son œuvre la place centrale au sens de la vie. Lorsqu'il traite du désespoir existentiel, il fait référence à un ressenti d'absence de sens ; lorsqu'il aborde la question de la thérapie, il évoque le processus consistant à aider le patient à trouver du sens.

Avant de présenter les contributions de Frankl, je décrirai brièvement ses méthodes et son style. En dépit de sa production, prolifique, et du fait qu'il apporte, à

A. Viktor Frankl, décédé en 1997, était encore en vie lors de la rédaction par Irvin Yalom du présent essai. *(N.d.T.)*

mes yeux, une contribution importante à la théorie de la psychothérapie, il ne jouit pas de la reconnaissance qu'il mérite dans la communauté académique.

Pour partie, cette ignorance des travaux de Frankl est à mettre sur le compte du contenu même de la pensée de Frankl qui, à l'instar de la plupart des contributions relatives à la thérapie existentielle, ne trouvent pas leur place dans les cercles académiques « bon ton ». La logothérapie ne relève pas du champ des écoles psychanalytiques, ni de ceux de la psychiatrie formelle, de la théologie, de la psychologie comportementale, ni même de celui, plus « tendance », du développement personnel. (Ce qui n'empêche pas ses livres de toucher un large public. Ainsi, son premier ouvrage, *Man's Search for Meaning*[A], s'est vendu à plus de deux millions d'exemplaires.)

Par ailleurs, de nombreux érudits sont choqués par la méthode de Frankl et sa prédilection pour l'émotion. Frankl argumente, se livre à des proclamations *ex cathedra*, se montre volontiers répétitif et véhément. En outre, bien qu'il affirme présenter une approche séculière (en tant que médecin ayant prononcé le serment d'Hippocrate, il souligne qu'il est de son devoir de recourir à des traitements convenant à tous les patients, athées comme croyants), il recourt manifestement à une approche aux fondements religieux.

Les digressions dans l'œuvre de Frankl sont à même de troubler les lecteurs avertis. Dans quasiment tous

A. Ouvrage publié en français sous le titre *Découvrir un sens à sa vie : avec la logothérapie. (N.d.T.)*

ses ouvrages, en effet, l'auteur se livre à nombre de commentaires autoglorificateurs : il se cite lui-même, rappelle les nombreuses universités dans lesquelles il a été invité à donner des conférences, mentionne ses titres honorifiques, énumère les personnalités éminentes apportant leur soutien à son approche, évoque le nombre de professionnels qui l'assistent, cite les occasions lors desquelles ses propos se sont vus ponctués par des tonnerres d'applaudissements, mentionne les questions idiotes qui ont pu lui être posées et ses réponses lapidaires. Particulièrement éclairantes, les œuvres des disciples de Frankl consistent en une reformulation de ses remarques et une idéalisation de sa personne.

Néanmoins, je ne saurais trop encourager les lecteurs à persévérer. Frankl apporte une contribution majeure à l'enjeu du sens de la vie et son œuvre offre au thérapeute de précieuses intuitions quant aux implications de la recherche de sens.

Frankl exposa tout d'abord ses conceptions sur le rôle du sens en psychothérapie dans un ouvrage intitulé *From Death Camp to Existentialism* (rebaptisé ensuite *Man's Search for Meaning: An Introduction to Logotherapy*[67]). Dans la première partie de cet ouvrage, Frankl relate les macabres années de sa déportation à Auschwitz entre 1943 et 1945 ; dans la suite du livre, il expose son approche thérapeutique découlant de l'intuition qu'il avait eue que le maintien d'un sens de la vie avait été crucial à sa survie dans le camp de concentration. L'écriture de son livre, rédigé pendant sa déportation sur des bouts de papier cachés dans le camp, lui permit de trouver un sens et une raison de survivre. Par la suite, Frankl trouva un sens à sa vie en « aidant les autres à trouver le sens de leur vie[68] ».

Postulats fondamentaux. Frankl commence par interroger le principe freudien de la motivation, à savoir le principe d'homéostasie, selon lequel l'organisme humain s'efforce continuellement de conserver un équilibre intérieur. Le principe de plaisir agit pour maintenir l'homéostasie, avec pour objectif principal la suppression de la tension. Le principe de plaisir opère sous une forme brute dans la vie précoce ; plus tard, avec la maturité de l'individu, les agissements de ce principe de plaisir se font plus obscurs, lorsque le principe de réalité impose le report ou la sublimation de la gratification.

Le problème de toute théorie postulant l'existence d'une pulsion innée (qu'il s'agisse de la « pulsion vers le plaisir » ou la « réduction de la tension ») est qu'elle s'avère toujours éminemment réductionniste. Dans ce type de conception, l'homme n'est « rien d'autre que… » (suivent une ou plusieurs formules). La formule préférée de Frankl est la suivante : « L'homme n'est rien d'autre qu'un mécanisme biochimique complexe, mû par un système de combustion qui alimente des ordinateurs ayant des capacités de stockage prodigieuses pour retenir l'information codée[69]. » En conséquence, l'amour, l'altruisme, la quête de la vérité ou de la beauté ne sont « rien d'autre que » l'expression de l'une ou l'autre des pulsions élémentaires de cette théorie dualiste. Comme le souligne Frankl, dans cette conception réductionniste, « toutes les créations culturelles de l'humanité deviennent des dérivés de la pulsion de satisfaction personnelle[70] ».

En psychologie, la pression vers le réductionnisme possède des implications importantes pour la thérapie. Le comportement humain est souvent motivé par des forces inconscientes ; la tâche du thérapeute consiste à mettre à nu la dynamique psychique sous-jacente du patient. Mais Frankl soutient (de façon pertinente, à mon sens) qu'il vient un temps où cette entreprise de dévoilement se doit de cesser. Le matérialisme (c'est-à-dire l'explication du plus élevé par le plus bas) se révèle souvent fragilisant. Ainsi, les Corps de la Paix[A], pour prendre un exemple, ne choisissent pas toujours de servir pour des raisons intéressées. Leur désir de servir ne nécessite aucune justification plus « basse » ni « profonde » ; il témoigne de leur volonté de trouver un sens, d'un élan qui les pousse en dehors d'eux-mêmes vers la quête et l'accomplissement d'un objectif de vie.

Frankl et de nombreux autres théoriciens comme Charlotte Buhler[71] et Gordon Allport[72] considèrent que la théorie de l'homéostasie n'est pas satisfaisante pour expliquer de nombreux aspects majeurs de la vie humaine. Selon Frankl, « ce dont l'humain a besoin, ce n'est pas de vivre sans tension, mais bien de tendre vers un but valable[73] ». « C'est une caractéristique

A. Les Corps de la Paix *(Peace Corps)* sont une agence indépendante de l'administration américaine, dont la mission est de favoriser la paix et l'amitié dans le monde. *(N.d.T.)*

constitutive de l'humain qu'il tend et est toujours dirigé vers quelque chose d'autre que lui-même[A74]. »

Une autre objection majeure formulée par Frankl à la conception de la motivation humaine comme fondée sur un principe de plaisir non transcendant est que ce type de conception se révèle toujours contraire au but recherché. Plus l'individu recherche le bonheur, plus celui-ci lui échappe. Cette observation (dénommée « paradoxe hédoniste » par plusieurs philosophes)[75] amena Frankl à déclarer « le bonheur s'ensuit, il ne peut être poursuivi ». (Alan Watts, quant à lui, formulait l'idée similaire comme suit : « Ce n'est qu'en le cherchant que vous le perdez[76]. ») Dès lors, le plaisir ne constitue pas la finalité, mais un effet secondaire de la recherche de sens.

Frankl baptise son orientation « la troisième école viennoise de psychothérapie » :

> « La logothérapie (…) se penche tant sur la raison de vivre de la personne que sur ses efforts pour en découvrir une : ces efforts, à mon avis, constituent une force motivante fondamentale chez l'être humain. C'est pourquoi je parle de "recherche d'un sens à la vie" plutôt que de "recherche du plaisir" sur lequel est fondée la psychanalyse freudienne, ou

---

A. La conception de Frankl est étayée par une longue lignée de phénoménologistes, Franz Brentano tout d'abord puis, plus tard, Edmund Husserl, qui découvrirent que la conscience était toujours « intentionnelle » : elle est toujours dirigée vers quelque chose en dehors d'elle-même. En d'autres termes, nous sommes toujours conscients de quelque chose qui se trouve à l'extérieur de nous.

> que de la “volonté de puissance”, qui est au centre de la psychologie adlérienne[77]. »

Dans une autre contribution (suivant la suggestion d’Aaron Ungersma)[78], il affirme que la principale force motivationnelle de l’être humain obéit à une séquence développementale, reflétée par les trois écoles viennoises : « Le principe de plaisir freudien constitue le principe directeur de l’enfant ; la volonté de puissance adlérienne ; celui de l’adolescent ; enfin, la volonté de sens, celui de l’adulte mature[79]. » Frankl veille à bien établir une distinction entre les pulsions (sexuelles ou agressives, par exemple) qui *poussent* un individu de l’intérieur (ou, comme nous l’expérimentons généralement, du bas) et le sens (ainsi que les valeurs implicites du schéma de signification) qui *tirent* l’individu de l’extérieur. Il établit donc une différence entre pulsion et aspiration. Dans l’essence même de notre être, dans ce qui nous différencie de l’animal, nous ne sommes pas poussés, mais bien au contraire, nous tendons activement vers un but. Cette aspiration, par opposition à la pulsion, implique non seulement que nous sommes dirigés vers quelque chose qui se trouve à l’extérieur de nous (en d’autres termes que nous sommes autotranscendants), mais aussi que nous sommes libres – libres d’accepter ou de refuser le but qui nous appelle. L’aspiration est orientée vers l’avenir : nous sommes tirés par ce qui doit advenir, plus que poussés par les forces impitoyables du passé et du présent.

Frankl nous enseigne que le sens est essentiel à la vie. Il était essentiel à sa survie à Auschwitz, tout comme il est essentiel à tous et de tout temps. Il cite un sondage d'opinion réalisé en France indiquant que quatre-vingt-neuf pour cent des personnes interrogées considéraient que l'être humain avait besoin de « quelque chose » pour vivre et que soixante et un pour cent pensaient qu'il avait besoin de quelque chose pour mourir[80]. Frankl se plaît à livrer le commentaire suivant : « Certains auteurs soutiennent que les raisons de vivre et les valeurs de l'homme ne sont rien d'autre que "des mécanismes de défense, des formations réactionnelles et des sublimations". Quant à moi, je ne pourrais pas vivre pour l'amour de mes "mécanismes de défense", pas plus que je ne suis prêt à mourir pour mes "formations réactionnelles".[81] »

Trois catégories de raisons de vivre. Bien que Frankl souligne que chaque être humain ait une raison de vivre qui ne peut être accomplie par personne d'autre, ces raisons de vivre peuvent néanmoins être divisée en trois grandes catégories : (1) ce que l'individu accomplit ou donne au monde en termes de créations personnelles ; (2) ce que l'individu prend au monde en termes de rencontres et d'expériences ; (3) le comportement qu'il adopte envers la souffrance, envers un destin qu'il ne peut changer[82].

Ces trois systèmes de signification – créatif, expérientiel et attitudinal – ont tous trois été abordés dans l'exposé précédent relatif aux systèmes de signification personnels. Frankl propose une définition conventionnelle de la créativité, à savoir une œuvre de création, œuvre d'art ou entreprise érudite, qui ne peut être réalisée que par l'individu singulier. Le sentiment que Frankl avait d'être le seul à pouvoir écrire l'ouvrage éclairant le rôle du sens en psychothérapie constitua, comme il le souligne, le facteur majeur (en dehors de la chance pure) qui lui permit de survivre à Auschwitz. Toute une palette d'activités, lorsqu'elles sont réalisées de manière créative, peut conférer à l'individu une raison de vivre. « Ce qui importe, affirme Frankl, n'est pas la grandeur du rayon de vos activités, mais la façon dont vous en emplissez le cercle[83]. »

Frankl reste plus vague quant au sens découlant de l'expérience, mais fait référence de manière plus générale à ce que l'individu peut retirer de la beauté, de la vérité et tout particulièrement de l'amour. L'engagement dans une expérience sincère se révèle pourvoyeuse de sens. « Si, interroge Frankl, quelqu'un vous tapait sur l'épaule pendant que vous écoutez votre musique préférée et vous demandait si votre vie avait un sens, ne répondriez-vous pas oui ? La même réponse ne serait-elle pas donnée par l'amoureux de la nature au sommet d'une montagne, la personne religieuse lors d'un service mémorable, l'intellectuel après une lecture exaltante, l'artiste devant une œuvre d'art[84] ? »

L'expérience personnelle de Frankl à Auschwitz exigea qu'il s'interroge profondément sur les relations entre sens et souffrance, entre douleur et mort. Dans des circonstances extrêmes, la survie dépend de la capacité de l'individu à trouver un sens à sa souffrance. Frankl en arriva à la conclusion que seule sa survie pouvait donner un sens à son angoisse. Pour lui, la survie signifiait qu'il pouvait terminer son œuvre, élaborer une approche psychothérapique de valeur à partir des horreurs de son expérience en camp de concentration. Certains déportés désiraient survivre pour d'autres, enfants ou épouses qui les attendaient, d'autres pour mener à bien leur projet de vie, d'autres pour témoigner de l'atrocité des camps, d'autres, enfin, pour être en mesure de se venger. (On songe au ghetto lituanien de Kovno et à ses habitants, désireux de rester en vie pour témoigner des atrocités perpétrées à leur encontre. Ces habitants consignèrent des récits, des dessins, mais aussi les numéros des uniformes des officiers SS, documents entreposés dans une cave où ils furent retrouvés après la guerre et utilisés pour traduire en justice les coupables.) À d'autres moments, Frankl trouvait du sens à sa souffrance en se remémorant un aphorisme de Nietzsche : « Tout ce qui ne me tue pas me rend plus fort[35]. » La souffrance peut avoir un sens si elle change l'individu et fait de lui une personne meilleure. Enfin, même lorsqu'il n'existe aucun espoir d'échapper à la souffrance et à la mort, Frankl énonce qu'il est possible de trouver un sens dans le fait de montrer aux autres, à Dieu et à soi-même qu'il est possible de souffrir et de mourir avec dignité.

Les catégories de raisons de vivre que Frankl établit lui permirent de mettre au point différentes stratégies thérapeutiques pour des patients s'interrogeant sur le sens de leur vie. Avant de m'intéresser à ces stratégies, je souhaiterais aborder les implications cliniques de la perte de sens.

LA PERTE DE SENS : IMPLICATIONS CLINIQUES

Culture en mutation : où est passé le sens ?

De nombreux cliniciens constatent la recrudescence de demandes de thérapies motivées par des plaintes relatives à l'absence de sens de la vie. Pourquoi ? Quels sont facteurs qui, dans notre culture contemporaine, contribuent à ce sentiment de délitement du sens ?

À l'ère préindustrielle et agricole, les êtres humains étaient harcelés par de nombreux problèmes, mais ne semblaient pas être tourmentés par le vide existentiel auquel semblent se confronter nombre de nos contemporains. Il existait en effet différents pourvoyeurs de sens. À commencer par la perspective religieuse fournissant une réponse si globale qu'elle obscurcissait la question du sens. Ensuite, à ces époques, les êtres humains devaient en priorité combler des besoins plus urgents, comme la nourriture et l'abri, de sorte qu'ils n'avaient pas le luxe de s'interroger sur leur besoin de sens. En effet (et j'y reviendrai ultérieurement), l'absence de sens est très intimement liée aux loisirs et au désengagement : plus l'individu est aux prises, au quotidien, avec le processus simple de vivre et de survivre, moins cet enjeu émerge. Tolstoï, dont j'ai évoqué la crise existentielle au début de ce chapitre, constatait que le paysan simple de son domaine semblait peu tourmenté par ces doutes fondamentaux. Il en arriva à la conclusion que le paysan savait quelque chose que lui ignorait et, dès lors, chercha à soulager ses tourments en tentant d'imiter le paysan afin de découvrir son secret.

Les citoyens du monde préindustriel disposaient en outre d'autres activités pourvoyeuses de sens dans leur vie quotidienne. Ils étaient proches de la terre, se sentaient appartenir à la nature, s'intégraient au processus naturel par leur diverses activités – travail des champs, moissons, cuisine et, bien évidemment, sans y penser, par leurs enfants. Leur travail quotidien était créatif ; ils participaient à la création de la vie. Ils avaient le sentiment d'appartenir à une entité plus grande ; ils faisaient partie intégrante d'une famille et d'une communauté et, dans ce contexte, devaient se conformer à des rôles et des obligations. En outre, leur travail avait une utilité. En effet, qui peut remettre en question l'utilité de l'agriculture et de l'élevage ? Ces activités ont un sens qui ne se questionne pas.

Mais toutes ces significations ont disparu. Le citoyen contemporain, dans le monde séculier, urbain et industrialisé, doit se confronter à une vie dénuée de schéma de signification aux fondements religieux et dont le lien au monde naturel et la chaîne du vivant a été arraché. Nous avons du temps, trop de temps, à consacrer à des questions troublantes. Avec la perspective, approchante, des semaines de travail de trois ou quatre jours, nous devons nous préparer à une augmentation de la fréquence de ces crises du sens. Le temps « libre » nous est problématique en ce qu'il nous impose la liberté.

Le travail, tant qu'il en reste, n'est plus pourvoyeur de sens. Même une imagination des plus fertiles ne parviendrait pas à insuffler de la créativité à de nombreuses formes de travail modernes. L'ouvrier sur une chaîne de montage, par exemple, non seulement ne peut exercer sa créativité à son poste, mais finit toujours par se considérer comme un rouage ingrat de l'usine. Par ailleurs, de nombreux emplois n'ont aucune valeur intrinsèque. Comment des légions entières d'employés réalisant des tâches administratives au sein de vastes systèmes bureaucratiques peuvent-ils croire que leur activité ait un sens ? Avec l'explosion démographique et la couverture médiatique dont elle bénéficie, comment l'individu peut-il croire qu'avoir et élever des enfants rend un service à quiconque, à commencer par la planète ou l'espèce humaine ?

Manifestations cliniques

Sous quelle forme le clinicien rencontre-t-il au quotidien le phénomène d'absence de sens dans sa pratique ? Peu de cliniciens remettent en question la prévalence de la plainte : au début de ce chapitre, j'ai cité des commentaires de Jung, Frankl, Maddi, Wolman et Hobbs attestant de la fréquence de l'absence de sens dans les plaintes cliniques. Malheureusement, peu d'études systématiques ont été réalisées sur le sujet.

Il y a plusieurs années, mes confrères et moi avons conduit un projet qui, bien qu'il ne portât que sur un petit échantillon clinique, vient étayer le fait que l'absence de sens constitue une plainte courante en clinique[86]. Il s'agissait d'explorer la demande formulée par quarante patients consécutifs sollicitant une thérapie dans un service psychiatrique de consultation externe. Ces demandes étaient étudiées de trois façons différentes : compte rendu écrit rédigé par le patient, compte rendu du thérapeute, conclusions de trois cliniciens observant un enregistrement vidéo des entretiens cliniques avec les patients. Sur les quarante patients (la plupart des patients établirent une liste mentionnant entre trois et six problèmes), neuf énumérèrent des problématiques relatives à l'absence de sens (« absence d'objectif », « besoin de trouver un sens à ma vie », « je ne sais pas pourquoi je fais ce que je fais », « impression de dériver sans but », « manque de direction dans ma vie », par exemple). Le thérapeute ainsi que des évaluateurs indépendants estimèrent que cinq de ces neuf patients présentaient une problématique majeure relative au sens de la vie, auxquels ils ajoutèrent trois patients ayant fait état « d'absence de sens dans la vie », « d'absence de finalité » et « d'objectifs de vie vagues »). Ainsi, sur quarante patients, douze (soit trente pour cent) étaient confrontés à des enjeux majeurs de sens (évalués comme tels par eux-mêmes, des thérapeutes ou des observateurs indépendants).

Jill Gardner conduisit une étude portant sur quatre-vingt-neuf patients sollicitant une thérapie dans un service de consultation externe[87]. Elle demanda aux patients d'évaluer l'importance de seize motivations lors de la décision d'entreprendre une thérapie. Soixante-huit pour cent des patients évaluèrent l'item « pour trouver plus de sens à ma vie » comme « modérément » et « très » important. Cet item arriva en neuvième position sur seize, loin devant des items tels que « pour changer ma façon d'être en lien avec les autres » et « solitude ».

L'absence de sens n'est que rarement mentionnée comme entité clinique, principalement parce qu'elle est considérée comme manifestation d'un syndrome tout à la fois plus central et plus familier. Freud écrivit ainsi : « Dès l'instant où un homme remet en cause le sens et la valeur de sa vie, il est malade, car objectivement aucune existence ne peut en avoir ; en se posant cette question, on admet simplement l'existence de libido insatisfaite qui aurait attendu quelque chose d'autre, une sorte de fermentation menant à la tristesse et la dépression[88]. » Dès lors, l'absence de sens est appréhendée comme symptôme d'une maladie plus grave sous-jacente, comme l'alcoolisme chronique, d'autres formes d'addictions, une faible estime de soi, la dépression et la crise identitaire.

Considérons néanmoins les observations réalisées sur les manifestations cliniques de l'absence de sens. La première concerne son omniprésence. Quasiment tous les patients que j'ai suivis ont soit exprimé spontanément des préoccupations relatives au manque de sens de leur vie ou ont aisément répondu aux questions que je leur adressais concernant cet enjeu.

Vide existentiel et névrose existentielle. Frankl distingue deux phases dans le syndrome d'absence de sens : le vide existentiel et la névrose existentielle. Le premier, le vide existentiel – qu'il dénomme également « frustration existentielle » – constitue un phénomène courant qui se caractérise par un état subjectif d'ennui, d'apathie et de vide. Le sujet se montre cynique, manque de direction et remet en question la plupart des activités de la vie. Certains se plaignent d'un vide et d'un vague malaise à la fin de leur semaine chargée (la « névrose du dimanche »). Le temps libre fait prendre conscience au sujet qu'il n'y a rien qu'il *veuille* faire. Frankl affirme que la frustration existentielle est en augmentation partout dans le monde. Dans une étude, il indique une incidence de « vide existentiel » de quarante pour cent chez les étudiants viennois et de quatre-vingt-un pour cent chez les étudiants américains[89]. Dans une autre étude, il en signale la propagation rapide dans des pays comme la Tchécoslovaquie, les autres pays du bloc de l'Est et l'Afrique[90]. Alois Habinger, quant à lui, signale une plus forte incidence – de trente à quatre-vingts pour cent de frustration existentielle chez les jeunes Viennois sur une période de deux ans (1970-1972). Ces études ne donnant aucune indication sur la méthode de recherche utilisée (si ce n'est le commentaire « étude statistique improvisée »), il n'est guère possible d'accepter littéralement ces données hyperboliques ; toutefois, si elles ne font même que refléter vaguement l'incidence de ce vide existentiel, elles méritent d'être prises en compte.

Dans la classification de Frankl, si le patient manifeste, outre des sentiments explicites d'absence de sens, une symptomatologie névrotique clinique, il souffre alors de névrose existentielle ou « noogénique ». Frankl postule un *horror vacui* psychologique : *en présence d'un vide (existentiel) distinct, les symptômes s'empressent de remplir ce vide.* La névrose noogénique, insiste Frankl, peut prendre toute forme névrotique clinique : alcoolisme, dépression, obsession, délinquance, préoccupations sexuelles constantes, intrépidité. La névrose noogénique se distingue de la névrose conventionnelle en ceci que ses symptômes constituent une manifestation d'une volonté de sens contrecarrée. Les schémas comportementaux reflètent aussi une crise d'absence de sens. Le dilemme de l'homme moderne, avance Frankl, est que son instinct ne lui dit pas ce qu'il *doit* faire ni les traditions de ce qu'il *devrait* faire. Il ne sait pas non plus ce qu'il *veut* faire. Le *conformisme* (faire ce que les autres font) et la *soumission au totalitarisme* (faire ce que les autres désirent) constituent deux réactions comportementales courantes à cette crise des valeurs.

Croisade, nihilisme et végétatisme. Salvador Maddi suggère qu'une part importante de la psychopathologie actuelle découle d'un sentiment d'absence de sens[91]. (Notez toutefois que Maddi s'appuie sur un matériel clinique restreint[92] et qu'il est avant tout macrothéoricien et psychologue universitaire.) Il décrit trois formes cliniques de « maladie existentielle » (expression qu'il emploie pour qualifier une absence de sens omniprésente) : croisade, nihilisme et végétatisme.

La *croisade* (également dénommée « esprit d'aventure »)[93] se caractérise par une tendance forte à rechercher et à se dévouer à des causes spectaculaires ou importantes. Les individus animés par cet esprit de croisade sont des manifestants à la recherche d'un enjeu ; ils sont capables d'embrasser toutes les causes, quel que soit leur contenu. Dès qu'une cause est achevée, ces activistes purs et durs doivent rapidement en trouver une autre afin de maintenir l'avance, leur avance, sur l'absence de sens qui est à leurs trousses.

Le fait que le croisé puisse s'engager en faveur de n'importe quelle cause, ou quasiment, n'implique bien évidemment pas que la plupart ni même de nombreux partisans d'un mouvement social donné soient animés par des motivations similaires. Tout comme un engagement actif pour un changement social ne doit pas être considéré comme un mécanisme de défense. Toutefois, l'implication dans un mouvement social s'avère généralement prenant, fatigant et, s'il implique de la désobéissance civile, souvent dangereux. Lorsqu'un mouvement a atteint son objectif, ses participants, à la différence du croisé, retournent généralement à leurs activités. La croisade, telle que la décrit Maddi, constitue donc une formation réactionnelle ; le sujet s'investit de manière compulsive dans des activités pour pallier un profond sentiment d'absence de sens.

Le *nihilisme* se caractérise par une tendance active et omniprésente à discréditer des activités présentées par d'autres comme pourvoyeuses de sens. L'énergie et le comportement du nihiliste découlent de son désespoir ; le nihiliste trouve du plaisir dans la destruction, comme le souligne Maddi :

Il s'empressera de souligner que l'amour n'est pas altruiste mais égoïste, que la philanthropie est une façon d'expier la culpabilité, que les enfants sont vicieux et non innocents, que les chefs sont vaniteux et assoiffés de pouvoir et non inspirés par quelque grande vision, que le travail n'est pas productif mais ne constitue qu'un fin vernis de la civilisation pour cacher le monstre tapi en chacun de nous[94].

Selon Maddi, le nihilisme se révèle si courant qu'il n'est pas même identifié comme problème ; en fait, il prend souvent des allures de sophistication. Maddi cite le romancier et cinéaste Alain Robbe-Grillet dont le film *L'Année dernière à Marienhad*, bien que proposant en apparence plusieurs pistes, défie chez le spectateur toute tentative d'y trouver un sens. Maddi suggère que le film était conçu pour frustrer toute recherche de sens, afin de démontrer la futilité de la croyance en un sens.

La forme *végétative* de la maladie existentielle constitue le degré ultime de l'absence de but. Le sujet ne recherche pas de manière compulsive du sens dans différentes causes ni ne se complaît dans des attaques dirigées contre des significations auxquelles des tiers adhèrent. Au contraire : le sujet sombre dans un sérieux état d'apathie, présentant de nombreuses expressions cognitives, affectives et comportementales. La composante *cognitive* se caractérise par l'incapacité chronique du sujet à croire en l'utilité ou la valeur d'une quelconque entreprise vitale. Fadeur et ennui prédominent dans sa modalité *affective*, ponctuées par des dépressions épisodiques. À mesure que son état s'aggrave, le sujet s'installe dans l'indifférence, de sorte que les périodes dépressives se font moins fréquentes. Sur le plan *comportemental*, le sujet fait généralement preuve d'un niveau d'activité bas à modéré ; plus important encore est l'absence de sélectivité comportementale : le sujet fait l'expérience d'une forme de dématérialisation des activités, le cas échéant, qu'il réalise.

La tendance végétative est très répandue dans la culture contemporaine. Selon Maddi, elle se reflète clairement dans certaines créations artistiques comme les films d'Antonioni, l'œuvre *La Terre vaine* de T. S. Eliot, la pièce *Zoo Story* d'Edward Albee et *Le Balcon* de Jean Genet. Quant au film *Easy Rider*, il constitue un exemple illustrant bien l'apathie et l'absence de sens.

Les sujets en proie à un syndrome végétatif demandent parfois de l'aide sur le plan thérapeutique afin de soulager la dépression et les doutes qui les assaillent. Le thérapeute constate que ce type de patient n'est généralement pas aux prises avec la culpabilité ou des problèmes d'estime ou d'identité, ni avec l'expression d'enjeux sexuels ou agressifs. Le patient en revanche exprime d'autres types de considérations, comme : « pourquoi s'échiner à travailler tout une vie si tout finit par la mort ? », « pourquoi passer la moitié de votre vie à aller à l'école ? », « pourquoi se marier ? », « pourquoi élever une famille ? », « pourquoi supporter les privations ? », « les valeurs ne sont-elles pas toutes arbitraires, les buts tous illusoires ? ».

Si la maladie progresse, le patient s'enfonce davantage dans l'indifférence. Il peut se couper de tous ses investissements en vivant comme un reclus, en devenant alcoolique ou clochard, ou en adoptant un mode de vie similaire. Maddi émet l'hypothèse que de nombreux patients hospitalisés souffrent de cette forme végétative d'absence de sens, mais puisqu'ils doivent être diagnostiqués selon la classification nosologique officielle, sont généralement répertoriés comme simples schizophrènes, terme reconnu aujourd'hui comme inapproprié. Pour certains patients végétatifs, le diagnostic posé est celui de dépression psychotique. Même s'ils ne montrent pas toujours des signes et des symptômes de dépression, l'hypothèse est que ces patients doivent être en dépression puisqu'ils sont végétatifs. Maddi soutient qu'il serait plus juste de considérer comme patients souffrant de maladie existentielle un grand nombre de patients hospitalisés sur lesquels des diagnostics correspondant à la nosologie standard ont été posés.

L'activité compulsive. Bien évidemment, les précédentes formes cliniques d'absence de sens ne s'expriment pas comme manifestations intégrales mais constituent un paradigme clinique. Des caractéristiques et des degrés divers s'observent chez de nombreux patients, souvent mêlés à d'autres plaintes cliniques. D'après mon expérience, l'une des formes les plus communes d'absence de sens se traduit par une activité frénétique qui consume une si grande part de l'énergie individuelle que l'enjeu de sens se voit vidé de sa toxine. Ce schéma s'apparente à l'esprit de croisade mais sa portée est plus large. Non seulement une cause sociale majeure mais toute activité humaine prenante peut être investie au point de faire office de parodie de sens. Lorsque l'activité ne présente aucune « bonté » ni « justesse » intrinsèque, elle cessera tôt ou tard de remplir son office auprès de la personne. Ce phénomène, baptisé « faux centrage » de la vie par James Pike[95], attire généralement l'attention du clinicien lorsque ce qui véhicule le sens s'effondre ou menace de le faire. Les exemples abondent d'individus contraints de remettre en question position sociale, prestige, biens matériels ou pouvoir comme vecteurs de sens dans leur vie.

Le cas de Harvey, un patient de quarante-deux ans, en fournit une bonne illustration clinique. La demande exprimée par Harvey comme point de départ de sa thérapie était plutôt inhabituelle : une querelle avec sa femme sur le type de billets d'avion – première classe ou classe touriste – à acheter. Le contexte était le suivant. Le père de Harvey, appartenant à la classe moyenne, était un commerçant actif compulsif. Toute la famille, Harvey y compris, avait consacré beaucoup d'heures, six jours sur sept, à faire marcher le magasin. Progressivement, l'entreprise fut florissante et bientôt un second, puis un troisième magasin ouvrirent. Cette entreprise constituait tout l'univers familial et celui de Harvey aussi. Harvey adhérait à l'éthique familiale du travail et considérait la prospérité de l'entreprise comme sa raison d'être. Les nombreuses heures de travail, alors même qu'il n'était qu'un enfant, l'empêchèrent de nouer des relations de camaraderie ainsi que des relations hétérosexuelles et, au moment de son diplôme, il n'avait encore jamais découché. Son identité était celle du « bon garçon » qui ne remettait jamais rien en question, ne se rebellait jamais, ni ne se questionnait jamais très profondément sur lui ou sur sa vie.

Après l'obtention de son diplôme universitaire (formation commerciale), il reprit l'entreprise familiale (son père s'était tué à la tâche) et réalisa une brillante carrière. Grâce à un concours de circonstances favorable, un mariage excellent sur le plan financier, une association avec un partenaire commercial très bon et expérimenté, sa propre intelligence circonspecte – il créa une chaîne de magasins dans tout le pays, qu'il revendit ensuite à un grand groupe pour une somme astronomique. À l'âge de trente ans, il avait amassé une fortune de plusieurs millions de dollars (valeur de 1965). Il aurait peut-être pu relâcher la pression pendant un temps, voire réfléchir de façon plus intense à « Et maintenant ? », « Que faire ? » ou « Pourquoi ? ». Au lieu de cela, il se lança immédiatement dans une nouvelle aventure professionnelle, y consacra bientôt plus de soixante-dix heures par semaine et s'investit tant dans son activité que son mariage était en péril. Lorsqu'il démarra sa thérapie, il avait pour projet de se lancer dans la création de son troisième empire, parce qu'il voulait découvrir s'il avait la capacité de créer une activité à partir de rien, avec peu de capital, sans partenaires ni conseil extérieur (équivalent commercial de la survie dans le désert).

Harvey prit conscience de certaines incongruités troublantes. Ses habitudes familiales restaient fortement ancrées chez lui et, bien que ses revenus, ne serait-ce que ceux générés par les seuls intérêts de son activité, fussent considérables, il était toujours à l'affût de promotions pour ses achats personnels et se montrait toujours disposé à faire plusieurs kilomètres pour quelques dollars gagnés sur un poste de télévision.

L'incident relatif aux billets d'avion l'incita à réfléchir sérieusement à ses objectifs de vie. Lui, sa femme et un couple d'amis avaient projeté de partir en voyage en Orient. La différence entre la première classe et la classe économique sur un vol de douze heures s'élevait à plusieurs centaines de dollars par billet. La femme de Harvey, son ami (qui, soit dit en passant, travaillait pour Harvey) et la femme de ce dernier penchaient tous pour la première classe. Harvey refusait de payer la somme supplémentaire pour avoir un siège plus grand et du champagne à l'œil (comme il le formulait), de sorte qu'il prit pour lui un billet en classe économique et pour les trois autres, y compris sa femme, des billets première classe. Harvey avait le sens de l'humour et reconnaissait toute l'ironie de la situation ; toutefois, il était extrêmement perturbé par cette affaire, trouble, qui se manifesta par de l'angoisse, de l'insomnie et d'autres plaintes de nature hypocondriaque. C'est alors qu'il se tourna vers la thérapie.

En thérapie, l'incident des billets d'avion devint le point d'appui pour un travail sur les valeurs. Si l'argent devait être dépensé sans compter pour des banales considérations de confort, pourquoi Harvey se tuait-il à la tâche en essayant d'en gagner toujours plus ? Pourquoi consacrer sa vie entière à l'argent ? Il en avait déjà plus qu'il ne pouvait en dépenser et avait prouvé qu'il était capable d'en gagner. Harvey commença à questionner le schéma de signification sur lequel il avait fondé son existence. L'une des premières compréhensions à laquelle Harvey arriva en thérapie fut qu'il avait mal centré sa vie, dans la mesure où les biens matériels ne constituaient au mieux qu'un fragile pourvoyeur de sens de vie, qui en l'occurrence ne résistait pas à une exploration approfondie.

Harvey avait atteint brillamment et très tôt son objectif de vie (facteur toujours périlleux dans un schéma de sens de vie non transcendant), ce qui le précipita dans une crise de sens. Parmi les autres événements susceptibles de déclencher ce type de crise figure la confrontation à la mort ou toute expérience à caractère urgent (expérience limite) qui confronte la personne à sa situation existentielle et met en exergue la nature peu substantielle de nombre de systèmes de signification. Certaines perturbations sociales qui déracinent soudain les rites et les traditions de l'ordre social établi contribuent également à éclairer de tous leurs feux certaines valeurs (comme les coutumes sociales de la « société ») : non seulement l'individu cesse d'être récompensé extrinsèquement pour l'adhésion à un rituel mais, plus important, il prend conscience de la relativité absolue des valeurs qu'il considérait autrefois comme des absolus.

Certains patients traversent une crise du sens à la suite d'une psychothérapie. La profonde introspection à laquelle ils se livrent, ainsi que les nouvelles brèches ouvertes par le travail thérapeutique, conduit à un détachement puis à un abandon des anciens schémas compulsifs. Des patients ayant mené la plus grande partie de leur vie au sein du cadre bien établi de schémas fixes et répétitifs sont confrontés à la liberté dont leur compulsivité les avait protégés. Il en va ainsi de Bruce, le patient présentant une compulsion sexuelle dont j'ai évoqué le cas au chapitre 5, qui avait toujours cherché à remplir son temps « libre » par des fantasmes ou des conquêtes sexuelles. Quand, au cours de thérapie qui s'avéra bénéfique, sa compulsion desserra progressivement son emprise sur lui, Bruce traversa une crise de sens. (Non qu'il ait eu à proprement parler un sentiment satisfaisant quant au sens de sa vie ; néanmoins, sa compulsion s'était toujours révélée un puissant antidote à l'absence de sens et à l'*investissement*. Le *contenu* de son investissement compulsif était si limité et restreint que Bruce n'était pas en position de réaliser nombre de ses potentialités d'être humain. Il ne traversa aucune crise de sens consciente, mais en revanche fut en proie à une culpabilité existentielle massive, consécutive à l'absence de réalisation de ce qu'il avait en lui.)

Lorsqu'il se confronta pour la première fois à sa vie sans cette activité compulsive, Bruce eut le sentiment que son existence était creuse, terne, insipide et, surtout, vaine. Une partie non négligeable de la thérapie fut alors consacrée à une exploration de ses objectifs, à la prise de conscience de ce que devaient être les fondements de sa vie.

LA RECHERCHE CLINIQUE

Le test PIL (Purpose in Life). En 1964, James Crumbaugh et Leonard Maholick, deux psychologues fortement influencés par l'œuvre de Viktor Frankl, élaborèrent un instrument psychométrique conçu pour mesurer l'intérêt existentiel[96]. Ce test se compose de vingt items que les sujets doivent évaluer au moyen d'une échelle sur sept[A]. Pour chaque item, le degré 4 est considéré comme « neutre »; différents descriptifs sont proposés pour les degrés 1 et 7. Ainsi, au premier item, « Je suis habituellement… » correspondent le degré 1 « en proie à un profond ennui » et le degré 7 « exubérant, enthousiaste ». Les dix-neuf autres items, accompagnés de leur premier et dernier degré, sont les suivants :

A. À l'origine, ce test comprenait deux sections supplémentaires : une partie consacrée à la réalisation en treize items et une partie de rédaction libre sur les ambitions et les objectifs personnels ; toutefois, seule la première partie fut utilisée dans les recherches ultérieures[97].

2. La vie me semble :	(1) totalement routinière ;	(7) toujours existante.
3. Dans la vie :	(1) je n'ai aucun but ni objectif ;	(7) j'ai des buts et des objectifs très précis.
4. Ma vie personnelle :	(1) est totalement vide de sens, sans but ;	(7) a beaucoup de sens.
5. Mes journées sont :	(1) semblables les unes aux autres ;	(7) toujours différentes et empreintes de nouveauté.
6. Si le choix m'était donné, j'aimerais :	(1) ne jamais être né(e) ;	(7) avoir neuf autres vies comme celle-ci.
7. À la retraite, je :	(1) ne ferai absolument rien le restant de mes jours ;	(7) ferai certaines des choses passionnantes que j'ai toujours désiré faire.
8. En atteignant les buts que je m'étais fixes dans la vie :	(1) je n'ai nullement avancé sur le plan personnel ;	(7) je me suis pleinement réalise.
9. Ma vie :	(1) est vide, remplie seulement de désespoir ;	(7) regorge de choses positives et excitantes.
10. Si je mourais aujourd'hui, j'aurais le sentiment que ma vie :	(1) a été totalement vaine ;	(7) méritait d'être vécue.
11. En songeant à ma vie, je :	(1) me demande souvent pourquoi j'existe ;	(7) trouve toujours une raison à ma présence sur terre.
12. La perception que j'ai du monde par rapport à ma vie est que le monde :	(1) m'apparaît totalement confus ;	(7) s'articule de façon significative avec ma vie.

13. Je suis une personne :	(1) très irresponsable ;	(7) très responsable.
14. En matière de liberté humaine à faire ses propres choix, je crois que l'homme :	(1) est totalement tributaire des limites de l'hérédité et de son environnement ;	(7) est totalement libre dans tous ses choix de vie.
15. En ce qui concerne la mort, je suis :	(1) nullement préparé et totalement terrifié ;	(7) préparé et serein.
16. En ce qui concerne le suicide :	(1) j'y ai songé sérieusement comme manière d'en finir ;	(7) je n'y ai jamais songé.
17. Je considère ma capacité à trouver un sens, une finalité ou une mission dans la vie comme :	(1) quasiment inexistante ;	(7) très développée.
18. Ma vie :	(1) m'échappe complètement et est contrôlée par des facteurs externes ;	(7) est dans mes mains et je la contrôle.
19. Faire face à mes obligations quotidiennes se révèle être :	(1) une expérience pénible et ennuyeuse ;	(7) une source de plaisir et de satisfaction.
20. Je me suis découvert :	(1) aucune mission ni finalité dans la vie ;	(7) des objectifs clairs et une raison de vivre satisfaisante.

Le test PIL a été très largement utilisé ; plus de cinquante thèses de doctorat consacrées au sens de la vie y recourent comme instrument de mesure majeur. Toutefois, avant de présenter ces résultats de recherche, je m'intéresserai dans un premier temps à la validité de cet outil.

Tout d'abord, les items mentionnés dans ce test renvoient à différents concepts. Huit items (items 3, 4, 7, 8, 11, 12, 17, 20) traitent explicitement du sens de la vie (finalité, mission) ; six items (1, 2, 5, 6, 9, 19), de la satisfaction à vivre (la vie est ennuyeuse, routinière, excitante ou douloureuse) ; trois items (13, 14, 18), de la liberté ; un item (15), de la peur de la mort ; un item (16), de l'éventualité du suicide ; enfin, un item (10), de l'intérêt à vivre. À mes yeux, cette confusion conceptuelle soulève de graves interrogations quant à la validité de cet instrument. Bien que, par exemple, la satisfaction à vivre ou l'éventualité du suicide puissent être associées au sens de la vie, elles relèvent néanmoins d'autres états psychologiques, notamment de la dépression. Peu d'informations ont été fournies par les auteurs du test sur la méthodologie de sélection des items ou sur les performances individuelles de ces items. À la lumière de ces biais sérieux, un critique suggéra que l'item unique « Considérez-vous que votre vie a un sens ? » pourrait être aussi valide que le test dans son intégralité[98].

Par ailleurs, le test PIL n'est manifestement pas exempt de désirabilité sociale (coefficient de corrélation de 0,57 atteint sur l'échelle psychométrique de Marlowe-Crowne de mesure de la désirabilité sociable)[99]. Comme certains critiques[100] l'ont souligné, le test PIL reflète certaines valeurs : ainsi, il établit une équivalence entre acceptation de la responsabilité et sentiment positif d'un sens de la vie. Bien qu'il s'agisse d'une hypothèse intéressante, il n'existe aucune preuve de ce type de relation entre responsabilité et sens.

Charles Garfield fit passer le test PIL à des sujets issus de différentes sous-cultures (habitants de ghettos, ingénieurs, étudiants en psychologie et en théologie, membres de communautés), puis conduisit des entretiens avec des sujets ayant réalisé des scores élevés, bas et moyens afin de déterminer le sens de chacun des items pour eux[101]. Selon, pour une part, leur culture, les sujets interprétèrent les items sur un mode idiosyncrasique très prononcé. Ainsi, pour l'item 9 (« ma vie : [1] est vide, remplie seulement de désespoir ; [7] regorge de choses positives et excitantes »), les habitants des ghettos songèrent à des estomacs vides ; les membres de communautés associèrent « vide » à la perte de son moi dans la méditation ; les ingénieurs, à la morosité ; enfin, les étudiants en psychologie interprétèrent « excitantes » non comme une chose positive, mais l'associèrent à l'agitation et à l'activité nerveuse. D'autres divergences dans les réponses soulignent non seulement que la formulation des items est ambiguë, mais aussi que ce test est très orienté quant aux valeurs qu'il véhicule et se fonde sur des hypothèses correspondant à une éthique protestante du travail et son importance accordée aux objectifs en matière de décisions comportementales, à l'orientation vers l'avenir, à l'activité sur la passivité, ainsi qu'à une perception positive de hauts niveaux de stimulation.

Aucune réponse satisfaisante n'a jamais été apportée, par les chercheurs recourant au test PIL, à ces critiques substantielles, voire rédhibitoires, qui suscitent dès lors de fortes interrogations quant à la fiabilité de ce test. Néanmoins, ce test est le seul disponible, le seul qui plus est à avoir été largement utilisé pour étudier l'absence de sens de façon systématique. Ces réserves à l'esprit, examinons maintenant certains résultats de recherches réalisées sur la base de ce test.

Tout d'abord, plusieurs études de validité ont signalé que les résultats du test présentent un niveau de corrélation satisfaisant avec les évaluations des thérapeutes de leurs patients (corrélation de 0,38), ainsi qu'avec les évaluations formulées par des prêtres de leurs paroissiens (0,47)[102]. Dans l'ensemble, les patients réalisent un score PIL inférieur à celui des autres individus (bien que certaines études soient équivoques : l'une d'elles, en effet, fait état d'une très faible différence de résultats entre les patients psychiatriques nécessiteux (score de 108) et les étudiants de premier cycle (score de 106)[A103]. Par ailleurs, le test PIL semble mesurer une variable de personnalité indépendante : aucune corrélation forte n'existe avec les autres échelles disponibles (à l'exception de l'échelle de dépression du MMPI[104], d'une corrélation modérée avec l'échelle d'anomie de Srole et, comme signalé précédemment, de l'échelle de désirabilité sociale).

A. Notez que les items à évaluer étaient au nombre de 20, sur une échelle de 1 à 7. Le score maximal s'élève donc à 140 ; le score minimal, à 20.

Le test PIL a été employé dans de nombreux contextes cliniques sur différentes populations. Les résultats font état de scores PIL faibles chez les adolescents délinquants[105] et les lycéens[106] abusant de la drogue. En outre, les patients hospitalisés pour alcoolisme chronique et troubles psychotiques présentent également des scores PIL inférieurs à ceux des patients névrosés non hospitalisés[107]. La moyenne des patients hospitalisés comme celle des patients non hospitalisés est considérablement plus faible que celle d'un échantillon de la population non suivie sur le plan thérapeutique[108]. Les résultats des études font également état de scores très bas chez les individus alcooliques[109]. Une autre étude, quant à elle, indique des scores faibles à normaux chez les patients alcooliques hospitalisés, mais démontre une augmentation significative de ces scores au bout d'un mois de traitement[110]. Une étude portant sur des patients d'un service de consultation externe d'une clinique britannique démontra que les patients les plus névrosés et les plus introvertis sur le plan social (selon l'évaluation du questionnaire de personnalité de Eysenck) réalisaient des scores PIL faibles[111]. Une étude portant sur l'ajustement sexuel d'étudiants normaux de premier cycle indiqua que les étudiants les plus frustrés et les moins ajustés sexuellement présentaient des scores PIL faibles[112]. Une autre étude comparative, réalisée sur des patients présentant des troubles physiques, fit état d'une découverte intéressante : les patients dont l'état était très critique présentaient des scores PIL plus élevés que les patients atteints de maladies moins graves et que les individus en bonne santé[113]. Les chercheurs émirent l'hypothèse que ces résultats indiquaient que l'approche de la mort incitait les patients dont l'état était critique à régler les choses, à « travailler » leurs doutes et à parvenir à une forme de paix intérieure.

La relation entre les attitudes sociales et religieuses et les valeurs (RVS, Rokeach Value Survey) a fait l'objet de nombreuses études. Des corrélations ont été démontrées entre des scores PIL faibles et une grande importance accordée à l'hédonisme, l'excitation et le confort[114], tout comme entre des scores PIL élevés et de fortes croyances religieuses qui jouent un rôle central dans la vie des personnes intérrogées[115]. (Toutefois, une autre étude ne parvint pas à reproduire ces résultats[116].) Une autre étude fait état, quant à elle, d'une forte corrélation entre des scores PIL élevés et le conservatisme, l'anti-hédonisme, les valeurs religieuses et puritaines, ainsi que l'idéalisme[117]. Les religieuses dominicaines qui sont admises dans cet ordre réalisent des scores PIL plus élevés que leurs coreligionnaires qui n'y sont pas admises[118]. Enfin, deux études démontrent qu'une perception aiguë d'un sens de la vie est associée à une faible angoisse de mort[119].

J'ai traité précédemment de la façon dont l'investissement dans un groupe ou une cause pouvait accroître le sentiment personnel de sens de la vie. Plusieurs études se sont intéressées à ce concept et font état d'une corrélation entre score PIL élevé et investissement dans des groupes organisés (religieux, ethniques, politiques ou communautaires)[120], dans le sport ou des loisirs[121]. (Une étude ne révèle toutefois aucune corrélation entre activisme social [mouvements de droits civiques] et PIL[122]. Peut-il s'agir d'une conséquence de la présence de certains « croisés » de Maddi ?) Une étude australienne fait état d'une corrélation entre score PIL élevé et vision du monde positive, orientation vers des buts et objectifs autotranscendants (c'est-à-dire des intérêts allant au-delà du bien-être matériel et mental de la personne)[123]. Une autre recherche signale que des étudiants présentant des scores PIL élevés ont plus de probabilités d'avoir effectué des choix professionnels que ceux présentant des scores PIL faibles[124]. Toutefois, une étude portant sur des cadres et des infirmières ne démontre aucune relation entre scores PIL et attitudes ou motivations professionnelles[125].

Enfin, des recherches font état de scores PIL plus faibles chez les habitants de ghettos, les Noirs[126] et les Mexicains-Américains[127]. D'autres recherches indiquent des résultats contradictoires entre PIL et classe socio-économique[128], ainsi qu'entre hommes et femmes, les hommes présentant généralement des scores PIL plus élevés[129].

Le test LRI (Life Regard Index). Avant d'étudier les implications de ces recherches, je souhaiterais m'intéresser à un autre instrument de mesure destiné à l'étude du sens de la vie. Le LRI (Life Regard Index), développé par John Battista et Richard Almond, s'avère, sur le plan conceptuel, plus sophistiqué que le test PIL, mais n'a malheureusement été que peu employé[130]. Ce test établit une distinction entre des items renvoyant à un cadre de référence (comme « J'ai une idée précise de ce que j'aimerais faire de ma vie ») et ceux relevant de l'accomplissement personnel (tels que « J'ai le sentiment de vivre pleinement »). Les auteurs font l'hypothèse que les deux composantes – cadre de référence et sentiment d'accomplissement dans ce cadre – sont nécessaires au sentiment de sens de la vie. Cet outil fut validé par des entretiens, présente une forte corrélation avec le test PIL et est probablement exempt des effets néfastes de désirabilité sociale. Il explore la relation entre estime de soi et conception de la vie (sens de la vie). Les auteurs parvinrent à la conclusion qu'un niveau satisfaisant d'estime de soi est nécessaire mais non suffisant pour l'établissement d'un sentiment acquis de sens de la vie ; en d'autres termes, il est possible pour un individu ayant une haute estime de soi d'avoir un faible sentiment de sens de la vie, mais pas pour un individu avec une faible estime de soi d'avoir un sentiment solide de sens de la vie. Comme le suggère Erik Erikson, l'établissement d'un sentiment de valeur et d'identité personnelle est nécessaire au développement d'un sentiment satisfaisant de sens de la vie.

Ces recherches suggèrent que le sentiment de sens de la vie dépend d'une forme d'adéquation entre les objectifs et les valeurs personnels et les rôles et les besoins de la structure sociale dont l'individu fait partie intégrante. Enfin, les auteurs démontrèrent que le sentiment de sens de la vie est plus fort si l'individu acquiert la perception de s'approcher à une vitesse satisfaisante des buts qu'il s'est fixés dans la vie.

Résultats de recherches – récapitulatif. Les recherches empiriques réalisées sur le sens de la vie corroborent les éléments suivants :

1. Un sentiment défaillant de sens de la vie est associé à de la psychopathologie dans un sens globalement linéaire : en d'autres termes, moins le sentiment de sens de la vie est développé, plus les expressions psychopathologiques sont sérieuses.
2. Un sentiment positif de sens de la vie est associé à des croyances religieuses très fortes.
3. Un sentiment positif de sens de la vie est associé à des valeurs autotranscendantes.
4. Un sentiment positif de sens de la vie est associé à l'appartenance à des groupes, au dévouement à une cause et à l'adoption d'objectifs de vie clairs.
5. Le sens de la vie doit être appréhendé dans une perspective développementale : le sens de la vie change au cours de la vie ; d'autres tâches développementales doivent précéder l'acquisition de ce sens.

Petit avertissement sur la formulation de ces conclusions, dans lesquelles l'expression « est associé à » est récurrente. Prenons l'exemple de la première conclusion, indiquant qu'un sentiment faible de sens de la vie est « associé à » des manifestations psychopathologiques. Cette conclusion, toutefois, ne signifie pas qu'il existe des éléments prouvant que l'absence de sens *entraîne* des manifestations psychopathologiques. Toutes ces recherches sont de nature corrélative : elles démontrent simplement qu'un sentiment moindre de sens de la vie et des manifestations psychopathologies se rencontrent ensemble.

Au vue de ces recherches, il serait également possible d'émettre l'hypothèse qu'un sentiment moindre de sens de la vie constitue une fonction – c'est-à-dire un symptôme – de pathologie. D'ailleurs, une de ces recherches indique que, chez les patients déprimés, le sentiment de sens de la vie augmente considérablement par une thérapie par électrochocs[131] !

11

Absence de sens et psychothérapie

Dans le chapitre précédent, j'ai traité de l'absence de sens tel qu'il est généralement présenté. Le sens de la vie constitue un concept psychologique qui *prima facie* touche profondément chacun de nous. J'ai employé ce concept dans son acception générale, étudié les activités humaines susceptibles de conférer un sens à la vie, avant de décrire les manifestations cliniques de l'état phénoménologique d'absence de sens.

Je vais maintenant m'attacher au problème immédiat et quotidien auquel les thérapeutes sont confrontés dans le suivi de patients affirmant ne pas avoir de raison de vivre. Un thérapeute qui accepte telle quelle la formulation du problème par son patient risque assez vite d'éprouver le même sentiment de blocage que son patient, dans la mesure où le patient fait résonner chez lui cette même quête, inachevée. Comment est-il possible, se demande alors le thérapeute, de résoudre pour un autre ce qu'on n'a pas soi-même résolu ? Le thérapeute peut, dès lors, en conclure que le problème est insoluble et trouver une façon de le contourner en thérapie.

Pour éviter cette séquence d'événements non thérapeutique, le thérapeute doit commencer par *ne pas accepter* telle quelle la formulation par le patient de ce problème. Il doit au contraire examiner avec la plus grande rigueur la plainte formulée que « la vie n'a pas de sens ». En effet, l'analyse des fondements de cette plainte, c'est-à-dire la signification de la question « Quel sens la vie a-t-elle ? » nous apprend que cette question, posée telle quelle, est le plus souvent de nature primitive et non exempte de biais.

D'une part, en effet, posée telle quelle la question suppose qu'il existe un sens de la vie que ce patient est incapable de trouver. Elle s'oppose à la conception existentielle de l'être humain comme d'un sujet pourvoyeur de sens. Il n'existe aucun dessein préexistant, aucune finalité « là dehors ». Comment pourrait-il y en avoir une alors que chacun de nous constituons notre « là dehors » ?

Un autre problème majeur inhérent aux questions relatives au sens de la vie est qu'elles sont souvent saturées d'autres enjeux innombrables. Lorsque ces enjeux sont examinés puis écartés, la crise de sens que traverse le patient s'allège généralement et devient plus gérable. Je vais donc m'employer à affiner la question clinique du sens de la vie en appréhendant tout d'abord le besoin de sens chez l'être humain, puis en m'attachant aux différents enjeux qui viennent souvent obscurcir cette question du sens.

LE BESOIN HUMAIN DE SENS

Des décennies de recherche empirique ont établi que notre organisation perceptuelle neuropsychologique est telle que nous élaborons instantanément des schémas d'organisation des stimuli aléatoires que nous recevons. Le mouvement de gestalt-psychologie fondé par Wolfgang Kohler, Max Wertheimer et Kurt Koffka a réalisé des recherches considérables sur la perception et la motivation qui démontrent que nous organisons les stimuli moléculaires tout autant que les données comportementales et psychologiques en gestalt, c'est-à-dire en configurations ou schémas. Ainsi, lorsque nous percevons des points aléatoires sur un papier peint, nous les organisons en figure et fond ; lorsque nous voyons un cercle non terminé, nous le percevons automatiquement comme fermé ; lorsque nous percevons des données comportementales – un bruit étrange la nuit, par exemple, une mimique inhabituelle, un événement international dénué de sens – nous y attribuons un sens en l'intégrant à un cadre de référence explicatif qui nous est familier. Lorsque nous ne parvenons pas à organiser de la sorte des stimuli ou des situations, nous éprouvons de la tension, de l'agacement et du mécontentement. Cette dysphorie perdure jusqu'à ce qu'une compréhension totale nous permette d'intégrer cette situation à un cadre plus large et identifiable.

Les implications de ces tendances à l'attribution de sens sont évidentes. Nous appréhendons notre situation existentielle de la même manière que nous faisons face et organisons des stimuli et des événements aléatoires de notre quotidien. Nous éprouvons de la dysphorie face à un monde indifférent que nous ne parvenons pas à identifier ; nous recherchons alors des schémas, des explications, ainsi que le sens de notre existence.

Lorsque nous ne sommes pas en mesure de trouver de schéma cohérent, nous éprouvons de l'agacement et du mécontentement, mais aussi de la vulnérabilité. Le sens, lorsque nous le trouvons, confère toujours un sentiment de maîtrise. Un schéma signifiant, quand bien même impliquant l'idée que nous sommes faibles, vulnérables ou remplaçables, est toujours plus réconfortant que l'état d'ignorance.

De toute évidence, nous aspirons au sens et sommes mal à l'aise en son absence. Chacun de nous se découvre une finalité et s'y accroche de façon désespérée. Pourtant, cette finalité que nous créons ne nous soulage pas efficacement de notre malaise si nous continuons de nous souvenir que nous en sommes l'instigateur (Frankl comparait la croyance en des raisons de vivre construites ou « inventées » à l'ascension d'une corde de fakir jetée en l'air.) Il est bien plus réconfortant de croire que le sens est « là dehors » et que nous n'avons fait que le découvrir. Viktor Frankl souligne que « le sens est ce qui est signifié par une situation qui implique une question et appelle une réponse. (...) Il n'existe qu'une seule solution à chaque problème, la bonne, de même qu'il n'existe qu'un sens à chaque solution, qui constitue son sens véritable[1] ». Il s'oppose à la conception sartrienne selon laquelle l'un des poids de la liberté est d'avoir à inventer du sens. Dans la même contribution, il affirme : « Le sens doit être trouvé ; il n'est pas donné. Nous ne pouvons pas l'inventer, mais nous devons le découvrir[2]. » Les fondements de la position de Frankl sont religieux et reposent sur l'hypothèse qu'il existe un Dieu, auteur d'un sens prédestiné que chacun de nous doit découvrir et accomplir. Bien que nous ne soyons pas en mesure d'appréhender ce sens dans sa totalité, Frankl insiste sur le fait que nous devons accepter, sur notre foi, qu'il existe un schéma cohérent explicatif de la vie et une finalité à la souffrance de l'homme. Tout comme l'animal de laboratoire n'est pas capable de comprendre la souffrance qu'on lui inflige, les êtres humains ne sont pas en mesure de découvrir le sens parce qu'il se trouve dans une dimension qui est au-delà de leur compréhension. Les fondements de cette position sont-ils pour autant défendables ? Après tout, si Dieu existe, pourquoi penser nécessairement qu'il aurait un dessein pour la vie et, surtout, un dessein pour chacun d'entre nous ? N'oublions pas que c'est l'homme, et non Dieu, qui est obnubilé par la question du sens.

Sens de la vie et valeurs

Dès lors, l'une des vocations du sens est d'adoucir l'angoisse : il a pour fonction de soulager de l'angoisse inhérente à la confrontation à une vie et un monde dépourvus de structure réconfortante prédestinée. Il existe toutefois une autre raison à notre besoin vital de sens. L'acquisition d'un sentiment de sens s'accompagne chez l'individu de *valeurs*, qui, à leur tour, agissent en synergie pour accroître ce sentiment de finalité.

Qu'appelle-t-on « valeurs » et pourquoi en avons-nous besoin ? Tolstoï, lors de la crise de sens qu'il traversa, ne s'interrogea pas uniquement sur les « Pourquoi ? » (« Pourquoi est-ce que je vis ? »), mais aussi sur les « Comment ? » (« Comment devrais-je vivre ? », « Sur quoi fonder ma vie ? »), questions qui toutes exprimaient le besoin de valeurs, c'est-à-dire d'un ensemble d'orientations ou de principes qui lui dicteraient sa vie.

Une définition anthropologique standard qualifie une « valeur » de : « *conception, explicite ou implicite chez un individu ou un groupe de ce qui est "désirable" et qui influence le choix de modes, moyens et finalités d'actions disponibles*[3]. » (Italique ajouté par mes soins.) En d'autres termes, les valeurs constituent un code sur la base duquel il est possible d'établir un système d'actions. Elles nous permettent d'organiser des modes comportementaux possibles au sein d'une hiérarchie d'approbation-désapprobation.

Par exemple, si le schéma de sens d'une personne accorde une grande importance à l'aide envers autrui, il est alors relativement simple pour cette personne de déterminer des orientations ou des valeurs lui permettant d'affirmer « ce comportement est bon et celui-ci est mauvais ». J'ai souligné dans les chapitres précédents que l'individu se constitue grâce à des décisions constantes. Mais l'individu ne peut prendre telle ou telle décision *de novo* tout au long de sa vie ; en d'autres termes, certaines métadécisions doivent être prises qui servent de principe organisateur pour les décisions ultérieures. Si ce n'était pas le cas, une grande partie de la vie serait consacrée aux affres de la prise de décision.

Non seulement les valeurs fournissent à l'individu un cadre d'action personnelle, mais elles lui permettent également d'exister à l'intérieur de groupes. Comme le souligne Clyde Kluckhom, « la vie sociale serait impossible sans elles. (...) Les valeurs confèrent à la vie sociale un élément de prévisibilité[4] ». Les individus appartenant à une même culture partagent certaines conceptions de ce « qui est », à partir desquelles elles élaborent un système de croyances commun de « ce qui doit être fait ». Les normes sociales émergent d'un schéma de signification faisant consensus dans le groupe et confèrent la prévisibilité nécessaire à la confiance et à la cohésion sociales. Un système de croyances partagé ne dit pas uniquement aux individus ce qu'ils doivent faire, mais aussi ce que, vraisemblablement, ils vont faire.

Sens de la vie et enjeux ultimes

Notre besoin de cadres de référence perceptuels globaux et d'un système de valeurs sur lequel fonder nos actions constitue la raison « pure » de notre quête de sens de la vie. Pourtant, en règle générale, la question du sens se voit parasitée par d'autres enjeux qui brouillent la donne.

Revenons un court instant à Tolstoï, qui s'interrogeait souvent : « Est-il dans ma vie un sens qui ne soit détruit par l'inévitable mort qui m'attend[5] ? » « N'est-il pas absurde de travailler à quelque chose qui, quels que soient tes efforts, ne sera jamais achevé[6] ? » Ces interrogations ne concernent pas à proprement parler le sens, mais renvoient à des enjeux de métasens et notamment celui du caractère transitoire de la vie : laisserons-nous quelque chose de durable derrière nous ? Disparaissons-nous sans laisser de trace et, si tel est le cas, comment notre vie peut-elle avoir une quelconque importance ? Tout est-il vain, si, comme le déplorait Bertrand Russell, « tous les labeurs des siècles, toute la dévotion, toute l'inspiration, tout le génie humain à son apogée sont voués à l'extinction par la mort démesurée du système solaire, et si tout le temple de l'accomplissement humain est inévitablement enseveli sous les vestiges d'un univers en ruine[7] ? »

Ernest Becker avance de manière convaincante que la « prospérité » (c'est-à-dire « la poursuite de l'expérience ») constitue notre « ambition personnelle » et la mort notre pire ennemi. Les êtres humains s'évertuent à transcender la mort, non seulement des multiples manières évoquées dans la première partie de cet ouvrage, mais aussi en « comptant », en ayant une importance ou en laissant quelque chose d'eux-mêmes après eux :

> « L'homme transcende la mort non seulement en continuant à nourrir ses appétits [c'est-à-dire, par des visions simplistes d'un paradis bienheureux], *mais surtout en trouvant un sens à sa vie*, sorte de schéma plus large dans lequel il s'intègre. (…) C'est une expression de la volonté de vivre, du désir brûlant de l'être de compter, de faire une différence sur la planète parce qu'il a existé, y est né, y a travaillé, souffert et y est mort[8]. » (Italique ajouté par mes soins.)

Becker soutiendrait dès lors que le désir de laisser quelque chose derrière soi, de faire une différence, constitue l'expression d'une tentative de transcender la mort. Le sens, appréhendé comme le sentiment que sa propre vie a fait une différence, que l'on a compté, qu'on laisse une partie de soi à la postérité, semble découler du désir de ne pas périr. Lorsque Tolstoï déplorait qu'il n'y eût aucun sens à sa vie qui ne serait détruit par la mort inévitable qui l'attendait, il n'affirmait pas que la mort détruisait le sens, mais qu'il n'était pas parvenu à trouver de sens susceptible de détruire la mort.

Nous aussi, nous posons presque automatiquement cette interdépendance totale entre mort et sens. Si tout doit périr, alors quel sens peut avoir la vie ? Si notre système solaire finit par exploser, pourquoi lutter pour quoi que ce soit ? Bien que la mort ajoute une dimension au sens, sens et mort ne se confondent pas pour autant. Si nous pouvions vivre éternellement, nous ne nous poserions pas moins la question du sens. Et si les expériences étaient bel et bien stockées en mémoire puis finissaient par s'évanouir ? Quelle pertinence cela a-t-il pour le sens ? Il en est ainsi de la nature des expériences. Comment pourrait-il en être autrement ? Les expériences sont temporelles et nous n'existons pas en dehors du temps. Lorsque les expériences sont terminées, elles appartiennent bel et bien au passé et nous ne pouvons rien y faire. Le passé s'évanouit-il ? Est-il vrai, comme l'affirmait Schopenhauer, que « les choses qui ont été existent aussi peu que si elles n'avaient jamais été » ? La mémoire n'est-elle pas « réelle » ? Frankl soutient que le passé n'est pas seulement réel, mais qu'il est permanent. Il est désolé pour le pessimiste en proie au désespoir à la vue de son éphéméride, qui jour après jour s'effeuille, et admire l'homme qui conserve chacune des feuilles et songe avec bonheur à la richesse des expériences accumulées au fil des jours. Ces personnes, « au lieu de possibilités futures, (...) possèdent des réalités passées[9] ».

Nous avons affaire à des jugements de valeur, non à des faits. La proposition selon laquelle rien n'est important à moins qu'il dure éternellement ou débouche sur autre chose qui perdurera pour l'éternité ne constitue pas une vérité objective. *Nul doute qu'il existe des finalités qui s'achèvent*, sans qu'il soit pour autant nécessaire de recourir à une suite infinie de justifications extérieures à nous-mêmes. Comme le déclarait David Hume au XVIIIe siècle : « Il est impossible qu'il y ait un progrès à l'infini et qu'une chose soit toujours la raison pour laquelle une autre est désirée. *Il faut qu'une chose soit désirable pour son propre compte* et par sa conformité et sa convenance avec les sentiments et les affections humaines[10]. » (Italique ajouté par mes soins.) Si rien ne se terminait en soi, si tout devait être justifié par un élément extérieur, qui à son tour devait être tout aussi justifié, le retour en arrière serait infini : la chaîne de la justification ne se terminerait jamais.

Outre l'angoisse de mort, l'absence de sens cache souvent d'autres formes d'angoisse, comme celles provenant de la conscience de la liberté et de l'isolement. Appréhender l'existence comme élément de quelque dessein gigantesque existant « là dehors » et dans lequel chacun a un rôle est une façon de nier sa liberté et sa responsabilité dans la création de sa vie personnelle et une façon d'éviter l'angoisse de l'absence de sens. La peur de la solitude absolue nous lance aussi dans une quête d'identification à quelque chose ou quelqu'un. Faire partie d'un groupe ou se consacrer à un mouvement ou à une cause constituent des moyens efficaces de nier l'isolement.

Le sens de la vie : un artefact culturel ?

Outre le fait qu'elle soit brouillée par les enjeux ultimes de la mort, de la liberté et de l'isolement, la question du sens de la vie s'avère également extraordinairement complexe à appréhender en dehors des biais culturels. Un dessin humoristique que j'ai vu une fois illustre bien le problème. Ce dessin représente un troupeau de touristes américains fervents venus écouter les paroles d'un saint homme tibétain barbu au sommet d'une montagne escarpée. La légende était la suivante : « Le sens de la vie ? Si je le savais, je serais riche ! »

Le biais culturel illustré par ce dessin humoristique est aussi celui influençant les idées d'un psychiatre de premier plan, qui, sur le sens de la vie, affirmait avec une grande certitude :

> « Aucun être humain ne peut toujours accomplir, toujours créer. Aucun être humain ne peut réussir sans cesse dans toutes ses entreprises. Mais aller dans la bonne direction, ne pas avoir accompli, mais s'efforcer d'accomplir, ne pas arriver à l'auberge,

> mais se diriger vers l'auberge, ne pas se reposer sur ses lauriers, mais s'efforcer de récolter ces lauriers, utiliser ses talents de la façon la plus constructive, productive et créative possible : il s'agit peut-être là du principal sens de la vie et de la seule réponse possible à la névrose existentielle qui paralyse les efforts humains et mutile les esprits[11]. »

Cette même conviction se retrouve chez Frankl lorsqu'il décrit la « réalisation » ou l'« accomplissement » comme une catégorie de sens de la vie « assez évidente[12] ».

Mais l'est-elle véritablement ? Les aspirations, les créations, les accomplissements, les progrès appartiennent-ils à l'existence, aux couches les plus profondes de la motivation humaine ? Sans le moindre doute, la réponse est « non ». À certaines époques, dans notre propre culture, les aspirations et les objectifs ne comptaient nullement parmi les modes acceptés pourvoyeurs de sens de la vie. Un cadran solaire antique comporte l'inscription suivante : *Horas non numero nisi serena* (« Les heures ne comptent pas si elles ne sont pas sereines »). Fromm constate que l'ambition dévorante des hommes pour la gloire et la réussite s'est généralisée à partir de la Renaissance et était étrangère aux hommes du Moyen Âge. Par ailleurs, dans les pays d'Europe du Nord, l'aspiration obsessionnelle des hommes pour le travail ne fit pas son apparition avant le XVIe siècle[13]. La croyance dans le « progrès », croyance selon laquelle la civilisation avance inexorablement dans une direction souhaitable est également relativement récente et ne prit forme qu'à la fin du XVIIe siècle.

D'autres cultures contemporaines s'opposent non seulement à cette conception du sens de la vie comme réalisation, mais aussi au concept même de « sens de la vie ». L'un des plus brillants porte-parole de cette conception alternative est le maître zen D. T. Suzuki. Dans un essai extraordinairement lumineux[14], Suzuki illustre deux postures de vie opposées par le biais de deux poèmes. Le premier est un haïku du XVIIe siècle attribué à Basho :

« Quand je regarde soigneusement,
Je vois le nazuma en fleur
Près de la haie ! »

Le second est de Tennyson :

« Fleur dans le mur fissuré,
Je te cueille du milieu des fissures ;
Te tiens ici, racines et totalité, dans ma main.
Petite fleur – Mais si je pouvais comprendre
Ce que tu es, racines et totalité, et tout en tout
Je saurais ce qu'est Dieu et ce qu'est l'homme[A]. »

Dans le premier, Basho observe simplement une nazuma (une fleur commune, quelconque) qui fleurit près de la haie. Ce haïku évoque (bien que sa subtilité, souligne Suzuki, ne soit pas rendue par la traduction)

A. Pour les deux poèmes, traduction anonyme. *(N.d.T.)*

une relation tendre, proche, humble et harmonieuse avec la nature. Basho est serein ; ses sentiments sont rendus par les deux dernières syllabes (dénommées « Kana » en japonais et rendues de façon appropriée par un point d'exclamation).

Tennyson, quant à lui, se montre éloquent et plus actif. Il cueille la fleur, l'arrache à la nature « racines et totalité » (ce qui implique que la plante va mourir) et l'observe soigneusement (comme s'il s'apprêtait à la disséquer). Tennyson tente d'analyser et de comprendre la fleur ; il prend une posture scientifique et objective. Il utilise la fleur pour accéder à une autre connaissance. Il transforme la rencontre avec la fleur en connaissance et, en dernier recours, en pouvoir.

Suzuki suggère que ce contraste illustre bien la différence existant entre les attitudes orientales et occidentales vis-à-vis de la nature et, par voie de conséquence, envers la vie. L'Occidental fait preuve d'un esprit analytique et objectif ; il tente de comprendre la nature en la disséquant, en la soumettant et en l'exploitant. L'Oriental, quant à lui, se montre subjectif, intégratif, global ; il s'évertue non à analyser et maîtriser la nature, mais à en faire l'expérience et à être en harmonie avec elle. Il s'agit donc d'un contraste entre un mode recherche-action et un mode harmonisation-union, contraste souvent appréhendé par les termes « faire » par opposition à « être ».

Si nous délaissons un court instant nos enveloppes contemporaines pour nous intéresser au passé, nous constatons rapidement que notre posture envers la « finalité » a subi une évolution progressive. Les premiers chrétiens prisaient la contemplation plus que tout. Souvenons-nous des paroles du Christ : « Regardez les oiseaux du ciel : ils ne sèment ni ne moissonnent, et ils n'amassent rien dans des greniers ; et votre Père céleste les nourrit[15]. » Ou : « Considérez comment croissent les lis : ils ne travaillent ni ne filent[16]. » Les premiers chrétiens considèrent le travail et la richesse non comme des objectifs à poursuivre, mais comme des entraves, qui encombrent l'esprit de préoccupations et dévorent le temps qui devait être consacré au service de Dieu. Dans les premiers monastères, les frères lais réalisent les travaux manuels, l'expression artistique (enluminure de manuscrits) était davantage prisée, la contemplation, quant à elle, étant considérée comme l'entreprise la plus sainte. Les sculptures visibles sur les façades des cathédrales romanes reflètent bien cette hiérarchie des tâches.

À la fin du Moyen Âge, une nouvelle aspiration apparaît : il convient désormais de connaître les lois de la nature et de maîtriser activement le monde physique, aspiration que l'on retrouve également, au XIIIe siècle, dans les écrits astrologiques avec des variations autour de la notion que « l'homme sage dominera les étoiles ». Les hommes de la Renaissance assument, quant à eux, une posture résolument active face au monde qui les entoure. Pour des hommes comme Leonard De Vinci, Giordano Bruno, Benvenuto Cellini, le monde existe afin d'être transformé ; ils extirpent la notion de travail (et de savoir-faire) des oubliettes dans lesquelles elle était tombée.

Au XVIe siècle, Jean Calvin élabore un système théologique qui, depuis, a fortement influencé les attitudes occidentales sur la question du sens de la vie. Calvin pose le principe de la prédestination : les hommes sont prédestinés, par la grâce de Dieu, à être soit élus, soit damnés. Les élus, intuitivement, savent qu'ils ont été choisis et, par la volonté de Dieu, se doivent de participer activement aux affaires du monde. Selon Calvin, la réussite et la richesse constituent donc des signes terrestres de la prédestination des hommes ; la pauvreté et l'indigence, des signes de la damnation.

La tradition puritaine, influencée par Calvin, et de laquelle nous ne sommes pas encore totalement émancipés, valorise le sacrifice, le travail assidu, l'ambition et la position sociale. Le travail est une occupation pieuse ; l'oisiveté est mère de tous les vices. Chaque nation est une barque ; chaque individu, un membre de l'équipage, un rameur[17]. L'individu peut soit ramer, soit être un poids mort pour les autres, un parasite. Cette éthique fonctionna à merveille dans un pays jeune comme les États-Unis, où elle contribua à la vitalité et au développement économique de la nation. Toutefois, pour des générations d'individus qui, d'une façon ou d'une autre, ne se sentaient pas à la hauteur, elle prépara le terrain à des sentiments de culpabilité et d'inutilité.

Le monde occidental a donc insidieusement adopté la conception selon laquelle il existe une raison d'être, une finalité à toutes les entreprises individuelles. Nous nous fixons des objectifs. Nos efforts doivent avoir un terme quelconque, tout comme un sermon a une morale, une conclusion satisfaisante. Tout est préparation à autre chose. William Butler Yeats déplorait : « (...) quand je pense à tous les livres que j'ai lus, et à toutes les sages paroles que j'ai entendu prononcer, et à l'anxiété que j'ai donnée à mes parents et à mes grands-parents, et aux espoirs que je nourris, toute vie pesée dans les balances de ma propre vie m'apparaît comme une préparation à quelque chose qui ne vient jamais[18]. »

L'esthétique nous offre un lexique utile pour l'approche de la vision du monde occidentale, avec, dans une composition musicale, la distinction entre des passages d'« introduction » (ou de « préparation ») et l'exposition (ou « développement ») du thème[19]. Dans le monde occidental, les activités humaines sont appréhendées sur un mode similaire : le passé et le présent constituent une préparation à ce qui doit suivre. Mais quelle est donc cette chose attendue ? Si nous ne croyons pas en un système intégrant l'immortalité, nous avons alors l'impression que la vie n'est que préparation sans exposition, d'où découlent ensuite les sentiments d'absence de sens.

Toutefois, l'art n'est pas la vie. L'art est en mesure d'équilibrer la « préparation » et l'« exposition » sur un mode que la vie n'est pas en mesure d'offrir. La croyance que la vie, en absence de finalité, est inachevée n'est pas tant un fait tragique de l'existence qu'un mythe occidental, un artefact culturel. Le monde oriental n'a jamais partagé la conception selon laquelle la vie avait un sens ou qu'il s'agissait d'un problème à résoudre : la vie est un mystère à vivre, comme l'énonce le sage indien Bhagwan Shree Rajneesh : « L'existence n'a pas de but. Elle est pur voyage. Le voyage de la vie est si merveilleux, pourquoi donc se soucier de sa destination[20] ? » La vie est, simplement, tout comme nous, simplement, y sommes plongés. La vie n'a besoin d'aucune raison pour être.

STRATÉGIES PSYCHOTHÉRAPIQUES

J'ai débuté ce chapitre en mentionnant que la première étape, importante, pour le thérapeute consistait à reformuler la plainte d'absence de sens de son patient, afin de découvrir la présence d'enjeux « parasites ». Le ressenti d'absence de sens peut faire office de « doublure » à l'angoisse associée à la mort, à l'absence de fondement et à l'isolement ; le thérapeute aura tout intérêt à analyser et appréhender ces enjeux selon les axes présentés dans les chapitres précédents de ce livre. L'équation postulant que, puisque la vie n'a pas de finalité claire, ce n'est pas la peine de vivre, se fonde sur des hypothèses culturelles et arbitraires.

Quelles sont les autres bases d'intervention possibles pour le thérapeute ? Avant d'explorer les écrits consacrés aux approches cliniques de l'absence de sens, il convient de noter que ce corpus est extrêmement maigre, voire muet, à l'exception de quelques contributions éparses présentant des techniques fondées sur l'exhortation ou les quelques techniques superficielles proposées par Frankl.

Comment expliquer une telle pauvreté ? Tout d'abord, l'absence de sens est très souvent un enjeu composite ou dérivé (plus que primaire), de sorte que des techniques d'intervention ont peut-être été élaborées et présentées dans d'autres contextes. Par ailleurs, l'absence de sens constitue peut-être un enjeu si déroutant qu'elle défie l'élaboration de toute technique efficace. Dès lors, les thérapeutes ont peut-être appris à filtrer cet enjeu et à identifier uniquement les problématiques auxquelles ils sont en mesure d'apporter une réponse. Situation décourageante s'il en est, mais aussi opportunité pour tous les cliniciens en quête d'un thème de recherche clinique. Ce chapitre a pour ambition de regrouper une large palette de réflexions sur l'absence de sens et d'offrir ainsi une vue d'ensemble à partir de laquelle les thérapeutes pourront tenter d'inventer des approches novatrices et créatives.

Le « cadre » du thérapeute

Lorsque le thérapeute s'intéresse à des conflits impliquant les enjeux ultimes que sont la mort, la liberté et l'isolement, il commence généralement par se placer dans un « état d'esprit » adéquat et par adopter la perspective nécessaire. Il en va de même pour le thérapeute travaillant sur l'absence de sens. Les thérapeutes doivent accroître leur sensibilité à cet enjeu, écouter différemment, prendre conscience de l'importance du sens dans la vie des patients qui les consultent. Pour de nombreux patients, cet enjeu n'est pas fondamental : leur vie semble emplie de sens. Pour d'autres en revanche, le sentiment d'absence de sens se révèle être tout aussi profond qu'omniprésent. Les thérapeutes doivent alors s'imprégner de cette question, réfléchir à l'axe et à la direction générale de la vie du patient. Le patient a-t-il des aspirations au-delà d'un cadre de vie au jour le jour ? J'ai suivi de nombreux jeunes adultes au mode de vie caractéristique des célibataires californiens, à savoir sensualité, revendications sexuelles, quête du prestige et buts matérialistes. Ma pratique m'a permis de prendre conscience que la thérapie s'avère rarement fructueuse si je ne parviens pas à aider le patient à envisager les choses au-delà de ce cadre matérialiste.

Comment ? Comment le thérapeute peut-il aider le patient à opérer un tel changement de perspective ? Si le thérapeute est fortement sensibilisé à l'enjeu du sens de la vie, le patient, à son tour, en saisissant les signes subtils envoyés par le thérapeute, développera une sensibilité à cet enjeu. Le thérapeute, sur un mode implicite tout autant qu'explicite, s'interrogera sur les systèmes de croyances du patient, ses relations, ses espoirs et ses objectifs à long terme, ses centres d'intérêt créatifs. Ma pratique m'a ainsi enseigné qu'il était toujours extrêmement fructueux de s'intéresser de manière approfondie aux efforts manifestés par le patient tout au long de sa vie pour s'exprimer sur le plan créatif.

Toutes ces activités forment une partie intégrante de la vie du patient. Si une personne veut apprendre à se connaître et à s'aimer elle-même, elle doit apprendre à identifier et à valoriser ces parties d'elle-même. Le thérapeute, pour éprouver de la sollicitude envers son patient, doit le connaître aussi profondément que possible. Dès lors, ces activités chercheuses et pourvoyeuses de sens en forment une partie intégrante. Je me souviens d'un jeune ingénieur, extrêmement isolé, qui la journée avait un travail solitaire et, le soir et les week-ends, tapotait sur son ordinateur personnel qui occupait la plus grande partie de son espace de vie. Il m'était difficile d'être en lien avec lui. Il semblait peu vivant, morne ; il me faisait l'effet d'un rat de laboratoire. Mon fantasme thérapeutique consistait à fracasser son satané ordinateur et à faire entrer des gens dans sa vie. Nous étions dans une impasse, semblait-il : je n'arrivais pas à éprouver de la sollicitude pour lui et, dès lors, ne parvenais pas à le débloquer de son mode de vie isolé. Finalement, j'ai commencé à l'interroger sur ce qu'il faisait tous les soirs sur son ordinateur. Il semblait réticent à répondre, parce qu'il éprouvait énormément de honte vis-à-vis de cette occupation solitaire à laquelle il s'adonnait en reclus et qui était pour lui devenue un symbole de son échec à être en lien avec les autres. Néanmoins, il finit par s'en ouvrir à moi et passa deux heures à décrire son occupation informatique avec une fascinante profusion de détails. Ces séances changèrent tout dans la thérapie. Lui et moi finîmes par comprendre que ces bidouillages informatiques constituaient en réalité une forme d'expression créative importante et pas uniquement une activité de sublimation ou de substitut. Ce partage permit à notre relation de s'approfondir et à ce patient de s'ouvrir à moi de secrets importants. Peu à peu, je l'aidai à faire entrer d'autres personnes dans sa vie, *en plus* et non en remplacement de son activité créative et, finalement, à partager son travail avec d'autres.

La déréflexion

J'ai mentionné précédemment Frankl et sa maxime « le bonheur s'ensuit, il ne peut être poursuivi ». Plus nous recherchons l'autosatisfaction, plus celle-ci nous échappe. Plus nous expérimentons un sens autotranscendant, plus nous connaîtrons le bonheur. Les patients en thérapie doivent être aidés par les thérapeutes à se distancer d'eux-mêmes. Frankl décrit une technique spécifique, qu'il nomme « déréflexion », visant à induire chez les patients une forme de distanciation par rapport à eux-mêmes, à leur dysphorie, à la source de leur névrose, afin qu'ils se tournent vers les parties intactes de leur personnalité et les sens qui sont à leur portée dans le monde.

La technique de la déréflexion, telle que décrite par Frankl, se révèle être d'une extrême simplicité et consiste peu ou prou à dire au patient d'arrêter de se focaliser sur lui-même et de rechercher un sens à l'extérieur de lui. La transcription ci-dessous d'un entretien entre Frankl et une jeune schizophrène de dix-neuf ans constitue une bonne illustration :

> « Frankl : Vous en êtes arrivée au stade où la tâche qui vous attend est la reconstruction de votre vie ! Mais il est impossible de reconstruire sa vie sans objectif de vie, sans quelque chose qui nous mobilise.

La patiente : Je comprends, docteur, mais ce qui m'intrigue est la chose suivante : que se passe-t-il à l'intérieur de moi ?
Frankl : Ne ruminez pas sur vous. Ne vous souciez pas de la source de votre problème. Laissez cela aux médecins. Nous vous aiderons à traverser cette crise. N'avez-vous pas un objectif qui vous attire, une réalisation artistique, par exemple ? N'y a-t-il pas de nombreuses choses qui mûrissent en vous, des œuvres artistiques à l'état de projet, des dessins qui attendent d'être créés, qui attendent d'être produits par vous ? Pensez-y.
La patiente : Mais cette tourmente intérieure…
Frankl : Ne regardez pas votre tourmente intérieure ; tournez votre regard vers ce qui vous attend. Peu importe ce qui est tapi dans les profondeurs ; ce qui compte est ce qui vous attend dans le futur, qui attend d'être actualisé par vous. Je sais, cette crise nerveuse vous perturbe, mais laissez-nous calmer le jeu. C'est notre travail de médecin. Laissez le problème aux psychiatres. Quoi qu'il en soit, ne vous analysez pas, ne vous demandez pas ce qu'il se passe ; demandez-vous plutôt quelles réalisations vous attendent.
La patiente : Mais quelle est l'origine de mon trouble ?
Frankl : Ne vous fixez pas sur ce type de questions. Quel que soit le processus psychologique sous-jacent à votre trouble psychologique, nous vous guérirons. Dès lors, ne vous souciez pas des sentiments étranges qui vous hantent. Ignorez-les

> jusqu'à ce que nous vous aidions à vous en débarrasser. Ne les observez pas. Ne les combattez pas[21]. »

Frankl considère que, face à des patients déjà très égocentriques, une longue introspection visant à découvrir les causes de l'angoisse aggrave le problème et s'avère en définitive contre-productive, dans la mesure où elle contribue à rendre le patient *encore plus* égocentrique. Avec ce type de patients, Frankl recommande au thérapeute de tenir la position suivante (et de lui transmettre) : en raison de facteurs irréversibles (l'histoire familiale du patient, une angoisse héréditaire, un déséquilibre génétique du système autonome, etc.), ce patient est destiné à expérimenter un niveau élevé d'angoisse, envers lequel les moyens d'action sont limités, à part un traitement médical, de l'activité physique ou toute autre activité susceptible de faire baisser ce niveau d'angoisse. Le thérapeute doit ensuite travailler avec le patient sur l'attitude de ce dernier envers sa situation et sur l'identification des raisons de vivre du patient[22].

La technique présentée dans la vignette précédente semble si autoritaire qu'elle déplairait au plus haut point à nombre de thérapeutes et de patients américains d'aujourd'hui, outre le fait qu'elle se révélerait probablement inefficace. Nul doute qu'il s'agisse, pour une large part, d'un artefact culturel : le citoyen viennois moyen est généralement porté à vénérer les titres et le savoir professionnel. Toutefois, le problème se situe également sur un autre plan, à savoir l'appel à l'autorité (« nous, médecins, vous aiderons à traverser cette crise »), qui en définitive sape la croissance personnelle, dans la mesure où il barre la route à la prise de conscience et la prise de responsabilité de l'individu.

Néanmoins, l'argument de Frankl reste valide : il est souvent d'une importance vitale pour le patient d'opérer une distanciation et de s'intéresser davantage aux autres. Le thérapeute doit trouver un moyen d'aider le patient à ressentir de la curiosité et de la sollicitude envers les autres. Le groupe thérapeutique est généralement bien adapté à ce type d'entreprise. Les tendances égocentriques et narcissiques se dévoilent très rapidement et, de manière inévitable, le schéma « prendre sans donner » devient un enjeu prédominant du groupe. Les thérapeutes peuvent demander aux patients de réfléchir à ce que les autres éprouvent dans l'instant ; ils peuvent aussi, sur un mode fluide et non structuré, contribuer à développer l'empathie chez les participants. Dans les groupes de patients fortement perturbés, j'ai souvent confié à des patients égocentriques maladifs la tâche de présenter de nouveaux participants au groupe et de les aider à exprimer leur souffrance et leurs problèmes aux autres.

Identification du sens

Frankl avance que la tâche du thérapeute est de discerner un schéma cohérent, une gestalt signifiante dans les événements aléatoires et tragiques de la vie. Cette tâche nécessite souvent beaucoup d'ingéniosité de la part du thérapeute, comme l'illustre le cas suivant, relaté par Frankl. Frankl reçoit un médecin généraliste âgé et déprimé, qui ne parvenait pas à surmonter la perte de sa femme deux ans auparavant :

> « Que pouvais-je pour lui ? Que lui dire ? J'ai décidé de lui poser la question suivante : "Et si vous étiez mort le premier et que votre femme ait eu à surmonter le chagrin provoqué par votre décès ?" "Oh, pour elle, cela aurait été affreux ; comme elle aurait souffert !" "Eh bien, docteur, cette souffrance lui a été épargnée, et ce, grâce à vous. Certes, vous en payez le prix puisque c'est vous qui la pleurez." Il n'a rien dit, mais il m'a serré la main et a quitté mon bureau calmement[23]. »

Frankl cite un autre exemple de la façon dont il intervient auprès des patients pour les aider à découvrir le sens de leur vie. La vignette ci-dessus est une retranscription d'un entretien avec une femme de quatre-vingts ans atteinte de cancer, profondément déprimée, tourmentée par l'angoisse et le sentiment qu'elle était inutile :

> « Frankl : Que vous dites-vous lorsque vous pensez à la vie que vous avez eue ? Votre vie valait-elle la peine d'être vécue ?
> La patiente : Je dois admettre, docteur, que j'ai eu une belle vie. Une vie agréable. Je dois remercier le Seigneur pour ce que la vie m'a apporté : j'allais au théâtre, j'ai assisté à des concerts, et ainsi de suite.
> Frankl : Vous évoquez de merveilleuses expériences, mais tout cela va se terminer, n'est-ce pas ?

La patiente (songeuse) : En fait, tout se termine maintenant…

Frankl : Pensez-vous que toutes les merveilleuses choses de votre vie puissent être réduites à néant et invalidées à l'approche de la mort (et elle savait que celle-ci approchait !) ?

La patiente (encore plus songeuse) : Toutes ces merveilleuses choses…

Frankl : Mais dites-moi. Pensez-vous que quelqu'un puisse, par exemple, vous prendre le bonheur que vous avez eu, que quelqu'un puisse l'effacer ?

La patiente (en me regardant) : Vous avez raison, docteur. Personne ne peut l'effacer !

Frankl : Quelqu'un peut-il aussi effacer tout ce que vous avez vécu de bon dans votre vie ?

La patiente (de plus en plus touchée sur le plan émotionnel) : Personne ne peut l'effacer !

Frankl : Ce que vous avez réalisé et accompli…

La patiente : Personne ne peut l'effacer !

Frankl : Tout comme ce que vous avez enduré avec courage et honnêteté : quelqu'un peut-il le supprimer de votre passé où vous l'avez mémorisé ?

La patiente (maintenant émue aux larmes) : Personne ne peut le supprimer ! (Après un instant) Il est vrai que j'ai beaucoup souffert, mais j'ai aussi essayé de me montrer courageuse et de tenir bon face aux coups de la vie. Vous voyez, docteur, je considère ma souffrance comme une punition. Je crois en Dieu.

Frankl : Mais la souffrance ne peut-elle être aussi parfois un défi ? N'est-il pas concevable que Dieu ait voulu voir comment Anastasia supporterait la souffrance ? Peut-être dut-Il admettre : “Oui, elle l’a supportée avec beaucoup de courage.” Et maintenant dites-moi : quelqu’un peut-il supprimer un tel accomplissement, Frau Anastasia ?

La patiente : Non, personne ne peut le faire !

Frankl : Ce qui compte et importe plus dans la vie est de réaliser et d’accomplir quelque chose. Et c’est précisément ce que vous avez fait. Vous avez tiré le meilleur de votre souffrance. Vous êtes devenue un exemple pour nos patients par la façon dont vous vivez la souffrance. Je vous félicite pour cet accomplissement ; je félicite aussi vos compagnes de chambre à qui est donnée l’occasion de voir un tel exemple[24]. »

Frankl mentionne que cet entretien contribua à accroître chez cette patiente le sentiment que sa vie avait un sens, et que, dans la semaine qui lui restait à vivre, sa dépression s’allégea et qu’elle mourut avec fierté et foi.

Terry Zuehlke et John Watkins font état d’une étude portant sur douze patients mourants qu’ils traitèrent avec une approche clinique similaire accordant une place importante au développement du sens[25]. Ces chercheurs firent passer le test PIL (Purpose in Life) à ces patients, avant et après la thérapie, et notèrent chez ces patients une augmentation significative du sentiment de sens de la vie.

Quel type de sens le thérapeute aide-t-il le patient à découvrir ? Frankl souligne l’unicité du sens pour chaque patient, mais comme en témoignent les transcriptions, n'hésite pas à en suggérer fortement les contours au patient.

Les sens fournis entrent dans les trois catégories spécifiées précédemment dans ce chapitre : accomplissement créatif, expérience et attitude vis-à-vis de la souffrance. Pour les première et deuxième catégories, Frankl souligne la permanence du passé : les accomplissements et les expériences sont mémorisés et ne s'évanouissent jamais. Lorsque tous les autres sens semblent obscurcis par la tragédie et la souffrance présentes, Frankl souligne qu'il est toujours possible de trouver un sens aux événements en assumant une posture héroïque face à son destin. L'attitude peut alors servir de modèle aux autres, enfants, famille, amis, étudiants, voire d'autres patients hospitalisés. Ou elle peut être considérée comme une acceptation de Dieu de qui provient cette souffrance. Enfin, elle peut être appréhendée sur le même mode que la révolte camusienne, à savoir comme la réponse finale de l'homme à l'absurde.

Comme l'illustrent les deux vignettes cliniques précédentes, très représentatives de son approche, la technique thérapeutique de Frankl se révèle aussi problématique que la déréflexion et pour les mêmes raisons. Le sens est donné au patient sur un mode autoritaire. Ce faisant, ne l'éloigne-t-il pas plus encore de la prise en charge de son autonomie personnelle ? Les mêmes interrogations se posent pour d'autres thérapeutes s'étant particulièrement intéressés aux enjeux du sens.

Ainsi, Jung relate un cas dans lequel il fournit de manière explicite un schéma de signification à une patiente, une jeune Juive laïque, éclairée et suivie en analyse, qui souffrait d'une grave névrose d'angoisse[26]. Jung l'interrogea sur ses origines et apprit que son grand-père était un rabbin, que l'on tenait pour un tzaddik, c'est-à-dire un « juste » doté du don de double vue. Elle et son père s'étaient souvent moqués de cette absurdité. Jung considéra qu'il avait une intuition par rapport à la névrose de sa patiente et lui dit : « Maintenant je vais vous dire quelque chose que vous ne pourrez peut-être pas accepter : votre grand-père était un tzaddik. (...) [Votre père] a trahi le mystère et a oublié Dieu. Et vous avez votre névrose parce que vous souffrez de la crainte de Dieu. » Elle en fut frappée comme par la foudre.

Cette nuit-là, Jung fit le rêve suivant : « Il y avait une réception dans ma maison et ô surprise ! la jeune personne en question y était aussi. Elle vint vers moi et me demanda : "N'avez-vous pas un parapluie ? Il pleut si fort !" J'en trouvai vraiment un, j'eus du mal à l'ouvrir et voulais le lui donner. Mais qu'arriva-t-il ? Au lieu de cela, je le lui remis à genoux comme à une divinité ! »

Ce rêve amena Jung à penser que sa patiente n'était pas simplement une jeune fille superficielle, mais qu'elle avait l'envergure d'une sainte. Toutefois, elle consacrait sa vie au flirt, au sexe et au matérialisme. Elle ne disposait d'aucun moyen d'exprimer la caractéristique la plus essentielle de sa nature, à savoir qu'« en réalité elle était un enfant de Dieu qui aurait dû accomplir Sa volonté secrète ». Comme à son habitude, Jung relata son rêve à sa patiente et lui livra son interprétation. Il signale ensuite qu'en une semaine « la névrose avait disparu ». (Jung en revanche n'avait pas pour coutume de relater de brefs cas cliniques à l'issue positive.)

Peter Koestenbaum nous livre un autre exemple de thérapeute dirigeant un patient vers une orientation explicite[27]. Le patient, un homme autour de la trentaine, souffrait d'une carence profonde d'estime de soi et d'identité personnelle, découlant pour une large part d'une négligence parentale pendant son enfance. Il souffrait d'une amnésie considérable quant à la période antérieure à ses huit ans et, en thérapie, pleurait son enfance perdue. Le thérapeute considéra qu'une manière importante pour ce patient de recréer son enfance perdue était de s'engager lui-même vis-à-vis d'un enfant. Ce patient et sa femme étaient résolus à ne pas avoir d'enfant, de sorte que thérapeute et patient en arrivèrent au projet suivant, celui de s'engager auprès d'une association de type Big Brothers Big Sisters[A]. Koestenbaum signale que ce projet s'avéra très bénéfique pour le patient, dans la mesure où le lien qu'il put nouer avec un enfant l'aida à modifier la vision qu'il avait de lui et de son passé. Un an plus tard, ce patient et son épouse décidèrent d'avoir un enfant, et la thérapie s'arrêta sur cette conclusion positive.

A. Big Brothers Big Sisters of America est une organisation non gouvernementale qui s'est donné pour mission d'aider les enfants à développer leur potentiel grâce à des mentors. *(N.d.T.)*

Sens et programmation

James Crumbaugh relate les séminaires de logothérapie[A], séminaires intensifs et d'une durée de deux semaines destinés à des patients alcooliques. Dans

A. Comme je l'ai exposé dans le chapitre 10, la « logothérapie » désigne l'approche thérapeutique élaborée par Frankl destinée à aider un patient à retrouver du sens à sa vie. Il existe une revue (*Logotherapy Journal*), ainsi qu'un bulletin de logothérapie, un institut de logothérapie et plusieurs tests[28]. Comme j'ai tenté de le démontrer précédemment, la logothérapie ne constitue pas, à mon sens, une approche psychothérapique cohérente. Elle s'apparente davantage à des tentatives improvisées visant à aider les patients à trouver du sens à leur existence. Les ouvrages de logothérapie décrivent deux techniques principales : la première, la déréflexion, a été présentée dans ce chapitre ; la seconde, dénommée « intention paradoxale[29] », est une technique de « prescription de symptôme », dans laquelle le patient est invité à expérimenter et à exagérer ses symptômes. Ainsi, le bègue est incité à bégayer délibérément, le patient phobique à exagérer sa phobie, le patient obsessionnel à accroître sa phobie, le joueur compulsif à perdre intentionnellement de l'argent. La technique de l'intention paradoxale se révèle intéressante ; Frankl en proposa une première description en 1938. Il anticipa par ailleurs la technique similaire de prescription de symptômes et du paradoxe employée par l'école de Milton Erickson, Jay Haley, Don Jackson et Paul Watzlawick[30]. Des études corroborent le fait que cette technique est efficace dans le cadre de thérapies brèves. Toutefois, j'ai quelques difficultés à croire qu'elle convienne de manière spécifique à l'enjeu du sens de la vie. L'intention paradoxale aide les patients à se détacher de leurs symptômes ; cette technique leur permet de s'appréhender eux-mêmes sur un mode dépassionné, voire humoristique ; surtout, elle leur permet de prendre conscience qu'ils peuvent influencer – en fait, même créer – leurs symptômes. Cette technique peut être considérée comme relevant du champ de la thérapie existentielle dans la mesure où elle contribue à assumer la responsabilité de leurs symptômes ; toutefois, son action sur l'enjeu du sens reste pour le moins obscure.

ces séminaires, il tentait, sur un mode moins autoritaire, d'améliorer l'aptitude du patient à découvrir un sens à sa vie[31]. Crumbaugh fait l'hypothèse que, pour détecter un schéma cohérent dans des situations de vie complexes, il est nécessaire de percevoir les détails et les événements dans leur exhaustivité, puis de recombiner les données en une sorte de nouvelle gestalt. Le séminaire intensif conçu par Crumbaugh vise à accroître la sensibilité perceptuelle des participants et à stimuler leur imagination créatrice.

Le développement de la sensibilité perceptuelle comportait différents exercices d'enregistrement de stimuli visuels (on présentait ainsi au sujet des cartes de Rorschach et des paysages marins dont on l'aidait ensuite à se remémorer le plus de détails possible). Quant à la stimulation de l'imagination créatrice, elle incluait différents exercices, comme celui consistant à visualiser une image sur un écran, à se projeter dans l'image et à exprimer un souhait par rapport à la scène représentée, fondé sur les expériences passées du sujet.

Les tests PIL précédant et suivant (après deux semaines) le séminaire indiquèrent une augmentation des scores à l'issue de cette expérience groupale. Toutefois, le moment choisi pour le suivi se révéla inadapté, tout comme il était impossible de garantir la spécificité des résultats, c'est-à-dire d'attribuer tels ou tels résultats à un exercice spécifique du séminaire intensif. Considérable, le saut inférentiel permettant de passer de la perception visuelle et de l'imagination créatrice à la perception d'un schéma de vie signifiant est fortement sujet à caution. Toutefois, si ces résultats positifs sont confirmés et reproduits, je ne manquerai pas d'approfondir les différents aspects de cette technique.

L'engagement ou la principale réponse thérapeutique à l'absence de sens

Intéressons-nous de nouveau au message d'adieu présenté en ouverture du chapitre 10. On en sait peu sur l'homme qui laissa cette note avant de se suicider, mais ses propos indiquent en tout cas qu'il n'était pas *dans* la vie, qu'il s'en était retiré, au point où la vie, les activités et les expériences des êtres humains lui paraissaient pitoyables et absurdes. Même dans la courte fable qu'il crée, un personnage (l'un des imbéciles transportant des briques) se distancie lui-même plus encore en se demandant pourquoi il porte des briques ; dès ce moment-là, lui et l'auteur de cette note sont perdus.

Le processus consistant à s'extraire trop de la vie comporte en soi quelque chose de nocif. Lorsque nous nous extrayons de la vie pour n'en devenir que de distants spectateurs, les choses perdent leur importance. De ce point de vue, qualifié par certains philosophes de « galactique[32] », de perspective « cosmique[33] » (ou encore « globale[34] »), nous et nos semblables paraissons triviaux et ridicules. Les activités de la vie semblent absurdes. Les moments riches que nous avons vécus se dissolvent dans la vaste étendue du temps. Nous nous faisons l'impression de n'être que de la poussière microscopique, et que l'espace d'une vie n'équivaut pas même à un battement de temps cosmique.

La vision galactique de la vie constitue un problème épineux pour les thérapeutes. D'une part, cette perception semble être d'une logique implacable. Après tout, l'aptitude à une telle conscience de soi, à prendre de la distance par rapport à soi constitue l'un des attributs les plus prisés chez l'être humain. Elle est ce qui fait l'être humain. Dans la plupart des situations, une perspective plus large, plus globale confère une plus grande objectivité à l'observateur. Pourtant, dans ce cas précis, elle vide la vie de toute sa vitalité et, sur de longues périodes, entraîne un profond découragement pouvant mettre en péril la vie.

La tradition du pessimisme philosophique, par exemple, est issue en droite ligne de cette vision cosmique, représentée au XIXe siècle par Schopenhauer. Schopenhauer appréhendait la temporalité avec une telle distance qu'il considérait qu'il n'y avait aucun sens à lutter pour un objectif quelconque, qui, selon la perspective galactique, s'évanouissait en un instant. Dès lors, le bonheur, tout comme les objectifs, sont inatteignables, car ils ne sont que des fantômes du futur non encore advenu ou d'un passé à jamais disparu. Schopenhauer, fort logiquement, en tire dès lors la conclusion suivante : « À quelques rares exceptions près, tout être dans le monde, homme ou animal, travaille de toutes ses forces, en faisant tous ses efforts du matin au soir, à sa seule survie et cette survie n'est pas digne qu'on se donne cette peine ; en outre, elle doit prendre fin au bout d'un temps : l'entreprise ne couvre pas les frais[35]. »

Que faire ? De quels moyens le thérapeute dispose-t-il pour contrebalancer les effets nocifs de la perspective galactique ? Tout d'abord, l'argument selon lequel une perception galactique mène nécessairement à une posture schopenhauerienne présente des incohérences logiques. Tout d'abord, si rien n'a d'importance, il ne devrait dès lors pas y avoir d'importance au fait que rien n'ait d'importance. Dans un essai brillant sur l'absurde, Thomas Nagel affirme sur un ton imperturbable que l'absurdité rendue manifeste par la perspective galactique n'est pas *prima facie* une catastrophe et ne justifie pas une telle dramatisation[36]. Selon Nagel, la capacité à appréhender l'existence dans cette perspective galactique constitue une aptitude humaine des plus précieuses et des plus intéressantes ; elle ne devient angoissante que si nous décidons qu'elle l'est. Par ailleurs, lui accorder autant d'importance « trahit un échec à apprécier l'insignifiance cosmique de la situation ». Nagel en conclut qu'une appréciation correcte de cette perspective, à laquelle s'ajoute le savoir que notre force nous permet d'assumer une telle perspective, devrait nous permettre de retourner à « notre absurde vie avec ironie » plutôt qu'avec désespoir.

L'autre élément à prendre en compte par les thérapeutes est qu'une importance réelle sous-tend le désespoir associé à l'insignifiance de la perspective galactique. Schopenhauer, par exemple, avait beau conclure que rien ne comptait ni ne méritait « qu'on se donne cette peine », il accordait bel et bien du prix à certaines choses. Il lui importait ainsi de s'opposer au système de pensée hégélien, que continuer activement à écrire jusqu'à la fin de sa vie, d'exercer la philosophie plutôt que de se suicider. Même pour l'homme qui, avant de se suicider, laissa cette note sur les porteurs de briques imbéciles, certaines choses comptaient : cela comptait pour lui d'essayer de comprendre la condition humaine et de transmettre ses conclusions aux autres. S'il avait sollicité mon aide avant de commettre son suicide, j'aurais tenté de lui faire prendre conscience de cette partie de lui.

Un autre antidote à la toxicité de la perspective galactique nous est proposé par Kent Bach. Gardez à l'esprit que, bien que cette vision mine l'absence de sens, elle n'exerce pas cet effet dans l'absolu ; en d'autres termes, elle ne rend les choses vaines *que lorsque l'on se trouve dans cette perspective cosmique*[37]. Ces moments, bien qu'ils fassent partie de la vie, n'en constituent que des moments. L'absence de sens est un état expérientiel ; bien que cet état soit si envahissant au point de rendre vains le passé, le futur, tout comme le présent, il n'opère que *lorsque nous appréhendons nos vies selon cette perspective galactique.*

Le « sens » est ce dont les choses ont besoin pour compter lorsque l'existence est appréhendée dans cette perspective cosmique. Le reste du temps, les choses comptent simplement parce qu'il en est ainsi. Les choses comptent à nos yeux tout le temps. Ainsi, il m'importe de communiquer à mes lecteurs ces idées aussi clairement que possible. À d'autres moments, d'autres choses comptent : des relations, le tennis, les échecs, les conversations. Le fait que ces activités, du point de vue de la perspective cosmique, ne comptent pas, qu'elles ne constituent pas un tout unifié, doit-il les priver de leur importance ? Lorsque des choses comptent, elles n'ont pas besoin de sens pour compter !

Cette approche possède des implications thérapeutiques immédiates : le thérapeute doit aider le patient à comprendre que les doutes qu'il expérimente (ou l'adoption d'un nouveau schéma de signification) ne vident pas la réalité de son importance antérieure. Trois patients me viennent à l'esprit. La première avait été nonne pendant vingt-cinq ans puis, après avoir perdu la foi, avait quitté les ordres. Sa dépression et son sentiment d'anomie actuels étaient accentués par sa croyance qu'elle avait « vécu dans un mensonge » une grande part de sa vie adulte. Une autre patiente commença à écrire de la poésie alors qu'elle avait vingt-cinq ans pour découvrir bientôt qu'elle avait un talent extraordinaire. Je l'ai suivie alors qu'elle était âgée de soixante ans et atteinte d'un cancer. Très amère, elle avait le sentiment d'avoir « gâché » la plus grande partie de sa vie en tant qu'épouse d'agriculteur, à élever ses enfants, arracher des pommes de terre – des activités qui ne s'accordaient pas avec son schéma de signification actuel. Une autre patiente, en plein divorce hargneux, avait été profondément blessée par celui qui avait été son mari pendant vingt ans et qui tenta de faire s'écrouler son schéma de signification en lui annonçant qu'il ne l'avait jamais aimée.

Ces trois patientes purent être aidées lorsqu'elles prirent conscience qu'un nouveau schéma de signification ou qu'un état profond de doute (en d'autres termes, l'adoption d'une perspective galactique) n'annulait pas le sens qui existait bel et bien à d'autres moments de leur vie. L'ancienne nonne comprit progressivement que son absence actuelle de foi n'annulait pas la foi qu'elle avait autrefois ressentie, ni qu'elle n'effaçait le bien qu'elle avait pu faire en tant que professeur lorsque ses actions étaient motivées par un autre schéma de signification. La poétesse, elle aussi, apprit en thérapie que sa vie passée avait une grande importance pour elle à l'époque. Elle avait élevé ses enfants, cultivé la terre, s'était mêlée au cycle de la nature, temps pendant lequel la poésie qu'elle avait en elle s'élaborait et germait en silence. La poésie qu'elle écrivait aujourd'hui était le produit de sa vie entière ; sa singularité venait de ses expériences de vie uniques ; même celle consistant à ôter la terre des pommes de terre trouva sa place dans la texture vitale de ses rimes. Quant à la troisième patiente, elle apprit elle aussi que non seulement le sens antérieur n'était pas périssable, mais qu'il était extrêmement précieux. Elle trouva en elle les ressources pour se défendre et déclara à son mari : « Si tu as vécu vingt ans avec moi sans m'aimer, cette tragédie est la tienne ! Quant à moi, bien que je ne t'aime plus aujourd'hui, je t'ai énormément aimé et j'ai passé nombre des meilleures années de ma vie avec toi. »

L'engagement dans la vie. Bien que certaines des réfutations philosophiques à l'état d'absence de sens présentent des implications intéressantes pour la psychothérapie, elles manquent de force et restent, pour leur plus grande part, des curiosités psychothérapeutiques. La raison, ici comme dans toutes les autres situations de changement thérapeutique, ne constitue pas en soi un argument suffisant. Le thérapeute a besoin d'une approche plus puissante. David Hume, dans un passage célèbre de son *Traité*, nous ouvre la voie. En proie aux doutes (« mélancolie philosophique ») après avoir songé à la nature des choses selon une perspective galactique, il écrit :

> « Très heureusement, il se produit que, puisque la raison est incapable de chasser ces nuages, la Nature elle-même suffit à y parvenir ; elle me guérit de cette mélancolie philosophique et de ce délire, soit par relâchement de la tendance de l'esprit, soit par quelque divertissement et par une vive impression sensible qui effacent toutes ces chimères. Je dîne, je joue au tric-trac, je parle et me réjouis avec mes amis ; et si après trois ou quatre heures d'amusement, je voulais revenir à mes spéculations, celles-ci me paraîtraient si froides, si forcées et si ridicules que je ne pourrais trouver le cœur d'y pénétrer tant soit peu[38]. »

L'antidote découvert par Hume à l'absence de sens inhérente à la perspective cosmique est l'engagement ; l'engagement est également la solution préconisée par Sartre et Camus, tout comme celle de Tolstoï qui affirme ainsi « on pouvait vivre tant qu'on s'enivrait de la vie[A] ». Nul doute que l'engagement constitue également l'approche la plus efficace dont dispose le thérapeute face à l'absence de sens.

J'ai abordé précédemment le paradoxe hédoniste selon lequel plus nous nous lançons dans la recherche du plaisir, plus ce dernier nous échappe. Frankl considérait le plaisir comme un dérivé du sens, et donc que notre recherche devait principalement viser la découverte du sens. À mes yeux, la recherche de sens présente le même type de paradoxe : plus nous recherchons du sens sur un plan rationnel, moins nous le trouvons ; les questions que nous posons sur le sens résisteront aux réponses elles-mêmes.

La recherche du sens, comme celle du plaisir, peut s'effectuer sur un mode indirect. Ainsi, le sentiment que sa vie a un sens est un dérivé de l'engagement. L'engagement ne réfute pas sur le plan de la logique les questions mortelles soulevées par la perspective galactique, mais il en minore l'importance ou, pour citer Wittgenstein : « La solution du problème de la vie se remarque à la disparition du problème[40]. »

L'engagement constitue la réponse thérapeutique à l'absence de sens quelle que soit la source de cette dernière. L'engagement résolu dans une activité composant la palette infinie des activités humaines

A. Hélas ! L'attraction de la perspective galactique était trop forte pour lui, puisqu'il conclut la phrase par « mais à peine dégrisé, on ne pouvait pas ne pas voir que tout cela n'était que tromperie, et tromperie stupide[39] ! ».

a pour effet non seulement de « détoxiquer » la perspective galactique, mais aussi d'accroître pour un individu ses chances d'organiser les événements de sa vie dans un schéma cohérent. Se sentir chez soi, s'intéresser à d'autres, à des idées ou des projets, chercher, créer, construire – ces formes d'engagement, comme toutes les autres, sont doublement gratifiantes : elles sont enrichissantes en elles-mêmes et allègent la dysphorie découlant du choc infligé par la prise de conscience des faits bruts et désassemblés de l'existence.

Dès lors, l'engagement constitue l'objectif du thérapeute. Sa tâche n'est pas de créer cet engagement ni de l'insuffler à un patient ; le thérapeute n'est pas en mesure de le faire. Mais cela ne s'avère pas nécessaire : le désir de s'engager dans la vie est là, chez le patient ; les efforts cliniques du thérapeute doivent principalement viser la levée des obstacles bloquant le patient. Qu'est-ce qui, par exemple, empêche un patient d'aimer une autre personne ? Pourquoi tire-t-il si peu de satisfactions de ses relations aux autres ? Quelles sont les déformations parataxiques qui empoisonnent systématiquement ses relations ? Pourquoi ne retire-t-il que si peu de satisfaction professionnelle ? Qu'est-ce qui bloque le patient dans ses recherches d'un poste en accord avec ses aptitudes ou dans le fait d'éprouver certaines satisfactions dans son travail actuel ? Pourquoi le patient a-t-il laissé de côté ses aspirations créatives, religieuses ou autotranscendantes ?

Dans ce contexte, l'outil le plus important du thérapeute est lui-même, sa façon de s'engager auprès de son patient. Par les modalités que j'ai évoquées dans cet ouvrage, le thérapeute guide le patient dans un engagement envers les autres grâce, en premier lieu, au lien profond, personnel et authentique qu'il établit avec son patient. Les thérapeutes, en tant que modèles de cet engagement personnel, peuvent constituer des objets avec lesquels les patients peuvent s'identifier : les thérapeutes accordent de l'importance à leur mission professionnelle ; la croissance d'autres êtres humains leur importe ; ils aident les autres, souvent de façon créative, à trouver du sens.

Pour résumer, dans son approche de l'absence de sens, la première tâche du thérapeute consiste à analyser et à affiner l'enjeu. De nombreuses problématiques annexes viennent se greffer autour de l'enjeu de sens ou d'absence de sens, qu'il s'agisse d'artefact culturel ou d'autres enjeux ultimes (mort, liberté et isolement), et se doivent donc d'être traitées en conséquence. La meilleure approche à une « pure » absence de sens, notamment lorsqu'elle est le produit d'une perspective galactique et détachée, se révèle être une approche indirecte, par le biais de l'engagement qui fait perdre à la perspective galactique sa substance.

Cette approche thérapeutique diffère considérablement des stratégies que j'ai décrites pour la prise en charge des autres enjeux ultimes. La mort, la liberté et l'isolement doivent être approchés sur un mode direct. En revanche, avec l'absence de sens, le thérapeute doit aider les patients à regarder *ailleurs* : à considérer les enjeux de l'engagement au lieu de s'embourber dans l'enjeu d'absence de sens.

Comme Bouddha nous l'a enseigné, la question du sens de la vie n'est pas édifiante. L'être humain doit s'immerger dans le fleuve de la vie et laisser la question être emportée par le courant.

Épilogue

L'enjeu de l'absence de sens boucle la boucle et me ramène à la définition formulée en début d'ouvrage : la thérapie existentielle est une approche dynamique qui s'intéresse aux enjeux profondément enracinés dans l'existence humaine. Chacun de nous aspire à la perdurance, à l'appui, au sentiment d'appartenance et au sens ; pourtant, nous devons tous nous confronter à la mort, à l'absence de socle, à l'isolement et à une absence de sens inévitables. La thérapie existentielle se fonde sur un modèle psychopathologique postulant que l'angoisse et ses conséquences inadaptées constituent des réponses à ces quatre enjeux ultimes.

Bien qu'il se soit avéré nécessaire de présenter séparément ces quatre enjeux ultimes, *in vivo* ces enjeux entretiennent des liens étroits et constituent le message sous-jacent de la thérapie. Dans le dialogue entre patient et thérapeute, ils fournissent tout à la fois le contenu et les processus. La confrontation d'un patient à la mort, à la liberté, à l'isolement et à l'absence de sens offre au thérapeute un contenu interprétatif explicite. Même lorsque ces thématiques n'émergent pas de façon ouverte en thérapie, elles n'en fournissent pas moins le *modus operandi.* Des manifestations psychiques comme la volonté, la prise de responsabilité, la relation au thérapeute et l'engagement du patient dans sa vie personnelle sont des processus clés du changement thérapeutique. C'est précisément ces activités qui trop souvent se voient qualifiées de « petit plus » sans grande importance dans de nombreuses approches thérapeutiques.

La thérapie existentielle retient l'attention en ce qu'elle puise fermement ses racines dans un terrain ontologique, à savoir les structures les plus profondes de l'existence humaine. Son intérêt tient également à ses fondements humanistes ; à la différence des autres paradigmes thérapeutiques, elle est totalement en accord avec la nature éminemment personnelle de l'entreprise thérapeutique. Par ailleurs, le paradigme existentiel possède une portée bien plus large : il s'appuie et s'enrichit des contributions de nombreux philosophes, artistes et thérapeutes sur les conséquences douloureuses mais rédemptrices d'une confrontation aux enjeux de l'existence.

Pourtant, ce paradigme, ce concept psychologique ne peut se justifier que par son utilité clinique. Comme il en va généralement de tous les concepts, il sera suivi d'un autre concept au plus grand pouvoir explicatif. Tout paradigme clinique qui n'a pas été gravé prématurément dans le marbre par quelque institut officiel est organique ; ou, en proposant une perspective inédite, il permet à des données précédemment obscures d'émerger. À leur tour, ces données nouvelles modifient le paradigme actuel. Je considère ce paradigme existentiel comme une formulation jeune fondée sur des observations cliniques inévitablement limitées quant à leur source, leur portée et leur nombre. Je nourris l'espoir que ce paramètre s'avérera organique, que non seulement il s'avérera utile aux cliniciens dans sa forme actuelle, mais aussi qu'il suscitera les échanges nécessaires à sa modification et à son enrichissement.

NOTES

CHAPITRE 1

1. Freud, S., Breuer, Joseph, *Études sur l'hystérie*, trad. A. Berman, Paris, Presses universitaires de France, « Bibliothèque de psychanalyse et de psychologie clinique », 1996, pp. 106-45.

2. Voir *Id.*, *ibid.*, p. 125.

3. Spinoza, Baruch, cité par Unamuno, Miguel de, *Le Sentiment tragique de la vie*, trad. Marcel Faure-Beaulieu, Paris, Gallimard, « Idées », 1997, p. 17.

4. Freud, Anna, *Le Moi et les mécanismes de défense*, trad. A. Berman, Paris, Presses universitaires de France, « Bibliothèque de psychanalyse », 1985.

5. Sullivan, Harry Stack, *The Interpersonal Theory of Psychiatry*, New York, W. W. Norton, 1953.

6. Rank, Otto, *Volonté et psychothérapie : analyse du processus thrapeutique dans son rapport avec la relation analytique*, trad. J. Nass et C. Louis-Combet, Paris, Payot, « Science de l'homme », 2002, p. 128.

7. Malraux, A., *Antimémoires*, Paris, Gallimard, « Folio », 1972.

8. Hardy, T., « In Tenebris II », *Collected Poems*, New York, Macmillan, 1926, p. 154. (*N.d.T.* : traduction anonyme.)

9. Canto-Sperber, M., *Dictionnaire d'éthique et de philosophie morale*, Presses universitaires de France, 1996.

10. Kierkegaard, S., *Post-scriptum définitif et non scientifique aux miettes philosophiques*, volume 1, trad. P.-H. Tisseau et E.-M. Jacquet-Tisseau, Paris, Éditions de l'Orante, 1977, pp. 173-174 ; Kierkegaard, S., « How Johannes Climacus became an author », in *A Kierkegaard Anthology*, ed R. Bretall, Princeton, N. J., Princeton University Press, 1946, p. 193.

11. Kierkegaard, S., *Post-scriptum définitif et non scientifique aux miettes philosophiques*, *op. cit.*, p. 174 ; Kierkegaard, S., « How Johannes Climacus became an author », in *A Kierkegaard Anthology*, *op. cit.*, p. 125.

12. Barrett, W., *What is Existentialism?*, New York, Grove Press, 1954, p. 21.

13. Binswanger, L., « Existential Analysis and Psychotherapy », in *Progress in Psychotherapy*, eds. Fromm-Reichman, F. et Moreno, J., New York, Grune & Stratton, 1956, p. 196.

14. May, R., Angel, E., Ellenberger, H., *Existence*, New York, Basic Books, 1958, pp. 3-35.

15. Sutich, A., « American Association of Humanistic Psychology: Progress Report 1962 », cité par Bugental, J., « The Third Force in Psychology », *Journal of Humanistic Psychology*, 1964, 4, pp. 19-26. (*N.d.T.* : traduction personnelle.)

16. Voir Bugental, J., *ibid.* (*N.d.T.* : contribution non traduite ; traduction personnelle.)

17 Perls, F. S., *Rêves et existence en Gestalt thérapie*, trad. A. Destandau-Denisov, Paris, Épi, « Hommes et groupes », 1972.

18. Freud, S., *L'Interprétation du rêve*, in *Œuvres complètes*, volume IV, éd. P. Cotet, J. Laplanche, Paris, Presses universitaires de France, 2003, p. 301.

19. Wilder, T., in *Reader'sDigest*, janvier 1978, p. 133. (*N.d.T.* : traduction personnelle.)

20. Frankl, V., communication orale, 1974.

21. May, R., Angel, E., Ellenberger, H., *Existence*, *op. cit.*, p. 11. (*N.d.T.* : ouvrage non traduit ; traduction personnelle.)

22. Rogers, C., *in* Malan, D., « The Outcome Problem in Psychotherapy Research », *Archives of General Psychiatry*, 1973, n° 29, pp. 19-29. (*N.d.T.* : contribution non traduite ; traduction personnelle.)

23. Lieberman, M., Yalom, I., Miles, M., *Encounter Groups: First Facts*, New York, Basic Books, 1973.

24. Voir *Id., ibid.*

25. Communication personnelle, 1978.

CHAPITRE 2

1. Meyer, A., cité par Frank, J., communication orale, 1979.

2. Cicéron cité par Montaigne, M., « Que philosopher c'est apprendre à mourir », in *Essais*, vol. I, Paris, Garnier-Flammarion, 1969, p. 127.

3. Montaigne, M., « Que philosopher c'est apprendre à mourir », in *Essais*, vol. I, Paris, Gallimard, « Folio », 1973, p. 41.

4. Saint Augustin, cité dans *The Meaning of Death*, ed. Feifel, H., New York, McGraw-Hill, 1965, p. 123.

5. Manilius cité par Montaigne, M., « Que philosopher c'est apprendre à mourir », in *Essais*, vol. I, Paris, Gallimard, « Folio », 1973, p. 156.

6. Montaigne, M., « Que philosopher c'est apprendre à mourir », *op. cit.*, p. 160.

7. Heidegger, M., *Être et temps*, trad. F. Vezin, Paris, Gallimard, « NRF », 1986, pp. 213-228.

8. Voir *Id., ibid.*

9. Jaspers, K., *in* Choron, J., *La Mort et la pensée occidentale*, Paris, Payot, 1969, p. 196.

10. Freud, S., *Sur la guerre et la mort*, in *Œuvres complètes*, volume XIII, éd. A. Bourguignon, P. Cotet, J. Laplanche, Paris, Presses universitaires de France, 1988, p. 147.

11. Voir *Id., ibid.*, p. 146.

12. Berhman, S. N., cité dans *The meaning of Death*, ed. Feifel, New York, McGraw-Hill, 1965, p. 124. (*N.d.T.* : traduction personnelle ; ouvrage non traduit.)

13. Montaigne, M., « Que philosopher c'est apprendre à mourir », *op. cit.*, p. 160.

14. Tolstoï, L., *La Guerre et la Paix*, trad. H. Mongault, Paris, Gallimard, « Bibliothèque de la Pléiade », 1978.

15. Tolstoï, L., *La Mort d'Ivan Illitch*, trad. M. R. Hoffman, Paris, Le Livre de Poche, « Classique », 1976.

16. Rosen D., « Suicide Survivors », *Western Journal of Medecine*, avril 1975, 122, pp. 289-294.

17. Schmitt, A., *Dialogue with Death*, Harrisonburg, Virginie, Choice Books, 1976, pp. 55-58.

18. Noyes, R., « Attitude Changes Following Near-Death Expériences », *Psychiatry*, 1980, 43, pp. 234-242.

19. Hussain, A., Tozman, S., « Psychiatry and Death Row », *Journal of Clinical Psychiatry*, 1978, 39 (3), pp. 183-188.

20. Neuberger, R., cité par Frank, J., « Nuclear Death – The Challenge of Ethical Religion », *The Ethical Platform*, 29 avril 1962.

21. Spiegel, D., Bloom, J., Yalom, L, *Group support for patients with metastatic cancer: A Randomized Prospective Outcome Study*, Archives of General Psychiatry, 1981, 38, pp. 527-533.

22. Chandler, K., « Three Processes of Dying and the Behavioral Effects », *Journal of Consulting Psychology*, 1965, 29, pp. 296-301 ; Cappon, D., « The Dying », *Psychiatrie Quarterly*, 1959, 33, pp. 466-489 ; Weisman, A., Hackett, T., « Predilection to Death », *Psychosomatic Medicine*, 1961, 23, pp. 232-256 ; Kübler-Ross, E., *Accueillir la mort : questions et réponses sur les morts et les mourants*, trad. P. Beaudoin, Paris, Éditions du Rocher, 1998.

23. Weers, K., manuscrit non publié.

24. Schmitt A., *Dialogue with Death*, Harrisonburg, Virginie, Choice Books, 1976, p. 54.

25. Lifton, R., « The Sense of Immortality: On Death and the Continuity of Life », *Explorations in Psychohistory*, ed. Lifton, R., et Olson, E., New York, Simon & Schuster, 1974, pp. 271-288.

26. Diggory, J., Rothman, D., « Values Destroyed by Death », *Journal of Abnormal and Social Psychology*, 1961, n° 63 (1), pp. 205-210.

27. Choron, J., *Modern Man and Mortality*, New York, W. W. Norton, 1977, p. 44.

28. Kastenbaum, R., Aisenberg, R., *Psychology of Death*, New York, Springer, 1972, p. 44.

29. Kierkegaard, S., *Le Concept de l'angoisse*, trad. K. Ferlov et J.-J. Gateau, Paris, Gallimard, « Idées », 1935, p. 67.

30. May, R., *The Meaning of Anxiety*, éd. révisée, New York, W. W. Norton, p. 207. (*N.d.T.* : ouvrage non traduit ; traduction personnelle.)

31. Freud, S., *Inhibition, symptôme et angoisse*, in *Œuvres complètes*, volume XVII, éd. A. Bourguignon, P. Cotet, J. Laplanche, Paris, Presses universitaires de France, 1992, p. 279.

32. Kierkegaard, S., *Le Concept de l'angoisse*, *op. cit.*, p. 67.

33. May, R., *The Meaning of Anxiety*, éd. révisée, New York, W. W. Norton, p. 207. (*N.d.T.* : ouvrage non traduit ; traduction personnelle.)

34. Heidegger, M., *Être et temps*, *op. cit.*, p. 226.

35. Sharp, A., *Un arbre vert en Écosse*, trad. P. Singer, Paris, Grasset, 1966, pp. 30-31.

36. Skoog, R., cité par Meyer, J., *Death and Neurosis*, New York, International Universities Press, 1975, p. 47.

37. Strauss, E., cité par Weigert, E., « Loneliness and Trust – Basic Factors of Human Existence », *Psychiatry*, 1960, 23, pp. 121-130.

38. Schwidder, cité par Meyer, J., *Death and Neurosis*, New York, International Universities Press, 1975, p. 54.

39. Lazarus, H., Kostan, J., « Psychogenic Hyperventilation and Death Anxiety », *Psychosomatics*, 1969, n° 10, pp. 14-22.

40. Friedman, D., « Death Anxiety and the Primal Scene », *Psychoanalytic Review*, 1961, n° 48, pp. 108-118. (*N.d.T.* : contribution non traduite ; traduction personnelle.)

41. Kral, V. « Psychiatrie Observations under Severe Chronic Stress », *American Journal of Psychiatry*, 1951, nº 108, pp. 185-192.

42. Voir *Id., ibid.* ; Meyer, J., *Death and Neurosis*, *op. cit.*, p. 58 ; Heveroch, A., cité par Meyer, J., *Death and Neurosis*, *op. cit.*, p. 58.

43. Roth, M., « The Phobic Anxiety-Depersonalization Syndrome and Some General Aetiological Problems in Psychiatry », *Journal of Neuropsychiatry*, 1959, nº 1, pp. 293-306.

44. Kastenbaum, R., Aisenberg, R., *Psychology of Death*, *op. cit.*

45. Lester, D., « Experimental and Correlational Studies of Fear of Death », *Psychological Bulletin*, 1967, nº 64 (1), pp. 27-36 ; Templer, D., Ruff, C., « Death Anxiety Scale Means, Standard Deviations, and Embedding », *Psychological Reports*, 1971, nº 29, pp. 173-174.

46. Livingston, P., Zimet, C., « Death Anxiety, Authoritarianism and Choice of Speciality in Medical Students », *Journal of Neurological and Mental Disorders*, 1965, nº 140, pp. 222-230.

47. Swenson, W., « Attitudes toward Death in an Aged Population », *Journal of Gerontology*, 1961, nº 16 (1), pp. 49-52 ; Martin, D., Wrightsman, L., « The Relationship between Religious Behavior and Concern about Death », *Journal of Social Psychology*, 1865, nº 65, pp. 317-23 ; Templer, D., « Death Anxiety in Religiously Very Involved Persons », *Psychological Reports*, 1972, nº 31, pp. 361-367.

48. Iammarino, N., « Relationship between Death Anxiety and Demographic Variables », *Psychological Reports*, 1975, nº 37, p. 262.

49. Voir *Id., ibid.* ; Swenson, W., « Attitudes toward Death in an Aged Population », *Journal of Gerontology*, 1961, n° 16 (1) ; Christ, A., « Attitudes toward Death among a Group of Acute Geriatric Psychiatric Patients », *Journal of Gerontology*, 1961, n° 16 (1), pp. 56-9, Rhudick, P., Dibner, A., « Age, Personality, and Health Correlates of Death Concerns in Normal Aged Individuals », *Journal of Gerontology*, 1961, n° 16 (1), pp. 44-49.

50. Lieberman, M., Coplan, A., « Distance from Death as a Variable in the Study of Aging », *Developmental Psychology*, 1970, n° 2, pp. 71-84.

51. Means, M., « Fears of One Thousand College Women », *Journal of Abnormal and Social Psychology*, 1936, n° 31, pp. 291-311.

52. Middleton, W., « Some Reactions toward Death among College Students », *Journal of Abnormal and Social Psychology*, 1936, 3, pp. 165-173.

53. Templer, D., Ruff, C., « Death Anxiety Scale Means, Standard Deviations, and Embedding », *Psychological Reports*, 1971, 29 ; Iammarino, N., « Relationship between Death Anxiety and Demographic Variables », *Psychological Reports*, 1975, 37 ; Templer, D., Ruff, C., Franks, C., « Death Anxiety: Age, Sex, and Parental Resemblance in Disease Populations », *Developmental Psychology*, 1971, 4, p. 108.

54. Thauberger, P., « The Avoidance of Ontological Confrontation », thèse de doctorat, université de Saskatchewan, 1974.

55. Stacey, C., Markin, K., « The Attitudes of College Students and Penitentiary Inmates toward Death and a

Future Life », *Psychiatrie Quarterly*, supplément, 1952, n° 26, pp. 27-32.

56. Templer, D., « Death Anxiety as Related to Depression and Health of Retired Persons », *Journal of Gerontology*, 1971, n° 26, pp. 521-523.

57. Swenson, W., « Attitudes toward Death in an Aged Population », *Journal of Gerontology*, 1961, n° 16 (1) ; Munnichs, J., *Old Age and Finitude*, Bâle et New York, Karger, 1966 ; Shrut, S., « Attitude toward Old Age to Death », *Mental Hygiene*, 1958, n° 42, pp. 259-263.

58. Munnichs, J., *Old Age and Finitude*, *op. cit.* ; Christ, A., « Attitude toward Death among a Group of Acute Geriatric Psychiatrie Patients », art. cité, pp. 56-59 ; Kastenbaum, R., Aisenberg, R., *Psychology of Death*, *op. cit.* ; p. 107.

59. Kastenbaum, R., Aisenberg, R., *Psychology of Death*, *op. cit.*, 1972, p. 107.

60. Stacy, C., Reichers, M., « Attitudes toward Death and Future Life among Normal and Subnormal Adolescent Girls », *Exceptional Children*, 1959, n° 20, pp. 259-262.

61. Maurer, A., « Adolescent Attitudes toward Death », *Journal of Genetic Psychology*, 1964, n° 105, pp. 79-80.

62. Feifel, H., Branscomb, A., « Who's Afraid of Death ? », *Journal of Abnormal Psychology*, 1973, n° 81 (3), pp. 282-288 ; Feifel, H., Herman, L., « Fear of Death in the Mentally Ill », *Psychological Reports*, 1973, n° 33, pp. 931-938.

63. Feifel, H., Branscomb, A., « Who's Afraid of Death ? », art. cité.

64. Meissner, W., « Affective Response to Psychoanalytic Death Symbols », *Journal of Abnormal Psychology*, 1958, n° 56, pp. 295-299.

65. Magni, K. G., « Reactions to Death Stimuli among Theology Students », *Journal for the Scientific Study of Religion*, automne 1970, n° 9 (3), pp. 247-248.

66. Kastenbaum, R., Aisenberg, R., *Psychology of Death*, *op. cit.*, p. 95.

67. Rhudick, P., Dibner, A., « Age, Personality, and Health Correlates of Death Concerns in Normal Aged Individuals », *Journal of Gerontology*, 1961, n° 16 (1).

68. Shrut, S., « Attitude toward Old Age to Death », art. cité.

69. Swenson, W., « Attitudes toward Death in an Aged Population », art. cité.

70. Templer, D., « Death Anxiety as Related to Depression and Health of Retired Persons », *Journal of Gerontology*, 1971, n° 26.

71. Kogan, N., Shelton, R., « Beliefs about 'Old People' », *Journal of Genetic Psychology*, 1962, n° 100, pp. 93-111.

72. Kramer, M., Winget, C., Whitman, R., « A City Dreams: A Survey Approach to Normative Dream Content », *American Journal of Psychiatry*, 1971, n° 127, pp. 86-92.

73. Cason, H., « The Nightmare Dream », *Psychology Monographs*, 1935, n° 209, p. 46.

74. Feldman, M., Hersen, M., « Attitudes toward Death in Nightmare Subjects », *Journal of Abnormal Psychology*, 1967, n° 72, pp. 421-425 ; Lester, D., « The Fear of Death of Those Who Have Nightmares », *Journal of Psychology*, 1968, n° 69, pp. 245-247.

75. Handal, P., Rychlak, J., « Curvilinearity between Dream Content and Death Anxiety and the Relationship

of Death Anxiety to Repression Sensitivity », *Journal of Abnormal Psychology*, 1971, n° 77, pp. 11-16.

76. Bromberg, W., Schilder, P., « The Attitudes of Psychoneurotics toward Death », *Psychoanalytic Review*, 1936, n° 23, pp. 1-28.

77. Parks, C., « The First Year of Bereavement », *Psychiatry*, 1970, n° 33, pp. 444-467.

78. *L'Épopée de Gilgamesh*, trad. R. J. Tournay, Paris, Éditions du Cerf, 1994, pp. 181, 188.

79. Witt A., communication personnelle, septembre 1978.

80. Communication personnelle d'un ami.

81. Freud, S., *Sur la guerre et la mort*, in *Œuvres complètes*, volume XIII, *op. cit.*, p. 155.

82. Freud, S., Breuer, J., *Études sur l'hystérie*, *op. cit.*

83. Voir *Id., ibid.*, p. 6.

84. *Voir Id., ibid.*, p. 5.

85. Voir *Id., ibid.*, p. xii.

86. Voir *Id., ibid.*, p. 10.

87. Voir *Id., ibid.*, p. 25.

88. *Voir Id., ibid.*, p. 91.

89. Voir *Id., ibid.*, p. 48.

90. *Voir Id., ibid.*, p. 103.

91. Voir *Id., ibid.*, p. 108.

92. *Voir Id., ibid.*, p. 125.

93. Freud, S., *La Naissance de la psychanalyse*, éd. M. Bonaparte, A. Freud, E. Kris, trad. A. Berman, Paris, Presses universitaires de France, « Bibliothèque de psychanalyse », 1996.

94. Freud, S., Breuer, J., *Études sur l'hystérie*, *op. cit.*, p. 24.

95. Compton, A., « Psychoanalytic Theories of Anxiety », *Journal of American Psychoanalytic Association*, 1972, 20 (2), pp. 341-394.

96. Freud, S., Breuer, J., *Études sur l'hystérie*, *op. cit.*, *ibid.*

97. Voir *Id., ibid.*, p. 30.

98. Freud, S., *Inhibition, symptôme et angoisse*, in *Œuvres complètes*, volume XVII, *op. cit.*, p. 246.

99. Klein, M., « Sur la théorie de l'angoisse et de la culpabilité », in *Développements de la psychanalyse*, trad. W. Baranger, Presses universitaires de France, « Quadrige », 1966, pp. 254-273.

100. Fenichel, O., *La Théorie psychanalytique des névroses*, trad. M. Schlumberger, C. Pidoux, M. Cahen et M. Fain, Paris, Presses universitaires de France, « Bibliothèque de psychanalyse », 1979, p. 258.

101. Waelder, R., *Basic Theory of Psychoanalysis*, New York, International Universities Press, 1960.

102. Greenson, R., *Technique et pratique de la psychanalyse*, trad. F. Robert, Paris, Presses universitaires de France, « Bibliothèque de psychanalyse », 1977.

103. Freud, S., *Le Moi et le ça*, in *Œuvres complètes*, volume XVI, éd. A. Bourguignon, P. Cotet, J. Laplanche, Paris, Presses universitaires de France, 1991, p. 300.

104. *Voir Id., ibid.,* p. 301.

105. Freud, S., *Au-delà du principe de plaisir*, in *Œuvres complètes*, volume XV, éd. A. Bourguignon, P. Cotet, J. Laplanche, Paris, Presses universitaires de France, 1996, pp. 273-338.

106. Freud, S., *Sur la guerre et la mort*, in *Œuvres complètes*, volume XIII, *op. cit.*, p. 157.

107. Jones, E., *La Vie et l'œuvre de Sigmund Freud*, vol. I, trad. A. Berman, Paris, Presses universitaires de France, « Bibliothèque de psychanalyse », 1958, p. 45.

108. Voir *Id., ibid.*, p. 46.

109. *Voir Id., ibid.*, p. 50.

110. Brown, N., *Éros et Thanatos*, trad. R. Villoteau, Paris, Denoël, 1972.

111. Freud, S., *Sur la guerre et la mort*, in *Œuvres complètes*, volume XIII, *op. cit.*, pp. 127-157.

112. Freud, S., *Le Thème des trois coffrets*, in *Essais de psychanalyse appliquée*, trad. M. Bonaparte et E. Marty, Paris, Gallimard, « NRF », 1933, pp. 87-104.

113. Jones, E., *La Vie et l'œuvre de Sigmund Freud*, vol. I, II, III, trad. A. Berman, Paris, Presses universitaires de France, « Bibliothèque de psychanalyse », 1958, 1961, 1969.

114. Stone, I., *La Vie de Freud*, trad. J. Hall et J. Lagrange, Paris, Flammarion, 1972.

115. Par exemple, Wortis, J., *Psychanalyse à Vienne : notes sur mon analyse avec Freud*, trad. P. Rousseau, Paris, Denoël, 1974.

116. Par exemple, Freud, S., *La Naissance de la psychanalyse,* éd. M. Bonaparte, A. Freud, E. Kris, trad. A. Berman, Paris, Presses universitaires de France, « Bibliothèque de psychanalyse », 1996 ; Freud, S., *Correspondance avec le pasteur Pfister*, éd. E. Freud, H. Meng, trad. L. Jumel, Paris, Gallimard, 1991 ; Freud, S., Abraham, K., *Correspondance complète*, trad. F. Cambon, Paris, Gallimard, « NRF », 2006 ; Andreas-Salomé, L., *Correspondance avec Sigmund Freud*, trad. L. Jumel, Paris, Gallimard, « NRF », 1970.

117. Jones, E., *La Vie et l'œuvre de Sigmund Freud*, vol. I, *op. cit.*, p. 6.

118. *Voir Id., ibid.,* p. 22.

119. *Voir Id., ibid.,* p. 23.

120. Voir *Id., ibid.,* p. vi.

121. *Voir Id., ibid.,* p. 86.

122. Freud, S., « Lettre à Wilhelm Fliess du 21/09/1897 », *La Naissance de la psychanalyse, op. cit.*, pp. 192-93.

123. Voir *Id., ibid.*, « Lettre à Wilhelm Fliess du 20/10/1895 », pp. 114-115.

CHAPITRE 3

1. Anthony, S., *The Discovery of Death in Childhood and After*, New York, Basic Books, 1972.

2. Becker, E., *The Denial of Death*, New York, Free Press, 1973, p. 36.

3. Anthony, S., *The Discovery of Death in Childhood and After*, *op. cit.*

4. Voir *Id., ibid.,* pp. 155-156.

5. Voir *Id., ibid.,* p. 157.

6. Moellenkoff, F., « Ideas of Children about Death », *Bulletin of the Menninger Clinic*, 1939, n° 3, pp. 148-156.

7. Erikson, E., *Enfance et société*, trad. A. Cardinet, Lausanne, Paris, Delachaux et Niestlé, 1994, 7e éd.

8. Anthony, S., *The Discovery of Death in Chilàhood and After*, *op. cit.*, p. 78.

9. Kastenbaum, R., Aisenberg, R., *Psychology of Death*, *op. cit.*, p. 9.

10. Freud, S., *L'Interprétation du rêve*, in *Œuvres complètes*, volume IV, *op. cit.*, pp. 294-295.

11. Lapouse, R., Monk, M., « Fears and Worries in a Representative Sample of Children », *American Journal of Orthopsychiatry*, 1959, 29, pp. 803-818.

12. Harrison, S., Davenport, C., McDermott, J., « Children's Reactions to Bereavement », *Archives of General Psychiatry*, 1967, 17, pp. 593-597.

13. Anthony, S., *The Discovery of Death in Childhood and After*, *op. cit.* ; Nagy, M., « The Child's View of Death », *Journal of Genetic Psychology*, 1948, n° 73, pp. 3-27 ; Schilder, P., Wechsler, D., « The Attitudes of Children toward Death », *Journal of Genetic Psychology*, 1934, n° 45, pp. 406-51 ; Koocher, G., « Talking with Children about Death », *American Journal of Orthopsychiatry*, 1974, n° 44, pp. 404-411 ; MacIntire, M., Angle, C., Struempler, L., « The Concept of Death in Mid-Western Children and Youth », *American Journal of Disease of Children*, 1972, n° 123, pp. 527-532.

14. Nagy, M., « The Child's View of Death », art. cité.

15. Anthony, S., *The Discovery of Death in Childhood and After*, *op. cit.*, pp. 47-77.

16. Schilder, P., Wechsler, D., « The Attitudes of Children toward Death », art. cité.

17. Anthony, S., *The Discovery of Death in Childhood and After*, *op. cit.*, p. 158.

18. Furman, E., *A Child's Parent Dies*, New Haven, Connecticut, Yale University Press, 1974, p. 5. (*N.d.T.* : ouvrage non traduit ; traduction personnelle.)

19. Anthony, S., *The Discovery of Death in Childhood and After*, *op. cit.*, p. 255.

20. Sully, J., cité par Anthony, S., *The Discovery of Death in Childhood and After*, *op. cit.*, p. 269.

21. Piaget, J., cité par Anthony, S., *The Discovery of Death in Childhood and After*, *op. cit.*, p. 56.

22. Anthony, S., *The Discovery of Death in Childhood and After*, *op. cit.*, p. 59.

23. Kastenbaum, R., Aisenberg, R., *Psychology of Death*, *op. cit.*, p. 9.

24. Voir *Id., ibid.,* pp. 12 et suivantes. (*N.d.T.* : traduction personnelle.)

25. Brant, S., cité par Kastenbaum, R., Aisenberg, R., *Psychology of Death*, *op. cit.*, p. 14.

26. Kastenbaum, R., Aisenberg, R., *Psychology of Death*, *op. cit.*, p. 14.

27. Rochlin, G., *Griefs and Discontents: The Focus of Change*, Boston, Little & Brown, 1965, p. 27. (*N.d.T.* : ouvrage non traduit ; traduction personnelle.)

28. Rochlin, G., « How Younger Children View Death and Themselves », *Explaining Death to Children*, éd. E. Grollman, New York, Beacon Press, 1967.

29. Scheler, M., cité par Choron, J., *La Mort et la pensée occidentale*, Paris, Payot, 1969, p. 184.

30. Rochlin, G., « How Younger Children View Death and Themselves », *Explaining Death to Children*, *op. cit.*, p. 56.

31. Voir *Id., ibid.,* pp. 84-85. (*N.d.T.* : traduction personnelle.)

32. Klein, M., « Sur la théorie de l'angoisse et de la culpabilité », in *Développements de la psychanalyse*, trad. W. Baranger, Presses universitaires de France, « Quadrige », 1966, pp. 254-273.

33. Eissler, K., *The Psychiatrist and the Dying Patient*, New York, International Universities Press, 1959, pp. 57-58.

34 Freud, A., « Discussion of John Bowlby's Paper », *Psychoanalytic Study of the Child*, 1960, n° 15, pp. 53-62. (*N.d.T.* : contribution non traduite ; traduction personnelle.)

35 Furman, E., *A Child's Parent Dies*, *op. cit.*, p. 51. (*N.d.T.* : traduction personnelle.)

36 Anthony, S., *The Discovery of Death in Childhood and After*, *op. cit.*, p. 139. (*N.d.T.* : ouvrage non traduit ; traduction personnelle.)

37 Voir *Id., ibid.*, pp. 157-158.

38 Maurer, A., « Maturation of Concepts of Death », *British Journal of Medical Psychology*, 1964, n° 39, pp. 35-41.

39. Stern, M., « Pavor Nocturnis », *Internation Journal of Psychoanalysis*, 1951, n° 32, p. 302.

40. White, R., « Motivation Reconsidered: The Concept of Competence », *Psychological Review*, 1959, n° 66, pp. 297-333.

41. Maurer, A., « Maturation of Concepts of Death », art. cité.

42. Kastenbaum, R., Aisenberg, R., *Psychology of Death*, *op. cit.*, p. 29.

43. Maurer, A., « Maturation of Concepts of Death », art. cité.

44. MacIntire, M., Angle, C., Struempler, L., « The Concept of Death in Mid-Western Children and Youth », art. cité.

45. Alexander, I., Adlerstein, A., « Affective Responses to the Concept of Death in a Population of Children and Early Adolescents », *Journal of Genetic Psychology*, 1958, n° 93, pp. 167-177.

46. Nagy, M., « The Child's View of Death », art. cité.

47. Hostler, S., « The Development of the Child's Concept of Death », *The Child and Death,* éd. O. J. Sahler, St. Louis, Missouri, C. V. Mosby, 1978, p. 9.

48. Jaques, E., « Death and the Mid-Life Crisis », *International Journal of Psychoanalysis*, 1968, n° 46, pp. 502-513.

49. Masserman, J., *Principes de psychiatrie dynamique*, trad. C. Thomas, Paris, Presses universitaires de France, 1956.

50. Frankl, V., communication orale, 1974. (*N.d.T.* : traduction personnelle.)

51. Anthony, S., *The Discovery of Death in Childhood and After*, *op. cit.*, p. 154.

52. Voir *Id., ibid.,* p. 155.

53. Schilder, P., Wechsler, D., « The Attitudes of Children toward Death », art. cité.

54. Anthony, S., *The Discovery of Death in Childhood and After*, *op. cit.*, p. 155.

55. Voir *Id., ibid.,* p. 257.

56. Schilder, P., Wechsler, D., « The Attitudes of Children toward Death », *op. cit.*

57. Nagy, M., « The Child's View of Death », art. cité.

58. Koocher, G., « Talking with Children about Death », *American Journal of Orthopsychiatry*, 1974, n° 44.

59. Opie, I., *The Love and Language of School Children*, Oxford, Clarendon Press, 1959.

60. Maurer, A., « Maturation of Concepts of Death », art. cité.

61. Bowlby, J., *Attachement et perte*, vol. 2, « La Séparation », trad. B. de Panafieu, Paris, Presses universitaires de France, « Le Fil rouge », 1978.

62. Jersild, A., Holmes, F., *Children's Fears*, New York, Teachers College, Columbia University, 1935 ; Jersild, A., « Studies of Children's Fears », *Child Behavior and Development*, ed. R. Barker, J. Kounin, H. Wright, New York, Londres, McGraw-Hill, 1943.

63. Bowlby, J., *Attachement et perte*, vol. 2, *op. cit.*, pp. 113-24.

64. May, R., *The Meaning of Anxiety*, *op. cit.*, pp. 105-109.

65. Voir *Id., ibid.,* pp. 107-108. (*N.d.T.* : traduction personnelle.)

66. Klein, M., « Sur la théorie de l'angoisse et de la culpabilité », in *Développements de la psychanalyse*, trad. W. Baranger, Presses universitaires de France, « Quadrige », 1966, pp. 254-73 ; Winnicott, D., *Processus de maturation chez l'enfant : développement affectif et environnement*, trad. J. Kalmanovitch, Paris, Payot, « Science de l'homme », 1996.

67. Freud, A., « Discussion of John Bowlby's Paper », art. cité.

68. Anthony, S. *The Discovery of Death in Childhood and After*, *op. cit.*, p. 161. (*N.d.T.* : traduction personnelle.)

69. Wahl, C., « The Fear of Death », *The Meaning of Death*, ed. H. Feifel, New York, McGraw-Hill, 1959, pp. 214-23.

70. Freud, S., *Abrégé de psychanalyse*, trad. A. Berman, Paris, Presses universitaires de France, 1970, p. 56.

71. Rosenzweig, S., Bray, D., « Sibling Death in Anamneses of Schizophrenic Patients », *Psychoanalytic Review*, 1942, 49, pp. 71-92 ; Rosenzweig, S., « Sibling Death as a Psychological Experience with Special Reference to Schizophrenia », *Psychological Review*, 1943, 30, pp. 177-186.

72. Rosenzweig, S., « Sibling Death as a Psychological Experience with Special Reference to Schizophrenia », art. cité.

73. Voir *Id., ibid.*

74. Searles, H., « Schizophrenia and the Inevitability of Death », *Psychiatric Quarterly*, 1961, n° 35, pp. 631-655.

75. Hilgard, J., Newman, M., Fisk, F., « Strength of Adult Ego Following Childhood Bereavement », *American Journal of Orthopsychiatry*, 1960, n° 30, pp. 788-798.

76. Furman, E., *A Child's Parent Dies*, *op. cit.* ; Bowlby, J., *Attachement et perte*, vol. 2, « La Séparation », *op. cit.* ; Furman, R., « Death and the Young Child », *Psychoanalytic Study ofthe Child*, 1964, n° 29, pp. 321-333 ; Zeligs, R., *Children's Experience with Death*, Springfield, Illinois, C. C. Thomas, 1974, pp. 1-49.

77. Maurer, A., « Maturation of Concepts of Death », art. cité. (*N.d.T.* : contribution non traduite ; traduction personnelle.)

78. MacIntire, M., Angle, C., Struempler, L., « The Concept of Death in Mid-Western Children and Youth », art. cité ; Brown, F., « Depression and Childhood Bereavement », *Journal of Mental Science*, 1961, n° 107, pp. 754-577 ; Gregory, I., « Studies in Parental Deprivation in Psychiatrie Patients », *American Journal of Psychiatry*, 1958, n° 115, pp. 432-442 ; Pollack, G., « Childhood Parent and Sibling Loss in Adult Patients », *Archives of General Psychiatry*, octobre 1962, n° 7, pp. 295-305 ; Barry, H., Lindeman, E., « Critical Ages for Maternal Bereavement in Psychoneuroses », *Psychosomatic Medicine*, 1960, n° 22, pp. 166-181.

79. Hilgard, J., Newman, M., « Evidence for Functional Genesis in Mental Illness : Schizophrenia, Depressive

Psychoses and Psychoneurosis », *Journal of Nervous and Mental Disease*, 1961, n° 132, pp. 3-6.

80. Breckenridge, M., Vincent, E., *Child Development*, ed. W. B. Saunders, Philadelphie, Pennsylvanie, W. B. Saunders, 1960, p. 138. (*N.d.T.* : contribution non traduite ; traduction personnelle.)

81. Kübler-Ross, E., conférence à la Standford Medical School, mai 1978.

82. Ferenczi, S., cité par Anthony, S., *The Discovery of Death in Childhood and After*, *op. cit.*, p. 157. (*N.d.T.* : traduction personnelle.)

83. Anthony, S., *The Discovery of Death in Childhood and After*, *op. cit.*, p. 159. (*N.d.T.* : traduction personnelle.)

84. Bruner, J., cité par Galen, H., « A Matter of Life and Death », *Young Children*, août 1972, n° 27, pp. 351-356. (*N.d.T.* : contribution non traduite ; traduction personnelle.)

85. Galen, H., « A Matter of Life and Death », art. cité *Children*, août 1972, n° 27. (*N.d.T.* : traduction personnelle.)

86. Rochlin, G., « How Younger Children View Death and Themselves », *Explaining Death to Children*, *op. cit.*, p. 63. (*N.d.T.* : contribution non traduite ; traduction personnelle.)

CHAPITRE 4

1. Kierkegaard, S., cité par Becker, E., *The Denial of Death*, *op. cit.*, p. 70. (*N.d.T.* : ouvrage non traduit ; traduction personnelle.)

2. Rank, O., *Volonté et psychothérapie*, trad. J. Nass et C. Louis-Combet, Paris, Payot, « Science de l'homme », 2002, p. 178.

3. Tillich, P., *Le Courage d'être*, trad. F. Chapey, Paris, Éditions du Seuil, 1971, p. 54.

4. Becker, E., *The Denial of Death*, *op. cit.*, p. 70. (*N.d.T.* : traduction personnelle.)

5. Lifton, R., « The Sense of Immortality: On Death and the Continuity of Life », *Explorations of Psychohistory*, ed. R. Lifton, E. Oison, New York, Simon & Schuster, 1974, p. 282. (*N.d.T.* : traduction personnelle.)

6. Loesser, L., Bry, T., « The Role of Death Fears in the Etiology of Phobic Anxiety », *International Journal of Group Psychotherapy*, 1960, n° 10, pp. 287-297.

7. Rank, O., *Volonté et psychothérapie*, *op. cit.*

8. Fromm, E., *Escape from Freedom*, New York, Holt, Rinehart & Winston, 1941, p. 6. (*N.d.T.* : ouvrage non traduit ; traduction personnelle.)

9. Tolstoï, L., *La Mort d'Ivan Illitch*, trad. M. R. Hoffman, Paris, Le Livre de Poche, « Classique », 1976, pp. 56-57.

10. Frost, R., *In the Clearing*, New York, Holt, Rinehart & Winston, 1962, p. 39. (*N.d.T.* : poème non traduit ; traduction personnelle.)

11. Kazantzakis, N., *Lettre au Greco*, trad. M. Saunier, Paris, Presses Pocket, 1983, p. 486.

12. Kazantzakis, N., *L'Odyssée*, trad. J. Moatti, Paris, Plon, 1971.

13. Baker, C., *Hemingway : Histoire d'une vie*, trad. C. Noël et A. R. Picard, Paris, R. Laffont, 1971, p. 13.

14. Hemingway, E., *Le Vieil homme et la mer*, trad. J. Dutourd, Paris, Gallimard, « Folio », 2006.

15. Wahl, C., « Suicide as a Magical Act », *Bulletin of Menninger Clinic*, mai 1957, n° 21, pp. 91-98.

16. Kluckholm, F., Stroedbeck, F., *Variations in Value Orientations*, New York, Harper & Row, 1961, p. 15.

17. Keynes, J. M., cité par Brown, N., *Éros et Thanatos*, trad. R. Villoteau, Paris, Denoël, 1972, p. 140.

18. Tolstoï, L., *Anna Karenine*, trad. H. Mongault, Paris, Gallimard, « Folio », 1978, p. 162.

19. Feifel, H., *Taboo Topics*, ed. Norman Forberow, New York, Atherton Press, 1963, p. 15.

20. Rank, O., *Volonté et psychothérapie*, *op. cit.*, p. 182.

21. Ibsen, H., cité par Rank, O., *Volonté et psychothérapie*, *op. cit.*, p. 183.

22. Freud, S., *Quelques types de caractères dégagés par le travail psychanalytique*, in *Œuvres complètes*, volume XV, *op. cit.*

23. Rank, O., *Volonté et psychothérapie*, *op. cit.*, p. 169.

24. Maslow, A., *Être humain : la nature humaine et sa plénitude*, trad. A. Prigent et L. Nicolaief, Paris, Eyrolles, 2006, p. 57.

25. Becker, E., *The Denial of Death*, *op. cit.*, pp. 35-39.

26. Fromm, E., *Escape from Freedom*, *op. cit.*, pp. 174-179.

27. Masserman, J., *Principes de psychiatrie dynamique*, trad. C. Thomas, Paris, Presses universitaires de France, 1956.

28. Tolstoï, L., *La Guerre et la Paix*, trad. B. de Schloezer, Paris, Gallimard, « Folio Classique », 2007, pp. 418-422.

29. Kierkegaard, S., cité par May, R., *The Meaning of Anxiety*, *op. cit.*, p. 38 ; *La Maladie à la mort : guérir du*

désespoir – Un exposé psychologique chrétien pour l'édification et le réveil, trad. Paul-Henri Tisseau, Paris, Nathan, « Les Intégrales de philo », 2006, p. 85.

30. Heidegger, M., *Être et temps*, *op. cit.*, p. 111.

31. Arieti, S., « Psychotherapy of Severe Depression », *American Journal of Psychiatry*, 1977, nº 134 (8), pp. 864-868.

32. Voir *Id., ibid.* (*N.d.T.* : traduction personnelle.)

33. Yalom, I., Elkins, G., *Every Day Gets a Little Closer*, New York, Basic Books, 1974.

34. Rank, O., *Volonté et psychothérapie*, *op. cit.*, pp. 169-185.

35. Tietz, W., « School Phobia and the Fear of Death », *Mental Hygiene*, 1970, nº 54, pp. 565-568.

36. Communication orale, mai 1979.

37. Greenberger, E., « Fantasies of Women Confronting Death », *Journal of Consulting Psychology*, 1965, nº 29, pp. 252-260.

38. Mahler, M., Pine, F., Bergman, A., *La Naissance psychologique de l'être humain*, trad. J. Garon Leonard, Paris, Payot, « Science de l'homme », 1990.

39. Rank, O., *Volonté et psychothérapie*, *op. cit.*, p. 177.

40. Kierkegaard, S., *Crainte et tremblement*, trad. C. Le Blanc, Paris, Payot, « Poche », 1999, pp. 182-200.

41. Tillich, P., *Le Courage d'être*, *op. cit.*, p. 41.

42. Rank, O., *Volonté et psychothérapie*, *op. cit.*, p. 205.

43. Searles, H., « Schizophrenia and the Invevitability of Death », art. cité, pp. 631-655. (*N.d.T.* : contribution non traduite ; traduction personnelle.)

44. Voir *Id., ibid.* (*N.d.T.* : traduction personnelle.)

45. Voir *Id., ibid.* (*N.d.T.* : traduction personnelle.)

46. Voir *Id., ibid.* (*N.d.T.* : traduction personnelle.)

47. Voir *Id., ibid.* (*N.d.T.* : traduction personnelle.)

48. Brown, N., *Life Against Death*, New York, Vintage Books, 1959, p. 107.

49. Witkin, H., *Psychological Differentiation*, New York, John Wiley, 1962.

50. Witkin, H., « Psychological Differentiation and Forms of Pathology », *Journal of Abnormal Psychology*, 1965, n° 70 (5), pp. 317-336.

51. Rotter, J., « Generalized Expectancies for Internal vs. External Control of Reinforcement », *Psychological Monographs*, 1966.

52. Phares, E., *Locus of Control in Personality*, Morristown, New Jersey, General Learning Press, 1976.

53. Rotter, J., « Some Implications of Social Learning Theory for the Prediction of Goal Directed Behavior from Testing Procedures », *Psychology Review*, 1960, n° 67, pp. 301-316.

54. Mischel, W., Zeiss, R., Zeiss, A., « Internal-External Control and Persistence », *Journal of Personality and Social Psychology*, 1974, n° 29, pp. 265-278.

55. Phares E., *Locus of Control in Personality*, *op. cit.*

56. Voir *Id., ibid.*, pp. 144-156.

57. Voir *Id., ibid.*, p. 149.

58. Duz, P., « Comparison of the Effects of Behaviorally Oriented Action and Psychotherapy Reeducation of Intraversion-Extraversion, Emotionality, and Internal-External Control », *Journal of Counseling Psychology*, 1970, n° 17, pp. 567-572.

59. Witkin, H., « Psychological Differentiation and Forms of Pathology », art. cité ; Rotter, J., « Some Implications of Social Learning Theory for the Prediction

of Goal Directed Behavior from Testing Procedures », art. cité ; Phares, E., *Locus of Control in Personality*, *op. cit.*

60. Ryckman, R., Sherman, M., « Relationship between Self Esteem and Internal-External Locus of Control », *Psychological Reports*, 1973, n° 32, p. 1106 ; Fish, B., Karabenick, S., « Relationship between Self Esteem and Locus of Control », *Psychological Reports*, 1971, n° 29, p. 784.

61. Kilpatrick, D., Dubin, W., Marcotte, D., « Personality, Stress of the Medical Education Process and Changes in Affective Mood State », *Psychology Reports*, 1974, n° 3, pp. 1215-1223.

62. Melges, F., Weisz, A., « The Personal Future and Suicidal Ideation », *Journal of Nervous and Mental Disease*, 1971, n° 153, pp. 244-250 ; Lefcourt, H., *Locus of Control*, Hillsdale, New Jersey, Lawrence Erlbaum, 1976, p. 148.

63. Shybutt, J., « Time Perspective, Internal vs. External Control and Severity of Psychological Disturbance », *Journal of Clinical Psychology*, 1968, n° 24, pp. 312-315 ; Smith, C., Peyer, M., Distefano, M., « Internal-External Control and Severity Emotional Impairment », *Journal of Clinical Psychology*, 1971, n° 27, pp. 449-450.

64. Harrow, M., Ferrante, A., « Locus of Control in Psychiatrie Patients », *Journal of Consulting and Clinical Psychology*, 1969, n° 33, pp. 582-589 ; Cromwell, R., « Description of Parental Behavior in Schizophrenic and Normal Subjects », *Journal of Personality*, 1961, n° 29, pp. 363-379.

65. Fersten, C., « A Functional Analysis of Depression », *American Psychologist*, 1973, n° 28, pp. 857-870 ; Lewinsohn, P., cité par Lefcourt, H., *Locus of Control*, *op. cit.* ; Miller,

W., Seligman, M., « Depression and the Perception of Reinforcement », *Journal of Abnormal Psychology*, 1973, n° 82, pp. 62-73 ; Abramson, L., Sackeim, H., « A Paradox in Depression: Uncontrollability and Self-Blame », *Psychology Bulletin*, 1977, n° 84, pp. 838-852.

66. Tolor, A., Reznikoff, M., « Relation between Insight, Repression-Sensitization, Internal-External Control and Death Anxiety », *Journal of Abnormal Psychology*, 1967, n° 72, pp. 426-431.

67. Berman, A., Hays, J., « Relation between Death Anxiety, Belief in Afterlife, and Locus of Control », *Journal of Consulting and Clinical Psychology*, 1973, n° 41, p. 318.

CHAPITRE 5

1. Kazantzakis, N., *L'Odyssée*, *op. cit.*
2. Kierkegaard, S., cité par May, R., *The Meaning of Anxiety*, *op. cit.*, p. 37.
3. Heidegger, M., *Être et temps*, *op. cit.*, p. 305.
4. Nietzsche, F., *Le Gai Savoir*, trad. P. Wolting, Paris, Flammarion, 2007, p. 31.
5. Montaigne, M., « Que philosopher c'est apprendre à mourir », in *Essais*, vol. I, Paris, Gallimard, « Bibliothèque de la Pléiade », 2007, p. 91.
6. Santayana, G., cité par Fischer, K., « Ultimate Goals in Psychotherapy », *Journal of Existentialism*, hiver 1966-1967, n° 7, pp. 215-232.
7. Assagioli, R., *Psychosynthèse : principes et techniques*, trad. M. Panizza, Paris, Desclée de Brouwer, 1997, p. 117-120.

8. Landsberg, P., cité par Choron, J., *La Mort et la pensée occidentale*, *op. cit.*, p. 13.

9. Donne, J., *Devotions Upon Emergent Occasions and Death's Duel*, Cambridge, The University Press, 1923.

10. Gardner, R., « The Guilt Reaction of Parents of Children with Severe Physical Disease », *American Journal of Psychiatry*, 1969, n° 126, pp. 82-90.

11. Heidegger, M., *Être et temps*, *op. cit.*, p. 111.

12. Golburgh, S., Rotman, C., « The Terror of Life: A Latent Adolescent Nightmare », *Adolescence*, 1973, n° 8, pp. 569-574.

13. Jaques, E., « Death and the Mid-Life Crisis », art. cité, pp. 502-513.

14. Jung, C., cité par Levinson, D., *The Seasons of a Man's Life*, New York, Alfred A. Knopf, 1978, p. 4.

15. Krantz, D., *Radical Career Change: Life Beyond Work*, New York, Free Press, 1978.

16. Noyes, R., « Attitude Changes Following Near-Death Experiences », *Psychiatry*, 1980, n° 43.

17. Montaigne, M., « Que philosopher c'est apprendre à mourir », in *Essais*, vol. I, Paris, Gallimard, « Folio », 1973, p. 135.

18. Kurland., A., *et al.*, « Psychedelic Therapy Utilizing LSD in the Treatment of the Alcoholic Patient », *American Journal of Psychiatry*, 1967, n° 123 (10), pp. 1202-1209.

19. Silbermann, I., « The Psychical Experience during the Shocks in Shock-Therapy », *International Journal of Psychoanalysis*, 1940, n° 21, pp. 179-200.

20. Koestenbaum, P., *Is There an Answer to Death?*, Englewood Cliffs, New Jersey, Prentice-Hall, 1976, pp. 31-41 et 65-74.

21. Aronson, E., communication orale, 1977.

22. Laube, J., « Death and Dying Workshop for Nurses: Its Effects on Their Death Anxiety Level », *International Journal of Nursing Students*, 1977, n° 14, pp. 111-120 ; Murray, P. « Death Education and Its Effects on the Death Anxiety Level of Nurses », *Psychological Reports*, 1974, n° 35, p. 1250 ; Bugental, J., « Confronting the Existential Meaning of My Death Through Group Exercices », *Interpersonal Development*, 1973, n° 4, pp. 1948-1963 ; Whelan, W., Warren, W., « A Death Awareness Workshop: Theory Application and Results », manuscrit non publié, 1977.

23. Whelan, W., Warren, W., « A Death Awareness Workshop: Theory Application and Results », *id.*

24. Fowles, J., *Daniel Martin*, trad. A. Saumont, Paris, LGF, « Le Livre de Poche », 2000, p. 268.

25. Yalom, I., *et al.*, « The Written Summary as a Group Psychotherapy Technique », *Archives of General Psychiatry*, 1975, n° 32, pp. 605-613.

26. Zilboorg, G., « Fear of Death », *Psychoanalytic Quarterly*, 1943, n° 12, pp. 465-475. (*N.d.T.* : traduction personnelle.)

27. Freud, S., *Trois Essais sur la vie sexuelle*, in *Œuvres complètes*, volume VI, éd. A. Bourguignon, P. Cotet, J. Laplanche, Paris, Presses universitaires de France, 2006, pp. 59-182.

28. Stern, M., « Fear of Death and Neurosis », *Journal of American Psychoanalytic Association*, mai 1966, pp. 3-31.

29. Dante Alighieri, *La Divine Comédie*, « L'enfer », trad. J. Risset, Paris, Diane de Selliers, « La petite collection », 2008, p. 50.

30. Jaques, E., « Death and the Mid-Life Crisis », art. cité, pp. 502-513. (*N.d.T.* : contribution non traduite traduction personnelle.)

31. Rosenberg, H., « The Fear of Death as an Indispensable Factor in Psychotherapy », *American Journal of Psychotherapy*, 1963, n° 17, pp. 619-630.

32. Freud, S., Breuer, J., *Études sur l'hystérie*, *op. cit.*, p. 216.

33. Eliade, M., *Le Chamanisme et les techniques archaïques de l'extase*, Paris, Payot, 1968, p. 51.

34. *Voir Id., ibid.,* p. 51.

35. Stern, M., « Fear of Death and Neurosis », *Journal of American Psychoanalytic Association*, mai 1966.

36. Bugental, J., *The Search for Authenticity*, New York, Holt, Rinehart & Winston, 1965.

37. Hinton, J., « The Influence of Previous Personality on Reactions to Having Terminal Cancer », *Omega*, 1975, n° 6, pp. 95-111.

38. Nietzsche, F., cité par Brown, N., *Éros et Thanatos*, *op. cit.*, p. 139.

39. Searles, H., « Schizophrenia and the Inevitability of Death », art. cité, pp. 631-655.

40. Montaigne, M., « Que philosopher c'est apprendre à mourir », in *Essais*, vol. I, Paris, Gallimard, « Bibliothèque de la Pléiade », 2007, p. 88.

41. Whelan, W., Warren, W., « A Death Awareness Workshop: Theory Application and Results », manuscrit non publié, 1977.

42. Kaller, D., « An Evaluation of a Self-Instructional Program Designed to Reduce Anxiety and Fear about Death and the Relation of that Program to Sixteen Personal

History Variables », *Dissertation Abstracts*, mai 1975, n° 35 (11), p. 7125-A.

43. Pratt, E., « A Death Education Laboratory as a Medium for Influencing Feelings Toward Death », *Dissertation Abstracts*, 1974, 4026 (B).

44. Laube, J., « Death and Dying Workshop for Nurses: Its Effects on Their Death Anxiety Level », art. cité.

45. Murray, P., « Death Education and Its Effects on the Death Anxiety Level of Nurses », *Psychological Reports*, 1974, n° 35.

CHAPITRE 6

1. Sartre, J.-P., *L'Être et le Néant*, Paris, Gallimard, « Tel », 1976, p. 598.

2. Sartre, J.-P., *La Nausée*, Paris, Gallimard, « Folio », 1972, pp. 181-185.

3. Kant, E., *La Dissertation de 1770*, trad. P. Mouy, Paris, Vrin, « Bibliothèque des textes philosophiques », 2007, p. 69.

4. Russel, J., « Sartre, Therapy, and Expanding the Concept of Responsibility », *American Journal of Psychoanalysis*, 1978, n° 38, pp. 259-269.

5. Sartre, J.-P., *L'Être et le Néant*, *op. cit.*, p. 612.

6. Sartre, J.-P., cité par Follesdal, D., « Sartre on Freedom », *The Philosophy of Jean-Paul Sartre*, ed. Paul Schilpp, Chicago, Illinois, Open Court Publishing, 1981.

7. Sartre, J.-P., *L'Être et le Néant*, *op. cit.*, p. 598.

8. Fromm, E., *Espace from Freedom*, *op. cit.*

9. Kogod, R., communication orale, 1974.

10. Gatch, V. M., Temerlin, M., « Belief in Psychic Determinism and the Behavior of the Psychotherapist », *Review of Existential Psychology and Psychiatry*, 1965, n° 5, pp. 16-35.

11. Mazer, M., « The Therapeutic Function of the Belief in Will », *Psychiatry*, 1960, n° 23, pp. 45-52.

12. Perls, F., cité par Russel, J., « Sartre, Therapy, and Expanding the Concept of Responsibility », art. cité, pp. 259-269. (*N.d.T.* : traduction personnelle.)

13. Perls, F., Baumgardner, P., *Legacy from Fritz*, Palo Alto, Californie, Science and Behavior Books, 1975, pp. 45-46. (*N.d.T.* : ouvrage non traduit ; traduction personnelle.)

14. Levitsky, A., Perls, F., « The Rules and Games of Gestalt Therapy », *Gestalt Therapy now*, ed. J. Fagan et I. L. Shepherd, Palo Alto, Californie, Science and Behavior Books, 1973, p. 143. (*N.d.T.* : traduction personnelle.)

15. Voir *Id., ibid.,* p. 98. (*N.d.T.* : traduction personnelle.)

16. Perls, F., *Rêves et existence en Gestalt thérapie*, trad. A. Destandau-Denisov, Paris, Épi, « Hommes et groupes », 1972, p. 67.

17. Frankl, V., *Raisons de vivre*, Genève, Éditions du Tricorne, 1993.

18. Haley, J., *Un thérapeute hors du commun : Milton H. Erickson*, trad. F. Robert, Paris, Desclée de Brouwer, 1995 ; Watzlawick, P., Beavin, J., Jackson, D., *Une logique de la communication*, trad. J. Morche, Paris, Éditions du Seuil, 1979.

19. Perls, F., Baumgardner, P., *Legacy from Fritz*, *op. cit.*, p. 117.

20. Perls, F., *Rêves et existence en Gestalt thérapie*, *op. cit.*, p. 59.

21. Voir *Id., ibid.*, p. 58.

22. Perls, F., Baumgardner, P., *Legacy from Fritz*, *op. cit.*, p. 44.

23. Voir *Id., ibid.*, pp. 44-45.

24. Perls, F., *Rêves et existence en Gestalt thérapie*, *op. cit.* (*N.d.T.* : passage omis dans la traduction française de l'ouvrage ; traduction personnelle.)

25. Drye, R., Goulding, R., Goulding, M., « No Suicide Decision: Patient Monitoring of Suicidal Risk », *American Journal of Psychiatry*, 1973, n° 130, pp. 171-174.

26. Kaiser, H., *Effective Psychotherapy: The Contribution of Helmuth Kaiser*, ed. L. Fierman, New York, Free Press, 1965.

27. Voir *Id.*, *ibid.*, p. 135. (*N.d.T.* : traduction personnelle.)

28. Voir *Id.*, *ibid.*, p. 126. (*N.d.T.* : traduction personnelle.)

29. Voir *Id., ibid.*, p. 129. (*N.d.T.* : traduction personnelle.)

30. Kaiser, H., « The Problem of Responsibility in Psychotherapy », *Psychiatry*, 1955, n° 18, pp. 205-211.

31. Kaiser, H., *Effective Psychotherapy: The Contribution of Helmuth Kaiser, op. cit.*, pp. 159 et suivantes.

32. Voir *Id., ibid.*, pp. 172-202.

33. Dyer, W., *Vos Zones erronées*, trad. M. Deutsch, Paris, Tchou, 1977.

34. Voir *Id., ibid.*, p. 16.

35. Dyer, W., *Tirez vous-même les ficelles*, trad. inconnu, Paris, Mortagne, « Mortagne Poche », 1996.

36. Weinberg, G., *S'affirmer pour réussir par le principe de* self creation, trad. I. Reinharez, Paris, Belfond, 1979.

37. Dyer, W., *Vos Zones erronées*, *op. cit.,* pp. 206-208.

38. Voir *Id., ibid.,* pp. 227-228.

39. Lazarus, A., Fay, A., *I Can if I Want To*, New York, William Morrow, 1975.

40. Lande, N., *Mindstyles Lifestyles*, Los Angeles, Price, Stern, Sloan, 1976, pp. 135-146.

41. Bry, A., *EST – 60 Hours That Transform Your Life*, New York, Harper & Row, 1976, pp. 49-50. (*N.d.T.* : ouvrage non traduit ; traduction personnelle.)

42. Voir *Id., ibid.,* p. 53. (*N.d.T.* : traduction personnelle.)

43. Rinehart, L., *The Book of EST*, New York, Rinehart & Winston, 1976, pp. 142-144. (*N.d.T.* : traduction personnelle.)

44. Bry, A., *EST – 60 Hours That Transform Your Life*, *op. cit.*, p. 59. (*N.d.T.* : traduction personnelle.)

45. Rinehart, *The Book of EST*, *op. cit.*, pp. 144-145. (*N.d.T.* : traduction personnelle.)

46. Bry, A., *EST – 60 Hours That Transform Your Life*, *op. cit.*, p. 61.

47. Voir *Id., ibid.,* p. 71. (*N.d.T.* : ouvrage non traduit ; traduction personnelle.)

48. Voir *Id., ibid.,* pp. 72-73. (*N.d.T.* : traduction personnelle.)

49. Voir *Id., ibid.,* p. 73. (*N.d.T.* : traduction personnelle.)

50. Voir *Id., ibid.,* p. 72. (*N.d.T.* : traduction personnelle.)

51. Voir *Id., ibid.,* p. 76. (*N.d.T.* : traduction personnelle.)

52. Voir *Id., ibid.,* pp. 72-73. (*N.d.T.* : traduction personnelle.)

53. Voir *Id., ibid.*, p. 128. (*N.d.T.* : traduction personnelle.)

54. Voir *Id., ibid.*, p. 129. (*N.d.T.* : traduction personnelle.)

55. Fenwick, S., *Getting It: The Psychology of EST*, New York, J.-P., Lippincott, 1976, p. 181. (*N.d.T.* : ouvrage non traduit ; traduction personnelle.)

56. Ryckman, R., Sherman, M., « Relationship between Self Esteem and Internal-External Locus of Control », art. cité, p. 1106 ; Fish, B., Karabenick, S., « Relationship between Self Esteem and Locus of Control », *Psychological Reports*, 1971, n° 29, pp. 784-787.

57. Kilpatrick, D., Dubin, W., Marcotte, D., « Personality, Stress of the Medical Education Process and Changes in Affective Mood State », art. cité, pp. 1215-1223.

58. Melges, F., Weisz, A., « The Personal Future and Suicidal Ideation », art. cité, pp. 244-250 ; Lefcourt, H., *Locus of Control*, *op. cit.*, p. 148.

59. Rotter, J., « Generalized Expectancies for Internal vs. External Control of Reinforcement », art. cité.

60. Easterbrook, J., *The Determinants of Free Will*, New York, Academic Press, 1978, p. 26.

61. Harrow, M., Ferrante, A., « Locus of Control in Psychiatrie Patients », art. cité, pp. 582-589 ; Cromwell, R., « Description of Parental Behavior in Schizophrenic and Normal Subjects », *Journal of Personality*, 1961, n° 29, pp. 363-379.

62. Shybutt, J., « Time Perspective, Internal vs. External Control and Severity of Psychological Disturbance », *Journal of Clinical Psychology*, 1968, n° 24, pp. 312-315 ; Smith, C., Peyer, M., Distefano, M., « Internal-External Control

and Severity Emotional Impairment », *Journal of Clinical Psychology*, 1971, n° 27, pp. 449-450.

63. Fersten, C., « A Functional Analysis of Depression », *American Psychologist*, 1973, n° 28, pp. 857-870; Lewinsohn, P., cité par Lefcourt, H., *Locus of Control*, *op. cit.*, Miller, W., Seligman, M., « Depression and the Perception of Reinforcement », art. cité, pp. 62-73 ; Abramson, L., Sackeim, H., « A Paradox in Depression: Uncontrollability and Self-Blame », art. cité, pp. 838-852.

64. Seligman, M., *Helplessness: On Depression, Development and Death*, San Francisco, W. H. Freeman, 1975.

65. Seligman, M., Maier, S., « Failure of Escape Traumatic Shock », *Journal of Experimental Psychology*, 1967, n° 74, pp. 1-9; Overmier, J., Seligman, M., « Effects of Inescapable Shock upon Subsequent Escape », *Journal of Comparative and Physiological Psychology*, 1967, n° 63, pp. 23-33.

66. Hiroto, D., « Locus of Control and Learned Helplessness », *Journal of Experimental Psychology*, 1974, n° 102, pp. 187-193.

67. Hiroto, D., Seligman, M., « Generality of Learned Helplessness in Man », *Journal of Personality of Social Psychology*, 1975, n° 31, pp. 311-27.

68. Klein, D., Seligman, M., « Reversal of Performance Deficits and Perceptual Deficits in Learned Helplessness and Depression », *Journal of Abnormal Psychology*, 1976, n° 85, pp. 11-26.

69. Miller, W., Seligman, M., « Depression and the Perception of Reinforcement », art. cité, pp. 62-73.

70. Beck, A., *Depression: Clinical, Experimental and Theorical Aspects*, New York, Harper & Row, 1967.

71. Abramson, L., Sackeim, H., « A Paradox in Depression: Uncontrollability and Self-Blame », art. cité, pp. 838-852.

72. Lefcourt, H. *Locus of Control*, *op. cit.*, pp. 96-109 ; Phares, E., *Locus of Control in Personality*, *op. cit.*, pp. 144-156.

73. Phares E., *Locus of Control in Personality*, *op. cit.* ; Crandall, C., Katkovsky, W., Crandall, V., « Children's Beliefs in Their Own Control of Reinforcement in Intellectual-Academic Situations », *Child Development*, 1965, n° 36, pp. 91-109.

74. Gillis, J., Jessor, R., « Effects of Brief Psychotherapy on Belief in Internai Control », *Psychotherapy: Research and Practice*, 1970, n° 7, pp. 135-137.

75. Dua P. « Comparison of the Effects of Behaviorally Oriented Action and Psychotherapy Reducation on Intraversion-Extraversion, Emotionality, and Internal vs. External Control », *Journal of Counseling Psychology*, 1970, n° 17, pp. 567-572.

76. Nowick, S., Bernes, J., « Effects of a Structured Camp Experience on Locus of Control », *Journal of Genetic Psychology*, 1973, n° 122, pp. 247-252.

77. Foulds, M., « Change in Locus of Internal-External Control », *Comparative Group Studies*, 1971, n° 2, pp. 293-300 ; Foulds, M., Guinan, J., Warehine, R., « Marathon Group: Change in Perceived Locus of Control », *Journal of College Student Personnel*, 1974, n° 15, pp. 8-11 ; Dianard, M., Shapiro, J., « Change in Locus of Control as a Function of Encounter Group Experiences », *Journal of Abnormal Psychology*, 1973, n° 82, pp. 514-518.

78. Yalom, I., *Theory and Practice of Group Psychotherapy*, New York, Basic Books, 1975, pp. 77-98.

79. York, D., Eisman, C., étude non publiée.

80. Dreyer, J., University of West Virginia, étude non publiée.

81. Lieberman, M., Solow, N., Bond, G., Reibstein, J., « The Psychotherapeutic Impact of Women's Consciousness-raising Groups », *Archives of General Psychology*, 1979, n° 36, pp. 161-168.

82. Horowitz, L., « On the Cognitive Structure of Interpersonal Problems Treated in Psychotherapy », *Journal of Consulting and Clinical Psychology*, 1979, n° 47, pp. 5-15.

83. Helweg, G., cité par Phares, E., *Locus of Control in Personality*, *op. cit.*, p. 169.

84. Jacobsen, R., cité par Phares, E., *Locus of Control in Personality*, *ibid.*, p. 169.

85. Wilson, K., cité par Phares, E., *Locus of Control in Personality*, *op. cit.*, pp. 169-170.

86. Lieberman, M., Yalom, I., Miles, M., *Encounter Groups: First Facts*, New York, Basic Books, 1973.

87. Skinner, B., cité par Bandura, A., *Social Learning Theory*, Englewood Cliffs, New Jersey Prentice Hall, 1977, p. 203. (*N.d.T.* : traduction personnelle.)

88. Binswanger, L., *Discours, parcours et Freud, analyse existentielle, psychiatrie clinique et psychanalyse*, trad. R. Lewinter, Paris, Gallimard, 1970, p. 354.

89. Bandura, A., « Discours du Président », Assemblée de l'American Psychological Association, La Nouvelle Orléans, août 1974.

90. Voir *Ibid.* ; Bandura, A., « The Self System in Reciprocal Determinism, *American Psychologist*, 1978, n° 33 (4), pp. 344-358.

91. Bandura, A., « Discours du Président », Assemblée de l'American Psychological Association, La Nouvelle Orléans, août 1974.

92. Épictète, cité par Arendt, H., *Le Vouloir – La Vie de l'esprit*, vol. II, trad. L. Lotringer, Paris, Presses universitaires de France, 1993, p. 98.

93. Sartre, J.-P., *L'Être et le Néant*, *op. cit.*, p. 599.

94. Freud, S., *La Psychopathologie de la vie quotidienne*, trad. D. Messier, Paris, Gallimard, « NRF », 1997, pp. 299-312.

95. Simonton, O., Matthews-Simonton, S., Crieghton, J., *Guérir envers et contre tout : le guide quotidien du malade et de ses proches pour surmonter le cancer*, trad. A. Ancelin Schützenberger et L. Rothschild Lavigne, Paris, Épi, « Hommes et groupes », 1983.

96. Yalom, I., Greaves, C., « Group Therapy with the Terminally Ill », art. cité, pp. 396-400 ; Spiegel, D., Yalom, I., « Cancer Groups », *International Journal of Group Psychotherapy*, 1978, n° 28 (2), pp. 233-245.

97. Janis, I., *Psychological Stress*, New York, John Wiley, 1958.

98. Frankl, V., communication orale, 1972.

99. Yalom, I., Greaves, C., « Group Therapy with the Terminally Ill », art. cité ; Spiegel, D., Yalom, I., « Cancer Groups », *International Journal of Group Psychotherapy*, 1978, n° 28 (2).

100. Freud, S., *Nouvelles conférences d'introduction à la psychanalyse*, trad. R.-M. Zeitlin, Paris, Gallimard, « Folio essais », 1984, p. 92.

101. Buber, M., « Guilt and Guilt Feelings », *Psychiatry*, 1957, n° 20, pp. 114-129.

102. Heidegger, M., *Être et temps*, trad. F. Vezin, Paris, Gallimard, « NRF », 1986, p. 339.

103. Heidegger, M., *Être et temps*, *op. cit.*, 1986, p. 341.

104. Id., p. 342.

105. Tillich, P., *Le Courage d'être*, *op. cit.*, p. 41.

106. Kierkegaard, S., *La Maladie à la mort : guérir du désespoir – Un exposé psychologique chrétien pour l'édification et le réveil*, *op. cit.*, pp. 164-165.

107. Friedman, M., introduction à Buber, M., *Between Man and Man*, New York, MacMillan, 1965, p. xix ; Buber, M., *Le Chemin de l'homme d'après la doctrine hassidique*, trad. W. Heumann, Paris, Éditions du Rocher, 2005, pp. 19-20.

108. Rank, O., *Volonté et psychothérapie*, *op. cit.*

109. Allport, G., Feifel, H., Maslow, A., May, R., Rogers, C., *Psychologie existentielle*, trad. G. Zibell, Paris, Épi, 1971, p. 22.

110. May, Rollo, *Art of Counselling*, Nashville, Tennessee, Abingdon Press, Apex Books, 1967, p. 70. (*N.d.T.* : ouvrage non traduit ; traduction personnelle.)

111. May, R., Angel, E., Ellenberger, H., *Existence*, New York, Basic Books, 1958, p. 52. (*N.d.T.* : ouvrage non traduit ; traduction personnelle.)

112. Maslow, A., *Vers une psychologie de l'être*, trad. Mesrie-Hadesque, Paris, Fayard, 1972.

113. Buber, M., *The Knowledge of Man: selected essays*, New York, Harper & Row, 1965, pp. 121-148.

114. Murphy, G., *Human Potentialities*, New York, Basic Books, 1958.

115. Fromm, E., *Man for himself: an enquiry into the psychology of ethics*, New York, Rinehart, 1947.

116. Buhler, C., « Maturation and Motivation », *Dialectica*, 1951, n° 5, pp. 312-361.

117. Allport, G., *Becoming: basic considerations for a psychology of personality*, New Haven, Connecticut, Yale University Press, 1955.

118. Rogers, C., *Le Développement de la personne*, trad. E. L. Herbert, Paris, InterÉditions, 2005.

119. Jung, C., *L'Homme à la découverte de son âme : structure et fonctionnement de l'inconscient*, trad. R. Cahen, Paris, A. Michel, 1994.

120. Maslow, A., *Vers une psychologie de l'être*, *op. cit.*, pp. 21-50.

121. Horney, K., *Neurosis and Human Growth*, New York, W. W. Norton, 1950.

122. Voir *Id., ibid.,* p. 17.

123. Maslow, A., *Vers une psychologie de l'être*, *op. cit.*, p. 4.

124. Mill, J. S., cité par Arendt, H., *Le Vouloir – La Vie de l'esprit*, vol. II, trad. L. Lotringer, Paris, Presses universitaires de France, 1993, p. 117.

125. Saint Augustin, cité par Arendt, H., *Le Vouloir – La Vie de l'esprit*, *id.*, p. 118.

126. Kafka, F., *Journal*, trad. M. Robert, Paris, Librairie Générale Française, « Le Livre de Poche », 2002, p. 321.

127. Kafka, F., *Le Procès*, trad. A. Vialatte, Paris, Gallimard, « Folio », 1987.

128. Heuscher, J., « Inauthenticity, Flight from Freedom, Despair », *American Journal of Psychoanalysis*, 1976, n° 36, pp. 331-337.

129. Kafka, F., *Le Procès*, *op. cit.*, p. 325.

130. Kafka, F., cité par Buber, M., *The Knowledge of Man: selected essays*, *op. cit.*, p. 143.

131. Buber, M., *The Knowledge of Man: selected essays*, *op. cit.*, p. 143.

132. Heuscher, J., « Inauthenticity, Flight from Freedom, Despair », art. cité.

133. Voir *Id., ibid.*

134. Kierkegaard, S., cité par May, R., *The Meaning of Anxiety*, *op. cit.*, p. 40.

CHAPITRE 7

1. Wheelis, A., « The Place of Action in Personality Change », *Psychiatry*, 1950, n° 13, pp. 135-148. (*N.d.T.* : traduction personnelle.)

2. Wheelis, A., « Will and Psychoanalysis, *Journal of Psychoanalytic Association*, 1956, n° 4, pp. 285-303.

3. Voir *Id., ibid.*, (*N.d.T.* : traduction personnelle.)

4. Jones, E., *La Vie et l'œuvre de Sigmund Freud*, vol. I, *op. cit.*, p. 45.

5. Freud, S., cité par May, R., *Amour et vonlonté*, trad. L. Dilé, Paris, Stock, 1971, p. 221.

6. May, R., *Amour et vonlonté*, trad. L. Dilé, Paris, Stock, 1971, p. 221.

7. Freud, S., *Le Moi et le ça*, in *Œuvres complètes*, volume XVI, *op. cit.*, p. 293.

8. May, R., *Amour et vonlonté*, *op. cit.*, p. 242.

9. Hobbes, T., cité par Arendt, H., *Le Vouloir – La Vie de l'esprit*, vol. II, *op. cit.*, p. 38.

10. Spinoza, B., *Correspondance*, Sils Maria, « Les Immanents », 2000 ; Spinoza, B., *The Chief Works*, ed. R. H. Elwes, vol. II, New York, Dover, 1951, p. 390.

11. May, R., *Amour et volonté*, *op. cit.*, pp. 241-242.

12. Aristote, cité par Arendt, H., *Le Vouloir – La Vie de l'esprit*, vol. II, *op. cit.*, p. 29.

13. Arendt, H., *Le Vouloir – La Vie de l'esprit*, vol. II, *op. cit.*, p. 28.

14. Kant, E., cité par Arendt, H., *Le Vouloir – La Vie de l'esprit*, vol. II, *op. cit.*, p. 21.

15. Farber, L., *The Ways of the Will*, New York, Basic Books, 1966, p. 27.

16. Wheelis, A., « Will and Psychoanalysis », art. cité. (*N.d.T.* : traduction personnelle.)

17. Arieti, S., *The Will to Be Human*, New York, Quadrangle Books, 1972, p. 2. (*N.d.T.* : traduction personnelle.)

18. Wheelis, A., « Will and Psychoanalysis », art. cité. (*N.d.T.* : traduction personnelle.)

19. Arendt, H., *Le Vouloir – La Vie de l'esprit*, vol. II, *op. cit.*, p. 28.

20. Schopenhauer, A., *Le Monde comme volonté et comme représentation*, trad. A. Burdeau, Paris, Presses universitaires de France, « Quadrige », 2003.

21. Nietzsche, F., cité par Arendt, H., *Le Vouloir – La Vie de l'esprit*, *op. cit.*, p. 186.

22. Aristote, cité par Arendt, H., *Le Vouloir – La Vie de l'esprit*, vol. II, *op. cit.*, p. 30.

23. Arendt, H., *Le Vouloir – La Vie de l'esprit*, vol. II, *op. cit.*, p. 26.

24. James, W., *Précis de psychologie*, trad. N. Ferron, Paris, Les Empêcheurs de penser en rond, 2003, p. 585.

25. Becker, E., *The Denial of Death*, New York, Free Press, 1973.

26. Rank, O., *Volonté et psychothérapie*, *op. cit.*

27. *Voir Id., ibid.,* p. 161.

28. *Voir Id., ibid.,* p. 52.

29. Voir *Id., ibid.,* pp. 56-57.

30. Rank, O., « The Training of the Will and Emotional Development », *Journal of Otto Rank Associates*, décembre 1967, n° 3, pp. 51-74.

31. Voir *Id., ibid.,* p. 68. (*N.d.T.* : contribution non traduite ; traduction personnelle.)

32. Voir *Id., ibid.,* p. 68. (*N.d.T.* : traduction personnelle.)

33. Voir *Id., ibid.,* p. 69.

34. Rank, O., *La Volonté au bonheur : au-delà du freudisme*, trad. Y. Le Lay, Paris, Stock, 1975, pp. 47-48.

35. Rank, O., *Volonté et psychothérapie*, *op. cit.*, p. 32.

36. Voir *Id., ibid.,* p. 37.

37. Voir *Id., ibid.,* p. 37.

38. Voir *Id., ibid.,* p. 32.

39. Voir *Id., ibid.,* p. 36.

40. Tomkins, S., cité par May, R., *Amour et volonté*, *op. cit.*, p. 236.

41. Wheelis, A., « Will and Psychoanalysis », art. cité. (*N.d.T.* : contribution non traduite ; traduction personnelle.)

42. Rank, O., *Volonté et psychothérapie*, *op. cit.*, p. 42.

43. Voir *Id., ibid.,* p. 91.

44. Farber, L., *The Ways of the Will*, New York, Basic Books, 1966.

45. Voir *Id., ibid.*, p. 8. (*N.d.T.* : ouvrage non traduit ; traduction personnelle.)

46. Voir *Id., ibid.*, p. 15. (*N.d.T.* : traduction personnelle.)

47. May, R., *Amour et volonté*, *op. cit.*, p. 241.

48. Voir *Id., ibid.*, p. 233.

49. Voir *Id., ibid.*, p. 243.

50. Voir *Id., ibid.*, p. 211. (*N.d.T.* : ouvrage non traduit ; traduction personnelle.)

51. Freud, S., *L'Interprétation du rêve*, in *Œuvres complètes*, volume IV, *op. cit.*, pp. 619-623.

52. Voir *Id., ibid.*, pp. 561-677. (*N.d.T.* : voir le chapitre 7 intitulé « Sur la psychologie des processus de rêve » et notamment la section C « Sur l'accomplissement de souhait ».)

53. May, R., *Amour et volonté*, *op. cit.*, p. 257.

54. Voir *Id., ibid.*, p. 258.

55. Voir *Id., ibid.*, p. 266.

56. Voir *Id., ibid.*, pp. 266-267.

57. Rank, O., *Volonté et psychothérapie*, *op. cit.*, p. 38.

58. Arendt, H., *Le Vouloir – La Vie de l'esprit*, vol. II, *op. cit.*, pp. 183-4.

59. Keen, E., cité par May, R., *Amour et volonté*, *op. cit.*, p. 333.

60. May, R., *Amour et volonté*, *op. cit.*, p. 329.

61. Nemiah, J., « Alexithymia and Psychosomatic Illness », *Journal of Continuing Education and Psychiatry*, octobre 1978, pp. 25-38.

62. Freud, S., Breuer, J., *Études sur l'hystérie*, *op. cit.*

63. Yalom, I., *Theory and Practice of Group Psychotherapy*, New York, Basic Books, 1975, pp. 77-79.

64. Rose, S., « Intense Feeling Therapy », in *Emotional Flooding*, ed. P. Olsen, New York, Penguin Books, 1977, pp. 8-96.

65. Stampfl, T., Lewis, D., « Essentials of Implosive Therapy », *Journal of Abnormal Psychology*, 1967, n° 6, pp. 496-503.

66. Lowen, A., *La Bioénergie*, trad. M. Fructus, Paris, Tchou, 1983.

67. Olsen, P., *Emotional Flooding*, New York, Penguin Books, 1977.

68. Janov, A., *Le Cri primal : thérapie primale, traitement pour la guérison de la névrose*, trad. J. Étoré et F. Daunic, Paris, Flammarion, « Champs », 1978.

69. Sartre, J.-P., *L'Âge de raison*, Paris, Gallimard, « Folio », 1972, pp. 138-139.

70. Yalom, I., Bloch, *et al.*, « The Impact of a Weekend Group Experience on Individual Therapy », *Archives of General Psychiatry*, 1977, n° 34, pp. 399-415.

71. Hamburg, D., communication orale, 1968.

72. Alexander, F., French, T., *Psychoanalytic Theory: Principles and Applications*, New York, Ronald Press, 1946.

73. Perls, F., *The Gestalt Approach and Eye-Witness to Therapy*, Palo Alto, Californie, Science and Behavior Books, 1973, p. 63. (*N.d.T.* : ouvrage non traduit ; traduction personnelle.)

74. Voir *Id., ibid.*, pp. 63-64. (*N.d.T.* : traduction personnelle.)

75. Voir *Id., ibid.*, p. 68. (*N.d.T.* : traduction personnelle.)

76. Voir *Id., ibid.*, p. 73-74. (*N.d.T.* : traduction personnelle.)

77. Voir *Id., ibid*, p. 78. (*N.d.T.* : traduction personnelle.)

78. Perls, F. S., *Rêves et existence en Gestalt thérapie*, *op. cit.*, 1972, pp. 7-8.

79. Pohlster, E., Pohlster, M., *Gestalt Therapy Integrated*, New York, Brunner Mazel, 1973, p. 229. (*N.d.T.* : ouvrage non traduit, traduction personnelle.)

80. May, R., *Amour et volonté*, *op. cit.*, p. 264.

81. Bugental, J., « Intentionality and Ambivalence », in *William James: Unfinished Business*, ed. R. MacLeoad, Washington, D. C., American Psychological Association, 1969, pp. 93-98.

82. Voir *Id. ibid.* (*N.d.T.* : contribution non traduite ; traduction personnelle.)

83. Heidegger, M., *Être et temps*, *op. cit.*, p. 164.

84. Camus, A., *La Chute*, Paris, Gallimard, « Folio », 1972, p. 68.

85. Beckett, S., *En attendant Godot*, Paris, Éditions de Minuit, 1952, p. 124.

86. James, W., *Principles of Psychology*, Greenwich, Connecticut, Fawcett, 1963, pp. 365-401. (*N.d.T.* : ouvrage non traduit ; traduction personnelle.)

87. Goulding, R., « New Directions in Transactional Analysis: Creating an Environment for Redecision and Change », *Progress in Group and Family Therapy*, ed. C. Sager, H. et H. Kaplan, New York, Brunner Mazel, 1972, pp. 105-34. (*N.d.T.* : contribution et revue non traduites ; traduction personnelle.)

88. Dusay, J., Steiner, C., « Transactional Analysis in Groups », in *Comprehensive Group Therapy*, ed. H. Kaplan

et B. Sadock, Baltimore, Williams & Wilkins, 1971, pp. 198-240.

89. Goulding, R., « New Directions in Transactional Analysis: Creating an Environment for Redecision and Change », *op. cit.* (*N.d.T.* : contribution et revue non traduites ; traduction personnelle.)

90. Erikson, E., *Enfance et société*, trad. A. Cardinet, Lausanne, Paris, Delachaux et Niestlé, 1994.

91. Gardner, J., *Grendel*, trad. R. Daillie, Paris, 10-18, 1995, p. 150.

92. Estess, F., communication orale, 1977.

93. Heidegger, M., *Être et temps*, *op. cit.*, p. 305.

94. Wheelis, A., « Will and Psychoanaly sis », art. cité. (*N.d.T.* : contribution et revue non traduites ; traduction personnelle.)

95. *Dictionnaire de la philosophie*, Paris, Encyclopædia Universalis, Albin Michel, 2007.

96. Menaker, E., « Will and the Problem of Masochism », *Journal of Contemporary Psychotherapy*, 1969, n° 1, pp. 186-226. (*N.d.T.* : contribution et revue non traduites ; traduction personnelle.)

97. Jones, E., Gerard, H., *Foundations of Social Psychology*, New York, John Wiley, 1967, pp. 186-226.

98. Festinger, L., *A Theory of Cognitive* Dissonance, Evanston, Illinois, Row, Peterson, 1957.

99. Jones, E., Gerard, H., *Foundations of Social Psychology*, *op. cit.*, pp. 193-194.

100. Rhinehart, L., *L'Homme-dé*, trad. D. Coste, Paris, Éditions de l'Olivier, 1995.

101. Bugental, J., « Someone Needs to Worry: The Existential Anxiety of Responsibility and Decision», *Journal*

of Contemporary Psychotherapy, 1967, n° 2, pp. 41-53. (*N.d.T.* : contribution et revue non traduites ; traduction personnelle.)

102. White, R., « Motivation Reconsidered », *The Psychological Review*, 1959, n° 66, pp. 297-333.

103. Horney, K., *Neurosis and Human Growth*, New York, W. W. Norton, 1950.

104. Voir *Id., ibid.,* p. 17.

105. Greenwald, H., *Decision Therapy*, New York, Peter Wyden, 1973, p. 154.

106. Farber, L., *The Ways of the Will*, *op. cit.*, p. 27.

107. Greenwald, H., *Décision Therapy*, *op. cit.*, p. 22.

108. Voir *Id., ibid.,* p. 38.

109. May, R., *Amour et volonté*, *op. cit.*, p. 283.

110. Frank, J., « Emotional Reaction of American Soldiers to an Unfamiliar Disease », *Archives of General Psychiatry*, 1967, n° 17, pp. 416-427.

111. Lieberman, M., Yalom, I., Miles, M., *Encounter Groups: First Facts*, *op. cit.*

112. Nisbett, R., Wilson, T., « Tellin More Than We Can Know: Verbal Reports on Mental Process », *Psychological Reviews*, 1977, n° 84, pp. 231-258.

113. Yalom, I., *Theory and Practice of Group Psychotherapy*, *op. cit.*, pp. 440-5.

114. Freud, S., *Constructions dans l'analyse*, in *Résultats, idées, problèmes*, vol. 2, trad. E. R. Hawelka, U. Huber, J. Laplanche, Paris, Presses universitaires de France, « Bibliothèque de psychanalyse », 1985, pp. 270-271.

115. Voir *Id., ibid.,* p. 278.

116. Rank, O., *Volonté et psychothérapie*, *op. cit.*, p. 76.

117. Gatch, M., Termerlin, M., « Belief in Psychic Determinism and the Behavior of the Psychotherapist », *Review of Existential Psychological and Psychiatry*, 1965, n° 5, pp. 16-35.

118. Rank, O., *Volonté et psychothérapie*, *op. cit.*, p. 67.

119. Goffman, E., « The Moral Career of the Mental Patient », *Psychiatry*, 1959, n° 22, pp. 123-142.

120. Rycroft, C., *Psychoanalysis Observed*, Londres, Constable, 1966, p. 18.

CHAPITRE 8

1. Heidegger, M., *Être et temps*, *op. cit.*, p. 60.

2. Freud, S., *Inhibition, symptôme et angoisse*, in *Œuvres complètes*, volume XVII, *op. cit.*, pp. 236-240.

3. Mullahy, P., *Psychoanalysis and Interpersonal Psychiatry: The Contribution of Harry Stack Sullivan*, New York, Science House, 1970, p. 137.

4. Rogers, C., « The Loneliness of Contemporary Man as Seen in the Case of Ellen West », in *Review of Existential Psychology and Psychiatry*, 1961, n° 1, pp. 94-101.

5. Yalom, I., *Theory and Practice of Group Psychotherapy*, *op. cit.*, pp. 77-98.

6. Rogers, C., « The Loneliness of Contemporary Man as Seen in the Case of Ellen West », art. cité ; Fromm-Reichman, F., « Loneliness », *Psychiatry*, 1959, n° 22, pp. 1-16 ; Leiderman, H., « Intervention », *Psychiatry Clinics*, 1969, n° 6, pp. 155-174 ; Josephson, E., Josephson, M., *Man Alone*, New York, Dell Books, 1962 ; Rubins, J., « On the Psychopathology of Loneliness », *American Journal*

of Psychoanalysis, 1964, n° 24, pp. 153-165 ; Riesman, D., Denny, R., Glaser, N., *La Foule solitaire*, Paris, Arthaud, 1964 ; Moustakas, G., *Loneliness*, New York, Prentice-Hall, 1961 ; Wood, M., *Paths of Loneliness*, New York, Columbia University Press, 1953 ; Wenkert, A., « Regaining Identity through Relatedness », *American Journal of Psychoanalysis*, 1961, n° 22, pp. 227-233 ; Willig, W., « Discussion of A. Wenker paper », *American Journal of Psychoanalysis*, 1961, n° 22, pp. 235-239.

7. Wolfe, T., *L'Ange exilé : une histoire de la vie ensevelie*, trad. J. Michelet, Paris, Librairie Générale Française, « Le Livre de Poche », 1989, pp. 60-61.

8. Heidegger, M., *Être et temps*, *op. cit.*, p. 293.

9. Thuysbaert, P., *« Elckerlyc » ou Chacun de nous*, Mystère liturgique et allégorique en un acte, adapté du vieux flamand par Prosper Thuysbaert, Paris, A. Blot, 1927.

10. Fromm, E., *L'Art d'aimer*, trad. J.-L. Laroche et F. Tcheng, Paris, Desclée de Brouwer, 2007, p. 24.

11. Camus, A., « La Mort dans l'âme », in *L'Envers et l'endroit*, Paris, Gallimard, 1986, pp. 81-82.

12. Frost, R., « Desert Places », in *Complete Poems of Robert Frost*, New York, Henry Holt, 1949, p. 386. (*N.d.T.* : poème non traduit ; traduction personnelle.)

13. Reinhardt, K., *The Existential Revolt*, New York, Frederick Ungar, 1952, p. 235. (*N.d.T.* : ouvrage non traduit ; traduction personnelle.)

14. Heidegger, M., *Être et temps*, *op. cit.*, p. 238.

15. Heidegger, M., *Être et temps*, *ibid.*, pp. 404-405.

16. Dreyfuss, H., « Commentary on Being and Time », manuscrit non publié, 1977.

17. Nietzsche, F., cité par Heidegger, M., *Introduction à la métaphysique*, trad. G. Kahn, Paris, Gallimard, « Tel », 1992, p. 47.

18. Kaiser, H., *Effective Psychotherapy: The Contribution of Helmuth Kaiser*, *op. cit.*, p. 126. (*N.d.T.* : ouvrage non traduit ; traduction personnelle.)

19. Fromm, E., *Escape from Freedom*, *op. cit.*, p. 29.

20. Rank, O., *Volonté et psychothérapie*, *op. cit.*, p. 174.

21. Bugental, J., *The Search for Authenticity*, New York, Holt, Rinehart & Winston, 1965, p. 309.

22. Buber, M., *La Vie en dialogue*, trad. J. Loewenson-Lavi, Paris, Aubier, Éditions Montaigne, 1959, p. 117.

23. Voir *Id., ibid.*, p. 80.

24. Buber, M., *Je et Tu*, trad. G. Bianquis, Paris, Aubier, 1992, p. 38.

25. Voir *Id., ibid.,* pp. 48-51.

26. Buber, M., *La Vie en dialogue*, *op. cit.*

27. Buber, M., *Je et Tu*, *op. cit.*, p. 20.

28. Voir *Id., ibid.*, p. 35.

29. Voir *Id., ibid.*, p. 30.

30. Buber, M., *La Vie en dialogue*, *op. cit.*, pp. 129-30.

31. Voir *Id., ibid.*, p. 125.

32. *Voir Id., ibid.*, p. 130.

33. Frankl, V., « Encounter: The Concept and Its Vulgarization », *Journal of the American Academy of Psychoanalysis*, 1973, n° 1, pp. 73-83.

34. Buber, M., *La Vie en dialogue*, *op. cit.*, p. 125.

35. Voir *Id., ibid.*, p. 119.

36. Buber, M., *Je et Tu*, *op. cit.*, pp. 58-60.

37. Hillel, Avoth 1, 14.

38. Buber, M., *La Vie en dialogue*, *op. cit.*, pp. 105-106.

39. Maslow, A., *Vers une psychologie de l'être*, *op. cit.*, p. 23.

40. Voir *Id., ibid.*, p. 39.

41. Voir *Id., ibid.*, pp. 40-41.

42. Voir *Id., ibid.*, pp. 48-49.

43. Fromm, E., *L'Art d'aimer*, trad. J.-L. Laroche et F. Tcheng, Paris, Desclée de Brouwer, 2007.

44. Voir *Id., ibid.*, p. 24.

45. Voir *Id., ibid.*, p. 34.

46. Voir *Id., ibid.*, pp. 37-38.

47. Voir *Id., ibid.*, p. 59.

48. Voir *Id., ibid.*, p. 39.

49. Fromm, E., *Man for himself: an enquiry into the psychology of ethics*, New York, Rinehart, 1947, pp. 68-122.

50. Fromm, E., *L'Art d'aimer*, *op. cit.*, pp. 41-42.

51. Buber, M., *Je et Tu*, *op. cit.*, pp. 35-36.

52. Fromm, E., *L'Art d'aimer*, *op. cit.*, p. 43.

53. Voir *Id., ibid.*, p. 65.

54. Kierkegaard, S., *La maladie à la mort : guérir du désespoir – Un exposé psychologique chrétien pour l'édification et le réveil*, *op. cit.*, pp. 151-153.

55. Carroll, L., cité par Solomon J., « Alice and the Red King », *International Journal of Psychoanalysis*, 1963, n° 44, pp. 64-73 ; voir aussi Carroll, L., *Alice à travers le miroir*, trad. E. Riot, Paris, Éditions J'ai lu, « Librio », 2002, chapitre 4.

56. Yalom, I., *Theory and Practice of Group Psychotherapy*, *op. cit.*, pp. 440-445. (*N.d.T.* : ouvrage non traduit ; traduction personnelle.)

57. Arieti, S., « Psychotherapy of Severe Depression », art. cité, pp. 864-868.

58. Kaiser, H., *Effective Psychotherapy: The Contribution of Helmuth Kaiser*, *op. cit.*, p. 131. (*N.d.T.* : ouvrage non traduit ; traduction personnelle.)

59. Voir *Id., ibid.*, p. 110.

60. Bach, K., *Exit-Existentialism*, Belmont, Californie, Wadsworth, 1973, p. 28. (*N.d.T.* : ouvrage non traduit ; traduction personnelle.)

61. Kierkegaard, S., *La maladie à la mort : guérir du désespoir – Un exposé psychologique chrétien pour l'édification et le réveil*, *op. cit.*, p. 92.

62. Kaiser, H., *Effective Psychotherapy: The Contribution of Hellmuth Kaiser*, *op. cit.*, p. 131. (*N.d.T.* : ouvrage non traduit ; traduction personnelle.)

63. Fromm, E., *Escape from Freedom*, *op. cit.*, p. 29. (*N.d.T.* : ouvrage non traduit ; traduction personnelle.)

64. Freud, S., *L'Interprétation du rêve*, in *Œuvres complètes*, volume IV, *op. cit.*, pp. 199-317.

65. Greenspan, E., « Fantaisies of Women Confronting Death », art. cité, pp. 252-260.

66. Soloviev, V., cité par Becker, E., *Angel in Armor*, New York, George Braziller, 1969, p. 5. (*N.d.T.* : ouvrage non traduit ; traduction personnelle.)

67. Kierkegaard, S., *Le Journal du séducteur*, trad. F. et O. Prior et M.-H. Guignot, Paris, Gallimard, « Folio Essais », 1989.

68. Buber, M., *La Vie en dialogue*, *op. cit.*, p. 137.

69. Buber, M., *id., ibid.,*, p. 206.

70. Camus, A., *La Mort heureuse*, Paris, Gallimard, 1995, p. 123.

CHAPITRE 9

1. Russell, B., *Autobiographie*, trad. M. Berveiller, Paris, Stock, 1967, p. 277.

2. Voir *Id., ibid.*, p. 275.

3. Yalom, I., *Theory and Practice of Group Psychotherapy*, *op. cit.*, pp. 78-83.

4. Whitehead, A., *Religion in the Making*, Londres, Cambridge University Press, 1962, p. 16. (*N.d.T.* : ouvrage non traduit ; traduction personnelle.)

5. Fromm, E., *L'Art d'aimer*, *op. cit.*, p. 132.

6. Moustakas, G., *Loneliness*, *op. cit.* ; Wood, M., *Paths of Loneliness*, *op. cit.*, p. 47. (*N.d.T.* : ouvrages non traduits ; traduction personnelle.)

7. Camus, A., cité par Charlesworth, M., *The Existentialists and Jean-Paul Sartre*, Brisbane, Australie, University of Queensland Press, 1975, p. 5. (*N.d.T.* : traduction personnelle.)

8. Hobson, R., « Loneliness », *Journal of Analytic Psychology*, 1974, n° 19, pp. 71-89. (*N.d.T.* : revue et contribution non traduites ; traduction personnelle.)

9. Bollendorf, R., thèse de doctorat non publiée, Northern Illinois University, 1976.

10. Will, O., communication orale, Standford University, Department of Psychiatry, 1978.

11. Sherby, L., « The Use of Isolation in Ongoing Psychotherapy », *Psychotherapy: Theory, Research and Practice*, 1975, n° 12, pp. 173-174.

12. Yalom, I., Bloch, *et al.*, « The Impact of a Weekend Group Experience on Individual Therapy », *Archives of General Psychiatry*, 1977, n° 34, pp. 399-415.

13. Truax, C., Mitchell, K., « Research on Certain Therapist Interpersonal Skills in Relation to Process and Outcome », in *Handbook of Psychotherapy*, ed. Bergin, A., Garfield, S., New York, John Wiley, 1971, pp. 299-344 ; Rogers, C. « Empathic: An Unappreciated Way of Being », *Counseling Psychologist*, 1975, n° 5 (2), pp. 2-10 ; Truax, C., Carkuff, R., *Toward Effective Counseling and Psychotherapy: Training and Practice*, Chicago, Adline, 1967 ; Barrett-Lennard, G., « Dimensions of Therapist Response as Causal Factors in Therapeutic Change », *Psychological Monographs 76*, n° 43, 1962 ; Fieder, E., « A Comparison of Therapeutic Relationships in Psychoanalytic, Non-Directive and Adlerian Therapy », *Journal of Consulting Psychology*, 1950, n° 14, pp. 436-445 ; Bergin, A., Jasper, L., « Correlates of Empathy in Psychotherapy: A Replication », *Journal of Abnormal Psychology*, 1969, n° 74, pp. 477-481 ; Bergin, A., Solomon, S., « Personality and Performance Correlates of Empathic Understanding in Psychotherapy, in *New Directions in Client-Centered Therapy*, ed. Hart, J., Tomlinson, T., Boston, Houghton Mifflin, 1970, pp. 223-236.

14. Standal, S., Corsini, R., ed., *Critical Incidents in Psychotherapy*, Englewood Cliffs, New Jersey, Prentice Hall, 1959.

15. Voir *Id., ibid.*, p. 3. (*N.d.T.* : ouvrage non traduit ; traduction personnelle.)

16. *Voir Id., ibid.*, p. 41.

17. Voir *Id., ibid.*, p. 67.

18. Voir *Id., ibid.*, p. 90.

19. Voir *Id., ibid.*, p. 158.

20. Voir *Id., ibid.*, p. 178.

21. Freud, S., Breuer, J., *Études sur l'hystérie*, *op. cit.*

22. Buber, M., *The Knowledge of Man: selected essays*, *op. cit.*, p. 81.

23. *Voir Id., ibid.*, p. 82.

24. Yalom, I., Elkins, G., *Every Day Gets a Little Closer*, *op. cit.*

25. Kaiser, H., *Effective Psychotherapy: The Contribution of Helmuth Kaiser*, *op. cit.*

26. Fisher, K., « Ultimate Goals in Therapy », *Journal of Existentialism: The International Quarterly of Existential Thought*, 1967, n° 7, pp. 215-32. (*N.d.T.* : revue et contribution non traduites ; traduction personnelle.)

27. Buber, M., *The Knowledge of Man: selected essays*, *op. cit.*, pp. 171-172. (*N.d.T.* : ouvrage non traduit ; traduction personnelle.)

28. Seguin, C., *Love and Psychotherapy*, New York, Libra, 1965, p. 113.

29. Voir *Id., ibid.*, p. 121. (*N.d.T.* : ouvrage non traduit ; traduction personnelle.)

30. Buber, M., *The Knowledge of Man: selected essays*, *op. cit.*, p. 82.

31. Buber, M., *Je et Tu*, *op. cit.*, p. 80.

32. Voir *Id., ibid.*, p. 82.

33. Heidegger, M., *Être et temps*, *op. cit.*, p. 163.

34. Buber, M., *The Knowledge of Man: selected essays*, *op. cit.*, pp. 156-84.

35. Rosenhahn, D., « On Being Sane in Insane Places », *Science*, 1973, n° 179, pp. 25-58.

36. Freud, S., *Remarques sur l'amour de transfert*, in *Œuvres complètes*, volume XII, éd. A. Bourguignon,

P. Cotet, J. Laplanche, Paris, Presses universitaires de France, 2005, p. 209.

37. Freud, S., *Remarques sur l'amour de transfert*, *ibid.*, p. 205.

38. Ferenczi, S., cité par Foulkes, S., « A Memorandum on Group Therapy », British Military Memorandum, ADM, juillet 1945. (*N.d.T.* : contribution non traduite; traduction personnelle.)

39. Greenson R., Wexler, M., « The Non-Transference Relationship in the Psychoanalytic Situation », *International Journal of Psychoanalysis*, 1969, n° 50, pp. 27-39.

40. Freud, A., « The Widening Scope of Indications for Psychoanalysis, *Journal of American Psychoanalytic Association*, 1954, n° 2, pp. 607-620. (*N.d.T.* : contribution non traduite; traduction personnelle.)

41. Greenson R., Wexler, M., « The Non-Transference Relationship in the Psychoanalytic Situation », art. cité, pp. 27-39. (*N.d.T.* : contribution non traduite; traduction personnelle.)

42. Voir *Id., ibid.*

43. Buber, M., *Je et Tu*, *op. cit.*, p. 60.

CHAPITRE 10

1. Anonyme, cité par Cantril, H., Bumstead, C., *Reflections on the Human Venture*, New York, New York University Press, 1960, p. 308.

2. Tolstoï, L., *Confession*, suivi de *Quelle est ma foi* et de *Pensées sur Dieu*, trad. Luba Jurgenson, Paris, Pygmalion, 1998, pp. 28-29.

3. Voir *Id., ibid.*, p. 30.

4. Voir *Id., ibid.*, p. 30.

5. Voir *Id., ibid.*, pp. 30-31.

6. Voir *Id., ibid.*, p. 40.

7. Camus, A., cité par Jaffé, A., *The Myth of Meaning in the Work of C. G. Jung*, Londres, Hodden & Stoughton, 1970, page de titre. (*N.d.T.* : ouvrage non traduit ; traduction personnelle.)

8. Jung, C., cité par Jaffé, A., *Id., ibid.*, p. 130.

9. Jung, C., *La Guérison psychologique*, trad. R. Cahen, Genève, Librairie de l'Université, p. 112.

10. Frankl, V., « The Feeling of Meaninglessness: A Challenge to Psychotherapy », *American Journal of Psychoanalysis*, 1972, n° 32, pp. 85-89 ; Frankl, V., *Raisons de vivre*, Genève, Éditions du Tricorne, 1993 ; Frankl, V., *The Doctor and the Soul*, New York, Alfred A. Knof, 1965 ; Frankl, V., *Ärztliche Seelsorge: Grundlagen der Logotherapie und Existenzanalyse*, Francfort-sur-le-Main, Fischer-Taschenbuch-Verl., 1991.

11. Maddi, S., « The Search for Meaning », in *The Nebraska Symposium on Motivation – 1970*, ed. W. Arnold, M. Page, Lincoln, Nebraska, University of Nebraska Press, 1970, pp. 137-186. (*N.d.T.* : contribution non traduite ; traduction personnelle.)

12. Maddi, S., « The Existential Neurosis », *Journal of Abnormal Psychology*, 1967, n° 72, pp. 311-325. (*N.d.T.* : contribution non traduite ; traduction personnelle.)

13. Wolman, B., « Principles of International Psychotherapy », in *Psychotherapy: Theory, Research and Practice*, 1975, n° 12, pp. 149-159. (*N.d.T.* : contribution non traduite ; traduction personnelle.)

14. Hobbs, N., « Sources of Gain in Psychotherapy », *American Psychologist*, 1967, n° 17, pp. 42-48. (*N.d.T.* : contribution non traduite ; traduction personnelle.)

15. *The Encyclopedia of Philosophy*, vol. IV, ed. P. Edwards *et al.*, New York, Macmillan and Free Press, 1967, pp. 467-478.

16. Pascal, B., cité par Frankl, V., *The Doctor and the Soul*, *op. cit.*, p. 31 ; Frankl, V., *Ärztliche Seelsorge : Grundlagen der Logotherapie und Existenzanalyse*, *op. cit.* (*N.d.T.* : ouvrage non traduit ; traduction personnelle.)

17. Frankl, V., *Raisons de vivre*, *op. cit.*

18. Maïmonide, M., *Le Guide des Égarés*, vol. II, trad. Munk, S., Paris, G.-P. Maisonneuve et Larose, 1981.

19. Jung, C., cité par Jaffé, A., *The Myth of Meaning in the Work of C. G. Jung*, *op. cit.* (*N.d.T.* : ouvrage non traduit ; traduction personnelle.)

20. Jung, C., *Ma vie : souvenirs, rêves, pensées*, *op. cit.*, p. 295.

21. Hegel, G., cité par Jaffé, A., *The Myth of Meaning in the Work of C. G. Jung*, *op. cit.*, p. 145. (*N.d.T.* : ouvrage non traduit ; traduction personnelle.)

22. Rilke, R., *Le Livre de la pauvreté et de la mort*, trad. M. Cornebize, Versailles, 2006.

23. Mann, T., cité par Jaffé, A., *The Myth of Meaning in the Work of C. G. Jung*, *op. cit.*, p. 140 ; Mann, T., *L'Artiste et la société*, trad. L. Servicen, Paris, Grasset, 1973, p. 325.

24. Teilhard de Chardin, P., *Le Phénomène humain*, Paris, Éditions du Seuil, 2007.

25. Merchant, C., *The Death of Nature: Women, Ecology and Scientific Revolution*, San Francisco, Harper & Row, 1980.

26. Pope, A., *Essai sur l'homme*, trad. M. Pinson, Cœuvres-et-Valsery, Ressouvenances, 1995, p. 45.

27. Dobzhansky, T., *The Biology of Ultimate Concern*, New York, New American Library, 1978, p. 133. (*N.d.T.* : ouvrage non traduit ; traduction personnelle.)

28. Teilhard de Chardin, P., cité par Dobzhansky, T., *The Biology of Ultimate Concern*, New York, New American Library, 1978, p. 137 ; Teilhard de Chardin, P., *Le Phénomène humain*, *op. cit.*, p. 245.

29. Camus, A., *Le Mythe de Sisyphe*, *op. cit.*

30. Camus, A., *La Mort heureuse*, *op. cit.*

31. Camus, A., *L'Étranger*, *op. cit.*

32. Camus, A., *Le Mythe de Sisyphe*, *op. cit.*, p. 166.

33. Camus, A., *La Peste*, *op. cit.*

34. Sartre, J.-P., cité par Hepburn, R., « Questions about the Meaning of Life », *Religious Studies*, 1965, n° 1, pp. 125-140 ; Hepburn, R., 1965, "Questions About the Meaning of Life", repr. in *The Meaning of Life*, 2e ed., ed. E. D. Klemke, New York, Oxford University Press, 2000, pp. 261-76 ; Sartre, J.-P., *La Nausée*, *op. cit.*

35. Sartre, J.-P., *Huis clos*, suivi de *Les Mouches*, Paris, Gallimard, « Folio », 2000.

36. Voir *Id., ibid.*, p. 177.

37. Voir *Id., ibid.*, p. 179.

38. Voir *Id., ibid.*, p. 180.

39. Voir *Id., ibid.*, pp. 180-1.

40. Voir *Id., ibid.*, p. 182.

41. Voir *Id., ibid.*, p. 205.

42. Voir *Id., ibid.*, p. 210.

43. Voir *Id., ibid.*, pp. 236-237.

44. Voir *Id., ibid.*, p. 238.

45. Voir *Id., ibid.*, p. 241.

46. Allport, G., cité par Frankl, V., *Raisons de vivre*, *op. cit.*, p. 62.

47. Jung, C., cité par Jaffé, A., *Der Mythus vom Sinn im Werk von C. G. Jung*, Zurich, Daimon Verl., 1983, p. 140; Jung, C. G., *Ma vie : souvenirs, rêves, pensées*, *op. cit.*

48. Jaspers, K., cité par Frankl, V., *Raisons de vivre*, *op. cit.*, p. 38.

49. Durant, W., *On the Meaning of Life*, New York, ed. Ray Long, Richard R. Smith, 1932, pp. 128-129. (*N.d.T.* : ouvrage non traduit; traduction personnelle.)

50. Voir *Id., ibid.*, p. 129.

51. Taylor, I., cité par Maddi, S., « The Strenuousness of the Creative Life », *in* ed. Taylor I., A., et Getzels, J. W., *Perspectives in Creativity*, Chicago, Aldine, 1975, pp. 173-190.

52. Beethoven, L., cité par Andics, M. von, *Suicide and the Meaning of Life*, Londres, William Hodge, 1947, p. 178. (*N.d.T.* : ouvrage non traduit; traduction personnelle.)

53. Roe, A., « Changes in Scientific Activities with Age », *Science*, 1965, n° 150, pp. 313-318. (*N.d.T.* : ouvrage non traduit; traduction personnelle.)

54. Crosby, M., communication orale, 1979.

55. Koestenbaum, R., *Is There an Answer to Death?*, Englewood Cliffs, New Jersey, Prentice-Hall, 1976, pp. 37-38.

56. Brennecke, J., Amick, R., *The Struggle for Significance*, 2nd ed., Beverly Hills, Californie, Clencoe Press, 1975, pp. 9-10.

57. Maslow, A., *Vers une psychologie de l'être*, *op. cit.*, p. 176.

58. Buber, M., *Le Chemin de l'homme : d'après la doctrine hassidique*, trad. W. Heumann, Monaco, Alphée, 2006; « The

Way of Man According to the Teachings of Hasidism », in *Religion from Tolstoy to Camus*, ed. W. Kaufmann, New York, Harper Torchbooks, 1961, pp. 425-441.

59. Buber, M., *Le Chemin de l'homme : d'après la doctrine hassidique*, trad. W. Heumann, Paris, Éditions du Rocher, 2005, p. 44.

60. Erikson, E., *Enfance et société*, trad. A. Cardinet, Lausanne, Paris, Delachaux et Niestlé, 1994, 7e éd., pp. 169-180.

61. Vaillant, G., *Adaptation to Life*, Boston, Little, Brown, 1977 ; Gould, R., « The Phases of Adult Life: A Study in Developmental Psychology », *American Journal of Psychiatry*, 1972, n° 129, pp. 521-531 ; Levinson, D., *The Seasons of A Man's Life*, New York, Alfred A. Knopf, 1978.

62. Erikson, E., *Enfance et société*, *op. cit.*, p. 179.

63. Vaillant, G., *Adaptation to Life*, *op. cit.*, p. 228.

64. Voir *Id., ibid.*, p. 232.

65. Voir *Id., ibid.*, p. 343.

66. Hann, N. et Block, J., cité par Vaillant, G., *Adaptation to Life*, *op. cit.*, p. 330.

67. Frankl, V., *Découvrir un sens à sa vie : avec la logothérapie*, *op. cit.*

68. Frankl, V., communication orale, 1971.

69. Frankl, V., *Raisons de vivre*, *op. cit.*, p. 22.

70. Frankl, V., « Self-transcendence as a Human Phenomenon », *Journal of Humanistic Psychology*, 1966, n° 6, pp. 97-107 (*N.d.T.* : contribution et revue non traduites ; traduction personnelle.)

71. Buhler, C., « The Human Course of Life in Its Goal Aspects », *Journal of Humanistic Psychology*, 1964, n° 4, pp. 1-17.

72. Allport, G., *Becoming: Basic Considerations for a Psychology of Personality*, New Haven, Connecticut, Yale University Press.

73. Frankl, V., *Découvrir un sens à sa vie : avec la logothérapie*, *op. cit.*, p. 103.

74. Frankl, V., « Self-transcendence as a Human Phenomenon », art. cité, pp. 97-107. (*N.d.T.* : contribution et revue non traduites ; traduction personnelle.)

75. Frankena, W., *Ethics*, New York, Prentice-Hall, 1973, p. 86.

76. Watts, A., *La Signification du bonheur*, trad. W. Desmond, Paris, Denoël, 1980, p. 8.

77. Frankl, V., *Découvrir un sens à sa vie : avec la logothérapie*, *op. cit.*, p. 100.

78. Ungersma, A., *The Search for Meaning*, Philadelphie, Pennsylvanie, Westminister Press, 1961, pp. 27 et suivantes.

79. Frankl, V., « Self-transcendence as a Human Phenomenon », art. cité, *ibid.*

80. Frankl, V., *Découvrir un sens à sa vie : avec la logothérapie*, *op. cit.*, p. 100.

81. *Id., ibid.*

82. Frankl, V., *Raisons de vivre*, *op. cit.*, p. 66.

83. Frankl, V., cité par Fabry, J., *The Pursuit of Meaning*, Boston, Beacon Press, 1968, p. 40.

84. Voir *Id., ibid.*, p. 44. (*N.d.T.* : ouvrage non traduit ; traduction personnelle.)

85. Frankl, V., *Raisons de vivre*, *op. cit.*, p. 21 ; Frankl, V., *Découvrir un sens à sa vie : avec la logothérapie*, *op. cit.*, p. 88.

86. Bloch, S., *et al.*, « Outcome in Psychotherapy Evaluated by Independent Judges », *British Journal of Psychiatry*, 1977, n° 131, pp. 410-414 ; Bond, G., *et al.*, « The

Evaluation of the 'Target Problem' Approach to Outcome Measures », *Psychotherapy: Theory, Research and Practice*, 1979, n° 16 (1), pp 48-54.

87. Garner, J., thèse de doctorat, Université de Chicago, 1977.

88. Freud, S., cité par Edwards, « Meaning and Value », p. 477 ; Freud, S., À Marie Bonaparte, 13 août 1937.

89. Frankl, V., *Raisons de vivre*, *op. cit.*, p. 80.

90. Crumbaugh, J., « Frankl's Logotherapy: A New Orientation in Counseling », *Journal of Religion and Health*, 1971, n° 10, pp. 373-386.

91. Maddi, S., « The Search for Meaning », in *The Nebraska Symposium on Motivation – 1970*, *op. cit.*, pp. 137-186 ; Maddi, S., « The Existential Neurosis », art. cité, pp. 311-325 ; Kobasa, S., Maddi, S., « Existential Personality Theory », in *Current Personality Theory*, ed. R. Corsini, Itasca, Illinois, Peacock Books, 1979.

92. Maddi, S., communications orales, 1979.

93. Maddi, S., Kobasa, S., Hoover, M., « The Alienation Test », *Journal of Humanistic Psychology*, 1979, n° 19 (4), pp. 73-76.

94. Maddi, S., « The Search for Meaning », in *The Nebraska Symposium on Motivation – 1970*, *op. cit.*, pp. 137-186. (*N.d.T.* : contribution et recueil non traduits ; traduction personnelle.)

95. Pike, J., *Beyond Anxiety*, New York, Charles Scribner, 1953.

96. Crumbaugh, J., Maholick, L., « An Experimental Study in Existentialism: The Approach to Frankl's Concept of Noogenic Neurosis », *Journal of Clinical Psychology*, 1964, n° 20, pp. 200-207.

97. Braun, J., Dolmino, G., « The Purpose in Life Test », in *The Seventh Mental Measurements Yearbook*, ed. O. K. Buros, Highland Park, New Jersey, Gryphon Press, 1978, p. 656.

98. Voir *Id., ibid.*

99. Voir *Id., ibid.*

100. Battista, J., Almond, R., « The Development of Meaning in Life », *Psychiatry*, 1973, n° 36, pp. 409-427.

101. Garfield, C., « A Psychometric and Clinical Investigation of Frankl's Concept of Existential Vacuum and of Anomie », *Psychiatry*, 1973, n° 36, pp. 396-408.

102. Braun, J., Dolmino, G., « The Purpose in Life Test », in *The Seventh Mental Measurements Yearbook, op. cit.*, p. 656.

103. Voir *Id., ibid.*

104. Crumbaugh, J., « Cross-Validation of Purpose in Life Test », *Journal of Individual Psychology*, 1968, n° 24, pp. 74-81.

105. Familetti, M., « A Comparison of the Meaning and Purpose in Life of Delinquent and Non-delinquent High School Boys », United States International University, *Dissertation Abstracts International*, septembre 1975, vol. 36 (3-A), p. 1825.

106. Padelford, B., « Relationship between Drug Involvement and Purpose in Life », San Diego State University, *Journal of Clinical Psychology*, 1974, n° 30 (3), pp. 303-305.

107. Crumbaugh, J., « Cross-Validation of Purpose in Life Test », art. cité, pp. 74-81.

108. Voir *Id., ibid.*

109. Crumbaugh, J., « Frankl's Logotherapy: A New Orientation in Counseling », art. cité, pp. 373-386.

110. Jacobson, R., Ritter, D., Mueller, L., « Purpose in Life and Personal Values among Adult Alcoholics », *Journal of Clinical Psychology*, 1977, nº 33 (1), pp. 314-316.

111. Sheffield, B., Pearson, P., « Purpose in Life in a Sample of British Psychiatrie Outpatients », *Journal of Clinical Psychology*, 1974, nº 30 (4), p. 459.

112. Sallee, D., Casciani, J., « Relationship between Sex Drive and Sexual Frustration and Purpose in Life », *Journal of Clinical Psychology*, 1967, nº 32 (2), pp. 273-275.

113. Thomas, J., Weiner, E., « Psychological Differences among Groups of Critically Ill Hospitalized Patients, Noncritically Ill Hospitalized Patients and Well Controls », *Journal of Consulting and Clinical Psychology*, 1974, nº 42 (2), pp. 274-279.

114. Crandall, J., Rasmussen, R., « Purpose in Life as Related to Specific Values », *Journal of Clinical Psychology*, 1975, nº 31 (3), pp. 65-68.

115. Voir *Id., ibid.* ; Soderstrom, D., Wright, E., « Religious Orientation and Meaning in Life », *Journal of Clinical Psychology*, 1977, nº 33 (11), pp. 65-68.

116. McCarthy, J., « Death Anxiety, Intrinsicness of Religion and Purpose in Life among Nuns and Roman Catholic Female Undergraduates », *Dissertation Abstracts International*, 1975, vol. 35 (11-B), p. 5646.

117. Pearson, P., Sheffield, B., « Purpose in Life and Social Attitudes in Psychiatrie Patients », *Journal of Clinical Psychology*, 1975, nº 31 (2), pp. 330-332.

118. Crumbaugh, J., Sœur Mary Raphael, Shrader, R., « Frankl's Will to Meaning in a Religious Order », *Journal of Clinical Psychology*, 1970, nº 21 (2), pp. 206-207.

119. McCarty, J., « Death Anxiety, Intrinsicness of Religion and Purpose in Life among Nuns and Roman Catholic Female Undergraduates », art. cité, p. 5646 ; Blazer, J., « The Relationship between Meaning in Life and Fear of Death », *Psychology*, 1973, n° 10 (2), pp. 33-34.

120. Doerries, L., « Purpose in Life and Social Participation », *Journal of Individual Psychology*, 1970, n° 26 (1), pp. 50-53 ; Matteson, R., « Purpose in Life as Related to Involvement in Organized Groups and Certain Sociocultural Variables », *Dissertation Abstracts International*, 1975, vol. 35 (8-BO), pp. 4147-4148.

121. Matteson, R., « Purpose in Life as Related to Involvement in Organized Groups and Certain Sociocultural Variables », art. cité, pp. 4147-4148.

122. Butler, A., Carr, L., « Purpose in Life through Social Action », *Journal of Social Psychology*, 1968, n° 74 (2), pp. 243-250.

123. Sharpe, D., Viney, L., « Weltanschauung and the Purpose in Life Test », *Journal of Clinical Psychology*, 1973, n° 29 (4), pp. 489-491.

124. Matteson, R., « Purpose in Life as Related to Involvement in Organized Groups and Certain Sociocultural Variables », art. cité, *ibid.*

125. Sargent, G., « Motivation and Meaning: Frankl's Logotherapy in the Work Situation », *Dissertation Abstracts International*, 1973, vol. 34 (4-B), p. 1785.

126. Garfield, C., « A Psychometric and Clinical Investigation of Frankl's Concept of Existential Vacuum and of Anomie », *Psychiatrie*, 1973, n° 36, pp. 396-408.

127. Padelford, B., « Relationship between Drug Involvement and Purpose in Life », San Diego State University, *Journal of Clinical Psychology*, 1974, n° 30 (3), pp. 303-305.

128. Crumbaugh, J., « Cross-Validation of Purpose in Life Test », *Journal of Individual Psychology*, 1968, n° 24, pp. 74-81.

129. Pearson, P., Sheffield, B., « Purpose in Life and Social Attitudes in Psychiatrie Patients », *Journal of Clinical Psychology*, 1975, n° 31 (2), pp. 330-332.

130. Battista, J., Almond, R., « The Development of Meaning in Life », *Psychiatry*, 1973, n° 36, pp. 409-427.

131. Carney, M., Sheffield, B., « The Effects of Pulse ECT in Neurotic and Endogenous Depression », *British Journal of Psychiatry*, 1974, n° 125, pp. 91-94.

CHAPITRE 11

1. Frankl, V., « What is Meant by Meaning », *Journal of Existentialism*, 1966, n° 7, pp. 21-28. (*N.d.T.* : contribution non traduite ; traduction personnelle.)

2. Voir *Id.*, *ibid.*

3. Kluckholm, C., « Values and Vue-Orientation in the Theory of Action », in *Toward A General Theory of Action*, ed. T. Parsons et E. Shils, Cambridge, Massachusets, Harvard University Press, 1951, p. 396. (*N.d.T.* : contribution non traduite ; traduction personnelle.)

4. Voir *Id., ibid.*, pp. 388-434.

5. Tolstoï, L., *Confession*, suivi de *Quelle est ma foi* et de *Pensées sur Dieu*, *op. cit.*, p. 40.

6. Voir *Id., ibid.*, p. 193.

7. Russell, B., *A Free Man's Worship*, Portland, Maine, T. B. Mosher, 1927. (*N.d.T.* : ouvrage non traduit ; traduction personnelle.)

8. Becker, E., *Escape from Evil*, New York, Free Press, 1975, p. 3. (*N.d.T.* : ouvrage non traduit ; traduction personnelle.)

9. Frankl, V., *Découvrir un sens à sa vie : avec la logothérapie*, *op. cit.*, p. 129.

10. Hume, D., cité par Flew, A., « Tolstoi and the Meaning of Life », *Ethics*, 1963, n° 73, pp. 110-118 ; Hume, D., *Essais et traits sur plusieurs sujets – Enquête sur les principes de la morale, Histoire naturelle de la religion*, Paris, Vrin, 2001, p. 147.

11. Wolman, B., « Principles of Interaction Psychotherapy », *Psychotherapy: Theory, Research and Practice*, 1975, n° 12, pp. 149-159. (*N.d.T.* : contribution non traduite ; traduction personnelle.)

12. Frankl, V., *Découvrir un sens à sa vie : avec la logothérapie*, *op. cit.*, p. 107.

13. Fromm, E., *Escape from Freedom*, *op. cit.*, p. 13.

14. Suzuki, D., « Orient et Occident », *in* Suzuki, D., Fromm, E., DeMartino, R., *Bouddhisme zen et psychanalyse*, trad. T. Léger, Paris, Presses universitaires de France, « Quadrige », 1986, pp. 9-16.

15. Évangile selon Matthieu 6, 26.

16. Évangile selon Luc 12, 27.

17. Brennecke, J., Amick, R., *The Struggle for Significance*, 2e ed., Beverly Hills, Californie, Clencoe Press, 1975, pp. 9-10.

18. Yeats, W. B., cité par Hepburn, R., « Questions about the Meaning of Life », *Religious Studies*, 1965, n° 1, pp. 125-140 ; Yeats, W. B., *Autobiographies*, tome 1, *Enfance et jeunesse resongées*, trad. P. Leyris, Paris, Mercure de France, 1965, chap. 33, p. 272.

19. Hepburn, R., « Questions about the Meaning of Life », *Religious Studies*, 1965, nº 1, pp. 125-140.

20. Rajneesh, B., cité par Gunther, B., *Dying for Enlightenment*, New York, Harper & Row, 1979. (*N.d.T.* : ouvrage non traduit ; traduction personnelle.)

21. Frankl, V., « Fragments from the Logotherapeutic Treatment of Four Cases », in *Modern Psychotherapeutic Practice*, ed. A. Burton, Palo Alto, Californie, Science and Behavior Books, 1965, pp. 365-7. (*N.d.T.* : contribution non traduite ; traduction personnelle.)

22. Communication personnelle, 1970.

23. Frankl, V., *Découvrir un sens à sa vie : avec la logothérapie*, *op. cit*., 2006, p. 108.

24. Frankl, V., *Man's Search for Meaning: An Introduction to Logotherapy*, New York, Pocket Books, 1963. (*N.d.T.* : ce passage ne figure pas dans l'édition française de l'ouvrage, *Découvrir un sens à sa vie* ; traduction personnelle.)

25. Zuehlke, T., Watkins, J., « The Use of Logotherapy with Dying Patients: An Exploratory Study », *Journal of Clinical Psychology*, 1975, nº 31, pp. 729-732.

26. Jung, C., *Ma vie : souvenirs, rêves, pensées*, *op. cit.*, pp. 165-166.

27. Koestenbaum, P., *Is There an Answer to Death?*, *op. cit.*, p. 81.

28. Ungersma, A., *The Search for Meaning*, Philadelphie, Pennsylvanie, Westminister Press, 1961, pp. 27 et suivantes ; Fabry, J., *The Pursuit of Meaning*, Boston, Beacon Press, 1968 ; Crumbaugh, J., *Everything to Gain*, Chicago, Nelson Hall, 1973.

29. Frankl, V., *The Doctor and the Soul*, *op. cit.*, pp. 221-253 ; Frankl, V., *Ärztliche Seelsorge: Grundlagen der Logotherapie und Existenzanalyse*, *op. cit.*

30. Erickson, M., « The Use of Symptoms as an Integral Part of Hypnotherapy », *American Journal of Clinical Hypnosis*, 1965, n° 8, pp. 57-65 ; Haley, J., *Un thérapeute hors du commun : Milton H. Erickson*, *op. cit.* ; Watzlawick, P., Beavin, J., Jackson, D., *Une logique de la communication*, *op. cit.*

31. Crumbaugh, J., « Frankl's Logotherapy: A New Orientation in Counseling », *Journal of Religion and Health*, 1971, n° 10, pp. 373-386.

32. Follesdal, D., communication orale, 1979.

33. Nagel, T., *Questions mortelles*, trad. P. Engel et C. Engel-Tiercelin, Paris, Presses universitaires de France, 1983, p. 37.

34. Bach, K., *Exit-Existentialism*, *op. cit.*, p. 6.

35. Schopenhauer, A., *Le Monde comme volonté et comme représentation*, *op. cit.*

36. Nagel, T., *Questions mortelles*, *op. cit.*, p. 37.

37. Bach, K., *Exit-Existentialism*, *op. cit.*, p. 7.

38. Hume, cité par Nagel, T., *Questions mortelles*, *op. cit.* ; Hume, D., *Traité de la nature humaine*, trad. A. Leroy, Paris, Aubier-Montaigne, 1946, p. 34.

39. Tolstoï, L., *Confession*, suivi de *Quelle est ma foi* et de *Pensées sur Dieu*, *op. cit.*, p. 34.

40. Wittgenstein, L., *Tractatus Logico-Philosophicus*, trad. Pierre Klossowski, Paris, Gallimard, 1961, p. 106, n° 6-521.

REMERCIEMENTS

Nombreux sont ceux qui m'ont aidé dans ce travail et que je ne peux citer ; la rédaction de cet ouvrage s'est en effet déroulée sur plusieurs années et ma dette s'étend au-delà des capacités de ma mémoire. Rollo May et Dagfinn Follesdal ont été pour moi des formateurs et des guides essentiels. De nombreux collègues ont lu et apporté des critiques à tout ou partie de cet ouvrage : Jerome Frank, Julius Heuscher, Kent Bach, David Spiegel, Alex Comfort, James Bugental, Marguerite Lederberg, Michael Bratman, Mitchell Hall, Alberta Siegel, Alvin Rosenfeld, Herbert Lediermar, Michael Norden, ainsi que de nombreux patients du service de psychiatrie de Stanford. Je leur suis reconnaissant à tous.

J'ai une dette envers Gardner Lindzey et le Center for Advanced Study in the Behavioral Sciences qui m'a fourni un cadre idéal d'études pendant mon année de recherche en 1977-1978. Je suis profondément reconnaissant à l'université de Standford qui, dans toute ma carrière, m'a généreusement fourni l'équipement indispensable à la vie académique : liberté intellectuelle, soutien matériel, mais aussi collègues de premier plan. Toute ma reconnaissance aussi à Thomas Gonda, président du département de psychiatrie, pour m'avoir largement épargné les corvées administratives. Sans oublier Mariorie Crosby, pour son parrainage et ses encouragements. Phoebe Hoss, pour son assistance éditoriale remarquable. Il s'agit d'un livre volumineux ; le moindre des mots qu'il contient, au fil des épreuves – des premiers brouillons au manuscrit finalisé – a été tapé par ma secrétaire, Bea Mitchell, dont la patience, l'exubérance et l'application n'ont que rarement faibli pendant les nombreuses années de notre collaboration. Enfin, Marilyn, ma femme, m'a non seulement apporté un soutien infini, mais aussi, comme pour mes ouvrages précédents, des conseils précieux sur le fond comme sur la forme.

Remerciements particuliers pour les autorisations relatives aux sources suivantes :

The Standard Edition of the Complete Works of Sigmund Freud, traduit et édité par James Strachey. Autorisation de Sigmund Freud Copyrights Ltd, The Hogarth Press Ltd et The Institute of Psycho-Analysis, ainsi que de Allen & Unwin Ltd et Basic Books Inc.

EST 60 Hours That Transform Your Life, by Adelaide Bry. Copyright © 1976 par Adelaide Bry. Réimprimé avec l'autorisation de Harper & Row Publishers, Inc.

Maria Nagy, « The Child's Theories Concerning Death », *Journal of Genetic Psychology*, 1948, n° 73, pp. 3-27. Réimprimé avec l'autorisation de l'auteur et de *The Journal Press.*

« Everyman », *in* M. Abrams *et al., The Norton Anthology of English Literature*, vol. I, pp. 281-303. Copyright ©

1962. Réimprimé avec l'autorisation de W. W. Norton Inc.

E. Fromm, D. Suzuki et R. DeMartino, *Zen Buddhism and Psychoanalysis.* Copyright © 1960. Réimprimé avec l'autorisation de Harper & Row Publishers, Inc.

« Forgive, O Lord », tiré de *The Poetry of Robert Frost*, édité par Edward Connery Lathem. Copyright © 1962 de Robert Frost. Copyright © 1967 de Holt, Rinehart and Winston. Réimprimé avec l'autorisation de Holt, Rinehart and Winson, éditeurs. Quatre vers tirés de « Desert Places », publié dans *The Poetry of Robert Frost*, édité par Edward Connery Lathem. Copyright © 1936 de Robert Frost. Copyright © 1964 de Lesley Frost Ballantine. Copyright © 1969 de Holt, Rinehard and Winston. Réimprimé avec l'autorisation de Holt, Rinehart and Winston, éditeurs.

Test Purpose in Life (PIL) de James C. Crumbaugh et Leonard T. Maholick. Réimprimé avec l'autorisation de James C. Crumbaugh. Publié par Psychometric Affiliates, P.O. Box 3167, Munster, Indiana 46321, États-Unis.

V. Frankl, « Fragments from the Logotherapeutic Treatment in Four Cases », *in* A. Burton, *Modern Psychotherapeutic Practice*, 1965, Palo Alto, Californie, Science Behavior Book, Inc. Réimprimé avec l'autorisation d'Arthur Burton.

Table

PARTIE III
L'isolement

PARTIE IV
L'absence de sens

Irvin Yalom
au Livre de Poche

L'Art de la thérapie n° 35146

S'inquiétant de voir la psychothérapie de plus en plus altérée pour des raisons d'ordre économique, et appauvrie par des formations allégées, Irvin Yalom a voulu s'adresser aux nouvelles générations de thérapeutes et de patients. Dans cet ouvrage, construit en une sorte d'inventaire libre et généreux, il aborde les thèmes propres à la thérapie existentielle. En s'appuyant sur son expérience et ses talents de conteur, il y explore les différentes approches et pratiques présentes dans toute thérapie, offrant à ses lecteurs un enseignement précieux, une plongée au cœur de l'exercice thérapeutique, sa complexité et ses incertitudes.

Le Bourreau de l'amour n° 34144

Une femme de soixante-dix ans reste enfermée dans son obsession amoureuse, un chauffeur de taxi se reproche la mort de sa fille, un homme seul tente d'oublier son cancer incurable en faisant l'amour frénétiquement, un comptable impuissant souffre de curieuses migraines... Irvin Yalom raconte l'histoire de dix patients pour illustrer les difficultés que rencontre le psychothérapeute, véritable « bourreau de l'amour ». Mais il dresse aussi un portrait sans complaisance, et non dénué d'humour, du professionnel, coincé entre les exigences de sa fonction et ses instincts les plus profondément humains, parfois confronté, lui aussi, aux échecs les plus cuisants.

Créatures d'un jour n° 34440

Première danseuse à la Scala nostalgique de sa carrière passée, vieil écrivain qui se cherche encore, jeune homme tentant d'esquiver la peur de la mort en déployant une grande vitalité sexuelle, infirmière en permanence au chevet des malades et incapable de s'occuper d'elle-même... Ils s'appellent Paul, Charles, Natacha, Alvin, Ellie ou Jarod, chacun a ses secrets, ses fêlures, ses démons. L'un rêve d'un passé meilleur, l'autre veut compenser l'identité qui lui fait défaut en s'inscrivant dans la mémoire d'un alter ego, tous choisissent de consulter le docteur Yalom, en quête d'apaisement, de reconnaissance ou de sens. Cette fois c'est sous l'égide de Marc Aurèle qu'Irvin Yalom nous offre un bouleversant et magnifique livre de reconquête de soi et de transmission, dont on ne peut oublier les « créatures d'un jour ».

En plein cœur de la nuit n° 35439

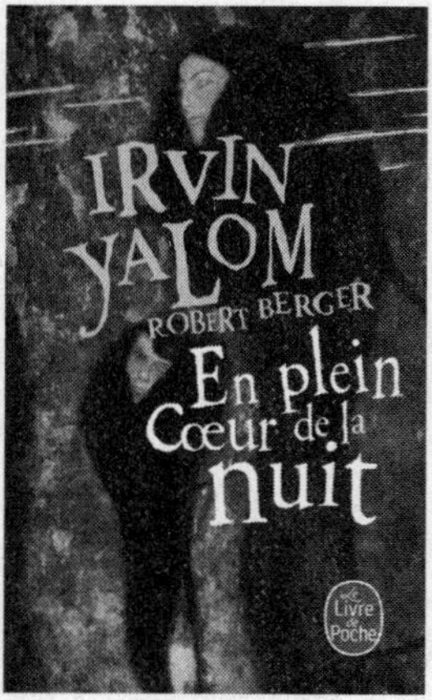

Après une enfance en Hongrie pendant la Shoah, Bob Berger a vécu deux existences : chirurgien du cœur, dévoué, infatigable et réservé le jour, il a été poursuivi, la nuit, par les souvenirs ténébreux de son passé. Il n'en a jamais rien dit à son ami Irvin Yalom, bien qu'ils se connaissent depuis cinquante ans. Jusqu'à ce que ce passé resurgisse et que Bob se mette à parler…

Et Nietzsche a pleuré n° 31760

Venise, 1882. La belle et impétueuse Lou Salomé somme le Dr Breuer de rencontrer Friedrich Nietzsche. Encore inconnu du grand public, le philosophe traverse une crise profonde due à ses relations orageuses avec Lou Salomé et à l'échec de leur ménage à trois avec Paul Rée. Friedrich Nietzsche ou le désespoir d'un philosophe. Le Dr Breuer, l'un des fondateurs de la psychanalyse. Un pacte secret, orchestré par Lou Salomé, sous le regard du jeune Sigmund Freud. Tout est là pour une magistrale partie d'échecs entre un patient extraordinaire et son talentueux médecin. Mais qui est le maître ? Qui est l'élève ? Qui soigne qui ? Et c'est à une nouvelle naissance de la psychanalyse, intense, drôle et machiavélique, que nous convie Irvin Yalom.

Le Jardin d'Épicure n° 33617

« Je me souviens qu'à la fin de la séance vous ne vouliez pas lâcher ma main quand j'ai essayé de déguerpir de votre cabinet. Je vais vous dire une chose, je vous suis reconnaissante de ne pas avoir lancé d'ultimatum. Je vous aurais quitté. » Quand Amelia, SDF accro à l'héroïne et prostituée, choisit d'entamer une nouvelle vie et rencontre le docteur Yalom, qu'arrive-t-il ? Avec cet essai pénétrant, Irvin Yalom propose une approche sensible à la question universelle de la mort. Se confronter à notre propre mortalité nous inciterait à réordonner nos priorités, à mieux communiquer avec nos proches, à apprécier davantage la beauté de la vie et à prendre les risques nécessaires à l'épanouissement personnel. Dans la lignée du *Bourreau de l'amour* ou de *La Malédiction du chat hongrois, Le Jardin d'Épicure* est le fruit de toute une vie passée à explorer l'existence humaine.

La Malédiction du chat hongrois n° 32564

La Malédiction du chat hongrois est une histoire de femmes. Paula, la courtisane de la mort, Irène, la veuve en colère, Magnolia, à qui Irvin D. Yalom rêve de confier ses propres tourments, Momma, la mère nourricière... Ces femmes auprès de qui le docteur Yalom n'a jamais eu peur de s'exposer, afin de mieux apprendre d'elles. Ces femmes que le docteur Yalom a aimées et qui ont marqué sa vie de thérapeute. Six récits où il explore l'âme humaine et le lien entre patient et thérapeute. Six récits, de la réalité à la fiction, où le docteur Yalom fait peu à peu place à Irvin D. Yalom.

Mensonges sur le divan n° 32971

Psychanalyste reconnu, Ernest Lash s'interroge sur ses méthodes : s'il se montrait plus proche de ses patients, la thérapie ne serait-elle pas plus efficace ? Lorsque la séduisante Carol Leftman vient le consulter, il pense avoir trouvé la personne idéale pour cette expérience – mais Carol, convaincue que son mari l'a quittée sur les conseils du thérapeute, a un tout autre projet : le piéger. Avec *Mensonges sur le divan,* Irvin Yalom explore la part d'ombre de la relation psychanalytique, qu'elle ait pour nom ambition, désir ou argent.

La Méthode Schopenhauer n° 33472

À l'occasion d'un check-up de routine, Julius Hertzfeld, psychothérapeute à San Francisco, apprend que ses jours sont comptés. Un an tout au plus, lui annonce son médecin. Julius décide de vivre ces quelques mois comme il a toujours vécu et s'interroge : a-t-il vraiment réussi à aider ses patients ? Philip Slate, par exemple, qu'il a suivi régulièrement pendant trois ans et qu'il considère comme le grand échec de sa carrière. Les retrouvailles avec Slate, devenu lui-même psychothérapeute et docteur en philosophie, se soldent par un marché : Julius accepte de superviser la formation de Philip, à la condition que celui-ci suive sa thérapie de groupe pendant six mois. Au centre de la relation complexe qui s'établit entre les deux hommes et avec les autres membres du groupe, un philosophe, le thérapeute parfait selon Slate : Arthur Schopenhauer.

Le Problème Spinoza n° 33116

Amsterdam, février 1941. Le Reichsleiter Rosenberg, chargé de la confiscation des biens culturels des juifs dans les territoires occupés, fait main basse sur la bibliothèque de Baruch Spinoza. Qui était donc ce philosophe, excommunié en 1656 par la communauté juive d'Amsterdam et banni de sa propre famille, pour, trois siècles après sa mort, exercer une telle fascination sur l'idéologue du parti nazi ? Irvin Yalom explore la vie intérieure de Spinoza, inventeur d'une éthique de la joie, qui influença des générations de penseurs. Il cherche aussi à comprendre Alfred Rosenberg qui joua un rôle décisif dans l'extermination des juifs d'Europe.

PAPIER À BASE DE FIBRES CERTIFIÉES

Le Livre de Poche s'engage pour l'environnement en réduisant l'empreinte carbone de ses livres. Celle de cet exemplaire est de :
700 g éq. CO_2
Rendez-vous sur www.livredepoche-durable.fr

Composition réalisée par Belle Page

Imprimé en Italie par
GRAFICA VENETA
en mai 2021
Dépôt légal 1re publication : août 2017
Édition 08 – mai 2021
LIBRAIRIE GÉNÉRALE FRANÇAISE
21, rue du Montparnasse – 75298 Paris Cedex 06